KB240124

윌리엄 포크너

윌리엄 포크너

초판 발행일 2013년 8월 30일
황은주 편

발행인 이성모
발행처 도서출판 동인
주 소 서울시 종로구 명륜2가 237 아남주상복합아파트 118호
등 록 제1-1599호
TEL (02) 765-7145 / FAX (02) 765-7165
E-mail dongin60@chol.com
ISBN 978-89-5506-542-8
정가 28,000원

※ 잘못 만들어진 책은 바꿔 드립니다.

현대영미소설학회 작가총서

04

윌리엄 포크너
William Faulkner

황은주 편

도서출판 **┃동인**

일러두기

1. 장편소설이나 작품집의 경우 한글제목에『 』를, 영어제목은 괄호 안에 이탤릭으로 표시하였다. 단편이나 중편 소설의 경우, 혹은 논문이나 에세이의 경우 한글 제목에「 」, 영어 제목은 괄호 안에 큰 따옴표를 붙여서 표시하였다.
2. 주석은 내주를 원칙으로 하였다.
3. 문단 내 인용의 경우 큰따옴표를, 강조하고자 하는 경우 작은따옴표를 사용하였다. 강조에 이어 영어 원문을 밝히고자 할 때는 괄호 안에 병기하였다.
4. 긴 인용문(국어 번역문의 경우)에서 중략은 […]로 표기하였다.
5. 작가 및 등장인물의 표기는 대부분 외래어 표기법을 따랐으나 필자의 표기를 따른 것도 있다.
6. 포크너 소설의 한글 제목을 아래와 같이 표기하기로 하였다.

The Marble Faun	『대리석 목신』
The Marionette	『마리오네뜨』 혹은 『꼭두각시』
Soldiers' Pay	『병사의 보수』
The Sound and the Fury	『고함과 분노』
As I Lay Dying	『내 죽으며 누워 있을 때』
Sanctuary	『성역』
Light in August	『팔월의 빛』
Absalom, Absalom!	『압살롬, 압살롬!』

편저자 서문

　　1956년 한 인터뷰에서 스타인(Jean Stein)이 포크너에게 그의 소설을 두세 번 읽어도 도저히 이해하지 못하겠다는 독자들에게 어떤 독법을 제안하겠냐고 묻자, 포크너가 "네 번 읽어라"고 했다는 일화가 있다. 포크너다운 유머가 느껴지는 대답이다. 하지만 이 말에는 우스갯소리 이상의 진실이 담겨있다. 포크너의 소설을 읽을 때 어느 순간 그 전엔 보이지 않던 것이 보이고 이해할 수 없던 것을 이해하게 되는 그 즐거움을 겪어보지 않은 사람은 알지 못한다. 퍼즐조각을 맞추는 어린아이처럼, 사건의 실마리를 풀어가는 탐정처럼, 복잡한 미로를 빠져나갈 방도를 찾는 모험가처럼, 포크너를 읽는 즐거움을 아는 독자는 진지하고 호기심에 차 있으며 궁금증이 하나씩 풀릴 때마다 희열의 순간을 맛본다. 문제는 이러한 희열을 느끼기 전, 많은 독자들이 책 읽기를 포기한다는 점이다. 특히 포크너의 소설을 외국문학으로 접하는 한국의 독자들에게 포크너의 어렵고 난해한 문체와 복잡한 플롯, 그 배경이 되는 무겁고 방대한 미국 남부의 역사는 넘을 수 없는 장벽처럼 느껴지게 마련이다. 포크너 소설의 난해함에 당황한, 혹은 이제 막 퍼즐 맞추기를 시작한 국내 독자들을 위해 그 벽을 먼저 오른 국내학자들의 글을 모아 한 권의 책으로 엮었다.

현대영미작가총서 시리즈를 기획·출판해온 현대영미소설학회는 제1권『토머스 핀천』, 제2권『토니 모리슨』, 제3권『조지프 콘래드』에 이어 제4권『윌리엄 포크너』를 내놓는다.『윌리엄 포크너』는 주요 영미작가들에 대한 국내 학계의 연구를 중간결산하고 새로운 연구방향 모색을 돕고자하는 총서 시리즈의 기획 의도를 살리고자 노력하였다. 박현호의 논문을 제외하고는 지난 십여 년 간 국내 학술지 혹은 저서에 실렸던 논문을 수정·보완한 것으로 포크너의 초기 작품에 대한 분석부터 중기, 말기의 작품에 대한 분석까지 아울렀다. 또한 정신분석학적 비평부터 탈구조주의적 비평, 탈식민지주의적 비평까지, 포크너에 대한 국내 학자들의 다양한 관심과 접근법을 반영하고 있다.

윌리엄 포크너는 처녀작『병사의 보수』(*Soldiers' Pay*, 1926)로부터『약탈자들』(*The Reivers*, 1962)에 이르기까지 모두 19권의 소설과 125편의 단편소설을 남겼다. 싸르트르가 이른바 포크너가 1930년대에 프랑스의 젊은이들에게 "신"과 같은 존재였다면, 미국에서는 충격적이고 선정적인 내용으로 잠시 인기를 끌었던『성역』(1931)의 작가로 알려진 것 외에는 오랫동안 비평계의 주목을 받지 못했다. 하지만 신비평주의의 확산과 1946년 말콤 카울리(Malcolm Cowley)가 편집한『포켓판 포크너 선집』(*The Portable Faulkner*)의 출간에 힘입어 포크너는 미국 내에서 뒤늦게 명성을 얻게 되었고, 절판된 책은 다시 출판이 되었으며, 대학에서 포크너의 소설을 교재로 사용하기 시작했고, 1950년 포크너는 노벨 문학상을 수상함으로써 마침내 미국 모더니즘과 남부 문학을 대표하는 작가로 명실 공히 인정받게 되었다. 김미현이「윌리엄 포크너 다시 읽기: 포크너 국외 연구동향」(2007)에서 밝혔듯이 1940년대 이후 해외에서는 포크너에 대한 연구가 꾸준히 지속되어 왔다. 국내에서는 1970년대부터 포크너에 대한 학위논문이 나오기 시작하고, 1986년에 국내 첫 포크너 비평서로 김욱동의『윌리엄 포크너』가 출판되면서 국내에서도 포크너 연구가 활발히 이루어지기 시작하였다.

현대영미작가총서 제4권『윌리엄 포크너』는 그 후 현재까지의 국내 연구동향을 반영할 수 있도록 다섯 개의 장으로 나누어 구성하였다. 제1장에는 포크너의 초기작품을 다룬 두 편의 논문을 실었다. 김욱동의「'실패한 시인' 포크너」는 약 10년간에 걸친 시 창작 과정을 통해 시인으로서는 실패하였으나 '성공한 소설가'로서 탈바꿈할 수 있었던 초기 포크너의 모습을 조명한다. 특히 뒷날 소설을 통해 꽃피울 예술적 씨앗이 이들 시에 어떻게 나타나고 있는지를 드러냄으로써 포크너의 시와 소설 간의 관계를 밝힌다. 박정오의「포크너와 전원문학의 전통」은 "도시와 시골, 문명과 자연, 인간과 인간 외적 존재 간의 갈등과 모순을 회피하는 듯하면서도 두 세계를 모두 의식하게 하는 전원문학의 다용성"이 포크너의 작품 세계에 어떻게 영향을 미쳤는지, 특히『병사의 보수』,『마리오네뜨』,『모기』,『고함과 분노』,『내가 죽어 누워있을 때』,『성역』과 같은 작품에서 이 다용성이 어떻게 나타나는지를『대리석 목신』과의 관계 속에서 고찰한다.

제2장에서는 정신분석학적 접근법으로 포크너의 작품을 분석한 세 편의 논문을 실었다. 김용수의「인종문제의 여성적 해결: 포크너의『모세여 내려가라』」는 여성과 남성의 존재 방식의 차이가 인종적 정체성이 구현되고 표현되는 양상의 차이로 나타난다는 콥젝(Joan Copjec)의 이론과 정신분석적 관점을 통하여『모세여 내려가라』를 새롭게 읽어낸다. 아이크를 중심으로 읽던 기존의 해석과 달리 맥캐즐린 집안의 흑인 혈통을 따라 루카스와 몰리를 중심으로 소설을 분석하며 몰리를 "인종문제 해결의 새로운 비전을 제시하는 여신"으로 해석함으로써 이 소설에서 여성성이 "인종주의의 매듭을 풀고 흑백 공존의 미래를 선취"하는 윤리적 해답으로서 제시되고 있다는 점을 밝힌다. 이명호의「순수의 이념과 오염의 육체: 윌리엄 포크너의『팔월의 빛』」은 줄리아 크리스테바의 "비체화"(abjection) 개념을 원용하여『팔월의 빛』이 남부 백인남성 중심의 이데올로기가 "순수와 오염"에 집착하는 방식을 분석하고 있다. 이 이데올로기는 백인주의와 남성주의가 결합된 것으로, 이명호는 "인종 표상이 젠더 표상과 결합되어 나타나는 남부 이데올로기

의 핵심에 오염의 공포가 내재되어" 있다고 주장하면서, 포크너가 『팔월의 빛』에서 이러한 이데올로기의 핵심에 다가가 있다고 말한다. 정현숙의 「윌리엄 포크너의 『성역』: 정신분석학적 관점으로 읽기」는 『성역』(*Sanctuary*, 1931)과 그것의 오리지널 텍스트(*Sanctuary: The Original Text*, 1981)와의 비교를 통해 삭제된 부분에서 더욱 분명하게 나타나는 호러스의 심리상태를 정신분석학적으로 읽어내고 있다. 오리지널 텍스트에서는 호러스가 포파이보다 더 주요한 인물로 부각되고 그의 어린 시절에 대한 정보가 풍부하다는 점에서 초기원고를 통해 호러스의 심리를 재검토하는 작업이 꼭 필요하다는 것을 잘 보여주는 논문이다.

제3장에는 포크너의 문학을 미국사회에 대한 비판으로 읽어내는 세 편의 논문을 실었다. 박현호의 「『어느 수녀를 위한 진혼곡』에 나타난 폭력과 저항의 목소리: 장르의 혼종성에 대한 고찰」은 이 소설에서 희곡 부분이 부여하는 형식적, 의미론적 가능성과 그 가치를 보여주고자 시도한다. 또한, 템플 드레이크가 『성역』(*Sanctuary*)에서 보인 수동적 인질의 모습과 달리 자신의 목소리를 가지고 세상에 저항하다 다시 좌절하는 입체적인 인물로 그려졌다는 점을 부각시키면서 한 여성의 주체적 목소리를 말살하기 위해 보이지 않게 작동하고 있는 사회적 억압 장치를 분석하고 있다. 강지현의 「개별성의 억압과 그 해방의 가능성: 윌리엄 포크너의 『야생 종려나무』」는 『야생 종려나무』가 「야생 종려나무」와 「미시시피 강」이라는 서로 이질적이지만 상호보완적인 두 이야기를 대위법적으로 배치하여 감금의 상태에서 일시적으로 도피하나 더욱 가혹한 감금의 상태에 놓이는 개인들의 이야기를 엮어냄으로써 포크너의 소설이 합리성을 내세워 개인의 개별성을 억압하는 사회를 비판하고 있다는 점을 드러낸다. 송은주의 「포크너의 황야: 『모세여 내려가라』를 중심으로」는 포크너가 유산을 포기함으로써 이상화된 자연과 태초의 순수를 봉인하려는 아이크를 통해 역사적 변화를 초월한 순수한 공간으로 황야를 이상화해온 미국의 전통적인 자연신화를 비판하고 있다고 주장한다.

제4장은 탈식민주의, 탈구조주의적 접근법을 취한 세 편의 논문을 통해 포크

너의 소설을 새롭게 접근할 방법을 모색하고 있다. 신영헌의 「탈식민주의적 포크너 읽기」는 포크너에 대한 최근 연구 방향 중 한가지인 탈식민주의적 접근법을 대표적으로 잘 보여주고 있다. 이 논문은 포크너의 많은 작품에서 인종과 계급, 성적 불평등과 착취의 문제가 주로 부각된다는 점에서 탈식민지주의적 접근법이 유효하다는 점을 주장하며 『압살롬, 압살롬!』, 『모세여 내려가라』, 『무덤 속의 침입자』에 등장하는 흑인 인물들 분석하고 있다. 김종갑의 「『압살롬, 압살롬!』: 감응을 통한 역사의 재구성」은 질 들뢰즈(Gilles Deleuze)의 "감응"(affect)과 "사건"이라는 개념을 통해 『압살롬, 압살롬!』에 나타난 남부 사회의 얽히고설킨 계급과 인종문제를 분석하고자 시도한다. 황은주의 「포크너 소설에 나타난 린칭과 윤리의 문제」는 포크너가 『팔월의 빛』, 『모세여 내려가라』, 『무덤 속의 침입자』에서 흑인에 대한 집단적 폭력이 대중적 '정의'의 이름으로 정당화되는 남부의 정서구조를 비판하고 그 정서구조에 맞설 윤리적 대안으로서 "타자-되기"를 제시하고 있다고 주장한다.

　　제5장은 포크너와 토니 모리슨의 비교를 통해서 20세기의 주요 작가를 관통하는 문제―타자에 대한 책임과 윤리, 탈정전적 역사쓰기―를 조명한다. 김미현의 「윌리엄 포크너의 『내가 죽어 누워 있을 때』와 토니 모리슨의 『빌러비드』에 나타난 모성과 자크 데리다의 "책임"」은 데리다의 "책임" 개념을 전유함으로써 모성을 전 오이디푸스적 연대로 설명하는 정신분석학적 분석의 한계를 극복하고자 한다. 김미현은 애디와 세스의 선택이 각각 미국 남부의 가부장제와 노예제라는 사회·정치적 맥락 안에서 어떻게 타자에 대한 책임과 윤리의 문제를 제시하고 있는지를 밝힌다. 이영철의 「토니 모리슨과 윌리엄 포크너의 탈정전적 역사쓰기」는 『압살롬, 압살롬!』과 『낙원』(Paradise)을 각각 포크너와 모리슨의 역전·치환·중복을 통한 전복적이고 자의적이며 창조적인 역사기술로 읽어내면서 이 두 작가의 탈정전적 역사쓰기가 두 작가가 인종문제에 대해 지닌 문제의식을 드러낸다고 주장한다.

포크너의 세계에 첫 발을 들인 독자들로 하여금 포크너의 소설을 한 번이라도 더 읽는 즐거움을 누리는데 이 책이 모쪼록 도움이 되기를 희망한다.

황은주

차례

제1장 초기의 윌리엄 포크너

제2장 포크너와 정신분석학

제3장 억압과 폭력, 저항과 비판

제4장 포크너와 탈식민·탈구조주의

제5장 포크너와 토니 모리슨

제1장
초기의 윌리엄 포크너

1.

'실패한 시인' 포크너

김욱동

시인은 태어나는 것이지 만들어지는 것이 아니라는 말이 있다. 시인이 되기 위해서는 후천적 교육보다는 생래적인 재능이 훨씬 더 중요하다는 사실을 일컫는 말이다. 예술의 신 무사이의 영감을 받지 않고서는 훌륭한 시를 쓰는 것은 거의 불가능하다는 생각이 그 동안 널리 퍼져 있었다. 물론 이것은 소설가나 극작가 같은 다른 문학 예술가들에게도 마찬가지로 해당하지만 특히 시인에게 훨씬 잘 들어맞는다. 다 같이 삶의 경험을 예술적으로 형상화하면서도 소설가나 극작가와 비교해 볼 때 시인은 언어를 압축하여 표현하기 마련이다. 소설가나 극작가라면 아마 책 한 권 분량으로 담아낼 것을 시인이라면 적게는 몇 줄, 많게는 몇 십 줄 안에 담아낸다. 그런데 이렇게 언어를 응축하여 표현하는 능력은 후천적으로 쌓은 훈련만 가지고서는 이룩하기 힘들 것이다. 이러한 능력은 아마 태어날 때부터 타고나지 않으면 안 될지도 모른다.

세계 문학사를 훑어보면 위대한 문학가들은 시인으로 출발하여 소설가나 극작가가 되거나 아니면 비평가로 끝이 난다. 더러 예외가 없는 것은 아니지만 거의 모든 작가들에게 시는 첫사랑인 경우가 참으로 많다. 그러나 자신의 능력이 시에 미치지 못한다는 사실을 깨닫고는 소설이나 희곡 또는 비평 같은 다른 장르 쪽으로 눈을 돌린다. 처음에는 시에 뜻을 두었다가 그만두고 소설가나 극작가가 되어 그 방면에서 크게 성공한 문학가를 그다지 어렵지 않게 찾아볼 수 있다. 소설가나 극작가가 되지 못하는 사람은 아마 비평가나 수필가가 되는 듯하다. 그렇다고 하여 비평가나 수필가를 얕잡아 보는 것은 결코 아니다. 다만 시적 능력과 비평적 능력, 운문적 능력과 산문적 능력이 서로 다르다는 점을 말할 따름이다. 영국 문학이나 미국 문학에만 좁혀 보더라도 흔히 모더니즘의 대부(大父)로 일컫는 제임스 조이스를 비롯하여 산문 문장에 혁명적 기원을 이룩하였다고 평가받는 어니스트 헤밍웨이 등은 처음에는 시에 뜻을 두었다가 소설가가 된 사람들이다. 문학사에서 이러한 예는 하나하나 헤아리기 어려울 만큼 아주 많다.

윌리엄 포크너도 처음에는 시에 뜻을 두었다가 마침내 소설가로 탈바꿈한 대표적인 작가 가운데 한 사람이다. 다른 작가들과 마찬가지로 그도 모든 문학 장르 가운데에서 시가 가장 뛰어나고 엄격한 문학 형태라고 생각하였다. 그는 시를 두고 "감동적인 그 무엇, 절대적인 에센스로 추출한 인간 조건의 열정적인 순간"으로 정의하였다(Gwynn & Blotner 202). 그런가 하면 평소 시를 "너무나 순수하고 너무나 신비스런" 문학 형태로 간주한 포크너는 "보편타당성 있는" 인간 경험을 표현하는 데에는 시가 가장 알맞은 문학 양식이라고 생각하였다(Jelliffe 16). 말하자면 그에게 시는 모든 문학 장르 가운데에서 왕자와 같은 높은 위치를 차지하고 있던 셈이다.

이렇게 시를 아주 높이 평가하고 있던 포크너는 일찍이 시 형식을 빌려 '인간 조건의 열정적인 순간'을 포착하려고 하였다. 그리하여 고등학교를 중퇴한 지 일 년 뒤, 그러니까 1916년경부터 소설가로 탈바꿈하기 바로 직전인 1925년경에 이르기까지 줄잡아 10년 동안 시 창작에 몰두하였다. 거의 같은 때 활동한 F. 스콧 피츠제럴드나 어니스트 헤밍웨이와 마찬가지로 문학 수업을 쌓기 위하여 유럽으로 떠나기에 앞서 포크너는 잠시 뉴올리언스에 머문 적이 있다. 이 무렵 미국 문단의 대가 격인 셔우드 앤더슨에게 "내가 셸리처럼 시를 쓸 수만 있다면 얼마나 행복할까요? 만약 그렇게만 된다면 나한테 무슨 일이 일어난들 어떠하겠습니까?"(Howe 16 재인용)라고 고백한 것으로 전해진다. 이 고백을 보더라도 이 무렵 포크너가 시에 얼마나 깊은 관심을 기울이고 있었는가를 쉽게 미루어볼 수 있다.

1

윌리엄 포크너가 문학에 뜻을 두고 본격적으로 창작에 몰두하기 시작한 것은 제1차 세계대전이 끝난 직후였다. 캐나다의 토론토에 있는 영국 공군의 훈련 과정에 들어가 비행 훈련을 받던 중 휴전이 되는 바람에 그는 미시시피 주 옥스퍼드 고향으로 돌아온다. 1919년과 1920년 사이 특별 학생 자격으로 그는 미시시피대학에서 일 년 남짓 공부를 한 적이 있다. 포크너가 시에 부쩍 깊은 관심을 기울이고 작품을 쓰기 시작한 것은 바로 이 무렵이었다. 학교 공부에는 거의 관심이 없다시피 하였고 오직 시를 쓰는 일에만 매달렸던 것이다. 미시시피대학에서 발행하는 신문과 잡지에 시 작품을 발표하였다. 그의 첫 시집에 실린 작품은 바로 이 무렵에 쓴 것들이다.

포크너가 출간한 맨 첫 번째 책이 소설이 아니라 시집이라는 사실은 시사하는 바 자못 크다. 1924년에 그는 마침내 『대리석 목신』(*The Marble Faun*)이라는 첫 시집을 간행하였다. 사정은 지금도 크게 다르지 않지만 이 무렵 이름 있는 출판사에서 시집을 간행한다는 것은 여간 어려운 일이 아니었다. 물론 문학적 스승이요 친구인 필 스톤(Phil Stone)의 재정적 도움이 있었다고는 하지만 이 시집이 한 보스턴 출판사에서 간행되었다는 것만으로도 작품의 수준을 어느 정도 가늠할 수 있다. 스톤은 이 시집의 서문에서 "젊은이가 쓴 시"니 "소박한 마음의 소유자가 쓴 시"니 또는 "불확실성과 환상의 시기에 속하는 시"니 하고 말하면서 기성 시인에게서 흔히 볼 수 있는 세련된 작품이 아니라는 점을 애써 강조한다. 달리 말해서 이 시집에서는 원숙한 기성 시인이 쓴 것과 같은 수준급의 작품을 기대해서는 안 된다는 조심스런 경고인 것이다. 그러나 이 시집에 실린 몇몇 작품들 가운데에는 포크너의 시적 재능을 가늠해 볼 수 있은 꽤 훌륭한 것들도 있다. 스톤은 이 작품들에서 "낱말과 그 음악성에 대한 남다른 느낌, 부드러운 모음에 대한 사랑, 색깔과 리듬에 대한 본능"을 느낄 수 있다고 밝힌다. 이 서문에서 특히 눈여겨보아야 할 것은 스톤이 포크너 문학의 본질을 지적하고 있다는 점이다.

이 시집의 저자는 본능적으로 그가 태어난 고향 땅에 깊이 몰두해 있는 남부인, 더구나 미시시피 주 사람이다. 조지 무어는 모든 보편적인 예술이란 무엇보다도 먼저 지방적인 것이 되어야만 훌륭하게 된다고 말하였다. 북부 미시피의 밝은 햇살과

앵무새 그리고 푸른 언덕은 이 젊은 시인의 존재의 일부를 이루고 있다. (Stone 6-7)

이 인용문에서 스톤이 언급하고 있는 조지 무어를 찬찬히 눈여겨볼 필요가 있다. 아일랜드에서 태어난 영국에서 활약한 무어는 19세기 말엽 빅토리아 소설에 자연주의를 처음 도입한 작가로 더욱 잘 알려져 있다. 그러나 무어는 예술 작품에서 지역성이 무척 중요하다는 점을 역설한 소설가이기도 하다. 『나의 죽은 삶의 회고록』(*Memoirs of My Dead Life*, 1906)에서 문학이 보편적인 것이 되기 위해서는 무엇보다도 먼저 지방적인 것이 되어야 한다고 주장한다. 다시 말해서 훌륭한 예술 작품이란 하나같이 특수성에 깊이 뿌리를 박되 그것을 뛰어넘어 좀 더 보편타당한 삶의 경험을 다루어야 한다는 것이다. 한 작가의 위대성은 바로 특수성과 보편성, 구체성과 일반성 사이에서 얼마나 절묘한 균형과 조화를 찾느냐에 달려 있다고 하여도 그렇게 틀린 말이 아니다. 포크너가 세계 문단에서 이름을 떨치고 있는 것도 따지고 보면 그 둘을 함께 잘 어우르고 있기 때문이다. 그런데 이러한 능력은 벌써 시를 쓰던 습작기에서 그 씨앗을 찾아볼 수 있다. 포크너의 작품에서 이러한 재능을 일찍이 발견하였다는 점에서 스톤은 참으로 예언자적인 사람이다.

포크너는 소설가로서 확고한 위치와 명성을 굳힌 뒤에도 여전히 시에 남다른 관심과 애정을 기울였다. 예를 들어 그는 1932년과 1933년에 걸쳐 노스캐롤라이나 주에서 발행되던 문예지 『콘템포』(*Contempo*)에 일련의 시를 발표하였는가 하면, 이 무렵 미국의 유수 잡지 가운데 하나인 『뉴리퍼블릭』(*New Republic*)에도 여러 편의 시를 기고하였다. 그리고 1932년과 1933년에는 그 동안 발표하였던 작품과 새로 쓴 작품을 한데 묶어 『새로운 대지』(*The New Earth*)와 『초록 나뭇가지』(*A Green Bough*)라는 시집을 출간하였다. 어쩌면 그는 작가로서의 삶을 모두 마칠 때까지 마치 결혼한 뒤에도 첫사랑을 잊지 못하는 낭만적인 연인처럼 시에 대하여 그야말로 애틋한 마음과 지칠 줄 모르는 정열을 간직하고 있었던 것이다.

이렇듯 포크너는 단편소설과 장편소설 못지않게 많은 시를 창작하였다. 모두 몇 편의 시를 썼는지 그 정확한 숫자를 헤아리기란 거의 불가능하다. 그 동안 학자들과 비평가들이 거의 도외시하다시피 해 온 그의 시 가운데 몇 편은 벌써 화재 등의 재화로 소실되었는가 하면, 다른 몇몇 작품은 아직도 출판되지 않은 상태에 있기 때문이다. 지난 1973년 현재 킨 버터워스의 연구 조사에 따르면 포크너가 쓴 시는 아직 발표되지 않은 작품을 포함하여 모두 200여 편 이상 되는 것으로 집계되었다(Butterworth 339-59). 그러나 아직 발굴되지 않은 작품까지 모두 합친다면 그 숫자는 이보다 훨씬 더 많을 것이다.

　　포크너가 창작한 시는 그가 생존해 있을 때 출간한『대리석 목신』과『초록 나뭇가지』를 비롯하여 그가 죽은 뒤 출판된 시집에 대부분 수록되어 있다. 특히 최근에 출간된『봄의 꿈』(Vision in Spring, 1921, 1984)과『미시시피 시』(Mississippi Poems, 1924, 1981) 그리고『헬런: 구애』(Helen: A Courtship, 1926, 1981) 등 1920년대에 포크너가 친필 원고나 타자 원고를 직접 책으로 제본하여 친구에게 증정한 시집들로서 최근에서야 비로소 일반 독자들에게 공개되었다. 이런 증정용 시집 가운데에는 화재로 원본의 일부가 소실된『라일락』(Lilacs, 1920)이라는 시집도 들어 있다. 이밖에도 포크너가『뉴 리퍼블릭』에 처음으로 발표한 시를 비롯하여 그가 미시시피대학에 적을 두고 있을 무렵 그 대학 신문『미시시피언』(The Mississippian)과 대학 연감『오울 미스』(Ole Miss)에 발표한 시 작품, 그리고 뉴올리언스의 문예지『더블 딜러』(Double Dealer)에 기고한 시 작품은 카블 콜린스가 편집한『윌리엄 포크너: 초기 산문과 시』(William Faulkner: Early Prose and Poetry, 1962)에 모두 실려 있다.

2

윌리엄 포크너는 시에 대한 지칠 줄 모르는 정열과 노력에도 결국 시인으로서는 성공을 거두지 못하였다. 여러 번 자신을 '실패한 시인'으로 자처하면서 시인으로서 실패하였다는 점을 솔직히 인정한다. 이 점에 관하여 그는 1955년에 진 스타인과 가진 인터뷰에서 다음과 같이 밝힌다.

> 나는 실패한 시인입니다. 어쩌면 모든 소설가들은 하나같이 처음에는 시를 쓰고 싶어 했는지 모릅니다. 그러나 자신에게 시를 쓸 수 있는 능력이 없다는 사실을 깨닫고는 단편소설에 손을 대지요. 단편소설은 시 다음으로 가장 엄격한 문학 형태입니다. 그리고 단편소설에도 실패하고 난 다음에서야 비로소 그는 장편소설을 쓰게 됩니다. (Meriwether & Millgate 238)

포크너 특유의 아이러니를 생각할 때 이 고백을 액면 그대로 받아들일 것은 못 된다. 그러나 그는 기회 있을 때마다 일관성 있게 여러 번 이 말을 거듭 되풀이하는 것을 보면 이 고백에는 분명 어느 정도의 진실이 담겨 있는 것 같다. 그렇다면 포크너는 무엇 때문에 '실패한 시인'이 되었는가? 다시 말해 그가 시인으로서 실패하게 된 가장 큰 원인은 과연 어디에 있었는가? 이 물음은 포크너의 예술을 이해하는 데 매우 중요한 실마리가 된다. 이 물음에 대한 대답 속에는 어떻게 하여 그가 소설가로서 성공을 거두었는지 바로 그 비결을 캐는 열쇠가 들어 있기 때문이다. 포크너의 시는 그의 신화적 왕국 '요크너퍼토퍼' 세계를 탐색하려는 사람들에게 아주 중요한 이정표 같은 역할을 한다. 최근에 들어와 많은 학자들과 비평가들이 포크너의 시에 부쩍 큰 관심과 주의를 기울이기 시작한 까닭도 바로 여기에 있다.

포크너가 시인으로서 실패한 데에는 크게 두 가지 원인에서 비롯한다. 무엇보다도 먼저 그의 시는 때로는 비굴할 만큼 남의 작품을 그대로 흉내 내고 있다.

다시 말해 선배 시인의 작품을 그대로 모방하고 있을 뿐 그것을 창조적인 것으로 끌어올리는 데는 실패하였다. 흔히 미국의 문화적 독립 선언문이라고 일컫는 「미국의 학자」(The American Scholar)(1837)라는 글에서 미국의 초월주의자 랠프 월도 에머슨은 "모방은 곧 자살"이라고 잘라 말한 적이 있다. 남을 그대로 흉내 내다 보면 스스로 새로운 그 무엇을 창조해 낼 능력이 없어진다는 것을 두고 이른 말이다. 에머슨의 말대로라면 포크너는 이 무렵 자살 행위를 하고 있는 것과 거의 다름없다. 물론 여기에서 모방과 창조의 문제는 언뜻 보이는 것처럼 그렇게 단순하지는 않다. 서양과 동양, 옛날과 지금을 가르지 않고 많은 문학 예술가들은 한편으로는 과거에 쓰이지 않은 새로운 그 무엇을 창조하려고 시도하면서도, 다른 한편으로는 그 과정에서 과거의 문학 전통과 문학 유산으로부터 어쩔 수 없이 직접 또는 간접적으로 영향을 받지 않을 수 없다는 딜레마에 부딪쳐 왔다.

특히 구조주의 비평 이후 이 모방과 창조의 딜레마는 현대 문학비평 이론에서 아주 중요한 몫을 맡고 있다. 예를 들어 프랑스의 기호학 이론가 쥘리아 크리스테바(Julia Kristeva)는 모든 문학 텍스트는 다른 텍스트를 흡수하고 변형시킨 것에 지나지 않는다는 이른바 '상호텍스트성' 이론을 주장하였다. 그런가 하면 미국 해체 비평의 기수라고 할 해럴드 블룸(Harold Bloom)은 후배 작가가 선배 작가의 작품을 모방할 때 느끼게 되는 이른바 '영향의 불안' 이론을 주장하기도 한다. 이렇듯 최근의 포스트모더니스트들에 따르면 태양 아래 새로운 것이 없다는 전도서 저자의 말대로 문학 텍스트에도 전혀 새로운 텍스트란 있을 수 없다. 모든 텍스트는 어떤 식으로든지 이미 과거나 동시대에 쓰인 다른 작품과 관계를 맺고 있기 마련이다.

그러나 포크너의 경우 이 모방과 창조의 문제는 다른 작가의 경우와 비교해 볼 때 한결 심각하다. 많은 비평가들이 지적해 왔듯이 포크너는 거의 모든 시 작품에서 지나치게 다른 시인들의 작품을 흉내 낸다. 그가 모방의 대상으로 삼고 있는 시인들은 윌리엄 셰익스피어와 에드먼드 스펜서를 비롯한 엘리자베스 시대의 시인들, 퍼쉬 비쉬 셸리와 존 키츠를 비롯한 낭만주의 시인들, 앨프리드 테니슨을 비롯한 빅토리아 시대의 시인들, 그리고 앨저넌 찰스 스윈번과 오스카 와일드와 A. E. 하우스먼을 비롯한 영국의 '세기말' 시인들이다. 한편 포크너는 스테판 말라르메와 폴 베를렌 같은 프랑스 상징주의 시인들을 모방하는가 하면, T. S. 엘리엇과 에즈라 파운드 같은 영국과 미국의 모더니즘의 시인들을 모방한다. 이밖에도 그는 알링턴 에드윈 로빈슨과 로버트 프로스트, E. E. 커밍스, 그리고 콘래드 에이컨 같은 현대 미국 시인들의 작품을 모방한다. 한마디로 르네상스 이후 서구 시 전통을 거의 대부분 모방의 대상으로 삼고 있다고 하여도 결코 지나친 말이 아닐 것 같다.

이미 앞에서 밝혔듯이 포크너는 선배 시인들의 작품을 모방하되 그것을 '창조적으로' 모방하는 데에는 실패하고 있다. 경우에 따라서는 '모방'이라는 표현보다는 차라리 '표절'이라는 표현이 훨씬 더 잘 어울릴 만큼 그는 선배 시인들의 작품을 비굴할 만큼 거의 그대로 빌려온다. 『초록 나뭇가지』에 수록된 아홉 번째 시의 맨 마지막 연(聯)은 이러한 것을 보여주는 좋은 예가 된다.

> [⋯] 그리고 이러한 평화를 찾았노라
> 이 황혼을 가로질러 휴식을 취하려고 발길을 옮기는
> 그가 다만 소박한 냄새와 소리를 찾을 때.
> 그리고 이것이 모든 것, 이것이 최상일 뿐 (Faulkner, *A Green Bough* 29)

힘들고 고된 하루 일과를 마치고 황혼을 배경으로 집으로 돌아가는 소박한 시골 농부를 묘사하고 있는 이 시 구절에서는 여러모로 하우스먼의 시집 『쉬로프셔의 젊은이』(*A Shropshire Lad*, 1896)에 실린 작품이 떠오른다.

> 해는 늘 서쪽으로 움직인다
> 일하려고 밟고 가는 그 길은

휴식을 취하는 집으로 인도한다.
그리고 그것이 최상일 뿐 (Housman 19)

　이 두 작품은 공간적 배경에서나 시간적 배경에서나 거의 똑같다. 공간적으로는 목가적인 시골 지방을 그리며, 시간적으로는 하루해가 기우는 일몰의 시간을 그린다. 이 두 시에서 공통적으로 나타나는 시간의 변화도 찬찬히 눈여겨볼 만한 대목이다. 시골 농부가 일하는 동안 아침 해는 어느덧 서쪽 하늘로 기울고, 어두운 저녁은 다시 아침을 몰고 온다. 이 두 작품에서처럼 농부가 하루 일과를 마치고 난 뒤 느끼는 가슴 뿌듯한 평화와 편안한 휴식이 그려져 있다. 화자를 비롯하여 분위기와 이미지 그리고 언어에서도 아주 비슷하다. 우리말로 옮기는 과정에서 그만 놓쳐 버리고 말았지만 심지어는 약강조(弱强調)의 리듬과 각운에 있어서도 거의 같다는 것을 알 수 있다.
　이번에는 『봄의 꿈』에 수록된 여섯 번째 시의 한 구절을 예로 들어보자. 이시의 다섯 번째 연은 다음과 같이 시작한다.

이제 우리 함께 갑시다, 그대와 나. 저녁이 깊어지고
하늘을 물들이는
장미가 연보랏빛으로 물드는 동안 (38)

　두말할 나위 없이 포크너는 여기에서 T. S. 엘리엇의 「J. 앨프리드 프루프록의 연가」(The Love Song of J. Alfred Prufrock, 1917)의 맨 첫 구절을 거의 그대로 흉내 내고 있다.

이제 우리 함께 갑시다, 그대와 나
저녁이 하늘을 배경으로 펼쳐 있을 때
마취 상태로 수술대 위에 누워 있는 환자처럼 (13)

이 두 시도 바로 앞에서 인용한 두 시와 마찬가지로 여러모로 비슷한 점이 많다. 권유형으로 되어 있는 맨 첫 행 "이제 우리 함께 갑시다, 그대와 나"는 말할 것도 없거니와, "저녁"과 "하늘"의 경우처럼 똑같은 낱말 똑같은 이미지를 쓴다. 비록 포크너는 이 시에서 엘리엇의 "마취 상태로 수술대 위에 누워 있는 환자처럼"이라는 구절을 그대로 흉내 내고 있지는 않다. 가히 형이상학적 비유라고 할 이 구절은 엘리엇이 처음 썼을 때만 하여도 아주 충격적으로 받아들여졌다. 이 무렵 영국 시단에서는 아직도 낭만주의의 흔적이 곳곳에 남아 있었다. 포크너에게도 이 구절은 아주 인상적으로 그의 뇌리에 깊이 각인되어 있었다. 1925년에 프랑스 파리에 잠시 머무는 동안 쓴 「엘머의 초상화」(Elmer's Portrait)라는 미완성 작품에서 그 구절을 거의 그대로 베껴 쓰다시피 한다.

그런데 포크너의 이러한 모방적 태도는 우연한 것이 아니라 의도적인 것이었다. 그에게 선배 작가의 작품을 흉내 내는 것은 굴욕적인 맹종이 아니라 오히려 새로운 창조를 위한 준비 단계에 지나지 않았기 때문이다. 그가 즐겨 쓰던 비유를 빌려 표현한다면, 그는 "마치 견습공으로 일하면서 대가(大家)로부터 일을 배우는 목수처럼"(Meriwether & Millgate 55) 선배 시인들의 작품을 의식적으로 모방함으로써 시를 쓰는 법을 배우려고 했던 것이다. 다른 비유를 쓴다면 그에게 선배 작가의 작품을 모방하는 것은 어디까지나 어느 목표에 올라가기 위한 사다리에 지나지 않는다. 일단 그 목표에 올려간 뒤에는 그는 그 사다리를 집어던져 버리고 홀로 자신의 길을 걷는다.

포크너의 이러한 태도는 그가 문학 수업을 쌓던 시절에 탐독한 윌러드 헌팅턴 라이트(Willard Huntington Wright)의 미학 이론에서 영향을 받은 바 무척 크다고 할 것이다. '철학과 미학의 통사론'이라는 부제가 붙은 『창조적 의지』(*The Creative Will*)(1916)에서 라이트는 "모든 천재 예술가는 그의 초기 단계에서 늘 한 사람 이상의 대가의 작품을 표절해 왔다"고 지적한다. 또한 "진지하고 참다운 예술가에게 이러한 모방 충동은 자기표현을 위한 필요성에서 생겨나며, 이것을 통하여 그는 자신의 역량을 증가시키고 마침내는 자신의 운명을 발견하게 된다"고 주장한다(Wright 181). 그런데 불행하게도 포크너는 선배 시인들의 작품을 발판으로 삼아 창조적인 세계로 도약하지 못하고 단지 그것을 흉내 내는 것으로 그치고 말았다.

3

윌리엄 포크너가 시인으로서 실패한 두 번째 원인은 첫 번째 원인보다 좀더 본질적인 데에서 비롯한다. 소설 작품에서와는 달리 시 작품에서 그는 좀처럼 삶의 경험을 구체적이고 극적으로 형상화시키지 못한다. 바꾸어 말해서 대부분의 시에서 구체적이고 일상적인 삶의 경험 대신에 지나치게 추상적이고 비현실적인 삶의 경험을 다룬다. 이 무렵 포크너는 보편성이나 일반성이란 오직 구체성과 특수성에 뿌리를 두고 있을 때에만 비로소 가치가 있다는 사실을 미처 깨닫지 못하고 있는 듯하다. 이러한 경향은 특히 그의 후기 시보다는 초기 시에서 훨씬 더 두드러지게 나타난다.

포크너의 시 작품으로서는 가장 처음으로 지면에 발표한 「목신의 오후」 (l'après-midi d'un faune)는 이러한 경우를 보여주는 좋은 예로 꼽을 만하다. 이 시는 1919년 8월에 『뉴리퍼블릭』지(誌)에 처음 발표하였다가 조금 손질하여 같은 해 10월에 미시시피대학에서 발행하는 신문 『미시시피언』에 다시 발표하였다. 선조가 그 동안 써 오던 성(姓) 'Falkner'에 'u'자를 덧붙여 'Faulkner'라는 성을 쓰기 시작한 것도 바로 『뉴리퍼블릭』에 이 시를 발표하면서부터이다. 포크너는 프랑스의 상징주의 시인 스테판 말라르메의 동명(同名) 시에서 이 작품의 제목을 빌려온다. 말라르메의 이 시는 프랑스의 작곡가 클로드 드뷔시가 음악으로 작곡하여 더욱 잘 알려진 작품이다. 포크너의 「목신의 오후」는 첫째 연 24행, 둘째 연 16행의 겨우 40행밖에 되지 않는 비교적 짧은 작품이다.

그런데 이 시에 등장하는 화자는 삶의 희로애락에 동참하는 피와 살을 가진 구체적인 인간이 아니라, 그 제목 그대로 반인 반양(半人半羊)의 형체를 지닌 숲과 목축의 신이다. 이 작품에서 목신은 숲 속에 사는 반신반인(半神半人)의 소녀 님프를 사랑한다.

> 나는 노래하는 나무를 지나 그 뒤를 쫓는다
> 그녀의 길게 늘어진 구름 같은 머리카락과 얼굴을
> 그리고 음탕하고 꿈꾸는 무릎을
> 잠자는 시냇물의 어떤 곳에서 흐르는 반짝이는 물과 같은
> 또는 조용하고 사랑에 지친 공중에 천천히 떨어지는 가을 낙엽과 같은
>
> (Faulkner, *Early Prose* 39)

님프의 아름다운 모습에 도취되어 지금 목신은 숲 속에서 그의 뒤를 쫓는다. 마침내 님프를 붙잡은 목신은 손에 손을 잡고 그녀와 함께 푸른 들판을 따라 걷는다. 황혼이 깃들 무렵 어느 시냇가에 다다른 그들은 그곳에서 어쩌면 사랑의 극치를 맛보는 것 같다. 그러나 이 시의 마지막 구절에 이르러서는 목신의 욕망은 아직도 채워지지 않은 채 여전히 미지의 세계로 떠나고 싶은 강한 욕망을 느낀다.

적지 않은 학자들과 비평가들이 지금까지 지적해 왔듯이 이 작품은 음악적 리듬과 감각적 이미지를 효과적으로 사용하고 있으면서도 시로서는 실패한 작품이다. 앞에 인용한 구절에서도 보이듯이 포크너는 이 시에서 지나치게 과장된 비유를 쓴다. 예를 들어 "노래하는 나무"라든지 "반짝이는 물"은 그렇다고 치더라도 "꿈꾸는 무릎"이니 "잠자는 시냇물"이니 하는 표현은 지나친 데가 없지 않다. 물론 이것은 프랑스 상징주의 시인들에게서 영향을 받은 것이다. 상징주의 시인들은 하나 이상의 감각을 한데 어울려 표현하는 공감각을 즐겨 썼다. 비록 정상 어법에서 벗어나는 것이 비유라고는 하지만 비유가 정상적인 사용에서 너무 벗어날

때 그 비유는 제 구실을 할 수 없기 마련이다. 그것은 감정을 지나치게 과장하여 표현하려는 나머지 오히려 감정을 제대로 전달하지 못하는 것과 같다.

그러나 무엇보다도 이 시의 가장 큰 약점이라고 한다면 역시 일상적이고 구체적인 삶의 경험을 제대로 형상화시키지 못하였다는 데 있다. 이 시가 묘사하고 있는 세계는 구체적인 인간의 삶과는 너무나 동떨어진 목가적인 이상향이다. 이 시의 화자로 등장하는 목신은 비록 인간처럼 계절의 변화 속에서 충족할 수 없는 욕망을 갈구하고 그것에 좌절하고 절망하지만 여전히 반인 반양의 존재에 지나지 않는다. 따라서 그에게는 구체적인 사회적 환경이나 역사적 현실은 별다른 의미가 없다. 비현실적이고 환상적인 경험은 둘째 연에서 "나는 어느 멀고 고요한 한밤중의 정오로 / 떠나가고 싶은 형언할 수 없는 소망을 지닌다"라는 구절에서 잘 드러난다. '한밤중의 정오' 같은 모순 어법에서 잘 드러나듯이 이 시의 세계는 다분히 시대착오적이라고 할 만하다.

포크너의 첫 번째 시집 『대리석 목신』 역시 「목신의 오후」와 마찬가지로 일상적 삶의 경험 대신에 지나치게 추상적이고 비현실적인 삶의 경험을 다룬다. 제목을 비롯하여 내용과 형식 그리고 언어에서도 이 작품은 19세기 미국 작가 너새니얼 호손과 영국의 낭만주의 시인 존 키츠 그리고 앨프리드 테니슨에게서 영향을 받은 흔적이 곳곳에서 엿보인다. 이 연작시는 전원풍의 목가 시로서 모두 810행의 약강조(弱强調) 4보격 2행 연구(二行連句)로 되어 있다. 모두 20편의 시로 이루어져 있는 이 연작시는 마치 헨리 데이비드 소로의 『월든』(1854)과 마찬가지로 네 계절의 변화와 리듬을 구성상의 뼈대로 삼아 젊음·아름다움·사랑·자연·삶의 유위 변전 등 목가 시에서 흔히 볼 수 있는 주제를 다룬다.

『대리석 목신』에 등장하는 화자는 「목신의 오후」에서와 마찬가지로 삶의 희열과 고통과 절망에 동참하는 구체적인 인간이 아니라 어디까지나 반인 반양(半羊)의 모습을 한 목신이다. 이 작품은 1924년에서야 비로소 출판되었지만 시인 자신이 시집 끝 부분에서 밝히듯이 1919년 4월부터 6월 사이, 그러니까 「목신의 오후」와 거의 비슷한 시기에 썼다. 이렇듯 이 시집과 「목신의 오후」는 거의 같은 시기 포크너의 상상 세계에서 나온 작품이다. 그렇기 때문에 이 두 작품 사이에는 같은 무렵에 화석으로 만들어진 동물처럼 여러모로 공통점이 적지 않다.

그러나 『대리석 목신』에서 화자는 대자연을 배경으로 님프를 쫓는 목축의 신이 아니라 제목 그대로 대리석 조각품이다. 이 시의 화자는 네 쪽 모두 벽으로 둘러싸인 정원 한 가운데 선 채 주위에서 일어나는 갖가지 모습을 지켜본다. "가냘픈 몸매의 아가씨처럼" 바람에 나부끼는 포플러나무, "잘 균형 잡힌 무희들과 같은" 온갖 꽃들, "나무처럼 우아하게 날씬한" 정원 분수 그리고 "무서울 만큼 시끄러운 놋쇠 나팔소리"에 맞추어 춤을 추는 군중의 모습은 싸늘한 대리석에 갇혀 있는 자신의 상황과는 너무나 큰 대조를 이룬다.

> 왜 이다지도 나는 슬퍼하는 것일까, 나는?
> 왜 나는 만족하지 못하는 것일까? 하늘은
> 나를 따뜻하게 해주지만 나는 대리석 속박에서
> 벗어날 수 없구나. 저 민첩하고 날카로운 뱀은
> 마음대로 오고 가는데, 나는
> 꿈의 포로가 되어 알 것 같기도 하고 모를 것 같기도 한
> 것 때문에 한숨을 쉰다.
> 위로는 하늘과 아래로는 땅 사이에서 (Faulkner, *Marble Faun* 12)

첫 구절에서 화자는 왜 현실에 만족하지 못하고 슬픔에 잠겨 한숨만 쉬고 있는지 그 까닭을 잘 모르겠다고 말한다. 그러나 그 까닭은 너무나 분명하다. "나는 대리석 속박에서 / 벗어날 수 없구나"라는 구절에서도 잘 드러나 있듯이 그는 대리석 조각 안에 굳게 갇혀 있기 때문이다. 살아서 숨 쉬며 꿈틀거리는 생물체가 아니라 남의 집 정원에 자리 잡고 있는 차디찬 대리석 상(像)에 지나지 않는다. 인간은 그만두고라도 땅 위에 기어 다니는 뱀조차도 부럽게만 느껴진다. 적어도

뱀은 자신이 가고 싶은 곳으로 여기저기 옮겨 다닐 수 있다. 태양이 반짝이는 하늘과 뱀이 기어 다니는 땅 사이에서 그는 굳게 갇혀 있다.

그런데 여기에서 한 가지 눈여겨볼 것은 화자가 그 많은 생물 가운데에서도 왜 하필이면 뱀을 언급하고 있는가 하는 점이다. 기독교가 지배하는 서구 문화에서 뱀은 흔히 악마의 화신으로 여기기 일쑤이다. 저 에덴동산에서 평화롭기 그지없는 삶을 누리던 아담과 이브를 유혹하여 파멸의 구렁텅이로 몰아넣은 장본인이 바로 뱀이다. 아담과 이브의 친구와 다름없던 뱀은 그 뒤 하나님의 저주를 받아 바라보기에도 끔찍스런 모습에다 평생을 땅위에 기어 다닌다. 그리하여 서구 사람들에게 뱀은 혐오의 대상으로 끔찍이도 싫어한다. 지혜의 상징으로 뱀을 높이 여기는 동양과는 큰 차이가 난다.

이렇게 대리석 목신의 비극과 절망은 변화무쌍한 삶에 동참하지 못하고 마치 감옥에 갇힌 수인(囚人)처럼 '꿈의 포로'가 되어 있다는 데 있다. 다음에 인용할 시구처럼 그는 "영원히 대리석의 포로 신세가 되어야 할" 운명에 놓여 있다. 그렇기 때문에 언제나 대리석 상에 갇힌 채 주위에서 일어나는 일을 지켜보는 것으로 만족하지 않으면 안 된다. 누구보다도 계절의 변화에 민감한 그는 봄에서 여름을 거쳐 가을과 겨울, 그리고 겨울에서 다시 봄을 맞이하면서 한때 대리석 감옥으로부터 벗어나 잠시 대자연의 일부가 됨을 느낀다. 그러나 그가 느끼게 되는 대자연과의 교감이나 일체감은 현실의 절망을 잊기 위한 한낱 공상이나 환상에 지나지 않는 것 같다. 이 시의 맨 마지막 「에필로그」에서 시간의 흐름과 대자연의 변화와는 전혀 관계없이 화자는 여전히 차디찬 대리석 조각품으로 남아 있을 뿐이다.

> 아, 이 모든 것이
> 영원히 대리석의 포로 신세가 되어야 할
> 나를 부르는구나

변함없이 해가 바뀌고 바뀌는 동안.
내 마음은 벅차면서도 변함없는 하늘을 향하고 있는
타오르는 내 대리석 눈을 식혀 줄
눈물 한 방울 흘릴 수 없구나 (*Early Prose* 50-51)

『대리석 목신』의 화자가 느끼는 이러한 절망과 고뇌는 곧 포크너 자신의 그 것이라고 할 수 있다. 변화무쌍한 자연, 삶의 희열과 고통에 함께 참여하지 못한 채 단순히 방관자 역할을 맡고 있는 대리석 목신처럼 시인은 이 작품에서 삶의 경험을 극적으로 형상화해 내지 못한다. 그가 이 시에서 표현하고 있는 것은 「목신의 오후」에서와 마찬가지로 한낱 일상적 삶과는 동떨어진 이상향이나 신화의 세계이다. 그것은 목신이 피리를 부는 아르카디아의 세계로서 거기에는 시간이 멈추어 있고 삼라만상의 자연이 좀처럼 세월의 풍화 작용을 받지 않는 초월적인 영원의 세계이다. 포크너가 이 시에서 묘사하고 있는 세계가 얼마나 비현실적인 가 하는 것은 그가 사용하고 있는 자연 배경이나 이미지를 보아도 쉽게 알 수 있 다. 일찍이 로버트 P. 애덤스와 클렌스 브룩스가 지적하였듯이 이 작품의 배경과 이미지는 다분히 인위적이다(Adams 20; Brooks 17-18). 예를 들어 이 시에는 미 국의 남부 지방, 특히 북부 미시시피 지방의 푸른 언덕 대신에 영국이나 스코틀랜 드에서나 흔히 볼 수 있는 고원 지대와 초원 지대가 등장한다. 그런가 하면 이 시에는 미국 남부 지방에서는 도저히 볼 수 없는 갖가지 식물과 동물이 언급되기 도 한다.

이렇게 환상적이고 비현실적인 세계에서 시인은 대리석 목신처럼 "마음은 벅차면서도 [⋯] 눈물 한 방울 흘릴 수 없는" 상황에 놓이게 된다. 포크너의 시적 상상력은 마치 차디찬 대리석 돌에 갇혀 있는 목신처럼 환상의 굴레 속에 굳혀 갇혀 있다. 시인을 비롯한 문학가에게는 마음이 벅찬 것을 느끼는 것만으로는 부 족하다. 눈물과 피와 땀으로 뒤범벅된 구체적인 현실 세계를 떠나서는 시도 소설도 쓸 수 없기 마련이다. 이 점에서 맥스 퍼츨은 이 대리석 목신이야말로 포크너 "예술의 발육 정지 상태를 보여주는 웅변적인 상징"이라고 지적한다(Putzel 12). 포크너는 이러한 발육 정지 상태에서 벗어날 때 비로소 작가로서 첫걸음을 성큼 내딛게 될 것이다.

포크너 시의 이러한 한계성은 비단 『대리석 목신』에만 그치지 않는다. 『라일락』과 『봄의 꿈』에 실려 있는 작품도 거의 비슷하다. 모두 13편의 시로 이루어진 『라일락』은 1920년 1월 친구이자 문학적 스승이라고 할 필 스톤에게 증정한 시집이다. 이 시집에는 이미 두 번에 걸쳐 발표한 「목신의 오후」를 비롯하여 1919년에 『미시시피언』에 실렸던 3편의 시, 그리고 앞으로 발표하게 될 시들이 수록되어 있다. 「목신의 오후」를 빼놓은 나머지 작품에서는 님프나 판을 쫓는 목신은 등장하지 않지만, 앨저넌 찰스 스윈번의 영향을 받고 쓰인 몇몇 작품에는 여전히 신화적 소재와 주제를 엿볼 수 있다.

그러나 포크너가 1920년대에 쓴 시가 다 신화적이고 초월적인 경험만을 다루는 것은 아니다. 예외 없는 규칙이 없듯이 이 무렵에 쓴 작품에서도 구체적인 일상 경험을 다루는 것도 더러 있다. 가령 1920년 3월에 『미시시피언』에 실린 「포플러」(Poplar)는 이러한 경우를 보여주는 좋은 예로 꼽을 만하다.

> 그대는 왜 거기서 떨고 있는가
> 하얀 강과 길 사이에서?
> 그대는 춥지 않다
> 햇살이 그대 주위에 꿈꾸고 있으니
> 하지만 그대는 애원하듯 부드러운 팔을 들어올린다
> 마치 그 가냘픔을 숨기려고 하늘에서 구름을 끌어당기는 듯이
>
> 그대는 젊은 처녀
> 황홀한 정숙의 고통 속에서 몸을 떨고 있는.

그 옷이 억지로 벗겨진

하얀 실체의 처녀 (*Early Prose* 60)

제목 그대로 강가에 서 있는 포플러 나무를 노래한 작품이다. 이 무렵에 쓴 작품과 비교해 보면 이 시는 아주 구체적이고 감각적이다. 하늘을 향해 나뭇가지를 곧게 뻗고 있는 포플러나무를 가냘픈 몸매의 젊은 여성에 견주는 것은 새롭다면 새롭다. 첫째 연의 마지막 행에서 "그대는 애원하듯 부드러운 팔을 들어올린다 / 마치 그 가냘픔을 숨기려고 하늘에서 구름을 끌어당기는 듯이"라고 말하는 대목에서는 뛰어난 시적 상상력을 읽을 수 있다. 이러한 상상력은 둘째 연에 이르러 더욱 빛을 발한다. "황홀한 정숙의 고통 속에서 몸을 떨고 있는"이라는 구절에서는 바람에 잎사귀를 나부끼며 서 있는 포플러나무의 모습이 무척이나 육감적으로 다가온다. 그 '황홀한 정숙'이라는 모순 어법이 전혀 어색하지 않고 오히려 자연스럽게 느껴지는 것은 바로 그 때문이다. 맨 마지막 두 행 "그 옷을 강제로 벗겨놓은 / 하얀 실체의 처녀"라는 구절은 나목이 된 포플러나무가 하얀 나무줄기를 그대로 드러내고 서 있는 모습을 두고 말한 것이다. 그런데 이 구절에서는 성폭력을 떠올리게 한다. 『병사의 보수』(*Soldiers' Pay*, 1926)에 등장하는 세실리 손더스(Cecily Saunders)를 비롯한 여성 작중인물을 자주 포플러나무에 빗대는 것을 보면 이 가냘픈 포플러나무는 포크너의 뇌리에 깊이 새겨 있는 듯하다.

『라일락』과 『봄의 꿈』을 분수령으로 포크너는 조금씩 현실적이고 구체적인 삶의 경험을 다루기 시작한다. 시집의 제목으로 삼고 있는 「라일락」을 비롯한 몇몇 작품에서 처음으로 신화적 인물 대신에 구체적인 인간을, 그리고 시간적으로나 공간적으로도 좀 더 동시대적인 사건에서 소재를 취해 온다. 예를 들어 「라일락」은 제1차 세계대전에 참전하여 독일 만하임 전투에서 독일군에 격추된 영국 공군의 비행병을 묘사한다. 그런데 이 작품에서 주인공이 쫓고 있는 대상은 목신의 경우처럼 님프나 판이 아니라 독일군 조종사이며, 그 추적의 배경도 "노래하는 나무"나 우거진 풀밭이 아니라 "아른아른 반짝이는 드넓은 창공"이다. 여러모로 이 시의 주인공은 포크너의 첫 장편소설『병사의 보수』(1926)에 등장하는 도널드 메이혼(Donald Mahon)이나『흙 속의 깃발』(*Flags in the Dust*, 1929, 1973)에 등 장하는 베이여드 사토리스와 존 사토리스 쌍둥이 형제를 떠올리게 한다.

『라일락』과 마찬가지로『봄의 꿈』도 소재와 주제 면에서 볼 때 환상적인 면과 현실적인 면이 서로 뒤섞여 나타난다. 이 시집은 본디 1921년 여름에 포크너 가 어렸을 적부터 사랑하였지만 지금은 젊은 변호사의 아내가 된 에스텔 올드햄 프랭클린(Estelle Oldham Franklin)에게 증정한 것이다. 이러한 전기적인 사실에 서 드러나듯이 이 시집에 실린 대부분의 시는 현실 세계에서는 도저히 이루어질 수 없는 사랑과 그러한 사랑에서 비롯하는 비극적 상실감 그리고 죽음의 문제를 중요한 주제로 다룬다. 그런데 이 시집의 제목으로 삼고 있는「봄의 꿈」이라는 시는「목신의 오후」와 크게 다르지 않다.「오르페우스」(Orpheus)라는 제목이 붙 어 있는 열두 번째 작품은 시작과 끝이 황혼을 배경으로 유리디체를 기다리는 오 르페우스의 모습을 그린다. 그리고 이 시집의 맨 마지막 작품「4월」은 나이팅게 일의 노래 소리에 맞추어 목동을 만나러 가는 어느 소녀를 묘사한다.

다분히 환상적이고 목가적인 이러한 작품과는 달리 이 시집에는 현실적이고 일상적인 경험을 다루는 작품도 실려 있다. 가령 이 시집에서는 제목을 붙이지 않 았지만 다른 곳에서는「결혼」이라는 제목을 붙여 놓은 열한 번째 작품은 좋은 예 가 된다. 이 작품에서 포크너는 시인의 개인적인 경험을 현대적 감각에 어울리는 언어로 표현한다. 즉 어느 남자가 난롯가에 앉은 채 아름다운 젊은 여성이 피아노 를 연주하는 모습을 황홀한 듯이 지켜보고 있다. 그런데 이러한 낭만적이고 평화 스런 분위기와는 걸맞지 않게 시인은 이 작품에서 두 젊은 남녀 사이의 팽팽한 긴장과 갈등을 다룬다.

4

윌리엄 포크너가 시 작품에서 좀 더 구체적이고 일상적인 경험을 다루기 시작하는 것은 1925년, 그러니까 그가 시인에서 소설가로 탈바꿈하기 바로 직전부터이다. 1924년 12월에 초등학교 급우였던 머틀 래미에게 증정한 『미시시피 시』, 1926년 6월에 뉴올리언스에서 친구 헬런 베어드에게 증정한 『헬런: 구애』, 그리고 1933년 4월에 출간한 『초록 나뭇가지』에 실린 작품에 이르러 포크너는 비로소 신화적 환상과 이상향의 세계로부터 벗어나 좀더 현실적인 삶의 경험을 다루기 시작하였다. 그런데 그의 예술적 변모 과정에서 아주 결정적으로 산파 역할을 맡은 사람은 바로 A. E. 하우스먼이었다. 1924년 10월에 쓰고 그 이듬해 4월에 『더블 딜러』에 발표한 「옛날의 시와 갓 태어난 시: 한 순례」(Poetry Old and Nascent: A Pilgrimage)라는 글에서 포크너는 우연히 손에 넣게 된 하우스먼의 시집 『쉬로프셔의 젊은이』가 자신에게 얼마나 신선한 충격을 가져다주었는지를 밝힌다.

> 나는 책방에서 종이로 제본된 그 시집 한 권을 우연히 발견하였다. 그 시집을 처음 펼쳤을 때 나는 그 속에서 현대인들이 마치 어두운 숲 속에서 때로는 아름다움으로 낭랑한 소리를 질러대며 희미한 냄새를 찾고 있는 개처럼 울부짖으며 찾고 있는 그 비결을 찾아내었다. 바로 이 시집 속에는 한 환상적인 세계에 태어나는 이유가 담겨 있었다. 즉 나는 견인불발의 찬란함과 나무처럼 흙에서 태어난 아름다움을 찾아냈던 것이다. (*Early Prose* 117)

프랑스 상징주의 시인한테서 한차례 강한 세례를 받은 포크너는 이제 천상의 별을 쫓는 대신 질퍽한 대지에 다리를 박기 시작하였다. 바로 이 과정에서 무엇보다도 큰 역할을 한 작품이 하우스먼의 『쉬프로셔의 젊은이』이다. 이 시집을 통하여 포크너는 다름 아닌 "나무처럼 흙에서 태어난 아름다움"을 처음 찾아내게 되었다. 그리하여 영국 시골 지방의 소박한 삶의 모습을 진솔하게 묘사한 하우스 먼처럼 그도 미국 남부 지방의 삶에 뿌리를 박은 채 그곳 사람들의 평범한 삶을 다루려고 했던 것이다.

이렇게 하우스먼을 발견하고 나서 쓴 작품, 즉『미시시피 시』와『헬런』그리고『초록 나뭇가지』에 실린 작품에서는 정신적인 것보다는 육체적이고 감각적인 것, 추상적인 것보다는 일상적인 것, 그리고 초월적인 것보다는 구체적인 것이 훨씬 더 두드러지게 나타난다. 예를 들어 포크너는『미시시피 시』에 실린 맨 첫번째 작품에서 시골 농부의 삶을 사실주의적 수법으로 묘사한다.

> 이렇게 나이가 많은데도 나는 기억할 수 있을까?
> 이 나무 이 언덕을,
> 어떻게 이 골짜기가 햇살로 가득 차는지
> 그리고 아침의 황금을 주고 초록 오후를 사서
> 하루가 끝나면 다시 잠으로 되팔 수 있는지를 (*Helen* 149)

포크너는 이 작품에서도 미국 남부 지방 시골 농부의 질박한 삶의 모습을 실감나게 그린다. 특히 이 시에서 눈여겨볼 대목은 "이 나무 이 언덕"이나 "이 골짜기"에서처럼 '이'라는 지시 형용사를 유난히 많이 쓴다는 점이다. '저'라는 지시 형용사가 현실과 동떨어진 추상적 세계를 가리킨다면, '이'라는 지시 형용사는 바로 살갗에 와 닿는 "지금 여기"의 구체적인 현실 세계를 가리킨다. "아침의 황금을 주고 초록 오후를 사서 / 하루가 끝나면 다시 잠으로 되팔 수 있는지를"이라는 마지막 두 행에서는 비유법이 무척 신선하다. 이 구절에서는 이익만을 추구하는 자본주의의 영악한 경제 논리보다는 물물교환 같은 시골 농부들의 건강한 경제를 자연스럽게 떠올리게 된다.

처음에는『미시시피 시』에 수록되어 있었다가 뒷날 고쳐 써서 다시『초록 나뭇가지』에 실린 한 작품도 전형적인 미국 남부 지방의 시골 농부의 삶을 그린다. 여덟 번째는 아마 이러한 경우를 보여주는 아주 좋은 예가 될 것 같다.

그는 조용히 불어오는 큰 바람결에
그 그림자를 끌며 두 배로 달콤한
갈색 땅을 갈아엎는다. 그의 발밑에서는
밭고랑이 부서지고 그 끝자락에서

그는 다시 돌아온다. 머리 둘레에 평화를 지닌 채
그는 다시 땅을 가로지른다.
여전히 크나큰 빵의 약속을 간직한
그리고 그에게 그 힘의 깨끗한 냄새 풍기는 그 자신의 땅

반짝이는 하늘빛 숲을 배경으로
검정새 한 마리가 서늘하고 부드럽게 지저귄다.
그리고 허파를 채우기 위하여
잠시 그가 서 있는 동안 노란 토끼

한 마리가 재빠르게 뛰쳐나오고, 그 반짝이는 짧은 꼬리는
발정하려고 놀라
밭고랑 언덕에서 제멋대로 달아나면서 근육이 뭉친 채.
그는 소리친다. 검은 액체 같은 소나무는

그의 낮아지는 목소리를 되받는다. 마치 나무 잎이
떨어지는 자신을 맞기 위하여 밝고 갈색의 깊이를 들어 올리듯이.
그러고 나서 다시 침묵의 도둑인
번쩍이는 모피의 검정새 (*Marble Faun* 27)

이 시는 「목신의 오후」나 『대리석 목신』에 실린 작품과 비교해 보면 그야

말로 하늘과 땅만큼 큰 차이가 난다. 님프 같은 요정이나 판 신(神)이 등장하는 대신 이 작품에서는 피와 살을 지닌 구체적인 농부가 등장한다. 그것도 목 언저리가 햇볕에 그을려 붉다고 하여 북부 사람들이 조롱 삼아 '레드 넥'이라고 부르는 그 영락없는 미시시피 시골 농부의 모습이다. "달콤한 갈색 땅을 갈아엎는" 농부에게서는 흙냄새에다 땀 냄새가 물씬 풍기는 듯하다. "여전히 크나큰 빵의 약속을 간직한 / 그리고 그에게 그 힘의 깨끗한 냄새 풍기는 그 자신의 땅"이라는 구절에서는 건강한 노동과 삶의 신비가 꿈틀거린다. 숲 속에서 울고 있는 새도 미국에서는 눈을 씻고 찾아보아도 볼 수 없는 나이팅게일이 아니라, 남부 지방에서라면 어디에서나 쉽게 볼 수 있는 검정새이다. 숲 속에서 뛰노는 것도 신화나 이상 세계에서나 흔히 볼 수 있는 님프나 판이 아니라 다람쥐와 함께 지천으로 깔려 있는 노란 토끼이다. 그리고 무화과나무나 라일락 나무 대신에 그 흔하디흔한 소나무가 시인의 관심을 끈다.

『초록 나뭇가지』에 실린 몇몇 시 작품들은 앞으로 포크너가 그의 신화적 왕국 '요크너퍼토퍼' 군과 '제퍼슨' 읍에서 묘사하게 될 인물과 배경, 소재와 주제 따위에 아주 가깝다. 맥스 퍼츨의 말대로 포크너의 시에서 "님프와 목신이 점차 사라짐에 따라 그의 천재성은 비로소 동이 트고 빛을 발하기 시작하였다"(Putzel xiii)고 할 수 있다. 그러나 퍼츨이 이 무렵 포크너의 시적 재능을 두고 '천재성'이라고 부르는 것은 지나친 데가 있다. 「목신의 오후」나 『대리석 목신』 같은 초기 시 작품과 비교해 볼 때 『초록 나뭇가지』에 실린 작품이 좀 더 구체적이고 일상적인 삶의 모습을 다루고 있는 것은 사실이지만 그렇다고 그의 천재성이 빛을 발하는 것은 아니다. 그의 천재성이 비로소 찬란한 빛을 발하는 것은 시 작품에서가 아니라 장편소설에서이기 때문이다. 여기에서 자신을 두고 '실패한 시인'이라고 말한 포크너의 말을 다시 한 번 떠올리는 것이 좋을 듯하다.

5

  윌리엄 포크너는 비록 시인으로서는 실패했을망정 그의 시 작품은 그의 문학 세계에서 아주 중요한 의미를 지닌다. 무엇보다도 먼저 시에는 앞으로 소설 세계에서 찬란히 꽃피우게 될 예술적 씨앗이 거의 대부분 뿌려져 있다. 그렇기 때문에 포크너의 예술적 씨앗이 이들 시에 어떻게 배태되어 있는가 하는 문제는 그가 무엇 때문에 시인으로서 실패하였는가 하는 문제 못지않게 중요하다. 포크너의 시는 요크너퍼토퍼 소설을 비롯한 그의 대부분의 소설에 직접 또는 간접적으로 영향을 끼친다. 이러한 영향은 작중인물과 그 성격·플롯과 구성·스타일과 기교·상징과 이미지·주제 따위에서 살펴볼 수 있다.

  첫째, 작중인물이나 성격 형성에서 볼 때 포크너의 시에 비교적 일관성 있게 인물이 등장한다. 주디스 L. 센시바의 지적대로 피에로나 그와 비슷한 속성을 지닌 인물이 바로 그들이다(Sensibar 106-17). 프랑스의 상징주의 시인들과 초기 모더니즘 시인들의 작품에 흔히 등장하는 피에로는 사회로부터 버림받은 고독한 시인을 상징하는 인물이다. 한편으로 우스꽝스러울 만큼 희극적인 모습을 지니는가 하면, 다른 한편으로는 처절할 만큼 비극적인 모습을 보이기도 한다. 1920년에 미시시피 대학 연극 클럽이 상연할 작품으로 쓴 상징주의 단막극 『꼭두각시』(*The Marionettes*)에 주인공으로 등장하는 피에로는 『봄의 꿈』에서 중요한 1인칭 화자로 등장한다. 이 밖에도 비록 피에로라는 이름으로 직접 부르지는 않지만 그와 비슷한 속성을 지닌 인물은 『대리석 목신』을 비롯한 그의 거의 모든 시에 엿볼 수 있다. 예를 들어 그는 첫 시집에서 님프를 쫓는 대리석 목신의 모습으로 나타나며, 『라일락』에서는 적군의 비행기를 쫓는 비행사나 사랑의 실패에 절망하는 젊은이의 모습으로 나타난다. 그런데 포크너의 시에 등장하는 피에로를 닮은 인물은 뒷날 그의 소설에서 다분히 몽상적이고 도덕적으로 패배한 작중인물들로 발전한다. 『흙 속의 깃발』에 등장하는 젊은 베이어드 사토리스, 『고함과 분노』(*The Sound* and the Fury, 1929)에 등장하는 퀜틴 콤슨, 『성역』(Sanctuary, 1931)에 등장하는 호러스 벤보, 그리고 『모세여 내려가라』(Go Down, Moses, 1942)에 등장하는 아이작 맥캐슬린(Issac McCaslin) 등은 하나같이 피에로나 그를 닮은 인물이라고 할 수 있다.

둘째, 포크너의 시에는 그의 소설에서 흔히 볼 수 있는 구성상의 특이성을 찾아볼 수 있다. 그의 소설은 플롯과 구성에서 느슨하고 산만하여 언뜻 통일성이나 일관성이 부족한 것처럼 보인다. 그의 소설 작품에서는 19세기 사실주의 전통에 서 있는 작품들과는 달리 인과 관계에 따라 사건이 결말을 향하여 일직선적으로 진행하지 않고 오히려 에피소드처럼 와선적(渦旋的)으로 진행한다. 『고함과 분노』나 『팔월의 빛』(Light in August, 1932) 그리고 『압살롬, 압살롬!』(Absalom, Absalom!, 1936) 같은 소설은 이러한 특성을 지닌 가장 대표적인 작품으로 꼽을 만하다. 그런가 하면 그의 작품에는 아예 개별적인 단편소설을 모아놓은 단편집인지 하나의 독립된 장편소설인지 구별해 내기가 힘들만큼 구성상의 긴밀성과 통일성이 부족한 작품도 있다. 『정복되지 않는 사람들』(The Unvanquished, 1938)과 『모세여 내려가라』 그리고 『야생 종려나무』(The Wild Palms, 1939) 등은 모두 이 범주에 들어가는 작품이다.

포크너의 요크너퍼토퍼 연작 소설에 속하는 작품은 하나의 패턴이나 디자인에 따라 씌어졌기 때문에 어떤 의미에서는 거의 한 작품으로도 간주할 수 있다. 그런데 포크너는 이러한 구성상의 특징을 이미 그의 시에서 시도하였다. 『대리석 목신』이나 『봄의 꿈』처럼 주로 연작시의 형태를 취하고 있는 그의 시는 개별적인 시 사이에 상호 관련성이 매우 희박하다. 개별적인 작품을 모두 읽고 났을 때 비로소 하나의 주제나 의미가 떠오른다. 그렇기 때문에 "부분의 총화가 전체"라는 유클리테스의 공식은 포크너의 작품에서는 좀처럼 들어맞지 않는다.

셋째, 포크너의 시 작품에는 그가 앞으로 소설에서 다루게 될 중요한 주제가 거의 대부분 도입되어 있다. 그의 시에서 흔히 나타나는 주제는 좌절된 사랑이나

욕망, 비극적 상실감과 절망감, 삶의 덧없음과 무의미성, 그리고 비극적 인간 조건
이다. 이러한 주제는 『대리석 목신』에서 『초록 나뭇가지』에 이르기까지 거의 모
든 시를 통하여 비교적 일관성 있게 나타난다. 그의 시에서 인간은 흔히 흙에서
왔다가 언젠가는 다시 흙으로 돌아가는 가엾은 존재로서 "돌출구도 없는 막다른
절망의 벽에 두 손을 두드려대는" 모습으로 묘사된다. 특히 인간의 모든 욕망과
꿈은 시간이라는 거센 격류 앞에서 한낱 보잘것없는 물거품에 지나지 않는다.

> 이승에서는 성취할 수 있는 것이란 하나도 없다
> 우리가 애쓰는 모든 노력은 시간이 허물어 버리고 바꾸어 버린다
> 우리는 고통스럽게 한 블록 한 블록 집을 세우지만
> 우리의 자손들이 허물어 버리고 다시 세운다 (*Vision* 51)

시간은 인간의 모든 노력, 모든 시도를 무의미하게 만들어 버린다. 이 세계
에서 시간만큼 그렇게 파괴적인 것도 찾아보기 쉽지 않다. 이 작품에서 "고통스럽
게 한 블록 한 블록" 세우는 집은 인간이 현세에서 이룩하려는 계획을 가리키는
제유적 표현이다. 그러나 그 계획은 시간 앞에서 무력하게 허물어져 버린다. 이
세계에서 시간의 풍화 작용을 받지 않는 것이라고는 하나도 없기 때문이다. 이러
한 삶의 비극적 의미는 여러모로 『압살롬, 압살롬!』의 주제를 요약하고 있는 듯하
다. 그것은 이 작품뿐만 아니라 『고함과 분노』와 『내 죽으며 누워 있을 때』(*As
I Lay Dying*, 1930)를 비롯한 작품의 중요한 주제 가운데 하나이기도 하다.

넷째, 포크너의 시 작품에는 앞으로 그가 소설에서 효과적으로 사용하게 될
중요한 기교나 스타일이 부분적으로나마 시도한다. 『봄의 꿈』에서는 똑같은 이야
기를 여러 번 되풀이함으로써 그 의미를 보강시키는 이른바 점층 반복법을 사용
한다. 그런데 포크너 캐디 콤슨(Caddy Compson)의 이야기를 다섯 번이나 되풀이
하고 있다는 『고함과 분노』에서 이 기법을 성공적으로 사용한다. 또한 『대리석

목신』이나『봄의 꿈』같은 시집에서는 작품의 결론이 모호한 상태로 끝나는 경우가 많다. 그의 연작시는 흔히 끝 부분에 이르러 다시 작품의 첫 부분으로 되돌아가기 일쑤이다. 이러한 '열린 결말'은 포크너 소설의 중요한 한 특징으로 꼽힌다. 더구나『라일락』과『봄의 꿈』같은 연작시에서 사용하는 복수적 관점이나 시점은 앞으로『고함과 분노』와『내 죽으며 누워 있을 때』그리고『압살롬, 압살롬!』에서 좀 더 효과적으로 사용하게 된다.

이러한 사정은 상징이나 이미지 또는 모티프나 시적 분위기에서도 크게 다르지 않다. 포크너는 시 작품에서 사용한 그림자나 거울 또는 길거리 같은 이미지나 상징을 훗날 소설에서도 자주 사용한다. 시에서나 소설 작품에서나 잠과 죽음은 아주 중요한 모티프라고 할 만하다. 또한 시에서 비극적인 것과 희극적인 것이 교묘히 뒤섞여 있는 비희극적 요소는 앞으로 소설 작품에서도 지배적으로 나타난다. 그리고 포크너의 소설에서 쉽게 찾아볼 수 있는 시적 분위기도 시인으로서의 그의 경험에서 비롯한 것이다. 어떤 의미에서 포크너는 소설가로서 성공한 뒤에서도 평생 동안 시로써 소설을 써 왔다고 하여도 그렇게 틀린 말이 아닐 것이다.

그러나 무엇보다도 포크너의 예술에서 시 작품이 지니는 의미는 좀 더 본질적인 데 있다. 예술가가 자신의 재능이 어느 쪽에 기울어져 있는지를 깨닫는 일은 자신에게 과연 예술적 재능이 있는지를 알아내는 것만큼이나 아주 중요하다. 예를 들어 다 같이 음악적인 재능과 기질을 지니고 있다고 하더라도 어떤 사람은 작곡에서 그 재능을 효과적으로 발휘할 수 있는 반면, 또 어떤 사람은 성악이나 연주에서 그 재능을 효과적으로 발휘할 수 있다. 이것은 문학의 경우에도 예외가 아니어서 작가는 자신의 재능과 기질이 시나 소설 또는 희곡이나 비평 가운데에서 과연 어느 쪽에 기울어져 있는지를 찾아낼 필요가 있다. 작가로서의 그의 성공과 실패는 바로 얼마나 빨리 그 능력을 찾아내는 데 달려 있다고 하여도 조금도 지나친 말이 아닐 것이다.

그런데 포크너는 시보다는 소설에서 자신의 예술적 재능을 가장 효과적으로 발휘할 수 있다는 점을 깨달았다. 이러한 깨달음은 약 10년간에 걸친 시 창작 과정을 통하여 비로소 가능하였다. 하나의 중심적인 사상이나 느낌 또는 이미지를 전달하는 시는 본질적으로 정적(靜的)인 문학 형태라고 할 수 있다. 한편 일정한 줄거리가 담긴 이야기를 펼쳐 나가는 소설은 본질적으로 역동적인 문학 형태이다. 포크너는 이 두 문학 형태 가운데에서 소설에서 자신의 재능을 마음껏 펼 수 있다는 확신을 얻게 되었다. 더구나 미국 남부의 유산과 전통을 물려받은 그는 소설이야말로 좀 더 구체적이고 현실적으로 삶의 경험을 표현할 수 있는 그릇이라는 사실도 발견하였다. 한마디로 구체적인 사회적 공간과 역사적 시간에서 일어나는 남부 현실을 표현하는 데에는 '순수하고 신비스런' 시 형식보다는 오히려 모든 문학 형태 가운데에서 가장 '불순하고 잡종적'이라고 할 소설 형식에 훨씬 더 걸맞다는 사실을 깨달았던 것이다.

요컨대 포크너가 '실패한 시인'에서 '성공한 소설가'로 탈바꿈할 수 있었던 비결은 바로 자신의 창조적 재능을 일찍이 찾아낸 데 있다. 아마 그가 시를 쓰지 않았더라면 소설가로서 오늘날과 같은 명성을 얻지 못하였을는지도 모른다. 이 점에서 본다면 포크너의 예술 세계에서 시는 막다른 골목이 아니라 오히려 새로운 예술적 변모를 위한 가치 있는 출구에 지나지 않는다. 그에게 시인으로서의 실패는 곧 소설가로서의 성공을 뜻하기 때문이다.

Adams, Robert P. *Faulkner: Myth and Motion*. Princeton: Princeton UP, 1968.

Brooks, Cleanth. *William Faulkner: Toward Yoknapatawpha and Beyond*. New Haven: Yale UP, 1978.

Butterworth, Keen. "A Census of Manuscripts and Typescripts of William Faulkner' Poetry," *Mississippi Quarterly* 26 (Summer 1973): 333-59.

Eliot, T. S. *Collected Poems, 1909-1962*. London: Faber and Faber, 1974.

Faulkner, William. *Early Prose and Poetry*. Ed. Carvel Collins. Boston: Little, Brown, 1962.

_____. *Helen: A Courtship and Mississippi Poems*. Eds. Carvel Collins and Joseph Blotner. New Orleans: Tulane UP, 1981.

_____. *The Marble Faun and A Green Bough*. New York: Random House, 1965.

_____. *Vision in Spring*. Ed. Judith L. Sensibar. Austin: U of Texas P, 1984.

Gwynn, Frederick L., and Joseph L. Blotner, eds. *Faulkner in the University: Class Conferences at the University of Virginia, 1957-1958*. Charlottesville: U of Virginia P, 1959.

Housman, A. E. *The Collected Poems of A. E. Housman*. New York: Holt, Rinehart and Winston, 1965.

Howe, Irving. *William Faulkner: A Critical Study*, 3rd ed. Chicago: U of Chicago P, 1975.

Jelliffe, Robert A., ed. *Faulkner at Nagano*. Tokyo: Kenkyusa, 1956.

Meriwether, James B., and Michael Millgate, eds. *Lion in the Garden: Interviews with William Faulkner, 1926-1962*. New York: Random House, 1968.

Putzel, Max. *Genius of Place: William Faulkner's Triumphant Beginnings*. Baton Rouge: Louisiana State UP, 1985.

Sensibar, Judith L. *The Origins of Faulkner's Art*. Austin: U of Texas P, 1984.

Stone, Phil. "Preface." *The Marble Faun and A Green Bough*. William Faulkner. New York: Random House, 1965.

Wright, Willard Huntington. *The Creative Will: Studies in the Philosophy and the Syntax of Aesthetic*. New York: John Lane, 1916.

■ 이 글은 김욱동 지음 『윌리엄 포크너』(서울대출판부, 1999)에 실린 「모방과 창조: 실패한 시인」을 수정한 것이다.

2.

포크너와 전원문학의 전통

박정오

최근 환경위기의 심각성과 더불어 자연에 대한 생태학적 관심이 높아지면서 문학 속에 나타난 자연과 인간의 관계에 주목하는 생태비평이 활발히 이루어지고 있고, 그 일환으로 전통적인 전원문학에 대해서도 재검토가 필요한 시점이다.

서부 개척과 함께 이루어진 미국의 역사는 자연과 긴밀히 연결되어 있는 만큼, 미국문학에서 자연이 갖는 의미는 실로 중대하며 복합적이다. 특히 포크너는 초기 시와 소설에서부터 자연에 깊은 관심을 보이며 전원문학적 성향을 강하게 드러낸다. 본 연구는 포크너의 초기 텍스트에서부터 내재된 이러한 전원적 요소를 전원문학의 전통 안에서 재조명해 보고자 한다. 이를 위해 구체적인 텍스트 연구에 들어가기 전에 전원문학이란 무엇인지에 대한 정의가 선행되어야 하리라 본다.

전원문학으로 번역한 "pastoral"이란 용어는 매우 광범위하게 사용되어 왔는데, 비교적 최근 기포드(Terry Gifford)는 크게 세 가지로 간추려 정의를 내려주고 있다.1) 우선 전원문학은 그리스 로마시대의 시인들인 테오크리투스(Theocritus), 버질(Virgil), 오비드(Ovid)의 시에서 시작되어 희곡에서 발전되었고 근대에는 소설에서도 나타나는 오랜 전통을 지닌 문학 양식이다. 1610년경까지 전원문학은 주로 소박한 사람들 특히 양치기들이 전원생활을 이상화하며 자신의 일과 사랑에 관해 5보격(pentameter)의 운율로 서로 대화를 나누는 형식을 갖추고 있는 글을 일컬었다. 그러나 이후에는 이러한 특별한 문학적 장치의 범주를 벗어나 내용과 관련하여 폭넓게 사용되고 있다. 따라서 도시생활과의 공공연한 혹은 은밀한 대조를 통해 전원을 그리고 있는 글은 무엇이든 전원문학으로 간주된다. 여기서 전원문학은 자연에 대한 찬양을 그 기저에 깔고 있다. 그러나 자연에 대한 단순한 찬양이나 지나친 이상화는 전원문학이란 용어를 비판적인 시각에서 반어적으로 조롱하며 사용하게 되는 부정적 결과를 낳기도 한다. 저임금으로 땀 흘리는 농장

---

1) Terry Gifford, *Pastoral*, London: Routledge, 1999, 1-12 참조.

의 노동자에 대한 아무런 인식 없이 그들이 가꾼 푸른 들판만을 찬양할 때, 도시 나무를 위협하는 공해나 문명으로 인한 환경 파괴에 대한 의식 없이 나무의 아름 다움만을 읊을 때, 전원문학은 비판과 경멸로부터 완전히 자유롭지 못하게 된다. 따라서 반 전원문학(anti-pastoral)과 같은 용어가 생겨나기도 했다.

이와 같이 전원문학이란 용어가 지닌 문학적 장치로서의 의미와, 내용 위주 의 광의, 그리고 비판적인 차원은 자연에 대한 포크너의 태도와 어떻게 맞물려 있 는가? 전원문학은 포크너의 초기 시와 소설에서 지속적으로 등장하며 변모해가는 전원적 요소를 이해하는데 결정적인 틀을 제공해주리라 생각한다.

I. 이상향의 꿈에서 대지에 대한 향수로

포크너는 자신을 "소설가가 아니라 실패한 시인"(Gwynn & Blotner 22)으 로 생각하길 좋아했고, 사실 10년(1919-29) 가까이 시인이 되려고 애썼다. 시에서 보여준 형태와 리듬에 대한 관심과 훈련이 그의 소설을 시적 산문으로 만드는 원 동력이 되었다고 해도 과언이 아니다. 그런데 이때 포크너 시의 주요 특성 중 하 나로 전원의 관능적 아름다움에 경도되는 경향을 들 수 있다. 물론 포크너 시에서 발견되는 자연의 관능미에 대한 집요한 묘사는 상징주의 시의 영향이 큰 것이 자 명하다. 그러나 전원문학 자체의 맥을 잇고 있다고도 볼 수 있지 않을까? 오비드 와 버질의 전원시에 자주 등장하는 반인반마의 신화적 인물인 목신(faun)과 물의 요정(naiad)이 이 시기 포크너의 주요인물이다. 말라르메(Stephane Mallarmé)의 시 제목을 그대로 빌려온 「목신의 오후」(L'Apres-Midi d'un Faune)나, 그밖에 「요정의 노래」(Naiads' Song), 「목신」(The Faun) 등의 제목에서부터 잘 나타나 듯이. 이러한 전원적 요소는 소설에서 때로 은밀히 때로는 변형된 형태로 거듭 나 타나므로 주의 깊게 연구해 볼 필요성을 느낀다.

루푸로우(J. W. Loofbourow)는 문학양식으로서의 전원문학은 여러 형태로 세분될 수 있지만 크게 나누어 이상향(Arcadia)에 대해 동경하는 형태와 농경사회에 뿌리를 둔 농경문학(Bucolic) 형태로 나누어 볼 수 있다고 말하며 다음과 같이 정의한다.

> 이상향의 전원문학(Arcadian pastoral)은 주로 사랑의 분석에 관심을 둔다. 여기서 전원적 배경은 '자연의 질서'를 대변하려는 의도는 없다. 이상향의 시골은 궁중이나 도시생활의 복잡함이 이상적으로 제거되어 사랑의 신비가 가장 순수하고 전형적인 형태로 드러나게 되는 양식화된 단순성이다. 대조적으로 뷰콜릭의 전원문학(Bucolic pastoral)은 농경사회의 교훈에 그 뿌리를 두고서 인간과 자연과의 관계에 가장 큰 관심을 쏟는다. 즉 인간이 경작하는 자연적 과정의 질서, 인간 자신의 농경사회적 본성인 공동사회의 질서에 그 초점이 맞추어진다.

> Arcadian pastoral is concerned with the analysis of love; its rural setting is not meant to represent the "natural order." Arcadian rusticity is a stylized simplification where the complexities of courtly or urban life are ideally eliminated so that the mystery of love can be presented at its purest and most typical. Bucolic pastoral, by contrast, [which has] its origin in agricultural precepts, is primarily concerned with man's relation to nature, with the order of "natural" processes which man can cultivate, and with the communal order which is man's own Bucolic "nature". . . (261-262)

사랑의 신비에 초점이 주어지는 이상향의 전원문학은 버질의 『목가집』(*Eclogues*)에서, 자연과 인간의 관계에 중점을 두는 농경생활의 전원문학은 『농경시집』(*Georgics*)에서 대표적인 예를 찾을 수 있다. 르네상스시기에 와서 때로 이 형태가 합쳐져 밀튼이나 스펜서의 글에서처럼 예수는 목자이면서 동시에 사랑하는 연인으로 그려지기도 하지만, 그러나 이러한 구분은 이후에도 여전히 유효하게 사용되어진다(Loofbourow 262). 그런데 포크너의 글에서 우리는 이 두 요소를 모두 발견하게 된다. 이상향을 꿈꾸는 형태가 시와 초기 소설에서 두드러지는 반면, 농경문학의 형태가 대지와의 관련 속에서 점차 중요하게 자리 잡게 된다.

이상향의 정원은 『대리석 목신』(*The Marble Faun*), 『마리오네뜨』(*The Marionette*), 그리고 여러 초기 시와 이야기에 반복해 등장하는 배경이다. 『대리석 목신』의 서문은 이 이상향의 정원에 대한 눈부신 묘사로 시작된다.

> 포플러 나무는 이리 저리 몸을 흔드네
> 이 회색 빛 오랜 정원 사이를
> 고개 끄덕이며 가는 가녀린 소녀들처럼
> [⋯]
> 장미의 촛불이 여기
> 이 고요한 공기에 황금빛으로 흐르고,
> 구름은 서쪽 하늘로 미끄러져 내리네
> 이 햇빛 가득한 환상을 보기 위해,
> 그동안 포플러의 빛나는 정상은
> 가벼이 은빛 가슴을 스치네
> 줄지어 선 포플러 처녀를 곧 뒤흔들
> 겨울눈은 생각지 않고서.
>
> The popular trees sway to and fro
> That through this gray old garden go
> Like slender girls with nodding heads,
>
> . . .
>
> The candled flames of roses here
> Gutter gold in this still air,
> And clouds glide down the western sky
> To watch this sun-drenched revery,

While the populars' shining crests
Lightly brush their silvered breasts,
Dreaming not of winter snows
That soon will shake their maiden row.[2]

    날씬한 소녀에 비유되는 포플러 나무와 장미, 그리고 촛불과 금빛 은빛의 몽환적인 이미지로 가득 찬 이 정원에서 대리석 상으로 굳어진 목신은 자연의 생명력과 자발적인 움직임에 동참할 수 없어 고통스러워한다. 조각대 위에 얼어붙은 목신은 판(Pan)이 마술피리로 살아 있는 자들의 잠을 깨우는 이상향, 물의 요정이 연못에 뛰어들기 위해 들판을 가로지르는 이상향을 애절하게 갈망한다.

    생동감 넘치는 인물들이 뛰어 다니는 이상향의 풍경은 대리석에 갇힌 모습에서 상징되는 현대적 목신의 부동성과 묘한 대조를 이룬다. 전원 풍경은 목신이 필사적으로 욕망 하는 것을 충족시켜 놓은 이상적인 상태를 구현한다고 볼 수 있다. 아니면, 스토넘(Gary Lee Stonum)이 지적하듯, "부재 하는 이상에 대한 자아의 인식을 일깨우는 것이 바로 풍경이다. 풍경 자체가 절대성 혹은 절대성의 부재에 대한 가장 우선적인 상징이다"(46). 전원 풍경이 목신의 욕망을 반영하든, 혹은 부재를 더욱 첨예하게 의식하게 만들든 간에, 이상향의 세계는 항상 목신의 상실감을 충족시킬 수 있는 꿈의 공간이다.

    포크너의 첫 소설 『병사의 보수』(Soldiers' Pay)에서 현대적 상황과 대조를 이루는 전원풍경은 좀 더 극적으로 표현된다. 여기서 대리석에 갇힌 목신은 일차대전에서 얼굴에 심한 부상을 당해 거동이 불편한 중심인물 도널드 메이흔(Donald Mahon)으로 대치된다. 전쟁 전 도널드는 목신의 특징이 확연히 느껴지도록 "야생동물의 고요함, 목신의 열정적이면서 고요한 민첩성을 지닌 가느다란 얼굴"(69)로 묘사된다. 그의 아버지인 메이흔 목사와 도널드를 흠모해 온 가정부

---

2) William Faulkner, *The Marble Faun and A Green Bough*. New York: Random House, 1965, 11.

에이미(Emmy)는 다치기 전 도널드의 자유롭고 자연스러운 특성을 유독 많이 떠올리고 회상한다. 목사는 또한 "내가 그에게 가장 가르치지 않은 것이 바로 억제란 것이지. 억제란 무엇인가? 감정적 위축, 회저(부패). . ."(57).

메이흔 목사의 이러한 자유로운 교육방침은 단막극『마리오네트』를 연상시킨다. 피에로가 마리에타(Marietta)를 유혹하자, 마리에타의 욕망을 억제하는 것은 "회색머리를 한 세 아주머니"에 대한 강박관념이다. "마리에타: 안돼요, 친절한 신사분. 저는 춤출 수 없어요!/ 어떻게 된 일인지는 잘 모르나, 세 아주머니가 내 어머니도 이런 식으로 떠나갔다고 말했어요/ 동틀 무렵 침대에서 빠져나와/ 낯선 목소리가 그녀에게 노래불러주니. [⋯]"(*Marionettes* 22). 마리에타의 "회색머리를 한 세 아주머니"는 메이흔 목사와는 상반되게 자연적인 욕망을 억누르려고 애쓴다. 지나친 과보호는 마리에타를 오히려 유혹에 약하게 만들고, 결국 자기애적인 죽음으로 몰아간다. 회색머리의 아주머니들이 주는 기괴한 이미지는 개인의 자유를 통제하고 자기 방식으로 만들어버리는 사회의 인습을 대변한다고 보겠다. 개인과 사회 사이의 갈등과 긴장은 포크너의 텍스트에서 지속적으로 다루어진다.

"월계관을 쓴 쥬피터(Jove)"에 비유되는 메이흔 목사는 아들 도널드를 죄에 대한 인식이전의 상태, 즉 기독교 이전의 세계에 머물도록 내버려둔다. 숲 속 연못가에서 도널드가 에이미와 사랑을 나누는 장면은 사랑의 신비에 초점이 맞추어진 이상향의 전원문학을 전형적으로 보여주는 예이다. 에이미는 늘 물과 달빛과의 연관 속에서 등장하는 쉽사리 알아볼 수 있는 전원문학의 요정이다.

부상당한 도널드의 무기력한 현재 모습은 젊고 자유로운 과거의 모습과 대조될 뿐 아니라 움직이지 못하는 그를 에워싼 여러 젊은이들의 사랑놀이와도 강한 대조를 이루고 있다. 인물들은 사티러스(satyr)나 님프의 이미지를 지니게 되는 경우가 많은데, 제뉴어리어스 존(Januarius Jones)의 얼굴은 "세계가 아직 어릴 때 그 앞에서 목신과 요정들이 뛰어 놀았을 둥근 거울"(*Soldiers' Pay* 49)과 같다고 묘사된다. 한편 도널드의 약혼녀 세실리(Cecily)는 나무의 요정(Hamadryad)이나 곡물의 신 아티스(Attis)에 반복적으로 비유되고 있다. 또한 포크너는 존이 세실리와 에이미의 뒤를 따라다니는 모습에 전원문학에서 빌려온 이미지를 이용하여 상징적 울림을 주려고 애쓴다. 젊은 여성을 탐내며 기회를 엿보는 존은 "뚱뚱한 호색한 사티러스"로 그려지는 한편, 세실리와 에이미는 숲의 요정이나 순결한 사냥의 여신 아탈란타(Atalanta)에 비유된다. 첫 소설 『병사의 보수』는 관능적 아름다움이 양식화된 세계에 젊은 포크너가 얼마나 매료되었는지를 잘 보여 주는데 이때 이상향의 전원문학이 이러한 세계에 대한 구체적 모델을 제공해준다.

그러나 여기서 전원문학적 요소는 전후의 상황 안에서 완전히 도치되어 나타난다. 예를 들어 이 소설에서 결혼식이 전통적인 전원문학에서처럼 이루어지나 그 의미는 완전히 뒤바뀌어져 있다. 『당신 뜻대로』(*As You Like It*), 『템페스트』(*Tempest*)와 같은 전원 희곡에서 결혼은 풍요로운 자연과 어울려져 극의 마지막에 성대히 이루어진다. 『황금 가지』(*The Golden Bough*)를 쓴 인류학자 프레이저(James G. Frazer)는 결혼 의식과 풍요제의 기원이 얼마나 밀접하게 연관되어 있는지를 설명한다.

> 널리 퍼져 있는 믿음에 따르면, 식물은 암수의 성적 결합에 의해 번식하고, 동종 혹은 모사주술의 원칙에 근거해 이러한 번식은 남녀의 실제 혹은 모의 결혼식에 의해 자극을 받는다고 믿어져, 풍요로운 수확을 위해 남녀들은 잠시 식물의 정령으로 분장하는 것을 우리는 보아왔다.

> We have seen that according to a widespread belief, plants reproduce their kinds through the sexual union of male and female elements and that on the principle of homeopathic or imitative magic this reproduction is supposed to be stimulated by the real or mock marriage of men and women, who masquerade for the time being as spirits of vegetation. (139-140)

프레이저는 원시집단에서 결혼의식이 식물의 성장을 촉진시키는 주술작용을 한다고 생각되어졌으며, 그 결과 결혼식이 전원희곡의 형태 등에서 면면히 이어져 오고 있다고 확신했다. 표면적으로 소설의 끝에서 마치 전원희곡에서 그러하듯 두 결혼식이 봄에 거행된다. 그러나 죽어 가는 도날드와 마가렛 파워즈(Margaret Powers)와의 결혼은 내용 없는 형식에 불과할 뿐이며 죽음의 서곡에 지나지 않는다. 한편 갓 결혼한 세실리와 죠지(George)가 신혼여행에서 돌아오는 모습은 환멸로 일그러져 있다.

> 여기 죠지 파 부부가 있습니다. 사람들은 세실리의 경직된 얼굴을 보았다. 아버지의 팔에 울면서 우아하고 연약하게 안길 때. 그 뒤에 무시된 채 침울하고 금방이라도 화가 폭발할 것 같은 신랑 죠지가 있었다.

> It was Mr. and Mrs. George Farr: they saw Cecily's stricken face as she melted graceful and fragile and weeping into his father's arms. And here was Mr. George Far morose and thunderous behind her, ignored. (*Soldiers' Pay* 255-256)

이렇게 신랄한 희화화는 만물이 소생하는 봄 결혼한 한 쌍의 젊은이에게서 우리가 기대하는 이미지와는 너무도 동떨어져 있다. 죠지가 느끼는 환멸은 사실이 소설의 주요 인물들이 공통적으로 겪는 경험이다. 아들의 죽음 후에 완전히 좌절한 메이흔 목사와 길리건(Gilligan), 심지어 어린 로버트(Robert)까지 포함해서 각기 그 내용은 다르지만 생명의 봄과는 대조적인 절망과 환멸을 체험한다.

현대판 요정과 목신이라는 주제는 포크너의 두 번째 소설 『모기』 (*Mosquitoes*)에서도 찾아볼 수 있다. 조각가 고든(Gordon)은 포플러 나무에 자주 비유되는 포크너의 전형적인 소녀 유형인 패트리시아(Patricia)에게 매료된다. 고든이 패트리시아에게서 찾는 것은 이상화된 사랑이다. 고든은 또 다른 포크너의 목신으로서 달빛 아래 있을 때 모리에 부인(Mrs. Maurieur) 눈에 "은빛 목신의 얼굴"처럼 보인다. 항상 달아나는 요정의 찰나적 모습에 괴로워하는 『대리석 목신』 속의 인물처럼 고든은 다가갈 수 없는 아름다운 소녀상, 이상적인 여성상에 집착하게 된다. 요정에 대한 추구는 시를 통해, 그리고 『병사의 보수』에서 늘 뛰어 달아나는 세실리 이미지에서 반복, 발전되어온 주제이다. 아이러니 하게도 고든은 자신이 빚은 예술작품을 통해서만 이상적 여인을 소유할 수 있을 뿐이다. 그가 조각한 "나를 달아날 다리도, 나를 안을 팔도, 나에게 이야기할 머리도 없는 처녀"(Mosquitoes 138)만을 온전히 차지할 수 있을 뿐이다.

고든의 욕망을 불러일으키는 패트리시아는 세실리처럼 어린 나무, 특히 포플러 나무에 자주 비유되지만 가장 많은 부분을 차지하는 것은 물과 관련된 요정 이미지이다. 물과 목욕, 그리고 달빛과 같은 계속적인 은유를 통해 물의 요정처럼 그려진다. 패트리시아는 시중드는 데이비드에게 밤에 같이 수영하자고 제안하고 그리고 함께 달아난다.

그러나 낭만적 사랑의 도피 장소는 전원의 숲이 아니라 불길한 늪지대이다.

이끼로 덮인 묵중하고 오래된 나무들이 거대한 잿빛으로 그 모습을 드러냈다. 안개가 그 사이를 느릿느릿 퍼져 나갔을 것이다. [⋯] 이 거대하고 고요한 나무들은 최초의 생명체였을 지도 모른다, 너무 일찍 태어나 공포나 놀라움을 알 수 없는, 숨겨진 두려운 무의 오래된 독기 품은 자궁으로부터 그들의 완만한 탯줄을 끌어당기며.

Trees heavy and ancient with moss loomed out of it hugely and grayly: the mist might have been a sluggish growth between and among them.. . .these huge and silent trees might have been the first of living things, too recently born to know either fear or astonishment, dragging their sluggish umbilical cords from out the old miasmic womb of a nothingness latent and dreadful. (*Mosquitoes* 138)

두 젊은이가 달아난 곳은 유독한 자연으로 사랑하는 이들의 안식처나 도피처를 제공하는 이상향의 숲과는 상반된다. 모기떼가 달려드는 이 늪지대는 그들 사랑의 도피가 얼마나 헛된 것인지, 그들 관계가 얼마나 절망적인지를 잘 드러내 준다. 그러므로 소설의 중심사건인 늪으로의 도피는 전원문학의 철저한 패러디다. II장에서 자세히 고찰하겠지만 포크너의 작품에서 전원문학과 그것을 전복시키는 풍자는 동전의 양면처럼 공존하는 경우가 많다.

전원문학의 이미지들은 『고함와 분노』(*The Sound and the Fury*)에서 좀 더 일관된 연상의 망을 구축한다. 나무의 정령과 같은 소녀가 나무에 올라가 죽음을 엿보는 비극적 이미지가 소설의 발단이 된 중심 이미지이다. 포크너는 이 소설이 "거실 창문 안을 보기 위해 나무에 감히 올라간 흙 묻은 속옷을 입은 7살 소녀의 모습에서 출발했다"(Gwynn & Blotner 1)고 말한다. 세 남자형제들은 소녀가 장례식을 엿보는 동안 나무 아래에서 흙 묻은 속옷을 쳐다보고 있다. 캐디(Caddy)에게 집중된 벤지(Benjy), 퀜틴(Quentin), 그리고 제이슨(Jason)의 독백은 이 그림의 연장에 다름 아니다. 전원문학적 성향은 첫 장에서 특히 두드러지는데 세 살 어린 아이의 지능에서 더 이상 성장하지 못하고 멈춰 있는 백치 벤지 자체가 전원의 틀 안에 머물러 있기 때문이다. 마리넬리(P. Marinelli)는 "본질적으로 전원 예술은 회상의 예술"(9)이라고 정의 내린다. 벤지의 독백은 그에게 따뜻한 사랑과 부드러움을 준 캐디에게 고정된 회상의 시선 그 자체이다. 특히 나무, 물과 관련된 벤지의 반복적인 단어들을 통해 우리는 전원의 이미지와 혼연일체 된 캐디를 상상하게 된다. "나무냄새가 나는" 캐디는 나무의 정령(dryad)를 생각나게 하고, 금지된 나무를 타고 올라 죽음을 엿보는 설정은 금단의 열매를 따는 이브를 연상시키기도 한다. 또한 개울가에서 노는 장면에서 어린 캐디는 오빠 퀜틴이 반대하고 지나치게 보호하는 것에 반발해 물속에 들어가 놀며 옷을 다 버린다. 남자형제들 특히 퀜틴의 무의식적 욕망의 대상이 된다는 점에서 물에 젖은 캐디는 전원문학에서 목신의 욕망 어린 시선의 대상인 물의 요정과 닮아 있다. 인간이 끊임없이 되돌아가고 싶은 전원에 대한 향수처럼 캐디는 벤지가 영원히 돌아가고 싶고 머물고 싶은 벤지의 전원이다.

퀜틴의 의식 속에서 캐디는 욕망과 죽음의 은유로서 물과 더욱 깊이 관련되어 나타난다. "그녀는 물 속에 누워있었다 머리는 모래밭을 베고 물이 엉덩이 주위로 흐르고 [⋯] 나는 인동덩굴 향을 맡을 수 있었다"(*The Sound and the Fury* 136). 인동덩굴 향기와 물의 이미지는 퀜틴이 여동생 캐디에게 느끼는 저항할 수 없는 욕망을 대변한다. 캐디의 처녀성이 곧 집안의 명예이자 질서라고 믿는 퀜틴은 캐디가 처녀성을 잃기 전 상태로 시간을 되돌리려는 헛된 노력으로 괴로워하며 캐디의 자유분방함을 차라리 자신과의 근친상간으로 대치하고 싶다는 망상에 젖는다. 결국 그는 지옥을 유일한 도피처로 간주한다.

> 죽음 이상으로 우리 둘이 깨끗한 불길 너머 지옥에 있을 수 있다면. 그러면 너는 나만을 단지 나만을 갖게 될 텐데 깨끗한 불길너머로 날카로움과 공포 가운데 단지 우리 둘만이.

> If it could just be a hell beyond the clean flame the two of us more than dead. Then you will have only me then only me them the two of us amid the pointing and the horror beyond the clean flame. (*The Sound and the Fury* 108)

퀜틴에게 지옥은 캐디와 그 자신이 이 세상의 복잡한 소음에서 벗어날 수 있는 유일한 안식처이다. 앤드류 에틴(Andrew V. Ettin)에 따르면, "전원문학의 배경은 꼭 시골일 필요는 없으며, 어디든 도피처라는 점이 중요하다. 스땅달의 소설에서는 감옥 혹은 쾌적하지 않을 수도 있는 다른 장소가 그 배경이 된다"(160). 현실의 고뇌에서 벗어나 지옥의 불길 속으로 캐디와 함께 달아나고 싶다는 퀜틴의 욕망은 아카디아의 꿈이 고통스럽고도 황폐하게 변형된 모습이다.

농경에 뿌리를 둔 농경문학의 본질인 "자연적 질서"에 대한 향수는 이상향의 전통과 함께 포크너의 텍스트에 처음부터 그 싹을 발견할 수 있으며, 후반으로 갈수록 더욱 더 중요한 비중을 차지하게 된다. 실제로 포크너는 1938년 320에이커에 이르는 땅을 사서 "푸른들"(Greenfield)이라고 부르며 50년대 초까지 지속적인 관심을 보였다(Prewitt 213). 사람이 경작할 수 있는 땅은 문명화된 현대사회의 고뇌에 찬 인물들에게 일시적이나마 위안이 되어 준다. 1차 대전에서 쌍둥이 형이 전사하자 괴로워하던 『사토리스』(Sartoris)의 베이어드(Bayard)는 대지에서 잠시나마 정신적 평온함을 되찾는다.

> 당분간 대지는 아마도 만족이라 불려져 왔을 휴식 속에 그를 잡아두었다. 그는 해가 뜨면 일어나 땅에 식물을 심고 그들이 자라는 것을 지켜보며 돌보았다. [⋯] 자신의 몸 안에 대지의 건전한 리듬을 지니고서 [⋯]

> For a time the earth held him in a hiatus that might have been called contentment. He was up at sunrise, planting things in the ground and the watching them grow and tending them....with the sober rhythms of the earth in his body. . . (*Sartoris* 170)

도널드 메이흔처럼 일차대전에서 돌아온 베이어드 사토리스는 심리적인 상처로 자기 파괴적인 행동을 거듭하며 영광스러운 죽음을 맞고 싶어 한다. 가문의 전통이라고 생각하는 영광스러운 죽음에 대한 강박증에 시달리는 베이어드의 삶은 자연의 리듬과는 유리된 긴장과 고뇌의 연속이었다. 잠깐이지만 대지와의 이러한 화합은 따라서 그의 삶에 역설적으로 주어진 틈이자 휴식이다. 포크너의 텍스트에서 땅을 가꾸거나 대자연 속에서 사냥하는 것은 종종 복잡하고 부패한 문명으로 인해 잃어버린 조화와 단순성에 대한 갈망의 시적 은유가 되고 있다.

『내 죽으며 누워 있을 때』(*As I Lay Dying*)에서 지나치게 예민한 다알(Darl)의 의식을 편안하게 해 주는 것은 바로 시적 언어로 시골 풍경을 그려보는 명상이다.

하늘 아래 구름에 반사된 장막 모양의 번개가 가벼이 선잠을 잔다. 그를 배경으로 동작을 멈춘 나무가 마지막 나뭇가지까지 곤두세우고 있다, 젊음으로 민첩한 듯 부풀어 오른 채.

비가 내리기 시작한다. 처음엔 거칠게, 그리곤 드문드문, 재빠른 빗방울이 한숨 쉰다, 마치 참을 수 없는 긴장에서 안도하듯.

Below the sky sheet-lightening slumbers lightly; against it the trees, motionless, are ruffled out to the last twig, swollen, increased as though quick with young.

It begins to rain. The first harsh, sparse, swift drops sigh, as though of relief from intolerable suspense. (*As I Lay Dying* 61-62)

다알은 복잡한 가족관계에서 벗어나 자연 안에서 순간적인 위안을 얻는다. 자연은 다알의 도피처이자, 그의 고독을 달랠 수 있는 편리하고도 손쉬운 방법이다. 도피처로서의 역할은 이상향을 동경하는 전원문학에서와 같이 뷰콜릭의 세계에서도 역시 중요하다. 그러나 어머니 애디(Addie)의 장례여행 동안 번드런(Bundren) 가족이 겪는 혼란스러운 마음의 반향인 듯 자연은 요동을 치기 시작한다. 폭우로 부풀어 오른 강을 건너는 장면에서 자연의 질서는 완전히 전복되어진다. 관이 물속에서 똑바로 서는가 하면 노새들은 완전히 뒤집혀 다리만 물 위에 뜨는 혼돈상태이다. "그들은 차례로 물에서 굴러 완전히 뒤집혔고, 다리는 땅과 완전히 접촉을 잃고 뻣뻣하게 뻗어 나왔다"(118). 이처럼 자연의 움직임은 번드런 가족의 기괴한 장례 여행이 자연의 질서에서 얼마나 유리된 것인지를 측정해주는 잣대가 된다.

이와 유사하게 포크너의 부정적인 인물들은 자연과 얼마나 유리되어 있는지 그 정도에 따라 부정적인 강도가 결정되는 경우가 많다. 『성역』(*Sanctuary*)에서 숲에 숨어 호러스(Horace)를 감시하고 있는 포파이(Popeye)는 시종일관 전원의 이미지와는 상반된 기계 문명과 관련된 용어로 묘사된다.

그의 얼굴은 마치 전기불빛에서 보는 것처럼 기괴하고 핏기 없는 안색을 하고 있다. 해가 내리쬐는 정적을 배경으로, 밀짚모자를 비스듬히 쓰고 손을 허리에 댄 자세로 그는 찍어낸 양철의 깊이를 알 수 없는 사악함을 뿜어내고 있었다.

His face had a queer, bloodless colour, as though seen by electric light; against the sunny silence, in his slanted straw hat and his slightly akimbo arms, he had that vicious depthless quality of stamped tin. (*Sanctuary* 8)

"전기불빛"이나 "양철"은 의심의 여지없이 도시의 이미지들이다. 그런데 전기불빛은 "핏기 없는"에, "양철"은 "사악함"에 연결되어 있다. 이것은 포파이의 얼굴에 드러나 있는 비인간성과 문명에 내재된 악을 연결시켜 표현하고 싶은 포크너의 의도를 드러낸다.

호러스가 언덕을 가로지르는 지름길로 가기를 제안하자, "이 나무들 사이로?"(8)하며 몹시 곤혹스러워 한다. 그는 비정상적으로 자연을 싫어하고 두려워해 올빼미의 날개 짓에도 무서워한다. 포크너의 악한들은 자연과의 상호관계를 통해 그들의 잔인성을 구체적으로 드러내는 경우가 많다. 소설의 끝에 포파이의 어린 시절을 잠시 엿볼 수 있는데, 무심하고 악마적인 아이는 살아 있는 앵무새와 아기 고양이를 가위로 자른다.『고함와 분노』의 제이슨 역시 광장에 있는 비둘기에 대해 생각할 때 그의 계산적 성향과 잔인성을 단적으로 드러낸다. 제이슨에게 새란 단지 귀찮은 존재일 뿐이어서 "한 방에 5센트씩 들여 저것들을 다 쏴 죽인다면 백만장자가 필요할지도 모르지. 그런데 광장 저 바깥쪽에 독약을 좀 놔두면 하루만에 다 제거할 수 있을 걸."(*The Sound and the Fury* 221)하고 생각한다. 이처럼 포크너의 텍스트에서 자연에 대한 인물의 태도는 그 인물됨을 파악할 수 있는 척도가 된다. 포파이나 제이슨과 같은 인물이 동식물을 대할 때 느끼는 불안, 냉담, 비인간성 그리고 잔인함은 현대에 만연한 악을 반영한다. 문명화된 세계가 부패할수록 전원적 공동체에 대한 향수는 더욱 강해질 수밖에 없는지도 모른다.

포파이가 호러스를 데려간 "늙은 프랑스인의 집"(The Old Frenchman's Place)은 정글의 무질서에서 농경사회의 질서로 옮아 온 변천을 상징적으로 대변한다. "농장을 끼고 있는 이 집은 그 일대 토지의 한 가운데에 세워져 있다. 목화밭과 정원 그리고 오래 전에 정글로 되돌아 가버린 땅들 가운데"(*Sanctuary* 8) 지금은 밀매업자들이 버려진 이 장소를 이용하고 있다. 도시의 갱스터 포파이가 들어서자마자 이곳은 강간과 살인의 장소가 된다. 포파이는 예전에 멤피스의 창녀였으나 이제는 구드윈(Goodwin)의 아내로 여기 살림을 맡고 있는 루비(Ruby)를 계속 엄마라고 부른다. 루비는 포크너의 초기작에 자주 등장하는 양성적인 날씬한 소녀가 아니라 대지의 여신을 연상시키는 모성적 인물로 이 소설에서 가장 인간적인 인물로 그려진다. 루비의 과거사에서 나타나듯이 『성역』에서 매춘과 범죄는 항상 도시와 연관되어 있다. 멤피스는 홍등가 "미스 레바의 집"(Miss Reba's House)과 포파이가 레드(Red)를 죽이는 술집 "동굴"(the Grotto)로 대변될 뿐이다. 오늘날 우리는 자연적인 질서가 있는 인간적 공동체를 어디서 발견할 수 있는가? 적어도 『성역』에서는 그 어디에서도 찾을 수 없다. 작은 마을 제퍼슨은 표면적으로만 공동체의 삶을 존중하는 것처럼 보일 뿐이다. 포파이의 죄를 대신해 잡혀온 구드윈에 대한 마을의 태도는 위선과 집단폭력으로 그 실체를 드러낸다.

이제까지 살펴본 것을 종합하면, 포크너는 처음 관능적 아름다움의 양식화된 세계에 대한 매력을 이상향의 전원문학을 통해 표현하려고 노력한다. 그러다 차츰 그의 관심은 인간과 자연, 인간과 공동체적 질서와의 관계를 모색하는 농경문학으로 옮아가게 된다. 뷰콜릭의 세계를 다루는 방식에서 우리는 문명에 대한 포크너의 숨겨진 비판을 엿볼 수 있다. 다시 말해 자연 질서는 현대의 혼란스러운 정도를 측정하는 도덕적 기준으로 작용한다. 이상향에 대한 꿈이 자연의 질서와 대지에 대한 관심으로 옮겨가는 과정은 포크너가 "자신의 우표 크기만큼 작은 고향 땅"(Meriwether & Millgate 255)이 글을 쓸 가치가 있음을 발견하게 되는 시기와 일치한다. 이러한 변화는 또한 연약하고 양성적인 초기의 주요 여성인물이 대지모의 이미지를 담은 모성적인 여성인물로 변신하는 것과도 맥을 같이 한다. 그러나 포크너는 끝까지 이상향의 전원을 완전히 포기하지는 않는다. 이상향의 전원적 요소는 후기로 올수록 미약해지는 것이 사실이나 그의 산문에 시적 차원을 부여하며 계속 남아 있게 된다.

II. 전원문학과 반 전원문학의 시각

전원문학 형태에 대한 이론을 정립해나가는 과정에서 윌리엄 엠슨(William Empson)은 "오랜 전원문학에서 가장 핵심적인 기교는 단순 소박한 사람들로 하여금 고도로 교양 있고 세련된 언어로 그들의 강렬한 감정을 표현하도록 만드는 것"(17)이라 정의를 내린다. 전원 문학의 전통에서 양치기 목동, 바보, 노동자와 같이 소박한 사람들의 삶을 그리고 싶은 지적이고 세련된 작가는 이들에게 고도로 문학적인 정서와 교양을 부여한다.

작가로서의 정체성에 대한 질문에 포크너는 자주 농부의 태도를 취하며 자신이 작가이기보다는 농부임을 강조해 왔다. "나는 시골사람이고, 내 삶은 농장과 말 그리고 곡식을 키우는 일이 대부분이다. 그런 점에서 나는 작가가 아니다"(Meriwether & Millgate 169). 농부와 작가라는 이 이분법을 조화롭게 이어줄 가능성을 포크너는 전원문학의 형태에서 발견한 것은 아닐까? 즉 단순한 세계와 세련되고 복합적인 세계 사이의 간격을 메우기 위한 시도로서 전원문학을 끌어온 것은 아닐까? 포크너 내부에 공존해 온 농부와 작가라는 두 세계의 전원적 공생관계를 분석하면서 그림우드(M. Grimwood)는 "포크너는 단순히 전원문학 작가가 아니다. 그의 인격 구성 자체가 곧 전원문학적"(11)이라고 말한다.

이러한 전원문학의 시각은 사실 단순한 시골에서의 삶이 세련되고 귀족적인 삶보다 더 우위에 있다는 도덕적 개념을 암암리에 내포하고 있다. 이와 같은 관점에서 포크너의 텍스트를 다시 볼 때 우리는 그의 수수께끼 같은 화자들을 더욱 잘 이해할 수 있게 된다. 흔히 '백인 쓰레기'로 불리며 멸시받던 하층 계급인 '가난한 백인' 가족 이야기인 『내 죽으며 누워 있을 때』에서 포크너는 교육받지 못한 시골뜨기 다알에게 납득하기 어려울 정도로 세련된 수사학적 달변(웅변술)을 허용한다. 예리하고 섬세한 관찰자인 다알은 장례 여행을 떠나는 가족 개개인의 마음 속 비밀을 꿰뚫어 보고 그 모든 부조리를 받아들일 수 없어 서서히 광기로 치닫는 인물이다. 어머니의 사랑을 독차지하는 주월(Jewel)에 대해 집요한 질투의 시선을 보내던 그는 어머니의 사랑을 전혀 받지 못하는 자신에 대해 "내가 무엇인지 모르겠다. 내가 존재하는지 하지 않는지 조차 모른다"(*As I Lay Dying* 65)고 존재 자체에 회의를 느끼는 관념의 세계를 드러낸다. 또한 여동생 듀이 델(Dewey Dell)의 임신 사실을 눈치 챈 그는 치마 밑으로 나온 긴 다리를 가리켜 "세상을 움직이는 지렛대, 삶의 길이와 폭을 재는 측경기"(*As I Lay Dying* 81)라고 표현하는데 이는 존 던(John Donne)과 같은 형이상학파 시인의 시를 연상시킨다. 그는 자연의 아름다움을 시적으로 표현하는데 뛰어날 뿐 아니라, "retrograde"(후퇴하는, 역행하는), "emaciation"(수척함)과 같은 어렵고 현학적인 단어들을 무수히 사용한다. 비평가들이 포크너의 이상한 인물들 가운데에서도 다알을 가장 수수께끼 같은 인물이라고 보는데, 소박한 사람에게 고도로 세련된 문학적 정서와 언어를 부여하는 전원문학의 틀 안에서 다알을 다시 볼 때 이런 수수께끼는 부분적으로 해소될 수 있을 것이다. 다알뿐 아니라 번드런가의 장남인 목수 캐쉬(Cash)는 단순하고 우직한 인물이지만 소설 끝에 가서 많은 지식인도 도달하기 쉽지 않은 사고의 깊이를 보여주기도 한다.

무엇이 미친 것이며 무엇이 미치지 않은 것인지 말할 권리를 인간이 갖고 있다고 확신할 수가 없어. 누구에게나 맨 정신과 광기를 넘나드는 존재가 있는 것 같아, 똑같은 공포와 놀라움을 갖고 그 사람이 하는 멀쩡한 짓과 미친 짓을 지켜보는 존재가.

I ain't so sho that ere a man has the right to say what is crazy and what ain't. It's like there was a fellow in every man that's done a-past the sanity or the insanity, that watches the sane and the insane doings of that man with the same horro and the same astonishment. (*As I Lay Dying* 188)

시골에 사는 가난한 백인뿐 아니라 흑인과 인디언들과 같은 포크너의 주인 공들은 사회적 서열에서 그들보다 훨씬 우위에 있는 사람들에게 결핍된 현명함과 인간적 존엄을 지니고 있는 경우가 많다. 그의 이론을 주장하기 위해 엠슨은 르네 상스 연극의 이중 구성(줄거리)을 예로 들며 이 때 두 번째 이야기는 종종 전원생 활에 집중되며 아니면 적어도 프로레타리아 주제에 집중되어 있음을 지적한다. 그는 "비극적 희극무대(the tragic-comic stage)에서 표현하고 있는 것은 일종의 영웅신화와 전원문학의 결합"(31)이라고 요약한다.

『고함와 분노』에서 흑인인물들은 이런 시각에서 볼 때 두 번째 구성(하부구 조)으로서 콤슨(Compson) 가족을 떠받치고 있다. 콤슨의 에고이즘과 대조적으로 늙은 흑인 딜지(Dilsey)는 콤슨 집안의 질서와 결합을 위해 헌신한다. 엘리엇의 『황무지』(*The Waste Land*)에서 "적어도 내 땅만은 가지런히 일구어야 하지 않을 까?"(89)라는 질서를 다시 세우려는 천둥의 울림처럼 딜지는 허물어져 가는 가족 을 위해 온 힘을 다한다. 제이슨이 내뿜는 분노로부터 벤지와 캐디의 딸 퀜틴을 보호하고 콤슨 부인의 끝없는 요구를 견뎌낸다.

한편 셔고그(Shegog) 목사와 흑인교회 공동체는 콤슨 집안에 결핍되어 있는 것에 균형을 이루어 주는 역할을 한다. 셔고그 목사의 하찮은 외모에 대한 자세한 묘사는 설교를 통한 그의 장엄한 변신을 극대화시킨다. "왜소하고 늙은 원숭이처 럼 검은 마술사의 얼굴을 한"(260) 셔고그 목사는 점차 미천한 겉모습을 초월하여 공동체 전체를 최면상태로 몰아가는 신의 음성과도 같은 목소리가 된다. 셔고그 의 목소리를 통해 흑인 공동체는 콤슨 형제의 자기중심적인 독백과 대조를 이루는 고양된 합일의 순간을 체험한다. 결국 딜지와 셔고그 목사는 세련된 인물들 보다 더 진실에 근접해 있는 열등한 계층의 소박한 인간이라는 전원문학의 전형적인 인물상과 맥을 같이 한다.

이러한 도식은 첫 소설 『병사의 보수』에서부터 찾아볼 수 있다. 소설 마지막에 절망에 빠진 메이혼 목사와 길리건(Gilligan)이 먼지 속에 서 있는 동안, 노래 소리가 "마치 황금빛 천상의 새가 날아가듯"(266) 흑인들의 초라한 교회에서 울려 퍼진다. 흑인의 예배는 감정적이고 원시적이지만, 물질적이고 시간에 얽매인 세계를 넘어 희망을 제시한다.

그러나 포크너는 전원문학에 내재한 모순을 놓치지 않는다. 테일러(Larry E. Taylor)가 지적하듯이, 진정한 전원문학은 그 자체 반 전원문학의 싹을 담고 있다.

> 낮은 신분의 인물이 바로 그의 단순성과 미천함 때문에 고상해지고 고귀해진다는 의미는 우스운 일이 아닐 수 없다. 분명 이 생각은 모순이다. 전원적 태도는 근본적으로 실제 경험과는 대조적이다. 그러므로 진지한 전원문학의 주제와 태도 자체가 시작부터 풍자나 모순된 취급에 노출되어 있고 취약하다.

> To imply that a lowly character is ennobled or elevated by his very simplicity and lowness borders on the comic: certainly the idea is ironic. . .The pastoral attitude is fundamentally contrary to experience. Thus, the very attitude and subject matter of the serious pastoral are vulnerable to satiric and ironic treatment from the very beginning. (15-16)

이러한 면을 의식한 포크너는 전원문학의 감상적 이상화를 교묘히 비껴간다. 물론 그의 소설에서 흑인이나 가난하고 무지한 인물들이 그들의 인내력과 희생으로 숭고하게 그려질 때도 있으나 동시에 하층계급 인물의 비열함과 사악함 역시 잘 드러나 있다.

예를 들어『내 죽으며 누워 있을 때』의 가난한 백인 가장 앤즈(Anse)는 아내의 장례식 여행을 감행할 때 사실 자기 이빨을 고치고 싶은 욕심이 더 절실한 여행 동기였고, 이 목적을 위해 딸 듀이 델이 낙태하기 위해 비밀리에 간직해 간 돈을 어르고 달래 결국 갈취하는 비열함을 보인다. 한편『사토리스』에서 흑인 운전기사 시몬(Simon)은 흑인 교회에서 돈을 빌려 여자와 다 써버린 다음, 결국 늙은 백인 주인 베이어드가 그 돈을 다 갚도록 만든다. 포크너의 텍스트에서 전원문학적 요소가 강하게 나타나 있지만, 시골의 소박한 삶이 도시의 세련된 삶보다 더 도덕적으로 우위에 있다는 가설 자체가 안고 있는 모순을 포크너는 늘 의식하며 반 전원문학적 요소를 동시에 보여준다.

　『고함와 분노』에서 전원문학과 반 전원문학의 대조는 이상주의자인 아들 퀜틴과 아버지 제이슨 사이에서 변주곡처럼 이어진다. 퀜틴은 필사적으로 캐디의 순수성을 보존하려 애쓰고 에덴동산에 머물러 있고 싶어 한다. 캐디에 대한 그의 회상은 전원 이미지와 에덴의 이미지로 가득 차 있다. "그녀는 구름처럼 거울 밖으로 달아났다[…] 거울 밖으로 달아나고 있다 장미 장미 향기 에덴 너머로 숨쉬는 목소리"(77). 퀜틴의 이러한 순진하고 감성적인 시선에 대해 아버지 제이슨의 냉소적이고 세련된 목소리는 잠재된 풍자적 힘으로 작용한다. "순수는 부정적인 상태이고 따라서 자연에 위배되는 거야"(107) 아버지의 냉소주의는 퀜틴의 전원적 낭만성과 대조를 이루며 그의 운명을 더욱 비통하게 만든다.

　포크너의 텍스트에서 특히 반 전원문학의 시각은 자연으로 되돌아오려는 인물들의 시도가 아이러니 하게도 얼마나 헛된 것인지를 보여주는데 집중되어 있다. 1장에서 살펴보았듯이『사토리스』에서 전원 속에 물러나 도피하려는 베이어드의 몸짓은 부질없는 것으로 끝이 나고 만다. 자연 안에서 잠시 맛보는 베이어드의 깨어지기 쉬운 고요함은 그가 사회와 직면하게 되자마자 여지없이 파괴된다. 또한『병사의 보수』에서 나오는 풍부한 전원 이미지는 전후 작은 마을의 힘든 현실과 불안을 더욱 강렬하게 드러내 줄뿐이다.

한편 『성역』의 시작부분에서 호러스는 괴로운 결혼생활을 피해 "잠시 누워 쉴 언덕만 있다면 괜찮아지리라"(15) 생각하고 시골집으로 달아난다. 그가 물을 마시는 샘은 가시덤불로 둘러 싸여 있고, 새소리를 들을 수 있는 풀과 나무가 우거진 곳이다. 다시 말해 전형적인 전원 풍경이다. 그러나 미셸 그레쎄(M.Gresset)가 지적한 것처럼 "이 곳은 가짜 오아시스일 뿐이며, 평화의 항구는 반역의 소굴에 지나지 않는다. 목가는 불안에 가득 차 있다"(195). 이 외형적으로 평화로워 보이는 전원에서 호러스는 가장 반 전원적인 악한 포파이와 맞닥뜨리게 된다. 마을 제퍼슨에서 멀리 떨어져 공동체의 질서나 법에서 벗어나 있는 듯한 이 곳 "늙은 프랑스인의 집"은 목가적인 이상향(Arcadia)을 철저히 패러디하고 있다. 여기서 전원은 피난처가 아니라 함정이 된다. 술 밀매업자의 소굴로 이용되며 갱스터 포파이가 머무는 동안 이 곳을 지나가는 변호사 호러스나 여대생 템플(Temple)과 같은 낯선 자들에게는 위험한 하나의 덫으로 작용한다. 성불구자인 포파이는 템플을 옥수수대로 강간하고, 이것을 말리려는 토미(Tommy)를 살해하게 되고 이 모든 혐의를 구드윈이 지게 되어 감옥에 가게 된다. 이 사건을 맡게 된 호러스는 서서히 포파이가 대변하는 가공할 악의 세계와 만나게 된다. 동시에 법의 지배 하에 있다고 믿었던 제퍼슨 역시 제도권 밖의 사람들에게 얼마나 가차 없이 잔인한지를 발견하게 된다. 감옥에 갇힌 남편을 구하기 위해 루비는 마을에 오지만, 매춘을 한 경험이 있는 그녀에게 마을의 누구도 방을 빌려주지 않을 뿐 아니라, 누명을 쓴 구드윈은 재판을 받기도 전에 화난 군중에 의해 화형 당한다. 템플에게서 강간 사건의 진상을 다 듣게 된 호러스는 절망감 속에 집으로 돌아와 의붓딸 리틀 벨(Little Bell)의 사진을 보게 되는데 상상 속에서 그 사진은 템플의 얼굴과 겹쳐지게 된다. 템플의 고백을 듣고 난 후 그는 리틀 벨을 향한 자신의 억눌렀던 욕망을 인정하지 않을 수 없게 되고 포파이로 대변되는 악의 세계가 자신의 내부에도 존재함을 깨닫고 구토를 한다. 템플을 강간한 포파이는 결국 호러스 내부에 억눌려 잠재해 있던 영역의 화신일 수도 있다는 자각이다.

반 전원문학 혹은 모의 전원문학(mock-pastoral)은 모순과 비애를 자아낼 뿐 아니라 웃음을 유발하기도 한다. 이 소설에서 폰조(Fonzo)와 버질(Virgil)의 에피소드는 전원문학을 풍자하여 웃음을 자아내는 대표적인 예라 하겠다. 시골에서 올라온 이들은 멤피스(Memphis)에서 싼 숙소를 찾다가 미스 레바가 운영하는 술집에 방을 얻게 된다. 폰조는 레바의 집에 사는 창녀들을 그녀의 딸들이라 믿는다. 테일러는 모의 전원문학이 어떻게 웃음을 자아내는지 분석하는데, "단순한 양치기나 농부가 단순한 바보 이상의 존재가 아님이 드러날 때"(16-17) 독자는 웃음을 터뜨리게 된다는 것이다. 폰조와 버질은 변호사 호러스가 절망적으로 인식하는 자신 내부와 사회에 공존하는 거대한 조직, 즉 "악의 논리적 형태"(176)에 대해 아무런 이해력이 없다. 표면적으로는 법을 준수하는 제퍼슨과 야만적인 "늙은 프랑스인의 집" 사이의 중간지대라 할 수 있는 멤피스는 조직범죄와 매춘이 중심을 이루는 지하 도시인 셈이다. 이 도시를 대표하는 미스 레바는 은행가와 법률가, 의사, 심지어는 경찰간부들을 후원자로 두고 있음을 자랑하는데 사회의 합법적인 영역과 지하세계가 어떻게 얽혀있는지를 잘 보여주고 있다. 소설의 주요 무대인 세 장소— 제퍼슨, "늙은 프랑스인의 집", 그리고 멤피스— 모두가 외부의 존재에게 배타적인 닫힌 장소라는 점에서는 성역과 닮았으나 신성한 장소로서의 성역 본래의 기능을 완전히 뒤엎고 패러디하고 있다. 여기서 포크너는 현대 사회에서 어떻게 폭력과 성이 서로 분리될 수 없이 얽혀 있는지를 드러내는데, 이때 포크너의 불안은 잃어버린 전원에 대한 향수와 밀접하게 연관되어 나타난다.

그러나 역설적으로 이러한 반 전원문학의 아이러니와 풍자에도 불구하고 전원문학의 핵심은 여전히 유지된다. 도시와 시골, 문명과 자연, 인간과 인간 외적 존재간의 갈등과 모순을 회피하는 듯하면서도 두 세계를 모두 의식하게 하는 전원문학의 다용성이 포크너를 위시한 현대 작가들에게 계속 이 장르를 필요로 하게 만드는 요인이 아닌가 생각된다. 환경에 대한 위기감이 고조될수록 궁극적으로 전원문학의 필요성이 더 절실해질 수밖에 없다. 미시시피의 원시림이 북부 목재상들에 의해 1880년부터 1930년까지 단 50년 만에 거의 사라져버리는 것 (Prewitt 200)을 목격한 포크너는 자연 파괴가 인간의 주거와 생태계에 미치는 영향에 대해 일찍이 간파하고 「곰」("The Bear")과 같은 후기작에서 이 주제를 집중적으로 다루게 된다.

미국문학에서 전원에 대한 열망은 기계와 후기 산업사회의 발전과 비례해 더욱 강렬해지고 있다. 따라서 포크너 이후 세대의 작가들은 환경의 위기가 고조되는 만큼 전원문학의 주제를 더 비관적으로, 더 처절하게 다루고 있는 것을 발견하게 된다. 예를 들어 『미국에서의 송어낚시』(Trout Fishing in America)에서 리차드 브로티건(Richard Brautigan)은 현대 사회를 폭포나 송어 하천("trout stream")도 중고품처럼 사고파는 "클리브랜드 폐선장"(The Cleveland Wrecking Yard)에 비유하는데 송어낚시를 위해 이 하천을 사려고 둘러본 주인공은 그러나 하천 주변에서 수백 마리의 생쥐와 벌레들을 발견하게 된다(143). 오염과 쓰레기 더미를 통해 오늘의 작가들은 사라져 가는 전원의 재생을 역설하고 있다.

Brautigan, Richard. *Trout Fishing in America*. London: Picador, 1972.

Eliot, T.S. *The Waste Land*. London: Farber and Farber, 1971.

Empson, William. *Some Versions of Pastoral*. Harmondsworth: Penguin Books Ltds. 1966.

Ettin, Andrew V. *Literature and the Pastoral*. New Haven and London: Yale University Press, 1984.

Faulkner, William. *As I Lay Dying*(1929). Harmondsworth: Penguin, 1980.

_____. *The Marble Faun and A Green Bough*. New York: Random House, 1965.

_____. *Mosquitoes*. 1927. New York: Washington Square Press, 1985.

_____. *Sanctuary*. 1931. Harmondsworth: Penguin, 1984.

_____. *Sartoris*. 1929. New York: Meridian Classic, 1983.

_____. *Soldiers' Pay*. 1926. Harmondsworth: Penguin Books Ltd., 1982.

_____. *The Sound and the Fury*. 1929. Harmondsworth: Penguin, 1982.

Frazer, James G. *The Golden Bough*. Hong Kong: Papermac, 1987.

Gifford, Terry. *Pastoral*. London: Routledge, 1999.

Gresset, Michel. *Faulkner ou la fascination*. Paris: Klinchsieck, 1982.

Grimwood, Michael. *Heart in Conflict: Faulkner's Struggles with Vocation*. Athens and London: The University of Georgia Press, 1987.

Gwynn, Frederick, and Joseph L. Blotner, eds. *Faulkner in the University*. Charlottesville: University of Virginia Press, 1959.

Loofbourow, J. W. "Anglo-American Realism: The Pastoral Myth." *The Theory of the Novel*. London: Oxford University Press, 1974, 257-70.

Marinelli, Peter V. *Pastoral*. London: Methuen, 1971.

Meriwether, James B., and Michael Millgate, eds. *Lion in the Garden: Interviews with William Faulkner, 1926-1962*. New York: Random House, 1968.

Prewitt, Jr. Wiley C. "Return of the Big Woods: Hunting and Habitat in Yoknapatawpha." Eds. Kartiganer D. M. and Ann J. Abadie. *Faulkner and the Natural World*. Jackson: University Press of Mississippi, 1999, 198-221.

Stonum, Gary L. *Faulkner's Career*, Ithaca & London: Cornell University Press, 1979.

Taylor, Larry E. *Pastoral and Anti-Pastoral Patterns in John Updike's Fiction*. Carbondale and Edwardville: Southern Illinois University Press, 1971.

■ 이 글은 『현대영미소설』 10권 1호(2003)에 실렸던 글을 수정, 보완한 것이다.

제2장
포크너와 정신분석학

3.

인종문제의 여성적 해결: 포크너의 『모세여 내려가라』

김용수

I

포크너(William Faulkner)의 『모세여 내려가라』(*Go Down, Moses*)에 대한 우리 학계의 논의는 양적인 왜소함에도 불구하고 나름대로 폭넓은 해석의 가능성을 보여준다. 정신분석적인 역사주의(이명호, 「상상적」)가 있는가 하면 문학생태학적인 관점(강규한)이 있고, 바흐찐(Bakhtin)적인 접근방식(Chang)이 있는가 하면 전통적인 형식주의(은죽남)도 나란히 존재한다.[1] 하지만 이들은 대체로 작품 속의 주요 인물인 아이크(Ike McCaslin)의 관점과 판단을 작품 전체의 의미로, 나아가서 작가 포크너의 입장으로 손쉽게 등치하여 해석하는 경향을 공통적으로 지니고 있다.[2] 대표적으로 이명호는 포크너에 대한 깊은 이해를 바탕으로 정교하고 치밀한 해석을 보여주면서도 기본적으로 남부의 인종문제에 대한 "포크너적 해답"을 아이크에게서 찾고 있다(228). 이러한 접근방식은 그러나 해석의 지평을 스스로 백인 남성 인물에 제한함으로써 작품이 풍부하게 제시하는 다른 가능성들을 배제하는 문제를 안고 있다.[3] 소설은 백인 남성 아이크의 한계를 작품 속에 또렷

---

1) 여기에 더해 포크너의 인종 재현에 대한 김상률의 날카로운 비판도 있다. 그는 포크너의 흑인인물 묘사를 "선과 악의 이분법적 도식화"로 규정하고 그의 "반동적 역사의식"을 문제 삼는다(44). 하지만 이는 포크너의 복잡한 형상화를 무시하는 지나치게 단순한 해석일 뿐만 아니라 그것이 백인 할머니인 미스 워셤(Miss Worsham)을 젊은 흑인 여성으로 읽는 것(58)과 같은 명백한 오독에 기초한 것일 때 이러한 해석은 타당성을 잃지 않을 수 없다.

2) 가령 강규한은 몇몇 단편에서 주요한 역할을 맡는 아이크를 소설 "전체의 주인공"으로 보고 그의 인식에서 "작품의 핵심적 의미"를 파악한다(533, 529). 장경순(Chang) 역시 다른 목소리의 존재를 인정하면서도 주로 아이크를 통해 "포크너의 목소리"를 듣고 있다(273). 또한 은죽남은 소설 구조의 통일성을 "아이크를 중심으로" 구성한다(42). 이러한 방식의 해석은 흑인이 주인공으로 중심적인 역할을 담당하는 다른 단편들마저 백인 남성 아이크를 위한 배경으로 전락시킨다.

3) 이명호는 작품의 핵심적인 "윤리적 질문"을 이렇게 요약한다. "누가, 어떻게 책임을 떠맡으며, 그가 떠맡는 책임이 과연 조상의 폭력적 행동으로 죽어간 흑인노예들의 상실과 슬픔을 애도할 수 있는가?"(228). 이 질문은 중립적으로 보이지만 사실은 비평적 시선의 한계를 증상적으로 잘 드러낸다. 질문은 "책임"과 "애도"의 주체를 작중인물 모두에게 열어놓는 형식을 취하지만 "조상의 폭력적 행동"이란 표현이 암시하듯 윤리적 행동의 주체를 백인 남성, 즉 아이크로 한정하고, 나아가 흑인을 애도의 대상으로 대상화하고 있다. 실제로 이명호는 아이크를 해석의 중심에 놓고 그를

이 각인할 뿐만 아니라 그를 넘어선 다른 존재와 '해답'의 가능성을 구체적으로 제시하기 때문이다.

영미학계의 주류 비평도 여기서 크게 벗어나지 않는다. 아이크를 작품의 중심에 놓고 여기서 포크너의 목소리를 읽어 내거나 아이크의 지배적인 지위를 전제한 채로 억압된 다른 목소리들에 귀를 기울이기에 작품 속의 다른 인물들, 특히 흑인 여성이 작품에 부여하는 적극적인 의미를 제대로 짚어내지 못하고 있다.4) 가령 매슈스(John T. Matthews)와 파울러(Doreen Fowler, *Faulkner*)는 서로 접근방식은 다르지만 모두 아이크를 소설적 의미의 핵심으로 파악한다.5) 그윈(Minrose Gwin)은 포크너의 텍스트가 열어놓는 흑인 여성의 공간에 초점을 맞추지만 이 공간도 결국 백인 남성의 서사로 인해 봉쇄된다고 주장한다.6) 그러나 80년대 이후의 포크너 비평에 커다란 영향을 끼친 선퀴스트(Eric J. Sundquist)가 주로 아이크를 중심으로 작품을 해석하고 그를 포크너와 관련하여 이해하면서도 포크너가 아이크를 넘어서는 순간7)이 있음을 잊지 않고 지적한다는 점을 유념할 필요가 있다. 포

작가의 입장으로 이해함으로써 포크너의 한계를 지적하는 데까지 나아간다. 그러나 포크너의 소설은 백인 남성만이 아닌 흑인 남성 인물도 비중 있게 다루고 있을 뿐만 아니라, 특히 소설의 표제작이기도 한 마지막 단편에서는 애도하고 책임을 묻고 해결을 위해 행동하는 주체로서 흑인 여성을 제시하고 있다는 점을 기억해야 한다.

4) 고든(Richard Godden)과 폴크(Noel Polk)는 「장부 읽기」("Reading the Ledgers")라는 긴 논문에서 놀라울 정도로 정교한 텍스트 독해를 통해 백인 할아버지의 "사악함"은 사실은 "아버지의 동성애적 근친상간과 이종혼교 행위를 조부에게 전치"하기 위해 아이크가 창조한 "서사적 구성물"이라고 주장한다(339). 결론 자체는 논쟁의 여지가 있겠지만 이들의 텍스트 분석은 아이크가 전적으로 신뢰할 만한 인물이 아니며, 따라서 작품의 의미도 아이크에 환원될 수 없음을 강력하게 예증한다 하겠다.

5) 비슷한 입장으로 킹(Richard H. King) 참조.

6) 여성 인물들의 "행위와 목소리"를 복원하는 데 관심을 기울이는 디커슨(Mary Jane Dickerson) 역시 그윈의 입장과 크게 다르지 않다(418). 파울러도 그녀의 또 다른 논문에서 『모세여 내려가라』를 "본질적인 가부장 소설"로 규정하고, 작품에서 여성 인물들은 "무시되거나 경멸당하고 그들의 가치는 배제된다"고 주장함으로써 여성주의 비평의 비판적인 시각을 보여준다("Nameless" 529).

7) 선퀴스트는 「델타 가을」("Delta Autumn")의 이름 없는 흑인 여성이 아이크의 조언에 반박하는

크너의 텍스트에는 아이크 이상의 다른 가능성들이 내재하는 것이다. 하지만 선 퀴스트 역시 마지막 단편 「모세여 내려가라」가 작품 전체에서 차지하는 의미 그 리고 흑인 여성 몰리(Molly/Mollie)의 중요성을 대체로 무시하는 한계를 보인다.

백인 남성 중심의 지배적인 해석방식에서 벗어나 작품 속에 내재하는 전복 적이고 이질적인 다른 목소리들에 귀 기울이는 연구가 전혀 없는 것은 아니다. 데 이비스(Thadious M. Davis)는 주류 비평이 전제하는 아이크의 중심적인 지위를 부정하고 대신 흑인 남성 인물 토미즈 터얼(Tomey's Turl)을 소설의 "중심에" 놓 고 해석함으로써 억압적인 백인 남성 질서에 대한 "도전"과 "저항"을 작품의 핵 심적인 의미로 부각시킨다(132). 데이비스와 달리 여성 인물들의 대안적 서사에 주목하는 로빈슨(David W. Robinson)과 타운(Caren J. Town)은 "백인 맥캐즐린 남성들"이 소설의 표면에서 "주요 서사"를 구성하지만, 작품의 심층에서 "서사를 실질적으로 지배하는" 인물은 "흑백의 여성들"임을 밝혀낸다(193). 이러한 수정 주의적 비평 작업은 아이크 중심적인 시각을 과감하고 설득력 있게 극복한다는 점에서 높이 평가할 만하다. 이들의 해석은 그러나 각각 인종과 여성이라는 서로 대조적인 의제 중 어느 하나에 집중함으로써 다른 하나를 놓치는 문제를 안고 있 다. 데이비스의 연구에서 흑인 여성 몰리가 시야에서 사라진다면, 로빈슨과 타운 의 해석에선 인종문제에 대한 초점이 상대적으로 흐려지는 것이다. 더구나 이들 은 그 제한적인 시선으로 말미암아 작품의 결말에 함축된 인종문제에 대한 해결 방식으로서 여성성이 가지는 풍부한 가능성을 제대로 살펴내지 못하는 치명적인 약점을 지닌다.

작품 속에 담긴 역사적 외상의 여성적 해결이라는 주제를 분명히 드러내기 위해서는 인종문제를 성차(性差)의 입장에서 접근하는 새로운 시각이 필요하다. 여기서 '성차'는 문화적 차원에서 사회적으로 구성되는 정체성으로서의 젠더

순간을 소설에서 "가장 강력한 순간"이라고 평가한다(159).

(gender)나 생물학적 성(sex)이라기보다는 주체의 구성방식의 차이로 나타나는 존재조건으로서의 성차(sexual difference)를 말한다. 이러한 성차 이론은 라캉(Jacques Lacan)의 정신분석, 특히 그가 『세미나 20』(*Seminar XX*)에서 구체화한 '성구분 공식'에 바탕을 둔 것이다. 이에 대한 논의는 이미 필자를 비롯한 많은 국내 학자들에 의해 충분히 이루어졌기에 굳이 여기서 이를 다시 반복하는 것은 무의미하다고 본다.[8] 다만 라캉 성차 이론의 핵심은 포크너 작품 분석의 편의를 위해 다시 한 번 기억될 필요가 있다. 남성이 예외를 통해 전체를 구성하는 존재라면 여성은 예외를 만들지 않음으로써 전체를 구성하지 않는 존재라고 간단히 요약할 수 있다. 달리 말해 남성적 질서는 금지와 배제에 기초하기에 억압적이고 배타적일 수밖에 없으며, 그것은 자연스럽게 예외적인 타자에 대한 근원적인 환상(fantasy)으로 귀결된다. 반면 여성적 질서는 예외가 없기에 무수한 개별자들이 열린 '비전체'(not-all) 속에서 특이성을 유지하는 세계이다. 여기에 배제된 타자는 있을 수 없다. 따라서 여성은 포용과 연대의 윤리를 함축한다.[9]

정신분석적 관점에서 인종과 성차를 설명하려는 시도는 프로이트 이후 오랫동안 꾸준히 이루어졌다. 특히 여성주의와 탈식민주의에 영향 받은 수많은 학자들은 인종적 정체성, 민족 국가, 여성 사이의 복잡한 관계를 이론적으로 해명하는 데에 정신분석을 활용하고자 노력해왔다. 그중에서도 세딘저(Tracey Sedinger)는 지금까지의 다양한 작업들을 비판적으로 점검하면서 인종과 성차에 대한 정신분석적 접근들을 종합하고 있다. 세딘저는 인종적 정체성이 문화의 작용으로 완전히 설명될 수 없으며, 그렇다고 생물학으로 환원될 수도 없다고 지적한다. 오히려 라캉이 말하는 실재(the Real)가 정체성 형성에 결정적임을 역설한다. 문화적 차

---

8) 필자의 논문(Kim, "Radical")과 함께 신명아, 이명호(「여자는」), 홍준기, 유경훈(Yoo) 참조.

9) 라캉의 성차 이론에 대한 보다 자세한 설명은 필자의 「잊을 수 없는 그대: 포크너의 『예루살렘아, 내 너를 잊는다면』에 나타난 여성성과 간극의 미학」에서 찾을 수 있다. 특히 61-63 참조. 본문의 요약은 여기서의 논의에 기초한 것이다.

이와 가변성에도 불구하고 인종적, 민족적 정체성이 구성되는 것은 "외상적 호명"(traumatic interpellation), 즉 실재 차원에서 일어나는 "타자의 불가해한 의지"(the inscrutable will of the Other)와의 만남 때문이다(47). 이러한 세딘저의 설명은 인종의 이론화에 정신분석이 기여하는 바를 정확히 지목하고 있다. 그러나 그녀가 인종과 성차의 관계를 설명하는 방식은 적어도 필자가 보기에 많은 한계를 지닌다. 세딘저에 따르면 여성은 "상징적 동일시를 통한 연대(solidarity)가 이루어질 수 없는" 존재이고, 따라서 여성과 민족은 서로 일치하는 바가 없는 이질적인 실체들이다(54).10) 이러한 관점은 인종과 성차가 서로 교차하는 복잡한 양상을 해명하지 못할 뿐만 아니라 인종이나 민족 단위에서의 여성적 공동체의 구성 가능성을 간과하는 치명적인 약점을 지닌다. 전체로서의 여성은 없지만 '비전체'로서의 여성 공동체는 가능한 것이다. 인종적 정체성은 여성성에 기초하여 구성될 수 있다.

이렇게 볼 때 성차의 관점에서 인종문제에 접근하는 콥젝(Joan Copjec)의 방식은 인종적 정체성과 여성의 관계를 살펴보는 데 대단히 유용한 이론적 돌파구를 마련해준다 하겠다. 콥젝은 남북전쟁 전의 남부를 재현하는 캐러 워커(Kara Walker)의 종이미술 작품을 분석하며 인종적 정체성의 구성 방식을 라캉의 성차 이론에 기초하여 이론화하는 드문 시도를 보여준다. 요컨대 인종적 정체성은 서로 다른 두 가지 방식으로 구성될 수 있는데, 하나는 '역사적 우연성'을 벗어나는 본질적인 '특성'이나 '전통'을 상정함으로써 이상화된 정체성을 구성하는 인종주의적 방식이고, 다른 하나는 역사 바깥의 초월적 본질을 상정하지 않음으로써 특이성의 무한한 내재적 연속, 즉 "반복적인 자기-차이"(repeated self-difference)로 정체성을 구성하는 여성적 방식이다(105-07). 여성과 남성의 존재 방식의 차이는

---

10) 세딘저는 여성을 상징적 동일시가 불가능한 존재로 이해하는데, 정작 그녀가 상징적 동일시를 설명하기 위해 프로이트에게서 가져오는 예는 기숙학교의 여학생들이라는 사실은 아이러니가 아닐 수 없다(49).

인종적 정체성이 구현되고 표현되는 양상의 차이로 나타나는 것이다. 워커의 작품은 '비전체'라는 여성적 원리에 기초하여 인종적 정체성과 공동체가 구성될 수 있음을 시각적으로 보여준다. 콥젝의 이러한 정신분석적 해석은 인종이나 민족 문제를 성차의 입장에서 조명할 수 있게 해주고 여성적 연대의 가능성을 제시해 준다는 점에서 의미가 대단히 크다 하겠다. 필자는 성차가 인종적 정체성의 형성에 중요한 역할을 할 뿐만 아니라, 이의 논리적 귀결로 인종문제의 해결 방식 또한 성차에 따라 다르게 나타난다고 본다. 성차는 인종차별의 역사적 외상을 대면하고 그 극복과 해결을 모색하는 방식의 차이로도 드러나는 것이다.

이러한 성차의 관점은 포크너의 작품 속에 내재된 미국 역사의 상처에 대한 진단과 통찰을 보다 깊이 조명할 수 있게 해준다. 소설에서 백인 남성과 흑인 남성은 가해자와 피해자로서 인종적 현실에서 차지하는 위치가 서로 다르지만, 인종문제가 구성되고 그것에 대처하는 방식에 있어 '단절과 배제'라는 구조적 특성을 공유하는 것으로 나타난다. 작품은 그들의 증상적인 이질성에도 불구하고 '잃어버린 아버지'를 복원하고 재구성하려는 근원적인 욕망을 일관되게 드러낸다. 그들은 부권과 근원에 대한 근본적인 환상에서 벗어나지 못하는 것이다. 반면 흑인 여성과 백인 여성은 인종적 현실에 묶여있지만 동시에 '포용과 연대'의 윤리로 인종주의적, 남성적 권위에 끈질기게 도전하고, 역사적 외상의 치유와 극복을 향한 대안적 실천을 선취하여 보여준다. 필자는 포크너의 『모세여 내려가라』가 미국 역사의 외상적 중핵으로 자리하고 있는 인종문제를 탐구하고 재현하는 양상을 분석하고, 노예제와 인종차별이라는 역사적 상처를 치유하고 극복하는 대안적 양식으로 작품이 제시하는 여성성의 의미와 가능성을 구체적으로 살펴보고자 한다. 이 과정에서 인종문제에 대한 남성적 접근 방식이 숙명적으로 실패하고, 여성이 책임과 연대의 주역으로 등장하는 양상이 규명될 것이다. 특히 백인사회가 외면한 역사적 외상을 남부의 한가운데로 불러들이고, 각자의 책임과 죄를 공유하게 하며, 집단적 애도를 통해 상처를 치유함으로써 흑인과 백인이 공존할 수 있는 미래를 상징적으로 보여주는 흑인 여성 몰리에 주목할 것이다.

II

맥캐즐린(McCaslin) 집안의 유일한 백인 남계 후손인 아이크는 할아버지의 죄를 씻기 위해 가계의 단절을 결심한다. 그는 유산 상속을 거부하고 자식을 낳는 것도 포기한 채 전 재산을 맥캐즐린의 여계 후손 에드먼즈(Edmonds)에게 넘겨준다. 대신 그는 조상의 죄로부터 자유로운 야생의 자연, 숲 속의 순수를 자신의 세계로 받아들인다. 그곳은 백인 이전의 인디언 영혼이 숨 쉬는 숲으로 죄와 수치의 시간을 초월한 "영원의"(timeless) 장소이다(192). 숲 속 세계에서 아이크에게 "영혼의 아버지"(his spirit's father)와 같은 샘 파더스(Sam Fathers)는 무소유와 무욕을 체현한 인물이다(311). 그는 "거의 아무것도 소유하지 않았"으며 "자식도 가지지 않았다"(168, 159). 그는 백인 조상의 소유욕과 성욕으로부터 자유롭다. 아이크의 삶은 그런 샘의 족적을 따라 숲이 상징하는 순수의 공간으로 들어가는 것이다. 숲은 맥캐즐린의 죄를 기록한 '장부'(ledger)와 달리 "모든 이야기 중 최고"이고, "어떤 문서 기록보다도 크고 오래된" 언어이다(183). 샘 파더스의 안내로 숲 속 사냥의 세계로 입문한 아이크는 숲의 신과도 같은 존재인 올드 벤(Old Ben)이라는 이름의 곰을 새로운 조상으로 삼아 그에게 귀의한다. 샘이 '영혼의 아버지'라면 올드 벤은 아이크의 새로운 할아버지이다. 불의와 폭력, 죄로 얼룩진 맥캐즐린과는 대조적으로 올드 벤은 아이크가 찾는 모든 것을 상징하는 존재로 등장한다. 그는 "오점이 없고 부패하지 않는"(taintless and incorruptible) 불멸의 순수한 조상이다(183). 더구나 곰은 "아주 오랫동안 아내도 아이도 없이 지내 스스로의 무성(ungendered) 선조가 되었다"고 묘사된다(201-02). 그는 여성과 생식으로부터 자유로울 뿐만 아니라 심지어 성차마저 넘어선 스스로의 시조이다. 여기서 맥캐즐린의 죄, 이종혼교와 근친상간의 가능성은 근본적으로 사라진다. 아이크는 여성의 매개 없이 숲 속의 곰을 "상속"(inherited)함으로써(185), 백인 조상의 원초적인 죄로부터 벗어나고자 한다.

아이크의 단절과 배제를 통한 해결은 맥캐즐린의 죄를 씻기 위한 대단히 급진적이고 극단적인 방식으로 보인다. 그러나 그의 선택은 겉보기와 달리 그리 근본적이지 않다. 불의와 죄의 근본 원인인 아버지의 질서로부터 깨끗이 벗어나기보다는 오히려 순수한 아버지를 다시 복원하려는 숨은 욕망을 품고 있기 때문이다. 아이크가 백인 조상을 거부하고 숲 속의 올드 벤을 택한 것은 소유와 죄로부터 자유로운 '순수'한 아버지에 대한 갈망의 표현이다. 그는 조부 맥캐즐린을 지우고, 대신 그 자리에 순화된 새로운 가부장을 세운다. 올드 벤은 세속적 시간을 넘어선 영원한 아버지로 자리매김한다. 여기에는 살해함으로써 불멸성을 획득하게 하는, 프로이트(Sigmund Freud)가 『토템과 터부』(*Totem and Taboo*)에서 말한 '원초적 아버지'(the primal father)의 논리가 작동하고 있다.11) 부족의 모든 여자를 독점한 아버지를 형제들이 단결하여 살해하지만 아버지는 영원히 죽지 않는 '죄의식'으로 되살아나 그들을 지배한다. 불멸의 아버지로 되살리려는 아이크의 욕망은 올드 벤을 살해하는 성스러운 사냥 의식에서 그 절정에 이른다. "우두머리 곰"이자 "남자"로 여겨지는 올드 벤은 신화적인 토템 동물의 지위를 획득한다(190). 토템의 살해가 이루어지는 상징적인 의식을 통해 올드 벤이라는 한 마리의 곰은 시간을 초월한 영원불멸의 존재로 재탄생한다. 죽음 뒤의 올드 벤은 다음과 같이 묘사된다. "거칠고 강한 불멸의 사냥감은 지칠 줄 모르고 짖어대는 불멸의 사냥개들에 앞서 영원히 달렸고, 소리 없는 총에 쓰러졌다 불사조처럼 일어났다"(337-38). 아버지의 죽음은 아버지의 영원한 부활로 이어진다. 이 과정에서 아

11) 킹은 이미 커로더스(Carothers) 맥캐즐린과 올드 벤을 프로이트의 '원초적 아버지'와 연결하여 작품을 해석한 바 있다. 그러나 그는 필자와 달리 아이크가 원초적 아버지를 살해함으로써 과거를 극복하고 조부로부터 해방된다고 주장한다(196-97). 이는 아버지의 불멸화라는 측면을 놓치기에 일면적인 해석이 아닐 수 없다.

이크는 올드 벤에 대한 애정과 함께 그의 죽음이 지닌 필연성을 인식하고 있다. 그는 곰을 살해하게 될 잡종 개 라이언(Lion)에 대해 이렇게 말한다. "그는 라이언을 미워하고 두려워해야 했다. 하지만 그러지 않았다. 거기엔 숙명적인 것이 있는 것처럼 그에게 보였다. [⋯] 그는 슬퍼하지 않을 것이다"(216-17). 그는 아버지를 불멸화하기 위한 피할 수 없는 과정으로 올드 벤의 죽음을 받아들인다.

아이크의 대안적인 세계가 순화된 아버지의 공간이라는 점은 올드 벤을 중심으로 사냥이 이루어지는 숲 속의 순수한 세계가 철저한 백인가부장적 질서라는 사실에서 잘 드러난다. 이종혼교와 근친상간이라는 맥캐즐린의 구체적인 죄로부터는 자유롭지만 이것의 근본적인 배경을 이루고 있는 백인우월주의적인 가부장적 질서는 흑인의 종속과 여성의 배제라는 형태로 고스란히 유지된다.12) 아버지의 죄는 사라지는 동시에 다시 반복된다. 맥캐즐린의 흑인 후손인 테니즈 짐(Tennie's Jim)의 존재는 다른 무엇보다 흑인의 종속적 지위를 잘 보여준다. 맥캐즐린의 피를 아이크와 나누었고 그보다 세 살 위임에도 테니즈 짐은 아이크가 성스럽게 경험하는 숲 속 사냥 세계로의 입문도 겪지 못할 뿐더러 사냥의 중심적인 무대에서 배제되어 철저하게 주변적인 위치에 머문다. 그에게 남겨진 보상금을 받을 수 있는 나이인 스물한 살 생일에 그것을 거부한 채 남부를 떠나버리는 그의 행동은 그가 감내해야 했던 오랫동안의 굴욕적인 삶을 소리 없이 증언한다(261). 백인 남성들의 '순수한' 사냥 의식에서 흑인들은 개별성이 부정된 익명의 존재로 궂은일을 도맡아 하는 하인으로 남는다.

이곳은 또한 여성이 부재하는 순수한 남성들만의 세계이다. 남자가 사냥한 고기로 남자가 음식을 만들고 남자끼리 나눠먹는 자족적인 남성 질서이다(188). 그들의 술은 "여자들이 아니라 [⋯] 오직 사냥꾼들만이 마시는" "야생적인 불멸의 영혼"에 비유된다(184). 여성은 여기서 남성의 순수를 더럽히는 불순한 얼룩,

---

12) 매슈스는 사냥 캠프의 신분 질서가 "특권 사회를 다시 각인한다"고 지적한다(36).

"이상화된 남성적 세계를 난폭하게 전복하는 근본적 타자"로 전락한다(McGee 48). 파울러가 지적하듯이 그들의 사냥은 "남성만의 요새로의 퇴행"이고 "남성적 가치의 찬양"이다("Nameless" 529). 자연스럽게 이성애와 생식도 부정된다. 올드 벤에겐 오랫동안 암컷이 없었고 따라서 새끼도 없다. 아이크의 스승인 샘 파더스 에게도 여자와 자식이 없기는 마찬가지이다. 이들의 유산은 여성의 매개 없이 아 이크에게 전달된다. 결국 아이크의 숲은 백인 남성들의 폐쇄적이고 동성애적인 순수 공간을 지향한다.13) 사냥꾼 중 한 사람인 분 호건벡(Boon Hogganbeck)은 올드 벤을 사냥할 수컷 개 라이언과 "마치 라이언이 여자인 양— 또는 아마도 분 이 여자인" 듯 한방에서 동침한다(211). 올드 벤이 라이언을 두 팔로 안고 쓰러질 때 그들이 "연인처럼" 보이는 것도 의미심장하다(230). 아이크는 숲 자체를 자신 의 "정부"이자 "아내"로 삼는다(311). 이들은 모두 숲 속에서의 성스러운 사냥 의 식을 통해 남성들만의 동성애적 공동체를 구성한다. 그것은 배제와 분리의 남성 적인 억압 질서에 다름 아니다.

작품은 이러한 아이크의 '순수한' 꿈이 불가능한 환상에 지나지 않음을 폭로 한다. 올드 벤이 죽고 수십 년의 세월이 지난 「델타 가을」("Delta Autumn")의 숲 속으로 갓난아이를 안은 혼혈 여성이 등장한다. 그녀는 여성이자 혼혈이고, 생식 을 상징하며, 흑인이기에 아이크가 부정하고 배제한 모든 것을 체현하고 있다. 테 니즈 짐의 손녀인 그녀가 숲 속으로 아이를 안고 들어오는 것은 일종의 억압된 것의 귀환이다. 그것은 또한 아이크가 그토록 극복하려 했던 맥캐즐린의 죄의 귀 환이다. 그녀가 안고 있는 아이는 여계 맥캐즐린 후손, 로스 에드먼즈(Roth Edmonds)의 아이이다. 이종혼교와 근친상간은 사라지지 않고 운명처럼 다시 되 풀이된다(Dimitri 16). 아이크가 단절과 배제를 통해 성취하려 했던 올드 벤의 세 계는 존재 기반을 잃어버린다. 더구나 로스는 흑인 여성과의 관계를 부정하고 돈

---

13) 데이비스도 아이크의 "선택"이 지니는 "동성애적"(homoerotic) 측면을 지적한다(146).

으로 책임을 회피함으로써 맥캐즐린의 죄를 그대로 반복한다(339; Brooks 272). 아이크 스스로도 자신의 인종주의적 한계를 극복하지 못한다. 로스의 여자가 흑인이라는 사실을 알았을 때 "*하지만 지금은 안 돼! 지금은 안 돼!*"라고 혼자 생각한다(344). 흑백 공존의 순간을 미래로 연기하고, 결국 현재의 가능성을 부정하는 것이다. 그러곤 그녀에게 이렇게 말한다. "북부로 돌아가. 네 인종의 남자와 결혼해. 그것만이 네게 유일한 구원이야— 당분간은, 아마도 오랫동안. 우리는 기다려야 할 거야. [⋯] 그러면 넌 이 모든 걸 잊을 거야." 아이크는 사랑의 가능성을 대면하기보다는 망각과 회피를 택한다. 이에 여자는 대답한다. "당신은 너무 오래, 너무나 많은 것을 잊고 살아서 한때 사랑에 대해 알았거나 느꼈거나 들었던 그 어떤 것도 기억하지 못하나요?"(346). 흐르고 결합하는 사랑의 원리 앞에 아이크의 체계는 뿌리부터 흔들린다. 밀게이트(Michael Millgate)가 적절히 지적하듯이, 이 장면은 아이크의 "삶과 노력의 궁극적 실패"를 명확하게 각인한다(206).

루카스 비첨(Lucas Beauchamp)은 아이크와 마찬가지로 맥캐즐린의 남계 후손임에도 불구하고 흑인이라는 이유로 맥캐즐린 집안으로부터 배제된 인물이다. 비첨이라는 그의 성은 흑인 아버지와 백인 할아버지의 것이 아니라 흑인 어머니의 것이다. 인종이 맥캐즐린이라는 정체성으로의 접근을 원천적으로 가로막는다. 그는 흑인이기에 백인의 권위, 권력, 권리를 박탈당한다. 맥캐즐린의 권위가 부정된 것은 루카스에게 채울 수 없는 결핍을 낳는다. 그의 소유욕과 재산에 대한 집착은 이 결핍을 채우려는 절실한 욕망의 표현이다. 그는 자기 소유의 땅에서 농사를 짓는데다 이십 년 동안 밀주 업을 운영했기에 상당한 재산을 소유하고 있을 거라 추정된다(113). 더구나 그는 이미 스물한 살에 토미즈 터얼을 위해 맥캐즐린이 남긴 돈의 자기 몫을 받은 바 있다(269). 하지만 루카스에겐 그 어떤 것으로도 채워지지 않는 근원적인 결핍이 있다. 백인 조부가 남긴 금전적 유산조차도 루카스의 상실감을 해소하는 데는 턱없이 부족하다. 아이크가 짐작하는 대로 맥캐즐린의 돈은 기껏해야 "*검둥이에게 내 아들이라 말하는 것보단 값싼*" 보상에 불과한 것이다(258). 결핍은 그대로 남는다. 그것은 백인 할아버지가 자기를 맥캐즐린으로 인정하지 않은 데서 생긴 결핍이다.

거세는 남근에 대한 욕망을 낳는다. 루카스는 박탈당한 또는 금지된 부계 유산, 즉 '아버지의 이름'을 되찾아 자기 존재의 근원적인 결핍을 채우고자 한다. 백인 사회의 공식적인 인정을 얻지 못하는 대신 스스로 자신이 맥캐즐린 가의 중심이라 확신하고 백인 조상 커로더스(Carothers) 맥캐즐린의 권위를 갈망하는 것이다. 조부 맥캐즐린은 그에게 행동의 원천이자 판단의 근거로 자리매김한다. 그는 심지어 맥캐즐린보다 더 맥캐즐린 같은 모습으로 보일 지경이다(114). 루카스의 전체 이름도 루시어스 퀸터스 커로더즈 맥캐즐린(Lucius Quintus Carothers McCaslin)이라는 백인 할아버지의 성명을 그대로 가져온 것이다. 그는 조부의 긴 이름을 그대로 사용하면서도 첫 이름 루시어스를 루카스로 변형하여 자신의 이름으로 삼는다(269). 이러한 부분적인 수정을 통해 아버지의 권위를 고스란히 받아들이면서도 그것을 "더 이상 백인 것이 아닌 자기 것"으로 만든다(269). 자신을 후손으로 인정하지 않는 루시어스를 루카스로 살짝 바꿈으로써 맥캐즐린의 권력을 '자기 것'으로 전유하는 것이다. 루카스는 '아버지의 이름'을 전유하여 자신의 결핍을 채우려한다.

맥캐즐린이 그를 위해 남겨놓은 금화가 땅속 어딘가에 묻혀있다는 맹목적인 믿음과 그것을 찾기 위한 무모한 분투는 루카스의 부계 상속에 대한 욕망과 백인 할아버지로부터 인정받으려는 욕구가 얼마나 강렬하고 질긴 것인지 잘 보여준다.[14] 그는 이를 얻기 위해 무엇이든 희생할 수 있다. 몰리의 이혼 요구도 그의 집요한 의지를 꺾지는 못한다. 그에겐 무엇보다 맥캐즐린이라는 백인 대타자의

---

14) 오그던(Benjamin H. Ogden)은 루카스가 매장된 재물에 집착하는 것은 백인 할아버지의 금전적 유산에 대한 의존으로부터 벗어나 자기 소유에 기초한 독립적 정체성을 확립하려는 욕망 때문이라고 주장한다(380). 그러나 이러한 해석은 루카스가 이미 충분한 재산을 소유하고 있다는 사실을 간과하고, 나아가서 보다 근본적인 부계 상속의 욕망이 소유욕 뒤에서 작용하고 있음을 놓치고 있다.

인정이 더 중요하다. 금은 그를 맥캐즐린에 연결해주는 결정적인 유산이다. 결국 그는 금을 찾는 데 실패하고 금 채취를 포기하지만, 그 뒤에도 여전히 틀림없이 "그 돈은 저기에 있다"라고 말하며 금의 존재 자체를 의심하진 않는다(127). 부권의 근원적인 결핍에도 불구하고 루카스는 아버지의 유산에 대한 환상에서 스스로 벗어나지 못하는 것이다.

잭 에드먼즈(Zack Edmonds)와의 투쟁에서 확인하는 그의 남성성도 맥캐즐린의 권위에 의존한다. 그는 잭에게 자기도 남자이고 또 "남자 이상"(more than just a man)이라고 선언한다(47). 루카스가 잭과의 관계에서 단순한 '검둥이'(nigger) 남자로 남는다면 그가 남성성을 확립하는 일은 불가능할 것이다. 그러나 아버지를 통해 이어져 내려온 백인 조부의 피에 기대어 자신을 '남자 이상'으로 규정함으로써 루카스는 자신의 남근적 권위를 세우는 데 성공한다. 그가 백인과 대등한 남성성을 획득할 수 있는 것은 자신이야말로 맥캐즐린의 진정한 남계 후손이라고 믿기 때문이다. 맥캐즐린의 절대적인 권위가 루카스의 남성성을 떠받치는 견고한 기반이 된다. 잭과의 목숨을 건 싸움 뒤에 루카스는 집으로 돌아와 "나는 그[맥캐즐린]를 필요로 했고 [그때] 그가 나타나 내 대신 얘기했어"라고 홀로 생각한다(57). 백인 가부장의 권위적인 목소리가 루카스의 존재를 지배한다.

루카스는 억압과 배제의 당사자인 백인 할아버지의 권위에 스스로 종속되는 한계를 노정한다. 결핍을 극복하려는 욕망이 결핍을 창조한 타자에게 묶여버리는 것이다. 아이크가 관습적 권리로 부여된 유산 상속을 스스로 거부함으로써 아버지의 권위를 순화한다면, 루카스는 유산 상속이 처음부터 부정되었기에 그 결핍을 채우기 위해 더욱 더 아버지의 권위에 매달리게 된다. 루카스는 부권과 근원에 대한 환상에서 벗어나지 못한다. 그가 품은 백인 가부장 신화는 필연적으로 반여성적인 태도로 나타난다. 여기에 에드먼즈와의 투쟁이 그의 남성 우월주의를 강화한다. 여계 맥캐즐린 후손인 에드먼즈와의 관계에서 흑인으로서의 불리한 조건을 이겨내기 위해서는 여성비하적인 가부장제 이데올로기가 효과적일 것이다. 그는 잭을 "여자가 만든 맥캐즐린"(woman-made McCaslin)으로, 그리고 자신을 "남자가 만든 맥캐즐린"(man-made one)으로 규정함으로써 자신의 남성성을 선점한다(51, 52). 그는 몰리와의 관계에서도 남성으로서의 가부장적 권위를 내세운다. 로스 에드먼즈가 몰리의 이혼 요구에 대해 언급하자 루카스는 "여기선 내가 남자다. 내 집에서 명령할 수 있는 자는 바로 나"라고 단언한다(116). 빌러(Tracy Bealer)가 지적하듯이 루카스에게 남성성은 "인종과 상관없이 우월한 위계적 지위"를 지닌다(120). 루카스는 남성으로서의 권위로 백인 남성의 인종주의적 권력에 도전하지만, 여성은 그의 세계에서 남성 권력의 타자로 종속된다.

III

포크너는 작품 전체의 표제작이기도 한 마지막 단편 「모세여 내려가라」에서 새로운 치유의 가능성을 제시한다. 단편은 두 개의 장으로 이루어져 있는데 두 번째 장에 비해 지극히 짧은 첫 장은 시카고 감옥에서 사형 집행을 기다리는 몰리의 손자 새무얼(Samuel)의 모습, 그리고 그가 인구 조사원과 나누는 마지막 대화를 묵묵히 제시한다. 그는 새로운 삶을 찾아 북부로 달아나 생활하다 경찰을 살해한 죄로 사형 당한다. 남부는 그를 분노하게 했고, 북부는 그를 좌절하게 했다. 짧게 등장했다 사라지지만 그의 절망과 분노는 결국 미국사회가 인종문제를 해결하는 데 철저하게 실패했음을 증언한다. 무수한 시도와 끈질긴 노력에도 불구하고 인종문제는 해소되지 않은 채 싸늘한 시체로 남는 것이다. 이는 또한 백인 남성 아이크와 흑인 남성 루카스의 실패이기도 하다. "살해된 늑대"로 묘사되는 새무얼의 시신은 어떤 의미에선 아이크의 '신성한' 사냥과 루카스의 보물찾기(treasure hunt)에 따르는 희생물이다(364). 소설을 지배하던 두 남성 인물이 마지막 이야기에서 완전히 사라지는 것은 이런 맥락에서 의미심장하다. 역사적 외상의 치유와 흑백 공존의 미래는 이들의 몫이 아닌 것이다. 문제를 해결하기보다는 재생산하는 희생과 배제의 남성적인 방식이 아니라 희생자를 품고 위로하는 기억과 화해가 필요하다.

흑인 할머니 몰리는 남성들이 해내지 못한 치유와 공존을 실천하는 여신과도 같은 존재로 등장한다.[15] 그녀는 단편, 나아가서 소설 전체의 제목이 암시하듯, "모세여 내려가라"라고 명령하는 신의 위치에 있다. 손자 새무얼을 고향으로 데려오기 위해 백인 검사, 개빈 스티븐즈(Gavin Stevens)를 찾은 몰리는 "타버린 종이 한 조각 그대로의 재만 한 무게와 견고함"(no more of weight and solidity than the intact ash of a scrap of burned paper)을 지녔다고 묘사된다(353). 그녀의 몸은 세속적인 육체성을 모두 잃어버렸기에 더 이상 평범한 인간 세계에 속하지 않은 것처럼 보인다. 그녀는 인간적인 육체를 모두 소진한 채 육체 너머의 곳에 자리 잡고 있는 존재이다. "내 아이를 찾으러 왔다"는 그녀의 말은 개빈에 대한 인간적인 부탁이라기보다는 신의 일방적인 명령에 가깝다(353).[16] 백인 할머니 미스 워셤(Miss Worsham)은 "그는 집으로 돌아와야 한다"라는 말로 몰리의 뜻을 다시 전한다(358). 그것은 신의 말씀처럼 거역할 수 없는 명령으로서 일방적이고 절대적인 당위로 나타난다. 개빈의 즉각적인 복종은 이 명령이 지닌 도덕적 의무의 무게를 드러낸다.

치유와 공존은 진실과 책임을 전제로 한다. 몰리는 그녀의 뜻을 개빈에게 전하자마자 움직이지도 않은 채 개빈 앞에서 노래하기 시작한다. "로스 에드먼즈가

---

15) 포크너는 책머리에 쓴 제사를 통해 소설을 유모(Mammy) 캐롤린 바(Caroline Barr)에게 헌정한다. 이를 근거로 몰리를 캐롤린 바와 같은 유모 인물로 보는 비평가들이 적지 않다. 그러나 몰리의 적극적인 성격과 행동, 의지 등은 제사에 묘사된 수동적이고 종속적인 모습과는 크게 다르다는 점을 유념해야 한다. 이런 문맥에서 몰리를 "전형적인 유모"로 보기 어렵다고 지적하는 여성주의 비평가 그윈의 해석은 주목할 만하다(93).

16) 몰리가 신의 위치에 있다면, 모세는 그녀의 명령을 수행하는 개빈이 될 것이다. 그의 주된 관심이 "구약성경을 다시 고대 그리스어로 번역"(353)하는 데에 있다는 사실은 결코 우연이 아니다.

내 벤자민을 팔았어. 이집트에 그를 팔아버렸어. 파라오가 그를 잡아 갔어"(353). 이질적으로 흘러나오는 몰리의 목소리는 음악적, 주술적 언어가 갖는 힘과 울림을 지닌다. 그녀가 읊조리는 구절은 물론 표면적으로 새무얼을 고향에서 쫓아낸 로스 에드먼즈의 행위와 그 비극적인 결과를 가리키고 있다. 하지만 동시에 그것은 수많은 흑인들의 운명과 그에 대한 백인들의 책임을 배음으로 깔고 있다. 남부의 백인 사회는 흑인들에 대한 책무를 방기하고 그들을 북부로 보내버렸고, 그에 따라 흑인들은 속박과 굴욕의 상태에서 헤어나지 못한 것이다. 「곰」("The Bear")에서 토미즈 터얼의 아들 제임스(테니즈 짐)가 성년이 되는 해에 오하이오 강을 건너고, 「델타 가을」에서는 로스가 자신의 아이를 가진 제임스의 손녀를 외면할 뿐만 아니라 아이크 역시 그녀에게 북부로 가서 흑인과 결혼하라고 조언한다. 소설 속에 나타난 수많은 백인 인물들은 몰리의 비난에서 자유로울 수가 없다. 그녀의 주술은 남부, 나아가서 미국 전체의 인종주의 현실을 아프게 지적하는 동시에 이에 대한 백인의 도덕적 책임을 함축적으로 표현한다.

몰리의 윤리는 배제가 아닌 포용이다. 그녀는 백인 중심의 남부 사회가 수용을 거부하는 시체 또는 불순물을 내부로 가져와 품어줄 것을 요구한다. 백인을 살해한 흑인에겐 린칭(lynching)이 당연하게 받아들여지는 일반적인 처벌 방식이다.[17] 법집행인의 공공연한 방조 속에 무참히 린칭 당하는 「검은 옷의 광대」("Pantaloon in Black")의 주인공 라이더(Rider)가 결정적인 예이다. 잭(Zack Edmonds)과 싸우는 루카스도 그의 행동의 피할 수 없는 결과로 린칭을 각오한다(52). 린칭은 남성적인 배제와 부정의 극단적인 행동 양식이다. 몰리의 명령을 수행하여 모세의 역할을 맡게 되는 개빈마저도 이러한 인종주의적 배제와 외면의 논리로부터 자유롭지 못하다. 그는 새무얼에 대해 "그 애비에 그 아들"(A bad son

---

17) 포크너 작품 속에 나타난 린칭의 문제를 남부의 법적, 경제적 맥락과 연결하여 설명하는 논문으로 새수버(Ticien Marie Sassoubre) 참조. 그는 새무얼의 사형 집행도 일종의 "북부식 린칭"(Northern lynching)으로 이해한다(197).

of a bad father)이라고 단언하며 사형 집행으로 처형되는 것이 차라리 낫다고까지 말한다(357). 그는 인종주의의 비극적 현실을 유전적 원인으로 환원하고, 받아들일 수 없는 불순물을 깨끗이 지워내는 것으로 문제를 해소하고픈 욕망을 드러낸다. 여기서 개빈은 흑인은 인간이 아니라고 믿고 린칭을 방관하는 「검은 옷의 광대」에서의 보안관 대리와 크게 다르지 않다(149-50). 그러나 몰리는 이들 백인 남성들과는 대조적으로 새무얼의 시신을 거두어 남부 고향으로 데려와 적절한 장례를 치르려는 불굴의 의지를 보여준다.

새무얼의 장례를 치러내는 일은 백인 중심의 미국 사회가 억압하고 배척한 흑인 희생자를 포용하는 상징적인 행위이다. 인종주의의 아픈 상처를 지닌 모든 피해자들이 그녀의 행위 속에 품어진다. 소설 속에서 새무얼의 좌절과 분노는 고스란히 라이더의 고통이며, 테니즈 짐과 루카스에게 이어지고, 나아가서 유니스(Eunice)와 그녀의 딸 토미(Tomasina)까지 연결된다. "내 아이를 찾으"려는 몰리의 의지는 "모세여 내려가라"라는 제목이 암시하듯 개인적인 차원을 넘어 흑인 전체의 경험을 품는 집단적인 의미를 지닌다. 그녀의 "내 아이"(my boy)는 노예제와 인종주의에 희생된 흑인 모두로 확대되는 것이다. 새무얼의 귀향과 장례는 또한 노예제라는 역사적 외상의 기억을 남부의 한가운데로 불러들이는 의식이기도 하다. 그것은 상처를 깊숙이 묻어두고 잊어버리려는 외면과 망각이 아니라 표면으로 드러내고 안으로 끌어들이는 대면과 기억이 치유의 첫걸음임을 함축한다.

몰리가 체현하는 포용의 윤리는 공동체의 백인 구성원들에게는 인종주의에 대한 책임과 흑인들과의 연대를 의미한다. 개빈이 장례비용을 충당하는 방식도 백인들이 인종문제의 해결을 위해 어떻게 행동해야 하는지에 대한 단초를 제공한다. 그는 광장 주위에 있는 가게와 사무실을 돌아다니며 모든 이들에게서 조금씩 돈을 걷는다(360). 돈의 양보다는 기부 행위 자체가 의미를 지닌다. 백인들은 장례비용의 분담을 통해 새무얼을 품는 포용과 치유의 의식에 자연스럽게 참여하게 된다. 그들은 상징적 의미에서의 죗값을 치름으로써 모두 그리고 각자의 책임과

죄를 공유하고 희생을 애도할 수 있게 된다. "그것은 우리의 슬픔"(It's our grief)
이라는 백인 할머니 미스 워섐의 말은 백인들이 지녀야 할 윤리적 태도를 짧지만
강렬하게 요약한다(363). 이는 백인의 책임을 외면하고 문제를 흑인 탓으로 돌리
는 개빈을 비롯한 여러 백인 남성 인물들의 태도와 대조된다. 미스 워섐은 이들과
달리 흑인의 희생에 대한 백인의 책임을 인정하는 동시에 흑인들과의 깊은 연대
감을 표현한다.

　몰리와 미스 워섐 사이의 이해와 공감은 인종적 차이를 넘어 흑인과 백인의
연대 가능성을 암시한다. 미스 워섐은 개빈에게 몰리와의 특별한 관계를 이렇게
설명한다. "몰리와 나는 같은 달에 태어났어. 우리는 자매처럼 같이 자랐지"(357).
몰리의 부모가 워섐 집안의 노예였음에도 인종주의적 편견과 차별이 그들의 자매
애를 압도하지는 못한다.18) 미스 워섐이 느끼는 '슬픔'은 오랜 세월 유지된 그들
사이의 끈끈한 관계에서 비롯한다. 두 여성 인물의 자매애는 소설 속에서 비슷한
상황에 놓인 백인 남성과 흑인 남성 사이의 고통스러운 관계와 의미심장한 대조
를 만들어낸다. 「불과 화로」("The Fire and the Hearth")에서 서로 목숨을 걸고
투쟁하는 루카스와 잭 에드먼즈 역시 사실은 어렸을 때 "거의 형제처럼 자라난"
사이다(54). 잭이 아들 로스에게 말해주듯이, 그들은 "같이 자랐고, [⋯] 같이 먹
고 자고[,] 같이 사냥하고 낚시했다"(111). 그러나 어느 순간 인종주의의 깊은 심
연이 그들을 돌이킬 수 없이 갈라놓는다. 이러한 인종주의적 분리는 남성들 사이
에선 피할 수 없는 운명처럼 나타난다. 이 운명적인 외상은 루카스의 아들 헨리와
로스 사이에서 고스란히 반복된다. 로스가 형제처럼 자라나던 헨리를 거부하고
"슬픔"과 "부끄러움"으로 뒤척이는 장면은 둘 사이에 영구적인 균열이 자리 잡는
순간을 아프게 포착한다(109). 로스는 이를 "오래된 저주"(107)라 부르며 자신의
피할 수 없는 "유산"(110)으로 받아들인다. 하지만 마지막 단편에서 드러나는 몰

---

18) 디커슨은 두 여성의 연대가 "아기 모세를 구하기 위해 같이 행동하는" 모세의 어머니와 파라오
　의 딸을 상기시켜준다고 말한다(423).

리와 미스 워섬 사이의 관계는 인종주의적 상처와 분리라는 남성적 '유산'의 '오래된 저주'가 여성적인 자매애에 의해 풀릴 수 있음을 보여준다.

몰리와 미스 워섬이 구현하는 화해와 공존의 자매애는 흑인 남성과 백인 남성도 포함하는 소규모의 가족적인 공동체로 확대된다. 광장 주변의 가게와 사무실에서 장례비 조의 돈을 거둔 뒤 개빈은 미스 워섬을 찾아 마을의 가장자리에 있는 그녀의 집을 방문하는데, 이때 그는 몰리의 남동생, 햄프 워섬(Hamp Worsham) 부부와 함께 미스 워섬, 몰리가 모두 화로 주위에 모여 있는 것을 발견한다. 햄프 부부와 미스 워섬은 오랫동안 한집에서 가족처럼 지냈고, 몰리와 미스 워섬은 주지하다시피 평생 자매처럼 살아왔다. 인종주의적인 분리보다는 가족의 끈끈한 유대감이 이곳을 지배한다. 여기에 백인 남성, 개빈이 들어옴으로써 인종적 연대의 그림은 완성된다. "그[개빈]도 앉았고, 그래서 그들 넷―그 자신, 미스 워섬, 노령의 흑인 여자, 그리고 그녀의 남동생―은 인간적 결합과 연대의 오랜 상징이 그을린 벽돌 화로 주위에 원을 이루었다"(361). 잠시 동안 유지되는 이 상징적인 장면에서 백인 남성, 백인 여성, 흑인 여성, 흑인 남성은 화로를 중심으로 인종 간 화합과 연대의 원을 그린다.[19] 비록 개빈이 몰리를 이해하지 못하고 떠남으로써 그림은 손상되지만, 적어도 이 순간만큼은 인종 사이의 우열은 사라지고 인간적인 이해와 공존이 대신 자리한다.

새무얼의 장례는 흑인 희생자의 시신을 포용하고 흑인과 백인의 공존 가능성을 암시하는 공동체 전체의 상징적 의식으로 승화된다. 장례 행렬은 제퍼슨 마을의 중심인 광장을 돌아 묘지로 향한다. 그것은 남부군 기념비와 법원을 돌아 주위에 있는 모든 사람들이 지켜보는 가운데 천천히 움직인다. 이로써 광장, 그곳에 있는 마을의 상징물, 그리고 그곳을 둘러싼 사람들 모두가 포용과 애도 의식의 일

---

19) 로빈슨과 타운 역시 이 장면에서 공동체의 가능성을 발견하지만 백인 남성 개빈은 이방인으로 배제된다고 본다. 결과적으로 개빈이 이질감을 느끼고 떠나는 것은 사실이지만, 여기서 더 중요한 것은 화합과 연대를 상징하는 이 장면에 개빈이 포함되어 있다는 점이다.

부가 된다. 심지어 기부를 거부한 사람들마저도 행렬을 의식하고 바라봄으로써 주관적인 의지와 무관하게 의식에 참여한다(Brooks 277). 각자의 이해관계와 편견이 있지만, 그럼에도 그들은 새무얼을 품는 공동체의 의식에 일조하는 것이다.

몰리는 더 나아가서 이 모든 일이 신문에 실리도록 하여 손자의 장례를 공동체 전체의 집단적인 애도 행위로 완성한다. 단편의 마지막을 이루는 개빈과 신문 편집인 사이의 대화에서 편집인은 몰리가 "그걸 신문에 실어줘. 모든 걸"(You put hit in de paper. All of hit)이라고 말했다는 사실을 개빈에게 전해준다(365). 새무얼의 장례에 대한 신문의 기록은 이 일을 제퍼슨 사회 전체의 공식적인 의식으로 승화시킬 뿐만 아니라 그것을 역사의 유산으로 영원히 기억되게 할 것이다. 이는 하나의 역사 문서로서 아이크가 맥캐즐린의 치명적인 죄를 발견한 장부(ledger)와 연결된다. 하지만 그것은 더 이상 백인 조상의 죄와 씻기지 않는 그 유산이 아니라 속죄와 애도의 집단적인 치유 의식을 글로 남긴다. 마침내 역사적 외상이라는 장부의 매듭이 신문 기사의 새로운 기록을 통해 풀리기 시작한다. 편집인의 말을 듣는 순간 개빈은 곧 장례의 의미를 깨닫는다. 몰리가 원한 것은 새무얼의 단순한 귀향이 아니라 그가 "제대로 집으로 돌아오는"(come home right) 것이었음을 비로소 이해하게 되는 것이다(365). 몰리가 명령하고, 개빈이 수행하고, 공동체 성원 모두가 참여한 애도 의식은 역사적 외상의 치유가 어떻게 이루어져야 하는지 잔잔하게 보여준다.

IV

소설 제목, "모세여 내려가라"라는 문장의 발화자는 아이크도 루카스도 아닌 흑인 할머니, 몰리이다. 그녀는 신의 위치에서 흑인 백성을 억압과 굴욕의 족쇄로부터 해방하라고 모세에게 명령한다. 몰리는 마지막 단편에서야 비로소 중심적 지위를 획득하지만 작품 전체의 발화 주체로서, 인종문제 해결의 새로운 비전을 제시하는 여신으로 등장한다. 노예제와 인종차별로 얼룩진 미국 역사의 상처를 치유하고 극복하는 데 있어 포용적 여성성이 배타적 남성성의 대안으로 나타나는 것이다. 작품은 몰리의 연약한 몸에서 흘러나오는 주술적 목소리에서 폭력과 억압의 역사를 넘어설 가능성을 발견한다. 이런 맥락에서『모세여 내려가라』는 여러 모로 포크너의 초기 소설,『내 죽으며 누워 있을 때』(As I Lay Dying)에 닿아 있다. 작품 내내 죽은 시체로 남아 있는 여성 인물 애디(Addie)는 소설의 제목이 암시하듯 서사를 발화하는 '나'로서 작품의 부재하는 중심을 구성한다. 59개 장에 걸친 여러 인물들의 내면 독백들은 애디의 시체를 맴도는 독수리들처럼 그녀를 중심으로 모이고 다시 퍼져나간다. 애디의 독백은 단 한 개의 장에 표현되지만 그것은 가부장 이데올로기를 전복하는 급진적 다성성의 여성 언어를 구현한다.[20] 이러한 애디의 여성적 목소리는『모세여 내려가라』에 와서 새무얼의 귀향과 장례를 명령하는 흑인 여성 몰리의 주술적 언어로 이어져 다시 표출된다.

포크너의『모세여 내려가라』는 개별적인 중단편들의 느슨한 연결이라는 대단히 독특한 형식으로 미국 역사의 심층에 외상적 중핵으로 자리 잡은 노예제와 인종차별의 유산에 대해 깊이 있는 통찰을 복합적으로 형상화한 역작이다. 작품은 복합적이고 중층적인 의미들을 풍요롭게 품고 있어 서로 다른 다양한 해석에 열려있지만, 특히 라캉의 정신분석 이론이 말하는 성차의 관점에서 텍스트를 조명하는 작업은 기존의 주류 비평이 주목하지 않았던 소설의 다른 측면을 드러내준다. 인종문제에 있어 남성성과 여성성이 지니는 의미를 새로이 부각시켜주는 것이다. 백인 남성 아이크의 담대한 상속 거부는 그 급진성에도 불구하고 순수한 백인 가부장의 권위와 질서를 복원하려는 욕망에 묶이고, 흑인 남성 루카스의 권위 박탈은 채울 수 없는 결핍을 낳아 아버지의 이름에 대한 집착으로 이어진다.

---

20) 이런 관점에서 포크너의『내 죽으며 누워 있을 때』를 해석하는 논문으로 필자의 "The Ethics of the Feminine in William Faulkner's As I Lay Dying" 참조.

단절과 배제의 남성성은 부권에 대한 근원적인 환상으로 인해 인종문제를 해결하기보다는 그대로 유지한다. 반면 흑인 여성 몰리의 언어와 그 파장, 그리고 백인 여성 미스 워셤과의 우정은 포용과 연대의 여성적 윤리가 역사적 외상을 치유하고 극복하는 데 기여할 수 있음을 암시한다. 여성성은 인종주의의 매듭을 풀고 흑백 공존의 미래를 선취한다.

인용 문헌

강규한. 「포크너와 문학생태학: 『모세여 내려가라』를 중심으로」. 『영어영문학』 48 (2002): 521-39.

김상률. 「인종재현의 정치: 라이트와 포크너의 담론적 대결」. 『현대영미소설』 8.2 (2001): 41-64.

김용수. 「잊을 수 없는 그대: 포크너의 『예루살렘아, 내 너를 잊는다면』에 나타난 여성성과 간극의 미학」. 『현대영미소설』 12.1 (2005): 59-80.

신명아. 「라깡과 버틀러: 라깡의 정신분석과 제3물결 페미니즘(포스트페미니즘)」. 『라깡의 재탄생』. 김상환, 홍준기 엮음. 창작과비평사, 2002, 572-603.

은죽남. 「포크너의 『모세여 내려가라』: 구조의 통일성」. 『영미어문학』 72 (2004): 41-67.

이명호. 「상상적 순수로의 복귀: 윌리엄 포크너의 『내려가라 모세야』 읽기」. 『영어영문학』 49 (2003): 227-50.

_____. 「"여자는 무엇을 원하는가?": 라캉 정신분석학이 여성의 몸에 대해 말해주는 것들」. 『라깡과 현대정신분석』 4.1 (2002): 153-76.

홍준기. 「라깡의 성적 주체 개념: 『세미나 제20권: 앙꼬르』의 성구분 공식을 중심으로」. 『현대비평과 이론』 19 (2000): 138-68.

Bealer, Tracy. "'Just Git the Womenfolks to Working at It': The Construction of Black Masculinity in *Go Down, Moses*." *Atenea* 28.1 (2008): 117-31.

Brooks, Cleanth. *William Faulkner: The Yoknapatawpha Country*. 1963. Baton Rouge: Louisiana State UP, 1990.

Chang, Kyong-Soon. "Dialogic Discourse in Terms of Race and Nature in William Faulkner's *Go Down, Moses*." *Studies in Modern Fiction* [『현대영미소설』] 10.2 (2003): 269-93.

Copjec, Joan. *Imagine There's No Woman: Ethics and Sublimation*. Cambridge, Massachusetts: The MIT P, 2002.

Davis, Thadious M. "The Game of Courts: *Go Down, Moses*, Arbitrary Legalities, and Compensatory Boundaries." *New Essays on* Go Down, Moses. Ed. Linda Wagner-Martin. Cambridge: Cambridge UP, 1996. 129-54.

Dickerson, Mary Jane. "Toward Self-Possession: Women in *Go Down, Moses*." *Women's Studies* 22 (1993): 417-27.

Dimitri, Carl J. "*Go Down, Moses* and *Intruder in the Dust*: From Negative to Positive Liberty." *The Faulkner Journal* 19.1 (2003): 11-26.

Faulkner, William. *Go Down, Moses*. 1942. New York: Vintage, 1990.

Fowler, Doreen. *Faulkner: The Return of the Repressed*. Charlottesville: UP of Virginia, 1997.

_____. "The Nameless Women of Faulkner's *Go Down, Moses*." *Women's Studies* 22 (1993): 525-32.

Freud, Sigmund. *Totem and Taboo. The Standard Edition of the Complete Psychological Works of Sigmund Freud*, Vol. 13. Trans. James Strachey. London: Hogarth, 1953. vii-162.

Godden, Richard, and Noel Polk. "Reading the Ledgers." *Mississippi Quarterly* 55 (2002): 301-59.

Gwin, Minrose. "Her Shape, His Hand: The Spaces of African American Women in *Go Down, Moses*." *New Essays on* Go Down, Moses. Ed. Linda Wagner-Martin. Cambridge: Cambridge UP, 1996. 73-100.

Kim, Yongsoo. "The Ethics of the Feminine in William Faulkner's *As I Lay Dying*." *Studies in Modern Fiction* [『현대영미소설』] 9.2 (2002): 255-75.

_____. "The Radical Politics of Sublimation: Desire, Ethics, and the Feminine in Lacan." *The Journal of Criticism and Theory* [『비평과 이론』] 6.2 (2001): 5-24.

King, Richard H. "Working Through: Faulkner's *Go Down, Moses*." *William Faulkner: Modern Critical Views*. Ed. Harold Bloom. New York: Chelsea, 1986. 193-205.

Lacan, Jacques. *Seminar XX. Encore 1972-1973: On Feminine Sexuality/ The Limits of Love and Knowledge*. Trans. Bruce Fink. New York: Norton, 1998.

Matthews, John T. "Touching Race in *Go Down, Moses*." *New Essays on* Go Down, Moses. Ed. Linda Wagner-Martin. Cambridge: Cambridge UP, 1996. 21-47.

McGee, Patrick. "Gender and Generation in Faulkner's 'The Bear.'" *The Faulkner Journal* 1 (1985): 46-54.

Millgate, Michael. *The Achievement of William Faulkner*. 1966. Athens: U of Georgia P, 1989.

Ogden, Benjamin H. "Rethinking Rider's Love: The Less-Romantic Logic of Property and Space in 'Pantaloon in Black.'" *Mississippi Quarterly* 61 (2008): 379-96.

Robinson, David W., and Caren J. Town. "'Who Dealt These Cards?': The Excluded Narrators of *Go Down, Moses.*" *Twentieth Century Literature* 37.2 (1991): 192-206.

Sassoubre, Ticien Marie. "Avoiding Adjudication in William Faulkner's *Go Down, Moses* and *Intruder in the Dust.*" *Criticism* 49.2 (2007): 183-214.

Sedinger, Tracey. "Nation and Identification: Psychoanalysis, Race, and Sexual Difference." *Cultural Critique* 50 (2002): 40-73.

Sundquist, Eric J. *Faulkner: The House Divided.* Baltimore: Johns Hopkins UP, 1983.

Yoo, Kyoung-Hoon. "Lacan as a Critic of Consciousness Philosophy: A Polemical Discourse of Subjectivity." *The Journal of Criticism and Theory* [『비평과 이론』] 7.2 (2002): 165-201.

■ 이 글은 『현대영미소설』 16권 3호(2009)에 실렸던 글을 수정, 보완한 것이다.

4.

순수의 이념과 오염의 육체: 윌리엄 포크너의 『팔월의 빛』

이명호

1. 순수의 이념—남부의 이데올로기적 환상

『팔월의 빛』(*Light in August*, 1932)의 주인공 조 크리스마스(Joe Christmas)는 미국문학에서 가장 고독한 인물 가운데 하나이다. 인종적 광기에 사로잡혀있던 20세기 초반 미국 남부사회에서 흑백 어느 쪽에도 속하지 못했던 그는 어떤 사회적 지원도 받지 못한 채 살인이라는 최악의 선택을 내리고 마침내 거세당한다. 그의 시신에서 뿜어 나오는 검은 피를 통해서도 그는 자신을 운명의 회로 속으로 몰아넣은 이데올로기의 덫에서 벗어나지 못한다. 그의 일생을 '고독한 이방인의 비극적 운명'으로 만든 것은 캘빈주의적 종교 감성에 깊이 침윤되어 있는 백인주의와 남성주의라는 이데올로기이지만, 포크너가 이 작품에서 집요하게 추적하는 것은 추상적 얼굴을 한 이데올로기가 아니라 그 이데올로기가 조를 비롯한 작중 인물들의 내면을 구성하는 구체적 모습이다.

"앎이 기억하기 전에 기억은 믿는다"(Memory believes before knowing remembers, 119)는 고혹적인 문장으로 시작하는 6장에서 조의 살인을 기록한 12장에 이르기까지 포크너의 서술이 초점을 맞추는 것은 '앎'이 개입되기 전 조를 사로잡는 '기억의 체계'(memory system)이다. 기억의 자리는 앎이 일어나는 곳과 다른 장소에 있다. 정신분석학에서 무의식이라 부르는 이 공간은 의식적 앎과 체계화된 지식의 형태로 구성되는 것이 아니라 주관적 믿음의 형태로 이루어져 있다. 여기서 '믿음'이란 단순히 진리와 구분되는 거짓신념으로서 '독사'(doxa)라기보다 주체가 구성해내는 무의식적 관념, 상상, 환상 일반을 가리키는 것으로 확장될 수 있다. 그것은 실제 일어난 사건에 대한 사실적 지식이 아니라 주체가 구성하는 허구적 환상이다. 기억이되 그것은 주체가 검열을 뚫고 의식으로 떠올려야할 실제 사건의 정확한 복구나 복원이 아니라 주체가 만들어내는 환상적 구성물(fantasy construct)이다. 물론 이 환상을 추동하는 것은 주체 내부의 욕망이다. 환상은 주체가 경험하는 내적 결핍을 메워주는 허구적 충족물인 까닭이다. 포크너가 남부 주민들이 보이는 집단적 히스테리 반응에서 찾아내려한 것이 이 환상적 허구이며, 이들에게 이런 극단적 반응을 불러일으키는 조 크리스마스라는 한 고독한 남자의 인생행로를 추동하는 심리적 동인으로 밝혀내려 한 것도 다름 아닌 이것이다.

나는 남부사회를 지배하는 이데올로기적 환상을 '순수의 이념'(the ideology of innocence)이라 부르고자 한다. 물론 순수의 이념은 피부색깔에 따라 세계를 흑과 백으로 이분화하고 검은 것은 열등한 것으로, 흰 것은 우월한 것으로 표상하는 백인주의와 깊은 친연성을 갖고 있다. 하지만 내가 남부의 이데올로기를 굳이 순수의 이념이라고 부르는 것은 백인주의 그 자체를 구조화하는 더 심층적인 심리적 근원을 밝혀내고, 백인적인 것과 남성적인 것이 착종되는 복합적인 국면을 해명해야 할 필요성을 느꼈기 때문이다. 포크너의 다른 소설을 해명하는 데에도 필요하지만 『팔월의 빛』을 읽어내는 데 이 복합 국면의 해명은 특히 중요하다. 무엇보다 작품 자체가 젠더와 인종이 서로 얽혀드는 교차지점을 집요하게 추적하고 있기 때문이다. 남부의 상징정치에서 흰 것은 남성적인 것과 연결되고, 검은 것은 여성적인 것과 연관된다. 어떻게 인종 상징이 젠더 상징과 결합되는가? 양자가 만나는 고리는 무엇인가?

지금까지 다양한 방법론을 동원하여 풍요롭게 이루어져 온 포크너 비평사에서 이 매개 고리를 찾으려는 노력이 이루어지지 않았을 리 없다. 하지만 많은 경우 이 고리를 찾는 작업은 인종과 젠더 중 어느 하나를 중심에 놓고 다른 하나를 덧붙이는 방식으로 이루어질 뿐 양 범주 모두를 구조화하는 심층기제를 해명하는 쪽으로 발전하지는 못한 것으로 보인다. '이종잡혼'(miscegenation)에 대한 탐색이 포크너 소설의 중심축을 이루고 있음을 설득력 있게 밝혀낸 에릭 선퀴스트(Eric Sundquist)의 역사주의적 접근, 사회적 상징기제에 의해 인종이 구성되는 과정을 섬세하게 읽어낸 주디스 위텐버그(Judith Wittenberg)의 해석, 탈구조주의적 시각에 입각해서 인종 분리의 수사가 구축되는 과정을 치밀하게 논증한 제임스

스니드(James Snead)의 비평, 라캉 정신분석학을 통해 조 크리스마스가 남부 공동체의 "사물"(das Ding)이자 낯선 "이웃"(neighbor)으로 기능해온 점을 밝힌 신명아의 참신한 연구는 모두 인종범주에 중심을 두면서 백인 이데올로기의 해명에 주력하고 있다. 조금씩 다른 이론에 기대고 있긴 하지만 이 비평들은 백인적인 것과 흑인적인 것이 차별적으로 위계화되는 인종 이데올로기의 작동 메카니즘을 밝혀내고 조 크리스마스가 이분법적 인종 담론에 통합될 수 없는 존재라는 점을 밝히는 데 주력한다. 이들의 논의에서 조의 여성혐오증은 빠짐없이 거론되고 있지만 그것이 그의 백인주의와 연결되는 심층기제는 충분히 해명되지 못하고 있다. 젠더 범주는 인종 범주와 유기적으로 통합되지 못한 채 기계적으로 부과되고 있는 것이다. 반면 도린 파울러(Doreen Fowler)는 여성에 대한 혐오와 남성적 가치의 추구가 조 크리스마스의 내면세계를 지배하고 있음을 올바로 지적하고 있다. 하지만 그에게 여성적인 것이 흑인적인 것과 연관되는 것은 연약함, 부드러움, 순종 등 전통적으로 비남성적 자질로 분류되는 것일 뿐 주체의 경계를 흐리는 오염의 문제와 결합되지 못하고 있다. 하지만 내가 보기에 백인 중심적이고 가부장적인 남부 이데올로기에서 인종과 젠더가 교차하는 핵심 고리는 무엇보다 '순수/오염'의 문제와 연관되어 있고, 『팔월의 빛』을 비롯한 포크너의 주요 소설이 남부 이데올로기의 해부에 기여한 점은 바로 여기에 있다.

　　나는 순수/오염의 문제틀이 백인주의와 남성주의를 구조화하는 심층적 메카니즘을 해명하기 위해 줄리아 크리스테바(Julia Kristeva)의 '비체화'(鼻涕化, abjection) 개념을 원용하고자 한다. 깨끗한 것을 이상화하고 더러운 것을 혐오하는 인간의 보편적인 성향은 남부 이데올로기의 심리적 기반으로 작용하면서 검은 것과 여성적인 것을 '오염'으로, 흰 것과 남성적인 것을 '순수'로 표상하는 성적·인종적 상징정치로 발전된다. '비체화'가 불러일으키는 공포와 혐오가 결합된 독특한 감정은 안과 밖, 주체와 타자 사이의 경계에 혼란을 일으키는 대상에 대해 주체가 보이는 정서적·육체적 반응이다(Kristeva 3-10). 주체는 자신의 정체성에 혼선을 일으키는 대상(비체, the abject)을 '더러운 것'으로 표상하여 몸 밖으로 내보내으로써 안정된 정체성을 유지한다(비체화). 남부의 가부장적 백인 이데올로기에서 백인 남성 주체가 자신의 순결한 정체성을 유지하기 위해 버려야 할 더러운 물질은 여성적이고 흑인적인 것으로 표상되는 육체이다. 이 검고 여성적인 육체를 추방할 때 그들은 희고 남성적인 정신의 순수성을 유지할 수 있다고 상상한다.

크리스테바의 설명처럼 어떤 대상을 더럽고 혐오스러운 것으로 만드는 것은 대상 그 자체의 속성이 아니라 대상이 주체의 경계를 침범한다는 점이다. 비체화의 근간을 이루는 '더럽다'는 느낌은 자신의 경계가 무너질 때 주체가 보이는 감각적·정서적 반응이다. 침, 체액, 생리혈, 똥, 시체 등 여러 문화에 걸쳐 혐오감을 불러일으키는 공통적 대상들은 육체의 내부와 외부를 가르는 구멍에서 흘러나오는 물체(침, 땀, 오줌, 생리혈, 똥)이거나, 삶과 죽음의 경계선상에 존재하는 대상(시체)이다. 침이나 똥 같은 배설물들은 몸속에 있다가 밖으로 떨어져 나감으로써 외부가 되는 물체이고, 시체는 삶이었다가 죽음으로 바뀌는 물체이다(3-4). 크리스테바에게 이런 비체의 원형적 대상은 다른 무엇보다 어머니의 몸이다. 영아기 아이에게 어머니의 몸은 아직 자신과 분리된 대상으로 경험되지 않는다. 어머니의 몸에서 자신을 떼어내어 독립적 주체로 설 때에야 비로소 인간은 사회적 관계망 속에서 자신의 위치를 부여받는 하나의 주체로 살아 갈 수 있다. 하지만 사회적 주체로 서기 전에 인간이 수행해야 하는 이 원초적 분리과정 ─ 주로 구순기와 항문기에서 이루어지는 ─ 이 결코 쉽게 이루어질 수 없는 힘든 작업이라는 것은 이 과정이 이후 개체적 삶이나 집단적 삶에서 병리적 방식으로 반복되는 것을 통해 알 수 있다. 주체의 경계를 흐리는 사회적 타자에 대해 주체가 보이는 추방과 배제의 움직임 속에는 어머니라는 최초의 성적 타자에 대한 원초적인 심리적 반응 ─ 매혹과 공포와 혐오가 혼재된 감정 ─ 이 들어 있다. 더러운 오염물질을 제거하고 깨끗하고 순결한 것에 집착하는 것은 주체가 자신의 정체성과 경계를 지키기 위해 가동하는 방어적 감정이지만, 그것은 붕괴될 위험에 항시적으로 직면한다. 비체화는 주체의 경계를 세우는 작업인 동시에 그 불가능성을 자각하는 이중적 움직임이기 때문이다.

나는 남부 이데올로기의 핵심에 작동되고 있는 것이 바로 이 비체화의 과정이라고 본다. 문제는 흑인과 여성이라는 존재 그 자체가 아니라 인종적·성적 경계가 흐려지는데 대한 공포이다. 이 경계를 흐리는 오염물질에 대한 공포가 20세기 미국 남부사회라는 특수한 역사적 현실에서 흑인성과 여성성과 결합되어 나타나는 것이 남부 이데올로기이다. 나는 '순수/오염'의 이분법적 사유가 백인주의와 남성주의가 결합되어 나타나는 남부 이데올로기의 핵심을 형성하고 있으며, 『고함과 분노』(*The Sound and the Fury*, 1928)에서 『모세여 내려가라』(*Go Down Moses*, 1942)에 이르는 포크너 전성기 소설이 집요하게 추적하는 것이 바로 이 비체화의 과정이라고 본다.[1] 이 시기 포크너의 소설작업의 핵심적 문제의식은 백인 남성의 무의식에 내재되어 있는 오염의 공포를 밝혀내고, 그것이 여성성과 흑인성으로 연결되는 성적·인종적 메카니즘을 규명하는 것이었다. 포크너 소설의 한 정점을 이루는 『압살롬, 압살롬!』(*Absalom, Absalom!*, 1936)에 이르러 우리는 남부 이데올로기에 대한 그의 간명한 진술을 듣는다. 남부의 아버지상의 기원과 몰락에 대한 계보학적·정신분석학적 심층보고서라 할 수 있는 이 작품에서, 포크너는 그 아버지의 삶을 "그의 문제는 순수였다"(229)는 한 문장으로 요약하고 있다. 콤슨 장군의 입을 빌어 서술되고 있는 이 문장은 자신의 삶에서 더러운 얼룩을 떼어내고 순수의 이상을 향해 질주해온 남부의 한 백인 귀족 남성의 삶을 요약해주고 있다. 이 요약을 통해 우리는 백인주의와 남성주의가 결합된 남부 이데올로기 속에 오염에 대한 공포와 순수에 대한 환상이 내재되어 있음을 알게 된다. 하지만 남부 이데올로기에 대한 이런 인식에 도달하기 전에 포크너는 먼저 퀜틴

---

1) 비체화라는 개념을 사용하진 않았지만 필자는 젠더와 인종이 결합된 순수의 이데올로기가 포크너의 두 소설, 특히 『모세여 내려가라』와 『압살롬, 압살롬!』의 핵심문제임을 지적했다. 이명호 (2003) (2004) 참조.

콤슨(Quentin Compson)이라는 백인 남성과 조 크리스마스라는 혼혈 남성의 내면 세계를 탐색해야 했다. 『고함과 분노』에서 포크너는 더럽혀진 누이의 육체에 대한 백인남성의 공포를 탐색한다. 그로부터 4년 뒤 출판된 『팔월의 빛』에서 그는 한 혼혈남성의 내면에 자리 잡고 있는 오염에 대한 매혹과 공포를 추적한다. 인종적 구분을 넘어 남부의 마음속에 들어있는 이 무의식적 매혹과 공포를 탐색한 다음에야 비로소 포크너는 남부의 문제는 '순수'라는 인식에 도달할 수 있었다.

이 글은 비체화라는 줄리아 크리스테바의 개념을 통해 조 크리스마스라는 남부의 혼혈 이방인이 비극적 결말에 이르는 과정을 분석하고자 한다. 이를 통해 흑백 어느 쪽에도 속하지 않는 경계선상의 존재로서 남부의 인종적 사유체계에 혼란을 일으키는 조 크리스마스에 대해 남부인들이 보이는 집단적 히스테리 반응의 실체를 해명하고, 이들에게 이런 반응을 불러일으키는 조 크리스마스의 무의식적 환상을 분석해볼 것이다. 가해자와 피해자를 동시에 사로잡는 이데올로기적 환상의 위력을 이해할 때에야 우리는 이데올로기로부터 비판적 거리를 유지할 수 있을 것이다.

2. 비체화와 폭력적 희생제의

조의 몸에 검둥이라는 낙인을 찍음으로써 그가 일으킨 인종적 혼란에 종지부를 찍은 것은 퍼시 그림(Percy Grimm)의 광란적 백인우월주의이지만, 그의 손에 쥐어진 칼이 거세라는 육체적 폭력을 행사하기 오래 전부터 조의 삶은 남부사회의 이데올로기적 공세에 무차별적으로 노출되어 왔다. 고아원 영양사, 독 하인즈(Doc Hines), 맥이천(McEachern), 보비(Bobby), 조애나 버든(Joanna Burden)은 차례로 조의 의식을 왜곡하면서 그의 내면에 이데올로기적 표지를 남긴 인물들이다. 이들과의 만남을 통해 조의 내면은 인종적·성적 기표가 새겨지고 타자의 흔적이 각인된 이데올로기적 공간으로 변모한다. 우호적 환경 아래에서 타자와의 만남은 주체의 정체성을 형성해주는 긍정적 계기가 될 수 있지만, 조에게 그것은 소외와 분열을 가져다준 불행한 만남이었다. 백색 가부장제에 의해 유지되는 남부사회에서 최악의 기표가 검둥이라는 호칭이고, 인종적 결핍의 상징인 이 호칭은 여성이라는 또 다른 결핍의 호칭과 쉽게 호환된다. 조의 의식 속에 여성과 흑인은 하나로 혼용되어 있다. 그를 공포와 혼돈으로 몰아넣는 축축한 냄새는 흑인의 몸과 여자의 몸에서 동시에 맡을 수 있는 냄새이다. 포크너가 만들어낸 신조어 "그여자검둥이"(womanshenegro 156)는 그에게 심리적 평화를 가져다주는 백인남성성의 반대편에 위치해있다. 조의 비극을 초래한 것은 적대적 타자들이 불러주는 부정적 기표가 그에게 어떤 긍정적 정체성도 제공해주지 못했을 뿐 아니라, 더욱 문제적인 것은 그가 자신을 부정적 존재로 낙인찍은 이 기표들의 체계를 벗어날 수 없었다는 점이다.

감금과 배제가 동시에 일어나는 이런 역설적 곤경이 조의 삶을 비극으로 몰고 가는 요인이지만 그것은 또한 그를 수수께끼 같은 인물로 만들어주는 요인이기도 하다. 그는 흑인이면서 백인이고 어느 쪽도 아니다. 아니 그는 양쪽 모두이다. 인종적 '양자택일'(either~or)이 강요되는 이데올로기 체계에서 그는 '양면부정'(neither~nor)이면서 동시에 '양면긍정'(both~and)이다. 그는 인종적 구분을 흐리는 '비체'로서 남부의 인종체계에 혼란을 일으키는 아포리아이다. 비체로서 조가 가진 이 아포리아적 성격이 그를 남부의 이데올로기가 통합해 들일 수 없는 불순한 존재로 만든다. 제임스 스니드의 지적처럼, 조는 하나의 기표로 호명되거나 해독될 수 없는 "결정불가능성"(undecidability)이자 "해독불가능성"(unreadibility)이다 (91). 피부색이나 출생의 기원 어느 쪽으로 보더라도 그를 흑인과 백인 가운데 어느 하나로 분류할 본질적 근거는 없으며, 사회적 호명체계가 가동되기 전 그를 대하는 제퍼슨 주민들 중 그를 흑인으로 부르는 사람은 없다. 포크너는 조의 인종적 기원을 의도적으로 모호하게 만듦으로써 조가 발생시키는 문제가 '피'의 차원으로도 '피부색깔'의 차원으로도 환원될 수 없는 이데올로기적 구성의 문제임을 드러낸다.

사실 조에게 흑인이라는 인종적 기호를 부여한 것은 그의 외할아버지 독 하인즈이지만, 이 기호가 피의 확실성에서 유래한 것은 아니다. 하인즈 부인의 이야기에 따르면, 도망친 그들의 딸 밀리(Milly)가 서커스 단원과의 사이에서 낳은 사생아가 조이다. 그런데 조의 생부가 멕시코인인지 흑인인지는 분명치 않다. 밀리는 서커스 단원으로부터 멕시코인이라는 이야기를 들었다고 말하지만 서커스 단장은 그가 흑인이라고 말한다. 하지만 단장의 말도 확실한 근거를 갖고 있는 것은 아니다.

> 서커스단장이 돌아와서 그 남자가 멕시코인이 아니라 흑인 피가 좀 섞여 있다고 했어요. 악마가 그에게 일러주기라도 한 것처럼, 유푸스는 언제나 그 자가 흑인이라고 했어요. […] 흑인이라고 말한 것은 그 서커스 단장이었어요. 하지만 그자도 확실히는 알지 못했지요. 게다가 그도 가버려서 그 때 이후로 다시는 만나질 못했어요.

> and the circus owner come back and said how the man really was a part nigger instead of Mexican, like Eupheus said all the time he was, like the devil had told Eupheus he was a nigger. . . . it was just that circus man that said he was a nigger and maybe he never knew for certain, and besides he was gone too and we likely wouldn't ever see him again. (377-8)

하인즈 부인이 바이런(Byron)과 하이타워(Hightower)에게 털어놓는 위의 말을 통해 알 수 있듯이, 조의 생부의 혈통을 말해준 서커스 단장조차 그의 피에 대해 "확실히는 알지 못했다." 엇갈린 주장 속에서 조의 혈통은 분명히 결정되지 못한 채 모호하게 남아있다.

이 모호성을 확실성으로 바꾼 것이 하인즈 씨이다. 하인즈 씨는 조의 아버지가 흑인이며, 따라서 조의 몸속에 흑인 피가 흐르고 있다고 확신한다. 하인즈 씨에게 이런 확신을 심어준 것은 죄의 근원을 검은 것에서 찾는 칼빈주의적 종교 원리이다. 그는 하느님의 뜻을 거스르는 더러운 육욕을 악마의 소행이라 여기고 하느님이 자신에게 부여한 사명이 이 악마를 감시·처단하는 것이라 상상한다. 딸이 서커스 단원을 따라 집을 떠난 순간부터 하인즈는 "여자의 육체에 대한 하느님의 증오"를 떠올리고, 이 음탕한 육체와 몸을 섞는 서커스 단원의 얼굴에서 "전능하신 하느님의 검은 저주를 본다"(380). 그 순간 그는 "그 자식이 어떤 놈인지 알아차렸다"(380). 그가 딸과 도망친 서커스단원의 얼굴에서 찾아낸 "검은 저주"는 그를 흑인으로 판단하도록 만든 결정적 요인이다. 딸이 그를 멕시코인이라고 말해도 하인즈 씨는 믿지 않는다. 하느님의 저주를 받은 악마는 당연히 검은 색깔을 하고 있을 수밖에 없고, 서커스단장이 한 말은 그가 기왕에 갖고 있던 종교적 환상을 확인해준 것일 뿐이다. 하인즈 씨는 조가 태어나자마자 곧바로 그를 멤피스의 한 고아원 문 앞에 버린 후 자신은 그곳의 문지기가 된다. 그가 고아원 문지기가 되기로 결심한 것은 아이들의 입에서 '검둥이'라는 말이 튀어나오는 것을 지켜보기 위해서이다. 순진한 아이들의 입에서 흘러나오는 검둥이라는 말이야말로 하느님의 뜻이 실현되는 증좌라 생각한 것이다. 하지만 아이들이 조를 검둥이라 부른 것은 그가 조의 일거수일투족을 감시하면서 주입한 것이나 다름없다. 그는 끊임없이 조를 감시하고 그를 다른 아이들과 '다른' 존재로 만든다.

자신을 하느님 아버지의 의지를 실현할 수단으로 상상하는 그의 정신상태는 일종의 가학적 '편집증'(paranoia)으로 불릴 만하다. 하나님이라는 대타자의 욕망을 실현하기 위해 그는 조를 희생물로 봉헌한다. 희생물을 통해 대타자에게 존재하는 결핍은 봉합되고 그는 다시 완전한 존재가 된다. 이 희생물의 요건을 충족시키기 위해 죄의 증거가 필요했고, 그 증거를 찾기 위해 하인즈 씨는 감시적 시선을 발동한다. 물론 희생자들에게 들씌워진 '죄'란 그들이 사회가 금지하는 쾌락을 향유했다는 혐의 때문에 발생한 것이다. 자신의 딸 밀리와 서커스단원의 성관계를 통해 태어난 조는 금지된 쾌락의 산물이다. 그런 만큼 그의 존재 자체가 하느님 아버지의 명령에 대한 위반이다. 하인즈 씨는 자신이 누리지 못한 금지된 쾌락을 누렸다는 죄목으로 조를 처벌하고자 한다. 물론 하느님 아버지의 권능을 대행하는 그의 단죄행위는 가난한 백인남성으로 자신의 사회적 거세를 보상하기 위한 것이다. 그는 하느님 아버지라는 초자아의 역할을 대리하는 것을 자신의 임무로 삼고 조를 희생물로 봉헌함으로써 자신의 결핍과 하느님의 결핍을 동시에 메우고자 한다.

하인즈의 편집증적 감시의 시선이 집단으로 옮겨갈 때 그것은 조애나 버든의 집 앞에 모인 린치 대중들의 '사악한 눈'(evil eye)이 된다. 조가 흑인이 된 것은 남부의 청교도주의가 광란적으로 표현된 이 종교적 편집증 때문이지 그의 혈관 속에 흐르는 흑인 피 때문이 아니다. 슬라보예 지젝(Slavoj Žižek)의 나치즘 분석을 통해 알 수 있듯이, 주체가 사회라는 대타자의 결핍(불가능성)을 견디지 못하고 인종적 타자를 통해 그 결핍을 메움으로써 '사회는 완전하다'는 환상을 유지하는 기제가 파시즘이다(125-8). 이 이데올로기적 환상에서 희생물의 선택은 인종적 타자 자체가 지니고 있는 어떤 내재적 특성 때문이 아니다. 인종적 타자는 주체의 결핍을 환기시키면서 그가 빼앗긴 금지된 쾌락을 즐기고 있는 존재로 상상되기 때문에 희생과 박해의 대상으로 선택된다. 노예 해방령이 선포되고 흑인 남성에게도 시민권이 부여된 '재건시기'(Reconstruction period) 동안, 남부의 가난한 백인남성들은 자신들이 지금까지 누린 사회경제적 특권을 잃어버릴지 모른다는 불안에 사로잡힌다. 이제 백인남성과 흑인남성을 확연히 구분해주었던 노예와 시민이라는 경계가 무너지면서 미국적 민주주의라는 제도 속에서 그들은 적어도 형식적으로는 평등한 존재로 여겨지게 된다. 남부의 재건에 필요한 노동력으로 흑인남성이 차출되면서 자신의 직업이 빼앗길 수 있다는 경제적 박탈감, 제 1차 세계 대전의 참전을 통해 자신의 남성적 능력이 훼손당한 남성성의 위기, 자신들의 전유물이었던 백인여자의 섹슈얼리티에 흑인남성도 접근할지 모른다는 성적 공포, 이 모든 '결핍'은 그것을 초래한 것으로 '상상'되는 흑인남성에게 투사되어 그들에 대한 증오와 박해로 이어진다. 퍼시 그림이 조를 죽인 후 칼로 그의 성기를 자르는 잔인한 행동을 서슴지 않는 것은 그가 흑인 남성을 '거세'시켜 '여자'로 만들어야 자신의 남성성을 지킬 수 있다는 젠더 위기에 처해 있기 때문이다.[2] 재건시기 남부를 휩쓸었던 린치는 붕괴 위험에 내몰린 백인남성들이 흑인남성이라는 인종적 타자에게 집단적 폭력을 행사함으로써 자신의 거세를 부인하는 사회적 희생 제의이다. 자신과 동일한 성기를 가지고 있는 존재를 성적으로 파괴시키겠다는 이 과잉의 에너지는 '차이'를 위협하는 '동일성', '대립관계'에 내재해 있는 '상호의존성'을 부인하려는 파괴적 충동이다.

조의 피가 그를 흑인으로 만든 요인이 아니듯, 그의 '피부색깔' 역시 사람들이 그를 흑인으로 구분하도록 만든 표지는 아니다. 제퍼슨 주민들이 조의 외모를 보고 남들과 다르다는 생각을 하긴 했지만 이 '다름'을 흑인이라는 인종적 기표와 동일시한 것은 아니다. 피부색깔로 보면 백인인 루카스(Lucas)가 조보다 더 검다. 마을사람들이 조가 흑인이라는 루카스의 말을 믿은 것은 조의 피부색깔 때문이 아니라 그의 말이 설명할 수 없는 것을 설명해주기 때문이다. 흑인이라는 말은 조가 그들에게 불러일으킨 인종적 혼란을 해소하고 그들이 공유해왔던 인종적 분류 체계를 복구시킨다. 마을사람들이 조에게 느꼈던 분노는 그가 "흑인처럼도 백인처럼도 행동하지 않았다는 것이다. 바로 이것이었다. 마을사람들을 그렇게 화나게 만든 것이 바로 이것이었다. 그는 흑인이라는 것은 말할 것도 없고 자신이 살인자라는 사실조차 모르는 것 같았다"(350). 이 말은 조가 모츠타운에서 잡히기 전 마을사람들의 심리상태를 기술한 화자의 진술이다. 조가 제퍼슨 사람들을 경악시

---

2) 이 글의 시각과 좀 다르긴 하지만 린치와 백인 남성성의 젠더 위기를 연결시켜 읽어낸 국내 글로는 이 책에 실린 황은주의 논문을 읽을 것. 하지만 이 글에서 황은주는 린칭에 작동하는 섹슈얼리티의 정치학에 주목하지는 않는다.

킨 것은 그가 흑인이기 때문이 아니라 흑인의 흔적을 찾을 수 없기 때문이다. 그의 흰 피부 속에 들어있는 검은 색깔을 확인할 수 없다는 사실이야말로 그들에겐 분노와 당혹감의 원천이다. 흑인남자가 백인처럼 굴고 그의 외양이 본질과 일치하지 않는다면, 흰 것과 검은 것 모두 불순해진다. 이제 검은색 뿐 아니라 흰색 역시 불확실해진다. 바이런 번치가 조 크리스마스와 조 브라운(루카스)을 구분하지 못하고 "닮은 꼴"(like to like, 45)이라고 여기듯, 마을사람들도 두 사람을 명확히 구분하지 못한다. 인종이 다르긴 하지만 그들은 일종의 '더블'(double)로서 남부사회의 인종적 분류체계에 혼선을 초래한다. 흑/백의 선명한 이분법이 무너진다면 이 이분법에 기초해있는 남부의 사회구조 자체가 붕괴된다. 이런 점에서 경계를 흐리는 비체로서 크리스마스는 남부사회의 조직 원리에 대한 살아있는 도전이자 위협이고, 이 위협에 대한 방어적 대응이 살인과 거세로 외화되는 폭력적 희생제의다.

3. "그여자검둥이"로부터의 도피와 남성적 자아의 추구

그런데 문제는 조가 제퍼슨 사람들에게 불러일으키는 인종적 모호성과 비결정성을 그 자신 공유하고 있다는 점이다. 조는 자신을 흑백 어느 곳에도 두지 못한다. 보비 앨런에게 자신의 몸속에 흑인 피가 흐르고 있다고 말할 때에도 조는 자신의 발언에 의심의 단서를 달고 있다. "나도 잘 모르겠어. 그럴 거라고 **믿어**"(인용자 강조 197). 이 말은 그의 생각이 확고부동한 '사실의 세계'가 아닌 불확실한 '믿음의 세계'에 근거해 있음을 말해준다. 그의 믿음을 형성시켜준 유년의 사건들은 독 하인즈의 감시적 시선과 곤경에서 벗어나기 위해 그의 시선을 차용하여 조에게 '검둥이 사생아 새끼'라는 경멸적 욕설을 던진 영양사의 인종차별적 발언이다. 다섯 살짜리 아이의 마음속에 이 사건들은 아직 분명히 의식되지 않은 채 모호한 이미지로 남아있다. 하지만 그가 처음으로 사랑한 여인 보비로부터 검둥이라는 욕설을 다시 한 번 공개적으로 듣게 되면서 조의 삶은 출구 없는 회로에 갇히게 된다. 보비에게 내쫓긴 18살에서 조애나 버든을 살해함으로써 그녀를 쫓아낸 33살에 이르기까지 15년 동안 조는 인종적 회로 속을 정신없이 뛰어다닌다. 그의 뜀박질은 그가 흑백 어느 한 쪽으로도 자신의 정체성을 둘 수 없기에 더욱 숨 가쁜 것이 될 수밖에 없다. 보비와의 관계 이후 그는 자신이 흑인임을 밝히지 않고서는 백인여자와 섹스를 하지 않으며 흑인여자와 섹스를 할 때는 흑인임을 부정한다. 그는 사회가 용인해주는 어떤 인종적 정체성도 진심으로 받아들이지 않는다. 오히려 의도적으로 반대 방향을 취함으로써 자신을 소외시킨다. 인종이 다른 여자들과의 섹스에서 그가 그들을 진정으로 받아들인 것은 아니다. 그에게 여성은 도망치고 싶은 부정성 그 자체이다. 하지만 그가 도망치고 싶은 여성적 육체성은 그를 사로잡고 놓아주지 않는다. 사회가 그를 호명하는 흑인이라는 기표는 자신이 그렇게 벗어나고 싶어 하는 육체성과 동일한 지평에 그를 위치시킨다. 육체로부터의 도피는 육체로의 환원으로 귀결된다. 퍼시 그림에 의해 도살되는 마지막 순간 그는 피 흘리는 검은 살덩어리로 화한다. 앙드레 블레카스탕(André Bleikasten)의 지적처럼 조의 삶은 "걸어 다니는 형용모순이고 그 부정이다"(316-7).

이런 형용모순 상태에 처해있음에도 불구하고 조의 내면을 지배하는 것은 백인아버지의 목소리이다. 그는 자신을 배제하는 백인남성 이데올로기에서 벗어나지 못한 채 아버지의 율법에 종속되어 있다. 포크너의 작품에서 백인아버지의 율법이 신봉하는 문화적 환상은 '순수'(innocence)이다. 그것은 『고함과 분노』의 퀜틴 콤슨에서 『압살롬, 압살롬!』의 토머스 섯펜을 거쳐 『모세여 내려가라』의 아이크 맥캐즐린(Ike McCaslin)에 이르기까지 포크너의 남성주인공들을 사로잡는 이상이다. 그것은 퀜틴에겐 누이의 '처녀성'(virginity)으로, 섯펜에겐 '섯펜즈 헌드레드'(Sutpen's Hundred)라는 거대한 '남부의 집'으로, 아이크에겐 '황야'(wilderness)로 나타난다. 유혹하는 대상에 따라 변주를 보이긴 하지만 이들의 욕망을 지배하는 것은 다름 아닌 순수와 순결에 대한 환상이다. 순수와 순결에 대한 욕망은 필연적으로 오염과 더러움에 대한 배척으로 연결된다. 아니, 순수를 향한 갈망보다 먼저 오는 것이 오염에 대한 공포이다. 순수란 이미 잃어버려서 결코 되찾을 수 없는 어떤 것이다. 그것의 시간대는 결코 현재가 아니다. 콤슨씨의 말을 빌자면 처녀성이란 "부정적 상태," 더럽혀진 뒤 사후적으로 재구성하는 추상적 환상이다. 과거의 시간대에 살고 있는 포크너의 남성인물들을 사로잡는 공포는 오염이고 가장 큰 오염물질은 살아 있는 육체이며 이 육체를 표상하는 존재는 여성과 흑인이다. 따라서 순수에 대한 욕망은 필연적으로 여성과 흑인을 배제하는 성적·인종적 편견을 지니지 않을 수 없다. 이들 백인 남성인물들을 비극적 몰락으로 몰아넣는 것은 육체적 활동이 중단되고 타자의 흔적이 지워진 순수관념을 향한 맹렬한 돌진이다. 어떤 방해물이나 이질적 세력도 그들의 돌격을 가로막을 수는 없다. 순수관념을 향한 열정과 헌신은 이들을 순수의 결정체로 만들지만, 그들의 삶은 자신들이 배제한 오염물질에게 배반당한다. 퀜틴에겐 다른 남자에게 더럽혀진 누이의 몸이, 섯펜에겐 흑인 피가 섞인 첫 아들이, 아이크에겐 숲을 어지럽히는 혼혈인이 각기 순수를 향한 그들의 열정을 배반하는 오염원들이다. 조 크리스마스의 비극이 이런 전형적인 포크너적 주인공들의 비극과 다른 것은 그가 순수를 향한 열정을 이들과 공유하면서도 이들과 달리 사회적 이데올로기체계에 의해 순결하지 못한 존재로 규정되고 있다는 점이다. 더러운 오염원으로 규정되는 존재가 순수를 향한 갈망에 사로잡혀 있다면 모순에 직면하는 것은 필연적이다.

조의 삶의 핵심에 자리 잡고 있는 이 모순을 가장 극적으로 보여주는 사건은 5살 때 고아원에서 목격한 영양사의 정사장면과 그녀의 히스테리칼한 반응이다. 캘빈주의의 운명예정설처럼 이 사건은 조의 삶을 결정짓는 원초적 사건으로서 이후 조의 심리에 자리 잡고 있는 여성과 흑인에 대한 공포와 혐오의 발생론적 기원이 된다. 그것은 '앎'보다 더 깊은 수준에서 작동되는 '믿음의 체계'를 형성하면서 조가 자신의 삶에 등장하는 낯선 타자들과 왜곡된 관계를 맺지 않을 수 없도록 만들었던 '외상적 사건'(traumatic event)이다. 외상의 특징은 반복성에 있다. 주체는 의식적 방어막을 붕괴시키는 충격적 사건을 자신도 모르게 반복한다. 앎의 영역 너머에서 작동되는 이 무의식적 반복이 조의 삶을 추동하는 내적 에너지이고 이 에너지를 분출시키게 되는 기원적 지점에 다섯 살 때의 사건이 놓여 있다.

평소처럼 영양사의 방에 들어가 치약을 빨고 있던 조는 예기치 않게 영양사가 인턴과 함께 방으로 들어오자 벽장 속으로 숨어들어간다. 옷과 신발들로 어지러운 벽장 안에 쭈그리고 앉아 조는 두 남녀의 성행위 장면을 목격한다. 아니 더 정확히 말하자면 성행위에 빠져드는 여자의 육체를 목격한다. 그의 시선을 사로잡은 것은 인턴의 몸이 아닌 영양사의 몸이기 때문이다. 아직 성을 알지 못하던 5살짜리 꼬마아이의 눈에 여자의 에로틱한 육체는 견딜 수 없는 공포이다. 엄마의 존재를 경험하지 못한 채 외할아버지에 의해 고아원에 버려졌던 조에게 영양사는 일종의 대리엄마였다. 따라서 이 장면에 대한 조의 반응은 엄마의 몸에 대한 남자아이의 전형적인 심리적 반응을 닮아있다. 여자의 방에서 여자의 옷과 여자의 구두에 둘러싸여 여자의 물건인 핑크빛 치약을 입에 문 채 조는 성적 황홀경에 빠진 (대리)엄마의 몸을 목격한다. 지식욕의 근원으로 작용하는 남성적 엿보기와 달리, 조의 엿보기는 성적 대상에 대한 남성적 지배와 쾌락으로 이어지지 못하고 질식할 것 같은 공포를 불러일으킨다. 그의 시선에 잡힌 여성의 육체, 훤히 드러난 살덩이와 '안돼, 안돼'를 연발하는 숨 가쁜 소리는 그가 통제할 수 없는 공포의 대상이다. 흥미로운 점은 침대 위에서 이루어지는 성행위가 조 크리스마스 내부에서 일어나는 성행위와 나란히 놓여있다는 점이다. 여자의 자궁을 연상시키는 어두컴컴한 벽장 속에서 그는 여자의 몸의 대체물이라 할 수 있는 핑크빛 치약을 빨고 있다. 명백히 오럴 섹스를 연상시키는 이 장면에서 섹스와 먹기는 융합되어 있는데, 조는 둘 중 어느 쪽에도 능숙하지 못하다. 그는 입안으로 밀어 넣고 있는 치약도 삼키지 못하고 눈앞에 보이는 여자의 몸도 견디지 못한다. 자신의 몸 안팎에 놓인 여자의 몸에서 그는 참을 수 없는 욕지기를 느낀다. 구토는 자신의 경계 속

으로 침범해 들어오는 이물질을 주체가 더 이상 흡수하지 못할 때 몸이 일으키는
반응이다.

커튼 뒤 핑크빛 여자냄새를 풍기는 축축하고 어두컴컴한 공간에 쭈그리고 앉아 그
는 핑크빛 거품을 뿜어내고 있었다. 공포에 질린 운명적 예감으로 자신에게 일어날
일을 기다리며 그는 몸 안의 소리를 듣고 있었다. 그리고 그 일은 일어났다. 완전히
수동적으로 굴복한 채 그는 말했다. "나, 여기 있어요."
　커튼을 열어 젖혔을 때 그는 쳐다보지 않았다. 토하고 있는 그를 두 손이 세차
게 끄집어냈을 때에도 아무런 저항을 하지 않았다. 두 손에 매달린 채 그는 […]
이제 더 이상 부드러운 핑크빛 하얀색을 띠고 있지 않은, 뒤엉클어진 거친 머리카
락에 둘러싸인 얼굴을 쳐다보았다. 한 때 매끈한 머리띠에 묶여 있던 그 머리카락
은 사탕을 연상시키기도 했었다. "이 쥐새끼" 가늘고 성난 목소리가 외쳤다. "이
쥐새끼! 날 감시하다니! 이 쪼끄마한 검둥이 사생아 새끼!

In the rife, pinkwomansmelling obscurity behind the curtain he squatted,
pinkfoamed, listening to his insides, waiting with astonishing fatalism for what
was about to happen to him. Then it happened. He said to himself with complete
and passive surrender: 'Well, here I am.'
　When the curtain fled back he did not look up. When hands dragged him
violently out of his vomit he did not resist. He hung from the hands . . . looking
. . . . into a face no longer smooth pink-and-white, surrounded now by wild and
dishevelled hair whose smooth bands once made him think of candy. "you little
rat!" the thin, furious voice hissed; "you little rat! Spying on me! You little
nigger bastard!" (122)

핑크빛의 따뜻한 어떤 것으로 경험되었던 영양사의 몸은 공포의 몸으로 바뀐다.
성행위 장면은 그녀를 모성적 존재에서 악마적 존재로 바꾸어 버린다. 한때 사탕
을 연상시켰던 그녀의 풍성한 머리카락은 이제 거칠게 뒤엉킨 메두사의 머리로

변해있다. 먹을 것과 함께 안온한 쾌감을 안겨주었던 그녀는 남자를 거세시키는 무시무시한 괴물여성으로 변해있는 것이다. 메두사로 변신한 영양사가 조를 거세시키는 방식이 '검둥이'라 부르는 것이다. 남부사회에서 검둥이란 기표는 결핍 중의 결핍을 가리킨다. 물론 그녀의 입에서 돌발적으로 튀어나온 검둥이란 기표는 그녀가 조의 피부에 들어있는 멜라닌 색소를 감지했기 때문도 아니고 그의 혈관에 흑인 피가 흐르고 있다는 것을 알았기 때문도 아니다. 그녀가 조를 검둥이로 부르게 된 것은 고아원 수위로 일하고 있는 하인즈 씨로부터 그 말을 들었기 때문이다. 자신의 직업이 사라질지 모르는 위기의 순간 그녀는 자신이 치러야 할 형벌을 조에게 투사하여 그를 희생양으로 삼음으로써 처벌에서 벗어난다. 그녀는 자신의 죄를 대신 치러줄 누군가가 필요했고 그 누군가에게 죄를 전가할 가장 확실한 방법이 '검둥이'라는 호명이다. 이후 조가 치르게 될 희생양의식(scapegoating)은 가장 원형적인 형태로 이미 이 사건을 통해 치러지고 있는 셈이다.

이 사건은 조의 무의식에 여성에 대한 부정적 심상을 각인시켜 놓은 원초적 사건이다. 그에게 여성은 예측 불가능한 존재로, 여성의 몸은 남성적 통제를 불가능에 빠뜨리는 위협적 물질로 경험된다. 여성과 여성의 몸은 남성적 순수를 위협하는 더러운 육체, 그의 경계를 흐리고 그의 정체성을 위기로 몰고 가는 비체이다. 조의 인생은 비체로서의 여성의 몸을 자신의 몸 밖으로 밀어내는 '비체화'의 과정이라 해도 과언이 아니다. 이 비체화가 극단적으로 이루어질 때 그것은 폭력적 희생과 결합한다.

조애나의 살해는 가장 폭력적으로 이루어지는 정화의식이지만, 이 사건이 있기 오래 전 이미 조는 더러운 여성의 몸을 씻어내는 정화의식을 거행한 적이 있다. 조의 인생에서 처음 이루어진 폭력적 정화의식은 14살 때 흑인여자아이의 몸을 접촉했을 때이다. 일종의 집단강간이라 할 수 있는 흑인소녀와의 관계에서 조는 다른 친구들과 달리 그녀의 몸을 갖지 못한다. 다섯 살 때 경험한 치약사건처럼 조는 흑인여자의 몸에서 견딜 수 없는 냄새를 맡는다. 그 냄새는 그를 삼켜버릴 것 같은 검고 축축한 여자냄새이다. "그여자검둥이" 냄새에 갇혀 숨을 헐떡이다가 조는 자기도 모르게 흑인 여자아이를 마구 때리기 시작한다. 그의 구타는 다섯 살 때 일어났던 구토와 흡사한 기능을 수행하고 있다. 구토가 몸 안으로 흡수할 수 없는 물질을 밖으로 내보내는 행위라면, 구타는 견딜 수 없는 대상을 폭력적 방식으로 쫓아내는 행위이다. 친구들이 뛰어와 말릴 때까지 조는 흑인소녀를 때리고 급기야 말리는 친구들과도 엉겨 붙어 싸움을 벌인다. 그를 어지럽혔던 여자의 냄새를 내보낼 때까지 폭력은 계속되고 마침내 싸움이 끝났을 때 조는 자신이 다시 깨끗해졌음을 느낀다.

하지만 한 번의 폭력적 정화의식으로 그가 여자의 몸에 대해 영구적 면역성을 얻은 것은 아니다. 얼마 후 친구들로부터 여자들이 매달 월경을 한다는 이야기를 들었을 때 그는 또다시 오염의 공포에 사로잡힌다. 친구가 생생하게 기술한 월경하는 여자의 몸에서 그는 순결한 정신의 "의지"(will)를 "주기적 더러움"(periodic filth)에 굴복시키는 비천한 육체를 본다(185). 다음날 그는 양을 죽여 그 피에 손을 담그는 정화의식을 홀로 거행한다. 양의 피는 생리혈의 대체물이다. 양의 피에 손을 적심으로써 그는 더러운 생리혈에 대한 공포와 불안을 극복한다. 하지만 후일 보비에게서 생리 때문에 몸이 아프다는 이야기를 듣고 그는 다시 한 번 그날의 불안과 공포가 재연되는 것을 느낀다. 집으로 돌아오는 길에 들른 어두 컴컴한 숲에서 그는 달빛을 받아 하얗게 빛나는 단아한 모양의 항아리들이 줄지어 늘어서 있는 장면을 상상한다. 하지만 "단 하나의 항아리도 완전하지 않았다. 항아리들은 모두 다 깨어져 있었고 깨어진 틈에서는 죽음 빛을 띤 더럽고 끈끈한 뭔가가 새어나오고 있었다"(189). 깨어진 항아리에서 흘러나오는 끈끈한 액체는 생리혈에 대한 가장 생생한 이미지이다. 죽음과 더러움과 끈적거림은 비체의 가장 큰 특징을 이루는 요소들이다. 조는 상상 속에 환기된 비체를 견디지 못하고 구역질을 한다. 18살 사춘기 소년에게 여성의 몸은 여전히 받아들이기 어려운 이물질로 남아있었던 것이다.

죽기 직전 조는 자신이 원한 것이 '평화'였다고 생각한다(112). 그에게 평화란 여자 냄새와 흑인냄새가 나지 않는 남성적 세계, 오염을 일으키는 육체에서 벗어나 순결한 의지만 남아있는 순수정신의 상태, 검고 축축하고 나약하고 감상적이고 불확실한 것들은 제거되고 희고 건조하고 단단하고 깨끗하고 확실한 것들만 남아있는 상태를 의미한다. 어린 시절 양아버지 맥이천과의 대결에서 그가 끝내 굴복하지 않겠다는 결연한 자세를 취하는 것이나, 양아버지로부터 벌을 받고 방에 갇혀 있는 자신에게 먹을 것을 몰래 가져다주는 양어머니에게 오히려 거부감을 보이는 것은 그가 남성적인 순수의지의 세계에 강한 친화성을 갖고 있기 때문이다. 조가 맥이천에게 보이는 친화성은 소설에 등장하는 다른 남성 인물에게도 적용될 수 있다. "나무나 돌"(159)처럼 끝까지 어떤 동요도 보이지 않고 맥이천의 매질을 견디며 서있던 7살짜리 소년 조 크리스마스는 훗날 그를 추격하여 총으로 쏘아 죽이고 급기야 거세를 감행하지만, 동시에 "교회 창문에 그려진 천사의 광채"(437)를 지닌 것으로 그려지는 퍼시 그림을 닮아있기도 하다.

조가 조애나를 죽이지 않을 수 없었던 것은 그녀가 자신이 원하는 '남성적 평화'를 불가능하게 만들었기 때문이다. 사실 조와 조애나는 성별, 출신지역 등에서 많은 차이가 있지만 기묘한 공통성을 지니고 있기도 하다. 조는 자신의 부모가 누구인지 알지 못한다. 반면 조애나는 버든(Burden)이라는 그녀의 성이 말해주듯 가족의 무게에 짓눌려 있다. 하지만 아주 어린 시절부터 두 사람은 자신들에게 강요된 인종적 범주에 사로잡히지 않을 수 없으며, 할아버지·아버지로 이어지는 조상의 기억에서 벗어나지 못한다. 조애나의 할아버지 캘빈(Calvin)은 뉴잉글랜드 출신의 열렬한 노예폐지론자이지만 독 하인즈에 비견될 수 있는 종교적 광신론자이다. 두 사람 모두 흑인은 신의 저주이자 백인의 죄를 상징한다고 믿는다. 노예폐지론자의 흑인사랑은 백인우월주의자의 흑인 공포와 인종적 광란을 공유하고 있는 것이다. 더욱이 캘빈 번드런이 아들 나사니엘(Nathaniel, 조애나의 아버지)과 멕시코 여자 사이에 난 손자(조애나의 이복오빠)를 보고 던진 말을 보면, 그가 검은 혼혈아에 대한 독 하인즈의 광란적 공포와 저주를 공유하고 있음을 알 수 있다. "또 한 명의 검은 번드런이군. 사람들은 내가 저주받은 노예여자에 씨를 뿌려 이제 그 여자가 또 다른 씨를 뿌렸다고 생각하겠군"(247) "제기럴 작은 검둥이 같으니. 그자들은 하느님의 저주의 무게 때문에 작아졌고, 피와 육체를 더럽히는 인간의 굴종의 크기 때문에 검게 되었지"(247). 하지만 바로 이 작고 검은 인종에 대해 번드런가의 남성들은 은밀한 성적 매혹을 느꼈고, 이 매혹은 조애나에게로 이어져 그녀는 이복 오빠를 연상시키는 혼혈남자의 정부가 된다.

조애나가 조상이 뿌린 죄와 악의 세계로 들어가는 인종적 입문 과정은 어린 시절 일어난다. 그녀 자신의 증언에 따르면, 조애나는 아버지가 자신을 할아버지와 이복오빠의 묘지로 데려간 날 백인이라는 종족 전체의 저주와 죄의 세계로 들어갔다고 한다.

> 이걸 기억해라. 너의 할아버지와 오빠가 저기 누워있다. 그들을 살해한 것은 백인 남자 한 사람이 아니라, 하느님이 너의 할아버지, 너의 오빠, 나, 그리고 네가 수태되기도 전에 한 인종 전체에 내려놓은 저주다. 자신의 죄 때문에 영원히 백인의 운명과 저주의 일부가 되도록 저주받고 운명 지워진 종족. 이걸 기억해라. 그 종족의 운명과 저주를. 영원히 계속될. 나의 운명, 네 어머니의 운명, 아직 어리긴 하지만 너의 운명을. 지금까지 태어났고 앞으로 태어날 모든 백인 아이들의 저주를. 아무도 이 저주에서 벗어나지 못할 거다.

> 'Remember this. Your grandfather and brother are lying there, murdered not by one white man but by the curse which God put on a whole race before your grandfather or your brother or me or you were even thought of. A race doomed and cursed to be forever and ever a part of the white race's doom and curse for its sins. Remember that. His doom and his curse. Forever and ever. Mine. Your mother's. Yours, even though you are a child. The curse of every white child that ever was born and that ever will be born. None can escape it.' (252-3)

조애나의 아버지의 '말'은 일종의 수행문(performative statement)으로서 '증언'이자 '판결'이고 '예언'이다. 그것은 조애나에게 영원히 지울 수 없는 상처를 남기며 죽는 날까지 벗어날 수 없는 강력한 주문으로 작용한다. 조애나의 일생은 아버지의 말이 던진 주문에 사로잡힌 삶이다.

나는 기억할 수 있는 한 검둥이들을 봐왔지. 비를 보듯, 가구나 음식 혹은 잠을 보듯 그들을 봐왔어. 하지만 그 일(역주: 아버지와 묘지에 간 이후)이 있고 난 다음부터 나는 처음으로 그들을 사람이 아니라, 내가, 우리가, 백인 전체가, 아니 우리 모두가 그 안에 살고 있는 그림자이자 물건으로 보게 된 것 같아. 나는 영원히 계속해서 이 세계로 들어오는 백인 아이들이 미처 숨을 쉬기도 전에 그들 앞에 검은 그림자가 놓여있다고 생각했어. 그 그림자가 십자가 모양을 하고 있는 것을 본 것 같아. […] 나는 이 세상에 태어날 아이들과 아직 태어나지 않은 아이들, 그들이 모두 검은 십자가 위에 두 팔을 벌리고 길게 늘어서 서있는 모습을 보는 것 같았어.

I had seen and known negroes since I could remember. I just looked at them as I did at rain, or furniture, or food or sleep. but after that I seemed to see them for the first time not as people, but as a thing, a shadow in which I lived, we lived, all white people, all other people. I thought of all the children coming forever and ever into the world, white, with the black shadow already falling upon them before they drew breath. And I seemed to see the black shadow in the shape of a cross. . . . I saw all the little babies that would ever be in the world, the ones not yet even born — a long line of them with their arms spread, on the black crosses. (253)

조애나가 바라본 십자가에 못 박힌 백인아이의 환영은 그녀 자신의 모습이다. 그녀는 아버지가 드리운 검은 그림자에서 평생 벗어나지 못하고, 결국 그 그림자에 의해 살해당하는 것으로 생을 마감한다.

조와 조애나의 만남은 아버지의 저주 아래 놓인 두 인생의 운명적 충돌이다.

조애나에게 조는 "그림자"이자 "십자가"이고, 조에게 조애나는 "박해자"의 화신이다. 포크너는 파국으로 끝난 이들의 만남이 미국의 인종적 순혈주의가 빚어낸 필연적 산물임을 가차 없이 드러내는데, 그 과정을 다음 세 단계로 묘사한다. 먼저 1단계에서 이들의 관계는 남성적 금기와 의지가 부딪치는 관계이다. 여자임에도 불구하고 철저히 훈육된 남성으로 살아왔던 조애나는 조와의 관계에서 남자처럼 행동한다. 조가 조애나에게서 발견한 기묘한 매력이 바로 이 남성다움이다. 그녀는 "남성적으로 훈련된 근육"과 "남성적으로 훈련된 사유 습관"을 갖고 있었고, 그에게 굴복할 때에도 "거의 남자 같은 굴복"의 형태를 취한다(235). 남자와 남자가 만나는 것 같은 이 단계에서 조와 조애나는 큰 갈등을 보이지 않는다. 하지만 조애나가 여성적인 육체적 욕구와 억압된 색정을 분출하는 2단계에 접어들면서 둘의 관계는 악화되기 시작한다. 이 단계의 조애나에게 조는 종교적 이상을 위해 억압해야 했던 어두운 죄와 욕정과 쾌락의 세계를 되찾아줄 존재로 받아들여진다. 흥미로운 것은 그녀에게 타락한 욕정과 쾌락은 무엇보다 '검둥이'로 표상된다는 점이다. 섹스가 절정에 달하는 순간 그녀는 검둥이를 소리쳐 부른다. 그 순간 "그녀는 […] 난잡해졌다. 그녀의 거친 머리카락은 문어발처럼 되살아난 것 같았고, 두 손은 거칠어졌으며, 숨소리는 오, 검둥이, 검둥이, 검둥이를 외쳐 불렀다"(260). 그녀의 환상 속에서 조는 금지된 욕망과 쾌락을 충족시켜 줄 '검둥이'이다. 타락한 천사는 검은 악마에게서 쾌락을 맛보고 싶어 한다. 하지만 그녀가 정말로 원하는 것은 쾌락 그 자체가 아니라 아버지의 금기를 위반하는 것이다. 검둥이와 섹스를 즐기면서 조애나는 아버지의 법에 굴복한 자기 자신에게 복수하고자 한다. 그녀는 크리스마스가 그녀를 임신시킬 때 이 복수가 완성된다고 상상한다. 조가 조애나에게서 도망쳐야겠다고 느끼기 시작한 것이 바로 이 두 번째 단계이다. 조에게 조애나는 다섯 살 때 경험한 영양사의 재판(再版)이다. 쾌락에 빠진 여자의 육체, 메두사의 머리를 연상시키는 산발한 머리카락, 그녀의 입에서 튀어나오는 검둥이라는 호명은 조가 두 사람에게서 공통적으로 발견한 특성이다. 그것은 조가 필사적으로 도망치고자 했던 더러운 비체, "그여자검둥이"의 속성이다(156). 자신이 "그여자검둥이" 속으로 다시 빠져 들어가고 있다고 느끼는 순간 조는 "옮기는 것이 좋겠어. 여기에서 벗어나는 것이 좋겠어"라고 생각한다(260). 하지만 조애나가 3단계로 접어들면서 그녀는 아버지의 법을 따르던 남성적 상태로 돌아간다. 이제 그녀는 자신을 훈육시켰던 백인 아버지처럼 조를 교정시켜야 할 흑인으로 규정하고 흑인학교에 입학할 것을 요구한다.

조가 조애나를 죽인 것은 모친 살해적 성격과 부친 살해적 성격을 동시에 지니고 있다. 조는 광란에 빠진 어머니의 육체를 받아들일 수 없었을 뿐 아니라 금기를 명령하는 아버지의 법도 받아들일 수 없었다. 전자가 그를 공포로 몰고 가는 오염원이라면 후자는 흑인이라는 원치 않는 정체성 속으로 그를 몰아넣는 인종적 권력의 채찍이다. 그가 흑인이라는 정체성을 받아들이는 것은 자신을 여성적 존재로 받아들이는 것과 같다. 그의 무의식적 환상 속에서 흑인성과 여성성은 더러운 오염원이라는 비체의 속성을 공유하고 있기 때문이다. 그러므로 조가 조애나를 죽인 것은 모성적 육체에서 자신을 떼어내는 행위이자 자신을 바로 그 육체적 오염원으로 고정시키려는 아버지의 명령을 거부하는 행위이다. 조애나에게서 벗어나야겠다는 내면의 소리를 듣고 있던 2단계에서 조의 심리를 지배하는 것이 모친 살해적 충동이라면, 아버지의 대리인으로 기능하는 조애나의 목에 칼을 긋게 된 3단계에서 그의 내면을 추동하는 것은 부친 살해적 충동이다. 물론 조가 조애나를 죽이는 3단계에서 조애나는 백인 아버지의 역할을 대리하고 때문에 그의 살인이 부친 살해적 성격을 더 강하게 띠고 있는 것은 사실이다. 특히 조애나가 그에게 흑인임을 고백하라고 요구하면서 무릎을 꿇기를 명령할 때 그는 지난 30년 동안 자신이 지켜왔던 것을 포기해야 한다고 느낀다. "내가 지금 굴복하면 내가 되고자 선택한 존재로 나를 만들기 위해 살아온 지난 30년의 세월을 부정하는 것이 될 것이다"(250-1). 그는 자기를 지키기 위해 그녀를 죽인다. 이런 점에서 조의 살인은 일종의 자기 보존 행위이다.

문제는 "그가 되기로 선택한 존재"(what he chose to be)가 과연 무엇인가 하는 점이다. 도날드 카티그너(Donald Kartiganer)는 조가 선택한 것은 자신의 인종적 정체성을 "알지 않겠다"는 선택이고, 이 선택은 이분화된 인종적 기호체계 어디에도 자신을 편입시키지 않겠다는 주체적 결정이라고 본다(303-5). 카티그너에 따르면 자신이 누구인지 알지 않겠다는 것은 자기가 누구인지 모르는 것과는 다르다. 조는 백인으로 행세할 수 있었지만 그 길을 택하지 않았으며, 흑인으로 자신을 정체화하지도 않았다. 어떤 인종적 정체성도 선택하지 않은 것은 선택을 내릴 수 없는 '혼란'에 빠진 것도 선택행위를 '포기'하는 것도 아니다. 카티그너에 의하면 그것은 "어느 한 쪽을 선택하는 것을 선택하지 않겠다고 선택하는 것"으로, 이는 남부의 이분화된 상징계가 포괄할 수 없는 급진적 "타자성"을 주장하는 행위이다(303-10). 카티그너의 해석은 인종이데올로기에 의해 희생당하는 피해자로 조를 읽어내는 주류적 해석에 도전하면서 그의 주체적 선택을 적극적으로 읽어내고 있다는 점에서 새로운 접근이다. 물론 그의 해석은 조를 "그 자신이 되고자"(270)하는 존재로 읽어낸, 이미 오래전에 이루어진 존 롱리(John L. Longley)의 실존주의적 해석을 발전시킨 것이라 할 수 있다. 조를 사회의 규정이 아니라 "자기 정의"(self-definition)에 따라 주체적 선택을 내리는 인물로 읽어낸 롱리의 해석은 카디그너에게서 좀 더 세련된 이론적 개념을 얻게 되지만, 기본적으로 동일한 시각을 공유한다고 볼 수 있다. 물론 사회에 의해 구성되지 않는 "자기 자신"이라는 문제설정은 주체의 사회적 구성이 학계의 주류로 받아들여지게 된 80년대 이후 비평 작업을 수행하는 카티그너로서는 수용하기 힘든 주장일 것이다. 카티그너는 "존재 그 자체"라는 실존주의적 명제 대신 이분화된 인종 상징체계를 받아들이기를 거부하는 '괴물적' 존재로 조를 읽어낸다. 스스로 괴물이 됨으로써 사회적 질서에서 자신을 적극적으로 소외시키는 존재라는 점에서 조는 정신분석학적인 근대 주체로 해석된다(310).

　　카티그너가 해석하고 있듯이 조가 사회적 시스템에 저항하면서 자신의 주체성을 주장하고 있는 것은 사실이다. 자신의 정체성에 대한 모호한 인식에도 불구하고 조는 힘과 힘이 격돌하는 거친 남성적 세계에서 여자처럼 거세당한 자(희생자)가 되는 것을 거부하고 있다. 문제는 자신의 주체성을 주장하는 그의 저항행위가 이미 백인 남성적 가치체계에 깊이 침윤되어 있다는 점이다. 도린 파울러(Doreen Fowler)의 적절한 지적처럼, 조는 남성적 세계에 바로 그 남성적 가치로 맞서고 있다(152). 앞서 지적했듯이 남성적 가치란 의지, 정신, 힘, 잔인함, 단단함 등 현실과 육체와 부드러움을 거부하고 정신과 의지와 힘을 우위에 놓는 체계이다. 이 세계에선 육체보다는 정신이, 부드러움보다는 강함이 우월한 가치로 통용되는 초월적 권력의 공간이다. 작품 속에서 조는 "기둥"(159), "탑"(159) 등 끊임없이 남근을 연상시키는 이미지로 묘사되고 있으며, 정복될 수 없는 그의 남성성을 기리는 최후의 기념비는 조애나의 비극적 종말을 알리는 "노란 연기 기둥"(77)이다. 조의 여성혐오증은 여성은 약하고 더러우며, 남성은 강하고 깨끗하다는 이데올로기에 뿌리박고 있다. 그의 남성주의는 "남근적 기둥"(phallic pole)을 세우려는 하인즈나 맥이천과 공유하는 특성이다. 흑인인지 백인인지 구분하기 힘든 모호한 외양에도 불구하고, 그리고 자신이 흑인피를 갖고 있을지 모른다는 그 자신의 의혹에도 불구하고, 조 크리스마스의 내면을 지배하는 가치는 백인 남성성이다. 그가 주장하는 "자기"는 여성적인 것과 흑인적인 것을 배제하고 권력과 의지를 지향하는 남성적 자기이다. "그여자검둥이"에 대한 조의 뿌리 깊은 혐오감을 통해 알 수 있듯이 조에게 여성적인 것과 흑인적인 것은 비체로서의 특성을 공유하는 것으로 자신이 지키고 싶은 남성적 자아를 소멸시키는 부정적 힘이다. 카티그너의 해석은 남부사회의 백색 이데올로기체계에 의해 더러운 비체로 규정당하면서도 스스로 비체가 되기를 부정하고 깨끗한 남성적 자아를 주장하는 조의 모순을 읽어내지 못한다. 조가 30년의 세월 동안 보존하려고 한 것은 순결한 남성적 자아이며, 그가 평생 저항해온 것은 이 자아를 더럽히는 흑인적이고 여성적인 비체이다. 조애나가 조에게 흑인임을 고백하라고 종용하면서 무릎을 꿇으라고 할 때 그는 여자가 되느냐 남자가 되느냐의 양자택일에 내몰린다. 이 선택의 기로에서 그는 조애나를 죽임으로써 남자가 되는 길을 택한다.

사실 33년에 이르는 조의 길지 않은 삶은 이 비체에서 도망친 세월이었고, 더 이상 도피가 불가능하다는 의식과 함께 그의 인생은 마무리된다. 조애나의 집으로 들어가 살인을 저지르기 전에 조는 쫓기는 짐승처럼 제퍼슨 거리를 헤매다가 프리드만 타운(Freedman Town)이라 불리는 흑인구역으로 들어간다. 그곳에서 그는 "보이지 않는 흑인의 여름 냄새와 여름소리에 휩쌓여 있다고" 느낀다(114). 마치 어머니의 자궁 속으로 다시 들어온 듯, 그는 "검은 웅덩이 바닥에서 […] 자신과 인간의 형상을 한 모든 다른 생명체가 어둡고 뜨겁고 축축한 원초적 여성 속으로 돌아온 것" 같은 느낌을 받는다(115). 자신의 남성다움이 위협당하는 것에 공포감을 느끼고 그는 "백인의 차갑고 단단한 공기"를 찾아 "숨을 헐떡이며" 그곳을 뛰쳐나온다(115). "어둡고 뜨겁고 축축한 원초적 여성"(lightless hot wet primogenitive Female)은 비체에 대한 가장 적확한 묘사이다. 프리드만 타운에서 조가 도망친 것은 그가 "사방에서, **자기 내부에서조차** 흑인여성의 부드럽고 풍만한 무형의 소리가 웅얼거리는 것"을 들었기 때문이다(인용자 강조 115). 이 대목에서 텍스트는 조 크리스마스가 도망친 것이 무엇인지 정확히 알려 준다. 그가 벗어나려고 했던 것은 흑인여성들의 웅얼거리는 소리가 자신이 억압해왔던 바로 그 비체를 건드렸기 때문이다. 조가 조애나의 목에 칼을 그은 것은 프리드만 타운에서 한번 도망치긴 했기만 결국 다시 대면할 수밖에 없었던 비체를 받아들이기를 거부하는 행위이다.

하지만 결국 조는 앎이 기억하는 것보다 더 오래 자신이 저항해왔던 바로 이 검고 여성적인 비체에 굴복한다. 조애나를 죽인 후 경찰의 추격을 피해 도망치던 중 조는 자신이 신고 있던 신발을 길을 가던 한 흑인여자의 작업구두(Negro brogans)와 바꾼다. 조에게 복사뼈까지 올라오는 투박하고 질긴 흑인 작업구두는 그가 피하고자 했던 비체로 작용한다. 남성적 자아를 유지하기 위해 비체화에서 도망치던 마지막 순간 그는 비체를 자기 몸속에 지니게 되는 것이다. 그것은 그가 결코 외부로 던져버릴 수 없었던 내부의 물체, 아니 내부와 외부의 경계를 흐리는 낯설고 비천한 물체이다. 자신의 목숨을 요구하는 백인 남자들에게 짐승처럼 쫓기다가 절멸의 위기에 처하자 조는 자신이 신고 있던 흑인 작업화의 냄새를 맡는다. 그 냄새는 프리드먼 타운에서 들었던 흑인여성의 중얼거림과 마찬가지로 그의 온몸을 휘감는다. "흑인 냄새를 풍기는 검은 구두"는 "죽음이 다가오듯 그의 발에서 시작되어 다리를 휘감고 올라오는 검은 물결을 측정하는" "계측기"이다 (339). 퍼시 그림이 조의 성기를 잘라 냈을 때 그의 몸에서 검은 피가 솟구쳐 오른다. 포크너는 오래 만에 "내쉬는 숨처럼" 조의 몸 안에 "갇혀 있던 검은 피"가 "분출"되고 있다고 묘사한다(465). 바로 이 "검은 피"의 분출이 제임스 스니드로 하여금 포크너가 작품 내내 조를 흑백 이분법을 흐리는 경계선적 존재로 그렸지만 마지막 대목에서 그를 흑인으로 정체화한다고 비판하도록 만드는 지점이다(97-8). 하지만 스니드는 흑백의 문제틀에만 주목함으로써 흑인적인 것과 여성적인 것이 비체로서 공유하는 특성, 그리고 이 비체의 분출을 통해 조가 평생 억압해왔던 것이 해방되는 측면을 읽어내지 못한다. 이 해방이 너무 늦게, 죽음이라는 치명적 대가를 치른 뒤에야 도착하지만.

4. 모체의 신성화와 순수의 환상으로의 후퇴

조 크리스마스라는 한 혼혈남성의 인생을 통해 포크너는 남부인들의 (무)의식세계를 지배하는 순수의 이념을 정면으로 대면한다. 백인주의와 남성주의가 결합된 이 이데올로기는 검은 것과 여성적인 것을 오염으로, 흰 것과 남성적인 것을 순수로 표상하는 성적·인종적 상징체계를 구성하고 있다. 인종 표상이 젠더 표상과 결합되어 나타나는 남부 이데올로기의 핵심에 오염의 공포가 내재되어 있음을 드러낸 것은『팔월의 빛』이 이룩한 성취이다. 흑백 어느 한쪽으로도 인종적 정체성을 둘 수 없었던 혼혈남성의 내면에도 백색 순수의 환상이 새겨져 있음을 밝혀낸 것은 포크너의 시선이 남부 이데올로기의 심부에 다가갔다는 것을 말해준다.

물론 순수의 환상이 남부의 성적, 인종적 상징체계를 지배하고 있다는 인식은『팔월의 빛』만이 아니라 포크너의 거의 모든 작품에 존재한다. 포크너의 창조적 상상력에 일대 경련이 일어난 작품으로 평가되는『고함과 분노』(1929)에서부터 백인남성의 의식을 위협하는 오염된 여성의 육체에 대한 매혹과 공포가 탐색되고 있으며, 이 매혹과 공포 속에 이미 인종의 어두운 그림자가 짙게 드리워져 있다는 것도 암시되고 있다. 하지만 포크너가 이 작품에서 검은 그림자의 실체를 정면에서 대면하고 있는 것은 아니다. 딜시(Dilsey)라는 주목할 만한 흑인인물을 창조해내고 있지만, 이 작품에서 흑인은 백인의 붕괴된 내면을 비추는 렌즈로 활용될 뿐 진지한 주목의 대상이 되지 못한다. 퀜틴이 던진 "흑인은 백인의 뒤집힌 영상"이라는 명제와 그 반명제, 아니 두 명제의 착잡한 뒤얽힘에 내재되어 있는 사회적, 역사적 의미는 적어도『고함과 분노』에서는 충분히 탐색되지 못하고 있다. 포크너의 시선은 누이의 처녀성에 집착하는 퀜틴의 의식을 시원스레 뚫고 나가지 못하고 있다. 이 소설에서 흑인이 백인의 존재의 핵심을 건드리는 장면은 흑인 소년 버쉬(Versh)가 캐디의 옷을 벗기는 순간이다. 흑인남자에 의해 백인 누이의 앞가슴이 헤쳐지는 순간 퀜틴은 분노와 공포에 휩싸인다. 하지만 포크너는 퀜틴의 신경질적 반응에 함축되어 있는 이데올로기적 의미를 더 깊이 파고들지 않는다. 흑인과 백인의 육체적 섞임(소위 말하는 이종잡혼)은 인종적 분리에 기초해 있는 남부사회의 금기를 위반하는 것이다. 백인 남성이 받아들일 수 없는 것은 그들의 정체성을 유지시켜 주기 위해 '순결한 처녀'로 남아있어 줘야 할 백인여자가 흑인남자에 의해 더럽혀지는 것이다. 하지만 누이의 몸이 더럽혀진다는 사실보다 백인남자들을 더 괴롭히는 것은 누이가 그것을 원한다는 사실이다. 백인여자가 흑인남자를 '욕망'하는 것은 남부의 성적 금기를 정면으로 위반한다. 따라서 흑인 소년에게 옷을 벗기라고 명령하는 캐디의 모습은 퀜틴으로서선 도저히 받아들일 수 없는 광경이다. 퀜틴은 누이와 근친상간적 관계를 가짐으로써 누이가 더럽혀지는 것을 막으려고 한다. 물론 이는 퀜틴의 무의식 속에서 이루어지는 상상일 뿐 현실적으로 실행되는 것은 아니다. 백인남성들은 자신들에게 공포로 남아있는, 흑인남자를 향한 백인여자의 욕망을 대면하는 대신 그녀를 희생자로 만든다. 그녀가 희생자로 남아있는 한 자신들이 유지하려고 하는 인종적 경계는 안전하게 지켜지기 때문이다.

『팔월의 빛』에서 포크너가 찢어낸 것이 백인남성의 의식을 지배하는 이 환상이다. 조 크리스마스와 조애나 버든의 관계가 위협적인 것은 백인여자가 흑인남자를 욕망한다는 점이다. 조애나는 조에게 더럽혀진 순결한 피해자가 아니다. 비록 왜곡된 형태로 표출되긴 하지만 조에 대한 조애나의 욕망은 자발적이다. 이들 사이에서 벌어지는 심리적 갈등은 "그여자검둥이"에 대한 공포와 혐오 위에 자신의 정체성을 형성한 '흰 영혼의 남자'와 흑인남자에게 성적 욕망을 품고 있는 동시에 그것을 검열하고 있는 '백인 아버지의 딸' 사이에서 벌어지는 갈등이다. 포크너가 이들 사이의 복잡한 심리적 갈등을 적나라하게 드러낸 것은 분명 『고함과 분노』의 한계를 뛰어넘는 성취이며, 남부 이데올로기의 핵심에 다가간 것으로 평가해줄만 하다.

하지만 포크너가 이룩한 이 성취는 또 다른 형태의 남부적 환상이 실현된 것이기도 하다. 조애나가 남부의 여인이 아니라 북부에서 내려온 여자라는 점은 흑인 남성을 향한 그녀의 욕망을 '북부의 병리'로 제한하는 문제를 노정한다. 북부인들이 흑인과 성적 관계를 갖기를 원한다는 비난은 남부인들이 노예제 폐지를 주장하는 북부인들에게 상습적으로 걸어온 혐의이다. 조애나의 욕망은 어떤 점에서 남부인들의 이 오랜 혐의를 반복하는 것이기도 하다. 포크너가 이 혐의에 기대어 백인여자의 성적 욕망을 그려냈다는 것은 남부의 이데올로기를 뚫는 일이 그만큼 힘들다는 증거인 동시에 그가 그 이데올로기에 일정정도 공모하고 있음을 반증한다.

『팔월의 빛』에서 리나 그로브(Lena Grove)의 이야기는 포크너의 공모를 보여주는 또 다른 예이다. 리나의 삶은 작품에서 조의 운명론적 회로를 감싸고 있는 또 다른 회로이다. 그녀는 조를 심리적 공포로 몰고 간 깨어진 항아리가 아니라 키이츠의 시에 영감을 불어넣은 '완전한 그리스 항아리'이자 그 항아리에 그려진 "아직 더럽혀지지 않은 신부"(still unravished bride)이다. 아이를 임신하고 있지만 특이하게도 독자는 그녀에게서 어떤 성의 흔적도 찾을 수 없다. 성을 박탈당한 다음에야 비로소 그녀는 어머니라는 신성한 위치를 부여받는다. 그녀가 대변하는 모성적 위치는 조가 여자들에게서 경험하는 것과는 다른 의미에서 그녀를 육체적 존재로 만든다. 그녀의 몸은 '모체'(母體)라는 특권적 위상을 부여받고 있고, 이 위상으로 인해 그녀의 몸은 조의 몸을 공격하는 이데올로기에서 벗어난다. 하지만 문화를 초월해있는 이 신비한 힘은 그녀의 육체를 순결한 '동정녀의 몸'으로 만든 다음에야 얻어진다. 어머니이자 처녀로서 그녀는 완벽하게 깨끗하다. 그녀는 더러운 육체에서 벗어나있고 성 행위에서 면제되어 있다. 포크너가 작품의 제목으로 선택한 '8월의 빛'처럼 리나는 고함과 분노로 들끓는 현실의 세계, 죄와 심판과 처벌이 난무하는 어둠의 세계, 힘과 힘이 충돌하는 남성적 세계를 비추는 모성의 밝은 초월적 빛이다. 물론 이 빛은 남성적 환상이 창조한 것이다. 빛이라는 아름다운 가상을 벗기고 나면 남는 것은 자식을 낳는 어미의 몸뿐이다. 남성적 환상이 창조해낸 리나라는 인물을 통해 포크너는 조를 지배한 순수에 대한 남성적 갈망을 되풀이하고 있다. 자신이 애써 벗겨낸 그 신화를 다시 걸치지 않을 수 없었다는 점에서 포크너는 순수에의 환상으로부터 완전히 결별하지는 못하고 있다.

인용 문헌

신명아. 「정신분석과 서술의 상응관계: 라캉의 사물(das Ding) 이론과 포크너의 『8월의 빛』을 중심으로」. 『서술과 문학비평』 석경징, 전승혜, 김종갑 편. 서울대학교 출판국. 1999. 243-67.

이명호. 「상상적 순수로의 복귀: 윌리엄 포크너의 『내려가라 모세야』 읽기」 『영어영문학』 49.2 (2003): 227-50.

_____. 「남성성의 구성과 와해: 윌리엄 포크너의 『압살롬, 압살롬!』을 중심으로」 『영어영문학』 50.2 (2004): 319-42.

Bleikasten, André. *The Ink of Melancholy: Faulkner's Novel from* The Sound and the Fury *to* Light in August. Bloomington and Indianapolis: Indiana UP, 1990.

Faulkner, William. *Light in August. The Corrected Text.* New York: Vintage International, 1990.

_____. *Absalom, Absalom!* New York: The Modern Library, 1993.

Fowler, Doreen. "Joe Christmas and 'Womanshenegro'." *Faulkner and Women: Faulkner and Yoknapatawpha.* Eds. Doreen Fowler & Ann J. Abadie. Jackson & London: UP of Mississippi. 144-61.

Friday, Krister. "Miscegenated Time: The Spectral Body, Race, and Temporality in *Light in August.*" *The Faulkner Journal* 16.3 (Fall 2000/Spring 2001): 41-63.

Katiganer, Donald M. ""What I Chose to Be": Freud, Faulkner, Joe Christmas and the Abandonment of Design." *Faulkner and Psychology: Faulkner and Yoknapatawpha, 1991.* Eds. Donald M. Kartiganer and Ann J. Abadie. Jackson: UP of Mississippi, 1994. 288-314.

Kristeva, Julia. *Powers of Horror: An Essay on Abjection.* Trans. Leon S. Roudiez. New York: Columbia UP, 1982.

Longley, Jr. John L. "Joe Christmas: The Hero in the Modern World." *Faulkner: Three Decades of Criticism.* Eds.. Frederick J. Hoffman and Olga W. Vickery. Michigan State UP, 1960. 265-78.

Snead, James. *The Figures of Division: William Faulkner's Major Novels.* New York: Methuen, 1986.

Sundquist, Eric. J. *Faulkner: The House Divided*. Baltimore and New York: Johns Hopkins UP, 1983.

Wittenberg, Judith Bryant. "Race in *Light in August*: Wordsymbols and Obverse Reflections." *The Cambridge Companion to William Faulkner*. Ed. Philip. M. Weinstein. Cambridge: Cambridge UP, 1995. 146-67.

Žižek, Slavoj. *The Sublime Object of Ideology*. London: Verso, 1989.

■ 이 글은 『미국학논집』 41권 3호(2009)에 실렸던 글을 수정, 보완한 것이다.

5.

윌리엄 포크너의 『성역』: 정신분석학적 관점으로 읽기

정현숙

I.

윌리엄 포크너(William Faulkner)의『성역』(*Sanctuary*)은 작가가 메리 워싱턴 대학 강연에서 밝힌 대로 돈을 벌기 위해 자극적인 내용을 담은 돈벌이 책(pot boiler)[1]이다. 1926년과 1927년에 초기작『병사의 보수』(*Soldiers' Pay*)와『모기떼』(*Mosquitoes*)를 발표하고도 일정한 직업도 없이 때때로 건물 천장이나 간판에 칠을 하기도 하면서 생활고에 시달리던 작가는 그 당시로서는 엄청난 물의를 일으킬 내용의 소설을 삼 주 만에 완성했지만 출판사에서 거절당했다. 그 원고가 출판되었더라면 작가나 편집장 두 사람 모두 감옥에 갈 정도로 센세이셔널한 내용이었다.『사토리스』(*Sartoris*)가 출간되는 동안 그는 1929년 1월에『성역』집필을 시작해서 짧은 기간에 완성했고 1929년 10월『고함과 분노』(*The Sound and the Fury*), 1930년『내 죽으며 누워 있을 때』(*As I Lay Dying*)를 연이어 출간했다. 한편 같은 해 10월에『성역』을 개작해서 다음 해 1931년 2월 9일에 출간했다.

　『고함과 분노』,『내 죽으며 누워 있을 때』그리고 1932년『팔월의 빛』(*Light in August*), 1936년『압살롬, 압살롬!』(*Absalom, Absalom!*)에 이르기까지 작가의 실험정신이 넘치는 대작들을 창작하는 시기에 돈벌이 목적으로 출간된 이 작품은 작가의 의도대로『고함과 분노』,『내 죽으며 누워 있을 때』를 합친 것과 같은 판매 실적을 보이면서 그 당시 대중적인 성공을 거두었다. 판사의 딸인 대학생 템플 드레이크(Temple Drake)가 술에 취한 남자친구 가우언(Gowan)과 드라이브를 가다가 자동차 사고를 당한 뒤 올드 프렌치맨 밴드(Old Frenchman Band)에서 밀주업자 리 구드윈(Lee Goodwin)의 집에서 하루 밤을 보내다 성불구인 포파이(Popeye)에게 옥수수 속대로 강간당한다. 그 후 프렌치맨 밴드에서 함께 살던

---

1) 아마도 포크너가 받았던 질문 가운데 이 작품에 관한 질문이 가장 불편했던 것 같다. 작가는 이 작품이 비천하게 잉태되었으며 자신이 생각할 수 있는 가장 끔찍한 것을 생각해냈고 돈을 벌기 위해 그것을 썼다고 말했다(*Faulkner in the University* 90-91).

토미(Tommy)는 포파이 손에 살해되고 포파이는 미스 리바(Miss Reva)의 매춘굴에서 템플과 레드(Red)를 강제로 성관계를 맺게 하고 자신은 그것을 보며 즐긴다. 그러나 포파이는 질투를 못 이겨 결국 레드도 살해하지만 경찰은 구드원을 레드의 살해범으로 체포한다. 변호사 호러스 벤보우(Horace Benbow)는 아내 벨(Belle)과의 결혼 생활에 염증을 느껴 집을 떠나기로 작정하고 동생이 살고 있는 제퍼슨으로 가는 도중 포파이를 우연히 만나고 올드 프렌치맨 밴드에 살고 있는 밀주업자들을 알게 된다. 이후 레드 살해사건을 알게 되고 억울하게 기소된 구드원의 변호를 자청해서 구드원을 구해보려고 노력하지만 재판정에서 템플의 위증으로 구드원은 분노한 폭도들에 의해 화형 당한다.

작가가 첫 원고를 읽은 후 찢어버리거나 다시 쓰거나 두 가지 중 하나를 해야 했다고 말한 것처럼(Arnold xiii) 첫 원고를 수정해서 출간한 작품은 할리우드가 영화제작을 위해 판권을 구입했으며 이후 이 소설은 수 년 동안 가장 잘 팔리는 소설이 되었다. 이 작품으로 인해 대중들의 인식에 포크너는 폭력적이고 물의를 일으키는 포르노 소설가라는 인상이 심어졌다. 미국 문화에서 그는 잔인함의 지존이며 "옥수수 속대 인간(corncob man)"으로 정의되었다. "미국 사디즘의 최고의 작품"이라는 평을 받으며 폭력과 강간, 관음증, 사디즘,[2] 선정성이 넘치는 이 작품을 통해 작가는 도덕불감증에 걸린 미국 상류사회를 고발하고, 부패하고 타락한 현대사회에 대한 경종을 울렸다는 평가를 받았다.

---

[2] 『성역』에 나타나는 폭력은 포크너의 다른 소설에서보다 더욱 강렬하다. 템플의 강간 사건에 초점을 맞춘 페미니즘 비평 시각에서 보면 여성에 대한 성폭력이 주제라고도 볼 수 있다. 그러나 폭력은 더 구체적이고 다면적이다. 포파이의 템플에 대한 폭력, 레드와 템플을 강제로 성관계 시키는 폭력, 레드 역시 폭력의 희생자이며 구드원 또한 폭도들에 의해 화형 당하기 전 동성강간을 당한다. 또한 구드원이 감옥에 있는 동안 『팔월의 빛』에서 면도날 살해의 모티프를 제공해주는 흑인 살인범의 면도날 살해사건을 전해준다. 템플이 당한 폭력은 트라우마적인 강간으로서 그녀는 호러스와의 면담 중 "길고 날카로운 송곳이 달려 있는 쇠로 된 띠"를 가지고 그 송곳으로 포파이를 찌르고는 자신의 온몸이 피투성이가 되는 사디즘적 환영을 이야기하는데 정신분석학적인 연상을 통한 사디즘적 환영은 폭력의 절정이다.

1920년대 말이라는 시대적 상황은 1차 대전 이후의 전통과 가치관의 상실을 경험한 서구사회의 시대적 배경과 함께 미국 내에서도 전통적인 가치관이 무너지고 물질중심적인 타락한 가치관의 팽배와 그에 따른 부패와 성적방종이 만연한 사회상이 나타나고 있었다. 그러한 사회상을 보여주는 대표적인 작품이 『성역』이라는 점에서 이 작품에 대한 일반적인 접근 방법은 올가 빅커리(Olga Vickery), 마이클 밀게이트(Michael Millgate), 어빙 호우(Irving Howe) 등 초기 비평가들의 주장처럼 도덕적인 문제에 대한 관심이었다.[3]

그러나 노벨문학상을 수상한 이후 포크너에 대한 본격적인 관심은 유럽에서 먼저 시작해서 서서히 미국 내에서 명성이 쌓이면서 그의 문학세계에 대한 관심과 연구가 폭발적으로 증가했다. 포크너에 대한 연구는 언어와 의식의 흐름, 시간의 문제, 모더니즘, 포스트모더니즘 구현 등 문학적 실험정신에 대한 관심이고 따라서 그런 실험정신이 상대적으로 결여되어 있는 『성역』은 오랫동안 진지한 작품범주에서 밀려나 말 그대로 작가의 오점과 같은 '돈벌이 책'이라는 꼬리표를 달고 있었다. 그 이유 중의 하나가 작가가 공공연하게 돈을 벌기 위해 썼다라고 한 인터뷰도 원인이 되었다. 작가뿐만 아니라 그 작가를 따라가는 독자들도 한 작품에 대해 결정적인 평가를 내리면서 이 작품은 작가 개인의 상황에서 비롯된 분노로 씌어졌고 예술성보다는 상업적인 목적으로 씌어졌으므로 황량하고 거친 소설일 수밖에 없다고 생각해 왔다.

그러나 또 한편으로는 작가가 모던 라이브러리 판의 서문에서 밝힌 것처럼 이 작품은 독자들에게 그들이 지닌 최악의 욕망과 충동들에 호소하는 냉소적인 시도로 본다면 그 시도는 필자의 견해로는 독자들을 향한 것이기도 하지만 자기

---

3) 도덕적 관점뿐만 아니라 이 작품을 분석하는 다양한 연구에는 비정상적인 변태의 모습을 보이는 포파이가 옥수수 속대로 템플 드레이크를 강간하는 것을 부도덕한 모더니즘이 구남부(혹은 남부의 여성)를 강간하는 알레고리로 보는 의견(O'Donnell 23-33)과 포크너의 '연옥' 혹은 '마니교의 도덕극'(Howe 56-58)으로 혹은 『어느 수녀를 위한 진혼곡』(*Requiem for a Nun*)과 함께 포크너 판 『죄와 벌』이라는 의견(Vickery 103-23)도 있다.

자신을 향한 시도로도 볼 수 있다는 관점에서 이 작품을 해석하는 새로운 접근 방법을 모색하고자 한다.

포크너의 작품 가운데서 가장 격렬하고 폭력적인 이 작품에 대한 새로운 관심은 그의 오리지널 텍스트에 대한 관심에서부터 다시 시작되었다. 특히 주디스 브라이언트 위튼버그(Judith Bryant Wittenberg)와 노엘 폴크(Noel Polk)는 오리지널 텍스트에 대해 연구하면서 템플과 포파이를 중심인물로 설정한 1931년 판 『성역』과 달리 초기 원고에서는 호러스 벤보우가 중심인물이며 호러스에 관한 내용이 삭제된 이유에 대해 관심을 가졌다. 호러스를 중심으로 이 작품을 읽을 때 『성역』은 새로운 의미를 가진 작품이며 무엇보다도 작품 표면에 드러나고 있는 폭력과 불의, 선정성보다도 작품 이면에 숨어있는 억압된 욕망과 무의식에 초점을 맞추면 새로운 해석과 평가를 할 수 있으며 또한 작가의 전 작품 가운데 이 작품이 새로이 자리매김할 수 있다고 생각한다. 따라서 본 논문에서는 『성역』의 초기원고를 참고하여 두 비평가의 관점을 견지해 나가며 호러스 벤보우를 중심으로 정신분석학적인 접근방법을 이용해서 이 작품을 연구하고자 한다.

II.

작가는 쟝 스타인(Jean Stein)과의 인터뷰에서 모든 사람들이 프로이트를 이야기하지만 본인은 그를 만난 적도 그의 글을 읽은 적도 없다고 말하면서 (Meriwether & Millgate 251) 프로이트의 영향을 부인하지만 스티븐 로스의 지적처럼 그의 작품은 프로이트의 무의식을 서술하고 있다(Ross 147). 모든 사람이 프로이트를 이야기하기 때문에 그의 이론은 문학가들 사이에 자연스럽게 대화의 주제가 되었고 그 시대의 미국의 식자층은 직접적으로든 간접적으로든 프로이트의 영향을 받았음은 분명하다. 프로이트의 영향에 관한 논의는 차치하고라도 인간의 내면의 의식의 흐름이나 언어의 문제에 깊은 관심을 가진 포크너의 작품에는 대표적인 실험 작품뿐만 아니라 주요작품에서 배제된 작품에서도 끊임없이 근친상간 애정, 오이디푸스 삼각관계, 나르시시즘 요소 등이 나타난다. 그러므로 『성역』에서 겉으로 드러나는 사건, 내용, 인물보다 심층적인 의미를 찾기 위해 포크너가 애써 언급을 회피한 프로이트의 정신분석 이론을 참고하면 작품에서 발견되는 여러 가지 수수께끼 같은 문제점들을 이해하는데 좋은 해결책이 될 수 있다. 이 작품이 하나의 악몽과 같다는 사실은 호러스와 관련된 주요 장면에도 언급되어 있지만 작품 전체를 보았을 때도 이 작품은 호러스에게 또한 템플에게 악몽과 같고 또한 필자가 강조하는 바는 일생의 중요한 단계를 지나고 있던 작가에게도 한 편의 악몽이었을 것이라고 추측한다. 이 같은 주장을 뒷받침하기 위해서 프로이트의 『꿈의 해석』에서 다루는 몇 가지 실례와 이론들을 인용하고자한다.

노엘 폴크는 그의 논문에서 작가의 1929년 초기 원고와 1931년 출간된 작품 사이의 차이점에 관심을 두고 작가가 주로 호러스 벤보우와 관련된 부분을 삭제했다고 주장한다(Polk 19). 이보다 앞서 위튼버그는 작가와 작품의 자전적인 요소를 비교 연구한 저서에서 『성역』에 대한 논문에 "암울한 결혼축가(Bleak Epithalamion): 『성역』"이라는 흥미로운 제목을 붙였다(Wittenberg 89). 즉 포크너가 1955년 인터뷰에서 자신 있게 말한 내용은 사실이 아니며 실제로는 세 달에 걸쳐서 쓴 작품이며 템플의 강간사건도 작가가 말한 것처럼 직접 만들어내 이야기가 아니라 그 당시 신문에 보도된 실제의 사건에서 힌트를 얻었다는 것이다. 또한 대중의 관심을 얻기 위해 작가가 관심을 가져오던 밀주업자들의 세계와 멤피스의 갱들을 작품에 넣을 구상을 했다는 점을 밝힌다.

더욱 흥미로운 점은 처음 원고를 쓸 때가 작가가 20년 동안이나 구애를 하던 에스텔(Estelle)과의 결혼을 앞둔 시점이었다는 것이다. 그에게 유일한 여성이었던 에스텔과의 결혼은 순조로운 것이 아니었다. 그는 빚을 얻어서 결혼을 하고 싶지 않았다. 이미 결혼을 해서 자녀를 둔 에스텔은 이혼 결정이 나기를 기다리고 있었고 4월에 이혼 결정이 난 후에도 포크너는 곧바로 결혼을 하지 않고 두 달이나 머뭇거렸다. 11년을 기다려오던 에스텔이었지만 11년 전과는 달리 확신이 부족해서 머뭇거리고 있었다. 에스텔의 아버지 올덤 판사는 장래가 불투명한 포크너를 반대했고 포크너의 가족도 결혼보다 먼저 직업을 가지고 돈을 벌어야 한다고 생각했다. 특히 포크너의 어머니는 아들이 위스키를 마시는 이혼한 여자와 결혼하는 것을 꺼려했다. 또한 에스텔이 이혼한 뒤 혼자 있을 때도 포크너는 고모에게 다른 여성을 언급한 편지를 쓸 정도였다. 결국 결혼경비를 마련하기 위해 돈을 빌려야만 하는 순조롭지만은 않은 결혼을 앞두고 포크너는 극도로 심리적 나락의 상태에 직면해 있었다.

그의 불안의 정확한 원인은 지금까지의 전기 연구에서도 분명히 밝혀진 바는 없지만 추측하건데 자신이 성적으로 불구가 아닌지 혹은 에스텔의 자녀의 의붓아버지로서 남편으로서 새 역할에 적절한 사람인지에 대한 무의식적인 불안감은 계속 결혼식을 미루게 하는 변명거리를 찾게 했으며 멤피스의 사창가를 어슬렁거리게 만들었다. 그러나 그 무엇보다도 그를 주저하게 만든 것은 11년간의 시간이었다. 이제는 그와 에스텔이 꿈꾸었던 시간으로 되돌아갈 수 없고 작가의 마음속에 남아 있는 실연의 아픔이 시간의 치유력이 미치는 것보다 더 깊이 자리잡고 있음을 알게 된 것이다. 이 같은 작가의 전기적 이야기가 『성역』의 줄거리에 표출된 점은 아주 흥미롭다. 템플이 대학에서도 댄스파티를 좋아하고 걷는 모습이 춤을 추는 동작과 같다고 묘사된 점이나 미스 리바의 사창가에 도착한 후에도 템플은 자신이 좋아했던 춤들을 생각하는 장면은 에스텔이 파티와 춤과 요란한 드레스와 화려함을 좋아하는 것과 연관성을 가진다. 뿐만 아니라 포크너가 처한 상황이 이전의 결혼생활에서 얻은 딸을 가진 벨과 결혼해서 의붓딸 리틀 벨(Little Belle)에게 모호한 성적인 매력을 느끼는 호러스의 상황과 유사하다.

또한 작가의 심리적 동요와 불안감, 분노는 작품에서 드러나는 잔인한 폭력과 강간, 살인, 위증, 매춘과 같은 과장된 양상으로 나타나는데 포크너의 내적인 갈등은 포파이와 호러스 두 인물을 통해 구체화되면서 심리적인 양상을 보인다. 따라서 필자는 작품 전체가 작가가 꾸는 악몽과 같다면 포파이도 호러스도 그의 억압된 본능이 투영된 인물이라는 가설에서 논문을 전개하고자 한다.

한편 이 작품이 대중적 인기를 끈 이유 중의 하나는 그 당시 유행했던 탐정소설의 형식을 따랐다는 점인데 템플 강간사건, 토미 살해사건, 구드윈 린치사건의 세 가지 범죄사건이 얽혀 있는 올드 프렌치맨 밴드에서 마치 호러스가 탐정처럼 진상을 파악하고 구드윈을 변호하는 역할을 한다. 작품의 마지막 부분에 이르러 템플이 위증을 하고 구드윈이 린치당할 때 까지 독자들은 긴장을 놓지 못하고 스토리를 따라가게 된다. 그러므로 포파이의 과거나 어머니, 누이, 리틀 벨과 관련된 호러스의 과거를 제외하면 이 작품은 주로 현재를 다루고 있다. 이 부분이 작가의 다른 주요 작품들에서 의식의 흐름이나 내적 독백기법을 사용하면서 그가 천착했던 과거의 문제에 대한 탐색과 다른 점이라고 할 수 있다.

주요한 세 가지 범죄사건의 중심에는 템플이 자리하고 있는데 템플의 아버지가 판사라는 점은 에스텔과 같으며 템플의 강간사건은 그 당시 실제 일어난 사건을 토대로 구성되었으나 작가는 템플이라는 인물에게서 캐디(Caddy)의 모습을 보았으며 30년 후 1951년에『성역』의 2부라고 볼 수 있는『어느 수녀를 위한 진혼곡』에서 다시 한 번 템플을 다루었다는 점에서 재조명해 볼 필요가 있다. 한 인터뷰에서 포파이가 "악의 화신"이냐는 질문에 대해 작가는 단지 "불쌍한 한 인간"(*Faulkner in the University* 74)이라고 대답했다.『소음과 분노』의 제이슨 콤슨(Jason Compson)과는 달리 작가는 악을 구현한다거나 악인의 전형이라는 측면에서는 포파이에 대해 작가 스스로도 많은 관심을 두지 않은 인물이다. 아마도 그 당시 사회를 떠들썩하게 만든 엽기적인 사건의 인물을 차용해서 쓴 것에 대한 반응이라고 생각한다. 인상적인 첫 장면에서부터 관음적인 성향을 보이는 포파이는4) 오히려 그의 도착적인 욕망이라는 측면에서 정신분석학적인 연구의 대상이 될 수 있다.

작품에서 템플과 가우언, 포파이의 과거에 대한 언급은 거의 찾아볼 수 없어서 자세하게 깊이 다루어 볼 수 없지만　어머니가 매독에 걸려서 낳은 포파이는 선천적으로 성불구다. 대신에 그 사실을 은폐하기 위해 총을 가지고 다니면서 강력한 협박과 공포의 도구로 사용한다. 그의 억압된 성욕동은 옥수수 속대로 템플을 강간하고 템플에게 레드와 미스 리바의 매춘굴에서 성행위를 시키고 그것을 보며 즐기는 변태적인 관음증으로 발전한다. 억압된 성적 욕망과 그 욕망의 빗나간 분출, 에로스와 타나토스의 결합, 관음증과 나르시시즘, 사디즘과 마조히즘 등 정신분석학적인 해석으로 템플과 포파이를 새롭게 조명해 볼 수 있으나 본 논문에서는 호러스 벤보우에 대해서 집중적으로 살펴보고자한다.

　어윈(John. T. Irwin)이 지적한 것처럼 『고함과 분노』, 『압살롬, 압살롬!』의 주인공 퀜틴 콤슨의 관심은 오로지 금지된 근친상간 애정과 죄의식이다. 토머스 섯펜(Thomas Sutpen)의 일생을 이야기하는 화자로서 그의 관심은 섯펜보다는 자녀들 즉 헨리(Henry)와 여동생 쥬디스(Judith), 이복형제인 찰스 본(Charles Bon) 세 사람의 근친상간 애정과 관계, 결말 혹은 그러한 사랑을 정당화할 수 있는 단서를 찾기 위한 탐색이 퀜틴의 나레이션을 구성하고 있다고 볼 수 있다. 마찬가지로 포파이 대신 억울하게 토미 살해 누명을 뒤집어쓴 구드윈의 억울함을 밝혀내려고 노력하는 변호사 호러스 역시 퀜틴과 마찬가지로 이상주의자이고 우유부단한 지식인이다. 그는 아내 곁을 떠나 여행하다가 고향인 제퍼슨으로 가는 도중 들리게 된 올드 프렌치맨 밴드에서 우연히 이 사건에 휘말리게 되는데 템플에게서 의붓딸인 리틀 벨의 모습과 자신의 여동생인 나르시사(Narcissa)의 모습을 보고 그녀가 일깨우는 근친상간 욕망에 괴로워한다. 작품의 공간적 배경이 되는 제퍼슨과 올드 프렌치맨 밴드가 황무지나 연옥과 같은 산업화가 가져온 폐허라면 그

---

4) 아놀드와 트루아드는 공저에서 호러스가 샘에서 물을 마시는 장면을 포파이가 덤불 뒤에서 몰래 지켜보고 있는 첫 장면을 중요하게 다루며 몰래 바라보기(peeping) 혹은 관음증(voyeurism)을 이 작품의 주제로 본다(Arnold & Trouard 5).

곳을 찾아간 호러스는 현실 세계에는 익숙하지 않은 이상주의자의 전형이다.『팔월의 빛』의 실패한 목사 게일 하이타워(Gail Hightower)처럼 자신의 법학 지식과 고귀한 이상이라는 높은 탑에 갇혀있는 이런 부류의 인물들은 현실세계에서 패배하기 마련인데 호러스는 그러한 전형적인 이상주의자의 범주를 넘어서 내면의 억압된 욕망과 죄의식을 숨김없이 드러내고 있다.

리 구드윈이 토미를 살해한 범인이 아니라는 것을 증명해 줄 템플을 찾아서 미스 리바의 사창가까지 찾아간 호러스는 템플로부터 옥수수 속대로 포파이에게 강간당한 이야기를 들은 후 자정이 되었는데도 호텔로 가지 않고 제퍼슨으로 돌아가는 기차를 탄다. 그 때 마신 커피가 위장 속에서 뜨거운 덩어리로 뭉쳐 있는 느낌을 받는다. 세 시간 후 제퍼슨에 도착했을 때도 그 덩어리는 여전히 흡수되지 않고 그대로 있었다. 광장을 가로질러가면서 일전에 그 광장을 가로지르던 생각이 나면서 비몽사몽간에 악몽을 꾸는 것 같은 경험을 한다.

> 그 사이에 전혀 시간이 전혀 흐르지 않은 것 같았다. 불을 밝힌 시계의 글자판은 그대로였고, 문간에 있는 독수리 모양의 그림자들 역시 그대로였다. 그는 단지 광장을 가로질러 갔다가 온 방향으로 되돌아 왔으므로 같은 날 아침이라고 할 수도 있었다. 그가 만들어내는데 사십 삼년이나 걸린 온갖 종류의 악몽으로 가득한 꿈 하나.

> It was as though there had not been any elapsed time between: the same gesture of the lighted clock-face, the same vulture-like shadows in the doorways; it might be the same morning and he had merely crossed the square, about-faced and was returning; all between a dream filled with all the nightmare shapes it had taken him forty-three years to invent, concentrated in a hot, hard lump in his stomach. (176)

온갖 종류의 악몽의 형태는 위장 속에서 소화되지 않은 뜨겁고 딱딱한 커피 덩어리로 상징화된다. 인동덩굴 냄새가 나는 길을 지나 집에 이르렀을 때 그의 손에 잡힌 것은 매혹적인 의붓딸 리틀 벨의 사진이었다.

> 떨어져 나간 액자의 좁은 흔적에 둘러싸인 리틀 벨의 얼굴이 매혹적인 명암의 배합
> 으로 꿈꾸듯 황홀해 보였다. 빛의 어떤 특징이나 아마 그의 손, 그의 숨결의 어떤
> 극미한 움직임에 의해 인화지에 전해진 그 얼굴은 눈에 보이지 않는 인동덩굴의
> 느리고 연기 같은 혀 아래에서, 가장 강한 빛의 얕은 욕조 속에 잠긴 그의 손바닥
> 안에서 숨을 쉬는 듯했다.

> Enclosed by the narrow imprint of the missing frame Little Belle's face dreamed
> with that quality of sweet chiaroscuro. Communicated to the cardboard by some
> quality of the light or perhaps by some infinitesimal movement of his hands, his
> own breathing, the face appeared to breathe in his palms in a shallow bath of
> highlight, beneath the slow, smokelike tongues of invisible honeysuckle. (176-7)

십년 전에 이미 결혼을 해서 딸이 있는 벨과 결혼한 호러스는 매주 금요일 마다
아내를 위해 그녀가 좋아하는 새우를 사서 100보씩 걸을 때마다 손을 바꾸어가며
들고 집에 가는데 새우 냄새도 견딜 수 없지만 상자에서 줄줄 흘러내리는 물을
참을 수가 없었다. "그저 잠시 누워있을 언덕"(10)이 필요했던 호러스는 다른 사
람의 아내와 결혼한다는 것은 다른 사람이 지난 십년동안 꾸려놓은 걸 잔뜩 지고
시작하는 것이라고 루비에게 자신의 결혼생활에 대해서 이야기한다. 이야기 도중
의붓딸에게 느끼는 감정도 털어놓는다. 캐디 콤슨과 마찬가지로 어린 리틀 벨은
이미 남성을 유혹하는 팜므 파탈의 모습으로 나타난다. 기차에서 만난 대학생을
집으로 데려오자 그녀의 보호자를 자처하는 호러스는 완강히 반대한다. 언쟁 후
에 리틀 벨이 미안하다며 호러스에게 안겼을 때 호러스는 "꺾여진 꽃들의 냄새를,
섬세한 죽은 꽃들과 눈물의 냄새"(9)를 맡았으며 거울에 비친 그녀를 보았다. 그
모습이 템플을 만나고 그녀의 치명적인 유혹의 힘을 감지하고 돌아온 호러스에게
는 리틀 벨에서 느꼈던 유혹의 향기가 사진 속의 관능적인 얼굴과 함께 섞여서

그를 압도한다.

> 거의 눈에 보일만큼 분명히 그 냄새가 방을 가득 채웠고 그 작은 얼굴은 관능적인 권태 속에서 기절할 듯했지만 점점 더 흐려지고 사라져가더니 그의 눈에 바로 그 냄새만큼이나 유혹과 관능적인 약속과 은밀한 확언의 부드럽고 사라져가는 여진을 남겼다.

> Almost palpable enough to be seen, the scent filled the room and the small face seemed to swoon in a voluptuous languor, blurring still more, fading, leaving upon his eye a soft and fading aftermath of invitation and voluptuous promise and secret affirmation like a scent itself. (177)

그 때 강한 인동덩굴 냄새와 함께 그는 토해 버린다. 욕조에서 커피덩어리를 토하면서 호러스는 무언가 검고 격렬한 것이 템플의 창백한 몸에서 요란하게 빠져나오는 것을 지켜보는 환상을 본다. 강렬한 관능적 환상과 함께 리틀 벨은 템플이되고 호러스는 템플이 된다. 포파이가 옥수수 속대로 템플을 강간하는 장면을 연상하며 호러스는 포파이와 자신을 동일시해서 환상 속에서 템플을 강간한다.

> 두 팔을 벌려 간신히 버티고 있는 사이에 옥수수 껍질이 그녀의 허벅지 아래에서 요란하게 바스락거렸다. 그녀는 머리를 약간 쳐들고 턱은 막 십자가에서 내려놓은 사람처럼 떨어뜨린 채 누워서 무언가 검고 격렬한 것이 창백한 몸에서 요란하게 빠져 나오는 것을 지켜보았다. 그녀는 벌거벗고 누운 채로 무개화차에 묶여 빠른 속도로 어두운 터널을 통과하고 있었다. 어둠은 질긴 실처럼 머리 위로 흐르고 요란한 쇠바퀴 소리가 귓가에 들렸다 […] 그 사이 그녀는 무수한 빛이 희미하게 가득한 무(無) 속에서 보일 듯 말 듯 게으르게 흔들리곤 했다. 저 아래에서 옥수수껍질이 희미하고 격렬하게 바스락거리는 소리가 그녀에게 들렸다.

> [He] leaned upon his braced arms while the shucks set up a terrific uproar

beneath her thighs. Lying with her head lifted slightly, her chin depressed like a figure lifted down from a crucifix, she watched something black and furious go roaring out of her pale body. She was bound naked on her back on a flat car moving at speed through a black tunnel, the blackness streaming in rigid threads overhead, a roar of iron wheels in her ears. . . an interval in which she would swing faintly and lazily in nothingness filled with pale, myriad points of light. Far beneath her she could hear the faint, furious uproar of the shucks. (177)

『성역』에서 가장 중요한 이 장면에서 호러스의 어둡고 은밀한 그리고 저속하고 무미건조한 부르주아의 존재 이면에 그의 가장 깊은 고뇌와 불안감, 깊은 두려움이 숨어있다. "사십 오년이나 걸린 온갖 종류의 악몽으로 가득한 꿈 하나"라고 표현한 악몽은 그의 인생에 관여한 모든 여성들이 멤피스에서 겪은 일련의 사건과 그 사건에 연루된 인물들을 통해 호러스의 의식 속에서 구체화되고 하나가 된다. 부인 벨, 의붓딸 리틀 벨, 여동생 나르시사, 어머니, 그리고 올드 프렌치맨 밴드에서 만난 템플, 포파이, 루비, 구드윈 등은 프로이트의『꿈의 해석』에서 설명하듯이 호러스의 무의식적인 욕망의 틈을 비집고 악몽을 통해 드러나고 있다.

프로이트에 의하면 꿈 작용(dream work)은 꿈은 완전히 창조적인 것이 아니고 재료를 변형시키는 것이라고 한다(라플랑슈 · 퐁탈리스 86). 호러스의 꿈-백일몽이거나 환각, 환상이어도 마찬가지다(프로이트,『꿈의 해석』622). 꿈이 욕망의 환각적 실현이라면 욕망의 성취(Wunscherfüllung)라는 표현에서 이해될 수 있다. 환각과 욕망이라는 용어는 엄밀하게 등가적인 것이라기보다는 차라리 인접한 것으로 사고의 미묘한 움직임을 거쳐 환각에서 욕망의 실현으로 간다. 그런 다음 그 자체로 이해되는 욕망으로 간다. 프로이트에 의하면 육체적으로 메스꺼움을 느끼는 것은 도라의 꿈5)에서처럼 성적 억압 증상이며 히스테리인데 구역질은 배설물이 풍기는 냄새에 대한 반응이다. 이것은 호러스의 환상 속에서 또한 실제적으로

---

5) 「도라의 히스테리 분석」 중 첫 번째 꿈(252-84쪽) 참조.

도 커피덩어리로 인해 검은 덩어리를 토해낸다. "무언가 검고 격렬한 것이 그녀의 창백한 몸에서 요란하게 빠져나오는 것을" 본다는 것은 호러스가 처음 포파이를 만났을 때 "보봐리 부인의 입에서 흘러내리던 검은 물질 같은 냄새"(4)를 맡은 것과 연상이 되며 구역질은 여타 다른 인물과의 연결고리가 된다. 그러므로 호러스의 반복적인 악몽에서 압축과 이동을 통해 호러스는 동시에 템플이 되고 리틀 벨이 된다. 또한 그는 동시에 남자/여자/중성, 유혹자/유혹당하는 자, 연인/보호자가 된다.

그렇다면 이 악몽의 요소/원인은 무엇일까라는 의문에 부딪치게 된다. 호러스가 적어도 그의 눈에는 관능적인 매력을 풍기면서 그를 유혹한다고 생각하는 리틀 벨에게 금지된 근친상간 애정을 느끼고 동시에 지금은 과부가 된 여동생 나르시사에게도 어렸을 때부터 근친상간적인 감정을 지니고 있다. 그러나 23장에 이르러 나타나는 호러스의 악몽의 원인에 대한 설명은 이것으로 충분치 않다. 작가가 개작을 하면서 삭제한 부분이 주로 호러스에 관한 부분인데 앞서 언급한 폴크에 의하면 나르시사와 호러스의 성장기에는 퀜틴-캐디와 같은 근친상간 애정과 환상을 납득시킬 수 있는 중요한 장면들이 첫 원고에는 있었지만 1931년 판에서는 삭제되었다는 것이다. 그 장면가운데 하나가 호러스가 창문을 통해 감옥에 갇혀 있는 흑인 살인자를 바라보는 것이다.

> 감옥을 지날 때마다 그는 자신도 모르게 창문을 쳐다보았다. 손이나 아니면 햇빛을 따라 흘러나오는 담배연기를 보았다. 지금은 감옥 벽에 햇빛이 들었고 걸쳐 놓은 손에는 햇빛이 비쳐 그 손이 더욱 거무칙칙하고 작고 더 비극적으로 보였다. 그러나 그는 재빨리 얼굴을 돌렸다. 그것은 마치 그 작은 손가락마디를 가지고 감히 쳐다볼 수도 없는 건물을 재건축하려는 것 같았다. 마치 보잘 것 없는 척추뼈 부스러기를 가지고 그의 어린 시절의 악몽에서부터 하나의 형태를 만들어내려는 고고학자와 같았다 [⋯] 그 감옥은 그가 항상 알고 있었던 안정감이며 비극을 어느 정도 예측할 수 있는 무대였다.

Each time he passed the jail he would find himself looking up at the window, to see the hand or the wisp of tobacco smoke blowing along the sunshine. The wall was now in sunlight, the hand lying there in sunlight too, looking dingier, smaller, more tragic than ever, yet he turned his head quickly away. It was as though from that tiny clot of knuckles he was about to reconstruct an edifice upon which he would not dare to look, like an archaeologist who, from a meagre sifting of vertebrae, reconstruct a shape out of the nightmares of his own childhood. . . the jail-all the stability which he had known always-a stage upon which tragedy kept to a certain predictableness, decorum. (*The Original Text* 141-42)

감옥의 창문과 흑인 살인자는 호러스를 연구하는데 매우 중요한 단서가 된다.

호러스는 창문을 통해서 자기 아내를 살해한 흑인살인자를 보며 그가 아내를 살해할 때 얼마나 폭력적이었는지 들리는 소문의 상세한 내용까지 떠올린다. 호러스는 그 흑인살인자와 자신을 동일시하고 싶어 한다. 호러스는 죽음을 기다리는 살인자에게서 그가 해결하지 못하는 모든 문제의 해결의 열쇠 즉 죽음을 손에 쥐고 있는 모습을 보고 그 살인자를 동경한다. 흑인살인자가 아내를 살해하는 깔끔하고도 열정적인 방식은 모든 결혼생활의 불행을 한 번에 해결해 줄뿐만 아니라 호러스 자신도 흑인살인자처럼 공격적이고 남성적이며 열정적으로 자신의 모든 고민을 해결하고 싶어 한다. 호러스가 보기에 그는 안전한 감옥이라는 성역에서 살인을 할 만큼 충분히 공격적이고 또 한편으로는 죽음을 기꺼이 맞이할 만큼 걱정 근심에서 벗어난 완벽한 자유를 누리고 있다. 흑인 살인자에게서 호러스는 자신을 누르고 있는 유혹자가 되고 싶은 에로스의 욕동과 죽음으로 달려가고 싶은 타나토스의 욕동 두 가지가 완전히 조화를 이루고 있음을 보며 두 가지 문제를 다 해결하지 못하고 있는 자신의 상황과 비교한다. 한편으로는 자신의 근친상간 애정에 대한 죄의식과 공격적이고 살인적인 본능에 대한 처벌을 대신 받고 있는 듯한 흑인 살인자와 자신을 동일시한다.

이보다 앞서 호러스가 어린 시절을 회상할 때 나르시사와 호러스가 함께 놀던 집은 캐디와 퀜틴의 집을 연상시킨다. 작가가 『고함과 분노』를 출간한 직후 쓴 원고이기도 하지만 강렬한 성적 유혹이나 타락을 상징할 때 인동덩굴냄새를 자주 언급하던 시기였다. 호러스가 제퍼슨에 도착해서 누이 나르시사의 집에서 이틀을 보내면서 다시는 벨에게 돌아가지 않겠다고 말한다. 결혼생활에 종지부를 찍고 고향인 제퍼슨에서 그들의 공동소유인 어린 시절 살았던 집에서 지내겠다고 직접 양동이와 걸레를 가지고 청소를 한다. 팔지 않고 호러스가 십년동안이나 몰래 세금을 내면서도 소유해왔던 제퍼슨의 그들의 집에서 호러스는 어린 시절을 회상한다. 1931년판에서는 호러스가 그들의 집에 도착해서 못을 뽑고 청소를 했다고 무미건조하게 몇 줄로 묘사되어 있는 반면 초기 원고에서는 호러스가 과거의 기억과 맞닥뜨리는 장면을 아주 중요하게 세밀하게 묘사하고 있다. 십년동안 방치된 집의 뜰에는 풀과 잡목이 우거져 있고 돌보지 않은 잔디와 흐드러지게 핀 꽃들 사이를 걷다가 갑자기 문득 긴장되고 무어라 말할 수 없는 황량함이 밀려드는 것을 느낀다. 숨 막힐 정도로 흐드러진 자연의 풍요로움 속에서 고독과 불안감을 느낀다. 그가 오랫동안 꿈꾸었던 말하자면 고향의 그 집으로 돌아가면 어린 시절의 고요하고 평화로운 과거가 기다릴 것만 같았는데 그 기대는 오히려 억압되고 왜곡된 과거의 흔적이며 그가 직면하기를 두려워하는 진실이 은폐된 기억인 것이다. 옛집 뜰에서 그는 시간을 가로질러 자신과 누이를 분노하게 했던 잊혀진 수많은 장면들을 기억한다. 그것은 고요하게 망각하려고 했던 어린아이들의 분노와 좌절과 죄의식의 기억들이다. 호러스는 십년 전 못질을 해서 닫아둔 창문을 보면서 어린 시절 그 창문을 통해 오누이가 목격한 장면을 떠올린다.

아마도 그와 누이는 아버지와 어머니와 맞닥뜨린 것 같았다. 그들의 어머니는 너무나 오랫동안 병자였기 때문에 그가 간직한 어머니의 모습은 부드러운 레이스 아래로 가냘픈 두 팔을 내리고 어두움과 햇빛이 교차하는 짧은 순간에 눈에 보일 듯

말듯 능숙하게 화려한 색의 비단 옷자락을 만지작거리는 모습이었다.

It seemed to him that he came upon himself and his sister, upon their father and
mother, who had been an invalid so long that one picture of her he retained was
two frail arms rising from a soft falling of lace, moving delicately to an
interminable manipulation of colored silk, in fading familiar gestures in the
instant between darkness and sunlight. (*The Original Text* 62-3)

분명하게 묘사한 것은 아니지만 오누이는 부모의 성교장면을 목격한 것이다.

　캐디에게 있어서 금지된 것은 할머니의 임종장면이었지만 두 남매가 목격한
것은 단지 두려움뿐만 아니라 역겨움과 자기혐오를 동반한 트라우마적인 사건이
었다(Polk 24).

　이 장면에서 자연히 프로이트의 늑대인간과 호러스는 같은 인물이 된다. 프
로이트의 「늑대인간」에서 잘 나타나듯이 원장면(primal scene)은 어린아이가 실
제로 관찰하거나 몇 가지 단서로 추측하거나 혹은 상상하는 부모의 성교장면이다
(라플랑슈·퐁탈리스 291). 늑대인간이라는 이름이 붙여진 이유는 프로이트의 환
자가 어린아이였을 때 한밤중에 깨어나서 창문 밖으로 나무위에 앉아 있는 다섯
마리의 흰 늑대가 자신을 바라보는 꿈을 꾸는데서 비롯된 것이다. 성인이 되어서
프로이트의 분석을 통해 이 환자가 유아였을 때 늑대가 서 있는 모습의 자세를
취한 부모의 성교장면을 목격한 것이 그에게 신경증을 일으킨 원인이라는 것을
알게 되었고 이 케이스가 원장면이나 거세 콤플렉스, 유아기 신경증을 설명하는
텍스트가 되었다.[6] 이처럼 어린아이에게는 부모의 성교장면이 아버지의 폭력으
로 인식될 수도 있고 원장면이 성적흥분을 일으킴과 동시에 거세불안을 불러일으
킨다. 이러한 원장면은 원환상-거세장면, 원장면, 유혹 장면을 이루는 요소로서 유
아기의 신경증과 성인이 된 후 나타나는 강박증, 히스테리 등의 단서가 된다(정현

---

6)『늑대인간』195-341쪽 참조.

숙 31). 가장 중요한 것은 원장면을 대한 어린아이의 심리 내에서의 의미인데 늑대인간은 원장면을 대면했을 때 변을 보게 되고 그 사실이 다시 그에게 수치감과 죄의식을 불러일으켜서 억압하게 된다. 늑대인간의 정신분석적인 요소는 너무나 쉽게 파악할 수 있는 포크너의 작품 곳곳에 흩어져있는 여러 구성요소와 일치한다. 건강이 좋지 않아 늘 아픈 어머니, 우울증을 앓거나 종종 부재하는 아버지, 아이로 하여금 성적 호기심을 가지도록 유도하는 지배적인 누이 등『고함과 분노』의 콤슨 가족사와 호러스의 가족사가 일치한다. 그뿐만 아니라 늑대인간은 자신이 목격한 것에 대해 죄의식을 느끼고 배변에 대해 수치감을 가지며 아버지가 되어 근친상간적인 욕망을 실현하고 싶은 동시에 그로 인해 처벌받고자 하는 욕망이 동시에 억압되어 있다. 그러므로 호러스가 환상 속에서 템플이 되었을 때 그는 자신의 강간환상을 실현한 셈이 된다. 어쩌면 호러스의 구토와 템플이 올드 프렌치맨 밴드에서 소변이나 대변에 집착하는 것은 늑대인간의 사례를 참조했을 때만 비로소 설명이 가능하다.

호러스의 어린 시절의 트라우마적인 사건이 어떤 이유에서든 작가에 의해 삭제되었지만 몇몇 단서를 통해 보면 현재 성인이 된 호러스의 억압된 성충동이나 환상, 공격성, 죽음의 욕동을 설명할 수 있는 원재료가 된다. 그렇다면 작가의 또 다른 이고(ego)라고 할 수 있는 호러스는 어떤 면에서 작가의 무의식이 투사된 대상이라고 할 수 있을까? 어윈은『고함과 분노』,『압살롬, 압살롬!』의 퀜틴 콤슨은 사실은 더블링(doubling)과 반복(repetition)이라고 주장하는데 호러스(나르시시사에 대해 근친상간 애정을 가진 오빠)와 퀜틴(캐디에 대해 근친상간 애정을 가진 오빠) 역시 더블링이며 반복이라고 볼 수 있다. 그렇다면 지금까지 살펴본 바와 같이 작가가 애써 삭제해버린 호러스의 중요 에피소드를 통해 유추해보면 호러스는 포크너의 더블링이 아닐까? 작가의 전기에서는 퀜틴이나 호러스처럼 근친상간적 애정의 흔적은 발견할 수는 없으나 오랜 세월 누이동생처럼 친구처럼 연인처럼 지내온 에스텔에게 복합적인 감정을 느낀 것이 호러스를 통해 재현된 것은 아닌가하는 추측을 해본다. 이 작품을 연극으로 무대에 올리려는 시도가 있었을 때 포크너가 옥수수 속대 역할을 자처했다는 에피소드는 작가가 호러스처럼 포파이의 성에 대한 폭력성을 무의식적으로 갈망했던 것은 아닐까하는 생각을 하게 된다.

III.

서론에서 밝혔듯이『성역』의 초기원고는 1929년 1월에 집필을 시작해서 5개월 만에 완성되었지만 출판사에서 거절당했고 그 와중에 포크너는『고함과 분노』,『내 죽으며 누워 있을 때』를 출간했다. 그리고 1931년『성역』을 개작해서 출간했다. 작품의 집필시기와 출간시기가 중요한 이유는 본 논문에서 주장한 바와 같이 초기 원고가 거절당한 후 작가는 그 작품에서 이용했던 주제와 이미지들을 변형시키고 나누어서 거의 동시에 집필 중이던『내 죽으며 누워 있을 때』와『고함과 분노』,『먼지 속의 깃발』(*Flags in the Dust*)뿐만 아니라 여러 단편에 반영했다. 그러므로 이 작품들은 근본적으로는 같은 기반(matrix)에서 시작된 작품이라 볼 수 있다. 심지어 호러스 벤보우의 이야기는 작가가『먼지속의 깃발』에서 삭제해야만 했던 부분이라는 주장도 있다. 캐디가 나무 위에 올라가서 대머디(Damuddy)의 임종을 지켜보는 장면과 호러스가 나르시사와 부모님의 침실을 엿보는 장면, 호러스-나르시사와 퀜틴-캐디의 관계처럼 초기 작품에 공통적으로 내포된 근친상간적인 감정들, 죽음, 자살, 화형과 같은 집단적 광기의 사형(私刑), 성적인 방종과 유혹을 상징하는 인동덩굴 냄새, 거울 이미지 등 작가는『성역』의 초기 원고에서 그 어느 작품보다도 직접적으로 독자에게 말했으며 그 작품이 기반이 되어 다른 작품들에서 주제와 이미지를 분산시킨 후 그는 기꺼이 많은 부분을 개작하고, 필자의 생각으로는 자신과도 타협을 성공적으로 한 후 출간한 것으로 본다. 에드윈 아놀드의 주장처럼 초기 원고와 1931년『성역』을 별개의 작품으로 이해할 수도 있다(Arnold 14). 그러나 한편의 흐릿한 꿈과 같고 가장 황량한 악몽의 세계이며 환상과 억압이 소용돌이치는 이 작품에서 비논리적이고 비이성적으로 보이는 여러 행동들 사이를 관통하는 하나의 논리를 찾으려고 할 때 초기 원고는 아주 유용한 참고가 된다. 그것을 바탕으로 작품의 중심에 "희생자로서의 템플 드레이크"(Gold 97)가 아니라 희생시키는 자로서의 템플, 정의의 사도역할을 하는 비겁한 남부의 기득권 계층의 위선을 상징하는 호러스가 아니라 무의식적인 욕망과 억압에 고통 받는 호러스를 자리바꿈시키면 새로운 해석이 가능해진다.

정신분석학적인 관점에서 보면 이 작품은 작가가 1920년대 말 사회 곳곳에 만연해 있는 악몽과 같은 강간, 살인, 도덕적 부패라는 사회상을 작가의 눈으로 전달하는 행위인 동시에 그보다 더 악몽과 같은 작가의 비밀스러운 무의식적 불안과 성불구에 대한 두려움이 이 작품에서 과장되게 투영된 것이다. 불안과 악몽의 시기에 집필한 첫 원고에서는 이러한 무의식들이 좀 더 폭력적으로 과장되어 나타났다고 볼 수 있다. 이 점에 대해서는 앞으로도 전기연구를 비롯한 정신분석학적인 접근의 가능성이 많이 남아 있다. 문학적 서술이 무의식적인 과정이므로 작품의 인물의 무의식을 따라가는 길은 결국 작가의 무의식에 이르는 길이라는 것을 이 작품을 통해서도 이해하게 된다.

포크너의 작품을 읽거나 그의 생애를 연구할 때 그의 결함투성이의 일생과 그의 위대한 예술과의 관계가 흥미로우면서도 그의 문학 세계를 이해하는데 중요한 단서를 제공해준다는 사실을 깨닫게 된다. 그의 작품세계에는 파괴적이면서도 창조적인 힘들이 꿈틀거리고 있으며 그 힘과 그의 결함 있는 생애가 부딪치는 지점이 바로『성역』이라는 결론에 이르게 되었다.『성역』과 오리지널 텍스트와의 비교를 통해서 한층 더 새로운 시각으로 작품을 재조명할 수 있었는데 이 연구로 인해 오리지널 텍스트에 대한 관심이 증가해서 더 많은 후속 연구가 이어지길 바란다.

인용 문헌

장 라플랑슈 · 장 베르트랑 퐁탈리스, 『정신분석사전』 임진수 역, 서울: 열린책들, 2005.

정현숙, 「늑대인간과 조우 크리스머스: 원장면을 중심으로」, 『영미어문학』 제80호 (2006): 29-46.

지그문트 프로이트, 『꼬마 한스와 도라』 김재혁, 권세훈 역. 서울: 열린책들. 2004.

_____.『꿈의 해석』 김인순 역. 서울: 열린책들, 2005.

_____.『늑대인간』 김명희 역. 서울: 열린책들, 2004.

Arnold, Edwin T. and Dawn Trouard. eds. *Reading Faulkner Sanctuary*. Jackson: UP of Mississippi, 1996.

Blotner, Joseph L, *William Faulkner; A Biography*. New York: Random House, 1974.

Faulkner, William. *Requiem for a Nun*. Harmondsworth: Penguin books Ltd, 1981.

_____. *Sanctuary*. New York; Random House, 1958.

_____. *Sanctuary: The Original Text*. Ed. Noel Polk. New York: Random House, 1981.

Gold, Joseph. *William Faulkner: A Study in Humanism From Metaphor to Discourse*. Norman: UP of Oklahoma, 1965.

Gresset, Michel and Noel Polk. eds. *Intertextuality in Faulkner*. Jackson: UP of Mississippi, 1985.

Gwynn, Frederick L. and Joseph L. Blotner, eds. *Faulkner in the University: Class Conference at the University of Virginia 1957~1958*. Charlottsville: UP of Virginia, 1977.

Howe, Irving. *William Faulkner: A Critical Study*. Chicago: UP of Chicago,1975.

Irwin, John T. *Doubling and Incest/Repetition and Revenge: A Speculative Reading of Faulkner*. Baltimore: Johns Hopkins UP, 1975.

Meriwether, James B. and Michael Millgate, eds. *Lion in the Garden: Interviews with William Faulkner 1926~1962*. Lincoln: UP of Nebraska, 1980.

Moreland, Richard C. ed. *A Companion to William Faulkner*. Oxford: Blackwell Publishing Ltd., 2007.

O'Donnell, George Marion. "Faulkner's Mythology" F*aulkner: A Collection of Critical Essays*. Ed. Robert Penn Warren. New Jersey: Prentice-Hall, 1966.

Porter, Carolyn. *William Faulkner: Lives and Legacies*. New York: Oxford UP, 2007.

Ross, Stephen M. *Fiction's Inexhaustible Voice: Speech and Writing in Faulkner*. Athens: The U of Georgia Press, 1989.

Vickery, Olga W. *The Novels of William Faulkner: A Critical Interpretation*. Baton Rouge: Louisiana State UP, 1964.

Wittenberg, Judith Bryant. *Faulkner: The Transfiguration of Biography*. Lincoln: UP of Nebraska, 1979.

■ 이 글은 『영미어문학』 102호(2012)에 실렸던 글을 수정, 보완한 것이다.

제3장
억압과 폭력, 저항과 비판

6.

『어느 수녀를 위한 진혼곡』에 나타난
폭력과 저항의 목소리: 장르의 혼종성에 대한 고찰

박현호

1. 머리말

『어느 수녀를 위한 진혼곡』(*Requiem for a Nun*)은 윌리엄 포크너(William Faulkner)가 1931년 『성역』(*Sanctuary*)을 발표하고 20년 후 세상에 내놓은 속편이다. 『성역』의 결말에서 템플 드레이크(Temple Drake)는 파리의 룩셈부르크 정원에서 자신만의 '성역'을 발견한 듯 보였다. 그로부터 8년 후, 작가가 전편에서 파리에 남겨두고 간 한 소녀는, 그녀에게 파국을 몰고 온 원인 제공자인 가우언(Gowan Stevens)의 아내 스티븐스 부인(Mrs. Gowan Stevens)으로 살아간다. 포크너는 『성역』 이후 템플의 미래가 어떻게 되었을까 생각하다가 "한 나약한 남자의 허영에서 시작된 결혼이 어떤 결과를 가져올 것인지"에 대한 의문 때문에 『어느 수녀를 위한 진혼곡』을 쓰게 되었다고 말한다(Blotner 96). 그리고 포크너는 이 이야기에서 전작과는 달리 소설의 그늘을 벗어난 희곡과 소설이 혼용된 형식을 통해 템플이라는 이름을 가진 한 여성의 직접적인 목소리를 들려준다.

템플은 강렬한 이야기를 가지고 있다. 아이러니컬하게도 『성역』에서 템플이 가진 이야기는 매우 강력한 반면 작품에서 템플의 행동 방식은 매우 수동적이다. 템플은 악당의 표적이 되고 위기에 처하지만, 템플에게 자신을 보호할 수 있도록 주어진 무기나 방어구는 그녀의 몸뿐이다. 이로 인하여 템플의 행위들은 초기 비평가들로부터 많은 비판을 받았다. 『성역』에 대해 "성적으로 만족할 줄 모르는 귀족의 딸의 억압된 성욕이 결국 악마의 불꽃을 점화하고 마는 이야기"(Fiedler 300)라고 하거나, 템플을 여성으로 일반화하여 "남성과는 다르게, 여성은 악마와 비밀스러운 유대감이 있다"(Brooks 127), "템플은 강간당하기를 두려워함과 동시에 원하기도 하는 발정난 동물과 같다"(Guerard, *Triumph* 112)는 다소 편협한 시선을 보여준다. 『성역』의 템플에 대한 부정적인 견해는 『어느 수녀를 위한 진혼곡』으로 계승된다. 『어느 수녀를 위한 진혼곡』의 템플이 사창가의 삶을 좋아했었다고 단정 짓는 해석(Fowler 53), 가우언 스티븐스, 올드 프렌치맨 플레이스(Old

Frenchman's Place), 그리고 멤피스 모두 "그녀(템플)가 지니고 있는 잠재성을 스스로 깨달을 수 있게 돕는 요소들"(Guerard, "The Monogynous" 69)이라고 평가하는 해석이 대표적이다. 초기 비평가들의 견해는 템플을 선천적으로 성욕이 강하고, 악과 결탁하고 있으며, 그녀에게 일어난 가혹한 경험들ㅡ 강간, 강제 매춘, 위증 등ㅡ 이 모두 그녀가 자초한 일들로 판단하는 결론을 내린다.

하지만, 야브로(Scott Yarbrough)의 지적처럼 템플에게 주어진 상황은 그녀 스스로 자아를 변형하고 재구성하여 팜므파탈로 변신할 수밖에 없게 한다. 팜므파탈이 되는 것만이 그녀의 생명과 영혼을 부지하는 유일한 생존 수단이었기 때문이다(56). 가우언, 호러스(Horace Benbow), 레드(Red) 그리고 그녀의 아버지는 자본과 가부장적 제도 내에서 권력을 가진 인물이면서도 파파이의 순수한 폭력으로 부터 템플을 보호하지 못한다. 『성역』에서 매순간 템플이 선택했던 소극적이고 타인에게 의존적인 행동들은 그녀의 기질이나 욕망에 의한 것이 아닌 생존을 위한 수단이었을 뿐이다. 『어느 수녀를 위한 진혼곡』의 템플 역시 『성역』의 결말로부터 한 발자국도 달아나지 못한다. 『성역』의 결말에서 템플이 파리의 룩셈부르크 정원 아버지 곁에서 콤팩트를 꺼내 자신의 불만족스럽고 시무룩한 슬픈 표정의 얼굴을 비춰보는 장면을 보여준 것처럼(317), 『어느 수녀를 위한 진혼곡』역시 그녀가 개빈의 부름에 답하며 그의 곁으로 멍하니 돌아가는 장면으로 끝난다. 포크너는 『어느 수녀를 위한 진혼곡』에서 템플에게 목소리를 지니고, 나아가 사건의 해결을 위해 요구하고, 반박하고, 설득하는 주체적인 행위의 기회를 갖게 한다. 작가는 인물의 내면의 갈등을 직접적으로 드러내는 방법으로 템플을 전작보다 입체적인 인물로 만들고 있다. 그럼에도 소설의 결말 구조는 템플이 주체적인 여성으로 할 수 있는 선택이 아닌 가족에 의한 선택, 즉 가부장적 세계관에서 벗어날 수 없는 운명임을 다시 한 번 확인하도록 한다.

『어느 수녀를 위한 진혼곡』에서 주체적 발화의 권리를 부여받은 템플이 결말에 이르러 근대적여성의 행동을 보여주지 못하는 이유에 관한 단서를 우리는

『성역』결말부에서 발견할 수 있다. 『성역』결말부에 킨스톤의 운전기사는 호러스를 집으로 데려다 주며 이렇게 말한다. "우리는 우리의 여자들을 보호해야만 해요. 언젠가 우리 스스로 그녀들을 필요로 할지 모르니까요"(351). 인용된 발언은 여성의 우위에 선 남성 중심 세계관을 극명히 보여준다. 여성은 항상 남성의 보호를 받아야 하는 남성 아래의 존재이며, 남성의 필요에 의해서만 존재 가치를 지닌다. 얼고(Joseph Urgo)의 지적처럼 이런 문제는 템플의 문제가 단순히 선한 남자와 악한 남자를 구분하지 못하는 데서 오는 것이 아니다. 남성들이 여성들을 악으로부터 보호하기보다는 보호자로써 남성의 권리를 보호하려는 것이 문제다(438). 소설에서 이 언술의 발화 주체로 선택된 인물이 주요 등장인물이 아닌, 단 한 장면, 한 마디만 등장하는 신원미상의 택시 운전자의 것이라는 점도 흥미롭다. 이는 언술 속에 담긴 생각이 한 인물의 주관적인 것이 아닌 공동체의 일반화 된 의식이라는 증거이기 때문이다.

『어느 수녀를 위한 진혼곡』에서 등장하는 개빈(Gavin Stevens)의 행동과 발화 역시 이를 부연한다. 개빈은 몇몇 비평가들이 말한 템플의 구원자가 아니다. 그는 그의 왜곡된 정의에 대한 시각으로 스티븐스 가족과, 그 가족이 속한 공동체를 보존하려는 사건의 해결 방법을 원한다. 작가가 부여한 변호사라는 직함이 주는 사회적 힘, 그리고 희곡 장치를 통해 부여된 목소리로 개빈은 템플이 스스로 자신의 과거를 인정하고 수동적 삶의 자세로 돌아가길 원한다. 템플에게 참회의 기회를 제공하는 것을 가장하여 개빈은 남성 중심 사회의 공공선, 여성의 종속적 지위, 특히 "더럽혀진 여성"을 죄악시 하는 풍토를 보전하고자 한다. 개빈은 간신히 되찾은 템플의 목소리를 통해 템플 스스로 과거를 죄로 인식하도록 하고, 원래 템플이 있던 세계로 그녀를 돌려놓음으로서 그녀의 목소리를 박탈한다.

이 논문은 템플에 대한 변호와 동시에 개빈이라는 인물을 '신의 대변자'에서 내려오게 할 분석들을 담고 있다. 이 글은 우선, 『어느 수녀를 위한 진혼곡』에서 비로소 자신의 목소리를 가지고 등장하는 템플이란 인물을 재조명하는데서 시작하고자 한다. 우리는 소설이라는 발화의 틀을 벗어나고서 비로소 발언하기 시작하는 템플이란 인물의 행동과, 그 행동을 유발한 동기를 질문하게 될 것이다. 질문은 인물의 행동을 유발하는 동기가 단순히 본성과 상황이라는 이분법적 시각을 넘어서 당시의 시대상과 가치관을 고려한 복합적 작업으로 이루어 질 것이며, 위와 같은 질문의 결과로 작품을 접하는 하나의 시선에서 탈피한 작가와 작품에 대한 새로운 접근법을 발견할 수 있을 것이다. 나아가 템플이라는 인물이 발화하는 방식, 즉 장르의 혼종이라는 장치가 주제와 연동하는 방식을 규명하여 작품과 작가에 대한 이해의 지평을 더 넓히게 될 것이다.

2. 장르의 혼종성의 목적

초기의 비평들이 보여준 템플이란 소설 속 인물에 대한 평가는 포크너가 20년이라는 기간을 두고 『어느 수녀를 위한 진혼곡』을 발표한 이유를 충분히 해명하지 못한다. 또한 포크너가 이 작품에 전작과는 달리 희곡이라는 틀을 적극적으로 활용하여, 템플에게 목소리를 부여한 작가의 의도와도 거리가 있다. 포크너는 편집자인 하스(Robert K. Hass)에게 보낸 편지에서 극적 형식이 혼재한 이 작품을 '소설'이라는 장르로 규정한다.[1] 포크너가 전지적 작가 시점 내에서 직접 혹은

---

1) 『어느 수녀를 위한 진혼곡』의 탄생과정은 다음의 인용문과 같이 포크너가 주변인 혹은 편집자들과 나눈 교류를 통해 잘 나타나 있다.

나는 그 희곡의 초고를 완성했다. 나는 이를 다시 고쳐 쓰는 작업을 할 것이다. 완성된 작업은 결국 소설 안에서 7장의 희곡 장면들로 이야기를 이끌어가는 구성이 될 것이다. 내 작품은 책으로 인쇄될 것이고, 나에게 있어서 아주 흥미로운 형태적 실험이 될 것이다. 나는 그 것이 문제될 것이 없다고 본다.

I have finished first draft of the play. I will rewrite it. That is, my version or complete job will be a story told in seven play-scenes, inside a novel. "Mine will print as a book, will be-to me – an interesting experiment in form. I think it's all right" (Blotner 507-8).

간접 인용을 통한 발화라는 근대적 소설 형식을 버리고 희곡이라는 틀을 적극적으로 포용하여 등장인물에게 목소리를 허락한 이유는 무엇인가.

『어느 수녀를 위한 진혼곡』을 '소설'로 규정하는 작업은 이 작품의 형식이 분명한 의도를 지니고 있다는 근거라는 점에서 중요한 문제이다. 『어느 수녀를 위한 진혼곡』은 주요 서사가 전부 희곡적 형식을 취한다는 점에서 파격적이다. 작품은 긴 호흡으로 쓰인 산문 부분과 각각 등장인물들에게 이름과 목소리를 부여한 희곡 부분으로 이루어진다. 희곡 형식의 차용은 그의 전작들과 비교하였을 때 돌연한 형식적 특이성을 갖는다고 할 수 있다. 작품 안에서 산문과 희곡은 완전한 형식적 대조를 이루는 데 산문 부분은 종종 한 문장이 반 페이지나 그 이상이 될 정도로 만연하고, 희곡 부분은 일부 독백을 제외하고는 다소 딱딱하게 여겨질 만큼 간결하다.

산문부는 각각 전체 3막의 앞에 서문 역할로 자리한다. 첫 번째 막의 서문은 「법원(도시를 위한 이름)」("The Courthouse(A Name for the City)")이라는 제목으로 요크나파토파가 아직 미개척지였던 시절을 묘사한다. 글은 과거를 여유와 낭만이 넘치던 시대로, 현대를 속도에 대한 집착이 과열된 시대로 대조적으로 나타내고 있다. 두 번째 막의 서문은 「황금의 지붕(태초에 단어가 있었다)」("The Golden Dome(Beginning Was the Word)")로 요크나파토파보다 더 규범화 되고 근대적인 잭슨과 미시시피 지역의 역사적 전개, 그리고 신변잡기적 이야기를 다룬다. 세 번째 서문인 「감옥(아직 철폐되지 않은...)」("The Jail(Not Even Yet Quite Relinquish...)")은 다시 요크나파토파로 시선을 돌린다. 포크너는 서문의 마지막 장면을, 다음 서문의 시작과 유기적으로 연결되도록 구성했다. 그는 세 서문을 통해 희곡 부분에서 들려줄 이야기를 요크나파토파의 역사 안으로 포용했고, 산문 부분의 이야기로 요크나파토파의 역사와 미시시피의 역사 사이의 연결고리를 완성했다. 『어느 수녀를 위한 진혼곡』에서 포크너는 산문 형식의 세 서문들과 희곡 형식의 세 막을 각각 유기적으로 연결한다. 구조적으로 내용과 시간 순서에 따라 나누어 보면, 작품은 산문부의 각 서문들(A1, A2, A3)과 희곡부의 각 막(B1, B2, B3)가 병렬적 구성(A1-B1-A2-B2-A3-B3)을 취한다. 포크너가 색스 커민스(Saks Cummins)에게 보낸 편지에서 밝히고 있듯, 산문부와 희곡부가 서로 직접적인 내용적 연관성은 부족해 보인다. 하지만 포크너는 산문부의 다소 신화적이고 장황한 설명이 희곡부분의 간결한 대화의 주고받음을 풍성하게 보이게 하는 효과를 가져 올 수 있다고 믿었다(Blotner 122).

산문과 희곡이 번갈아 나타나는 포크너의 형식적 실험을 단순한 기행적인 시도로 치부할 수는 없다. 작품의 실험이 포크너의 내러티브 혁신을 이루어 가는 과정에 있기 때문이다. 포크너는 그의 독창적인 내러티브 스타일을 개발하여 주제 뿐 아니라 소설의 구조적 접근도 새로이 하고자 했다.2) 포크너는 자신의 작품들에서 다양한 내러티브 스타일을 개발하고 발전시켜왔다.3) 포크너의 구조적, 형식적인 시도들은 단순한 주목 효과를 목적으로 하는 것이 아니라, 궁극적으로 그가 이야기하고자 하는 이야기, 이야기의 해석을 더 깊이 있게 하려는 시도의 결과로 탄생한 것이다.

『어느 수녀를 위한 진혼곡』의 내러티브는 '거리두기'로도 설명할 수 있다. 포크너는 작품 속에서 내러티브 주체의 권위에 변화를 주거나 제재를 가하는 방

---

2) 포크너의 전작인 『압살롬, 압살롬!』(*Absalom, Absalom!*)의 다중화자 형식은 '이야기'의 본질이 사람들에 의해 끊임없이 구전되고, 때로는 와전되고, 한 사건에 있어서도 관찰자에 따라 다양한 해석을 갖는 점을 표현하려 한다. 이는 한 공동체 내부의 설화의 형성과정에 대한 탐구를 통해 야기된 '진실'의 원형이란 존재론적 물음에 대하여 작가가 스스로 내린 답이다. 『예루살렘, 내 너를 잊는다면』(*If I Forget Thee, Jerusalem*)에 이르러서는 두개의 독립된 이야기가 챕터별로 교차하며, 마치 실로 천을 짜듯 구성된다. 작품은 두 선(線)상에 있는 이야기들이 엮여 그 시대의 한 면(綿)을 이루도록 의도된다. 『무덤 속의 침입자』(*Intruder in the Dust*)는 의식의 흐름기법을 도입하여 남북전쟁 시대의 기억의 잔재를 몽환적으로 그려내고 있다.

3) 『어느 수녀를 위한 진혼곡』의 장르적 실험은 이미 '역사'가 되어버린 큰 서사구조 안에서 한 가족의 이야기를 목소리 가득한 희곡의 '날 것' 그대로 독자들에게 제공하고, 그 이야기가 다시 역사로 편입 당하는 모습을 보여주는 장치이다. 이는 『예루살렘, 내 너를 잊는다면』에서 단순히 두 독립된 이야기를 챕터 단위로 엮어 선을 면으로 만드는 구조보다 훨씬 진보한 것으로 보인다.

식을 서술 전략으로 택한다. 작가는 작품에 따라 등장인물의 목소리에 대해 지나치게 개입하거나 거리를 두면서 독자들에게 담화의 아이러니를 경험하게 한다. 특히 2막의 서문 「황금의 지붕」과 3막의 서문 「감옥」에서 등장하는 세실리아 파머(Cecilia Farmer)와, 희곡 부분의 템플을 통해 포크너는 각각 개입과 거리두기를 통해 개인의 기억이 사회의 기억으로 변화하여, 공동체 전체의 역사에 편입되는 과정을 극적으로 드러낸다.

세실리아의 이야기는 남북전쟁 시기 반 강제로 결혼한 한 제퍼슨 감옥 간수의 딸이 평생 목소리 없이, 죄 없이 감옥에서 살다가, 삶의 끝에 흔적을 남기기 위해 감옥 벽에 다이아몬드 반지로 자신의 이름을 새기는 모습을 그리고 있다. 작품 어디에도 등장하지 않는 그녀의 목소리가 전지적 서술자의 개입을 통해 "가냘프고, 힘도 없는 손에 끼워진 반지로 세실리아 파머, 1861년 4월 16일이라고 긁어놓은 벽"(197)에 화석처럼 남을 뿐이다. 이 에피소드는 한 개인의 기억이 공동체의 역사로 보존되는 순간에 대한 상징적 기록이다. 세실리아라는 인물은 희곡부의 템플이라는 인물과 극명한 대조를 이룬다. 대조의 중심에는 작가가 희곡이라는 장르를 이용해 템플에게 부여한 드라마 내러티브가 있다.[4] '소설'이란 장르 안에서 고립되지 않은 기성 소설들의 등장인물들의 목소리는 세실리아의 목소리처럼 서술자, 혹은 종종 다른 등장인물들에 의해 희석되고 만다. 대조적으로 템플은 등장인물의 목소리에 작가가 부여한 발언의 자유를 통해 독자에게 직접 목소리를 전달하며 독자의 작품 해석 가능성을 확장한다.

『어느 수녀를 위한 진혼곡』에 나타난 내러티브 구조는 작품 저술 시기 전후 포크너의 할리우드에서의 활약상과도 무관해 보이지 않는다. 영화 촬영 기법의 '줌-인' 방식을 차용한 것으로 보이는데, 산문부에서 카메라가 도시 전체를 조

---

4) 루퍼스버그(Ruppersburg)는 "드라마 내러티브는 등장인물을 고립시키는 역할을 한다."하고 말한다. 여기서 말하는 고립은 등장인물이 목소리를 내는 순간, 등장인물은 서술자 또는 심지어 작가로부터 완전한 발언의 자유를 부여받고 소설 속에서 자기 이름을 걸고 하고 싶은 이야기를 마음껏 토로 할 수 있는 기회를 부여 받음을 의미한다(144).

망하다가, 희곡부에서 한 가족의 창문 안으로 포커스를 맞춰 들어가는 양상이다. 줌-인 방식의 핵심은 인물은 가만히 있고, 카메라가 이동하여 배경이 가까워지는 것이다. 이를 통해 시선의 이동이 이루어진다. 독자들은 배경이나 의식의 흐름에 대한 장황한 수사학의 장막을 걷어내고 등장인물의 바로 앞에 시선을 두게 되고 직접 목소리를 듣게 된다.

문학에서 목소리를 정의하는 것은 쉽지 않은 작업이다. 심지어 한 작가의 작품 세계로 범위를 한정하더라도 목소리를 정의하는 것은 않다. 수많은 비평들은 '목소리'를 정의내리는 방향에 따른 해석의 균열을 보여주곤 한다. 오늘날 소설의 비평과 이론에서 이 용어가 비중 있게 다루어지는 이면에는 기존 소설의 담론 체계는 하나의 발화에 지나지 않은 것으로 보며, 따라서 그 발화를 일정한 방향으로 통용하고 조정하는 발화자가 가지는 결정적인 역할에 주목하는 경향이 자리한다.5) 포크너 연구에 있어서 그동안 많은 작품들은 이를 작가적으로나 이념적으로 해석하는 데에 초점을 맞춰왔다. 이전의 비평들은 이 작품에서 시선의 이동은 등장인물들, 특히 템플과 개빈의 목소리를 담아내는 데에 주력했다. 비평 과정에서 목소리가 의견이나, 견해라는 의미가 아닌 등장인물의 음성학적 발화 그 자체이고, 주제적인 상징성은 목소리를 부여 받은 등장인물들 간의 역학관계에서 나온다는 사실을 발견했다. 『어느 수녀를 위한 진혼곡』은 등장인물 간의 음성학적 발화 상황을 희곡적 형식을 빌려 그대로 드러낸다. 그럼에도 작가는 이 작품이 희곡이 아닌 소설이라고 극구 주장하며, 소설을 통해 독자들이 등장인물들의 목소리를 직접 마주하는 흔치 않은 경험을 제공한다. 포크너는 소설과 희곡이란 장르의 혼종성을 통해 등장인물들에게, 그리고 독자에게 더 많은 자유를 허락한다.

---

5) 웨인 부스(Wayne Booth)는 목소리를 내는 주체를 작가인 체하며 담론의 배후에서 서술상의 모든 효과를 독자에게 미치는 내포 작가(implied author) 또는 함축된 작가라고 하였고(431), 바흐찐은 (Mikhail Bakhtin)은 목소리를 사회나 계층 간의 이해를 반영하는가 하는 문제보다는 오히려 권위를 부정하고 그것을 대신할 수 있는 목소리를 해방시키기 위해 어떻게 언어가 사용되는가(215) 하는 문제를 강조하였다. 본 논문에서의 목소리는 저자의 의도를 배제한 신비평적인 접근에 가깝다.

3. 억압과 저항의 목소리

『어느 수녀를 위한 진혼곡』에 나타난 템플의 목소리를 위한 드라마 내러티브
는 『성역』의 두려움 가득하거나, 종종 서술자에 의해 침묵을 강요당한 목소리와
대비된다. 『성역』의 "경직되고, 깨지기 쉬운 도자기 같은"(159) 템플은 그녀의 신
원을 묻는 간단한 질문에도 "간신히 식별할 수 있는 목소리"(285)로 대답하거나,
"앵무새 같은 답변"(286)만 늘어놓는다. 반면에, 작가나 서술자로부터 자유로운 실
제 '목소리'를 얻은 『어느 수녀를 위한 진혼곡』에서의 템플의 저항은 놀라울 정도
이다. 템플은 목소리를 얻음으로써, 자신의 발화가 자신을 정의하는 일부라는 것을
알게 된 것이다. 나아가 템플의 저항을, 잊고 싶은 과거를 지닌 개인으로서의 몸부
림이 아니라, 당시의 여성관, 결혼관, 종교관에 대한 투쟁으로 확장한다.

템플에게는 두 가지의 목소리가 있다. 하나는 주체적인 삶을 기획하는 여성
인 템플의 목소리, 또 다른 하나는 가부장적 삶에 안주하는 가우언 부인의 목소리
이다. 두 목소리 사이에서의 템플의 갈등은 다양한 양상으로 분화하며, 분화된 갈
등은 발언에 다채로운 색깔을 부여한다. 원드라(Janet Wondra)가 지적하듯이 『어
느 수녀를 위한 진혼곡』에서 템플은 마치 역할놀이를 하는 것처럼 종종 다른 인
물의 목소리를 취하곤 한다. "오, 주여. 유죄입니다. 주여. 감사합니다. 주여"(Yes,
God. Guilty, God. Thank you, God, 54)라고 낸시를 흉내 내어 낸시를 이해할
수 없음을 반어적으로 표현하기도 하고, 개빈의 말투를 따라하면서 "제 생각에는
이렇게 말씀하실 거라고 생각되는데요. '내가 그 먼 길을 캘리포니아에서부터 온
이유는 말할 필요도 없이, 내 체면 때문 아니겠는가.'"(What else did I—as you
put it—come all the way back from California for, not to mention a—as I
would put it I suppose—my face? 83)라고 비꼬기도 한다.

포크너가 템플에게 부여한 목소리는 기능적인 측면과 주제적인 측면 양쪽에
서 텍스트를 풍부하게 만든다. 나아가 템플은 자신을 '나'로 지칭하는 대신 마치

제삼자인 것처럼 객관화시키려 한다. 예를 들면 "템플 드레이크, 미시시피의 백인 불량소녀"(Temple Drake, the all-Mississippi debutante, 101) 혹은 "템플 드레이크, 멍청한 처녀"(Temple Drake, the foolish virgin, 113)라고 스스로를 삼인칭으로 부르고는 하는데, 이런 지칭법은 그녀 자신에게 내재되어있는 잊고 싶은 과거와 현재 사이에 거리두기로 보인다. 템플 드레이크와 가우언 부인을 분리하고 본인은 가우언 부인으로 남으려는 욕망을 드러낸다. 그녀의 노력은 언뜻 성공적으로 보이지만, 점점 템플은 자신을 타자화하는 방어 기제를 잃어간다. 개빈의 취조로 템플은 가우언 부인으로서의 방어막을 상실하고, 템플 드레이크로 돌아가서 자신의 과거, 또 현재와 맞서야 하는 것이다.

> 개빈. 하지만 당신이 그 우연을 만들었지.
> 템플. 가우언 부인이 그랬지요.
> 개빈. 템플 드레이크가 그랬지. 가우언 부인은 이런 부류에서 싸우지 않아.
> 템플. 드레이크나 그러지.
> 템플. 템플 드레이크는 죽었어요.
> 개빈. 과거는 절대 죽지 않아. 그리고 심지어 그것은 과거도 아니야.

> STEVENS. Yet you invented the coincidence.
> TEMPLE. Mrs Gowan Stevens did.
> STEVENS. Temple Drake did. Mrs Gowan Stevens is not even fighting in this class. This is Temple Drake's.
> TEMPLE. Temple Drake is dead.
> STEVENS. The past is never dead. It's not even past. (80)

1막의 끝 부분에서 개빈과 템플은 끊임없이, 그녀의 정체성을 두고 실랑이를 벌인다. 과거와 현재의 모호한 경계를 넘어, 끊임없는 과거의 간섭과 지배에 현재가 종속되고, 현재 속에서 그 과거는 굴절되고 파편화 된다. 개빈은 템플의 의식을 이러한 언어의 미로 속을 헤매도록, 무수히 반복되는 언어와 시간의 단편 속으로 파고들어, 그 산산 조각난 과거를 현실에 접목시킴으로서 현재에 의미를 부여하려고 한다. 이 부분에서 과거를 잊고 가우언 부인으로 새 출발을 다짐한 템플의 목소리와, 굳이 다시 과거의 모든 수치와 공포를 내재한 '템플 드레이크'로 돌아가게끔 종용하는 개빈의 목소리는 서로 충돌하면서 작품의 핵심적인 주제를 드러낸다. 개빈은 단지 템플의 과거에 대한 기억, 선정적인 세부 내용까지 회상하게 하려는 것뿐만 아니라, 그녀 자신이 그 과거를 실체로 인식하고, 인정하고, 다시 본인의 목소리로 말하게 하여, 과거란 사라지는 허상이 아닌, 현재에 남아 그녀의 존재를 정의한다는 것을 증명하고자 한다.

개빈은 이미 템플의 과거에 대하여 상당부분 알고 있음에도 불구하고 템플의 과오를 먼저 직접적으로 이야기하지 않는다. 대신 개빈은 템플에게 그녀의 과거를 알면서도 용서하고, 아내로 받아들인 가우언의 고귀한 희생정신에 템플이 '감사하는 마음'을 지닐 것을 종용한다(139). 하지만 템플도 개빈에 맞서 자신의 의견을 피력한다. "아마 잘못된 것은 단지 용서하는 것만은 아닐지도 몰라요. 아마 감사하는 것도 잘못 된 것 같아요. 그리고 아마 항상 감사하는 것보다도 더 나쁜 것이 있다면, 그건 그것을 받아들이는 것일 거예요."(Only maybe it wasn't the forgiveness that was wrong, but the gratitude; and maybe the only thing worse than having to give gratitude constantly all the time, is having to accept it)(134). 템플은 악의 화신도 아니고, 판단력 없는 십대 소녀도 아니다. 발화를 들여다보면 그녀는 분명한 판단력과 결단력을 가진 주체적 인물이다. 템플은 가우언이 자신을 사랑해서나 보호하려는 마음에서 결혼을 결심한 것이 아니라는 것을 안다. 이 결혼은 템플을 위한 것이 아니었다. 가우언을 위한, 그리고 가우언이 속한 남성 공동체를 위한 것이었다. 보호의 대상이 템플, 혹은 여성이 아닌, 보호자인 남성 자신의 권리와 자존심인 것이다. 그 어디에도 여성은 없다. 템플은 개빈의 '감사에의 세뇌'를 단계적으로 저항한다. 템플을 올드 프렌치맨 플레이스의 밀주업자 소굴로 끌어들인 것도 술에 취해 사고를 낸 가우언이고, 구드윈과 파파이로부터 그녀를 지켜내지 못하고 정신을 잃은 것도 가우언이다. 그 후에도 가우언은 템플을 구출하기 위한 어떤 책임감 있는 행동도 하지 않았다. 용서 받을 필요가 없는 일에 용서를 구하고, 감사해야 하지 않을 일에 감사하는 것도 옳지 않다는 것을 템플은 인지하고 있다. 이처럼 『어느 수녀를 위한 진혼곡』의 템플은 분별력 있는 여성이다. 그리고 개빈에 대한 그녀의 저항의 정점은, 이를 받아들이지 않겠다는, 즉 모든 불합리한 논리에 굴복하지 않겠다는 의지에 있다.

다만, 주체로서 자각을 드러낸 그녀를 굴복시키는 것은 아이를 잃어버린 엄마로써의 죄책감이다. 그녀의 아이를 죽인 것은 낸시지만, 그 원인의 일부가 템플 자신, 특히 지울 수 없는 자신의 과거라는 것은 결국 그녀를 무너지게 만든다. 템플의 주체성이 무너져가는 상황에서도 개빈은 그녀를 달래는 듯이 그녀가 모든 과거의 죄를 회개하면, 8년 동안이나 이어온 과오에 대한 투쟁과 후회와 공포가 헛되지 않을 거라고 말하며 현세계의 논리를 공고히 한다.

서사의 흐름 상 낸시가 아이를 죽인 동기를 찾아내려면, 템플을 협박하여 함께 도망치도록 강요한 피트에 대하여 알아야하고, 템플만이 피트와의 관계를 설명해줄 수 있는 유일한 사람이다. 개빈은 낸시의 변호를 위해 자세한 내막을 알아야 하지만, 어디까지나 변호를 맡고 있는 낸시의 사건을 해결하는데 필요한 선까지다. 개빈은 왜 집요하게 템플의 과거에 집착하는 것일까. 상황적으로 필요해서, 혹은 가우언의 죄책감을 덜어주기 위해서라는 이유만으로는 설명력이 부족하다. 비커리(Olga Vickery)는 개빈이 집요하게 템플의 과거를 파고드는 이유로 개빈의 역할이 마치 신앙을 전파하는 목회자와 같기 때문이라고 지적한다. 비커리는 작가가 개빈에게 목소리를 부여하는 이유가 개빈이 신의 대변인이기 때문이라고 설명한다. 개빈은 마치 "종교재판소장"(the grand inquisitor)처럼 템플과 "소크라테스의 산파법으로 도덕적 변증법"(a Socratic midwife presiding over the moral dialectic)을 통한 대화를 나눈다. 그리고 이는 "긴 회개의 여정"(the long journey of redemption)을 걷는 것과 같다고 말한다(123). 비커리의 해석은 개빈과 템플의 담화행위가 '회개'를 매개로 하는 것으로 본다. 이런 해석은 이미 템플의 과거를 이미 '죄'로 규정하고 있기 때문에 개빈의 역할을 윤리적인 것으로 포섭하며 개빈의 서술에 내재된 욕망과 폭력을 교묘하게 감춘다는 점에서 문제가 있다. 비커리의 해석을 뒤집는 개빈의 집착적이고 폭력적인 행동 성향은 낸시의 변호사인 개빈이 낸시와 대화하는 방법에서도 찾을 수 있다.

> 개빈. (낸시에게) 뭐라고? 그 아이의 아버지가 임신 중인 네 배를 발로 찼다고?
> 낸시. 모르겠어요.
> 개빈. 누가 너를 찼는지 모른단 말이지?
> 낸시. 그건 알아요. 저는 당신이 아이의 아버지가 누군지를 묻는 줄 알았어요.
> 개빈. 그러니까 네 말은, 배를 찬 남자가 심지어 아이의 아버지도 아니었단 말이지?
> 낸시. 모르겠어요. 누구든 아버지일 수 있으니까요.
> 개빈. 누구든이라고? 너는 누가 아이 아버지인지도 전혀 모른단 말이야?

> STEVENS. (to Nancy) What? Its father kicked you in the stomach while you were pregnant?
> NANCY. I don't know.
> STEVENS. You don't know who kicked you?
> NANCY. I know that, I thought you meant its pa.
> STEVENS. You mean, the man who kicked you wasn't even its father?
> NANCY. I don't know. Any of them might have been.
> STEVENS. Any of them? You don't have any idea who its father is? (240)

개빈은 낸시를 변호하는 과정에서 낸시의 과거를 조목조목 물어가며, 그녀의 행동이 어떠한 심리에서 기인했는지를 알아본다. 비커리의 해석처럼 개빈이 포크너의 대변인이자 구원을 담당하는 종교인이라면, 아이를 잃은 어머니에게 상대방의 감정을 고려하지 않은 내용을 취조하는 말투로 서슴없이 물을 수는 없었을 것이다. 비록 변호를 위해 개빈이 낸시에 관한 모든 사실을 알아내려 한 것이라고 할지라도, 이 대화는 변호인과 변호사와의 대화라기보다는 오히려 피고와 검사와의 취조라고 보는 것이 옳다. 개빈은 낸시의 입장에서 낸시가 저지른 행동의 당위를 설명해야 하는 변호사임에도 불구하고, 이미 개빈은 본인의 가치에 따라 낸시의 행동을 재단하고 판결하는 우월한 위치를 점하고 있다. 개빈은 '자신의 가치관에 부합하는 정의'를 사회의 정의라고 생각한다. 본인의 가치관은 사회적 가치와 동일하며 본인의 가치에 맞게 하는 행동이 선한 것이라고 생각한다.

개빈의 발화 방법의 문제뿐 아니라 개빈의 발화 동기 또한 분석해 볼 필요가 있다. 테베츠(Terrell Tebbetts)는 과연 개빈이 신뢰할 만한 목소리의 소유자인지 의심한다. 그는 "너무 똑똑하고, 자신의 지혜에 대해 우쭐해 하며 […] 마치 자신이 모르는 것이라고는 없는 것처럼 보인다. 그것은 지혜라기보다는 오만으로 보인다"(too wise, too smug in his wisdom. . . and there seems nothing he doesn't know. It strikes us as hubris rather than wisdom, 49)라고 개빈이라는 인물을 재조명한다. 개빈은 끊임없이 진실을 갈구하고, 정의에 따라 진실을 파헤치려 하며, "자신의 가치관에 부합하는 정의"(justice as he sees it, 55)를 실현하고자 한다. 그렇다면 텍스트 내에서 개빈의 가치관에 부합하는 정의가 사회적 정의로 불합리하게 확장되는지 살필 필요가 있다.

> 템플. 그럼 무엇을 원하세요? 무얼 더 원하시냐고요.
> 개빈. 템플 드레이크
> 템플. 아니오. 가우언 스티븐스 부인이라고요. (빠르고, 거칠고, 즉각적으로)
> 개빈. 템플드레이크. 진실. (확고하고 차분하게)

> TEMPLE. What do you want then? What more do you want?
> STEVENS. Temple Drake.

TEMPLE. No. Mrs. Gowan Stevens. (quick, harsh, immediate)
STEVENS. Temple Drake. The truth (implacable and calm)(76).

    템플의 과거를 밝히고자 하는 개빈의 욕망은 집착 수준이다. 개빈은 "그녀의 영혼을 위해서"(for the good of her soul, 143)라고 말하며 템플의 과거에 대한 완전한 폭로가 그녀를 구원으로 이끌 거라고 확신하고 있다. 포크너의 다른 작품에서 등장하는 '자신만의 가치'에 집착하는 등장인물들의 시각은 대부분 편협하거나 왜곡되어 있는 경우가 대부분이다. 게일 하이타워, 조애나 버든, 퀜틴 콤슨, 토마스 섯펜, 그리고 파파이에 이르기까지 과거, 섹스, 종교, 돈 그리고 시간 등 특정 가치에 집착한 인물들은 종종 비참한 최후를 맞이한다. 그들이 추구하는 가치가 사회 정의와 일치한다 하더라도, 상대를 배려하지 않는 진실은 집착인 동시에 폭력일 뿐이다.

    개빈의 의도는 템플을 그녀가 속한 공동체로 되돌려 보내는 것이다. 몸 뿐만아니라, 영혼까지 그 공동체 앞에 무릎 꿇도록 만드는 것이다. 개빈과의 대화에서 템플은 "템플 드레이크는 악을 좋아했었지"(Temple Drake liked evil, 138)라며 자기 자신을 3인칭으로 지칭하고 체념하는 투로 내뱉는다. 개빈은 템플의 이 말을 놓치지 않는다. 그는 마치 피의자를 심문하듯이 관음적이고, 기만적인 방식으로 템플을 더 깊은 자기비판의 늪으로 끌고 들어간다. 템플의 상처, 그리고 기억하고 싶지 않은 과거를 '진실'이라는 미명 아래 잔혹하게 파헤치는 것이다. 희곡적 목소리의 첨예한 대립을 통해, 개빈은 템플이 스스로를 지칭할 때 "악한, 길을 잃은"(the bad, the lost, 148)이란 단어를 사용하도록 한다. 개빈은 이런 단어의 힘을 이용해 템플 스스로 자기가 바뀌었음을 인식하도록 강제한다. 그리고 길 잃은 템플이 안전하게 '보통의 가정'으로 돌아갈 수 있도록 인도한다. 개빈이 템플에게 계속적으로 환기하는 진실은 템플에게 진실을 대면하는 공포에서 기원한 지속적인 두려움을 낳는다. 얼고는 공포감이란 지속적인 두려움이고 그 자체로 지

속적인 강간이라고 말했다(440). 개빈은 이미 일어난 사건을 진실로 규정하고 그
것을 계속적으로 환기하며 템플에게 지속적인 두려움을 제공한다. 그리고 템플에
게 제공된 공포는 템플을 다시 가족이라는 이름의 가부장적 세계로 돌아가도록
이끈다.

4. 맺음말

포크너는『어느 수녀를 위한 진혼곡』을 통해 언어와 시간과 인간의 의식에
대한 종래의 개념을 받아들이기를 거부했다. 이전의 사실주의 작가들이 의미전달
수단으로써 언어를 절대적으로 신뢰한 데 반해 그는 언어의 가변성 내지 불확실
성을 인식하고 그런 불완전한 언어로 남부의 실체에 접근하여, 그것을 포착하기
위해 수많은 언어실험을 해왔다. 소설로 구성된 서문과 희곡으로 이루어진 중심
서사를 통한 장르의 혼종성은 언어와 실체 사이의 간격을 좁히려는 포크너의 노
력의 반영이다. 따라서 우리는『어느 수녀를 위한 진혼곡』을 노벨 문학상을 수상
한 한 작가가 부담 없이 쓴 기묘한 실험작으로 볼 수 없다. 포크너는 내러티브
실험의 연장선에서 템플에게 긴 독백을 허락하고, 심지어 한 장 자체를 그녀의 회
상에 할애하기도 한다. 템플은 아이를 잃은 엄마이며, 낸시가 저지른 범죄의 피해
자이고, 그녀의 과거가 아이를 죽게 한 원인으로 지목되는, 윤리적 갈등을 안고
있는 입체적 인물이다. 개빈은 템플의 복잡한 내적 갈등을 자신의 가치, 사회적으
로 통용되어 온 가치에 따라 객관화하려 한다. 하지만 개빈을 통해 폭로 되는 것
은 객관화된 템플의 내면이 아닌 템플의 과거와 내면을 꺼내보려는 집요한 관음
증적 욕망일 뿐이며, 이런 왜곡된 욕망을 사회 정의로 포장하려는 가부장적 세계
관의 허위와 모순일 뿐이다.

간수의 목소리. (무대 밖에서, 놀란 듯이) 어이, 가우언. 여기, 자네 아내가 나오는
 군.

템플. (걸으면서) 누군가 그것을 구할 수 있을까. 누군가 그것을 원할까. 만약 아무
 도 없다면, 나는 망한 거야. 우리 모두 망했어. 파멸하고 말거야. 저주 받았어.

개빈. (걸으면서) 물론 우리 모두 망했지. 2000여 년 동안 그분께서 계속 말씀해주
 시지 않았나.

가우언의 목소리. (무대 밖에서) 템플.

템플. 가고 있어요.

JAILOR'S VOICE. (off-stage: surprised) Howdy. Gowan, here's your wife now.

TEMPLE. (walking) Anyone to save it. Anyone who wants it. If there is none,
 I'm sunk. We all are. Doomed. Damned.

STEVENS. (walking) Of course we are. Hasn't He been telling us that for going
 on two thousand years?

GOWAN'S VOICE. (off-stage) Temple.

TEMPLE. Coming. (*Requiem for a Nun* 245)

　　템플은 『어느 수녀를 위한 진혼곡』의 마지막 대사를 읊조린다. 결국, 템플은
가우언에게 돌아간다. 가우언은 여전히 자기 연민에 빠져서, 마음 한편에는 아내
의 과거에 대한 혐오와 죄책감이 공존한 채로, 또 새로 짊어지고 가야할 자식의
죽음이란 원죄를 안고 살아갈 것이다. 결국, 8년 전과 달라진 것은 없다. 템플의
"가고 있어요."라는 대답은 결국 그녀의 저항이 한계에 도달했고 기존의 세계와
가치를 받아들이러 갈 수밖에 없음을 의미한다. 『성역』의 사창가와 『어느 수녀를
위한 진혼곡』의 집은 템플의 삶에 있어 막다른 골목이다. 개빈의 진실에 대한 집
착은 성공적이었다. 개빈이 '구원'한 템플은 목소리를 통한 저항이란 선택권이 이
제 무의미하다는 사실을 안다. 『어느 수녀를 위한 진혼곡』에서 그려진 세계가 전
작인 『성역』의 세계보다 더 큰 억압으로 다가오는 이유는 바로 여기에 있다. 일반

적으로 집이라는 가장 안전하고 편안해야 할 공간이 템플에게는 더욱 끔찍한 공간으로 변모했기 때문이다.

　『어느 수녀를 위한 진혼곡』은 타락의 길을 걷던 한 여성의 구원을 이야기하지 않는다. 이 소설은 『성역』에 갇힌 수동적인 인질에서 벗어나 자신의 목소리를 가지고 세상에 저항하다 다시 좌절하는 입체적인 인물 템플에 대한 탐구이며, 한 여성의 주체적 목소리를 말살하기 위해 보이지 않게 작동하고 있는 사회적 억압장치를 고발하는 문제작이다.

인용 문헌

Bakhtin, M. Mikhail. *The Dialogic Imagination*. Ed. Michael Holquist. Austin: University of Texas Press, 1981.

Booth, Wayne C. *The Rhetoric of Fiction*. 2nd ed. Chicago: University of Chicago Press, 1983.

Brooks, Cleanth. "Discovery of Evil: *Sanctuary* and *Requiem for a Nun*." *William Faulkner: The Yoknapatawpha Country* (1963): 116-40. Barton Rouge: Louisiana State University Press, 1990.

Blotner, Joseph. *Selected Letters of William Faulkner*, Ed. Joseph Blotner. New York: Random House. 1977.

Polk, Noel. *Faulkner's Requiem for a Nun: A Critical Study*. Bloomington: Indiana UP, 1981.

Polk, Noel. *Children of the Dark House: Text and Context in Faulkner*. Jackson: UP of Mississippi, 1996.

Faulkner, William. *Sanctuary*. 1931. *The Corrected Text*. New York: Vintage International, 1993.

_____. *Requiem for a Nun*. 1951. New York: Vintage International, 1975.

Fiedler, Leslie. "Pop Goes the Faulkner: In Quest of Sanctuary." *Faulkner and Popular Culture: Faulkner and Yoknapatawpha, 1988*. Eds. Doreen Folwer and Ann J. Abadie. Jackson: UP of Mississippi, 1990. 75-92.

Fowler, Doreen. "Time and Punishment in Faulkner's Requiem for a Nun." *Renaissance* 38.4 (Summer 1986): 245-55.

Guerard, Albert J. "The Monogynous Vision as High Art: Faulkner's *Sanctuary*." *Southern Review* 12 (1976): 215-31.

_____. *The Triumph of the Novel: Dickens, Dostoevsky, and Faulkner*. London: Oxford UP, 1977.

Ruppersburg, Hugh M. *Voice and Eye in Faulkner's Fiction*. Athens, GA: University of Georgia Press, 2008.

Tebbetts. Terrell. "*Sanctuary*, Marriage, and the Status of Women in 1920s America." *Faulkner Journal* 19.1 (Spring 2003): 47-60.

Urgo, Joseph R. "Temple Drake's Truthful Perjury: Rethinking Faulkner's *Sanctuary*."

American Literature 55.3 (1983): 435. *Academic Search Premier*. Web. 12 April 2013.

Vickery, Olga W. "Crime and Punishment: Sanctuary." *In Faulkner: A Collection of Critical Essays*, Ed. Robert Penn Warren, 127-136. Englewood Cliffs, NJ: Prentice Hall, 1966.

Watson, Jay. "The Failure of Forensic Storytelling in *Sanctuary*." *Faulkner Journal* 6.1 (Fall 1990): 47-66.

Wondra, Janet. "'Play' within a Play: Gaming with Language in *Requiem for a Nun*." *Faulkner Journal* 8. 1 (Fall 1992): 43-59.

Yarbrough, Scott. "The Dark Lady: Temple Drake as Femme Fatale." *Southern Literary Journal* 31.2(1999): 50-67. *Academic Search Premier*. Web. 13 April 2103.

7.

개별성의 억압과 그 해방의 가능성: 윌리엄 포크너의 『야생 종려나무』

강지현

I. 들어가는 말

'이성(logos) 중심적'이었던 서양의 역사는 본질적으로 합리화의 역사이다. 이는 서양의 과거가 항상 이성적이었고 따라서 항상 향상 발전했음을 의미한다기보다는 명확한 차이에도 불구하고 '합리성'이라는 근본모형에 의해 일괄적으로 서양의 세계가 해석되고 전개되어 왔음을 뜻한다. 합리성의 모형은 우리의 사상과 언어, 그리고 경험의 토대가 되는 궁극적인 말씀, 존재, 본질, 진리 또는 현실에 대한 믿음에서 출발하며, 실제로 신, 이데아, 세계정신, 자아, 실체, 물질 등의 기호가 이런 역할을 수행해 왔다(Eagleton 131).

본질이나 보편에 대한 추구는 기원전 6세기의 그리스로 거슬러 올라간다. 최초의 그리스 철학자들은 끊임없이 변화하는 현상세계에 만족하지 않고 다양성의 배후에 놓인 본질을 찾으려 했다. 변화무쌍한 현상 안에서 변치 않는 중심을 찾고자 하는 사고는 철학의 아버지라 불리는 탈레스(Thales)에서 시작하여 플라톤(Plato)에 이르러 더욱 공고해진다. '이데아'(Idea)라는 본질적인 원형을 상정한 플라톤은 이데아의 세계만이 참되고 본질적인 세계이며, 눈으로 볼 수 있는 세계는 이데아의 모사에 불과하다고 파악하였다. 이데아의 세계와 모방의 세계로 세계를 이원화하여 전자에 절대적 진리를 부여하는 플라톤의 사고는 동굴 벽에 비친 그림자(모방의 세계)만을 볼 수 있을 뿐 동굴 밖의 불빛(이데아의 세계)을 볼 수 없는, 결박당한 채 동굴 속에 갇혀있는 인간들에 대한 '동굴의 비유'에서 더욱 명확해진다. 이와 같이 감각적인 현실세계와 불변의 객관적 진리를 보증하는 비물질적인 형상세계를 구분하여 전자를 배제하는 사고방식은 플라톤을 위시하여 후대 합리적 이성주의자의 전형적인 방법으로 작용한다. 이처럼 보편이라는 절대진리로 나아가는 추상적 사고과정 속에서 특수성 대신에 일반성이, 개별성 대신에 보편성이, 우연이나 임의 대신에 법칙성과 규율성이, 일시적이고 변화하며 정돈되지 않은 것 대신에 지속적이고 변치 않으며 질서 지워져 있는 것이 선호되어 왔음은 자명하다.

그러나 절대적이고 필연적으로 간주되던 보편성이나 절대성에 대한 믿음은 저항에 부딪게 된다. 이데아를 세계 안으로 옮겨 개별자의 독자적 존재 가능성을 열어 놓은 아리스토텔레스(Aristotle)를 비롯해, 사실은 없고 인식주체의 관점에 따른 해석만이 존재한다고 피력한 니체(Friedrich Nietzsche), 이분법적 사고의 한계와 절대적 사고의 불가능성을 피력한 푸코(Michel Foucault)가 대표적이라 할 수 있다. 이렇듯 근대 이후 확고부동한 기준으로 작용해온 합리성과 절대성의 한계와 불가능성을 드러내는 일은 무엇보다 합리성과 보편성의 '타자'라는 이름으로 배제되어 온 것들을 복원하는 일과 괘를 같이 한다. 이는 개별자들의 차이와 이들의 소역사를 긍정하는 것으로 이어진다.

윌리엄 포크너(William Faulkner) 역시 보편성과 통일성, 그리고 보편역사를 맹목적으로 추구하는 것의 위험성을 노정하고 이 과정에서 배제된 개별성과 소역사를 복구하고자 한다. 그가 창조한 요크나파터파(Yoknapatawpha County)의 명칭이 '분열된 땅' 혹은 '갈라진 땅'을 의미하는 것처럼, 그의 작품에는 단일하게 규정할 수 있는 보편역사 대신 여기저기 흩어져서 서로 꿰어지기를 기다리는 개별적인 소역사가 분열되고 갈라진 채 즐비해 있는 양상을 띤다. 이는 그의 대표작이라고 할 수 있는 『고함과 분노』(*The Sound and the Fury*), 『압살롬, 압살롬!』(*Absalom, Absalom!*), 『내 죽으며 누워 있을 때』(*As I Lay Dying*) 외에 대다수의 작품이 통일된 플롯구조에서 벗어나 직선적인 시간의 흐름에서 자유로우면서 다수의 장에 다수의 화자가 등장하는 구조적 특성과도 무관하지 않다.

서로 별개의 이야기처럼 보이는 「야생 종려나무」("The Wild Palms")와 「미시시피 강」("Old Man")[1]이 대위법적으로 맞물려 있는 『야생 종려나무』(*The*

---

1) 포크너는 흑인들이 미시시피 강을 본래 명칭 대신 '노인'(Old Man)으로 부른다는 점에서 착안하여 『야생 종려나무』의 한쪽 이야기의 제목을 「미시시피 강」으로 정했다고 밝힌다(Gwynn 177). 필자는 미시시피 강이 「미시시피 강」의 주요 배경이라는 점과 포크너의 의도를 살려, 「노인」 대신 「미시시피 강」이란 제목을 사용하고자 한다.

Wild Palms)는 포크너 작품의 구조적 특성을 극명하게 보여준다. 이와 같은 구조는 보편성과 통일성을 강제하려는 사회체제와, 이에 맞서 개별성과 소역사를 복원하려는 개인의 갈등을 극대화함으로써, 개인과 사회의 관계, 특히 성과 결혼제도, 담론과 사법제도를 중심으로 개인에 대한 사회의 구속과 그 해방의 가능성을 드러낸다. 「야생 종려나무」의 샬롯(Charlotte Rittenmeyer)은 남편과 아이를 버리고 첫눈에 반한 해리(Harry Wilbourne)를 선택하는 과정에서 여성을 구속하는 결혼제도와 부르주아의 '품격'(respectability)이란 가치를 위반하지만, 그 대가로 샬롯은 목숨을 잃고 해리는 감옥에 수감된다. 「미시시피 강」의 이름 없는 키 큰 죄수는 사법제도에 구속되어 개별성을 잃고 거대역사에서 배제된 존재이다. 그러나키 큰 죄수는 범람한 미시시피 강에서 예기치 못한 경험을 통해, 노역과 일망감시체계를 동원하여 단일한 규칙과 질서를 강요하는 감옥과 사법제도에서 벗어나, 개별성을 회복하고 주체로 재탄생하게 된다. 이로써 굽이굽이 흐르는 「미시시피강」의 세계는 사회제도에 순응하지 않을 경우 가혹한 방식으로 단죄하는 「야생종려나무」의 강압적 세계를 보완한다. 이와 같은 맥락에서 본고는 개인과 사회의관계 속에서 드러나는 개별성의 억압상과 그 해방의 가능성을 살펴보고자 한다.

II. 「야생 종려나무」 −전통의 위반과 경계 허물기

우선 「야생 종려나무」는 첫눈에 반해 가정과 직장을 버리고 사랑의 도피행각을 펼치다 종국에 여자는 사망하고 남자는 교도소에 감금되는 샬롯과 해리의애정사를 중심으로 성과 사랑, 결혼제도의 문제를 노정한다. 무엇보다 두 딸의 어머니이자 성공한 사업가를 남편으로 둔 샬롯이 안정된 삶을 버리고 "도덕적 타락"(81)이란 비난과 경제적 궁핍을 감내하면서 해리를 선택한 것은 사랑이 불가능한 사회구조와 제도로부터의 도피이자 탈주를 의미한다. 성공한 사업가 남편 프랜시스(Francis Rittenmeyer)가 대변하는 현대문명사회의 특징은 무엇보다도 합리성과 이윤의 극대화를 추구한다는 데에 있다. 이 과정에서 비합리적이고 예측 불가능한 사랑과 열정은 합리적 계산의 방식으로 통제된다. 그 결과 따뜻한 사랑의 감정은 차가운 도구적 이성의 힘에 재단됨으로써 사랑은 불가능하게 된다.

현대사회에서 사랑이 들어설 자리는 없어 […] 우리가 사랑을 제거해버린 거야 […] 그리스도를 없애버린 것처럼 마침내 사랑도 없애버렸어 […] 사랑의 감정을 모두 쏟아낼 한 번의 기회를 위해 수개월에서 수년간 마음 졸이던 때와는 달리 지금 우리는 사랑을 동전으로 얇게 펴서 신문판매대에서 감정을 돋우고 있잖아 […] 자동판매기에서 막대 껌이나 초콜릿을 사려는 것처럼 말이지. 이런 시대에 그리스도가 돌아온다면 우리는 아마 우리 자신을 보호하기 위해 서둘러 그리스도를 십자가에 못 박아야 할 거야. 분노와 무기력, 공포 속에서 악쓰고 저주하고 고통과 죽음을 감내하면서 우리 인간의 이미지대로 완벽하게 창조하려고 이천년 동안 공들인 문명을 정당화하고 보존하려면 말이야. 비너스가 돌아온대도 지저분한 몰골로 지하철 화장실에서 프랑스 엽서나 한 주먹 움켜쥐고 있는 신세가 될 수밖에.

There is no place for it[love] in the world today. . . We have eliminated it . . . we have got rid of love at last as we have got rid of Christ . . . instead of having to save emotional currency for months and years to deserve one chance to spend it all for love we can now spread it thin into coppers and titillate ourselves at any newstand . . . like sticks of chewing gum or chocolate from the automatic machines. If Jesus returned today we would have to crucify him quick in our own defense, to justify and preserve the civilization we have worked and suffered and died shrieking and cursing in rage and impotence and terror for two thousand years to create and perfect in man's own image; if Venus returned she would be a soiled man in a subway lavatory with a palm full of French post-card. (115)

해리가 친구 맥코드(McCord)와의 대화에서 쏟아놓는 현대문명사회에 대한 비판의 핵심은 사랑이라는 정서적 가치가 합리적 경제논리에 의해 물화되는 현상에 있다. 복잡다단한 삶의 진실을 축소하고 인습적인 방식으로 사람들의 정서반응을 유도하는 신문판매대에서 시작하는 사랑은 그 불모성을 드러낼 수밖에 없다 (Vickery 146). 사랑을 표현하고 고백하기 위해 마음을 졸여야하는 시간과 열정에 대한 가치는 이제 사라지고 신문판매대나 자동판매기에서 손쉽게 구할 수 있는 값싼 막대 껌이나 초콜릿이 사랑의 가치를 대신하게 된다. 이와 같이 막대 껌과 초콜릿이 사랑을 전달하기 위한 일종의 '정서 화폐' 기능을 담당하면서, 사랑이라는 정서 가치의 상품화는 더욱 심화된다. 이제 사랑은 주는 것에서 주고받기식의 교환경제 체제에 놓이게 된다. 그 결과 사랑과 용서, 희생을 몸소 실천한 그리스도는 합리적 효율성을 극대화하는 현대문명사회와 배치될 수밖에 없으며, 사랑의 신인 비너스 역시 폄하될 수밖에 없다.

　　정서가치가 교환가치로 환원되고 상품화가 진전되면, 사랑을 토대로 해야 할 결혼 역시 교환경제체제에 놓이게 된다. 「야생 종려나무」에 등장하는 부부들은 대개 사랑이 결여된 불모의 생활을 영위한다. 낙태수술 후 과다출혈 증세를 보이는 샬롯을 치료하러 온 의사 부부의 생활은 결혼의 불모성을 극명하게 드러낸다. 정략결혼한 의사 부부는 열정 없던 신혼여행의 연장선에서 23년이나 고독한 결혼생활을 지속한다. 아이 없이 불모의 결혼생활을 영위하는 의사부부와 달리 해리의 아버지는 두 명의 딸과 막내아들 해리를 낳지만, 해리의 출생은 사랑의 산물이라고 보기 어렵다. 의사였던 해리의 아버지는 고령의 나이에도 불구하고 두 번째 아내와 결혼하여 해리를 낳는데, 둘째 누나와 무려 16년의 터울이 있는 해리의 출생은 순전히 아들을 얻으려는 해리 아버지의 자구책에서 비롯한 것이기 때문이다. "두 살에 고아가 되었다"는 언급 외에 텍스트에서 그 흔적을 찾을 수 없는 해리 어머니의 경우가 이를 단적으로 드러낸다(27). 해리 어머니의 경우에서 알 수 있듯이, 여성은 사랑의 대상이나 주체라기보다는 가부장제 사회의 보루인 가족을 유지하는 수단에 불과하다. 교환경제체제에 놓인 결혼제도와 이에 근간을 둔 가부장제 사회에서 여성은 "남성을 위한 사용가치이자 남성들 간의 교환가치, 즉 상품으로 전락하게 되고"(Irigaray 368), 그 결과 여성의 삶은, 의사 아내와 해리 어머니의 경우처럼, 불모성과 질곡의 상태에 놓이게 된다.

버지니아 울프(Virginia Woolf)가 여성을 부정하고 배제해온 역사의 흐름에 맞서 여성이 자신의 목소리를 내기 위해서는 경제적인 독립은 물론이고 자유를 만끽할 수 있는 '자기만의 방'(a room of her own)이 있어야 함을 피력한 것처럼(4), 여성의 정체성 형성에 여성의 경제적 독립과 심리적 독립은 무엇보다 중요하다. 뉴올리언즈에서 성공한 사업가와 결혼하여 안정적인 삶을 영위하는 샬롯에게는 경제적 안정과 이에 따른 심리적 안정이 보장된 것처럼 보인다. 그러나 해리를 만날 당시 샬롯이 가진 재산이라고는 매년 크리스마스에 오빠가 보내주는 25달러를 5년간 모아온 125달러에 불과할 정도로 샬롯의 삶은 경제적 안정과 거리가 멀다. 여기에 남편 프랜시스의 행동은 샬롯에게 심리적 불안감을 조성한다. 샬롯을 해리에게 보낸 후에도 탐정을 고용하여 감시하는 것은 기본이고 두 사람의 취업을 고의로 방해하면서 프랜시스는 마치 간수처럼 샬롯을 감시하고 단죄하려 한다. 남편과 아내의 관계는 부르주아와 프롤레타리아, 고용주와 노동자의 관계와 별반 다르지 않다는 엥겔스(Friedrich Engels)의 언급처럼(Millet 125에서 재인용), 경제적으로도 심리적으로도 샬롯의 삶을 구속하는 프랜시스의 행위는 노동자를 타자로 상정하여 감시 훈육함으로써 적은 임금으로 효율성을 극대화하려는 고용주의 태도나 다름없다. 이처럼 매사에 이윤창출을 극대화하고 "냉정하고 무결점의"(269) 태도를 취하는 프랜시스와의 결혼생활은 영원히 밀월여행 같은 사랑을 추구하는 샬롯에게는 항상 가슴에 "허기를 느끼는"(73) 불모의 삶에 불과하다.

불모의 결혼생활 대신 해리와 "두 사람 가운데 어느 한 사람이 죽을 때까지 영원히 영원히 항상 밀월여행 같은 사랑"(71)을 선택한 샬롯의 행위는 결혼제도에 대한 위반이며 동시에 전통적인 성역할에 대한 위반이다. 샬롯의 위반은 서구사상의 근간에 대한 위반과 연장선상에 있다는 점에서 중요하다. 서구사상의 근간이 정신과 육체, 합리성과 비합리성이라는 대립쌍을 만들어 후자를 폄하하는 이분법적 대립체계라는 것은 주지의 사실이다. 이제 샬롯은 비합리적이라는 이유로 "고의적으로"(90) 위축시켜 온 타고난 감각을 긍정함으로써 이분법적 대립체계를 넘어서려한다. 합리성과 비합리성, 선과 악 등의 이분법적 대립을 거부하는 샬롯의 위반적 사고와 행위는 동일자와 타자의 상호작용을 가능케 하고 서로 반복 가능한 열린 경계를 이룬다(During 82). 그 결과 샬롯은 합리적 남성주체의 논리에 순종하는 수동적 여성객체의 위치에서 벗어나 오히려 남성적인 면모를 드러내게 된다.

> "문을 잠가요." 그녀[샬롯]가 말했다. 그[해리]는 가방을 내려놓고 문을 잠갔다. 그는 특실에 와 본 적이 없었기 때문에 손으로 더듬어 자물쇠를 찾는데 상당한 시간이 걸렸다. 그가 몸을 돌렸을 땐 그녀는 이미 옷을 벗은 상태였고 그녀의 옷은 발주위에 돌돌말린 채 놓여있었다. 그녀는 1937년형 여성스러운 짧은 속옷 차림에 손으로 얼굴을 가린 채 서 있었다. 그러고 나서 그녀는 손을 내렸는데, 그는 이것이 부끄럼도 겸손함 때문도 아니라는 것을 알고 있었고 또 그러한 것을 기대하지도 않았다. 눈물 때문도 아니었다. 그리고는 그녀는 옷 밖으로 나와 그에게 다가와서는 순간적으로 서툴러진 그의 손가락을 밀어내며 타이를 풀기 시작했다.

> "Lock the door," she[Charlotte] said. He[Harry] sat the bags down and locked the door. He had never been in a drawing room before and he fumbled at the lock for an appreciable time. When he turned she had removed her dress; it lay in a wadded circle about her feet and she stood in the scant feminine underwear of 1937, her hands over her face. Then she removed her hands and he knew it was neither shame nor modesty, he had not expected that, and he saw it was not tears. Then she stepped out of the dress and came and began to unknot his tie, pushing aside his own suddenly clumsy fingers. (51)

종교적인 이유로 이혼을 거부하는 프랜시스와 두 딸을 뒤로하고 시카고행

열차에 오른 샬롯은 열차 안에서 겁탈에 가까울 만큼 적극적으로 해리와 사랑을 나눈다. 샬롯을 만나기 전까지 27년 동안 외과의사가 되라는 아버지의 유언에 따라 "조용한 수도원에서의 삶"(28)을 구가해온 해리가 서툴고 수동적이라면, 샬롯은 오히려 적극적으로 해리를 유도한다. "고독과 평화의 자궁에서 거의 아무것도 느끼지 않고 졸고 있는 태아"처럼 해리가 수동적인 여성의 모습이라면, 샬롯은 해리보다 "더 남성다운" 존재이다(94, 113). 해리를 처음 만났을 때에도 샬롯은 마치 "남자처럼 냉정하고 호기심어린 시선으로" 해리를 쳐다보고(34), 옷을 입거나 사랑을 나눌 때에도 거친 남자만큼이나 "무자비하다"(92). 이와 같이 "피할 수 없는 본능"(69)에 이끌려 적극적으로 남성의 성역할을 수행하고 남성적인 면모를 드러냄으로써, 샬롯은 남성과 여성에게 주어진 전통적인 성역할의 경계를 허물고 위반한다.

전통적인 성역할에 대한 위반은 샬롯이 남성의 영역으로 간주되면서 상대적으로 여성에게 많은 제약이 주어졌던 예술영역에 도전하는 데에서도 드러난다. 존슨(Karen Ramsay Johnson)의 지적처럼, 성과 예술은 공히 의사소통의 수단이면서 경험을 확대하고 자아개념을 확장하는 수단이라는 점에서 동일하다(1). 물론 금전적인 필요에서 샬롯은 가게에 진열할 조각상 제작을 시작하지만, "손으로 만드는 것을 좋아하는" 샬롯은 예술창작 욕망을 가히 "믿을 수 없는 속도"로 표출한다(75, 78). 샬롯은 "무모하고 꿈꾸는 듯 균형도 맞지 않는 수척한 얼굴의 키호테(Quixote)와, 뚱뚱한 살집에 매독에 걸린 이발사처럼 지친 얼굴의 폴스태프(Falstaff)" 등 세르반테스(Miguel de Cervantes Saavedra)나 셰익스피어(William Shakespeare)와 같은 대문호의 문학작품 속 인물을 새로운 방식으로 구현한다(77). 돈키호테와 폴스태프 외에 샬롯은 로스탕(Edmond Rostand)의 시라노(Cyrano de Bergerac)를 저속한 희극에 나올법한 인물로 탈바꿈시키는데, 검술로 유명한 로스탕의 시라노는 검 대신 "한 손에는 치즈를 다른 손에는 수표책을 들고 있는" 모습으로 희화된다(78). 샬롯의 시라노는 과거 특정계급의 향유물이던 문학 작품을 일반대중이 폭넓게 향유할 수 있는 상품으로 탈바꿈했다는 점에서 주목할 만하다. 시장성을 지닌 상품으로의 예술의 가능성을 모색하고 예술을 자본주의적 삶의 실천으로 끌어들였다는 점에서 샬롯의 예술은 일정정도 극단적 유미주의를 거부하고 실제생활과 통합된 예술세계를 지향하는 아방가르드와 닮아있다. 실제 생활에서 유리되지 않는 예술을 창조하려는 아방가르디스트처럼 샬롯은 "먹고 자는 아주 짧은 시간을 제외하고는 밤낮 구분 없이 광포할 정도로 근면하게 […] 바닥이건 벽이건 이용할 수 있는 모든 공간을 (자신의 작품으로) 채운다"(78). 이와 같이 남성작가가 창조한 인물을 대중적이면서 시장에 걸맞은 현실 속 인물로 재창조함으로써 샬롯은 창조적 남성주체의 특권을 인정해온 예술영역을 조롱하고 위반한다.

샬롯은 가정 안에서의 위계질서에 따라 "남편의 가사 도우미" 내지 남성의 "부속물"(appendages)로 존재하는 여성의 전통적인 성역할의 경계를 허물고 위반하면서 스스로 창조적 주체임을 드러낸다(Hartmann 148, 146). 샬롯은 여기에서 한 걸음 더 나아가 "간음과 간통, 낙태, 범죄 […] 사랑과 열정, 비극에 관한 규칙과 제한"을 모두 넘어서려 한다(235). 기실 프랜시스와의 결혼 역시 샬롯의 "금지된 사랑에 대한 거부할 수 없는 욕망"(70)에서 비롯한 것이다. 큰오빠를 가장 좋아했지만 그 사랑을 이룰 수 없었던 샬롯이 큰오빠의 룸메이트 프랜시스를 배우자로 선택한 것은 분명 근친상간적 욕망과 관련이 있다. 젠더(Karl F. Zender)에 의하면 구체제의 전제적인 힘을 표현하는 부녀간의 근친상간과 달리 오누이간의 근친상간은 형제애를 추구하는 혁명적 이상, 즉 평등한 사회질서를 표현한다(741). 아버지와 "꼭 같은"(70) 오빠에 대한 샬롯의 근친상간적 욕망은 남편과 아내를 지배와 종속의 관계로 파악하는 전통적인 결혼제도에 대한 위반이면서 동시에 아버지의 법과 수직적인 위계질서를 강조하는 전통적인 가부장제에 대한 위반을 의미한다.

샬롯의 위반은 무엇보다도 해리와의 관계에서 잉태한 아이를 낙태하려는 장면에서 극대화된다. "여자들이란 예전부터 지금까지 아이를 낳아왔고 샬롯 당신도 두 명의 자식을 낳았잖아"라는 해리의 말을 조롱이라도 하듯, 샬롯은 물을 끓이고 몇 개 안 되는 수술도구를 꺼내놓는 등 직접 낙태수술 준비를 한다(182). 이와 같이 사랑하는 사람의 아이를 거부하는 샬롯의 행위는 원죄 이후 여성에게 주어진 임신과 출산의 고통이란 짐을 거부하는 것이며 동시에 여성에게 아이의 '생산'을 강조하는 합리적 가부장제 사회의 요구를 거부하는 것이다. 효율성과 생산성을 강조하는 합리적 가부장제 사회에서 아이를 '생산'할 수 없는 동성애자들이 비합리적이라고 비난을 받는 것처럼, 잉태한 아이를 거부하는 샬롯의 행위는 일견 "미치광이"의 행위와 같다(244). 그러나 이와 같이 결혼제도를 거부하고 전통적인 여성의 역할을 위반하는 샬롯의 행위는 그녀를 단일하게 규정할 수 없도록 한다. 해리에게 샬롯은 일면에서 "연인이 아니라 (모성을 지닌) 어머니이면서"(119-20) 동시에 뱃속의 아이를 죽게 한 비정한 어머니이다. 또한 샬롯은 "자기만의 방"을 가져본 적이 없는 여성객체이면서 동시에 해리보다 더 남성답게 예술을 창작하는 주체이기도 하다(70). 생성으로서의 "물을 좋아하고"(49) 어떠한 범주에도 속하기를 거부하는 샬롯은 주체의 자기동일성을 불가능하게 함으로써 어느 하나로 단일하게 규정되는 것을 거부한다.

무엇보다도 합리적 가부장사회의 전통적 가치를 위반하려는 샬롯에게 가장 큰 적수는 바로 "부르주아의 기준인 품격"이다(89). 합리적 경제인의 전형이라 할 수 있는 부르주아는 프로테스탄트 윤리의 영향으로 "검소와 근면, 자립"을 자신들의 근본적인 가치로 상정하였지만, 이윤을 극대화하는 과정에서 이들 가치는 "광신, 자기과시, 쓸데없는 참견, 두려움, 그리고 품격이라는 최악의 악덕"을 양산하게 된다(113). 검소, 근면, 자립이라는 긍정적인 가치가 부정적인 가치로 변질되는 과정은 소위 부르주아의 합리적 태도와 관계가 깊다. 부르주아는 남과 다른 자신의 계급성을 규정하는 과정에서 자신들의 경제적 우위를 '품격'이라는 추상적 가치로 환원한다. 이처럼 부르주아의 필요에 따라 '만들어진' 품격이란 가치는 '최악의 악덕'에 비견될 만큼 사회구성원을 구속하는 절대적인 힘으로 작용하게 된다.

　　해리 역시 다른 사람들과 마찬가지로 "노예처럼" 품격이란 가치에 예속되어 있음을 스스로 인정한다(113). 무엇보다 부르주아의 가치에 순응한 해리의 모습은 직접 구입한 타자기를 이용해 완성하는 일종의 고백소설에서 여실히 드러난다. "성인 여성의 몸과 욕망을 지녔지만 세상 경험과 지혜에서는 어린아이의 수준에 불과한" 내지는 "그 숙명적인 날에 나를 보호해줄 어머니만 있었더라면"이라는 문장으로 시작하는 해리의 싸구려 통속소설은 디포(Daniel Defoe)의 몰 플랜더스(Moll Flanders)처럼 "영혼과 육체가 타락한"(Defoe 7) 여성의 경험과 회개를 통해 결과적으로는 부르주아의 품격을 옹호하는 내용을 취한다(103). 해리는 부르주아의 가치를 대변하는 소설을 쓰면서 현실적으로도 연인에서 남편으로, "완벽한 가장"으로 변화한다(113). "당신처럼 남편이 되려고 노력하는 사람은 처음 본다"는 샬롯의 비난을 들을 만큼 해리는 부르주아 가치에 젖어들게 된다(99). 언제나 밀월여행 같은 사랑을 꿈꾸던 해리와 샬롯은 어느덧 피곤하다는 이유로 상대방과의 신체접촉을 꺼린 채 잠자리도 피하게 된다. 이와 같은 상황 속에서 해리와 샬롯은 "사랑의 무덤"인 부르주아 가치에서 벗어나기 위해 문명과 동떨어진 유타주에 위치한 광산촌으로 가게 되고 샬롯은 임신을 하게 된다(118). 그러나 샬롯은 비록 "이길 수 없는"(119) 싸움이지만 낙태를 선택함으로써, 사랑이 불가능한 삶의 양식에 순응하도록 강제하고 그렇지 않으면 죽음을 맞이하게 될 것임을 포고하는 '품격'이라는 부르주아의 가치에 도전한다.

　　'품격'은 부르주아 본연의 가치라기보다는 부르주아 스스로 만들어낸 추상적인 가치이기 때문에 부르주아의 실제와는 간극이 발생할 수밖에 없다. 무엇보다 품격을 강조하는 부르주아의 허구성은 해리의 재판과정에서 극명하게 드러난다. 섬너(William Graham Sumner)가 지적하듯이 법과 제도는 모두 사회관습에 뿌리를 두지만, 감정과 믿음의 요소가 남아 있는 관습과 달리 명문화된 법과 제도

는 합리적이고 실용적이다(324-25). 결국 합리적 주체의 권익을 보장하고 "질서
[정숙]"(order, 268)를 강조하는 법과 제도는 모두 공리라는 명목으로 비합리적 행
위를 기계적으로 단죄하는 경향으로 흐르게 된다. 그 과정에서 합리적 예측이 불
가능하고 질서에서 벗어난 "임의로운 인간사"(123), 즉 우연적인 인간사는 통제
와 배제의 대상으로 간주되어 침묵을 강요받게 된다. 결혼제도와 품격이란 가치
를 위반한 샬롯과 해리가 단죄의 대상이 되는 것은 물론이고, 해리의 선처를 호소
하는 프랜시스 역시 혐오와 지탄의 대상이 된다. 그런데 여기에서 주목할 만한 점
은 프랜시스의 탄원에 대한 사람들의 반응이 품격과는 동떨어진 "분노와 소란의
소용돌이"라는 점이다(269). 발을 동동 구르고 소리치면서 해리와 프랜시스의 죽
음을 요구하는 사람들의 반응은 이성적 주체의 합리적 판단이나 부르주아의 품격
이라기보다는 집단의 광기에 가깝다. 전투적인 미식축구 선수처럼 격렬하게 밀려
드는 광기어린 집단은 품격이란 가치를 위반한 해리와 해리를 탄원하는 프랜시스
를 죽음으로 단죄하려한다. 징역 50년을 선고한 재판관의 결정에 불만을 품고 즉
결사형을 요구하는 배심장과 재판이 끝난 후에도 좀처럼 가라앉지 않고 계속되는
광기는 이들이 만들어낸 품격이란 가치의 허구성을 여실히 드러낸다.

해리는 "순응치 않으면 죽음을 면치 못하리라"는 식의 강압적인 태도로 자
신들이 주조해낸 추상적인 가치를 강요하는 사람들의 태도를 지켜보면서 서서히
샬롯이 감행했던 위반의 의미를 깨닫게 된다(118). "품격이라는 항구를 떠나 지금
껏 가본 적도, 아무런 후원도 없이 끝도 보이지 않는 곳을 향해"(46) 어디에도 속
하지 않는 위반적인 삶을 구가하고자 했던 샬롯처럼 해리 역시 위반을 긍정한다.
감옥 안에서 해리는 어머니의 자궁 안에 있는 태아의 상태로 거듭나게 된다. 그
결과 해리는 청산가리를 건네는 프랜시스의 제안을 뒤로하고 자살 대신 견딜 수
없는 고통이 흘러넘치는 기억을 선택한다.

그렇지만 기억이란 게 있잖아. 분명 기억은 육체와는 독립적으로 존재하지. 그러나

이 역시 틀린 말이야. 육체가 없으면 그게 기억이라는 것도 모르니까라고 그[해리]는 생각했다. 자기가 누구였는지 무엇을 기억하는지도 모를 테니까. 그러니까 기억을 자극하기 위해서는 연약하고 죽어 없어질 근사한 살점이 있어야 하는 거야.

But memory. Surely memory exists independent of the flesh. But this was wrong too. Because it wouldn't know it was memory he[Harry] thought. It wouldn't know what it was it remembered. So there's got to be the old meat, the old frail eradicable meat for memory to titillate. (265)

해리가 자살대신 선택하는 고통스런 기억은 육체를 긍정하는 것이라는 점에서 중요하다. 이제 해리는 기억 역시 사랑처럼 기억해줄 누군가가 살아있을 때에만, 육체가 존재할 때에만 가능한 것임을 깨닫게 된다. 죽음은 기억을 말소하는 것이고 "(샬롯이) 존재하지 않는 것은 기억의 반이 존재하지 않는 것이기 때문에"(273) 해리는 고통스럽더라도 육체를 통한 기억을 선택한다.

"코로 냄새를 맡고 눈으로 보고 귀로 들은 정보 외에 다른 것을 불신하는 네발짐승과 달리 두발을 지닌 인간은 [⋯] 타고난 감각을 위축시키고 [⋯] 오로지 책에서 읽은 것만을 신뢰한다"(90). 물론 진리와 사실임을 공언하는 책에는 주체와 역사의 합리화를 위한 내용들이 주류를 이루고 여기에서 벗어나는 우연적인 이야기는 배제될 것임은 자명하다. 사회제도와 도덕 가치를 위반한 샬롯과 해리의 이야기 역시 합리적 주체가 기록하는 거대역사의 뒤안길로 사라지게 될 것이다. 순전히 우연히 줍게 된 1,278달러 때문에 가능하게 된 샬롯과 해리의 사랑은 보편성으로 치장된 거대역사의 기록에서 미끄러질 것이 분명하다. 그러나 페넬(Lee Anne Fennell)의 지적처럼 기억은 죽음과 망각이라는 불가피한 인간운명에 대한 방어막 역할을 한다(41). "아무런 예정표도 없이 규칙도 무시하고 어디로 와서 어디로 가는지 예측할 길 없이 앞뒤로 이리저리 움직이는"(263) 산들바람과 같은 샬롯과 해리의 이야기는 거대역사의 기록에 남을 수는 없겠지만, 해리가 고통스럽게 기억하는 한 샬롯은 해리의 기억 속에 살아 있게 되고 그 결과 샬롯의 위반적인 행위는 긍정적인 의미를 획득하게 될 것이다. 단일한 제도와 가치체계를 강요하는 억압적 사회에서 전통에 대한 위반을 실천하고 긍정하는 샬롯과 해리의 행위는 폭력적인 합리성의 한계를 넘어서게 된다.

III. 「미시시피 강」 ─ 저항을 통한 주체성의 회복

별다른 관련이 없어 보이는 「야생 종려나무」와 「미시시피 강」은 등장인물이 감금의 상태에서 도피하여 일시적으로나마 자유를 얻지만 결국엔 더 가혹한 감금의 상태에 놓이게 된다는 점에서 연속성의 효과를 자아낸다(Howe 239). 그윈(Minrose C. Gwin)이 지적하듯이 두 개의 이야기가 각각 5개의 장에 교대로 배치된『야생 종려나무』는 실제 미시시피 강처럼 마치 수평으로 이리저리 굽이치는 하나의 물줄기와 같은 인상을 준다[2](135). 「야생 종려나무」가 샬롯의 사랑과 열정으로 넘쳐흐른다면, 「미시시피 강」에는 범람한 미시시피 강물이 넘쳐흐르며, 「야생 종려나무」가 감옥에 갇힌 해리가 과거의 일을 회고하면서 스스로에게

---

2) 포크너에 의하면 「미시시피 강」은 「야생 종려나무」에 누락된 것을 보완하고 음조를 고양하는 강세역할을 한다. 1장에서 「야생 종려나무」가 낙태수술이 실패한 후 샬롯의 목숨을 살리기 위해 의사를 부르러가는 해리로 시작한다면 2장의 「미시시피 강」은 계속된 폭우로 미시시피 강의 제방이 무너져 죄수들이 교도소 밖으로 대피하는 것으로 끝난다. 회상 장면인 3장의 「야생 종려나무」가 샬롯과 해리가 새로운 둥지를 찾아 뉴올리언즈를 떠난다면 4장 「미시시피 강」에서는 위기에 처한 민간인을 구하러간 키 큰 죄수가 강물에 빠져 실종된다. 회상 장면인 5장에서 샬롯과 해리가 위스콘신의 시골마을에서 시카고로 돌아온다면, 6장의 키 큰 죄수는 임신한 여자와 함께 미시시피 강을 따라 표류한다. 역시 회상 장면인 7장에서는 유타의 광산촌에서의 생활이, 8장에서는 늪지에서 케이전인과 악어를 잡으며 행복감을 느끼는 키 큰 죄수의 생활이 나란히 놓이며, 9장에서는 샬롯의 죽음과 해리의 감금이, 10장에서는 감옥으로 되돌아오는 키 큰 죄수의 모습이 배치된다. 이와 같이 서로 대위법적으로 배치된 두 개의 이야기는 포크너의 말처럼 두 번째 이야기인 「미시시피 강」이 「야생 종려나무」를 보완하는 측면이 있지만, 쥬크스(W. T. Jewkes)의 지적처럼 두 개의 이야기는 서로 보완하고 완성하며 다른 이야기를 반향한다(39-40).

하는 이야기라면, 「미시시피 강」은 우여곡절 끝에 미시시피 강물과 사투를 벌이고 돌아온 키 큰 죄수가 키 작은 죄수에게 그간의 일을 직접 전하는 이야기이다. 「야생 종려나무」의 해리가 외과의사를 꿈꾸는 인턴으로 시작해 결국엔 살인을 한 죄수의 신세가 되었다면, 「미시시피 강」은 처음부터 죄수의 이야기로 시작한다. 이름 없는 키 큰 죄수의 이야기인 「미시시피 강」은 체제와 제도 속에 갇힌 채 개별성을 상실한 만인의 이야기로서 「야생 종려나무」의 감옥과 같은 억압적 사회를 보다 극명하게 보완하고 완성한다.

무엇보다 감옥에 갇혀있는 키 큰 죄수는 합리적 주체의 타자로서 거대역사에서 철저히 배제된 존재이다. 거대역사는 합리성이라는 근본모형에 의해 세계를 해석하고 전개하는 과정에서 본질적으로 변치 않는 보편성을 강조함으로써 타자와 우연적 요소를 배제해 왔다. 이와 더불어 합리성이라는 모형을 추구하는 거대역사의 기록인 담론의 존재를 가정한다면, 푸코의 지적처럼 담론의 생산은 우연성 및 위험요소를 제거하는 절차에 의해 통제, 선별, 조직, 재분배된다("The Order of Discourse" 52). 푸코가 특히 주목한 담론의 통제절차는 진위의 대립이다. 권력은 진위의 대립과 불가분의 관계에 있는 앎의 의지를 이용해 진리로 위장한 지식과 담론을 형성하는데, 권력은 이러한 담론을 토대로 작동한다.

권력과 지식, 그리고 담론의 관계는 감옥이라는 대표적인 처벌과 감시의 공간에 갇힌 죄수에게서 첨예하게 드러난다. 「미시시피 강」의 경우 진리를 보증하는 공적 담론의 역할을 하는 것은 바로 공문서와 신문이다. 아침식사를 하면서 항상 신문을 보는 교도관과 달리, 바깥세계에 대한 관심이 극히 적은 데다 혼자서는 도무지 글을 읽을 수도 없는 사람에서 오하이오 강이나 미주리 강 유역이 어디에 있는지도 모르는 사람, 짧게는 며칠에서 길게는 십년, 이십년, 삼십년 동안 미시시피 강의 제방 바로 밑에서 쟁기질하고 나무를 심고 먹고 자고 했음에도 미시시피 강을 한 번도 본 적이 없는 사람에 이르기까지 죄수들은 앎에의 의지와 담론에 대한 접근이 제한되어 있다. 그 결과 죄수들을 비롯한 타자들은 진리로 위장한 담론에 더더욱 취약하게 된다. 키 큰 죄수 역시 예외가 아니어서, 그는 담론이 제공한 그릇된 정보 때문에 범죄를 저지르고 감옥에 수감되었다는 생각에 변호사나 판사보다도 기만적인 이야기를 쓴 작가들에게 더욱 분노를 느낀다.

키 큰 죄수는 성숙한 가슴과 도발적인 입술, 잘 익은 포도처럼 진한 눈빛을 지닌 여자 친구의 환심을 사기 위해 열차강도를 계획하면서 전설적인 무법자 다이아몬드 딕스(Diamond Dicks)나 제시 제임스(Jesse James)에 관한 소설을 열차강도 교본으로 삼는다. 그는 2년간 꼼꼼하게 여러 번 소설을 읽고 모험과 사랑에 관한 꿈을 키워가지만, 객차를 돌며 시계며 반지, 브로치며 숨겨놓은 전대를 그러모을 기회도 없이 기차에 올라타자마자 붙잡히고 만다. 키 큰 죄수가 무모하게도 마스크와 전등, 총을 들고 범행을 감행할 수 있었던 것은 바로 소설의 "장황하고 의미 없는 암호 말"을 곧이곧대로 믿었기 때문이다(21). 무법자의 영웅담에 관한 소설 속 담론을 의심 없이 진리로 믿어버리고 그대로 실천하려 한 키 큰 죄수의 "무지와 속기 쉬움"(20)은 스스로를 사법제도의 담론 안에 가두게 된다. 이웃주민에게 『탐정 지』(Detectives' Gazette)를 판매한 돈으로 범행도구를 준비했다는 점역시 그가 담론의 유포자이면서 신봉자로서 담론의 세계에 갇혀있음을 시사한다.

키 큰 죄수는 담론의 세계에 갇혀 있지만, 합리성의 타자, 즉 비이성적인 행위를 한 범죄자라는 신분 때문에 자신의 이야기를 담론화할 수 없다. 그는 재판과정에서도 "극심한 무력감"(22) 때문에 자신의 이야기를 할 수 없을 뿐만 아니라그 방법도 알지 못하는 타자에 불과하다. 동료죄수들에게 신문을 읽어줌으로써제한적으로나마 공적 담론에 접근할 수 있는 키 작은 죄수 역시 자신이 저지른죄목과 불평등한 재판의 진실을 동료죄수들에게 공론화하고 담론화할 수 없음은마찬가지이다. 살인누명을 쓰고 변호사의 간계에 속아 199년 형을 선고받은 키작은 죄수의 경우는 "정의와 공정함의 주창자이자 기둥"인 사법 관계자들이 "공정함 대신 분노와 복수의 맹목적인 도구가 되었음"을 보여준다(23). 푸코의 지적처럼 형기는 범죄의 교환가치를 측정하는 것이 아니라 죄수의 변화 가능성을 기준으로 삼아야함에도 불구하고(*Discipline and Punish* 244), 키 작은 죄수의 과도한 형기는 비이성을 단죄하려는 사법제도의 권력이 극단적으로 남용되었음을 드러낸다.

결국 사법제도는 비이성적 행위와 태도를 단죄하는 과정에서 범죄자들을 자유의지와 선택권이 박탈된 동물과 같은 존재로 타자화한다. 죄수들은 합리적 주체가 아니라 정어리, 개, 소나 양과 같은 비이성적인 동물과 다름없다. 이와 같이 죄수가 개별성이나 자율성이 없는 비이성적인 동물로 치부되는 것은 "완전하고 준엄한 제도"인 감옥이 철저한 규율과 징계의 도구이면서 동시에 훈육과 교정의 도구라는 점과 관련이 있다(Foucault, *Discipline and Punish* 235). 동물을 길들이듯이 죄수를 순종적인 인간으로 양성하기 위해 감옥은 신체훈련이나 노동과 같은 일상행동에서 도덕적 태도와 정신 상태에 이르기까지 죄수의 모든 측면을 관리하는데, 그 결과 죄수들은 개별성을 잃고 철저히 타자화된다.

규율과 징계의 도구이면서 훈육과 교정을 위한 감옥은 철저한 감시와 노동에 의존한다. 범죄자를 교정하기 위한 기본방식은 죄수를 격리하는 것이지만, 가장 효율적인 것은 감시체제와 노동이다. 교도관의 감시뿐만 아니라 죄수들이 서로 감시할 수 있는 체계는 소위 일망감시를[3] 가능케 함으로써 죄수들에 대한 감시는 보다 은밀하고 익명적이면서 다양하게 작동된다. 무엇보다 프로테스탄트교에서 금욕을 실천하는 방법으로 노동을 강조한 것처럼, 죄수의 노동은 죄수를 길들인다는 점에서 '감옥의 종교' 역할을 수행한다(Foucault, *Discipline and Punish* 242). '질서와 규칙성의 원리'를 지향하는 노동은 육체를 규칙적으로 움직이게 함으로써 감정을 조절하고 질서와 복종의 습관을 몸에 익히게 함으로써 복종적이고

---

[3] 벤덤(Jeremy Bentham)의 일망감시 장치는 한 지점에서 내부 전체를 볼 수 있도록 지은 원형교도소를 의미한다. 지하감옥의 세 가지 기능인 감금과 빛 차단, 은폐 가운데 감금의 기능만을 유지한 일망감시 장치는 충분한 빛을 제공하고 감시자의 시선을 항상 의식하도록 하기 때문에 오히려 훨씬 수월하게 죄수를 감시할 수 있다(Foucault, *Discipline and Punish* 200). 그 결과 죄수들은 의사소통의 주체가 되지 못하고 정보의 대상으로 존재하게 됨으로써 더더욱 타자화된다.

유순한 인간을 양성한다(Foucault, *Discipline and Punish* 242). 그 결과 노동의 질서와 규칙성에 이미 길들여진 키 큰 죄수는 여러 번 탈출 기회가 있었음에도 "안전하고 위험이 없는"(138) 감옥으로 돌아오게 된다. 이는 키 큰 죄수가 노동을 통해 범죄자를 순종적이고 유순한 존재로 교정하려는 감옥의 산물임을 극명하게 보여준다.

감옥의 산물인 죄수는 개별성을 지닌 자율주체가 아니라 감옥체계에 구속되어 있는 순종적인 객체에 불과하다. 죄수의 구속성은 죽은 줄로만 알았던 키 큰 죄수가 우여곡절 끝에 삼나무 가지에 매달려 있는 여자를 구해오라는 임무를 완수하고 7주 만에 살아 돌아온 후 제도권의 반응에서 극명하게 드러난다. "사면이나 가석방이 아닌, (사망에 의한) 석방"(276) 서류를 이미 발송한 상황에서 살아 돌아온 키 큰 죄수를 어떻게 처분할지, 이 상황을 해결하기 위해 모인 인사들은 하나같이 복잡한 일처리가 싫어 오히려 키 큰 죄수의 죽음을 바란다. 있지도 않은 기차강도죄를 만들어 덮어씌우자는 의견에서부터 죽은 것으로 위장하자는 의견까지 키 큰 죄수의 처리문제를 논의하는 인사들은 공정함이나 정의에는 무관심한 채 키 큰 죄수의 생살여탈권이 자신들에게 있다는 듯 그의 운명을 쥐락펴락한다. 결국 도주죄 명목으로 키 큰 죄수의 복역기간은 10년이나 더 연장되는데, 이처럼 진리라는 이름의 공문서에 허위로 기록될 키 큰 죄수의 죄목은 그가 합리성의 타자로서 허위로 가득한 공식담론에 갇힐 수밖에 없음을 극명하게 드러낸다.

그러나 개별성을 상실한 채 감옥이 원하는 순종적인 타자로 훈육되어 온 키 큰 죄수는 미시시피 강을 따라 일종의 여행을 하면서 서서히 변모하기 시작한다. 무엇보다도 감시체계와 노동을 통해 감옥사회가 요구하는 질서와 규칙성을 내면화한 키 큰 죄수에게 생성과 변화를 상징하는 미시시피 강물 자체는 위협적인 존재가 아닐 수 없다. "인광을 내는 물이 어둠과 만나는 날카로운 선"이 솟구치고 "수평으로 흐르다가 수직으로 돌변하는 파도"는 "안개 뒤에 숨은 유령"처럼 키 큰 죄수에게 두려움을 안겨준다(132, 137, 199). 키 큰 죄수가 넘쳐흐르는 미시시피 강물에 대해 느끼는 두려움은 그가 구한 임산부로 확대되는데, 이는 위협적인 미시시피 강물처럼 곧 출산을 앞둔 임산부 역시 예측과 통제가 불가능한 존재이기 때문이다. 그 결과 키 큰 죄수는 "자신도 모르게 선택의 여지없이 운명 지워진 짐"인 임산부로부터 "불요불굴의 성난 의지를 다해 떨어져 나가고자" 갈망한다 (149). 그러나 키 큰 죄수는 땔감을 구하고 죽은 토끼로 수프를 만들고 죽은 물고기를 차지하기 위해 매와 싸워가며 산모를 먹일 음식을 준비하고 아이의 출산을 돕는 과정에서 새로운 경험을 하게 된다. 아이러니하게도 인디언 흙무덤에서 생명의 탄생을 접한 키 큰 죄수는 지금까지 질서와 규칙성의 원리에 따라 수동적인 타자가 될 수밖에 없었던 감옥에서의 경험으로부터 벗어나게 된다.

특히 늪지에서 케이전인과 악어를 잡으며 원시시대의 삶을 체험한 9일간의 경험은 키 큰 죄수가 감옥에서의 삶의 한계와 구속성을 깨닫고 주체의 자율성과 개별성을 획득하는 데 중요한 역할을 한다. 무엇보다 키 큰 죄수는 야생의 자연 속에서 얼굴과 등에 상처를 입으면서도 총을 사용하지 않고 칼과 맨손으로 악어를 잡는 과정에서 노동의 진정한 가치를 깨닫는다. 물론 감옥에서도 쟁기질을 하고 가축에게 먹이를 주는 등 노동을 하지 않은 것은 아니지만, 감옥에서의 노동은 노동을 위한 노동도 아닐 뿐더러, 노동의 결과가 자신에게 돌아오지 않는 소외로서의 "노역"(toil)에 불과하다(221). 키 큰 죄수는 악어와의 혈투를 마친 후 잠자리에 들면서 감옥에서의 의미 없는 노역과 노역의 대상으로 길들여진 자신의 모습을 발견하고, 종국에 가서는 진정한 노동의 가치를 깨닫게 된다. 원시자연에서 진정한 노동의 가치를 깨닫고 이마에 땀을 흘려가며 고생한 노동의 결과물을 고스란히 자신의 몫으로 챙길 수 있게 된 키 큰 죄수는 자신을 훈육과 교정의 대상에서 주체로 보기 시작한다.

키 큰 죄수가 악어사냥을 하며 노동의 진정한 가치를 깨닫고 주체로 거듭나는 늪지는 언어의 공간이 아니라 행위의 공간이다. 악어가죽이란 돈은 하나의 언어로 통용되기 때문에 두 사람이 제각기 불어와 영어로 이야기를 하는 상황은 케

이전인에게나 키 큰 죄수에게나 아무런 문제가 되지 않는다. 사물과 간극을 드러내는 언어를 사용하지 않고 문자화된 계약서 없이도 상호합의에 이르고 상호 존중하는 늪지에서의 생활은 키 큰 죄수의 삶을 허위로 작성하여 문서화된 기록 안에 가두고 구속하려는 감옥에서의 생활과 사뭇 다르다. 늪지에서의 경험을 통해 개인의 삶을 구속하는 언어의 폭력적인 힘을 깨닫게 된 키 큰 죄수는 이제 갇혀있던 담론에서 나와 자신의 이야기를 직접 "말하고 표현하려 노력하게" 된다(139).

그러자 갑자기 그리고 조용히, 말로 표현할 수 없는 무언가가, 선천적으로 그리고 유전적으로 말하기를 꺼려하던 무언가가 용해되면서 그[키 큰 죄수]는 자신의 상황을 깨닫고 자신의 말에 귀 기울이면서 조용히 이야기하기 시작했다. 그의 말은 빠른 속도로 흘러나왔지만 편안하게 혀에 조응했다.

Then, suddenly and quietly, something – the inarticulateness, the innate and inherited reluctance for speech, dissolved and he[the tall convict] found himself, listened to himself, telling it quietly, the words coming out fast but easily to the tongue as he required them. (280)

키 큰 죄수는 "자넨 운도 나쁘지. 그렇지 않은가 [⋯] 자넨 남은 형량에 십년을 더 살게 될 거라네"라는 교도소장의 말을 들은 후 그동안 하지 못했던 자신의 이야기를 쏟아내기 시작한다(280). 무엇보다 키 큰 죄수가 막혔던 말문을 터서 자신의 이야기를 펼치는 것은 자신의 개별성과 주체성을 억압하는 감옥으로서의 사회에 대한 저항이라는 점에서 중요하다. 키 큰 죄수의 저항은 이야기에 멈추지 않고 행동으로 이어진다. 탈출의 기회가 여러 번 있었음에도 주어진 임무를 완수하고 교도소로 되돌아가는 키 큰 죄수의 행동은 순진함과 어리석음에서 비롯한 것이 아니라, "죄수를 책임지고 있는 사람들에 대한 책임이 아니라 자기 자신에 대한 책임감에서, 그리고 주어진 일을 하는데 따르는 명예와 주어진 일이 무엇이든 상관하지 않고 그 일을 해낼 수 있는 자부심"을 회복하기 위함이다(140). 흘러넘치는 미시시피 강물과 싸우며 새로운 경험을 한 키 큰 죄수는 그동안 자신을 구속해온 담론과 감옥체계가 요구하는 순종적인 인간형에서 벗어나 자신의 목소리를 내고 책임감과 명예, 그리고 자부심을 지키기 위한 행동을 실천함으로써 개별성과 주체성의 회복을 도모하게 된다.

이와 같이 키 큰 죄수가 진정한 노동의 가치와 언어의 무용성을 깨닫고 자신의 개별성과 주체성을 회복하는 공간이 늪지라는 사실은 주목할 만하다. 늪지의 "와플처럼 평평한 지형"과 "피의 온도에 가까운 기온"은 마치 자궁을 연상케 하기 때문이다(210, 220). 아이의 탄생이 키 큰 죄수가 감옥이 만들어낸 순종적인 인간형에서 벗어나는 계기가 되었다면, 자궁과 같은 늪지에서의 생활은 키 큰 죄수가 억압된 개별성을 회복하고 주체로서 재탄생하는 과정을 상징적으로 보여준다. 이제 불경과 저주의 상징이었던 여성의 자궁은 생성과 탄생이란 긍정적인 장소로 탈바꿈한다. 『야생 종려나무』의 원제목이었던 『예루살렘, 내 너를 잊는다면』(If I Forget Thee, Jerusalem)의 출처인 시편(Palms) 137편에 의하면 시인은 바빌론에서 겪었던 고초를 기억하고 예루살렘에 대해 맹세하면서 바빌론에 대한 저주를 하나님에게 요구한다. 시편의 바빌론은 "멸망할 여자"(Daughter of Babylon, doomed to destruction, 137: 8)이자 '음부'이고 '창녀'지만, 『야생 종려나무』의 자궁은 긍정적인 생성의 장소이다. 이와 같이 보이지 않는 잉크로 쓰인 시편 137편의 이미지를 역전시키고, 상호보완하고 완성하는 「야생 종려나무」와 「미시시피 강」은 상호텍스트성을 지향한다. 그런데 여기에서 간과하지 말아야 할 점은 개인의 개별성과 주체성을 억압하는 감옥과 같은 사회가 『야생 종려나무』에 국한되지 않는다는 것이다. 요크나파터파의 주요 무대인 제퍼슨이 형성되기 전에 이미 감옥이 있었고 "순전히 우연의 산물"(simple fortuity)이라고는 하나 제퍼슨의 생성시기와 법원의 생성시기가 동일하다는 사실은 그만큼 개별성을 억압하는 힘이 어디에나 편재해 있음을 시사한다(Faulkner, "The Courthouse" 19). 결과적으로 "명확한 구분 없이 서로 녹아들어가는"(130) 「야생 종려나무」와 「미시시피 강」은 감옥과 같은 사회에서 사랑과 개별성을 회복하는 일이 얼마나 어려운가에 대해 서로 이야기를 보완하고 완성하고 반향한다.

IV. 나가는 말

굳이 문학작품이 "창문 없는 단자"(windowless monads)라는 아도르노(Theodor W. Adorno)의 지적을 상기하지 않더라도, 문학작품은 어느 정도의 자율성을 보장받지만 사회현실을 떠나 존립할 수 없음은 자명하다(7). 포크너의 관심사 역시 한 가문의 역사, 그가 창조한 요크나파터파라는 미국남부의 역사를 다루는 데 그치지 않고, 개인과 사회와의 관련 속에서 드러나는 인간의 보편적인 문제로 확장된다. '우표 딱지만한 (자신의) 고향'에 관한 이야기를 쓰면서도 결국엔 인간관계를 맺고 처한 환경에서 고군분투하는 인간 개개인의 "열망과 투쟁, 그리고 기이하고 희극적이기도 비극적이기도 한 인간조건"(Gwynn 177)을 그려내고 싶었다는 포크너의 말에서 알 수 있듯이 인간 개인은 개인의 문제를 넘어 자신을 둘러싼 가족, 나아가 사회와 독립적으로 생각할 수 없다. 이와 관련하여 『야생 종려나무』가 가족이나 요크나파터파를 중심으로 한 남부의 역사를 벗어나 개인과 사회의 관계와 갈등양상 전반을 다루었다는 점은 시사하는 바가 많다. 특히 개인의 개별성에 대한 사회의 억압과 그 해방의 가능성을 이질적이지만 상호보완하고 반향하는 이야기를 대위법적으로 배치하는 포크너의 방식은 합리성이라는 근본모형에 의해 주체와 역사에 통일성을 부여하려는 태도에 대한 반성으로 이어진다. 결혼제도와 부르주아의 도덕적 가치를 위반하는 샬롯과, 감옥과 사법제도에서 벗어나 개별성과 주체성을 회복하는 키 큰 죄수는 그간 비이성으로 치부되어 거대역사에서 사라질 수밖에 없었던 타자의 이야기를 재고케 한다. 그 결과 합리적 주체의 자기동일성은 무너지고, 보편성에 가려졌던 개별성과 거대역사에서 배제된 타자들의 소역사가 등장하게 된다. 타자들의 개별성을 구속하지 않으면서 생성과 과정으로서의 주체와 역사가 등장하기 위해서는 무엇보다도 독자의 적극적인 참여가 절실하다. 진실을 올곧이 알기 위해서 독자는 열세 가지의 다양한 방식을 모두 읽은 후에야 진실이라고 믿을 수 있는 열네 번째 이미지를 얻을 수 있다는 포크너의 언급은 합리성이라는 단일한 체계로 세계를 질서 지우려는 방식에 대한 한계를 지적하면서 동시에 진실은 끊임없이 창조되고 재구성되는 것임을 강조한다(Gwynn 273-74). 이와 같은 독자의 노력으로 흘러넘치는 미시시피 강물처럼, 그리고 나부끼는 야생 종려나무의 잎사귀처럼 억압되었던 타자의 개별성이 다시금 넘실댈 수 있을 것이다.

인용 문헌

Adorno, Theodor W. *Aesthetic Theory*. Trans. C. Lenhardt. London: Routledge, 1984.

Defoe, Daniel. *Moll Flanders*. New York: W. W. Norton, 1973.

During, Simon. *Foucault and Literature: Toward a Genealogy of Writing*. London: Routledge, 1992.

Eagleton, Terry. *Literary Theory: An Introduction*. Oxford: Basil Blackwell, 1983.

Faulkner, William. *The Wild Palms*. New York: Vintage International, 1995.

_____. "The Courthouse" in *The Portable Faulkner*. Ed. Malcolm Cowley. London: Penguin, 2003: 19-50.

Fennell. Lee Anne. "Unquiet Ghost: Memory and Determinism in Faulkner." *William Faulkner: Six Decades of Criticism*. Ed. Linda Wagner Martin. Michigan: Michigan State University Press, 2002: 29-44.

Foucault, Michel. *Discipline and Punish: The Birth of the Prison*. New York: Vintage, 1979.

_____. "The Order of Discourse." *Untying the Text*. Ed. Robert Young. Boston: Routledge and Kegan Paul, 1981: 48-78.

Gwin, Monrose C. *The Feminine and Faulkner: Reading (Beyond) Sexual Difference*. Knoxville: University of Tennessee Press, 1990.

Gwynn, Frederick L. and Joseph L. Blotner, eds. *Faulkner in the University: Class Conference at the University of Virginia, 1957-1958*. Charlottesville: University of Virginia, 1959.

Hartmann, Heidi. "The Historical Roots of Occupational Segregations: Capitalism, Patriarchy, and Job Segregation by Sex." *Modernity: Critical Concepts*. Ed. Malcolm Waters. Vol. 3. London: Routledge, 1999: 137-69.

Howe, Irving. *William Faulkner: A Critical Study*. Chicago: University of Chicago Press, 1975.

Irigaray, Luce. "This Sex Which Is Not One." *Feminism: An Anthology of Literary and Criticism*. 2nd Ed. Eds. Robyn R. Warhole and Diane Price Herndl. New Jersey: Rutgers University Press, 1997: 363-69.

Jewkes, W. T. "Counterpoint in Faulkner's *The Wild Palms*." *Wisconsin Studies in*

Contemporary Literature 2.1 (1961): 39-53.

Johnson, Karen Ramsay. "Gender, Sexuality, and the Artist in Faulkner's Novels." American Literature 61.1 (1989): 1-15.

Millet, Kate. Sexual Politics. Champaign: University of Illinois Press, 2000.

Sumner, William Graham. "Folkways." Central Currents in Social Theory: The Roots of Sociological Theory, 1700-1920. Vol. 1. Eds. Raymond Boudon and Mohamed Cherkaoui. London: Sage, 2000: 320-29.

Woolf, Virginia. A Room of One's Own. Ed. Morag Shiach. Oxford: Oxford University Press, 1998.

Zender. Karl F. "Faulkner and the Politics of Incest." American Literature 70.4 (1988): 739-65.

■ 이 글은 『근대영미소설』 15권 2호(2008)에 실렸던 글을 수정, 보완한 것이다.

8.

포크너의 황야: 『모세여 내려가라』를 중심으로

송은주

I. 들어가는 말

『모세여 내려가라』(*Go Down, Moses*)는 1870년대부터 황야가 변모되어가는 과정을 통해 남부 역사에서 황야의 의미를 다룬 작품이다. 황야의 개척에서부터 시작하여 전쟁 이후 철도 건설로 대표되는 근대화에 밀려 황야가 사라져 가는 역사적 변화가 등장인물들의 삶에서 중요한 영향을 미친다. 그렇기에『모세여 내려가라』는 생태비평에서도 중요한 텍스트로 자주 거론된다. 레너드 루트웍(Leonard Lutwark)은 이 작품을 일컬어 "황야를 대신하여 말한 가장 감동적인 진술"(169)이라고 말했으며, 존 엘더(John Elder)는 "미국 역사에서 인간과 자연 사이의 균형의 이동을 가장 심오하게 묘사한 작품"(44-45)이라고 평했다. 주디스 휘텐버그(Judith Whittenberg)는『모세여 내려가라』에서 다루는 인종, 계급, 젠더 문제는 토지 소유권뿐 아니라 인간과 자연환경 간의 관계의 본질과 관련된 근본적인 질문들을 고려함으로써 훌륭하게 확장된다고 말한다(49).『모세여 내려가라』는 포크너(William Faulkner)의 그 어떤 작품보다도 남부의 자연에 대한 작가 자신의 애정을 담고 있다.『모세여 내려가라』에는 포크너 자신이 미시시피의 대자연 속에서 사냥을 즐기고 자연과 교감한 경험과 함께, 로완 오크(Rowan Oak)에서 지냈던 전원생활의 경험이 녹아 있다. 주인공 아이크 맥캐슬린(Ike McCaslin)을 포크너와 동일시할 수는 없으나, 적어도 아이크가 황야가 사라져가는 모습을 보면서 느끼는 안타까움과 슬픔은 포크너 자신의 감정이 반영된 것이라 할 수 있다.[1] 포크너는 "대지에 강탈의 유령이 떠돌고 있으며, 대지는 백인들이 인디언들에게 그것을 빼앗은 부정한 방식 때문에 백인들에게 적의를 품고 있다"고 말했다

---

[1] 일부 비평가들이 포크너와 아이크의 입장을 동일시하기도 하나, 포크너는 신시아 그레니어와의 인터뷰에서 "아이크가 부정한 유산을 포기하기 때문에 포크너 작품의 인물들 중에서 그를 가장 좋아한다"는 그레니어의 말에 "나는 그가 단지 포기하는 것 이상의 일을 해야 한다고 생각한다. 사람들을 피하는 대신 좀 더 긍정적인 행동을 취했어야 했다"는 대답으로 아이크의 입장을 무조건 지지하지는 않는다는 뜻을 밝혔다(Gwynn 225).

(Gwynn 43). 또한 그는 "변화가 도처에서 일어나고 있다. 사람들은 황야를 대치할 것을 찾기보다는 황야를 파괴하는 데 더 많은 시간을 들인다"고 광범위하게 진행되는 황야의 파괴에 대해 개탄했다(Gwynn 68).

포크너의 자연에 대한 기존의 비평은 자연과 문명의 갈등이라는 미국문학의 오랜 주제를 포크너가 계승하고 있다는 관점에서, 자연을 문명 비판적 가치를 지닌 요소로 보았다. 이와 같은 견해는 포크너의 자연에 도시가 상징하는 문명의 대척점에서 현대문명이 상실한 가치를 지닌 전원적 공간으로 의미를 부여한다. 자연은 강과 땅과 나무와 같은 구체적인 것이라기보다는 모든 가시적인 변화에도 끝까지 변치 않는 더 신화적이고 근원적인 힘이라는 추상적이고 상징적인 요소로 제시된다. 조엘 윌리엄슨(Joel Williamson)은 포크너의 세계에서 자연을 현대 문명이 상실한 근원적인 요소로 보고, 포크너의 세계가 현대 문명과 유기적인 자연 세계 사이에서 균형을 잃고 오가는 인물들의 비극을 그리고 있다고 보았다(289). 포크너의 공동체는 자연 속에 있을 때는 문제가 없지만, 자연과 유리될 때 문제가 생긴다. 이러한 관점은 인물들에게도 동일하게 적용된다. 포크너의 인물들 중 자연과 유리되어 있고 자연을 거부하는 인물일수록 비인간적이고 부정적인 인물로 그려진다는 것이다(Williamson 334). 대표적인 예가 조 크리스마스(Joe Christmas)나 포파이(Popeye), 제이슨 콤슨(Jason Compson) 등이다. 반면 리나 그로브(Lena Grove)나 딜지(Dilsey)처럼 자연의 질서에 순응하는 인물들은 자기 주변의 세계와도 조화로운 관계를 맺는 모습을 보인다. 알프레드 카진(Alfred Kazin)은 『8월의 빛』(*Light in August*) 서두 부분에서 길가에서 마차를 기다리는 리나 그로브를 묘사한 장면에 대해 리나가 도시적인 크리스마스와 대조적으로 자연과 생명의 힘을 보여준다고 주장한다(247).

그러나 포크너의 작품에서 자연이 중요한 가치를 갖는 것은 분명하지만, 자연이 타락한 현대문명으로부터의 도피처나 구원의 역할을 한다고 보기는 어려운 점이 많다. 리나 그로브나 딜지 같은 인물이 긍정적인 면을 갖고 있는 것은 사실이지만, 그들이 포크너의 어둡고 비극적인 세계를 변화시키는 근본적인 역할을 하지는 못하며, 주로 주변부에 위치해 있다. 포크너의 인물들 중 가장 자연친화적인 인물로 평가받는 아이크 맥캐슬린조차 사회로부터 소외되어 있다는 한계가 많은 비평가들에 의하여 지적되어 왔다. 포크너는 황야가 사라져가는 현재가 아무리 불만스럽다 해도, 진보 자체를 부정하고 과거로 회귀하거나 문명과의 관계를 단절하고 자연 속으로 도피할 수는 없다는 사실을 잘 알고 있다.

포크너의 세계에서 황야는 인간에 의해 점유되고, 개발당하고, 소멸되는 역사적 과정 속에 존재하는 공간이다. 포크너는 자연을 현대문명이 잃어버린 근원적 순수와 진실을 담보하는 이상화된 초월적 공간, 또는 사회로부터 초월한 별개의 영역으로 보지 않는다는 점에서 미국의 전통적인 자연관에서 비껴나 있다. 미국의 전통적인 자연관은 건국 초기부터 미국이 '자연의 국가'(Nature's Nation)를 국가적 이상으로 표방했던 만큼, 미국의 국가 담론과 깊은 관련을 맺고 있다. 미국의 자연은 물질적으로는 막대한 자원을 공급하여 국가를 건설할 물적 기반을 제공해 주었고, 이데올로기상으로는 역사나 문화, 전통 그 어느 하나 유럽에 비해 내세울 것이 없었던 미국의 국가적 정체성을 구성하고 정당화하는 근거를 제공한 귀중한 국가적 자산이었다. 미국의 자연 신화는 미 대륙이 새로운 가나안 땅으로 하나님께 예언 받은 땅이라는 청교도적 서사로 인디언으로부터 땅을 빼앗은 미국의 건국 과정을 정당화하는 구실을 했다. 남부 또한 이 신화를 차용하여 자연친화적이고 온정주의적인 전원적 공간으로 남부에 도덕적 정당성을 부여하고 북부에 맞서는 이데올로기로 이용했다. 그러나 포크너는 자연이 역사적, 사회적 맥락 안에 놓인 공간임을 인식하고, 미국 역사에서 자연이 정의되고 구성되는 방식을 비판적으로 성찰했다. 포크너의 자연은 사회와 역사 속에서 상호 영향을 주고받으며 존재한다는 점에서, 포크너는 미국의 자연 신화와 거리를 두고 그 속에 내재한 모순과 허구성을 드러낸다.

아이크 맥캐슬린은 여러 등장인물들 중에서도 황야와의 관계에 대해 가장 깊이 있는 성찰을 보여주는 인물로, 황야의 삶에서 깨달은 대지와 타인에 대한 책임의식을 몸소 실천하고자 하는 생태적 인물로 평가된다. 그러나 아이크의 선택은 근본적인 사회의 변화로 연결되지는 못하고 고립으로 끝나는 한계를 보인다. 아이크의 선택에 대한 비판은 주로 그가 사회적 관계를 무시하고 고립과 단절을 택함으로써 자신의 선택으로부터 사회적 변화를 이끌어내지 못한다는 점과, 캐로더스 맥캐즐린(Carothers McCaslin)의 죄를 비판하면서도 그 자신 역시 인종차별 의식을 떨쳐내지 못했다는 데 집중된다. 그러나 근본적으로 아이크의 실패는 황야를 보는 그의 관점이 역사적 변화를 초월한 순수한 공간으로 황야를 이상화해 온 미국의 전통적인 자연 신화의 관점을 이어받고 있다는 데에서 기인한다. 아이크의 황야는 인간의 손에 더럽혀지지 않은 태초의 순수를 간직한 에덴으로서의 황야이다. 아이크는 황야를 통해 산업화, 도시화된 북부에 대비되는 남부의 정체성을 찾고자 한다. 그러나 아이크는 시간의 흐름에 더럽혀지지 않으며 시간이 멈춘 근원적 순수, 절대적 진실을 담지하는 장소로서 황야를 상정하므로, 유산을 포기함으로써 이상화된 순수한 과거를 봉인하려는 그의 노력은 실패로 돌아갈 수밖에 없다. 따라서 본고에서는 미국의 자연 신화에 따라 황야에 닥쳐온 변화에 대응하려는 아이크의 노력을 분석함으로써 포크너가 전통적인 미국의 자연 신화를 어떻게 비판하고 있는가를 살펴보고자 한다.

II. 아이크의 황야

아이크는 어린 시절부터 황야를 보면서 자라고, 황야에서 성인이 되었다. 그에게 황야는 연인이고 아내였다(Faulkner 311).[2] 그는 인디언 사냥꾼 샘 파더스 (Sam Fathers)의 가르침 아래 어린 시절부터 땅은 누구의 소유도 아니고 땅을 소

---

2) 이후 『모세여 내려가라』 본문에서 인용시 쪽수만 언급하기로 한다.

유한 데에서 인간의 죄와 타락이 비롯되었다는 생태적 인식을 얻는다. 아이크가 집안에 내려오는 장부를 통해 캐로더스 맥캐즐린이 대변하는 개척과 팽창의 역사 이면에 감추어진 정복과 착취의 어두운 기록을 읽어내고 그 죄에 대한 책임을 성찰한 끝에 유산을 포기하는 결정을 내리는 것도, 황야에서 샘 파더스와 올드 벤(Old Ben)과의 만남을 통해 얻었다고 믿는 진리에 따라 살기 위한 개인적이지만 필사적인 노력의 일환이다. 그의 시도는 자연과의 유대관계를 통해 얻은 생태학적 교훈의 소산이며, 가치를 인정받아야 할 귀중한 것이다. 아이크는 샘을 통해 올드 벤처럼 자연과 동물을 포함한 인간 외의 세계와 소통하는 법을 전수받았기 때문에, 땅이 단지 인간의 경제적 이익을 위해 이용될 수 있는 농지 이상의 것, 인간이 소유하기에는 너무나 큰 어떤 것이라는 깨우침에 도달할 수 있다.

> 그것은 그 땅을 한 조각이라도 샀다고 믿을 만큼 어리석은 백인들, 그 땅이 한 조각이라도 양도할 수 있는 자기 것인 척 할 만큼 무자비한 인디언들이 지닌 그 어떤 기록된 문서보다 더 크고 더 오래된 황야, 거대한 숲이었다. 드 스페인 소령과 그가 아닌 줄 알면서도 소용있는 척 하는 문서조각보다도 더 크고, 드 스페인 소령에게 그 문서를 넘겨주었고, 그보다 더 잘 알고 있는 늙은 토머스 섯펜보다도 더 오래되었고, 섯펜에게 문서를 넘겨주었고 더 잘 알고 있었던 치카소족 추장 늙은 이케모튜베보다도 더 오래되었다.

> It was of the wilderness, the big woods, bigger and older than any recorded document: — of white man fatuous enough to believe he had bought any fragment of it, of Indian ruthless enough to pretend that any fragment of it had been his to convey; bigger than Major de Spain and the scrap he pretended to, knowing better; older than old Thomas Sutpen of whom Major de Spain had had it and who knew better; older even than old Ikkemotubbe, the Chickasaw chief, of whom old Sutpen had had it and who knew better in his turn. (183)

아이크의 소유권 포기 행위는 앨도 레오폴드(Aldo Leopold)가 『모래 군의 사계』 (*Sand County Almanac*)에서 처음으로 주장한 '대지 윤리'(Land Ethics)와 상통하는 면이 있다. 대지 윤리는 인류의 동료 구성원에 대한 존중과, 공동체 자체에 대한 존중을 필연적으로 수반하게 된다. 아이크의 소유권 포기는 토지를 비롯해 자연을 인간이 자신의 이익을 위해 자의적으로 이용하고 착취할 수 있는 경제적 대상으로만 보는 관점에 도전한다는 점에서 이러한 대지 윤리에 대한 인식을 담고 있다.

그러나 아이크의 선택이 근본적인 사회의 변화로 이어지지는 못하며, 자신의 깨우침을 전달할 자손도 얻지 못한 채 그의 삶이 고립으로 끝난다는 점 때문에 그의 선택이 실패했다는 비판이 제기된다. 아이크가 잘못된 유산을 물려주지 않기 위해 아들을 포기했지만, 이는 결국 유산을 받을 자격이 없는 자에게 유산이 넘어가게 만드는 결과를 초래한다는 닐 왓슨(Neil Watson)의 지적은 아이크의 선택이 개인적 차원에 머무를 뿐, 사회 전체의 변화를 초래하지는 못했다는 한계를 강조한 것이다(101). 아이크가 포기한 유산은 캐로더스의 모계 혈통인 로스 에드먼즈(Ross Edmund)에게 넘어갔으나, 그는 숲의 규칙을 어기고 암사슴을 잡고, 혼혈 여성과 관계를 가져 아이를 낳게 하고는 연락을 끊은 부도덕한 인물이다. 「델타의 가을」("Delta's Autumn")에서 숲 속의 사냥 캠프를 찾아 온 로스의 정부는 아이크가 로스에게 그의 것이 아닌 유산을 넘겨주어 그를 망쳤다고 비난한다. 아이크의 선택은 개인적인 것이므로 잘못된 전체 시스템 안에서 올바른 변화를 일으키기에는 부족하며, 오히려 예상치 않았던 부정적 결과를 초래하게 될 수도 있다. 그러나 아이크는 자기 자신의 도덕적 순수성을 지키기 위해 잘못된 유산을 포기해야 한다는 것만을 생각했을 뿐, 자신의 선택이 전체 시스템 안에서 가져오게 될 결과나 파급 효과까지는 염두에 두지 않았다는 것이다(Watson 104). 이러한 비판은 아이크가 유산의 올바른 계승 문제를 고민하기는 했으나, 타인에 대한 책임감이 부족했다는 비판으로 이어진다. 아이크의 선택이 도덕적이라 해도, 그가 타인과의 유대를 거부하며, 타인에 대한 사랑이 결여되어 있다는 비판은 특히 「델타의 가을」에서 로스 에드먼즈의 정부와의 만남에서 아이크가 보여준 모습 때문에 집중적으로 제기된다. 여러 비평가들이 아이크의 타인에 대한 냉담성을 그의 실패 원인으로 지적한다. 테디어스 M. 데이비스(Thadious M. Davis)는 아이크는 사회적 이상주의만을 내세우며, 감정적 유대관계는 거부한다고 비판한다(147). 아내 몰리를 사랑하므로 그녀에 대한 책임을 받아들인 루카스 비첨(Lucas Beauchamp)과는 달리, 아이크는 개인에게는 반응하지 못한다는 것이다(Davis 147).

　이처럼 아이크의 선택에 대한 비판은 주로 그가 노예제도를 비판하면서도 인종차별의식에서 벗어나지 못했다는 사실과, 도덕적으로는 옳을지 모르나 현실적으로는 무력하다는 점, 그리고 선과 정의를 행하고자 하나 타인들과의 관계에서 고립되기를 택하며, 타인에 대한 동정심이나 공감하는 능력을 결여하고 있다는 데 집중되어 있다. 그러나 아이크의 선택이 올바른 변화를 이끌어내는 데 실패했다 해서 선택의 의미 자체를 전적으로 부정할 수는 없으며, 그의 무력함이 개인적인 무능함 탓이라기보다는 유산을 포기하면서 필연적으로 감수해야 할 조건이었음을 간과할 수 없다. 리처드 킹(Richard King)은 아이크의 유산 포기 행위가 최초의 아버지를 살해하는 은유적 행위라는 점에서 자유를 얻는 동시에 불구가 될 수밖에 없다는 견해를 표명한다(196). 아이크가 유산을 포기한 대가로 아들을 얻지 못하게 되어 "마을의 반에게는 삼촌이지만 누구의 아버지도 아닌 홀아비"(3)로 끝나는 것이 그의 고립과 실패의 증거라는 주장도 있으나, 『압살롬, 압살롬!』 (*Absalom, Absalom!*)에서 토머스 섯펜(Thomas Sutpen)이 아들에 광적으로 집착했던 데에서 드러나듯이 남자 자손을 얻는다는 것은 가부장적 전통의 계승을 뜻하며, 이를 뒷받침하려면 물적 토대도 있어야 한다. 아이크의 유산 포기는 그가 본래 의도한 바가 아니었을지라도, 캐로더스의 순수한 백인 피의 부계 혈통이 완전히 끊어지게 만든다. 아이크 개인에게는 아들을 갖지 못한 것이 손실일지 모르지만, 그로서는 섯펜이 목표로 했던 저택과 농장, 아들로 상징되는 가부장적 아버지의 유산을 버리고 그 역사를 단절시키기 위한 일종의 고육지책이었다. 킹은 아이크의 선택이 소극적이라고 비난하는 급진적인 비평가들은 1890년경 미시시피에서 젊은 백인이 처한 역사적 상황을 무시하고 있다고 비판한다(195). 킹에 따르면 당시 캐스(Cass)의 온정주의가 가장 현실적인 길이었다. 1960년대까지도 미시시피는 폐쇄적인 사회였다. 1950년까지도 미시시피의 호딩 카터(Hodding Carter)와 같은 남부 온건주의자들조차 흑백 분리 정책을 강력히 지지하고 백인의 인종적 순수성과 우월성을 주장했을 정도였다. 따라서 1880년대의 사회 상황에서 아이크가 정치적 행동을 취할 수 있는 가능성을 찾기 어려웠다는 현실적 상황을 고려해야 한다는 것이다(King 199).

　　지금까지 살펴본 바와 같이, 기존의 비평은 아이크가 고립되는 원인을 그의 개인적 성향과 그를 둘러싼 사회적 한계에서 찾는 경향이 있다. 그러나 아이크의 고립은 그가 스스로 원하여 자초한 측면이 있다. 아이크는 숲을 절대적인 순수와 진리를 담지하는 초월적 공간이자 역사와 시간의 흐름으로부터 벗어난 공간으로 보려 한다. 그는 남부에 밀어닥치는 산업화의 물결 앞에서 시간의 흐름이 가져오는 변화를 거부하고 역사 바깥에 존재하는 순수하고 초월적인 영역을 지키기 위해 고립을 택한다. 아이크가 황야를 보는 관점은 아이크 혼자만의 독자적인 것이 아니라 기존의 미국 자연 신화의 관점으로부터 영향을 받은 것이다. 아이크가 실패하게 되는 원인은 그가 미국 문화에 고유한 자연관에 따라 자연을 정의하고 황야에 관한 신화를 재구성하는 방식에서 찾아야 한다. 따라서 그가 황야를 보는 시각에 근본적으로 내재한 한계와, 그의 선택이 불완전할 수밖에 없는 이유에 대해 좀 더 깊이 있는 고찰이 필요하다.

　　아이크가 어린 시절 보았던 황야는 두껍고 높은 벽으로 둘러싸인 듯 외부의 변화나 시간의 흐름이 침투해 들어오지 못하는 깊고 어둡고 거대한 공간으로 묘사된다. 대규모 개발로 파괴되기 이전의 숲은 영겁에 가까운 머나먼 태곳적 대자연의 모습을 그대로 간직하고 있는 공간이다. 자연 속에 신성이 깃들어 있으며,

이러한 신성과 합일하는 순간 존재가 변화하고 새로운 세계로 들어가는 각성의 문이 열린다는 생각은 자연을 보는 이상주의적 관점을 반영한다. 이 관점은 서구 문화에 고유한 것이지만, 아이크의 경우에는 보편적인 신화의 패턴보다는 미국의 자연 신화의 영향 아래 있다. 프랑수아 피타비(François Pitavy)는 쿠퍼(James Fenimore Cooper)와 소로우(Henry Thoreau)의 예에서 보듯이 황야가 근원적인 순수와 신비를 담은 공간으로 미국적 상상력을 사로잡아 왔다고 지적한다(90). 황야는 자유와 선을 상징하며, 구속, 인공, 사악함 등 문명이 지닌 모든 부정적 속성의 대척점에 있다. 그러므로 미국의 황야는 숭엄미를 지닌 공간이며, 인간의 이해와 판단의 문턱 너머에 있는 공간이다(Pitavy 90). 유럽 낭만주의 운동의 영향을 받은 초절주의는 미국의 자연관에 철학적 깊이를 부여했다. 에머슨(Ralph Waldo Emerson)은 숲을 인간이 한계에 묶이고 인습에 박힌 순응적인 사회적 자아를 초월할 수 있는 장소로 탈바꿈해 놓음으로써, 미국의 숲을 보는 새로운 방식을 제시했다. 그는 「자연」("Nature")에서 거리나 마을에서보다 황야에서 더 귀중하고 본질적인 것을 발견할 수 있으며, 인간은 숲 속에서 이성과 믿음으로 회귀할 수 있다고 주장했다(15-6). 이렇게 자연에 가치를 부여하려는 시각은 소로우에서 절정에 달했다. 그는 『월든』(Walden)에서 자연 세계에 신성이 깃들어 있다는 믿음을 피력했다. 그는 황야를 도시와 대조적으로 영적 진리가 더 온전한 상태로 보존되어 있는 환경으로 간주했다. 페리 밀러(Perry Miller)는 미국은 다른 모든 국가들과 달리 자연과 영속적인 유대관계를 맺고 있으므로, 인공적인 것, 도시적인 것, 문명으로 인한 타락을 두려워할 필요가 없다는 초절주의자들의 주장은 미국에서 자연이 성경의 자리를 대신했음을 보여준다고까지 말한다(112). 아이크가 올드 벤을 만나기 위해 총을 두고 떠나고, 그것도 모자라 시계와 나침반까지 버리는 것은 황야를 문명의 대척점이자 문명에 더럽혀지지 않은 순수를 지닌 공간이라는 관점으로 자연을 보기 때문이다.

그는 얼룩 하나 없는 황야의 초록의 솟구치는 어둠 속에 이방인처럼 길을 잃은 어린아이로 잠시 서 있었다. 그러다가 완전히 버리기로 했다. 시계와 나침반이었다. 그는 아직도 *더럽혀져* 있었다.

He stood for a moment — a child, alien and lost in the green and soaring gloom of the markless wilderness. Then he relinquished completely to it. It was the watch and the compass. He was still *tainted*. (199)

황야를 초월적 공간으로 이상화하는 미국적 자연관은 황야를 미국의 '명백한 운명'(Manifest Destiny)이 실현될 새로운 예루살렘, 약속된 가나안 땅으로 보았던 미국 역사 초기의 청교도들의 성서 해석학적 관점에서 그 뿌리를 찾을 수 있다. 이주 초기부터 황야를 미국의 국가적 정체성의 근원으로 이상화하는 시각이 존재했던 것은 아니었다. 오히려 메이플라워호를 타고 신대륙에 첫 발을 내디뎠던 청교도들에게 미국의 황야는 암흑과 원시의 힘이 지배하는 혼돈과 악의 공간이었고, 그들이 국가와 인종, 신의 이름으로 문명화해야 할 사명을 띤 대상이었다. 이렇게 자연을 정복의 대상으로만 보았던 시각은 독립 이후부터 자연에서 미국적인 독특한 가치를 찾으려는 변화를 맞았다. 이는 영국으로부터의 독립 이후, 미국 고유의 독특한 국가적 정체성을 찾음으로써 문화적, 심리적으로도 구세계와 결별하고 유럽으로부터 완전한 독립을 이루어야 할 필요성에서 나왔다. 미국인들은 역사 깊고 세련된 유럽의 문화에 비해 일천하고 조악한 미국의 문화와 짧은 역사에 열등의식을 느끼고 있었다. 이를 극복할 대안으로 유럽에는 없는 미국만의 고유한 것으로 찾아낸 것이 바로 미국의 대자연, 황야였다. 이러한 요구는 청교도들이 새로운 에덴을 건설하기 위하여 미 대륙으로 건너왔으며, 부패하고 타락한 구세계를 대체할 도덕적이고 이상적인 새로운 국가를 건설하는 것이 미국의 명백한 운명이라는 청교도적 서사와 결합하여 미국 국가주의 서사의 근간을 이루게 되었다. 이러한 논리에 따르면 미 대륙은 유럽 역사의 오류와 죄로부터 자유로운, 역사 바깥에 존재하는 공간이었다. 문명으로 더럽혀지지 않은 대자연의 존재가 이러한 미국의 순수성에 대한 가시적이고도 구체적인 증표였다.

황야에 도덕적 가치를 부여하고 그곳에서 국가적 정체성의 근거를 찾는다는 점에서는 아이크도 프레더릭 잭슨 터너(Frederic Jackson Turner)의 프런티어 신화의 이상을 잇는 후예라 할 수 있다. 미국의 황야가 국가의 성격에 가장 근본적인 요소이자 본질적인 형성 요인이며, 민주주의는 숲의 산물이라고 본 프레더릭 잭슨 터너의 주장은 미국의 자연과 국가적 정체성을 연관 지으려는 시각을 단적으로 드러냈다. 그는 『미국 역사에서의 프런티어』(*The Frontier in American History*)에서 황야의 존재야말로 미국 민주주의와 그 이전의 다른 민주주의들을 구별하는 기준이라고 보았다(7). 그는 서부 개척지를 야만과 문명의 접촉 지점으로 정의한다(11). 서부 개척지에서의 민주주의는 원시 상태와 끊임없이 접촉했고, 이 두 힘의 작용과 반작용이 미국 역사를 형성했다는 것이다(43). 황야에서의 삶은 원시 상태로의 회귀이며, 미국인들은 황야에서의 삶을 통해 개인주의와 독립성, 자신감을 길렀다. 이처럼 국가주의자들은 황야가 미국의 자산이라고 주장했다. 황야는 문화적 도덕적 근원이자 국가적 자긍심의 기반으로까지 인식되었다(Nash 67). 콤슨 장군도 아이크에게서 황야의 정신을 계승한 이상적인 프런티어맨의 잔영을 본다. 캄슨 장군은 「곰」("The Bear")에서 아이크의 사냥꾼으로서의 타고난 자질을 높이 평가하고, 그가 황야에 속한 인간임을 알아보는 인물이다. 그는 이제 세월이 변해 캐스와 같은 사람들은 한 발을 농장에, 다른 한 발을 은행에 걸치고 있지만, 농장과 은행이 생겨날 수 있었던 것도 곰을 보겠다는 일념으로 나침반도 없이 십 마일을 갔던 아이크처럼 무모한 열정으로 두려움 없이 황야에 발을 들여놓았던 개척자들 덕분이었음을 알고 있다(240). 캄슨 장군이 아이크를 인정하는 것은 이제 황야와 함께 사라져가는 과거의 순수했던 이상적인 프런티어맨에 대한 향수어린 기억 때문이다. 그가 아이크에게 유언으로 사냥뿔을 남겨주는 것도 마지막으로 남은 황야의 유산을 전한다는 의미를 지닌다.

자연을 도덕적 근원으로 보는 이 같은 이상화는 남북전쟁 이후 남부인들에게서도 발견된다. 남부인들은 남북전쟁에서 패망한 후 산업화된 북부에 경제적으로 종속된 처지로 전락했을 뿐 아니라, 노예제의 죄악으로 인해 도덕적 명분까지 잃게 되자, '자연의 국가'라는 미국의 이상에 기대어 잃어버린 남부의 도덕적 명분과 정당성을 회복하고자 했다.3) 반면 아이크는 노예제도가 그 무엇으로도 정당화될 수 없는 죄악임을 꿰뚫어보고 남부의 죄상을 회피하려 하지 않으며, 흑인들이 지닌 인내하는 미덕을 인정한다. 그러나 아이크 역시 미국에 건너 온 백인들이 인디언의 땅을 빼앗은 점은 비판하지만, 미 대륙이 하느님이 백인들의 사명을 위해 예비해 둔 새 가나안 땅이며 에덴이라는 청교도들의 관점은 그대로 받아들인다.

에덴을 빼앗기셨지요. 가나안을 빼앗기셨지요. 빼앗은 자들은 빼앗긴 자들로부터 빼앗은 것이지요. 로마의 대욕탕에서 부재지주들이 오백년을 보냈고, 다음으로 북방의 삼림 지대에서 온 야만인들의 시대가 천년이 계속되었지요. 야만인들은 로마의 부재지주들에게서 숲을 빼앗고 빼앗은 재산을 먹어치우고 다시 차례대로 빼앗은 다음 소위 구세계의 무가치한 여명 속에서 구세계의 갉아먹다 남은 뼈다귀를 두고 으르렁거리고, 하느님의 이름을 욕되게 한 나머지 마침내 하느님이 단순한 계란을 이용하여 그들로 하여금 백성들의 나라가 겸손과 굴종과 자부심으로 세워질 수 있는 신세계를 발견하게 하셨지요.

---

3) 이러한 남부 지식인들의 사고는 『내 입장을 지키리라』(*I'll Take My Stand*)에 잘 드러나 있다. 이 책의 필자들은 산업화된 북부가 자연세계와의 접촉을 상실하고 자연을 착취함으로써 인간의 기계화를 초래하고 있으며, 물질주의에 빠져 과거의 전통과 예술의 가치마저 외면하고 있다고 비난했다. 이와 대조적으로 남부는 여가, 전통, 미학, 종교 등 산업화를 추구하는 북부가 후진적이라고 낙인찍고 물질적 이득만을 추구하다 놓친 가치를 담보하고 있으며, 자연에 뿌리를 둔 자족적이고 회고적인 지방 공동체 문화가 남아 있는 곳이라고 주장했다. 그들은 농본주의 전통을 갖고 있어 자연친화적인 남부야말로 진정한 예술을 추구할 수 있다고 보았다. 이러한 남부 지식인들의 주장은 자연이 도덕적 우월성과 순수성을 담보해 준다는 전통적인 미국적 자연관에 근거를 둔 것이다.

Dispossessed of Eden. Dispossessed of Canaan, and those who dispossessed him dispossessed him dispossessed, and the five hundred years of absentee landlords in the Roman bagnios, and the thousand years of wild men from the northern woods who dispossessed them and devoured their ravished substance ravished in turn again and then snarled in what you call the old world's worthless twilight over the old world's gnawed bones, blasphemous in His name until He used a simple egg to discover to them a new world where a nation of people could be founded in humility and pity and sufferance and pride of one to another. (247)

아이크는 땅을 소유하여 더럽힌 죄를 미 백인들에 의해서만이 아니라 인류 역사 전체에 걸쳐 저질러져 온 것으로 확장한다. 콜럼버스의 아메리카 대륙 발견은 죄로 얼룩진 역사를 새로운 땅에서 새롭게 시작하도록 하느님이 주신 기회였다 (248). 아이크가 말하는 기회는 임자 없는 땅을 차지하여 부의 기반을 이룰 경제적 의미의 기회가 아니라, 도덕적, 영적 갱생의 기회를 말하는 것이다.

사촌 캐스와의 대화에서 아이크의 주장은 미국 예레미아드4)의 패턴을 적용하여 남부 역사를 읽어낸 것이다(Evans 192). 하느님은 대지를 창조하고 수많은 동물과 식물을 만들어 인간이 다스리도록 해 주었다. 아이크는 하느님이 내려주신 새 가나안 땅을 아메리카 대륙에서 남부로 바꾼다. 하느님은 남부인들에게 풍요로운 자연을 베풀어 주었다. 그러나 미국 예레미아드에서 선택받은 자들이 하느님의 뜻을 저버리고 죄악의 수렁에 빠지듯이, 남부인들도 하느님의 은혜를 잊

---

4) 데이비드 H. 에반스(David H. Evans)는 미국 예레미아드가 상당히 정형화된 패턴을 따른다고 설명했다. 우선 설교자는 청중들에게 그들이 신에게 선택되어 신의 특별한 은총을 받아 구세계의 타락과 결별하고 신세계로 온 자들임을 상기시킨다. 단 여기에는 조건이 따르는데, 이 '특별한 사람들'은 의로움을 행하고 세상에 모범이 됨으로써 신과 맺은 서약을 이행해야 한다. 그러나 오래지 않아 사람들은 신에게 부여받은 고귀한 사명을 저버리고 죄를 저지른다. 예레미아드 설교자들은 인간들의 죄에 신이 이미 어떤 징벌을 마련해 두었는지 열정적으로 상세하게 설명한다. 그러나 미국 예레미아드가 유럽의 것과 다른 점은, 신이 선택받은 자들에게 내리는 재앙은 그들에게 예정된 고귀한 운명을 더 명확히 확인해 주기 위해서라는 점에서 어김없이 낙관적인 분위기로 끝맺는다는 것이다(192-4).

고 그의 뜻을 거슬러 땅을 소유하고 나아가 같은 인간을 소유하는 죄를 저질렀다 (Evans 195). 남부인들이 자신들의 죄로 인해 전쟁에서 패배함으로써 하느님의 징벌을 받았다고 생각하는 캐스의 비관적인 견해는 양심적인 남부인들의 일반적인 견해를 대변한다. 아이크 역시 이를 인정하지만, 미국 예레미아드의 패턴에 따라 남부 역사를 읽어내려는 아이크는 캐스처럼 비관적으로만 보는 것이 아니라, 남부인들이 선택받은 자들이기 때문에 거쳐야 할 시련으로 생각한다. 아이크는 남북 전쟁을 하느님이 이 땅을 구원해 주기 위해 우리들 쪽으로 눈을 돌려주신 것이라 본다(273-4). 남부인들은 "고통을 통해서가 아니면 아무것도 배울 수가 없고, 피로 밑줄을 그어주지 않으면 아무것도 기억할 수 없기 때문"(273)이다. 캐스는 전쟁 중 여러 가지 예기치 않은 혼란과 우연한 사고가 남군의 기세를 꺾고 수세에 몰아넣었던 일을 나열하며 그런데도 하느님이 남부를 도와주었다고 할 수 있겠느냐며 아이크를 반박한다(274). 그러나 아이크에게는 전쟁이 일어나고 남부가 치명적인 패배를 당하고 굴욕을 겪게 된 것이 모두 잠시 하느님의 길을 벗어난 선택받은 자들을 다시 각성시키기 위한 하느님의 섭리이다. 아이크는 장부에서 읽어낸 할아버지 캐로더스 맥캐즐린의 죄상에 대해서도, 하느님에게 남부가 선택되었듯이 그가 하느님의 섭리를 이루기 위한 도구로 선택된 것이라 해석한다. 아이크가 구성한 예레미야드의 전개에 따르자면, 그가 유산을 포기하는 것은 이미 그 이전부터 예비된 필연적인 결말이다. 캐스의 말은 아이크의 생각을 반영한다.

'내 생각에(인정하겠다) 너는 벅과 버디가 그들의 시대에 그랬듯이, 너의 시대에 하느님으로부터 선택받은 자야. 그리고 하느님은 곰 한 마리와 노인 한 사람과 4년의 세월을 오로지 너만을 위해 쓰셨지. 그리고 너는 거기까지 도달하는데 14년이 걸렸고, 아마도 올드 벤은 더 많은 세월이 걸렸을 것이고, 샘 파더스는 70년 이상이 걸렸어. 너 한 사람뿐이다.'

'Chosen, I suppose (I will concede it) out of all your time by Him as you say

Buck and Buddy were from theirs. And it took Him a bear and an old man and four years just for you. And it took you fourteen years to reach that point and about that many, maybe more, for Old Ben, and more than seventy for Sam Fathers. And you are just one.' (286)

캐스의 말대로, 아이크는 선택받은 자이며 예레미아드의 패턴으로 읽어 낸 역사를 완성하는 자이다. 아이크는 유산을 포기함으로써 죄로 얼룩진 선조의 역사에 종지부를 찍고 역사 밖으로 나와 거기에 이르기까지 진행되어 온 역사의 과정을 조망한다. 버코비치(Sacvan Bercovitch)가 말하는 청교도적 서사로 재구성된 미국의 성서적 의미도 이와 비슷하다. 미국인들은 미국이 성서가 예언상 "지상의 끝"으로 칭한 곳이며, 지리학상으로는 탐사의 끝이고, 역사적으로는 신의 섭리의 웅대한 계획에서 "시간의 종말"이며, 성서해석학상으로는 예언 자체의 종착점이라고 선언했다(Bercovitch 81-2). 아이크는 유산을 포기하면서 캐스에게 "나는 이제 자유에요"라고 선언한다(285). 유산을 포기함으로써 죄로 얼룩진 과거에 종지부를 찍은 그가 이제 원하는 것은 평화뿐이다. 그는 역사 바깥으로 걸어 나가 시간을 정지시키고, 그 정지된 순간 속에서 영원한 평화를 누리게 되기만을 바란다.

아이크의 해석은 자신을 역사의 끝에 놓음으로써 피할 수 없는 시간의 변화를 벗어나기 위한 것이면서, 동시에 남북전쟁의 패배가 남부인들에게 남긴 깊은 심리적 외상을 극복하고 남부를 정당화하기 위한 하나의 방편으로 볼 수 있다. 아이크는 남부 백인들의 죄를 비판하면서도 여전히 그들이 선택받은 자들이고 이러한 도덕적 타락과 시련을 극복하고 구원받는 역사의 종말로 나아갈 것을 믿으며, 자신은 황야의 가르침을 통해 그러한 각성을 얻은 자라고 여긴다. 클렌스 브룩스도 아이크가 노예제도에 대한 강한 혐오에도 불구하고, 남부인들에 대해 자부심을 갖고 있다고 지적했다(148). 죄를 극복하고 신의 섭리를 실현할 사명이 남부인에게 지워져 있다는 선민의식은 흑인의 존재를 백인이 극복해야 할 '백인의 짐'으로 보는 캘비니즘의 사고방식과 연관된다. 『8월의 빛』에서 흑인들의 권익을 위해 노력했으나 흑인들을 동등한 인간이라기보다는 "백인이 태어날 때부터 지고 태어난 십자가"(127)로 보는 조애나(Joanna)와 그 아버지처럼, 아이크에게도 흑인의 존재는 죄의식과 함께 그들로부터 눈 돌리고 싶은 거부감과 혐오감을 불러일으킨다. 아이크가 노예제의 죄악을 비판하면서도 로스의 정부를 자신의 친족으로 받아들이지는 못하는 것도 그러한 거부감을 넘어서지는 못하기 때문이다. 아이크의 이러한 태도는 시간의 흐름에 더럽혀지지 않으며 시간이 멈춘 근원적 순수와 절대적 진실을 담지하는 장소로서의 황야에 대한 강박적인 집착에서 비롯된다.

그에게 숲은 계속해서 등장하는 벽의 이미지로 문명화된 인간의 공간과 차단된 신성한 공간이다. 그는 그곳에서 에피파니의 경험을 통해 시간의 흐름이 정지하고 역사 밖으로 이탈해 나옴으로써 순간 속에 지속되는 영원성의 감각을 체험해 보았다.

[…] 사슴은 아직도 영원히 뛰어오르고 있고, 흔들리는 포신은 계속해서 영원히 그대로 있다가 마침내 총성을 울리고, 불멸의 순간 속에서 여전히 사슴은 영원히 죽지 않고 도약했다.

. . . since the buck still and forever leaped, the shaking gun-barrels coming constantly and forever steady at last, crashing, and still out of his instant of immortality the buck sprang, forever immortal. (171)

숲 속에서 체험하는 이러한 결정화된 순간은 캐스가 읽어 준 키츠의 시에 나오는 구절과 유사하다. "그녀는 희미해지지 않으리라, 비록 그대는 그대의 축복을 갖지 못할지라도 […] 그대는 영원히 사랑할 것이며, 그녀는 아름다우리라"(283). 캐스는 키츠가 진리에 대해 이야기하고 있는 것이며, 진리는 하나이고 변치 않는다고 말한다(283).

　　황야를 문명과 사회로부터 단절된 순수한 곳으로 생각하는 아이크의 믿음이 허구적인 것임을 보여 주는 또 하나의 사례가 『모세여 내려가라』에서 중요한 주제가 되는 사냥이다. 『모세여 내려가라』에서 아이크가 자연과 만나는 중요한 계기가 되는 사냥에도 숲 밖의 문화적, 사회적 관념이 덧씌워져 있다. 사냥은 해마다 캄슨 장군과 드 스페인 소령의 생일 즈음에 맞추어 연례행사로 이루어진다. 사냥은 아이크가 퀜틴과 달리 대자연 속에서 모든 살아있는 존재와 구체적으로 만나는 경험을 통해 과거와 죽은 자들의 기억을 전수 받도록 해 준다는 점에서 의미가 깊다. 존 리든버그(John Lydenberg)는 남부인들에게 사냥이 범속한 일상의 세계에서 잃어버렸던 순수를 회복하고, 그들의 삶을 마모시키는 사소한 관습들을 무화시키는 역할을 한다고 말한다(85).5) 이 의례적인 사냥에서 기존의 사회적 관계들은 해체되어 버리고, 제퍼슨의 인위적인 계급 질서는 더 자연스러운 관계에 자리를 넘겨주어 샘 파더스가 주도적인 역할을 맡게 된다(Lydenberg 86). 그러나 숲과 문명이 서로 분리된 공간이며, 숲에서는 사회의 질서가 해체되고 모두 평등해진다는 것은 환상에 불과하다. 실제로는 사냥꾼들 사이에서도 엄격한 위계질서가 있으며, 숲에서의 활동은 이 질서에 따라 이루어진다. 문명과 대비되는 숲 속에서도 사회적 신분과 계급, 인종 질서는 그대로 남아 있다. 가장 연장자이며 사회적 지위도 높은 캄슨 장군과 드 스페인 소령이 사냥꾼들을 이끄는 대장의 역할을 하고, 그 외 사람들은 나이와 신분에 따라 사냥감이나 동물을 노리는 길목을 각각 달리 배정받는다. 아이크의 경우에도 열두 살이 되어 맨 처음 사냥에 나갔을 때에

---

5) 사냥은 미국 문학에서 자연 신화와 더불어 중요한 주제로 다루어진다. 그러나 포크너는 사냥을 『압살롬, 압살롬!』과 『모세여 내려가라』에서 여러 가지로 변주하여 미국의 자연 신화에서 이상화되고 신화화된 사냥의 다른 면을 폭로한다. 「과거」("Was")에서 토미즈 터얼을 쫓는 벅과 버디의 사냥은 코믹하게 그려지지만 노예제 시절 탈주 노예를 쫓던 노예 사냥꾼들을 연상시킨다. 『압살롬, 압살롬!』에서 섯펜은 탈주 노예를 쫓듯이 사냥개와 사냥꾼들을 동원해 황야에서 달아난 건축가를 잡는다. 「불과 난로」("The Fire and the Hearth")에서 루카스의 금속 탐지기를 이용한 돈 추적은 사냥이 대지의 자원을 찾아내 수탈하는 성격도 있음을 보여준다.

는 가장 목이 나쁜 지점을 배정받았다. 백인 남성들만이 사냥에 참여할 수 있으며, 흑인들은 내내 천막을 지키고 백인들의 시중을 드는 뒤치다꺼리만을 맡는다. 「델타의 가을」("Delta Autumn")에서 사냥터에 따라온 젊은 흑인은 사냥꾼들의 식사를 챙기고 밤새 모닥불을 지키면서 스스로에게 되뇐다. "나는 이것 때문에 온 것일 거야. 그는 생각했다. 사냥을 하러 온 것이 아니고, 이 일을 하러 온 거야."(333) 사냥에는 흑인 뿐 아니라 여성과 아이들도 배제된다. 자연 속에 깃든 영적 힘과 접촉하고 흡수할 자격을 지닌 것은 백인 남성들뿐이다.

> [⋯] 심장과 머리와 용기와 야성과 속도의 그 훌륭하고 격렬한 순간들이 여자들, 소년들과 아이들이 아닌 오직 사냥꾼들만 마시는 그 갈색 액체 속에 농축되고 증류되어 있었고, 그들은 그들이 흘리게 한 피가 아니라 불멸의 정신을 응축한 것을 마셨다. [⋯]

> . . . those fine fierce instants of heart and brain and courage and wiliness and speed were concentrated and distilled into that brown liquor which not women, not boys and children, but only hunters drank, drinking not of the blood they spilled but some condensation of the wild immortal spirit. . . (184)

이처럼 사냥은 유일하게 자연을 향유할 자격을 지닌 백인 남성 주체의 우월적 지위를 재확인해 준다. 샘 파더스나 분 호간벡(Boon Hoganbeck)과 같은 인디언들만 예외를 허용 받는다. 리든버그의 주장대로 샘 파더스가 사냥에서 백인들에게 눌리지 않고 사냥이라는 의식을 거행하는 고위 사제와 같은 주도적 역할을 하는 것은 사실이지만, 샘이 힘을 지닐 수 있는 것은 어디까지나 숲 속에서, 황야와의 관계에서만 가능한 일이다. 또한 이러한 예외적 지위가 모든 인디언들에게 허용되는 것도 아니다. 샘 파더스가 흑인의 피가 섞이기는 했어도, 추장의 피를 받은 귀족이라는 사실이 여러 차례 강조된다. 같은 인디언이라도 평민인 분 호간

벡은 샘과 같은 권위를 인정받지 못하며, 어린아이처럼 순진하나 무능하다는 인디언의 스테레오타입을 재현하는 인물로 그려진다. 그런 점에서 사냥 의식이 보기에는 다른 형태의 지식의 근원인 것 같지만, 실제로는 어떤 의미 있는 대안도 제공하지 못한다는 비판이 제기된다(Morrison 103). 사냥은 인내만이 아니라 배제에 의해 작동하는 의식이며, 아이크는 사냥을 폐쇄된 백인 남성 신화에 정당성을 부여하는 것으로써 집착한다는 것이다(Morrison 108). 아이크는 자신이 생각하는 황야가 타 인종과 여성을 배척하며 백인 남성만을 자연을 향유할 수 있는 주체로 받아들이는 인종적이고 젠더화된 공간이라는 사실을 인지하기를 거부한다.

변화를 거부하는 아이크의 태도는 캐디(Caddie)의 순결에 집착하며 이것이 상징하는 남부의 순수를 지키려 하는 퀜틴(Quentin)과 비슷한 점이 있다. 시간의 흐름은 필연적으로 흑인들을 그들을 얽어 맨 인종의 굴레에서 풀어낼 것이고, 황야를 삼켜버릴 것이고, 궁극적으로 모든 순수한 것을 더럽힐 것이다. 피타비는 아이크와 퀜틴이 근친상간과 인종잡혼으로 얼룩진 남부의 유산을 직시하지 않으려 하는 이상주의자들이기 때문에 퀜틴은 자살할 수밖에 없고, 그보다 덜 완강한 아이크는 사회적 고립이라는 영적 자살을 택한다고 본다(93). 선드퀴스트(Eric Sundquist)는 포크너가 아이크를 허클베리 핀처럼 잃어버린 순수에 매달리는 인물로 만들었다고 지적한다(152). 아이크는 변화의 필연성과 황야가 소멸할 수밖에 없는 운명을 알고 이를 감수하지만, 적어도 자신이 살아있을 동안만은 변화 없이 정지된 시간이 지속되기를 바란다. 그는 유산을 포기하는 행위로 숲에서 사슴을 쏘는 순간 경험했던 에피파니의 순간, 결정화되어 정지된 순간을 지속시키기를 원한다. 그러나 피타비의 지적처럼, 이러한 에피파니의 순간은 극히 짧고 지속 불가능한 것이며, 오직 샘 파더스나 올드 벤, 사슴이 그랬듯이 죽음을 통해서만 무시간성의 일부가 될 수 있다(91). 자신만의 정지된 시간 속에 고립되어 외부의 변화를 거부하고 자신의 세계를 지키려 한다는 아이크의 태도는 섯펜과도 비슷한 점이 있다. 그렇기에 폰시바(Fonsiba)의 남편에게 백인들은 죄로 인해 남부 땅에 내린 저주를 풀 기회를 잃었고, 흑인들에게 다음 차례가 갈지도 모르지만 지금은 아니라고 말한다(266). 아이크의 변화에 대한 격한 거부감은 로스의 정부를 만났을 때에도 반복되어 표출된다. "어쩌면 미국에서도 천 년이나 이천 년쯤 지나면 될지도 모르지. 그는 생각했다. 하지만 지금은 안 돼! 지금은 아니야!"(344). 아이크의 고립은 그가 "어린 소년의 고귀하고 이타적인 순수"(103)를 얻기 위해 자발적으로 선택한 것이기도 하고, 죄와 수치의 역사로부터 벗어나고자 하는 시도에 필연적으로 수반되는 것이기도 하다.

III. 나오는 말

『모세여 내려가라』에서 아이크 맥캐즐린은 황야를 이상화하는 시각을 갖고 있지만, 세속의 변화와 타락으로부터 차단된 순수한 공간으로서의 황야의 위상은 위태롭다. 이미 아이크 당대에 황야는 벌목과 철도 건설로 많은 변화를 겪는다. 아이크 자신도 황야가 시간의 흐름이 가져오는 변화를 피할 수 없으며, 자신의 힘으로는 변화를 막을 수 없다는 사실을 잘 알고 있다. 아이크는 유산을 포기하고 황야에 속한 인간으로 살아감으로써 죄와 속죄와 구원으로 이어지는 예레미아드의 패턴을 따른 미국의 자연 신화를 완성하고자 한다. 그럼으로써 그는 더 이상의 변화를 거부하고 정지한 공간으로서의 황야 속에서 살아가기를 바란다. 그러나 불멸의 존재인 것처럼 여겨졌던 올드 벤도 죽음을 피할 수 없었듯이, 영원하고 절대적인 공간인 것 같았던 황야 역시 전쟁 이전부터 이미 인간의 소유로 더럽혀져 왔으며, 전쟁 이후 밀어닥친 철도 건설과 산업화의 격랑 속에서 변화와 소멸의 운명을 피할 수가 없다. 포크너는 아이크가 실패할 수밖에 없었던 근본적인 원인을 긍정적이든 부정적이든 변화를 인정하지 않고 실은 본래 존재한 적이 없었던 순수에 집착하는 미국적 자연관의 환상에서 기인한 것으로 본다. 포크너는 황야 또한 전체 세계의 일부일 뿐 인간 사회와 동떨어져 탈출구를 제공할 수 있는 곳은 아니며, 변화를 피할 수 없다는 것을 보여준다. 포크너는 황야를 다룰 때에도 사회 속에서 황야가 문화적으로 어떻게 배치되는가에 주목한다. 포크너는 땅은 누구의 소유도 아니라는 아이크의 깨달음을 통해 생태적 인식의 가능성을 보여주는 한편으로, 일방적인 자연 찬양론이 빠지기 쉬운 자연 신화의 함정에 대한 성찰도 보여준다.

포크너를 소로우처럼 자연에서의 영적 각성을 통한 자연과의 합일을 믿는 생태주의자로 볼 수는 없다. 그러나 포크너의 자연은 기존의 자연 작가들의 작품에서 등장하는 자연처럼 시간의 흐름으로부터 영향 받지 않고 문명으로부터의 도피처를 제공하는 분리된 영역이 아니라, 인간 사회와의 관계 속에서 개발되고 파괴되고 사라져가는 역사적 과정 속에 존재한다는 점에서 더 현실적이다. 포크너의 세계에서 핵심적인 요소는 변화이다. 살아있는 것은 시간 속에서, 그리고 그를 둘러싼 환경과의 상호관계 속에서 끊임없는 변화를 겪는다. 포크너는 이러한 변화를 거부하고 자연 신화에서 말하는 것처럼 순수하고 이상적인 과거만을 돌아보는 태도도, 역사의 끝을 향해 진보와 발전을 주장하며 미래만을 바라보는 태도도 받아들이지 않는다. 마이클 밀게이트(Michael Millgate)는 포크너가 진화론적 관점을 받아들이지 않으므로 인간이 어떤 먼 미래의 신적인 사건을 향해 움직이는 것으로 보지 않으며, 인간이 완벽해질 수 있는 가능성도 믿지 않는다고 말한다 (32). 지층이 하나씩 쌓이는 것과 같은 순수하게 누적적인 의미에서 말고는 '진보'란 거의 존재하지 않는다. 그러나 이것은 본질적으로 주기적이라는 점에서 비관적인 관점도 아니다. 인류는 특정 순간의 요구에 맞추어 영원히 스스로를 조정해나갈 것이며, 생존을 위한 그러한 기본 능력을 끊임없이 보여준다. 이로 인해 포크너는 인간이 생존할 뿐 아니라 극복하리라는 희망을 품는다(Millgate 33). 포크너는 노벨상 수상 연설에서 자본주의와 산업화의 파괴적인 영향으로 점점 더 개인과 개인, 개인과 환경 간의 관계에서 단절과 소외의 양상이 심화되어 가는 속에서 동정과 희생, 인내만이 인간의 종말을 막을 수 있을 것이라고 말했다. 이는 자연과의 관계에서 자연이 인간의 이익을 위해 존재한다는 인간중심적 사고를 버리고 자연 속의 한 존재로서 공생하는 길을 찾아야 한다는 포크너의 생태적 인식을 보여준다.

Bercovitch, Sacvan. *Rites of Assent*. New York: Routledge, 1993.

Brooks, Cleanth. *William Faulkner: First Encounters*. New Haven: Yale UP. 1983.

Buell, Lawrence. *The Environmental Imagination: Thoreau, Nature Writing and the Formation of American Culture*. Cambridge: Harvard UP. 1995.

Davis, Thadious M. "The Game of Courts: *Go Down, Moses*, Arbitrary Legalities and Compensatory Boundaries." *New Essays* on Go Down, Moses. Ed. Linda Wagner-Martin. New York: Cambridge UP, 1996.

Elder, John. *Imaging the Earth: Poetry and the Vision of Nature*. Champaign: Illinois UP, 1985.

Emerson, Ralph Waldo. *Nature, Addresses and Lectures*. Philadelphia: Henry Altemus, 1809.

Evans, David. "Taking the Place of Nature: 'The Bear' and the Incarnation of America." *Faulkner and the Natural World*. Eds. Donald M. Kartiganer and Ann J. Abadie. Jackson: Mississippi UP, 1996. 179-197.

Faulkner, William. *Go Down, Moses*. New York: Vintage International, 1990.

Grim, Michael. *Heart in Conflict: Faulkner's Struggles with Vocation*. Athens: Georgia UP, 1987.

Gutting, Gabriel. *Yoknapatawpha: The Function of Geographical and Historical Facts in William Faulkner's Fictional Picture of the Deep South*. New York: Peter Lang, 1992.

Gwynn, Frederick L., and Joseph Leo Blotner, eds. *Faulkner in the University: Class Conferences at the University of Virginia, 1957-1958*. Charlottesville: Virginia UP, 1959.

Kazin, Alfred. "The Stillness of *Light in August*." *William Faulkner: Three Decades of Criticism*. Eds. Frederick J. Hoffman and Olga Vickery. New York: Harcourt, 1963. 9-37.

King, Richard. "Working Through: Faulkner's *Go Down Moses*." *Modern Critical Views: William Faulkner*. Ed. Harold Bloom, New York: Chelsea House Publishers. 1986. 193-206.

Leopold, Aldo. *Sand County Almanac*. New York: Oxford UP, 2001.

Lutwark, Leonard. *The Role of Place in Literature*. Syracuse: Syracuse UP. 1984.

Lydenberg, John. "'The Bear' as a Nature Myth." *Readings on William Faulkner*. San Diego: Greenhaven Press, 1998. 91-117.

Marx, Leo. *Machine in the Garden*. New York: Oxford UP, 1964.

Miller, Perry. *Errand into the Wilderness*. Cambridge: The Beiknap Press of Harvard UP, 1956.

Millgate, Michael. *Faulkner's Place*. Athens: Georgia UP, 1997.

Pitavy, Francois. "Is Faulkner Green? The Wilderness as Aporia." *Faulkner and the Ecology of the South*. Eds. Joseph R. Urgo and Ann J. Abadie. Jackson: Mississippi UP, 2003. 81-97.

Sundquist, Eric. *The House Divided*. Baltimore: Johns Hopkins UP, 1983.

Turner, Frederic Jackson. *The Frontier in American History*. New York: Dover, 1996.

Twelve Southerners. *I'll Take My Stand*. New York: Harper, 1962.

Watson, Neil. "The 'Incredibly Loud. . . Miss-fire': A Sexual Reading of *Go Down, Moses*." *William Faulkner: Six Decades of Criticism*. Ed. Linda Wagner-Martin. East Lansing: Michigan State UP, 2002. 199-212.

Williamson, Joel. *William Faulkner and Southern History*. NY: Oxford UP, 1993.

Wittenberg, Judith. "*Go Down, Moses* and the Discourse of Environmentalism." *New Essays on Go Down, Moses*. Ed. Linda Wagner-Martin. New York: Cambridge UP, 1996. 49-72.

■ 이 글은 『현대영미소설』 17권 1호(2010)에 실렸던 글을 수정, 보완한 것이다.

제4장
포크너와 탈식민·탈구조주의

9.

탈식민주의적 포크너 읽기

신영헌

I. 서론

탈식민주의란 식민 상태에서 벗어나기 위한 온갖 담론적 실천을 총칭하는 개념으로서 그 명칭 상, 식민주의를 극복하려는 이론적 논거를 의미한다. 따라서 탈식민주의에 대한 올바른 이해는 식민주의에 대한 정확한 정의를 전제로 한다. 존 맥클라우드(John McClaud)는 식민주의를 "영토에의 정착, 자원의 약탈과 개발, 그리고 점령지 토착민들을 다스리려는 시도"라고 정의한다. 이에 근거해서 그는 식민주의를 다룸에 있어서 "첫째, 땅에 정착을 강조하며, 둘째 식민주의 핵심에 놓인 경제적 관계에 주목하며, 마지막으로 식민주의가 만들어내는 불평등한 권력관계에 주의하라"고 주문한다(맥클라우드 23-24). 그런데 2차 세계 대전 이후에 대부분의 제3세계 국가들이 정치적 독립을 이룩하게 되면서, 식민주의는 정치적 지배라는 직접적 착취 형태에서 경제적 착취와 문화적 지배라는 간접 지배의 양상으로 그 강조점을 옮겨 간다. 이른바 신식민주의로의 변신이다. 따라서 식민주의에서 벗어나려는 투쟁 역시 정치적 저항에서 문화적 저항으로 그 주도권이 옮겨졌으며, 그 결과로 나타난 것이 바로 탈식민주의라고 할 수 있다.

한 집단이 다른 집단을 강압적으로 지배해 온 역사는 어쩌면 인류의 시초부터 지속되어 온 현상이라고 할 수 있다. 그러다보니 식민주의의 역사 또한 무척이나 오래되고 다양하며, 그만큼이나 이에 대한 저항의 기록인 탈식민주의 또한 다양하고 오랜 역사를 지니고 있다. 그런 연유로 탈식민주의의 출발을 언제부터로 잡을 것인지에 대한 합의조차 쉽지 않은 게 사실이다. 이에 대한 가장 합리적인 접근은, 탄자니아 태생의 탈식민주의 비평가 바트 무어 길버트(Bart Moore-Gilbert)의 제언이라고 할 수 있다. 그는 에드워드 사이드(Edward Said)의 『오리엔탈리즘』(*Orientalism*)의 등장을 탈식민주의의 출발점이 아닌 분기점으로 보면서, 그 이전을 '탈식민주의 비평,' 그 후를 '탈식민주의 이론'으로 구분하자고 제안한다(이경원 40). 다시 말하면 서인도 제도나, 아프리카의 반식민적 민족 문학에 미국의 흑인 문학 및 영연방 문학의 반식민적 문학 담론을 포함시킨 것이 '탈식민주의 비평'이며, 이것이 유럽의 '고급 이론'을 만나면서 태어난 것이 '탈식민주의 이론'이라는 것이다. 후자를 대표하는 비평가로는 소위 탈식민주의 이론의 삼총사라고 불리는 사이드, 호미 바바(Homi Bhabha), 가야트리 스피박(Gayatri Spivak)을 들 수 있다(이경원 40).

얼핏 보기에 이러한 탈식민주의 비평 내지 이론과 포크너의 문학 세계는 별 연관성이 없어 보일 수도 있다. 2차 대전 이후의 제3세계를 중심으로 한 문학적 실천으로 인식되는 탈식민주의라는 틀을 가지고 20세기 전반부의 미국 남부를 주 무대로 활약한 1세계의 대표적 작가 중 한 명인 포크너의 작품 세계를 규명하려는 시도 자체가 작위적이라는 느낌을 줄 수도 있다. 그러나 탈식민주의가 주된 공격 대상으로 삼는 식민주의라는 것이 인종적 불평등에서 연유하는 특정 집단과 집단 간의 지배와 종속의 이중관계라는 사실을 떠올려 본다면, 문학적 실천 내내 인종과 계급, 성적 불평등과 착취를 주요 주제로 삼아온 포크너의 문학적 실천과 탈식민주의가 어떤 식으로든 맞닿아 있을 수밖에 없음을 쉽게 짐작할 수 있다. 본 논문은 포크너의 주요 문학 작품에 나타난 탈식민주의적 주제와 인물들을 살펴봄으로써, 이 이론이 포크너의 문학 세계를 이해하는데 어떤 기여를 할 수 있는지를 따져 보고자 한다.

II. 본론

2.1 탈식민주의의 정의

서론에서 살펴보았듯이, 탈식민주의란 식민 상태를 조장 내지는 지속하려는 식민주의 담론에 대한 대항 담론들을 총칭하는 개념이다. 그러나 이와 같은 명칭한 개념에도 불구하고 탈식민주의를 둘러 싼 온갖 억측과 혼란이 난무하는 이유는, 이 '식민 상태'라는 것을 어떻게 규정할 것인가라는 문제가 그리 녹록치 않다는 점에서 기인한다. 진단이 다르면 처방도 달라지기 마련이다. 이렇게 보면, 이러한 식민 상태를 어떻게 벗어날 것인가에 대한 수많은 해법들이 백가쟁명을 벌이는 것은 탈식민주의의 피할 길 없는 숙명이라고 할 수 있다. 이에 대해 고부응은 압둘 잔 모하메드(Abdul Jan Mohamed)를 원용해서 아래와 같이 비교적 명쾌하게 탈식민주의를 정의한다.

> 달라진 것은, 식민 문학비평가 압둘 잔모하메드가 지적했듯이, 단지 식민 지배의 양상일 뿐이다. 안토니오 그람시가 논의하는 시민사회와 국가를, 즉 자발적 순응을 유도하는 이데올로기 체제와 억압 기구를 사용하는 폭력적 통치 체제를, 식민 지배 체제에 적용하여 잔모하메드는 공식적 독립 이전에 있었던 통제적 양상의 식민 체제와 독립 이후 신식민 시대에 있는 헤게모니적 식민 체제로 식민 지배의 양상을 구분한다. 그에 의하면 소위 식민 시대에는 폭력적 억압 기구인 식민 군대나 경찰, 관료제도 등의 통치 기구를 사용하여 식민지 신민을 지배하는 한편 현대의 신식민 체제는 서구의 가치를 긍정적으로 받아들이게 만듦으로써 서구 제국주의 세계와 비서구 피식민 사회는 계속하여 지배와 피지배 관계에 있게 된다는 것이다. (25)

위 인용문에 따르면, 식민 지배는 폭력적 식민 통치 체제와 헤게모니적 식민 체제로 나뉜다. 따라서 탈식민주의 또한 폭력적 국가장치에 의한 제국주의 국가들의 직접적 통치를 벗어나기 위한 투쟁뿐만 아니라 형식적인 독립 이후에도 문화와 경제적인 방면에서 피식민국가의 민중들의 의식을 지배하고 통제하려는 신식민체제에 대한 거부와 저항까지 포괄하는 넓은 개념이 될 수밖에 없다. 작금의 문학이론들이 대개 그러하지만, 그 중에서도 탈식민주의는 원래가 문학적 실천을 설명하기 위한 목적에서 출발한 것이 아니기에 이를 하나의 단일한 이론으로 말끔하게 정리하기가 쉽지 않다. 그렇다고 해서 탈식민주의는 단수가 아니라 '복수

명사'라는 식으로 어물쩍 넘어갈 수는 없는 노릇이다. 탈식민주의의 다양한 갈래와 계보를 인정하되, 이를 큰 틀에서 하나의 담론으로 묶어줄 수 있는 유연한 시각이 요구되는 것이다. 이러한 작업은 탈식민주의의 기원에서 시작해서 그 후의 발전과정을 개략적이나마 살펴보는 작업을 요한다.

탈식민주의의 기원을 살펴봄에 있어서 무시할 수 없는 인물이 바로 알제리 출신의 혁명가 프란츠 파농(Franz Fanon)이다. 그는 앙띨레스 제도에 속한 마르티니크 섬 주민들을 중심으로 피식민지인의 정체성 형성과정을 다룬 자신의 저서, 『검은 피부 하얀 가면』에서 "앙띨레스인의 모든 신경증과 비정상성의 현시, 그리고 정서적 신경불안 등은 문화적 산물이다"(190)고 단언한 바 있다. 달리 말하면, 흑인들은 식민주의에 의해 왜곡된 정체성을 가지게 되며, 이는 다시 정신적 미성숙 혹은 심리적 문제를 낳게 된다는 주장이다. 파농의 연구는 흑인은 본질적으로 열등한 정신세계의 소유자이며, "저급한 감정 혹은 그보다 더 저급한 충동 아니면 어두운 영혼을 상징"(226)하는 존재라는 본질주의적 인종론에 대한 최초의 과학적 반박이다. 구체적으로 이는 "마다가스카르 원주민들이 '의존'의 필요성을 지니고 무의식적으로 백인의 도래를 기대하여 심리적으로 식민화될 준비가 되어 있었던 것"이라는 마노니(Octave Mannoni)의 주장에 대한 논박이다(양석원 68). 양석원에 따르면, "마노니가 식민주의를 (일부 민족을 의존이나 피지배에 대한 욕구로 이끄는) 인종 간의 어떤 정신적 차이의 결과라고 제시한 반면, 파농은 사실상 식민주의가 인종적 구분을 따른 정신적 차이를 만들어내고 흑인 주체를 파멸시켜 무가치한 것으로 만드는 원인"(75, 원문 강조)으로 본다는 점에서 극명하게 갈라진다. 자신의 책의 결론부에서 파농은, 흑인으로서 자신이 바라는 것은 "인간에 의한 인간의 노예화는 영원히 금지되어야 한다는 것. 한 인종에 의한 다른 인종의 노예화는 반드시 중단되어야 한다는 것. 인간, 그가 어디에 있든지 간에 내가 그를 찾아내고 사랑할 수 있어야 한다는 것. 이것뿐이다"(291)고 요약한 바 있는데, 이것이야말로 탈식민주의의 효시라고 할 수 있는 선언이다.

한편 탈식민주의란 식민주의에 대한 반대를 지향하는 '담론'이라고 규정할 수 있다. 그렇다면 식민주의 담론이란 무엇인가? 일반적으로 그것은 "재현과 재현 양식이 피식민지인을 식민통치에 순종하도록 하는 식민권력의 근본적인 무기로서 사용된 다양한 방식"(맥클라우드 35)을 총괄하는 이름이다. 맥클라우드에 따르면, 고전적 식민주의 국가의 대표 격인 대영제국도 단순히 군사적, 물리적 힘으로만 식민지를 지배하지는 않았다. "대영제국은 식민주의자와 피식민지인 모두에게 세계와 자신을 특수한 방식으로 바라보게 함으로써, 제국의 언어를 삶의 자연스럽고 진실된 질서를 대변하는 것으로 내면화하면서 지속되었다"(맥클라우드 38-39). 피식민지인들이 이와 같은 식민담론을 내면화하게 되면, 그들은 "식민지 배자 국민들의 우월성과 정상성을 도출해내는 모든 특질들에 반대되는 '타자'로 남을 수밖에 없"(41)게 된다. 따라서 식민주의에 대한 저항은 단순히 정치적인 독립을 넘어서 보다 근본적이고 철저한 의미에서의 독립을 모색하는 것이어야 하며, 이는 "세상을 바라보는 지배적인 방식을 전복시키고, 식민주의자의 가치관을 복제하지 않는 방식으로 현실을 재현하는 과정"(43)으로 이어져야 한다.

요약하자면, 반식민주의 투쟁은 두 개의 흐름으로 이어져 온 셈이다. 크게 보아 직접적 식민통치하에서는 식민통치 양식에 대한 직접적인 비판과 공격에 치중하는 탈식민주의 비평이 전선을 주도한 반면, 신식민 통치체제 하에서는 재현의 양식에 대한 보다 이론적이고 근본적인 비판에 치중하는 탈식민주의 이론이 그 영향력을 점차 확대해왔다고 볼 수 있다. 이에 따라 탈식민주의의 주도권이 탈식민주의 비평에서 탈식민주의 이론으로 점차 옮겨 온 것이 탈식민주의의 역사라고 할 수 있다.

탈식민주의를 둘러싼 주도권 다툼은 지금도 진행 중이라고 할 수 있다. 이경원에 따르면, 제3세계 민족주의의 이념적 토대 위에 제1세계 포스트모더니즘의 이론적 얼개를 올려놓은 것이 바로 현재의 탈식민주의이다. 여기서 핵심어는 '이념'과 '이론'이다. 이와 같은 '혼종성'으로 말미암아 탈식민주의는 태생적으로 내부 갈등과 노선 투쟁의 가능성을 안고 있다. "민족주의로서는 탈식민주의가 서구의 이론적 세례를 받고 포스트모더니즘의 양자 행세를 하는 것이 달갑지 않고, 포스트모더니즘으로서는 탈식민주의가 탈민족주의 시대에 와서도 여전히 민족이라는 근대적 허구에 대해 강박관념에 가까운 부채 의식에 사로잡혀 있는 것이 못마땅하다"(44)고 이경원은 설명한다. 우리로서는 양자 중 어느 한 편의 손을 성급히 들어줄 이유가 없다. 탈식민주의 비평의 급진적 운동성을 거세하지 않으면서도 탈식민주의 이론의 정치함과 섬세함을 가미한 탈식민주의 담론을 발전시켜 가는 노력이 우리에게 요구되는 셈이다.

2.2 탈식민주의와 포크너

이 절의 주제와 관련해서 살펴 볼 가장 중요한 연구는 탈식민주의와 포크너의 문학적 배경인 미국 남부사회의 관련성에 주목해서 그의 작품 세계 전체를 조망한 찰스 베이커(Charles Baker)의 책, 『윌리엄 포크너의 탈식민적 남부』(*William Faulkner's Postcolonial South*)이다. 이 책에서 베이커는 탈식민주의를 넓게 해석해서 이를 포크너의 문학세계에 대한 평가에 적용한다. 그에 따르면, 탈식민주의는 "하나의 문화가 다른 문화를 지배하는 과정과, 억압당하는 문화가 이에 저항하는 수단 및 이를 통해 스스로의 정체성과 자율성을 재확립하는 수단들"(3)에 주목하는데, 이는 그람시(Antonio Gramsci)의 용어인 '부관/하층민'(subaltern)[1]이란 개념으로 잘 설명된다. 부관이란 개념은 하급 병사라는 본래적 개념에서 "억압당하는 모든 사람들"(3)을 지칭하는 용어로 확대되었다고 베이커는 해석한다. 이와 더불어 베이커는 피부색이나 인종의 차이가 식민/피식민 관계를 발생시키는데 있어서

---

1) 'subaltern'은 번역자에 따라 '부관', '하층민', '하위 계층' 등으로 다양하게 번역되는데, 군사 용어의 본래적 어감을 살린다는 측면에서는 부관이라는 번역이 타당하지만, 스피박이 사용하는 이 단어의 어감을 살린다는 측면에서는 하층민이 더 자연스럽다는 이유에서 본 논문에서는 이 용어를 하층민으로 옮긴다.

필수적인 요건은 아니라고 주장한다(17). 그는 샤프(Jenny Sharpe)의 주장을 원용해서, 하층민은 "계급, 카스트, 민족성, 연령, 성 및 여타 형태의 종속"으로 정의될 수 있다고 주장한다(3). 이처럼 탈식민주의가 '인종을 중심으로 펼쳐지는 식민주의 모국에 대한 피식민국가의 저항'이라는 본래적인 의미에서 모든 종류의 지배/종속을 지칭하는 광의의 개념으로 확대되면, 남북전쟁의 결과 북부에 의해 지배당하게 된 남부의 모든 문화적 담론적 행위를 탈식민주의적 실천으로 규정할 수 있게 된다. 과연 베이커는 전후 미국 남부를 근본적으로 "식민지화된 지역"으로 간주하면서, "그 곳에 사는 사람들, 심지어 지배 계급에 속하는 상류층 백인 남성들까지도 승리자인 북부인들과 관련해서는 하층민으로 간주하는 것이 가능"하다고 주장한다(4). 그의 논지는 "만약 우리가 전후의 남부 사회를 정복당하고 식민지화되고 억압당하는 지역으로 간주한다면, 우리는 포크너의 작품들을 탈식민주의 이론의 견지에서 재평가할 수 있게 될 것이다"(7)는 문장으로 요약될 수 있다.

"얼핏 보기에, 백인 남성인 포크너를 하층민으로 개념화하는 것이 문제가 있을 수 있다"(At first glance, the concept of Faulkner as subaltern appears problematic)는 점을 인정하면서도, 베이커는 "하나의 사회적 집단이 특정한 역사적 상황 속에서 어떻게 스스로를 위치시키느냐에 따라 '엘리트'가 될 수도 있고 '하층민'이 될 수도 있다"는 샤프의 논의에 기대어 포크너와 남부 백인 남성들이 북부 백인들과 관련해서는 종속적인 위치에 처한다고 주장한다(4). 자신의 주장에 대한 근거로 베이커는 애쉬크로프트(Bill Ashcroft)의 논의를 소개한다. 그리피스(Gareth Griffiths) 및 티핀(Helen Tiffin)과 공동 저술한 탈식민주의의 기념비적 입문서인 『포스트 콜로니얼 문학이론』(*The Empire Writes Back*)에서, 애쉬크로프트는 백인 호주 문학이 원주민 문학에 대해서는 특권을 누리지만 식민 모국인 영국 문학에 대해서는 종속적인 이중적 지위를 지닌다고 언급한 바 있다(애쉬크로프트 외 5). 베이커는 위와 같은 애쉬크로프트의 논리를 그대로 차용해서, 미국 남부 문학역시 두 가지의 상반된 관점에서 접근할 수 있다고 주장한다. 어떤 관점에서 보면 포크너는 백인 남성 지배 계급을 대변하지만, 다른 관점에서 보면 포크너는 하층민이며, 압제적인 외부 세력의 희생자였다는 것이다(5).

이와 더불어 베이커는 "제국주의가 한 국가 내에서도 존재할 수 있다"(17)고 역설한다. 즉 "인종적 문화적 유사성에도 불구하고 한 국가의 특정 지역이 다른 지역을 효과적으로 식민화할 수 있다"(17)는 것이다. 정확히 이런 현상이 내전 후의 미국에 발생했으며, 이 때 "북부는 중심이 되고 남부는 주변 영역이자 하층민의 지위로 전락했다"(19)고 그는 주장한다. 여기서 중요한 점은 이러한 중심-주변의 지배/피지배 관계는 단일 단계로 끝나는 것이 아니라, 주변부는 또 다른 주변부를 찾아서 새로운 중심-주변의 관계를 형성하면서 반복된다는 점이다. 이렇게 되면 중심의 엘리트에 비해서 주변부의 하층민으로 규정된 집단이 또 다른 주변부의 하층민을 만나면 오히려 중심부의 엘리트가 되면서 제국주의의 고리를 무한히 지속시키게 된다(27).

이러한 입론 위에서 베이커는 포크너 문학세계의 탈식민적 특성을 본격적으로 규명해 나간다. 그는 먼저 북부가 대변하는 근대화와 산업화에 대한 문화적 저항운동이라고 할 수 있는 남부의 문예 부흥 운동과 포크너 문학과의 연관성에 주목한다. 우선, 베이커는 남부의 문학 전체를 북부 식민주의에 대한 저항적 글쓰기로 규정할 수 있다고 본다. 그 예로 그는 남부의 대표적 문학 그룹인 '도망자'(the Fugitive) 그룹을 든다. 베이커에 따르면, '농민 시인'(the Agrarian)으로 알려진 그들의 문학적 실천은 당대의 제국주의적 문학의 대세인 모더니즘의 실험주의에 대한 거부이면서 보다 전통적인 고전적 시로의 전환을 모색하는 저항적 글쓰기였다는 것이다(50).

> 농본주의자들은 북부의 정책과 태도에 대해서, 그것이 경제적 프로그램이든 아니면 사회적 개혁이든지 간에 단순히 거부해 버리는 것으로 반응했다. […] 산업화와 인종통합정책을 거부함으로써 농민 시인들은 중심부의 지배를 부인한 것이다. 전

세계의 탈식민적 작가들을 연상시키는 의식적 운동을 통해서 농민 시인들은 남부에 대한 북부의 성격 규정에 도전하고, 자신들의 압제자들의 권위를 전복시키며, 자신의 자율성을 재전유하고, 민중들의 목소리를 확립했다.

The Agrarians responded to the policies and attitudes of the North by simply rejecting them, be they economic programs or social reforms. . . . By denying industrialism and integration, the Agrarians negated the dominance of the metropole. In a conscious move reminiscent of postcolonial writers around the world, they challenged the North's characterization of the South, subverted the authority of their oppressors, reappropriated their own autonomy, and established a voice for their people. (53)

베이커가 보기에 남부 농민 시인들의 저항적 글쓰기는 단순히 유행하는 문예사조에 편승하기를 거부하는 것을 넘어서, 자기들만의 전통과 자율성을 고수하기 위한 저항적 실천이며, 이런 의미에서 그들의 문학적 실험은 포크너와 연결이 된다. 원래 제국주의는 효율적인 식민통치를 위해, 피식민 주체의 정체성의 기초가 되는 민족문화나 전통을 말살하기 위해 노력하기 마련이다. 이런 왜곡을 통해서 제국주의자들은 본인들의 문화의 우월성을 제고하면서 동시에 타자를 억압하게 되기 때문이다(Baker 55-56). 따라서 논리적으로 탈식민주의는 잃어버린 전통과 지역성을 회복하기 위해 노력하며 이를 위해 탈식민 작가들이 의존하는 것이 바로 '신화'이다. 왜냐하면 "신화는 단순히 일련의 이야기를 넘어서 우리가 누구이며 우주 속에서 우리가 처한 위치를 어떻게 평가할 것인가에 대한 표현"(Baker 56)이기 때문이다. 포크너가 요크나파토파 이야기(Yoknaphatawpha Saga)라는 신화적인 세계를 창조해 낸 것 역시 정확히 이런 이유라고 베이커는 주장한다(59).

그러나 전쟁 이전의 남부 사회라는 신화적 소재를 사용하면서도 포크너와 농민 시인들 사이에는 적지 않은 차이가 있다. 즉, 남부 전통 사회라는 신화적 소재를 이상화해서 찬미하는 농민 시인들과는 달리, 포크너는 과거의 고통스런 유산을 받아들이되, 이를 인디언 정복과 노예제 및 여러 도덕적 죄로 점철된 과거로부터의 탈출을 모색해 보는 출발점으로 삼는다는 점에서 차이가 있다(Baker 59). 사실 노예제도라는 가장 제국주의적 관행에 기반한 자신들의 전통과 역사를 수호하기 위한 남부인들의 문화적 실천을 탈식민주의적 저항의 일환으로 포섭하려는 베이커의 시도는 다소 무리가 느껴진다. 탈식민주의를 '식민주의'에 대한 저항이 아니라 식민주의에 대한 '저항'으로 읽는 관점은 자칫 자기 안에 도사린 식민주의에 대한 인식을 차단할 위험이 있기 때문이다. 이런 이유에서 북부의 산업주의 문명의 문화적 식민통치에 저항하면서도 자기 안에 내재한 또 다른 형태의 식민주의에 대한 날카로운 인식을 방기하지 않는 포크너의 문학적 성취가 그만큼 더 소중하게 다가온다.

탈식민 작가로서의 포크너를 설명해주는 또 다른 특징으로 베이커는 구전 전통에의 천착을 든다(61). 신화와 더불어 구전 전통으로의 복귀는 포크너의 단편 세계를 잘 규명해 주는 중요한 특징들이다. 사실 포크너의 작품 세계에서 가장 설명하기 힘든 부분이 바로 그의 단편 소설들이 보여주는 주제와 배경의 다양성과 방대함이다. 그의 장편 소설들은 요크나파토파 소설이라고 불리는 일군의 소설들 ─ 여기에는 그의 주요작 대부분이 포함된다─ 과 이에 포함되지 않는 잃어버린 세대 군의 몇 작품들─ 여기에는 『파일런』(*The Pylon*), 『병사의 보수』(*Soldiers' Pay*) 등의 초기작들이 포함된다─ 과 『우화』(*The Fable*)와 같은 초시간적 초공간적 알레고리 작품들로 구분된다. 이에 반해 거의 백 여 편에 달하는 그의 단편들은 적절한 범주로 구분하는 것 자체가 불가능할 정도로 다양하면서도 방대하다. 물론 포크너 자신이 이 단편들을 주로 작품의 시공간적 배경을 중심으로 크게 여섯 개의 범주로 나눈 바 있다. 그럼에도 불구하고 이 여섯 개의 구분되는 범주들이 전체적으로 어떤 통일성을 갖는지는 설명할 길이 없었는데, 베이커의 주장은 이에 대한 설득력 있는 대안을 제시한다. 우선 여섯 개의 장들은 소위 요크나파토파의 과거와 현재를 구성하고 있다는 구조적인 일관성을 지니고 있다. 동시에 그 속에 등장하는 다양한 소재와 인물들로 이루어진 여러 단편들은 탈식민주의의 화두인 지배/피지배, 억압/저항이라는 주제적 일관성을 지니고 있다고 말할 수 있다. 이런 관점에서 볼 때 원주민들과 백인 정착민들의 속고 속이는 관계 및 원주민들 간의 불의와 불평등을 다루는 단편들 역시 무리 없이 포크너의 작품 세계로 흡수된다.

사실 포크너의 남부를 식민화된 주변부로 이해하는 것은 베이커만의 독특한 해석이 아니며, 포크너 연구에서는 이미 정설로 받아들여지는 명제이다. 예를 들어 저명한 포크너 연구자인 존 매튜즈(John T. Matthews) 역시 최근에 발간된 저서 『윌리엄 포크너: 남부 꿰뚫어 보기』(*William Faulkner: Seeing Through the South*)에서, 피식민 주체에 대한 식민주체들의 뿌리 깊은 차별과 멸시의 예로, 북부에 의한 남부의 노예화를 든다(184). 매튜즈에 따르면, 포크너는 1950년대의 세계 문제에 대해 남부인의 관점을 유지하던 작가였다. 즉 포크너는 1세계 시민으로서의 관점과 동시에 북부에 정복당한 식민지인의 이중적인 시각을 보유하고 있었다고 매튜즈는 주장한다(266). 나아가서 매튜즈는 포크너가 『우화』에서 미국의 역사를 "자본축적과 수탈"(accumulation and dispossession)의 역사로 요약하고 있다고 해석한다(242). 심지어 대자연 속에서의 평등을 추구하는 아이크(Ike McCaslin)의 사냥 무리 속에서도 사회적 차별과 신분의 차이는 여전히 존재한다(Matthews 216). 미국 남부를 식민지로 규정하면서 포크너 문학과 탈식민주의의 상관성을 탐구하는 제3세계 출신 연구자로는 호삼 아불엘라(Hosam Aboul-Ela)를 꼽을 수 있다. 그는 탈식민 공간의 특징으로 '상실' ─ 패전, 패망, 복속 등이 이의 대표적 예이다 ─ 에 따라오는 '주변화'를 꼽는다(490). 그가 보기에 아랍권의 중동과 남미 대륙 및 미국 남부는 이러한 주변화를 경험했다는 공통점을 갖고 있다. 미국 남부는 피식민 국가가 된 적은 없지만, 식민 경제에 지배당한 경험이 있다는 점에서 아랍 및 남미 국가들과 유사성을 지닌다고 그는 주장한다(490).

여기서 흥미롭게 살펴 볼 점은, 베이커와 아불 엘라가 포크너 당시의 미 남부를 피식민 주변부로 파악하는 공통점을 보이면서도 이에 대한 포크너의 문학적 재현을 설명함에 있어서는 상당히 다른 논거를 제시한다는 점이다. 베이커의 경우, 포크너의 탈식민 글쓰기의 특성을 "고통을 통한 구원"(77)이라든가, "수동적 저항"(110)이라는 주제적 차원에서 주로 규명하려 한 반면, 아불 엘라는 포크너의 작품－예컨대『압살롬, 압살롬!』(*Absalom, Absalom!*)－이 지닌 서술 구조에 치중해서 재현의 양식을 중심으로 설명한다. 이러한 차이는 앞서 살펴본 탈식민주의 비평과 탈식민주의 이론의 차이에 정확히 대응된다.

베이커가 주목하는 포크너 작품의 탈식민적 주제 중 가장 중요한 개념이 바로 고통이다. 압제에 대한 저항 과정에서 고통이 발생하기 마련이며, 고통을 통해서 탈식민주의자들은 시공간을 넘어서 자유를 위해 애쓰는 모든 타자들과 자신들이 연결된다고 보기 때문이다(Baker 78). 이와 유사하게 포크너의 인물들도 종종 자신의 고통을 통해서 자신들의 땅이 궁극적으로 역사의 저주로부터 벗어나게 될 것임을 역설한다. 예컨대「곰」("The Bear")의 4장에서 아이크는 캐스(McCaslin Edmonds)에게 자신이 유산상속을 포기하려는 이유로 탐욕과 폭력, 근친상간으로 점철되어 온 가문의 역사를 제시하며, 자신은 인류의 죄를 대속한 예수의 삶을 본받아 속죄의 삶을 살기로 다짐한다(*Go Down, Moses* 195). 이처럼 베이커가 보기에 포크너의 많은 작품들에서 발견되는 죄와 고통 및 구원이라는 전통적인 기독교의 교리는 식민 체제에 대한 저항과 이 과정에서 발생하는 고통 및 고통의 감내를 통한 구원이라는 탈식민적 담론의 논리로 무리 없이 변환될 수 있다.

베이커에 따르면, '희생과 고통'이란 주제는 포크너의 다른 작품들을 이해하는 열쇠일 뿐 아니라, 응구기(Ngũgĩ wa Thiong o)를 위시한 여타의 탈식민 작가들의 작품 세계에서도 빠짐없이 등장하는 핵심적인 탈식민적 주제이다.

고통은 탈식민적 해방에 이르는 핵심 열쇠를 제공해 준다. 고통을 인내함으로써,

하층민들은 자신들이 쓸 수 있는 유일한 실제적 수단인, 기꺼이 인내하려는 의지를 가지고 억압에 저항한다. 포크너의 인물들은 종종 고통에 대해 이와 유사한 태도를 보여 주며 자신들의 지역이 당한 고통을 자신의 것으로 기꺼이 떠안는다.

Suffering, though, provides the key to postcolonial liberation. By enduring hardships, subaltern people resist oppression with the only practical means at their disposal – their own willingness to endure. Faulkner's characters often display similar attitudes toward suffering, freely taking the pain of their region upon themselves. (99)

포크너의 작품세계에 대한 이와 같은 탈식민주의 비평적 접근에서는 주로 등장인물들의 행동으로 표출되는 저항적 주제가 강조되는 반면, 탈식민주의 이론적 접근에서는 재현의 양식에 있어서 식민주의와 대별되는 탈식민적 담론의 특수성이 강조된다. 예컨대 앞서 언급한 글에서 아불엘라는 포크너의 『압살롬, 압살롬!』이 지닌 복잡한 서술 구조가 "역사는 곧 진보라는 서구 제국주의의 가정에 대한 강력한 논박"(486)이라고 해석한다. 이를 설명하기 위해 저자는 식민주의에 대한 저항 담론인 남미의 종속 이론을 끌어 들인다(486). 그가 종속이론의 이론적 유용성에 매달리는 이유는 이 이론이 역사의 불연속적 내지는 비 진보적 전개 가능성에 대해서 열어놓고 있기 때문이다(487). 이런 맥락에서 그는 『압살롬, 압살롬!』의 이야기가 직선적으로 전개되지 않고 계속 처음으로 회귀하는 구도를 취한다는 점에 주목한다. 즉 주인공인 토머스 섯펜(Thomas Sutpen)의 일대기가 연대기적으로 기술되는 대신, 여러 인물들과 작중 화자를 통해서 단편적으로 제시될 뿐 아니라 잦은 플래시백에 따른 시점의 혼란을 통해 이야기가 다시 처음으로 되돌아가는 작품의 구조 자체가 이 작품의 가장 주된 주제라는 것이다. "이와 같이 되풀이되는 시작은 이 소설의 담론 구조가 직선성과 진보주의를 약화시키는 여러 방편 중 하나"(493)이다. 이에 반해 "자신의 핏줄에 대한 섯펜의 강박관념은 직선적인 진보주의에 대한 강박관념과 동일한 것"(Aboul-Ela 493)이다. 이런 이유에서 아불엘라는 포크너 소설의 탈식민성은 "불평등 발전의 정치 경제학에 주목하는 탈식민주의적 창"(494)을 통해서만 제대로 규명될 수 있다고 주장한다.

이런 맥락에서 자신의 충복인 워시 존즈(Wash Jones)에게 살해당하는 섯펜의 최후는 그가 세운 계획의 종말이 그 시작을 반영해 줄 뿐이라는 점을 강조하고 있다. 다시 말해 "아무런 진보도 이루어 진 게 없다"(Aboul-Ela 499)는 교훈이 이 소설의 주제라는 것이다. 타이드 워터(Tide Water)의 대농장의 주인에게 심부름을 간 어린 섯펜이 뒷문으로 들어오라는 흑인 집사의 모욕적인 대접을 받으면서 앞으로 반드시 성공해서 자신의 가문을 세우리라는 결심을 하게 되는 최초의 지점에서 결국 한 걸음도 나아가지 못한 상태로 그의 이야기가 끝난다는 소설의 구조 자체가, 지역 간 불평등에 기반한 식민 체제 하에서는 아무런 발전이나 진보를 기대할 수 없다는, 이 소설의 가장 중요한 교훈이요 주제라는 것이다.

2.3 탈식민주의적 접근의 실례

위에서 살펴 본 베이커와 아불엘라 및 호미 바바의 탈식민주의적 방법론을 적용해서 포크너의 몇몇 작품들을 해석해 보자.

2.3.1. 인정을 위한 투쟁: 『압살롬, 압살롬!』의 찰스 본

먼저 『압살롬, 압살롬!』의 찰스 본(Charles Bon)의 경우를 예로 들어 보자. 이 작품의 가장 근본적인 비극은 어린 섯펜이 타이드워터 농장에서 흑인 집사에게 모욕을 당한 사건에서 시작되지만, 형제 살해라는 구체적인 비극의 직접적 도화선이 되는 것은 본이 섯펜의 대농장에 찾아오면서이다. 그는 미시시피의 시골 사람들에게 마치 황태자와 같은 세련된 매너와 우아함을 가진 귀족으로 인식된다. 이 작품의 주 화자 중 한 명인 슈리브(Shreve)의 입을 통해 묘사된 본의 모습은 다음과 같다.

> 그리고 그는 그 곳에서 열흘을 보냈다. 그는 헨리가 대학에서부터 흉내내기 시작한, 바둑판무늬가 있는 비단 칼집 속의 그 심원하면서도 사치스러운 강철 칼날이었을 뿐만 아니라, (네 아버지의 말마따나) 섯펜 부인이 고집스럽게 주장하고 받아들인 것과 같이, 하나의 예술품이요, 예법과 유행의 원형이자 거울이었다.

> And he spent ten days there, not only the esoteric, the sybarite, the steel blade in the silken tessellated sheath which Henry had begun to ape at the University, but the object of art, the mold and mirror of form and fashion which Mrs Sutpen (so your father said) accepted him as and insisted (didn't your father say?) that he be. (320)

한 마디로 해서 본은 "뉴 올리언즈 출신의 세련된 젊은 국제인"(a stylish young cosmopolitan from New Orleans)이었으며, 섯펜에게 부족했던 교양과 품격을 채울 수 있는 안성맞춤의 사윗감이다(Matthews 180). 그런데 이처럼 남부러울 것 없어 보이는 본이 섯펜가를 찾아온 이유는 무엇인가? 그것은 바로 자신의 아버지에게 아들로 인정받기 위해서이다. 이를 슈리브는 다음과 같이 상상한다.

> 드디어 난 그를 보게 될 것이다. 내가 만나 볼 것으로 기대하지 않도록 키워진 사람, 그 사람 없이 살아가는 법을 내가 배워 온 그 사람을 말이다. […] 그것이 내가 바라는 전부이다. 그는 심지어 날 인정할 필요도 없다. 그가 나에게 내가 자기 아들이라는 걸 내게 알려주자마자, 난 그가 그렇게 할 필요도 없다는 걸, 내가 그걸 기대하지도 않는다는 걸, 그런 일로 내가 상처입지 않을 것이라는 걸 그에게 알려줄 것이다.

> So at last I shall see him, whom it seems I was bred up never to expect to see, whom I had even learned to live without, . . . That's all I want. He need not even acknowledge me; I will let him understand just as quickly that he need not

do that, that I do not expect that, will not be hurt by that, just as he will let
me know that quickly that I am his son. (319)

위의 인용문에는 인정받지 못한 아들로서 살아오면서 갖게 된 본의 한이 절절하게 드러나 있다. 표면적으로 본은 섯펜이 자신을 인정할 필요가 없다는 것을 내세우고 있지만, 어디까지나 그것은 자신이 그의 아들임을 섯펜이 먼저 받아들일 것을 전제한 뒤의 이야기이다. 여기서 우리는 파농의 이야기를 들어볼 필요가 있다. 그는 흑인들의 경우 독립적인 주체로 서기보다는 늘 타인의 인정에 의존하도록 길들여져 왔다고 주장한다.

> 흑인은 비교 대상이다. 이것이 첫 번째 진실이다. 비교 대상이므로 그는 항상 자기 평가와 자아 이상에 집착한다. 누군가와 접촉할 때도 항상 가치와 공과에 대한 의문을 버리지 못한다. 앙띨레스인들에게는 자신들만의 내재적인 가치가 없다. 그들이 항상 타자라는 존재의 우수리로 인식되는 이유도 이 때문이다. 그들의 의문은 항상 동일하다. 저 자가 나보다 더 똑똑한지 아닌지, 나보다 더 검은지 아닌지, 나보다 더 가치가 있는지 없는지 등등. 자신의 모든 입장뿐만 아니라 안정감의 정도도 역시 타자를 얼마나 위축시키느냐에 따라 달라진다. (264)

물론 아버지에게 인정받지 못한 아들의 심경을 설명하는데 있어서 굳이 인종적 차이를 끌어들일 필요가 없을지도 모른다. 그러나 본의 경우에 있어서, 그가 아버지로부터 버림받은 일차적인 원인이 바로 그의 어머니에게 물려받은 흑인의 피라는 사실을 떠올려 볼 때, 섯펜가를 찾아 온 본의 동기를 설명하는 데 있어서 파농의 통찰이 상당한 적실성을 갖는 것임에 틀림없다.

2.3.2 고통과 구원의 탈식민적 주제: 아이크 맥캐즐린

앞서 말했듯이, 베이커가 포크너 작품의 탈식민적 주제로 가장 주목하는 것은 고통을 통한 구원이라는 주제이다(77). 탈식민주의란 출발부터 그 대립항으로서의 식민적 지배와 통치를 전제하는 개념이기 때문에 이에서 벗어나려는 저항의 과정에서 필연적으로 뒤따르는 고통을 직면할 수밖에 없다. 이때 타인이 저지른 잘못이나 범죄로 인한 고통을 몸소 감당하는 인물이 바로 희생양이다. 원래 희생양이란 구약 성서 레위기에 나오는 개념이다. 이에 따르면, 원래 죄를 지은 사람은 반드시 그 대가를 치러야 하는데, 모든 죄의 궁극적 대가는 사망이다. 그러나 자애로운 신은 자기가 선택한 백성이 죄로 인해 죽는 것을 원하지 않기에 그 해결책을 제시한다. 그것이 바로 희생양이다. 즉 죄를 지은 사람이 양(원래는 염소)의 머리 위에 손을 얹고 자신의 죄를 고백하면, 그 죄가 양에게로 옮겨진다(레위기 16장 8절-10절). 이렇게 사람의 죄를 대신 짊어진 양을 죽임으로써, 죄인은 용서를 받는다는 구약 성서 특유의 논리이다. 결국 이 그림은 신약에 와서 인류의 죄를 대신 짊어지고 죽임당하는 예수 그리스도에 대한 이미지로 연결된다(요한복음 1장 29절).

포크너 작품에서는 많은 경우 여주인공이 이런 역할을 담당한다. 도식적으로 말해서 포크너 작품에서 자살로 생을 마감하는 여성 인물들은 거의 다 희생양들이라고 볼 수 있다. 그 대표적 예로 『어느 수녀를 위한 진혼곡』(*Requiem For a Nun*)의 낸시 매니고(Nancy Mannigoe)를 들 수 있다.[2] 그녀는 남편인 가원(Gowan Stevens)을 버리고 애인과의 야반도주를 떠나려는 템플(Temple Stevens)을 말리기 위해 그녀의 아이를 목 졸라 죽이고 그로 인해 형장의 이슬로 사라져 가는 흑인 여성이다. 템플의 가정을 지키기 위해 그녀의 아이를 죽인다는 발상 자체가 충격적일 정도로 무모해 보이지만, 작가는 낸시의 선택에 깔려 있는 동기의 진정성에 대해서는 일말의 의심도 제기하지 않는다.

또 다른 예로는 『모세여 내려가라』(*Go Down, Moses*)의 여성 노예 유니스

---

2) 낸시와 더불어 베이커가 대표적 희생양으로 꼽는 인물들이 퀜틴(Quentin)과 조 크리스마스(Joe Christmas)이다(98).

(Eunice)를 들 수 있다. 그녀는 맥캐즐린 가문의 조상인 캐로더즈 맥캐즐린 (Carothers McCaslin)의 노예이자 정부인 흑인 여성이다. 그녀는 캐로더즈와의 성 관계를 통해 딸 토마시나(Tomashina)를 출산한다. 나중에 그녀는 자신의 주인이 자 애인인 캐로더즈가 자신의 친딸인 토마시나를 임신케 해서 아들이자 손자인 테렐(Terrel, 일명 Tomey's Turl)을 출산케 한 사실을 알고 강물에 몸을 던져 자살 하는 비극적 인물이다. 유니스가 죽음이라는 (스스로가 부과한) 형벌을 받은 이유 는 그녀 자신의 죄 때문이 아니다. 자신의 친딸과 성 관계를 맺어서 아이를 낳은 캐로더즈의 근친상간 죄에 대한 벌을 그녀가 대신 감당한 것이다. 이러한 유니스 의 선택은 자신의 주인이자 지배자인 캐로더즈에 대한 그녀 나름의 저항으로 볼 수 있다. 캐로더즈가 근친상간에 대한 아무런 가책이나 거리낌을 느끼지 못하는 것은 유니스나 토마시나를 인간으로 인정하지 않고, 단지 자신이 마음대로 할 수 있는 재산으로 간주했기 때문이다. 이는 섯펜이 자신의 손녀뻘 되는 밀리(Milly Jones)를 임신시킨 후, 그녀가 딸을 출산하자 서슴없이 차 버린 것과 똑같은 행태 이다. 섯펜에게는 밀리가 하나의 인격체라기보다는 그의 가문과 재산을 지탱하기 위한 도구에 불과했던 것이다. 따라서 유니스의 자살은 자신도 사람임을 주장하 기 위한 최후의 수단이다. 이처럼 유니스와 같은 하층민들이 자신을 억압하고 비 인간화하는 지배 계급의 이데올로기와 폭력에 대해 저항할 수 있는 유일한 수단 은 고통에 대한 감내이며, 이 과정에서 종종 자신의 생명을 내던지는 선택을 요구 받기도 한다.[3]

한편 타인의 죄로 인한 고통이라는 주제에 있어서는 자연도 예외가 아니다. 예컨대 「곰」의 첫 대목에서 아이크는 성인으로의 입문 과정의 무대가 되는 숲을 보면서, "쟁기와 도끼를 가진 인간들에 의해 조금씩 조금씩 계속해서 그 가장자리

---

[3] 타인이 저지른 죄의 결과에서 기인하는 고통을 감수한 또 다른 여성 인물의 예로는 『팔월의 빛』 (*Light in August*)의 리나 그로브(Lena Grove)를 들 수 있다. 어떤 의미로는 조애나 버튼(Joanna Burden) 또한 희생양 중 하나라고 말할 수 있다. 또 스놉스 삼부작(The Snopes Trilogy)에 등장하 는 율라 바너(Eula Varner) 역시 마찬가지이다.

가 침식당해 가는 운이 다한 숲"(147)이라고 묘사한다. 이런 의미에서 포크너는 "숲이 정복당하고 땅이 '강간당하는' 과정"에 온통 관심을 빼앗겼다"(175)는 응코시(Lewis Nkosi)의 주장은 일리가 있다. 권경득에 따르면, 1883년에, 미국의 심남부에 문명의 상징인 철로가 부설되고, 제재소들이 앞 다투어 진출하면서 대자연의 심장부가 침식당하고 소멸되어 갔다(32). 이러한 자연의 파괴는 그 자체로 그치지 않고, 다시 인간의 황폐화와 타락을 불러오게 마련이다. 신약 성경 로마서는 "피조물이 다 이제까지 함께 탄식하며 함께 고통을 겪고 있는 것을 우리가 아느니라"(로마서 8장 22절)는 선언으로 동일한 주제를 나타낸다.

2.3.3 바바의 흉내내기를 통해서 본 루카스 비첨의 저항

호미 바바의 흉내내기 개념은 탈식민주의 이론의 가장 중심적 도구 중 하나이다. 바바에 따르면 기본적으로 식민지에 대한 서구의 지배 담론은 모순적이다. 왜냐하면 그 담론들은 식민지 지배를 수월하게 하기 위해 피식민 주체들에게 "나를 닮으라"고 요구하면서 동시에, 피식민 주체와의 차별성을 유지하기 위해 "나와 같아서는 안 된다"고 명령하기 때문이다. 이런 이유로 인해, 피식민 주체들은 흉내내기를 통해 지배자의 언술, 행동, 문화 등을 받아들이면서도, 이를 자기 식으로 변형시켜 수용함으로써, 식민체제 내부로부터의 자기동일성의 혼란 및 해체를 가져올 수 있는 가능성을 갖게 된다. 더구나 적지 않은 경우에, 피식민 주체의 흉내내기는 엉터리 흉내라는 형태로 나타남으로써 지배적 가치를 우습게 만드는 전복의 기술로 사용되기도 한다(Bhabha 86).

포크너의 후기작인 『무덤 속의 침입자』(Intruder in the Dust)는 바바의 흉내내기가 얼마나 큰 파괴력과 영향력을 지닐 수 있는지를 잘 보여주는 작품이다. 이 작품은 1940년경의 북부 미시시피의 한 시골 마을을 배경으로 찰스 몰리슨(Charles Mallison, 애칭은 칙)이라는 십 육세의 백인 소년이 과거에 자신을 도와주었던 루카스 비첨(Lucas Beauchamp)이라는 흑인 노인을 살인 누명과 린치의 위협에서 구출하는 이야기이다. 작품의 초반부는 루카스가 왜 백인 주류 사회의 눈엣가시가 되었는지에 대한 상세한 설명을 제공한다. 그는 두 종류의 백인 사회에 공통적으로 불편한 존재이다. 그 하나는 제퍼슨 사회의 주류를 형성하고 있는 백인 남성들이며, 또 다른 하나는 이 주류 사회의 진입을 목전에 두고 있는 주인공 칙이다.

칙과 루카스 사이에 있었던 갈등의 원인은 작품상의 현재로부터 사년 전의 어느 겨울날에 벌어진 한 사건에서 기인한다. 당시 십 이세 소년이던 칙은 삼촌의 친구인 에드먼즈(Carothers Edmonds)의 집에 놀러 갔다가 두 명의 흑인 소년과 함께 토끼 사냥을 나가게 된다. 사냥 중에 시내에 가로놓인 외나무다리를 건너던 칙은 실수로 시냇물에 빠지게 된다. 두 흑인 소년이 허둥지둥하면서 찾아낸 긴 장대를 내밀어서 칙을 구해내려는 순간, "그가 나올 수 있도록 방해되지 않게 장대를 치워라"(7)는 명령이 들려온다. 이 작품의 두 주인공 칙과 루카스가 처음으로 만나는 순간이다. 칙은 "고집스럽고 침착한"(8) 루카스의 모습에서 처음부터 거부할 수 없는 권위를 느낀다. 이미 자신의 집을 향해 발걸음을 옮기기 시작한 루카스는 "우리 집으로 와"(9)라고 명령하고, 이에 대해 칙은 별 도리 없이 그를 따라간다. 그러나 내심 칙의 심경은 복잡하다. 흑인인 루카스의 명령을 따를 수밖에 없는 자신의 처지가 난감한 것이다. 이와 같은 루카스의 행위는 상당히 이례적인 것이다. 루카스와 칙이 몸담고 있는 남부 사회의 지배적인 이데올로기는 백인 남성 중심의 가부장제 이데올로기이다. 이 이데올로기의 근간을 이루고 있는 명제가 바로 '백인은 흑인보다 우월하다'이고, '따라서 어떤 경우에서도 흑인이 백인에게 명령할 수 없고 또 백인이 그 명령을 따라서는 안 된다'이다. 그런데, 백인 지배자들의 명령을 따라 행동해야 할 루카스가 지금 잠재적 백인 지배자인 칙에게 명령을 내리고 있는 것이다. 이러한 루카스의 흉내내기는 칙이 은연중에 내면화해 온 이데올로기에 대한 혼란과 균열을 부추긴다.

이와 같은 루카스의 흉내내기는 여기에서 끝나지 않는다. 루카스의 집에서 식사를 마친 칙은 가지고 있던 동전들을 탈탈 털어서 루카스에게 내민다. 비정상을 정상으로 바로 잡으려는 노력인 셈이다. 그러나 루카스는 칙이 내민 손을 끝내 외면하고, 이에 수치심을 넘어 분노를 느낀 칙은 동전들을 바닥에 내던진다. 이후에 자신이 진 빚을 갚으려는 칙의 노력과 다른 선물로 이를 상쇄하려는 루카스의 집요한 대처가 2장과 3장에 걸쳐 이어진다. 케네스 그린버그(Kenneth Greenberg)는 선물주기가 남부의 명예개념에 있어서 중심적인 개념이며, 이는 우위성을 주장하려는 경쟁의 양상을 띠는 일종의 지배-복종 게임이라고 분석한다(Dussere 45-46). '주인들은 주고 노예들은 받는다'는 확고부동한 원칙은 남부의 계급 질서를 공고화시키는 핵심 기제 중 하나이다. 선물의 언어는 종종 지배의 언어가 되며, 노예에게 선물을 주는 것은 그가 스스로의 주인이 아님을 재확인하는 행위가 된다. 이런 원칙에 의하면 흑인의 환대라는 선물을 받은 칙은 사회적으로 흑인보다 열등한 위치에 처하게 된 셈이다. 따라서 이를 만회하기 위해 칙이 집요한 선물 공세를 펼치는 것은 너무도 당연한 반응이다. 한편 루카스로서는 다시 검둥이로 전락하지 않기 위해서 칙이 보내온 선물에 대한 대가를 계속 지불하고자 애를 쓴다(Dussere 45-46).

2장 서두에 가면 루카스의 행동에서 칙이 느끼는 당혹감이 사실은 칙 개인의 주관적인 반응이 아니라 수년 동안 지역 내의 모든 백인들이 공통적으로 느껴왔던 정서임이 밝혀지면서 칙과 루카스의 문제가 루카스 대 제퍼슨 혹은 흑인 대 남부 백인의 문제로 확대된다.

> 이듬해에 그[칙]는 지역 내의 모든 백인들이 사년 동안이나 그[루카스]에 대해서 다음과 같이 생각해 왔음을 알게 된다. 우리는 그놈을 먼저 검둥이로 만들어야 해 그 놈은 자기가 검둥이라는 사실을 인정해야만 해. 그러고 나면 그놈이 받아들여지고 싶어 하는 대로 그 놈을 받아들이게 될 거야.

> within the next year he was to learn every white man in that whole section of

the country had been thinking about him for years: *We got to make him be a nigger first. He's got to admit he's a nigger. Then maybe we will accept him as he seems to intend to be accepted.* (18-19)

이처럼 루카스의 흉내내기는 백인 소년 칙에게 정체성의 혼란을 불러일으킬 뿐 아니라, 그가 몸담고 있는 남부 백인 사회 전체의 자기 동일성과 계급 제도의 안 정성에 근본적으로 충격과 균열을 가한다.

　루카스가 빈슨 가우리(Vinson Gowry)라는 백인을 죽인 살인범으로 몰려서 죽을 위기에 처하는 직접적인 계기 또한 그가 외출 시에 자신의 독립성과 자율성 의 상징으로 총을 휴대하고 다니는 습관에서 기인하는데, 이 또한 백인 농장주들 을 흉내 낸 행동이다. 루카스가 마을 가게에서 특유의 뻣뻣하고 당당한 행동거지 로 인해 인근의 백인 주민들과 시비가 붙어서 큰 싸움이 벌어질 뻔하는 에피소드 는 이러한 흉내내기가 지닌 파괴력의 또 다른 예이다.

　『모세여 내려가라』의 두 번째 단편인 「불과 벽난로」("The Fire and the Hearth")에서 루카스는 자신의 아내인 몰리(Molly)를 유모로 붙잡아 둔 잭 에드 먼즈(Zack Edmonds)가 그녀를 강탈했다고 믿고는 그에게 찾아가서 결투를 벌인 다.

> 당신도 내가 두려워하지 않으리라는 것을 알고 있을 테요. 당신도 알다시피 나 또 한 맥캐즐린 가문의 사람이며 부계 쪽 혈통이기 때문이오.
>
> You knowed I wasn't afraid, because you knowed I was a McCaslin too and a man-made one. (*Go Down, Moses* 46)

　결국 격투 끝에 권총을 손에 쥔 루카스는 잭을 향해 총을 발사하지만 맞추지 는 못하고 자신의 남자다움과 명예를 지킨 것으로 만족하고는 사라진다. 백인 농장주에게 총을 발사하는 이런 행동은 위험천만한 행동이지만, 잭 또한 맥캐즐린 가문의 일원이면서 어린 시절에 형제처럼 자라난 루카스에게 별다른 보복을 획책하진 않는다. 그러나 이와 같은 루카스의 흉내내기의 대상이 잭같은 양심적 백인이 아닌 다른 백인을 향한 것일 경우에는 문제가 달라진다.

이처럼 루카스의 흉내내기는 자신을 포함한 하층민들을 부당하게 억압하고 착취하는 지배 계층의 이데올로기를 전복시키고 균열을 가하지만, 동시에 이로 인해 자신의 목숨이 위협당하는 지경에 처하게 될 정도로 위험한 행동이다. 비록 『무덤 속의 침입자』에서는 칙 일행의 영웅적인 노력을 통해서 진범이 밝혀지고, 루카스가 린치의 위협에서 벗어나는 해피엔딩으로 끝나지만, 흉내내기를 통한 탈식민적 저항은 목숨을 내놓아야 할지도 모르는 위험한 행위이다.

III. 결론

위에서 살펴본 바와 같이 탈식민주의는 포크너의 문학 세계를 규명하는 데 있어서 여러 모로 유용한 담론이다. 그의 문학 이력 내내 흑인과 어린이, 여성 등의 주변부적인 인물들의 삶과 투쟁에 대해서 깊은 관심을 표출해 온 포크너의 작품 세계를 전체적으로 살펴보는 데 있어서, 피식민 주체의 정체성 형성 과정 및 식민주의에 대한 저항과 극복을 모색하는 탈식민주의만큼이나 유용하고 적실한 이론을 달리 찾아볼 수 없다고 해도 과언이 아니다. 그러나 식민주의에 대한 저항으로 정의되는 탈식민주의의 역사는 너무도 오래 되고 광범위한 것이어서 무엇이 진정한 탈식민주의인가를 놓고 끊임없는 토론과 논쟁이 이어져 왔다. 그러다보니 탈식민주의와 포크너와의 연관성을 모색하는 작업에 있어서도 그 접근법과 강조점이 상당히 다양하게 존재해 왔다. 크게는 물리적인 저항까지 포함해서 식민 모국에 대한 저항적 실천을 중시하는 탈식민주의 비평과 식민주의 담론에 대한 이론적 저항에 치중하는 탈식민주의 이론으로 양분되어 왔다. 전자에 입각해서 포크너를 읽을 때는 대개 탈식민적 주제와 행위에 초점이 맞춰지게 마련이다. 그리하여 고통을 통한 구원이라든가, 타인의 죄에 대한 대리적 속죄 및 궁극적 승리에 대한 희망 등의 탈식민적 주제들에 방점이 찍힌다. 반면 후자의 경우는 바바의 흉내내기와 혼종성, 스피박의 하층민 개념 등, 식민주의 담론의 전복과 해체를 모색하는 이론적 도구들을 통해서 포크너의 작품 세계의 심층적 의미를 드러내 보이는 작업이 강조된다.

탈식민주의 이론과 비평 양 진영은 서로에 대해서 탈식민주의의 서자라는 비난을 퍼부으면서 이 운동의 주도권을 쥐기 위한 노선 투쟁을 계속해 왔다. 그러나 우리로서는 탈식민주의의 두 갈래 중 어느 한 쪽의 손을 들어줄 필요가 없다. 비평과 이론 양자를 잘 활용해서 포크너의 문학 세계를 보다 잘 규명하면 된다. 이 과정에서 서구의 경제적 문화적 영향력으로부터 온전한 독립을 이루지 못한 입장이면서, 한편으로는 다른 제3세계 국가들에 대한 경제적 문화적 지배를 강화시켜가는 이중적 입장에 처한 우리의 현실을 돌아볼 수 있다면 그것은 분명 의미 있는 공부가 될 수 있을 것이다.

인용 문헌

고부응. 『초민족 시대의 민족 정체성』. 서울: 문학과 지성사, 2002.

권경득. 「윌리엄 포크너의 소설: 문명과 자연의 대립」. 『영어영문학연구』 30.2(2004): 31-46.

바트 무어-길버트. 『탈식민주의! 저항에서 유희로』. 이경원 역. 서울: 한길사, 2001.

양석원. 「탈식민주의와 정신분석학」. 『탈식민주의: 이론과 쟁점』. 고부응 편. 서울: 문학과 지성사, 2003. 59-94.

이경원. 「탈식민주의의 계보와 정체성」. 『탈식민주의: 이론과 쟁점』. 고부응 편. 서울: 문학과 지성사, 2003. 23-58.

빌 애쉬크로프트, 개레스 그리피스, 헬렌 티핀. 『포스트 콜로니얼 문학이론』. 이석호 역. 서울: 민음사, 1996.

존 맥클라우드. 『탈식민주의 길잡이』. 박종성 외 편역. 서울: 한울, 2003.

프란츠 파농. 『검은 피부 하얀 가면』. 이석호 역. 서울: 인간사랑, 1998.

Aboul-Ela, Hosam. "The Poetics of Peripheralization: Faulkner and the Question of the Postcolonial." *American Literature* 77.3(2005): 483-509.

Baker, Charles. *William Faulkner's Postcolonial South*. New York: Peter Lang, 2000.

Bhabha, Homi K. *The Location of Culture*. London: Routledge, 1994.

Dussere, Erik. "The Debts of History: Southern Honor, Affirmative Action, and Faulkner's *Intruder in the Dust*." *Faulkner Journal* 17.1(2001): 37-57.

Faulkner, William. *Absalom, Absalom!*. New York: Random House, 1936.

_____. *Go Down, Moses*. Harmondsworth: Penguin, 1942.

_____. *Intruder in the Dust*. Harmondsworth: Penguin, 1960.

Matthews, John. T. *William Faulkner: Seeing Through the South*. Oxford: Wiley-Blackwell, 2009.

Nkosi, Lewis. "Luster's Lost Quarter." *Journal of Postcolonial Writing* 41.2(2006): 166-78.

■ 이 글은 『현대영미어문학』 29권 4호(2011)에 실렸던 글을 수정, 보완한 것이다.

10.

『압살롬, 압살롬!』:
감응을 통한 역사의 재구성

김종갑

I. 들어가는 말

『압살롬, 압살롬!』(*Absalom Absalom!*)은 출판되었던 당시부터 여러 비평가들에게 다양한 인상을 남겼다. 오도넬(George Marion O'Donnell)은 이 작품을 "악마적인 흉폭함과 힘을 가진 새로운 유형의 한 남성과 그의 주위에 살고 있는 인간들에 관한 새로운 작품"(193)이라 평가하며 포크너의 이전의 작품들이 갖고 있는 구조적인 문제점을 극복한 새로운 형식이 돋보이는 작품이라고 긍정적으로 평가했다. 트로이(William Troy)는 이 작품을 평가하기 위해서는 사실주의적 소설이 아니라 서정시의 기준을 적용해야 할 것(189)이라고 평하기도 했으며, 드 보토(Bernard De Voto)는 갱 속에서 소용돌이치며 솟아오르는 유황연기 자욱한 공포의 정수라고 평가하며 작품에 나타난 등장인물 사이의 근원적인 무의식적 폭력성(198)에 초점을 맞추었다.

스넬링(Paula Snelling)도 이 작품을 인간이 인간에게 끼치는 고통에 대한 격렬한 증오이며 통제할 수 없는 힘의 희생자에 대한 깊은 연민을 표현한 작품이라 결론지으며 이 작품에 나타난 폭력성을 정신분석적 차원에서 이해하고자 시도했다. 그리고 루이스(Cecil Day Lewis)같은 비평가는 포크너의 이전의 작품들은 1차 대전 후에 출판된 뛰어난 작품들 중에 속하지만 잔인하고 폭력적인 부분을 표현한 이 작품의 문체를 언급하면서 불편함("lie very heavy on the stomach," 216)을 언급하기도 했다.[1] 30년대에 나왔던 이러한 몇 가지 평에서 알 수 있듯이, 이 작품은 출판된 직후부터 독자들로부터 형식적인 면과 주제적인 측면에서 포크너 자신의 이전 작품들 또는 기존의 다른 작가의 작품들과는 변별되는 다소 충격적이라 할 수 있는 반응들을 이끌어 냈다.

이러한 다양한 비평과 반응들이 나타난 이유는 섯펜(Thomas Sutpen)이라는

---

1) John Bassett, ed., *William Faulkner: The Critical Heritag*e. (Routledge & Kegan Paul: London), 1975. 193-220 참조.

인물을 중심으로 벌어지는 일련의 사건들에 대한 반응의 결과라 할 수 있다. 포크너는 1957년 버지니아 대학에서 이 작품의 집필 동기에 대한 질문을 받았을 때, 그는 "아들들을 원했지만 오히려 그 아들들에게 파멸 당한 한 남자"(Gwynn 76)에 대한 이야기라고 밝혔다. 섯펜에 대한 포크너의 영감이 실린 표현은 작품의 집필 동기로서는 다소 단순하게 느껴질 수도 있다. 하지만 섯펜에 대한 포크너의 압축된 표현이 오히려 일반 독자들과 여러 비평가들에게 진정한 그의 모습, 즉 그의 실체를 밝혀내기 위해서 다양한 접근법을 실험하도록 했고, 일부 비평가들은 이 작품에는 "일관된 이야기의 흐름이 없기 때문에 그의 실체를 파악하기에 불가능하다고 고백"(Hwang 265)할 정도에 이르기도 했다. 이러한 이유 중의 하나는 포크너가 섯펜에 대해서 이야기하는 여러 화자를 동원한 점에서 찾을 수 있다. 섯펜의 모습은 자신이 화자로 등장해서 자신의 생각과 의견을 표현하기보다, 섯펜과 직·간접적인 관계를 갖고 있는 화자들의 서술 사이에 그의 모습 또는 실체가 다양하게 표현되어 어떤 일관된 모습을 파악하기 어려운 서사구조를 가지고 있다는 점에서 찾을 수 있다.

그러나 이런 다양한 서사 구조를 내포한 이 작품의 구조는 섯펜이 남부에 등장해서 농장을 건설했던 남북전쟁 전후에 벌였던 사건들과 그 사건들이 클라이맥스에 도달하는 1910년 무렵이라는 서로 다른 시대적 배경을 중심으로 구성된다고 할 수 있다. 작품의 서사적 시간을 구분하는 이런 두 시간대는 서사적 과거에서 섯펜 자신의 모습과 그가 벌인 사건들에 대한 재현의 문제뿐만 아니라 그의 삶이 서사적 현재에 존재하는 다른 사람들의 삶과 어떤 연관관계, 즉 어떠한 역사적 맥락을 형성하는가에 대한 중요한 단초를 제공한다고 할 수 있다.

이 작품에서 서사적 과거와 현재를 연결시켜주는 중심적인 매개체는 '말'이다. 말은 일차적으로 물리적 성질을 가지고 인간의 감각기관을 자극한다. 그리고 이런 물리적 작용이 두뇌에 처리되어 의미를 발생시키는 과정을 갖는다. 이런 두 단계의 관계를 통해서 섯펜에 대한 이야기들은 등장인물들은 섯펜의 모습을 그려낼 뿐만 아니라 운명처럼 달라붙는 역사에 대해 인식한다. 본고에서는 물리적 성격과 의미라는 두 층위를 내재하고 있는 '말'을 들뢰즈(Gilles Deleuze)의 "감응"(affect)[2])의 관점에서 접근하고자 한다. 들뢰즈는 감응을 감각기관을 통해서 받아들인 느낌을 언어화하기 이전에 감지하는 "인간의 비인간적 생성"(nonhuman becomings of man, *WP* 219)이라고 정의한다. 이 표현에서 구분해야 할 것은 '비인간적'이란 표현으로, 이는 인간의 의지와 관계없이 자율적으로 작용하는 감각이란 자연의 영역을 지시하는 표현으로 감각기관을 통해서 받아들인 느낌을 언어화해서 의미를 형성하는 문화영역을 구분하는 잣대이기도 하다. 본 논문은 이러한 들뢰즈의 감응과 사건의 개념을 이용하여 섯펜을 통해서 드러나는 남부 사회에서의 계급, 인종, 형제 관계, 혈통 등의 문제가 어떻게 드러나고, 과거와 역사가 구성되는지를 분석하고자 한다.

II. 몸말

이 작품에 등장하는 여러 등장인물과 다중화자 중에서 섯펜에 대한 로자 콜드필드(Rosa Coldfield))와 콤슨(Compson) 두 사람의 내러티브가 작품의 플롯을 구성하면서 작품의 두 중심적인 역할을 한다고 할 수 있다. 먼저 로자에 의해 구

---

2) 들뢰즈가 『철학이란 무엇인가?』(*What is Philosophy?*)(이하 WP)에 사용한 "감응"이란 개념은 그의 다른 저서 『의미의 논리』(*Logic of Sense*)(이하 LS)에서 사용한 "사건"(event)에 상응하는 개념이라 할 수 있다. 감응이 문학과 예술에서 사용하는 개념이라면, 사건은 철학적 용어라고 구분할 수 있다. 또한 감응은 문학에서 전통적으로 사용하는 이미지와 다소 차이가 있다. 이미지가 "읽기의 인지적이고 정서적인 과정"(the cognitive and affective process of reading)("Imagery: Visual Imagery in Reading," *Encyclopedia of Aesthetics*, Volume 2, 464)과 연관된다면, 감응이 구분하고 있는 자연적 영역과 문화적 영역을 포괄하는 총괄적 개념이라 할 수 있다. 이에 비하면, 감응은 이미지의 개념보다 더 미분화된 영역인 의미 생성 이전의 인간 몸의 감각의 차원을 의미의 출발지점으로 간주하다고 할 수 있다. 이런 자연의 영역인 감각의 차원이 '형이상학적 표면'이라는 칭하는 문화와의 경계면을 넘어서 문화의 장으로 진입하면서 의미를 생성시킨다.

성되는 플롯을 요약하면 다음과 같다. 1909년 어느 여름날, 하버드대학에 입학하기 위해서 제퍼슨을 떠나기로 되어 있는 퀜틴(Quentin)은 노부인인 로자의 초청을 받는다. 그녀의 초대 이유는 그녀와 함께 제퍼슨 외곽에 있는 섯펜의 몰락한 저택으로 가서 거기에 있을지도 모르는 섯펜의 아들 헨리(Henry)를 함께 찾아보려는 의도였다. 이러한 과정에서 그녀는 섯펜과 자신의 관계, 그리고 섯펜과 그 가족의 과거사에 대하여 퀜틴에게 이야기를 해준다. 그녀의 이야기는 크게 두 부분으로 구성된다. 하나는 작품의 서사적 현재, 즉 헨리를 찾아가는 과정이고, 다른 하나는 그녀의 언니 엘렌(Ellen)이 섯펜과 결혼을 했던 어린 시절, 언니의 죽음, 남북전쟁, 섯펜에게 청혼 받은 일등 섯펜과 얽힌 그녀와 그녀의 가족과의 관계에 관한 이야기이다.

그리고 콤슨에 의해 구성되는 두 번째 플롯은 버지니아주 산골출신의 한 가난한 백인으로 태어난 섯펜이 여러 우여곡절 끝에 제퍼슨읍에 "섯펜즈 헌드레드"(Sutpen's Hundred)를 건설하려고 했지만, 남북 전쟁으로 인하여 농장은 거의 폐허가 되었으며, 이 과정에서 실종된 아들 헨리를 대신할 후손을 얻기 위해서 가난한 백인 하인 워시 존스(Wash Jones)의 손녀 밀리(Milly)와 관계를 맺지만, 자신이 원하던 아들이 아닌 딸을 낳자 그녀와 아이에게 모욕적인 말을 하고, 이 말을 들은 워시 존스에 의해 '낫'(scythe)으로 살해당했다는 내용이 주를 이룬다. 그러나 이 두 플롯은 서로 개별적으로 다뤄지는 것이 아니라 각 화자들, 그리고 퀜틴과 그의 하버드 기숙사 룸메이트인 슈리브(Shreve)가 각자의 정보를 서로 이야기해주는 방식에 의해 서로 그물망처럼 밀접하게 얽혀 있다.

이런 점에서 이 작품의 의미는 섯펜이라는 등장인물의 실체 또는 이미지에 대해 어떻게 접근하고 그의 존재의 의미를 어떻게 밝힐 수 있는지가 관건이라고 할 수 있다. 즉 그가 제퍼슨 읍이라는 작품의 서사적 공간에서 일반적인 맥락에서의 사건들을 벌였고, 그 사건에 대하여 주위 인물들의 반응은 어떠했으며, 그 반응들이 그에 대하여 어떤 의미들을 발생시키고, 그 결과는 어떠했는지를 밝히는 것이 이 작품의 전체적인 의미망을 구축하는 작업이라고 할 수 있다.

이 작품에서 나타난 섯펜의 최초의 사건은 그가 제퍼슨 읍에 등장했을 때라고 할 수 있다. 1833년 6월의 어느 일요일 아침, 제퍼슨 주민들은 평소의 일요일과 다름없이 평화롭고 한가로운 휴일 오전의 다소 나른한 시간을 보내고 있었다. 그런 그들의 눈에 "다소 지쳐 보이는 밤색 말을 탄 사나이"(23-24)의 모습이 시야에 들어온다.

> 큰 몸집이었으나, 지금은 야위어 수척해보였다. 붉은 빛이 도는 짧은 수염은 가짜 수염 같았고, 그의 초점 없는 눈은 꿈꾸고 있는 것 같으면서도 빈틈이 없고 냉혹해 보이면서도 침착한 빛을 띠고 있었으며, 그의 얼굴은 도자기 같았다. 그 얼굴은 유약을 바른 도자기의 표면처럼 딱딱하고, 환경 또는 영혼의 열기 탓인지 차가운 살갗은 볕에 탔다고 볼 수 없을 정도로 속속들이 그을려 있는 것 같았다. 그런 모습이 마을 사람들이 본 모습이었다.[3]

> A man with a big frame but gaunt now almost to emaciation, with a short reddish beard which resembled a disguise and above which his pale eyes had a quality at once visionary and alert, ruthless and reposed in a face whose flesh had the appearance of pottery, of having been colored by that oven's fever either of soul or environment, deeper than sun alone beneath a dead impervious surface as of glazed clay. That was what they saw. (24)

갑작스레 나타난 섯펜에 대하여 마을 사람들은 그가 어디서 무슨 일로 왔는지 알수 없었지만 그 후 4주가 지나자 그 낯선 사나이의 이름이 상점이나 사무실 등 온 마을의 이곳저곳에서 "섯펜, 섯펜, 섯펜, 섯펜"(24)하고 사람들의 입에 오르내린다. 그러나 여전히 마을 사람들은 그에 대하여 알고 있는 것이 없었으며 알 수 있는 방법도 없었다. 이 단계까지 그는 여전히 제퍼슨에서 들어온 떠돌이와 같은 존재로

---

3) 번역본은 김종철의 『압살롬, 압살롬!』(청목: 서울. 1997)을 참고하였음.

어떠한 의미도 생성시키지 못하는 단계라 할 수 있다. 그러던 그가 인디언에게서 그의 마지막 재산이었던 스페인 금화 한 닢으로 제퍼슨에서 가장 기름진 강변 저지대의 백 평방 마일에 이르는 땅을 구입한 후, 마을을 떠나 어디론가 사라지자 마을 사람들은 서서히 반응을 일으키기 시작한다. 다시 제퍼슨에 돌아 온 섯펜이 흑인들과 프랑스 건축가를 이끌고 와서 저택을 건설하자, 마을에서 자신의 지위를 보장해 줄만한 정숙한 여성과 결혼하기를 원하자 마을 사람들은 본격적인 반응을 보이기 시작한다. 특히 그가 교회 안에서 콜드필드 씨를 만나자 마을 사람들은 "경악하여"(in shocked amazement, 32) 그들의 만남을 지켜본다. 그러면서 콤슨의 표현을 따르면, 마을 사람들은 술도 안마시고 도박도 하지 않으며 법 없이도 살아 갈 수 있는 콜드필드 씨와 비교해서 섯펜에 대한 본격적인 평가를 내리기 시작한다.

> 사람들은 놀란 나머지 콜드필드 씨에게 결혼 적령기의 딸이 있다는 것도 잊어버리고 있었다. 아무도 그 딸의 존재를 조금도 염두에 떠올리지 않았다. 아무도 사랑과 섯펜을 결부시켜서 생각지 못했다. 그들이 생각한 것은 정의라기보다는 오히려 냉혹함, 존경이라기보다는 오히려 공포로서, 거기에 연민이라든가 사랑의 감정은 없었다. 그리고 섯펜이 또 어떤 은밀한 목적을 가지고 콜드필드 씨를 어떻게 이용하려고 계획하고 있는 것일까, 아니면 어떻게 이용할 수 있을까 하고 놀라는 한편, 의심쩍어할 뿐이었다. 그들은 결코 알지 못할 것이다.

> In their surprise they forgot that Mr. Coldfield had a marriageable daughter. They did not consider the daughter at all. They did not think of love in connection with Sutpen. They thought of ruthlessness rather than justice and of fear rather than respect, but not of pity or love: besides being too lost in amazed speculation as to just how Sutpen intended or could contrive to use Mr. Coldfield to further whatever secret ends he still had. They were never to know. (32)

저택을 건설하기 이전의 섯펜과 건설을 하던 무렵의 섯펜의 두 모습을 들뢰즈적으로 분석하면 전자는 아직 의미를 분화시키기 이전의 상태 대한 묘사라 할 수 있다. 사물의 상태는 제퍼슨이라는 물리적 공간에 섯펜이라는 질량과 부피를 지닌 한 물리적 존재의 존재성을 표현한다. 제퍼슨이라는 공간 속에서 섯펜은 아직 의미를 생성시키지 못한 단지 존재하는 하나의 대상에 불과하지만, 이런 처지였던 그가 마을 사람들에게 신분이나 처지조차도 대수롭지 않을 정도로 여겨지는 고결한 콜드필드 씨와의 만남이라는 사건에서 마을 사람들은 충격에 빠져 섯펜에 대한 의미를 생성시킨다. 콜드필드 씨와 섯펜의 만남에서 섯펜에 대한 마을 사람들의 느낌은 이제 사랑이나 연민, 존경심이나 정의보다는 공포와 냉혹함의 의미로 구체화된다. 섯펜의 존재성이 시·공간적으로 존재하는 사실(fact)에 관한 범주라면, 어떤 사물의 상태나 사실을 다른 상태나 사실과 연관 짓는 사건은 '관념적, 개념적' 성격이 개입된 범주이다.

사건은 이렇듯 두 차원, 즉 물질적인(corporeal) 것과 비물질적(incorporeal) 것으로 구분될 수 있다. 물질적인 것이 섯펜 개인의 경우처럼 사물의 물질적 상태를 표현한다면, 비물질적인 것은 하나의 물질과 다른 물질의 관계 내지 신체의 표면에서 발생하는 효과를 표현한다. 들뢰즈가 "표면효과"(surface effect)라고 표현한 이러한 사건의 이중성을 다른 말로 표현하면 '무의미'(nonsense)와 '의미'(sense)라는 표현이다. 섯펜이라는 한 개인 그 자체는 어떠한 의미도 발생시킬 수 없지만, 제퍼슨이라는 공간, 즉 문화의 장으로 들어오면서 의미를 발생시킨다. 이런 맥락에서 무의미는 의미 또는 가치가 없는 것이 아니라 의미의 가능조건, 즉 잠재적인 의미로 기능하며, 무한하게 의미를 생성시킬 수 있는 필요조건이라 할 수 있다.

'섯펜이 콜드필드 씨를 만났다'라는 명제는 두 신체만을 개별적으로 보면 아무런 의미를 갖지 못하지만, 콜드필드 씨가 작은 상점을 운영하면서 가족들을 부양하지만, 마을 사람들이 그를 청교도적 고결함을 지키고 있는 존경하던 사람이었고, 그들의 만남이 이루어진 장소도 마을 사람들이 모여 있는 교회였다는 점,

이전의 섯펜의 모습, 즉 자신의 저택을 건설하던 3년 동안 흑인 노예들과 뒤엉켜 싸우는 진흙범벅이 이미지, 이런 것들이 제퍼슨이라는 문화의 장에서 펼쳐지는 순간 사건이 된다. 그래서 마을 사람들은 충격에 사로잡혀 '도대체 저 둘이 왜 만 난 것일까?'라는 의구심을 가지게 된다. 작품에서 마을 사람들은 섯펜이 벌인 사 건들에 대한 의미를 생성시키는 역할을 하는 의미의 망이라 할 수 있다. 그 결과 마을 사람들은 '섯펜-콜드필드-교회'라는 연결고리를 통해서 섯펜으로부터 공포 와 냉혹함이라는 의미를 생성시킨다. 마을 사람들이 섯펜에게서 떠올리는 공포와 냉혹함의 이미지는 저택을 건설하면서 흑인들과 피투성이가 된 채 피를 흘리면 싸움을 하는 장면과 그의 권총 솜씨를 계열화시키면서 생성된다.

섯펜이 벌인 다양한 일들은 다섯 명의 화자들과의 직접적인 접촉과 다른 화 자의 이야기를 통한 간접적인 관계를 통해서 계열화되고 이를 통해 의미를 발생 시킨다. 대략적으로, 섯펜과 직접적인 관계를 맺는 화자는 자신의 목소리를 등장 시키는 7장의 섯펜과, 콤슨 장군, 그리고 1장과 5장의 로자를 들 수 있다. 이들 세 명의 화자 이외에, 콤슨 장군의 이야기에 근거한 콤슨의 서사(2, 3, 4장), 콤슨 의 이야기에 근거한 퀜틴의 서사(6장, 7장, 9장), 그리고 퀜틴의 이야기를 듣고 추 측하는 슈리브 서사(8장, 9장) 등이 있으며, 이들은 섯펜과 간접적인 관계를 맺고 있는 화자들이다. 이들 화자들의 각각의 목소리는 섯펜과의 관계를 통해서 그에 대한 의미를 생성시킨다. 각 화자들은 이야기를 다른 화자에게 전달하면서 화자 들끼리 계열을 형성하고 새로운 정보들을 습득한다. 각 화자들의 계열화 과정을 통해서 드러낸 섯펜에 대한 최종적인 의미는 전체 계열을 조망한 독자들의 몫이 된다.

먼저 섯펜, 로자 그리고 퀜틴의 계열에서 표현된 섯펜의 의미를 살펴보면, 하버드에 입학하기 직전에 로자를 방문한 퀜틴에게 섯펜에 대하여 이야기 하면서 그의 모습을 "악귀"(an ogre or a djinn, 16)의 이미지와 연관시키고 "그것으로 인 해 희생된 다른 사람들보다 오래 살아남은 악의 근원이자 우두머리"(the evil's source and head which had outlasted all its victims, 12)라고 말한다. 그녀의 이러한 섯펜에 대한 감정 상태는 퀜틴과 대화를 시작하는 첫 마디 "그[섯펜]는 신사가 아니었어, 전혀."(9)에서부터 잘 드러나 있다. 섯펜에 대하여 원한을 품고 있는 그녀에게 말 한 필과 권총 두 자루 밖에 가진 것이 없지만, "자신의 위치를 확고부동한 것을 만들기 위해서 정숙한 여성의 보호막과 덕망"(respectability, the shield of a virtuous woman, to make his position impregnable, 9)을 필요로 했던 섯펜은 한명의 도피자에 불과했고, 이런 상황에 처해 있던 그에게 도움을 제공한 사람이 자신과 엘렌의 아버지였다고 밝힌다.

섯펜에 대한 그녀의 이런 이미지들은 그녀가 섯펜을 처음 보았을 때 그녀의 나이는 조카 쥬디스(Judith)보다도 4살이나 어린 4세에 불과한 나이였다. 네 살의 나이로 그녀가 본 그 당시 섯펜의 모습은 "이빨을 제외하곤 흑인과 똑같은 얼굴"(his face exactly like the negro's save for the teeth, 16)이었으며, 그녀가 10살 되던 해에 언니 엘렌의 비명소리가 울려 퍼지는 저택에 방문했을 때 그는 흑인들과 진흙구덩이에서 피를 흘리면서 싸움을 하고 있었다. 그녀의 섯펜에 대한 이미지는 어린 시절에 그녀가 겪은 이러한 놀라운 경험에서부터 시작된다고 할 수 있다. 그러나 그녀의 이러한 표현들에는 어느 정도 그녀의 편견이 내재해있다고 할 수 있다.

로자가 악귀로서 섯펜의 이미지를 표현하게 되는 몇 가지 이유를 살펴보면, 첫째 그녀의 고모의 계략 때문으로 볼 수 있다. 콤슨의 표현에 따르면 고모는 "5년 전 섯펜이 처음 마을에 등장한 이튿날부터 과거가 불분명한 그를 결코 용서하지 말자고 맹세해서 그 뜻을 굽히지 않은 마을 여성 단체의 일원"[4](40)으로 섯펜에 대한 일종의 적개심을 가지고 있었다. 이런 그녀는 자신의 행위를 정당화시키면서 또한 섯펜에 대한 보복을 할 수 있는 기회로 엘렌의 결혼식을 이용하기로 한다.

---

4) 이 여성 단체는 섯펜이 처음 마을 등장했을 때부터 그를 견제하기 시작했다. 작품에서 여성단체가 섯펜을 견제한 원인은 그의 불분명한 과거 때문이라는 이유 이외에는 알 수 없다.

결혼은 이미 정해진 일이었기 때문에, 그녀는 아마도 결혼식을 마침내 섯펜를 받아들이지 않고 그를 여론의 아귀다툼 속으로 다시 밀어 넣을 마지막 기회가 왔고, 그리고 섯펜의 아내로서 조카의 장해를 굳히는 유일한 기회일 뿐만 아니라, 섯펜을 감옥에서 빼내 준 오빠의 행위를 정당화하고, 그녀로서는 방해할 수도 없는 그 결혼을 축복하고 인정하고 있는 것처럼 보이면서 자신의 입장을 합리화하는 다시없는 기회라고 생각했지.

Since the marriage was now a closed incident, she probably looked upon it as the one chance to thrust him back into the gullet of public opinion which had tried at last to refuse him, not only to secure her niece's future as his wife but to justify the action of her brother in getting him out of jail and her own position as having apparently sanctioned and permitted the wedding which in reality she could not have prevented. (40)

이런 점은 로자의 고모가 엘렌의 결혼식을 복수할 목적에 이용하기 위해서 아직 어린 조카에게 언니 엘렌과 섯펜을 "푸른 수염의 괴물이 살고 있는 저택"(an edifice like Bluebeard's, 47)에서 살고 있는 사람들이라고 가르쳐주었다는 콤슨의 주장과 어느 정도 일치한다. 두 번째 이유는 섯펜에게서 느낀 그녀의 성적 죄의식(sexual guilt)에서 찾을 수 있다. 어떤 의미에서 로자가 악마적 이미지에서 허구적인 섯펜의 모습을 만들 이유는 이런 성적 죄의식에 대한 보상이라 할 수 있다. 실제로 그녀는 섯펜의 성적 파트너가 아니라 단지 희생자에 불과했다. 그리고 세 번째 이유는 섯펜에 대한 그녀의 이미지를 구체화 할 수 있는 그녀의 능력의 부족에서 찾아볼 수 있다. 섯펜을 표현하는 그녀의 표현 방식은 자세하고 구체적으로 표현하기보다 압축적으로 요약하는 편이기 때문에 주변에서 벌어지는 일이나 사람들은 아주 간략하게 표현되면서 범주화시키는 경향이 있다고 할 수 있다. 이런 서사의 특징 때문에 그녀가 그려낸 섯펜의 모습은 서로 다른 이미지들이 병치되는 경향을 보이는 것이다. 이는 그녀가 주변에서 벌어지는 현상을 받아들이는 방식이 '지각'(perception)에 의존하고 있기 때문이고 그녀 특유의 감수성에서 기인하는 것으로 그녀는 남북전쟁 당시에 이 마을의 아마추어 시인으로서 남군의 영웅들을 찬양하는 시를 발표했다는 점과도 연관된다.

위의 세 가지 이유들이 섯펜의 악귀의 이미지를 해석하는데 부분적으로 도움을 줄 수 있지만, 가장 근본적인 이유는 사랑과 결혼의 문제에서 찾아 볼 수 있다. 엘렌은 섯펜과의 결혼 과정에서 많은 눈물을 흘린다. 그러나 엘렌이 눈물을 흘리는 이유는 콤슨의 표현에 따르면 섯펜이라는 인물과의 결혼이 아니라 결혼식 그 자체("It was the wedding which caused the tears: not marrying Sutpen," 37) 때문이었다. 콤슨은 이보다 더 구체적으로 남부 여성들의 결혼관에 대하여 다소 냉소적으로 표현한다. "아니면 여자들이란 그 다지 복잡하지 않아서, 그녀들에게 어떤 결혼식이라도 하지 않는 것보다는 하는 편이 좋고, 또 성직자와 조촐하게 결혼하는 것보다는 범죄자와 결혼할지라도 성대한 결혼식을 올리는 것을 더 좋아하지."(40)

콤슨이 추측한대로 이러한 남부 여성들의 결혼관을 실은 섯펜에게서도 찾을 수 있다. 즉 섯펜에게 결혼이란 그가 이 마을에서 자신의 지위를 유지하기 위해 치르는 일종의 형식적 절차에 불과하다.

> 그러나 섯펜도 성대한 결혼식을 원했어. 사실, 그가 바랐던 것은 이름도 없는 아내나 아이들이 아니라 결혼 허가증, 일종의 특허권 같은 증서에 기록되는 정숙한 부인과 더할 나위없는 장인의 두 이름이었음을 로자도 잘 알고 있었지. 다름 아닌 바로 그 특허증에 섯펜은 가능하다면 금도장을 찍고 붉은 색 리본을 달아 주었을 거야.

> But he wanted it(the big wedding). In fact, Miss Rosa was righter than she knew: he did want the anonymous wife and the anonymous children, but the two names, the stainless wife and the unimpeachable father-in-law, on the license, the patent. (39)

이러한 이유가 퀜틴이 그녀를 만나기 위해 찾아 갔을 때, 그녀가 가장 먼저 "그는 신사가 아니야, 전혀"(8)라는 말을 한 원인이기도 하다. 그리고 콤슨은 또한 퀜틴이 로자가 자신을 섯펜과 그와 관련된 남부의 역사를 전달해 줄 대상으로 선택한 이유에 대해서 궁금해 하자 "그녀는 그녀와 어울릴 수 있는 누군가, 한 남성, 신사가 필요했어."(It's because she will need someone to go with her — a man, a gentleman, 8)라는 표현과도 관련된다고 할 수 있다. 그리고 섯펜과 로자의 관계에 있어서 가장 결정적인 사건은 그의 청혼이라 할 수 있다.

자신의 적자 헨리(Henry)가 혼혈아들인 찰스 본(Charles Bon)을 살해하고 잠적했다는 소식을 알고 있는 섯펜은 자신의 저택을 재건할 계획을 세운다. 이제 59세가 된 그에게 자신의 계획을 재건하는데 있어서 가장 필요한 것은 후손, 즉 아들을 얻는 것이었다. 그러나 그의 저택에 살고 있는 여성 중에 백인 여성은 섯펜 자신의 딸 쥬디스와 로자 뿐이었다. 그래서 집으로 돌아온 후 3개월가량 경과한 어느 날 자신의 계획을 완성시켜줄 대상으로 로자를 선택하고 그녀에게 청혼을 한다. 그의 느닷없는 청혼에 그녀의 마음은 흔들리지만, 그의 청혼의 내용은 콤슨의 표현에 따르면, 아이를 낳아본 후에 아들이면 같이 살겠다는 것이었고, 슈리브의 표현을 빌리면, 슈리브 자신의 도덕적 판단이 개입되어서 "개처럼 교미해서 개처럼 아이를 만들자"(they breed like a couple of dogs together, 147)는 극단적인 말로 극화된다. 남부의 여성으로서 지극히 남부의 여성적인 결혼에 대한 환상을 가지고 있던 로자에게 섯펜의 청혼은 그녀의 영혼을 흔들어 버리는 최고의 모욕이었고, 결국은 그녀는 남북전쟁 동안 쥬디스, 클라이티(Clytie)와 함께 지켜온 섯펜의 저택에서 나와서 집으로 돌아간다.

이런 점에서 자신의 지위를 공고히 하기 위해서 결혼식의 규모와 대상이 문제가 아니라 "혼인 인증서"(39)와 아들이 필요했던 섯펜의 결혼관과 요조숙녀는 아닐지라도 남부의 전통에 깊숙이 젖어있는 여성으로서 성대하지는 않지만 전형적인 결혼식을 꿈꿔왔던 로자의 결혼관 사이의 차이·불일치에서 '섯펜=악귀'라는 등식이 더욱 강화된다고 할 수 있다. 카티게너 또한 로자의 서사가 "그녀 자신과 최초의 이미지가 토머스 섯펜인 감각 세계 사이의 거리, 차이"(a tale of remoteness, of a gap between herself and a sensual world whose primary image is Thomas Sutpen, 73)를 통해서 섯펜의 이미지를 만든다고 지적한다.

남부의 여성들에게 내재된 결혼관이 남부 사회에서 하나의 모델이라면 섯펜의 결혼관은 그러한 남부의 결혼관에서 가장 멀리 떨어져 있는 형식과 껍데기뿐인 혼인이라 할 수 있다. 따라서 엘렌과 섯펜의 결혼식은 고모가 엘렌의 눈물을 이용해서 계략을 꾸미지 않았어도 "비에 젖은 결혼식"(45)이 될 수밖에 없었고, 섯펜은 로자와의 관계에서도 악귀가 될 수밖에 없었다. 그러나 이들 사이의 근본적인 문제점은 섯펜에게도 로자에게도 결혼이라는 개념이 둘이서 함께 새로운 삶의 형식을 만들어 가는 것이 아니라, 자신들의 '필요'와 '환상'을 충족시키는 도구적 의미만을 갖는 점일 것이다.

이러한 악귀로서의 섯펜의 이미지는 마을 사람들이 그와의 사건을 통해서 형성시킨 이미지와 어느 정도 맥락을 같이 한다. 두 번째로 마을을 떠난 후 돌아왔을 때 그에 대한 마을 사람들의 반응은 묘하게 변해서 그는 "공공의 적"(33)이 된다. 콤슨은 이러한 이유에 대해서 두 가지 원인을 제시한다. 하나는 콤슨 자신이 콤슨 장군과 마을사람들로부터 들은 대로, 섯펜이 가져온 자신의 저택을 장식할 값비싼 가구들이 그 원인이라는 것이다. 다른 하나는 콤슨이 추측하기에 섯펜이 이러한 가구를 중죄(felony)에 해당하는 부정한 방법으로 획득한 뒤, 이러한 사실을 알게 된 마을 사람들에게 눈 감아 주기를 강요했기 때문에 섯펜이 공공의 적이 되었다는 것이다. 들뢰즈는 이러한 의미의 생성을 양식(good sense)과 상식(common sense)[5]의 관점에서 접근한다.

---

5) 양식(*bon sens*, good sense)은 의미를 생산하는 계열화에 특정한 하나의 방향성을 부여하는 역할을 한다. 즉 계열화할 수 있는 무수한 가능성들 중에서 어느 하나를 "좋은 방향"으로써 선택하고 그 방향으로 나아간다. 이러한 양식의 특징은 단일한 방향, 일방향성을 가지며 좀 더 분화된 것, 즉 보다 다양한 의미들 중에서 덜 분화된 것, 즉 의미의 다양성을 제한하는 특징이 있다. 이정우.

들뢰즈에 의하면 양식은 의미를 생산하는 계열화에 특정한 하나의 방향성을 부여한다. 즉 양식은 계열화할 수 있는 다양한 가능성 가운데 어느 하나를 일반적으로 많은 사람들이 옳다고 판단하는 올바른 방향으로서 선택하고 유지시키고자 한다. 섯펜의 경우도 그가 공공의 적이 되는 하나의 이유는 그가 첫 번째로 마을을 떠나서 돌아올 때 20명의 흑인과 프랑스인 건축가를 데리고 와서 저택을 건설했지만, 두 번째로 돌아올 때 그는 마차에 저택을 장식할 화려한 가구들을 싣고 들어왔기 때문이다. 마을 사람들은 이 사건을 계열화의 과정으로서 그들의 추측에 의해 구성된 '증기선 사건'("he stole the whole durn steamboat," 34)이라는 어떠한 근거도 찾을 수 없는 사건을 만들어서 19명으로 구성된 일종의 보안대를 구성하여 그를 체포하기 위해 그의 집 앞에서 대기한다. 이 부분에 대해서 콤슨은 "마을의 여론이 급성 소화불량"(public opinion in an acute state of indigestion, 35)에 걸린 상태라고 표현한다. 그리고 마을의 여성들 또한 그의 냉혹한 모습을 보고, "그가 마을에 온 이유는 멤피스 시장에서 가축이나 노예를 사듯이 아내를 얻기 위해서"(33)라고 말하면서 그가 제퍼슨에 온 이유에 대해, 이곳에 정착하려는 이유에 대해 일방적인 결론을 내려버린다.

이 작품에서 등장하는 화자들이 표현하는 섯펜의 두 번째 이미지는 섯펜-콤슨 장군-콤슨-퀜틴의 계열에서 나타나는 용감한 전사(a brave warrior)의 이미지라 할 수 있다. 그리고 전사의 이미지는 모든 화자들이 공유하는 이미지이고, 각 화자에게서 다양하게 언급된다. 심지어 로자마저도 전사로서의 섯펜을 인정한다. 그가 자신의 '웅대한 계획'(grand design)을 실현시키는 과정도 "민활함과 용기"(shrewdness and courage, 215)를 갖춘 용사만이 승리할 수 있는 전쟁과 비유되기도 한다.

이러한 전사로서의 모습은 그의 혼혈아들인 찰스 본의 등장으로 인해 그가

『의미의 논리』 217. 참조.

세운 계획에 가장 큰 위기가 찾아왔을 때조차도 그는 그러한 문제를 "사소한 전술상의 오류"(216)라고 콤슨 장군에게 말하며, 그러한 오류가 무엇인지를 알아내기만 하면 당장이라도 시정할 수 있다고 말한다. 섯펜 자신도 이러한 전사 또는 군인의 모습에 상당히 자부심을 느낀 듯하다. 그는 찰스 본의 문제, 즉 사소한 전술상의 오류에 대한 해결책을 콤슨 장군에게 듣고자 찾아갔을 때에도 군복을 입은 모습이다. "오래 입어 닳아빠진 허름한 군복에 색이 바랜 장식 띠를 두르고, 낡은 장갑을 끼고, 찢어지고 해진, 얼룩진 모자에 깃털 장식(그는 깃털 장식을 꼭 달려고 했지. 설사 군도를 버리는 한이 있어도 깃털 장식만은 버리려고 하지 않았어)을 꽂은 채 거기에 앉아 있었어"(218).

퀜틴도 그의 전사로서의 모습을 "압도적으로 많은 적을 앞에 두고 퇴각할 수 없지만 충분히 인내심을 가지고 현명하고 차분하고 기민하며 적을 분산시켜 하나씩 하나씩 사살할 수 있다고 믿는 척후병 같은 사람"(216)이라고 상상한다. 사실 섯펜이 제퍼슨에 처음 등장할 때의 모습, 즉 커다란 황갈색 말을 탄 모습 또한 어떤 의미에서는 중세 기사의 모습을 연상시키기도 한다. 그러나 그의 이러한 용사로서의 모습 중에 가장 극적인 장면은 서인도제도에서 프랑스 농장주 밑에서 흑인 노예들을 감독하던 감독관으로 있을 때에 발생한 사건의 묘사에서 나타난다. 콤슨 장군의 표현에 따르면, 그는 자신이 흑인 노예들을 감독하는 일을 하는지도 모르고 그들을 감독하던 때에 흑인 노예들의 폭동이 일어나자 농장주와 그의 딸, 그리고 하녀들과 함께 흑인 노예들을 물리친다. 섯펜의 이야기를 듣고 콤슨에게 전달하는 콤슨 장군은 이 사건에서 나타난 섯펜을 '불굴의 용기'(indomitable spirit)라고 표현한다. "마침내 그들은 무서워져서 이 백인에게서 도망친 모양이야. 자기들과 같은 모양의 팔다리를 하고 자기들과 마찬가지로 피를 흘릴 수 있는, 자기들과 마찬가지로 태초의 불에서 나왔는데도 자기들이 도저히 가질 수 없을 불굴의 용기를 가진 백인에게서 도망친 거지"(205).

섯펜의 이러한 전사로서의 이미지는 이중적인 측면을 드러낸다. 한편으로 그의 웅대한 계획을 실현시키기 위한 원동력으로 작용을 하지만, 다른 한편으로는 서인도제도의 농장의 딸인 혼혈녀와의 사이에 낳은 아들인 찰스 본의 문제를 단지 "사소한 전술적 오류"라고 간주하는데서 나타나듯이 심각할 정도로 도덕의식을 결여하고 있다는 점이다. 그러나 무엇보다도 전사의 이미지를 구성하는 특이점이라 할 수 있는 용기와 기민함은 섯펜이 자신의 농장을 건설하는데 가장 큰 힘이 되는 요소들이다. 이러한 전사로서의 가장 근본적인 자질이랄 수 있는 기민함과 용기는 "그(희생의 제물은 아닐지라도)를 주요대상 하고 있는 악귀 격퇴파의 제1의 신도이자 옹호자"(the chief disciple and advocate of that cult of demon-harrying of which he was the chief object (even though not victim), 223) 인 로자의 유일한 약점을 간파하고 그것을 단번에 공략한다. "그의 옛 상관이 사용했던 무자비한 전략적 기술과 같은 것으로 방어벽을 잘 구축한 고독한 노처녀의 공격받기 쉬운 약점을 공격해서 단번에 공략하려 했지."(the one weak spot, the one spot vulnerable to assault in Miss Rosa's embattled spinsterhood, and to assault and carry this in one stride, with something for the ruthless tactical skill of his old master, 223).

로자는 "계급과 관습"(the devious intricate channels of decorous ordering)의 세계와 물적 실체("*the touch of flesh with flesh*," 139)[6]의 세계 사이를 구분하고 있으며, 그녀는 물질로 구성이 되는 실제 세계로 진입하지 못하는 죄의식(Kartiganer 73)에 사로잡혀 있다. 그녀의 이러한 한계의 원인은 그녀의 어린 시절에서 찾아 볼 수 있다. 그녀의 어머니는 그녀를 낳을 때 사망을 했고, 도덕적 옳고 그름의 이분법적 세계에 사로잡혀 있는 늙은 아버지 밑에서 성장을 한 그녀는 이미 어린 시절부터 어른들의 세계를 엿보면서 남부의 관습을 자연스럽게 받아들이게 되면서 그녀의 자신의 환상(Kartiganer 74)의 세계로 되돌아간다. 이러한 환상

---

6) 이 작품에서 퀜틴이 혼자서 생각을 하는 장면은 이탤릭체로 표현되어 있다.

은 남북전쟁 동안 남군의 영웅적 전사들을 찬양하는 시로 이어지며, 섯펜의 불굴의 전사로서의 이미지는 그녀의 이상적인 영웅의 이미지와 어느 정도 연결되는 부분이 있었다. 이러한 이유 때문에, 그녀는 섯펜의 청혼을 거절할 수 없었다. 그래서 그녀는 섯펜을 악귀라고도 부르지만, 남북 전쟁 후 황폐한 농장을 재건하려는 섯펜의 노력을 "맨손과 판자때기로 강에 댐을 만드는"(135) "헤라클레스적인 일"(Herculean task, 132)이라고 생각하며 그에게 존경과 연민의 정을 느낀다. 그러나 섯펜은 로자에게 "사실 그대로의 모욕적인 말"을 하자, 그녀는 짐을 꾸려서 자신의 집으로 돌아간다.

이러한 전사로서의 섯펜의 모습은 그의 운명의 굴곡과 연결된다. 그가 저택을 건설하고 재건할 때 그의 모습은 전사로서, 용감한 군인으로서 묘사되지만, 그의 운명이 하강의 곡선 상에 있을 때 그는 "낡은 총", "녹슨 포신"(an old gun, an old barrel, 239) 등으로 표현된다. 섯펜-로자-퀜틴으로 이어지는 계열에서의 악귀 이미지와 섯펜-(콤슨 장군)-콤슨-퀜틴으로 구성되는 계열에서 나타나는 전사의 이미지는 각 화자들과 섯펜이라는 하나의 대상과의 접촉에서 발생하는 사건이면서 동시에 제퍼슨이라는 공간 속에서 나타나는 섯펜의 운명과 그 궤를 같이 하는 표현이라 할 수 있다. 그래서 퀜틴은 섯펜의 운명을 다음과 같이 묘사한다. "운명은 그에게, 그의 순진성에, 기차역 앞에서 하는 드라마에 대한 그의 순박한 태도, 멋진 고급 나사의 군복을 입은 천진한 아이와 같은 영웅적 단순성에 꼭 맞게 되어 있었어"(198).

섯펜의 이러한 운명에 대한 도전과 좌절은 섯펜-퀜틴-슈리브의 계열에서 잘 나타난다. 하버드대학교의 기숙사에서 로자의 장례식이 무사히 치러졌다는 아버지의 편지를 받은 후 퀜틴과 슈리브는 로자에 대하여 언급한다. 로자의 죽음 장면에서는 퀜틴과 슈리브의 관계가 전도된다. 이전까지는 퀜틴이 이야기를 하고 슈리브가 듣는 입장이었다면, 6장에서는 슈리브가 이야기하고 퀜틴이 대답하는 형식을 취한다. 로자의 죽음에 대한 소식에서 시작된 이야기는 섯펜의 낫에 의한 죽음으로 이어지면서 제퍼슨에 등장한 섯펜의 출현에 종교적 의미를 부여한다.

그녀는 처음에 이 파우스트, 이 악마, 이 마왕이 격노한 채권자의 무서운 눈빛을
피해 도망쳐, 재칼이 바위산에 도망치듯이 점잖은 인간 세사에 숨어들었다고 생각
했으나, 마침내 그는 숨어 있는 것도 아니고 숨기를 원하는 것도 아니고, 다만, 채
권자에게 숨통을 끊기기 전에 최후의 악업을 성취하려고 광분하는 중이라는 것을
깨달았어.

That this Faustus, this demon, this Beelzebub fled hiding from some momentary
flashy glare of his Creditor's outraged face exasperated beyond all endurance,
hiding, scuttling into respectability like a jackal into a rockpile so she thought
at first until she realised that he was not hiding, did not want to hide, was merely
engaged in one final frenzy of evil and harm-doing before the Creditor overtook
him this next time for good and all. (145)

이런 퀜틴의 말에서 슈리브는 섯펜의 모습을 악마와 계약을 맺고 마침내 비참한
최후를 맞이하는 파우스트와 파산한 채무자로서 모습으로 형상화한다. 그래서 슈
리브의 서사에서 채무자로서 섯펜의 모습이 자주 나타난다("was bankrupt with
the incompetence of age, who should do the paying," 295). 이런 점에서 슈리브
에게 섯펜은 청교도 교리에서 인간은 신의 은총에 의해 구원을 받지만, 섯펜에게
는 영원히 신의 저주가 내려지고 피신처를 찾아야 할 운명에 처해 있는 사람으로
규정된다. 섯펜에게 결혼은 이런 운명으로부터 자신을 지켜줄 피난처이고, 아들은
"자신과 채권 집행자 손아귀 사이에서 살아있는 보루"(living bulwark between
him [the demon] and the Creditor's bailiff hand, 146)의 역할이라고 생각했다.
이러한 점에서 그가 장인으로 콜드필드 씨를 선택한 이유와 헨리가 찰스 본을 살
해하고 실종된 후에 로자와 밀리(Milly)를 통해서 아들을 얻고자 했던 이유를 이
해할 수 있게 된다.

위에서 살펴본 것과 같이 제퍼슨이라는 물리적 공간 속에서 그 곳에 거주하는 물질적 대상으로서 섯펜과 관계되는 사건으로서의 의미들은 일반적인 기준으로 판단하면 대체로 부정적인 것들이다. 그는 제퍼슨에 들어와 정착하면서 자신이 생각하는 운명을 피하고자 노력을 했지만 하나의 신체적 대상으로서 그 자신과 그 자신과 부딪히는 여러 대상들과의 관계를 통해서 결국 운명7)을 맞이하게 된다. 섯펜이 그토록 피하고자 했던 자신의 운명과 그 의미가 어떻게 형성되는지는 퀜틴이 슈리브에게 말하는 섯펜의 유년시절의 순수(innocence)의 이미지에서 그 연원을 찾을 수 있다.

섯펜-콤슨장군-콤슨-퀜틴의 계열에서 표현되는 '순수'의 이미지는 콤슨 장군에게는 도덕의식을 결여한 무지의 모습으로 보여 지기도 하지만 섯펜 자신의 운명과도 밀접한 관계를 맺는다. 섯펜은 자신의 저택을 건설하던 중에 프랑스 건축가가 도망치는 사건이 발생하자 흑인 노예들과 콤슨 장군을 비롯한 일군의 마을 사람들과 건축가를 추적하면서, 콤슨 장군에게 자신의 순진성과 자신의 운명, 즉 자신이 원하든 원하지 않건 간에 하지 않으면 안 되는 일("All of a sudden he discovered, not what he wanted to do but what he just had to do, had to do it whether he wanted to or not," 178)이 정해진 때는 그가 14세가 다 된 무렵이라고 말한다. 섯펜이 태어나서 자란 버지니아주의 산간지방에서의 생활상은 다음과 같이 표현된다.

> 그는 그리 사람이 많지 않은 곳에서 태어났는데, 그곳 사람들은 모두 그가 태어난
> 오두막과 마찬가지로 아이들로 가득 한 통나무집에 살고 있었어─ 남자들과 청년
> 들은 사냥을 하거나 마루 위 난롯가에서 뒹굴었고, 여자들과 처녀들은 누워 있는
> 남자들 위를 건너다니면서, 난롯불에 요리를 했지. 그 부근에서 유색 인종은 인디

---

7) 스토아 학파에서 "운명"(destiny)은 비물체적 사건들이 아니라 물체와 물체의 혼합과 뒤섞임이다. 즉 의미로서의 비물체적 사건을 가능하게 하는 의미 이전의 물체의 표면, 물체와 물체의 만남으로 구성된다. *LS*. 4. 참조.

언뿐이었고, 그것도 소총을 겨누고 있을 때만 볼 수 있는 정도였어. 그곳에서는 노예들이 일을 하는 동안 좋은 말을 타고 돌아다닌다든지 아니면 커다란 저택의 베란다에 좋은 옷을 입고 앉아 있을 뿐 달리 아무것도 하는 일이 없는 농장주의 하인들에 의해 경작되는 구획 정리가 잘 된 토지가 있다는 것을 그는 결코 듣지도 상상도 하지 못했어.

where what few other people he knew lived in log cabins boiling with children like the one he was born-men and grown boys who hunted or lay before the fire in the floor while the women and older girls stepped back and forth across them to reach the fire to cook, where the only colored people were Indians and you only looked down at them over your rifle sights, where he had never even heard of, never imagined, a place, a land divided neatly up and actually owned by men who did nothing but ride over it on fine horses or sit in fine clothes on the galleries of his houses while other people worked for them. (179)

섯펜이 태어나서 유년기를 보낸 버지니아주의 산골 지방은 토지, 인종, 예절, 계급 그리고 소유와 같은 분화가 일어나기 이전의 원시사회와 같은 세계이다. 그러한 그에게 토지의 소유, 상하 계급, 권력 등은 아주 낯선 개념들이고 이해할 수 없는 차원의 것이기도 하다. 시간의 흐름도 정지되어 있는 듯 하고, 공간의 구분도 없는 이러한 세계에서 어머니가 사망하자 섯펜 일가는 아버지를 따라서 첫 번째 섯펜이 상륙했던 시간의 흐름도 인식하지 못한 채 해안지대로 이동을 한다. 이러한 버지니아 산간 지방으로부터 해안가로 이동하는 섯펜의 여정은 주름 잡힌 산골지형으로부터 평지로(flattened and broadened out of the mountain cove where they had all been born, 182) 나아가는 과정이다. 이는 마치 섯펜 안에 잠재되어 있는 특이점들(singularities)이 펼쳐지는8) 것, 즉 섯펜과 관련되는 운명적인 사건들이

8) 주름과 펼쳐짐이란, 인간이나 사물들의 차이를 인식하는 방법이기도 하다. 즉 각 사물들의 차이는 잠재적인 차원에서 얼마나 많은 주름을 내포하고 있느냐 하는 차이다. 현실적인 차원에서는 바로 그 잠재적인 특이점들을 얼마나 현실화 하고 있느냐, 펼쳐지느냐 하는 것을 뜻한다. 여기에서 현

앞으로 어떻게 펼쳐질지에 대한 예고라 할 수 있다.

이 여행과정에서 섯펜은 백인과 흑인 사이의 차이뿐만 아니라 백인과 백인 사이의 차이를 깨닫기 시작한다. 그는 이러한 차이를 운(luck)의 문제라고 생각하며 자신의 순수함 또는 무지에서 기인한 순진함을 깨닫는다("he discovered the innocence," 183). 이러한 새로운 인식의 과정 중에 섯펜에게 가장 큰 충격을 준 사건은 아버지의 심부름으로 백인 저택의 집에서 벌어진 사건일 것이다.

> 그리고 이제 그 원숭이 같은 검둥이가 그가 서 있는 하얀 문 앞을 가로막아 서서, 고쳐 만든 누더기 작업복을 입은, 맨발의, 그리고 누나들이 빗을 숨겨 놓았기 때문에 머리를 빗어 본 일도 없는 그를 내려다보고 있었어. 자신의 행동으로 그리 된 것이 아니라, 아마 리치먼드 부근의 백인 저택에서 길들여진 운이 좋은 그 검둥이를 보고 나서야 그는 자신이나 타인의 머리나 의복에 대해서 처음으로 생각하게 되었어. 그리고 그는 자기가 거기에 온 용건을 말하기도 전에 그 검둥이가 말한 것, 두 번 다시 앞문으로 오지 말고 뒷문으로 돌아가라고 명령한 것조차 기억하고 있지 않았어.

> And now he stood there before that white door with the monkey nigger barring it and looking down at him in his patched made-over jeans clothes and no shoes and I don't reckon he had even ever experimented with a comb because that would be one of the things that his sisters would keep hidden good - who had never thought about his own hair or clothes or anybody else's hair or clothes until he saw that monkey, who through no doing of his own happened to have had the felicity of being housebred in Richmond maybe, looking . . . at them and he never even remembered what the nigger said, how it was the nigger told him,

---

실화란 그 인간의 몸, 또는 그 사물에 '무슨 일이 발생했다'는 것을 의미한다. 인간에게만 국한시켜 표현하면 인간은 모두 잠재적 주름(특이성)을 가지고 태어나지만, 그 주름을 펼치는 것은 차이가 있다. 이런 점에서 주름이 같다 해도 펼침/표현은 다를 수 있기 때문에 인간들 사이에 차이가 발생한다. 이정우, 『접힘과 펼쳐짐: 라이프니츠, 현대과학, 易』(거름: 서울), 2000. 105-107. 참조.

even before he had had time to say what he came for, never to come to that front door again but to go around to the back. (188)

섯펜에게 이 사건이 얼마나 충격적이었는지는 이 사건을 전후로 해서 있었던 사소한 일들에 대해 섯펜이 거의 기억하지 못하고 있다는 사실에서 찾을 수 있다. 아버지의 심부름이 무슨 내용이었는지, 그가 그 저택을 어떻게 나왔는지 전혀 모른 채 단지 이 사건을 계기로 그는 자신이 순진했다는 사실을 다시 한 번 확인한다. "뒷문으로 돌아가라"는 흑인의 말에 충격을 받은 섯펜의 의식은 일시적으로 멈춰진 상태이고, 일체의 감정도 배제된 채 오직 그의 몸과 본능만이 작동한다.

들뢰즈는 이러한 상태를 '감응'이라는 용어로 설명한다. 그가 표현하는 감응이란 한 상태에서 다른 상태로의 변화가 아니고 인간의 '비인칭적 생성'(impersonal becoming)을 의미한다. 여기에서 생성이란 어떤 대상에 대한 모방이나, 경험을 통해서 서로 공감할 수 있는 성질의 것도 아니고 상상을 통해서 동일시를 이루어내는 것도 아니다. 생성은 두 감각들이 서로의 유사성을 배재한 채 결합되면서 생기는 접촉이다. 즉 하나가 다른 것으로 변환되는 것이 아니라 무언가가 하나에서 다른 것으로 옮겨가는 것이다. 이 무언가는 오직 감각으로서만 구체화될 수 있다. 다른 말로 감응이란 아직 무엇으로 결정되지 않은 영역이며, 식별하기 불가능한 지대로서 사물들, 짐승들, 인간들이 그들의 자연적 분화[9]에 바로 선행하는 지점에 끝없이 도달하고자 하는 미지의 지점을 표현하는 용어이기도 하다.[10]

아버지의 심부름으로 저택 안을 구경할 수 있게 되었다는 호기심으로 자신의 외모에 대해서 전혀 신경을 쓰지 않고 살던 섯펜에게 저택의 풍경이라는 '지각'(percept)과 그 흑인의 말이 일으키는 '감응'(affect)이라는 두 감각의 결합은 그를 아주 낯선 새로운 지점으로 끌어들인다. 그래서 그는 아주 낯선 자신의 상태

---

9) 들뢰즈에서 분화는 물질적 사건들이 비물질적 사건으로, 즉 언어로 표현되는 것을 의미한다.
10) Deleuze and Guattari, *What Is Philosophy?* 173 참조.

를 정리하기 위해서 생각이 필요했다. 그는 이 숲속에서 자신의 집을, 짐승만이 견딜 수 있는 일을 하고 있는 누나를 생각하며, 자신의 자의식의 목소리("he just listening, not especially interested he said, hearing the two of them without listening," 191)를 듣는다. 그런 과정에서 그는 갑자기 무엇인지 폭발하는 듯한 충격을 받으며 광활한 평원 위에 자신의 순진성이 기념탑처럼 솟아오르는("just a limitless flat plain with the severe shape of his intact innocence rising from it like a monument," 192)듯한 느낌을 받는다.

> "만약 좋은 소총을 가지고 있는 그들과 싸울 생각이라면 무엇보다도, 빌리거나 훔치거나 만들거나 간에, 그런 좋은 소총에 필적할 만한 것을 손에 넣는 일이 제일이지 않겠어?"라고 묻고는, 그렇다고 스스로 대답했어. "하지만 이건 소총의 문제가 아니다. 그들과 싸우기 위해서는 그 주인처럼 그들이 가지고 있는 것을 손에 넣지 않으면 안 된다. 그들과 싸우기 위해서는 토지와 검둥이들과 훌륭한 저택을 가지지 않으면 안 되는 거다. 그렇지 않은가?"라고 묻고는 또 다시 그렇다라고 대답했지.

> 'If you were fixing to combat them that had the fine rifles, the first thing you would do would be to get yourself the nearest thing to a fine rifle you could borrow or steal or make, wouldn't it?' and he said Yes. 'But this ain't a question of rifles. So to combat them you have got to have what they have that made them do what he did. You got to have land and niggers and a fine house to combat them with. You see?' and he said Yes again. (192)

위에 나타난 사건으로서의 의미가 무의미(nonsense)[11]의 차원에서 섯펜에게 자

---

11) 들뢰즈에게 무의미란 문자 그대로 의미가 없는 것이 아니라, 사건으로서의 의미 이전 단계를 표현하는 용어로 무한한 의미의 가능성, 즉 의미들이 잠재되어 있는 장이다. 다른 등장인물들이 섯펜과의 접촉에서 그의 외적인 요소들과 내적인 요소들을 결합시켜 그에 대한 이미지를 만들듯이 섯펜은 이 무의미의 공간속에서 무수한 결합, 즉 계열화의 가능성이 있는 요소들 중에서 집(home)과 누이의 모습, 그리고 소총 등을 계열화시키면 의미를 생성시킨다.

신의 삶의 의미를 생성시킨다. 그는 이전의 섯펜, 즉 버지니아 산골짜기의 미분화 상태의 풍경처럼 자신의 나이, 외모, 순진성, 또는 무지에 대한 어느 정도의 인식도 없었던 섯펜은 이제 분화되어, 즉 '무언가 하나에서 다른 하나로 옮겨'가게 된다. 그는 '소총'으로 저지대에서 자신의 경험을 비교하고 재단하던 이전의 순진한 섯펜에서 목적을 위해서는 수단과 방법을 가리지 않고, 토지와 저택, 그리고 흑인 노예들을 소유하는 권력을 꿈꾸는 섯펜이 된다. 그래서 그는 이 시절에 3-4개월 정도 학교 교육을 받은 지식으로, 민활함과 용기만 있으면 돈을 벌 수 있는 서인도 제도로 가서 프랑스인 농장주 밑에서 감독관 일을 하며 흑인 폭동을 진압하고, 그의 혼혈녀 딸과 결혼을 하지만, 그녀가 혼혈녀라는 사실을 알고 난 후 미련 없이 그녀를 떠나 제퍼슨으로 들어온다.

서인도제도가 그에게 기회를 줄 수 있는 공간이라면 제퍼슨은 그에게 자신의 꿈을 완수시킬 수 있는 곳이었다. 그에게 땅은 "다루기 쉽고 고분고분한"(203), 즉 일한만큼 대가를 지불하는 순수한 대상이다. 이런 그에게 제퍼슨 강가에 펼쳐진 개간되지 않은 백 에이커에 이르는 비옥한 대지를 통해 다시 한 번 '지각'으로서의 풍경을 경험한다. 그래서 그는 인디언을 속여서 스페인 금화 한 닢으로 그 대지를 소유하고 이 과정에서 제퍼슨 사람들과의 여러 사건을 만든다. 그러나 그에게 있어서 가장 큰 문제점은 콤슨 장군에게 말하듯이 "계획이 있어요. 그 계획이 좋은지 나쁜지의 문제는 중요하지 않아요. 문제는 그 계획에서 내가 어디서 실수를 했느냐죠"(226). 이러한 표현에서 콤슨 장군은 섯펜의 순수성을 도덕의식의 결여 또는 무지로서 파악한다. 유로프 또한 섯펜의 이러한 면을 순수함이 아니라 자신의 계획을 제외한 다른 모든 것에 대한 무지의 측면에서 해석한다(438). 섯펜의 도덕의식의 결여, 즉 타인에 대한 배려의 결여는 위에서 언급한 14살 때의 사건, 즉 새롭게 태어난 섯펜의 모습에 그 연원을 두고 있다고 할 수 있지만, 이러한 의식이 곧 자신의 죽음과도 직결되는 사건으로 이어지는 아이러니한 측면을 드러낸다.

로자에게 모욕적인 말을 해서 그녀가 자신의 집으로 돌아가자, 자신의 충실한 하인 워시 존스의 손녀딸에게서 아들을 얻고자 했던 섯펜은 그녀가 딸을 낳자 "밀리, 네가 페넬로페같은 암말이 아니라서 유감스럽군. 그러면 네게 버젓한 마구간이라도 주었을 텐데"(229)라고 말을 한다. 이 말을 밖에서 들은 워시 존스는 2년 동안이나 문밖에 방치해 두었던 '낫'으로 섯펜을 살해한다. "섯펜이 뒤에 그에게 빌려주어서 오막살이 주위의 잡초를 베게 했던 낫─존스는 그것을 결국 잡초를, 적어도 식물의 잡초를 베는 데는 쓰지 않았다─이 2년 동안 벽에 기대어 기대 있었다"(the rusty scythe which Sutpen was to lend him, make him borrow to cut away from the door─and at last forced him to use though not to cut weed, at least not vegetable weeds─would lean for two years, 148).

사실 이 작품의 전체적인 긴장감은 작품의 앞부분부터 간헐적으로 언급되는 이 낫의 존재라 할 수 있다. 낫이라는 물체의 잠재적 특이점은 '절단하다'라고 표현되는 순간에 현재화된다. 섯펜이 오막살이 주위의 잡초를 베라고 빌려주었던 낫, 그 기능, 의미를 잠재성으로만 내재하고 있던 낫이 섯펜의 목을 베는 순간, 즉 '베다' 또는 '자르다'라는 부정사로 표현되는 순간이 섯펜 자신의 물적 존재를 다른 무엇이 되게 하는 순간이며 그에 대한 의미를 증폭시키는 사건이 된다. 따라서 이 작품에서 중심적인 사건(Event)은 섯펜의 낫에 의한 죽음이며, 그 죽음을 사건화시키는 것은 그 낫이라는 도구에 내재되어(insist) 있는 '베다'라는 동사의 의미가 펼쳐지는 순간이다.

들뢰즈는 사건은 두 층위, 즉 신체적 차원과 비신체적 차원이라는 이중 구조를 갖는다고 했다. 그는 인과론적 관점에서 신체적 차원을 원인(cause), 그리고 비신체적 차원을 준원인(quasi-cause)이라고 칭하기도 한다. 이는 기존의 인과론을 구성하는 원인과 결과의 구조를 다른 관점에서 보는 것으로, 마수미(Brian Massumi)는 감응과 사건의 관계는 일치하거나 상응하는 관계가 아니라 반향하거나 간섭하거나, 또는 증폭하거나 감소시키는 관계("The relationship between the levels of intensity and qualification is not one of conformity or correspondence, but of resonation or interference, amplification or dampening," 219)[12]를 구성하지만, 신체적 차원에서 발생하는 표면효과는 비신체적 차원, 즉 사건의 의미와 논리적으로 연결되지 않는다고 주장한다. 이런 이유로 들뢰즈는 양자 사이의 관계를 '불투명한'(opaque)이라는 형용사를 사용해서 표현한다.

이 순간이 인간에게는 무수한 가능성의 세계이자, 그 가능성을 현실화 시킬 수 있는 조건이 되는 순간이며, 현실화, 즉 언어화되는 의미가 창조의 순간이기도 하다. 하지만 섯펜의 경우에 백인 농장주의 저택에서 흑인 하인과의 사이에서 벌어진 접촉을 통해서, 자신도 인지하지 못하지만, 몸에서 발생한 그 무엇에 대한 감각을 경험한다. 그에게 있어서 문제점은 무수한 의미의 가능성들이 있는 그 낯선 감각을 해석해 낼 수 있는 언어나 경험이 부족했다는 점이다. 이런 점을 콤슨 장군이 지적한다. "용기가 있고 영리하다면 (할아버지가 말씀하시길 영리함이란 사실은 현명하다는 뜻이 아니라 부도덕하다는 뜻이었는데, 그런 말은 학교 선생님이 읽어준 책에는 없는 말이었기 때문에 그도 몰랐을 거라는 거지, 아니면 용기라는 말을 그런 뜻으로 썼는지도 모르지)"(if you were courageous and shrewd (he did not mean shrewdness, Grandfather said. What he meant was unscrupulousness only he didn't know that word because it would not have been in the book from which the school teacher read. Or maybe that was what he mean by courage, Grandfather said), 201).

콤슨 장군의 지적처럼 섯펜에게 지식이란 그가 3-4개월 정도의 짧은 기간 동안 학교생활에서 선생님이 읽어준 책 내용이 전부라 할 수 있다. 이정도 지적

---

12) 마수미는 여기서 한 단계 더 나가서 임상실험을 통해서 통계를 내본 결과, 우리가 어떤 물체를 만지고 "뜨겁다", "차다"와 같은 반응을 표현하는 데 0.5초의 시간적인 차이가 있다고 한다. 이 시간적 차이가 들뢰즈가 이야기하는 "비인칭적"(impersonal) 또는 "전개인적"(preindividual)이라고 칭하는 부분이기도 하다. 이 지점이 인간에게 인지하지 못하는 진정한 자유의 시공간일 수도 있다. 223 참조.

수준을 갖춘 섯펜에게 농장의 흑인과의 사이에서 벌어진 사건에서 느껴지는 알수 없는 미증유의 힘처럼 온 몸 구석구석 파고드는 그 감각의 실체를 표현 할 수 있는 방법은 자신의 경험에 한정될 수밖에 없다. 산골에서 내려와 이동하면서 그에게 각인된 몇 가지 언어들이 섯펜의 인식의 세계를 형성한다고 할 수 있다. 이러한 자신의 모습에 대하여 그는 자신이 순진했다고 이야기하지만, 다른 화자들에게는 무지한 것으로 인식될 수밖에 없다. 그래서 그는 들뢰즈적인 양식(good sense)이 계열화되는 방식으로 그동안 자신이 부러워했던, 그물 침대에서 흑인의 시중을 받으며 편안한 생활을 하고 있는 농장주의 이미지를 떠올리면서, 토지, 저택, 그리고 흑인 노예와 같은 단어들을 계열화시켜서 그의 '웅대한 계획'을 세운다. 이러한 양식을 통한 계열화는 섯펜에게만 해당하는 것은 아니다. 그에 대한 각 화자들 또한 섯펜과 마찬가지로 그들 자신의 지적수준, 생활방식, 감각 등에서 정도차이는 있지만 섯펜과의 신체적 접촉 또는 언어적 접촉을 통해서 그들 자신들 속에 내재해 있는 특이점을 현실화 시키고 있다. 이렇게 펼쳐진 각 화자들의 특이점들의 집합, 계열화가 섯펜에 대한 이미지를 형성하지만, 엄격하게 말하면 섯펜의 이미지가 아니라 각 화자들 자신의 모습이라 할 수 있다.

각 화자들은 또한 새로운 계열을 형성하면서 차이를 드러낸다. 이 작품의 중심적인 화자인 로자, 콤슨 장군, 콤슨, 퀜틴, 그리고 슈리브는 섯펜을 중심으로 로자와 콤슨 장군, 그리고 콤슨와 퀜틴, 슈리브의 계열을 형성한다. 들뢰즈가 의미의 계열화에서 '기표'와 '기의'를 구분한 방식을 따르면, 섯펜과 직접적인 관계를 맺은 로자와 콤슨 장군의 서사는 신체적인 접촉을 전제로 하는 '기의의 계열'을 형성하고, 콤슨과 퀜틴, 그리고 슈리브는 언어를 통한, 즉 비신체적인 관계인 '기표의 계열'을 형성한다. 이들의 관계를 간단히 표현하면, 섯펜을 본 사람들과 그에 관한 이야기를 들은 사람들로 구분된다. 따라서 이들 화자들이 섯펜에 관하여 이야기를 하는 것도 하나의 창조적 행위라고 간주할 수 있지만, 엄밀하게 말하면, 로자와 콤슨 장군의 이야기가 섯펜일가에 대한 과거의 이야기라면, 콤슨과 퀜틴,

그리고 슈리브의 이야기는 서사적 현재의 사건으로서의 언어이다. 그렇다면 로자와 콤슨 장군의 기의 계열과 콤슨과 퀜틴, 그리고 슈리브의 계열을 연결시켜주는 고리는 무엇일까. 어떠한 것이 기의 계열과 기표 계열에 역동성을 부여할까?

이 두 계열 사이를 연결시켜주는 역할을 하는 대상은 편지라 할 수 있다. 밀러(Hills Miller)는 편지의 역할을 개인과 개인뿐만 아니라 세대와 세대 사이를 소통시키는 매개체("an essential medium of communication between one person and another, one generation and another," 274)의 역할을 한다고 주장한다. 그 편지는 찰스 본이 쥬디스에게 보낸 단 한 장뿐인 편지로, 쥬디스가 퀜틴의 할머니에게 전해주고, 할머니가 콤슨에게, 그리고 콤슨이 퀜틴에게 전해주어서, 하버드 기숙사의 책상 위에 놓여 있는 편지이다. "깨지기 쉬운 판도라의 상자"(208) 같은 이 편지를 사이에 두고 퀜틴과 슈리브는 섯펜 일가의 운명에 관해서 이야기한다. 퀜틴에게도 이 편지는 하나의 물질이라기보다는 살아 있는 존재와 같다("talking apparently to the letter lying on the open book on the table between his hands," 205).

이 편지는 또한 지구 반바퀴나 떨어진 곳에서 온 슈리브를 동화시키는 역할을 한다. 그래서 퀜틴과 슈리브가 섯펜 일가에 대한 이야기를 추측하고 있는 7장과 8장에서 그들은 헨리와 찰스 본과 하나가 된다. 하버드 기숙사에서 그들 둘은 둘이 아니라 넷이 되는 것이다("it was not two but four of them riding the two horses through the dark over the frozen December," 267). 섯펜 일가에 대해서 이야기하는 슈리브를 보면서 그가 마치 아버지같다라고 생각하면서 퀜틴은 다음과 같이 표현한다.

아마 우리들은 둘 다 아버지인 것이다. 아마 예전에 무슨 일이고 일어나면 그것으로 끝나지는 않아. 아마 지난날에 일어났던 무슨 일인가가 그냥 끝나는 게 아니고, 하나의 물웅덩이에 조약돌이 가라앉은 뒤 파문이 물 위에 펼쳐져서 가는 배꼽의 탯줄 같은 흐름으로 다음 물웅덩이에 연결되는 것처럼, 일은 거슬러 가는 거야. 두 번째 물웅덩이의 수온이 달라서 본 것도 느낀 것도 기억하고 있는 것도 모두 다르다고 해도, 무한한 불변의 하늘이 다른 모양으로 보인다 해도, 그런 것은 아무런 문제도 되지 않아. 어디까지나 두 번째 물웅덩이는 첫 번째 물웅덩이가 길러 낸 거야. 두 번째 물웅덩이가 전혀 알지 못했던 조약돌의 낙하에서 생겨난 울림은 원래의 지울 수 없는 리듬에 맞추어 원래의 사상대로 두 번째 물웅덩이의 수면에도 퍼져 가지. 그렇다. 확실히 우리들은 두 사람 다 아버지인 것이다. 아니면 아버지와 내가 다 같이 슈리브인지도 모르겠다. 아버지와 내가 슈리브가 되어 있는지도 모른다. 아니면 슈리브와 내가 아버지가 되어 있는지도 모르지. 아니면 토머스 섯펜이 우리들 전부가 되어있는지도 모른다.

Maybe we are both Father. Maybe nothing ever happens once and is finished. Maybe happen is never once but like ripples maybe on water after the pebble sinks, the ripples moving on, spreading, the pool attached by a narrow umbilical water-cord to the next pool which the first pool feeds, has fed, did feed, let this second pool contain a different temperature of water, a different molecularity of having seen, felt, remembered, reflect in a different tone the infinite unchanging sky, it doesn't matter: that pebble's watery echo whose fall it did not even see moves across its surface too at the original ripple-space, to the old ineradicable rhythm thinking Yes, we are both Father. Or maybe Father and I are both Shreve, maybe it took Father and me both to make Shreve or Shreve and me both to make Father or maybe Thomas Sutpen to make all of us. (210)

퀜틴과 슈리브는 편지를 사이에 두고 서로 하나가 되기도 하고, 셋이 되기도 하고, 넷이 되고, 전체가 되는 연결계열(connective series)을 형성한다. 이렇듯 편지는 두 계열 사이에 존재하면서 두 계열 사이에, 과거와 현재에 역동성을 불어 넣는 역할을 한다. 즉 편지는 서사적 현재에 존재하는 화자인 퀜틴과 슈리브에게 또 다른 사건을 발생시키는 역할을 한다. 그래서 그들의 이야기와 추측은 그 편지의 주인공인 찰스 본-쥬디스-헨리의 관계에 집중된다. 그들은 이들 세 명의 관계에서 나타나는 혼혈의 문제, 근친상간, 사랑과 질투 등에 대해서 이야기를 하면서 그들은 하나가 된다.

『압살롬, 압살롬!』의 등장인물들은 대상을 통해서 자신들이 느낀 감각들을 언어화하고 있다고 할 수 있다. 들뢰즈는 신체적 차원이 사건으로서의 의미, 즉 언어로 표현되는 것을 "후렴구"(refrain)라고 표현한다. 보그(Ronald Bogue)는 들뢰즈의 후렴구를 "지각과 감응을 영토화 하는 것이고 예측할 수 없는 세계를 규칙적인 형태로 규제하고 조절해서 언어화하는 것"(The basic function of the refrain is to territorialize forces(percepts and affects), to regularize, control and encode the unpredictable world in regular patterns, 265)이라고 정의한다. 이런 맥락에서 이 작품은 각 등장인물들이 대상 또는 타인과 접촉하는 순간에 발생하는 자신들의 감응과 지각의 힘을 언어로 읊조리는 후렴구이고, 이 후렴구가 각 화자의 개성을 드러낸다고 할 수 있다. 이 후렴구들은 각 화자들 사이에서 서로 차이를 내포하고 있으며, 서로 차이를 지닌 채 반복되는 형식을 지니고 있다고 할 수 있다.

III. 나가는 말

『압살롬, 압살롬!』은 섯펜에 관한 소설이라 할 수 있다. 그가 제퍼슨에 등장해 백 에이커의 농장을 건설하고 몰락하는 과정이 그와 관련 있는 여러 화자들을 통해 구성되고 재구성된다. 화자들의 관계를 통해서 섯펜은 다양한 이미지를 생성시킨다. 그러나 들뢰즈의 감응의 개념을 통해서 본 결과, 화자들에 의해 형성된 섯펜의 이미지는 섯펜 자신의 이미지라기보다는, 섯펜과의 또는 그에 관한 이야기를 통해서 각 화자들이 자신의 느낌을 통해서 생성시킨 자신들의 이미지라 할 수 있다.

『압살롬, 압살롬!』은 그동안 "20세기 미국 남부를 막연히 퍼진 사회적 도덕적 불안 그리고 노예에 대한 억압에서 그러한 불안의 근원"(Volpe 184)을 찾는 소설, 섯펜의 악마같은 성격(O' Donnell 193)을 통한 미국 개척 시대의 도덕성의 상실, 또는 미국의 전통적인 가치의 붕괴(Rahv 209) 등 미국의 과거, 즉 역사를 반영하는 작품으로 해석되어왔다. 그러나 이 작품이 미국의 역사로서 읽힌다면, 위에서 살펴 본 각 등장인물들을 통해서 표현된 폭력, 사랑, 결혼, 노예제도 등과 같은 특이점들이 미국과 미국의 역사를 구성하는 특이점들이라는 점에서 일 것이다. 그러나 이 역사는 섯펜에 대한 각 화자 사이의 차이와 불일치에서 나타나듯이 동일성과 연속으로서의 역사가 아니라 차이와 불연속을 내재하고 있는 역사라 할 수 있다.

이정우. 『접힘과 펼쳐짐: 라이프니츠, 현대과학, 易』. 서울: 거름, 2000.

윌리엄 포크너. 『압살롬 압살롬』. 김종철 옮김. 서울: 청목, 1997.

질 들뢰즈 『의미의 논리』. 이정우 옮김. 서울: 한길사, 1999.

클레어 콜브룩. 『질 들뢰즈』. 백민정 옮김. 서울: 태학사, 2004.

Bassett, John. ed., *William Faulkner: The Critical Heritage*. (Routledge & Kegan Paul: London), 1975.

Bogue, Ronald. "Word, image and sound: the non-representational semiotics of Gilles Deleuze." *Deleuze and Guattari: Critical Assessments of Leading Philosophers*. Gary Genosko. ed. London: Routledge. 2001. 81-99.

Deleuze, Gilles, and Félix Guattari. *What Is Philosophy?* Trans. High Tomlison. New York: Columbia UP, 1994.

_____. *Logic of Sense*. Trans. Mark Lester. New York: Columbia UP, 1990.

De Voto, Bernard. "Witchcraft in Mississippi." *William Faulkner: The Critical Heritage*. Ed. John Bassett. Routledge & Kegan Paul: London, 1975. 205-207.

Faulkner, William. *Absalom, Absalom!* New York: Vintage Books, 1990.

Gwynn, Frederick L. and Joseph L. Blotner. *Faulkner in the University*. Charlottesvill: UP of Virginia. 1995.

Hoon-Sung, Hwang. "The Fourteenth Image of Sutpen in *Absalom, Absalom!*" *Dongguk Review* 22-23 1994. 265-78.

Kartiganer, M. Donald. *The Fragile Thread: The Meaning of Form in Faulkner's Novel*. Amherst: UP of Massachusetts, 1979.

Kelly, Michael, ed. *Encyclopedia of Aesthetics*. Volume 2. New York: Oxford UP, 1998.

Lewis, Cecil Day. "*Daily Telegraph*." *William Faulkner: The Critical Heritage*. Ed. John Bassett. Routledge & Kegan Paul: London, 1975. 216-218.

Massumi, Brian. "The Autonomy of Affect." *Deleuze: A Critical Reader*. Ed. Paul Patton. Blackwell: Oxford UP, 1996. 217-39.

Miller, Hillis J. *Fiction and Repetition: Seven English Novels*. Cambridge: Harvard UP, 1982.

O'Donnell, George Marion. "*Nashville Banner*." *William Faulkner: The Critical Heritage*. Ed.

John Bassett. Routledge & Kegan Paul: London, 1975. 193-195.

Rahv, Philip. *"New Masses." William Faulkner: The Critical Heritage.* Ed. John Bassett. Routledge & Kegan Paul: London, 1975. 208-211.

Snelling, Paula. *"Pseudopodia." William Faulkner: The Critical Heritage.* Ed. John Bassett. Routledge & Kegan Paul: London, 1975. 216-217.

Troy, William. *"Nation." William Faulkner: The Critical Heritage.* Ed. John Bassett. Routledge & Kegan Paul: London, 1975. 195-198.

Volpe, Edmond L. *A Reader's Guide to William Faulkner.* New York: Octagon Books, 1978.

Zender, Karl F. *The Crossing of the Ways: William Faulkner, the South, and the Modern World.* New Brunswick: The State Univ of Michigan P, 1989.

■ 이 글은 『영어권문화연구』 4권 2호(2011)에 실렸던 글을 수정, 보완한 것이다.

11.

포크너 소설에 나타난 린칭과 윤리의 문제

황은주

I. 서론: 린칭과 남부의 정서 구조

린칭이라는 즉결심판의 관행이 만연했던 1882년에서 1930년까지 이르는 기간 동안 2,500명 이상의 흑인들이 온갖 잔인한 고문 끝에 이에 희생되었다.[1] 50년간 매주 한 명씩 죽은 셈이다. 포크너(William Faulkner) 소설의 주 무대가 된 미시시피는 남부에서 린칭 희생자를 가장 많이 낸 곳으로 도일(Don Doyle)에 따르면 미시시피에서만 600여 건의 린칭 사건이 일어났고 포크너가 살았던 라파이엣 카운티에서도 몇 차례의 린칭이 있었다. 특히 1908년, 당시 열한 살의 포크너가 살던 옥스포드시에서 일어난 넬스 패튼(Nelse Patton)의 린칭 사건은 포크너의 『팔월의 빛』(*Light in August*)에 영향을 미쳤다. 패튼은 심부름을 간 집에서 여주인의 목을 베어 죽이고 도주 끝에 잡혀 감옥에 갇혔으나 옥스포드시의 백인들은 패튼이 백인과 똑같이 법정에 선다는 것을 용납할 수 없었다. 결국 그들은 패튼이 법의 심판을 받기 전에 감옥을 부수고 들어가 그를 사살한 뒤 분이 풀릴 때까지 시신을 난도질하고 머리 가죽을 벗기고 고환을 잘라내고 목에 밧줄을 매어 트럭에 매달아 거리에 끌고 다니다가 "법을 조롱이라도 하듯" 법원 앞 나무에 매달아 두었다(Doyle 326). 포크너가 패튼의 린칭을 목격했다는 직접적인 증거는 없지만 이 사건은 어린 포크너에게 강렬한 인상을 남겼음에 틀림없다. 포크너는 『팔월의 빛』 외에도 「메마른 9월」("Dry September"), 『성역』(*Sanctuary*), 『모세여 내려가라』(*Go Down, Moses*), 『무덤 속의 침입자』(*Intruder in the Dust*) 등 다수의 작품에서 린칭 문제를 비판적으로 다루었다.

한편 포크너는 1931년 남부의 린칭 문제를 통렬히 비판한 단편소설 「메마른 9월」이 출판된 바로 그 해, 『커머셜-어필』(*Commercial-Appeal*)에 린칭을 옹호하

---

1) 린칭 희생자 수에 대한 기록은 자료를 수집한 시기와 자료 수집 주체에 따라 각기 다르다. 이 논문에서는 Steward E. Tolnay와 E. M. Beck의 *A Festival of Violence: An Analysis of Southern Lynchings, 1882-1930*의 자료를 사용하기로 한다.

는 내용의 편지를 보내기도 하여 비평가들을 당혹스럽게 했다. 포크너는 편지에서 "한 가지 신기한 것은 린칭 폭도들이, 우리의 배심원들처럼, 나름대로 옳은 데가 있다는 점"(there is one curious thing about mobs. Like our juries, they have a way of being right)이라고 말하였다(McMillen and Polk 6 재인용). 린칭의 정당성을 인정하는 듯한 이 발언은 린칭을 날카롭게 비판해온 그의 작품 세계와 정반대되는 것이었고 맥밀런과 폴크는 이 모순을 설명하기 위해 고심하였으나 논리적 해답을 찾지 못했다. 결국 그들은 포크너가 그의 천재성에도 불구하고 개인적 삶의 영역에서는 그의 백인 이웃들과 같은 가치관을 가졌으며 그것을 넘어설 수 없었기 때문에 이와 같은 편지를 썼으리라고 추측한다(13).

그러나 개인으로서의 포크너와 작가로서의 포크너를 별개의 존재로 인식한 맥밀런과 폴크의 결론은 성급한 것이었다. 포크너는 개인적 삶에 있어서도 흑인에 대해 매우 우호적이었으며 흑인에 대한 백인의 집단적 폭력에 반대하였으므로 위에 인용된 발언이 린칭을 정당화하기 위한 것이었다고 단정하기 어렵다. 포크너를 린칭 옹호자로 매도하기에 앞서 위의 발언이 가지는 이중적 의미를 주시해야 한다. 즉, 위의 문장은 표면적으로 린칭이 "옳다"는 주장을 하는 듯하지만 또 한편으로는 린칭 폭도들의 자기 정당화에 대한 비판으로 읽힐 수도 있다. 위 발언에서 포크너는 "린칭 혹은 린칭 폭도가 옳다"라고 단정하는 대신 직역하자면 "린칭 폭도들은 배심원들과 마찬가지로 그들이 옳을 방법을 가지고 있었다"라고 표현한다는 점에 주의해야 한다. 린칭 폭도들은, 마치 법정의 배심원들이 법적 정의를 실현하기 위해 결정을 내리는 것처럼, 백인우월주의라는 코드에 따라 옳고 그름을 가리고 기존의 인종적 질서를 유지하고 사회 '정의'를 실현하는 주체로 스스로를 정당화했으며 그들의 결정은 당연히 그들 스스로에게 항상 "옳을" 수밖에 없었다. 실제로 린칭에 참여한 백인들은 자신이 가담한 폭력 행위를 옳은 것이라 믿었고 심지어는 그것이 정의롭다고 여기기도 하였다. 조지아 주의 인민당원인 왓슨(Tom Watson)의 발언은 백인들이 린칭을 정의 실현의 중요한 수단으로 여겼다는 사실을 보여준다. 그는 "린치 법은 좋은 현상이다. 그것은 우리들 가운데 아직도 정의감이 살아있다는 것을 보여 주기 때문이다"(Lynch law is a good sign: it shows that a sense of justice yet lives among the people) 라고 말하였다(Tolnay and Beck 18 재인용).[2] 톨네이와 베크에 의하면 이 당시 대부분의 남부 백인들은 법이라는 제도적 정의의 비효율성을 비판하고 린칭이야말로 기존의 사회질서를 위협하는 인종문제를 효과적으로 처리할 수 있는 "대중적 정의"(popular justice)의 수단이라고 여겼다(17-18).[3] 살펴본 바와 같이 이제까지 포크너 학자들 간에 문제가 되어온 포크너의 린칭 옹호적인 발언은 린칭을 정의의 수단으로 간주하는 남부 백인들의 뿌리 깊은 백인우월주의에 대한 반어적 비판으로 볼 수 있다. 포크너는 그들이 굳게 믿고 있는 '정의'가 백인우월주의라는 제한된 코드 안에서 구성된 것으로 그 코드 안에서만 유효하며 법적 정의나 더 보편적인 의미에서의 정의에는 부합하지 않는다는 점을 꼬집어 말하고 있는 것이다.

---

2) 여기서 왓슨은 린칭 행위를 "린치 법"이라 부르고 있지만 이는 실제로 "법"을 일컫는 것이 아니다. 린치 법은 원래 18세기 버지니아 주에서 법원이 멀어 재판을 받을 수 없는 죄인들을 처벌하기 위해 만든 약식 재판 절차를 일컫는 말이었으나 후에 군중이 법적 절차를 따르지 않고 한 개인을 처벌하는 관행을 일컫는 말로 바뀌었다.

3) 물론 흑인을 가혹하게 죽인 것이 신속하고 효과적인 정의의 실현을 위해서만은 아니었다. 오히려 그들은 종종 결백한 자를 별함으로써 정의에 어긋나는 행동을 하고 그것을 정당화하였다. 린칭 피해자에게 법정에서 사형선고를 받을 명백한 증거가 없거나 지은 죄가 사소해서 법적 처벌이 불가능한 경우, 때로는 심지어 죄가 없는 경우에도 다른 흑인들에게 본보기를 보여 공포 분위기를 조성함으로서 백인 우월주의적 사회구조를 유지하고자하였다. 그러나 그들은 늘 자신의 행동을 정당화할 필요를 느꼈으며 린칭은 늘 정의의 이름으로 이루어졌다. 남부 백인들이 린칭 행위를 법적 정의에 대한 대안적 '정의'의 실현으로 본 것은 또한 '정의'라는 개념자체가 가지는 모호함 때문이기도 하다. 이 개념의 모호성은 죄에 대한 처벌에 있어서든 재원의 분배에 있어서든 모든 사람을 '똑같이' 대우한다는 정의의 기본 원리자체에 내재하는 문제로 '똑같이' 대한다는 것이 과연 말 그대로 '모든' 사람을 똑같이 대한다는 것을 의미하는지 아니면 퍼릴만(Chaïm Perelman)이 말한 것처럼 "본질적으로 같은 범주에 속한 사람들"(Raphael 169 재인용)만 똑같이 취급한다는 것을 의미하는지 불분명하다. 정의의 두 번째 개념을 따를 때, 남부 백인들은 흑인들이 본질적으로 자신들과 똑같이 같은 범주에 속한 사람임을 받아들이지 않았으므로 그들에게 흑인들에 대한 차별은 충분히 정당한 것이었다.

포크너의 위와 같은 발언은 또한 포크너가 린칭 폭도들의 심리에 대해 잘 이해하고 있었으며 린칭 문제의 해결책에 대한 나름대로의 철학을 가지고 있었다는 점을 보여준다. 남부 백인이 백인우월주의를 옳은 것으로 여기고 백인과 흑인의 차이를 당연한 것으로 여기는 한, 그리고 그 차이를 유지하기 위한 수단으로서 린칭이라는 잔인한 제도를 정당화하는 한, 남부의 린칭문제는 해결되지 않을 것이었다. 린칭 금지법의 제정을 두고 많은 논란이 있었던 20세기 초반에 포크너는 린칭이라는 남부의 고질적 문제가 한갓 법적 제재로 해결될 수 없으며 남부 구성원 개개인의 보다 근본적인 변화가 우선되어야 한다고 생각했다. 포크너가 1956년 『에보니』(*Ebony*)에 실은 「흑인 지도자들에게 보내는 편지」("A Letter to the Leaders in the Negro Race")는 원래 「내가 만약 흑인이라면」이라는 제목으로 쓰였다. 흑인지도자들이 남부 백인들에게 흑인들의 역량을 인정할 시간과 여유를 주어야 한다는 내용의 이 편지에서 포크너는 남부의 평화를 위해서는 매년 새로운 법 절차를 만들 것이 아니라 인종 차별의 바탕이 되는 도덕적, 물질적 조건을 먼저 치유해야만 한다고 주장한다(108). 포크너는 남부 백인들의 뿌리 깊고 완고한 백인우월주의에 대해 누구보다도 잘 알고 있었으므로 법적 제재의 효용성에 대해 회의적일 수밖에 없었다. 백인들은 절대로 흑인을 법적으로 그들과 동등한 존재로 받아들일 수 없는 정서구조(structure of feeling)를 가지고 있었으며 바로 이 정서구조가 그들로 하여금 흑인에게 합법적인 절차를 따라 법적 처벌을 받는 모든 과정을 생략한 즉결심판의 인습을 합리화시키게끔 하였다.4) 특히 노예해방 이후 백인들은 흑인 남성을 언제라도 동물적 본능으로 백인 여성을 범할지 모르

---

4) 정서구조(structure of feeling)는 레이먼드 윌리엄즈(Raymond Williams)가 문화의 변화를 설명하기 위해 만든 개념으로 주관적이고 경험적이며 느낌에 관련되고 직접적이며 개인적인 것들의 영역에서 늘 항상 일어나고 있는 미세한 변화들이 정서구조의 형성과 변화에, 즉 일반적인 사회 변화에 영향을 미친다는 점을 드러내기 위한 것이다(*Marxism and Literature* 128-35). 린칭, 나아가 인종관계의 근본적 변화를 도모하기 위해서는 법체계의 변화도 필요하지만, 기존의 정서구조를 조금씩 변화시키기 위한 수많은 개인적 영역에서의 변화가 필요했고 문학은 그에 가장 좋은 수단 중 하나가 될 것이었다.

는 '야수'로 여겼으므로, 흑인들로부터 법정에 설 권리를 빼앗는 것도, 잔인한 방법으로 고문하고 죽이고 사체를 훼손하는 것도, 남부 백인들에게는 '정의로운' 일로 간주되었다. 그들이 린칭을 정의로운 행위로 받아들이는 한 흑인에 대한 백인의 폭력은 근절되지 않을 것이었다.

　　법적 정의가 폭도들의 대중적 '정의'로부터 흑인들을 지켜주지 못할 때, 백인들의 백인우월주의에 입각한 정의 개념을 바꿈으로써 린칭을 근절하는 데는 새로운 법 이상의 것이 필요했고 바로 그 자리가 문학이 개입할 수 있는 지점이었다. 이 논문은 포크너의 소설에서 나타나는 백인 남성 인물들의 흑인-되기, 즉 타자-되기(becoming-other)가 인종 간의 경계에 대한 백인의 정서구조에 균열을 만들고 있으며 타자-되기가 남부의 린칭 문제를 해결할 윤리적 대안을 제시한다는 점을 밝히고자 한다. 『천의 고원』(*A Thousand Plateaus*)에서 들뢰즈와 가타리(Gilles Deleuze and Félix Guattari)가 다루는 주요 개념 중 하나인 "되기"(becoming)는 어느 정도의 일관성을 유지하고 있는 자기 자신, 즉 자기 정체성에서 벗어나 다른 것이 되는 과정을 의미한다.5) 스미스(Daniel Smith)에 의하면 들뢰즈와 가타리는 개인을 "함께 기능하고 공생체를 이루며, 어느 정도의 일관성을 이루는, 일련의 가상적 특이성이 현실화된 하나의 다양체"(a multiplicity, the actualization of a set of virtual singularities that function together, that enter into symbiosis, that attain a certain consistency)라고 정의한다(xxix). 즉, 개인은 자기 동일적인 어떤 상태를 어느 정도 유지하고 있지만 일련의 가상적 특이성을 가지고 있으며 그것의 현실화에 따라 계속해서 변화하는 다양체이다. "되기"는 그 '어느 정도의 일관성'을 극복하고 자신의 몸이 할 수 있는 것(what a body can do)을 함으로써 자신

---

5) "되기"는 실제 몸의 강밀도(intensity)에 일어나는 구체적 변화를 지칭하는 개념으로 자기 동일시와는 구별되어야 한다. 예를 들어 교통사고 현장에서 고통 속에 신음하는 부상자의 상처를 보면서 나는 눈을 찡그리며 진저리를 친다. 그때 나는 그 부상자와 동일시를 하고 있는 것이 아니다. 그의 상처와 고통에 내 몸의 강밀도가 변화함으로써 내 몸이 반응하는 것이며 그 순간의 변화가 바로 내가 내 몸의 경계를 넘어서 다른 것이 되는 "되기"의 경험이다.

이 무엇인지(what a body is)로부터 벗어나는 것을 말한다. 포크너의 백인 남성 인물들은 종종 백인 남성으로서의 자아를 벗어나 "여자-되기," "퀴어-되기," "흑인-되기" 등의 "타자-되기"를 경험하는데 이는 백인 남성의 주체위치가 고정적이지 못하며 가변적이라는 점을 드러낸다. 따라서 젠더, 성, 인종의 경계를 넘나드는 백인 남성 인물은 백인우월주의와 인종차별, 나아가 린칭의 합리화에 근간이 되는 백인과 흑인간의 범주적인 경계를 허문다.

혹자는 린칭 문제, 나아가 인종문제에 대해 포크너가 충분히 급진적이지 못했다고 비판할 수 있겠지만 폴크가 지적한대로 포크너는 인종 관계에 있어 점진적일지언정 변화는 불가피한 것임을 주장하였고 또한 흑인 집단 전체의 이익을 위해 대변한 적은 없지만 개인으로서의 흑인 한 명 한 명에 대해서는 깊은 관심과 배려를 아끼지 않았다(140-41). 포크너의 소설은 남부 흑인들에게는 있으나마나 한 법을 보완하고 백인들이 흑인에게 가한 비인간적인 폭력행위를 정당화하지 못하도록 내적 제재를 가할 윤리적 변화를 가져올 순간들을 제시한다. 그의 작품에서 백인 남성 인물들은 타자-되기의 경험을 통해 인종이라는 것이 인위적인 사회적, 문화적 구성물에 지나지 않음을 경험한다.[6] 포크너는 이처럼 린칭이라는 수단을 이용해 흑인을 통제하려한 남부 백인들의 대중적 '정의'가 어떻게 보편적 의미의 정의에 어긋나며, 린칭이 흑인의 삶뿐만 아니라 백인의 삶 또한 파괴하고 있음을 보여주고, 타자-되기를 경험하는 백인 남성 인물들을 통해 흑백 간에 상호이해의 가능성과 진정한 인종문제의 해결 방법을 모색하였다.

---

6) 『모기들』(*Mosquitoes*)의 고든(Gordon)과 포크너(Faulkner), 『고함과 분노』(*The Sound and the Fury*)의 퀜틴(Quentin), 『성역』의 파파이(Popeye)와 호러스(Horace), 『팔월의 빛』의 조 크리스마스(Joe Christmas) 등 포크너의 소설에 등장하는 다수의 백인 남성 인물들은 타자-되기를 경험한다.

II. 문화적 개입: 린칭의 정치학과 백인 남성성

1948년에 출판된 『무덤 속의 침입자』는 작품성을 크게 인정받지 못했지만 린칭을 둘러싼 법과 정의의 문제를 면밀히 검토한 소설로 포크너 소설에 나타난 인종문제 연구에 있어서는 중요한 작품이다. 이 소설은 백인 남자를 살해했다는 누명을 쓰고 린칭을 당할 위험에 처한 루카스 비첨(Lucas Beauchamp)을 칙 맬리슨(Chick Mallison)이 진범을 밝혀 구해낸다는 비교적 단순한 줄거리를 가지고 있다. 린칭이 일어나리라고 예측되는 날 밤, 린칭을 구경하기 위해 혹은 돕기 위해 제퍼슨으로 벌떼처럼 모여든 백인들은 칙의 활약으로 진범이 피해자의 형제라는 사실이 밝혀지자 모두들 도망치듯 뿔뿔이 흩어진다. 칙의 삼촌이자 변호사인 개빈 스티븐즈(Gavin Stevens)의 해석에 의하면 그들은 스스로의 불의에 대해 깨닫고 양심의 가책을 느껴 수치심 때문에 그들 자신으로부터 도망친 것이다(202). 스티븐즈는 칙에게 남북전쟁 후 북부가 흑인들을 노예제로부터 해방시켰지만 "인간의 인간에 대한 불의가 경찰에 의해 하룻밤 사이 사라질 것이라는 생각에 기반을 둔 법을 우리 [남부 백인]에게 강요함으로써" 실제로는 흑인들을 "불의뿐만 아니라 슬픔과 고통과 폭력 속에 던져버렸다"(the outlanders. . .will fling him ["Sambo"] decades back not merely into injustice but into grief and agony and violence too by forcing on us laws based on the idea that man's injustice to man can be abolished overnight by police)라고 말한다(203). 또한 그들은 노예 해방 뒤 흑인에게 '자유'를 주었지만 "겨우 세 세대가 지난 지금 다시 한 번 흑인을 [린칭으로부터] 자유롭게 하기 위해 다시 [또 다른] 법을 통과시켜야만 하게"(a long quarter-century ago Lucas Beauchamp's freedom was made an article in our constitution. . . yet only three short generations later they are faced once more with the necessity of passing legislation to set Lucas Beauchamp free, 154-55)된 역사적 아이러니를 지적하며 진정한 정의의 실현은 법으로 이루어질 수 없음을 주장한다. 결국 흑인들을 진정으로 자유롭게 하기 위해서는 우선적으로 남부 백인들 스스로 흑인이 그들과 같은 범주에 속하는 존재이며 따라서 린칭은 절대로 정당화 될 수 없다는 것을 깨달아야만 한다는 것이다.

물론 스티븐즈를 포크너의 대변인으로 취급하는 것은 위험한 생각이다. 포크너 학자들 사이에는 스티븐즈가 포크너를 대변하고 있지 않다는 의견이 지배적이며 카울리와의 인터뷰에서 포크너 자신도 스티븐즈가 자신의 의견을 대변하는 것이 아니라 "진보적인 남부인 가운데 가장 괜찮은 유형"(the best type of liberal Southerners)의 입장을 대표한다고 말했다(*Faulkner-Cowley File* 110-11). 분명 『무덤 속의 침입자』에 등장한 스티븐즈는 남부 백인의 손으로 흑인 해방을 이뤄야한다는 그의 화려한 연설과 달리 스스로가 결백하다는 비첨의 말을 믿지도 않을뿐더러 구체적으로 그를 도우려는 어떠한 시도도 하지 않는다. 그가 비첨을 구하기 위해 행동을 개시한 것은 칙과 미스 해버샴(Miss Habersham), 그리고 알렉(Aleck)이 비첨의 결백을 거의 증명한 뒤의 일이다. 소설 속에 나타나는 스티븐즈의 위선적인 모습은 포크너가 스스로와 스티븐즈와의 사이에 두었던 거리를 입증한다. 하지만, 여전히 스티븐즈를 포크너와 완전히 분리시켜 생각하는 것 또한 불가능하다. 특히 노예해방 이후 계속해서 린칭의 공포 속에 살고 있는 남부 흑인들의 현실에 대한 스티븐즈의 분석은 포크너가 그의 작품 전반에 걸쳐 법, 질서, 제도 등에 대해 보이는 회의적 태도와 일맥상통하는 면이 없지 않다.

『무덤 속의 침입자』와 『모세여 내려가라』 같은 소설은 남부 백인 남성의 자아 형성 과정에 있어 흑인과 자신을 구별 짓는 과정이 핵심적이며 진정한 남부의 변화는 법의 강제적 시행이 아니라 구별 짓기를 통해 이미 형성된 성인 백인 남성의 자아를 역행해갈 만한 문화적, 윤리적 대안이 필요하다는 것을 보여준다. 포크너 소설에 등장하는 백인 남성 어린아이의 성장 단계는 흑인과 가족처럼, 형제처럼 섞여 지내는 시기와 흑인과 자신을 차별화하면서 자신의 백인 남성성을 확립해가는 그 이후의 시기로 구분된다. 그만큼 백인 남성의 자아 형성에 흑인과의 차별화가 핵심적이라는 것을 암시한다. 비첨의 린칭이 예견되는 날 저녁 칙이 "폭도들이 비첨을 그 인생에 단 한 번 검둥이답게 만들어주겠군요"(They are going to make a nigger out of him once in his life anyway)라며 시내에 가려하자 칙의 엄마는 이에 반대하며 칙의 아버지와 삼촌의 동의를 구한다(32). 하지만 스티븐즈는 "이게 바로 칙이 젖을 뗄 기회입니다"(here's your chance to wean him) 라고 말하며 칙을 시내로 보낸다(32). 20세기 초 남부에서 백인 남자 아이가 성인이 된다는 것은 이처럼 어머니로부터 "젖을 떼는," 즉 어머니의 보호에서 벗어나는 것을 의미하기도 하지만, 동시에 흑인을 흑인으로 자신을 백인으로 확연히 구별 짓는 또 다른 분리의 과정을 의미한다. 냇물에 빠져 비첨의 집에서 옷을 말리고 비첨의 저녁을 대신 먹으며, 칙은 자신을 온통 둘러싼 "흑인의 냄새"를 맡는다(11). 그 냄새는 칙의 유모이자 하녀인 패럴리(Paralee)와 어린 시절 단짝 친구였고 지금은 그의 하인인 알렉의 집에서 놀고 밥을 먹으며 그가 살아온 생애 내내 맡아온 냄새여서 피할 수 없는 그의 과거의 일부분이고 이제는 너무 익숙해져서 더 이상 느끼지도 않게 되어버린 바로 그 냄새이다. 『무덤 속의 침입자』는 어쩌면 칙이 그 "흑인의 냄새"처럼 더 이상 자신의 존재와 구별 불가능 할 만큼 섞여버린 것들을 가려내어 성인 백인 남성으로서의 정체성을 확립하려는 노력과 그 노력의 좌절을 다룬 소설이라고 얘기할 수도 있을 것이다.

또한 『모세여 내려가라』의 잭 에드먼즈(Jack Edmonds)와 루카스 비첨, 그리고 그들의 아들들인 커라더즈(Carothers)와 헨리(Henry)의 관계는 백인 남자아이가 성인이 된다는 것이 흑인과 형제처럼 섞여 지내던 어린 시절과의 고별을 의미한다는 점을 잘 보여준다. 특히 커라더즈와 헨리의 관계는 백인으로서의 정체성 확립을 위해 거쳐야만 하는 흑백간의 분리가 아이가 엄마와의 분리를 경험하는 것만큼이나 고통스러운 경험이라는 것을 잘 보여준다. 커라더즈는 함께 한 오두막, 한 이불 밑에서 잠들고, 같이 낚시를 하고 사냥을 다니며, 한 상에서 밥을 먹던 헨리에게 어느 날 갑자기 따로 바닥에서 잘 것을 명령하고 그 날 이후로 그들은 함께 사냥을 가지도 같이 밥을 먹지도 않았다. 그러던 어느 날 커라더즈는 멀리서 비첨과 헨리를 바라보며 슬픔과 자신의 행동에 대해 부끄러움을 느꼈지만 이미 때는 늦었고 헨리와 형제처럼 지낼 수 있는 시간은 영원히 사라졌음을 깨닫는다. 헨리에 대한 그리움에 같이 밥을 먹기 위해 몰리의 집에 다시 찾아갔을 때 그는 홀로 식사를 대접받았다. 그는 "그렇게 그의 유산을 물려받았고 그것의 쓴 열매를 먹었다"(So he entered his heritage. He ate its bitter fruit, 110).

칙과 잭, 그리고 커라더즈 모두 백인 남성으로서의 정체성을 확립하기 위해 한 때 자신의 일부이던 것과의 분리를 경험했듯이 남부 백인 남성들은 자신의 정체성을 지키기 위해 흑인이 흑인답게 행동할 것을 끝없이 요구했으며 이는 백인 남성의 주체 위치가 결코 안정적이지 않다는 것을 의미하기도 한다. 노예 해방 직후 남부에서 끊임없이 린칭이 일어난 것은 백인 남성이 자신의 정체성을 지키기 위해 공포라는 수단을 써서라도 흑인을 기존의 질서에 붙들어 매야 할 필요를 느꼈기 때문이다. 따라서 흑인이 자신과 같은 존재라는 것을 인정하고 그에게 같은 법적 권리를 부여하는 것은 법적인 정의를 실현하고 하지 않고의 문제만이 아니라 백인 남성들이 자신의 정체성을 유연하게 (재)구성할 수 있는가의 문제이기도 한 것이다.

한편 린칭에 참여하는 행위는 백인 남성이 스스로의 백인으로서의 정체성과 남성성을 다른 백인 남성에게 증명해 보이고 그들의 일원으로 받아들여지게 하는 중요한 사회적 기제이기도 했다. 백인 남성이 린칭에 가담하지 않고 흑인의 편을 드는 것은 남부인 답지도, 남자답지도 못한 행동으로 여겨졌고, 심지어는 '검둥이 애인'(niggerlover)이라고 질타를 받았으며 종종 그들 자신도 폭도들의 폭력에 노출되었다. 그의 반대가 린칭 행위 자체에 대한 반대가 아니라 백인 남성의 정체성 자체에 대한 도전으로 받아들여졌기 때문이다. 남부의 백인 남성은 스티븐즈가 말하듯 "나치가 되거나 유태인이 되는 것 말고는 선택의 여지가 없던 독일인의 입장과 같은 입장에 처해"(we are in the position of the German after 1933 who had no other alternative between being either a Nazi or a Jew)있었다(216). 즉, 들뢰즈-가타리의 표현에 따르자면, 그들은 "파시스트가 되지 않기 위해서는 흑인이 되어야만"(to avoid ending up a fascist there was no other choice but to become-black) 하는 운명에 처했던 것이다(*A Thousand Plateaus* 292). 20세기 초반 남부의 백인 남성은 정상적인 사회생활을 위해서, 혹은 생존 그 자체를 위해서 "파시스트" — 백인의 우월성을 증명하고 인종차별적인 사회질서를 유지하기 위해서라면 흑인에 대한 폭력을 서슴지 않는 인종주의자 — 가 되어야 할 정치적 상황에 놓여있었다. 급진적 개혁주의자는 말할 것도 없이 포크너처럼 인종관계의 점진적 개혁을 피력하는 온건주의자조차도 사회적 비난과 고립의 위협으로부터 자유롭지 못했다.

「메마른 9월」은 백인 여성을 겁탈했다는 누명을 쓴 한 흑인이 린칭의 대상이 되어 부당하게 처벌받는 과정을 다루면서 백인 남성이 "파시스트가 되지 않으려면 흑인이 될 수밖에 없는" 남부의 상황을 묘사하고 있다. 호크쇼(Hawkshaw)는 자신의 이발소에 모인 손님들이 윌 메이즈(Will Mayes)라는 흑인이 한 백인 여성을 욕보인 것에 대해 보복을 하려하자 메이즈가 "좋은 흑인"이며 이미 나이 마흔이 다 된 노처녀 미니 쿠퍼(Minnie Cooper)에게 그랬을 리가 없다고 변호한다. 진실을 먼저 밝히자는 호크쇼의 주장은 그들을 더욱 성나게 하고, 그들은 호크쇼가 백인 여성의 말보다 흑인의 말을 더 믿는 "검둥이 애인"이라고 매도하며 "당신이 그러고도 백인 남자라고 할 수 있어? 다시 북부로 돌아가라고"(171)라고 말함으로써 호크쇼의 백인 남성성과 남부인임을 모두 부정한다. 그 때 맥렌든(McLendon)이 들어와 "다들 거기 앉아서 흑인 놈이 제퍼슨 거리에서 백인 여자를 겁탈하고 다니는 걸 지켜만 보고 있을 거냐?"며 사람들을 선동한다(171). 팽팽하게 맞선 맥렌든과 호크쇼는 마치 "다른 종족에 속한 사람들"(men of different races, 172)처럼 보이고, 이발소에 앉아있던 사람들은 린칭에 참여하거나 "검둥이 애인"이 되어 백인 남성성을 인정받지 못하고 백인남성들로부터 배척당하는 선택의 기로에 놓인다. 곧 하나 둘 일어나 린칭에 가담할 뜻을 밝히고 결국 "남아있던 사람들도 불편하게 앉아 서로의 눈을 피하고 있더니 하나 둘 일어나 맥렌든의 편에 가담했다"(172). 맥렌든 일행을 막기 위해 그들을 따라나선 호크쇼는 자신이 그들을 말릴 수 없고 도리어 린칭에 참여할 수밖에 없다는 것을 깨닫고 차에서 뛰어내린다.

III. 타자-되기의 윤리학

린칭은 법의 외부에서 일어난 현상이므로 법을 계속해서 강화한다고 해서 해결될 성격의 문제가 아니라 백인들로 하여금 법을 어기면서라도 지켜야 했던 그들의 정서 구조를 바꿔야만 해결될 문제였다. 흑인을 인간 이하의 존재로 여기며 백인우월주의적 가치관이 지배적인 정서 구조에서 흑인을 동등한 인간으로, 따라서 동등한 법적 권리와 기회를 가진 존재로 인정하는 정서 구조로 이행해 가기 위해서는 백인들이 흑인과 자신을 구별 지음으로써 정체성을 확립한 바로 그 과정을 역행해 가야하고, 이 지점이 바로 포크너의 문학이 개입할 수 있는 부분이 었다. 포크너의 소설에서 우리는 종종 흑인과 구별되는 백인으로서, 여자와는 다른 남자로서, 동성애자나 양성애자가 아닌 이성애자로서, 그리고 그 밖의 모든 일관된 자기 정체성의 구성요소들에 의해서 (일시적으로) 유지되는 백인 남성의 자아가 여성-되기, 흑인-되기, 퀴어-되기의 문턱을 넘어 서는 경험에 노출되는 장면을 목격한다.[7] 백인 남성 주체가 타자가 되는 과정을 목격함으로써 독자 또한 백

---

7) 백인 남성의 여성-되기, 흑인-되기, 퀴어-되기만을 다룸으로써 여성들을 논의에서 제외시켰다는 오해를 살 수 있으나 실제로 들뢰즈-가타리는 여성도 여성-되기를 경험해야 한다는 발언을 하였다. 여성-되기는 생리적 변화를 지칭하는 것이 아니라 완결된 하나의 정체성을 가지기 이전의 상태를 지칭한다. 예를 들어 『성역』(Sanctuary)에서 여성-되기, 퀴어-되기를 경험하는 호러스와는 대조적으로 호러스와 자신의 사회적 위치를 보호하기 위해 리(Lee)를 기꺼이 사지로 내몰고 그의

인 남성의 정체성을 형성하고 있는 경계들이 인위적인 구성물임을 깨닫게 된다.

『팔월의 빛』과 『모세여 내려가라』는 포크너가 인종문제를 본격적으로 다룬 작품들로 백인 남성 인물이 자신의 주체 위치를 벗어나 타자-되기를 경험하는 순간을 제시한다. 두 소설에서 나타나는 타자-되기의 윤리적 가능성은 그 파급 효과 면에서 극히 제한적이고, 특히 아이크의 경우처럼 일회적 경험에 그치기도 하지만, 흑인과 백인의 경계를 확실히 하기 위해 린칭이라는 집단 폭력이 사회적 기제로서 공공연히 작동하던 시대에 그 경계를 넘는 경험을 한 백인 남성인물이 존재한다는 것만으로도 충분히 고무적이다. 『팔월의 빛』의 게일 하이타워(Gail Hightower)와 『모세여 내려가라』의 아이잭 (아이크) 맥캐즐린(Issac McCaslin)은 백인 남성의 타자-되기의 윤리적 가능성을 보여주는 인물들이다. 하이타워가 크리스마스를 구하기 위해 거짓 증언을 하면서 타자-되기의 윤리적 가능성을 지속적으로 이루어낸 반면 아이크는 어린 시절의 타자-되기 경험 이상을 넘어서지 못하고 자연으로 도피한다. 두 인물의 차이는 타자-되기가 개개인의 삶에서 지속적으로 일어나야 하는 윤리적 선택의 문제라는 점을 시사한다. 한편 『모세여 내려가라』의 세 번째 이야기, 「검은 옷을 입은 판탈룬」("Pantaloon in Black")은 흑인 주인공과 백인 관찰자의 관점을 대조적으로 사용함으로써 이야기의 전반부에서 주인공의 내면을 읽은 독자로 하여금 타자-되기의 윤리적 필요성을 절감하게 한다.

『팔월의 빛』에서 하이타워는 타자-되기 경험의 윤리적 가능성을 보여준다. 백인 남성에게 있어 타자-되기의 경험은 결코 유쾌하지 못하다. 그럼에도 불구하고 자아의 변두리를 이루는 마지막 문턱을 넘어 크리스마스를 돕고자 한 하이타워의 행동은 타자-되기의 경험이 한 개인에게 지속적으로 미칠 수 있는 영향력을

동거녀 루비(Ruby)를 마을에서 내쫓는 나르씨사(Narcissa)는 어떤 백인 남자 인물보다도 더 백인 남자의 모습을 하고 있다. 한편 『무덤 속의 침입자』에서 여성, 어린이, 흑인 인물만이 비첨의 말에 귀를 기울이고 그를 기꺼이 도왔다는 사실은 그들의 자아가 '사실'에만 귀를 기울이는 백인 남성 성인의 자아에 비해 유연하다는 점에서 그와 구별된다는 점을 보여준다.

보여준다. 아내의 외도와 의문스런 죽음 이후로 성정체성을 의심받아 제퍼슨 시에서 반평생을 살고도 계속해서 이방인일 수밖에 없는 하이타워는 자신이 린칭을 당한 경험 때문에 크리스마스에 대해 연민을 느끼며 결국은 그를 돕기 위해 살인 사건이 있던 날 밤 자신과 크리스마스가 함께 있었다고 거짓 증언함으로써 사회적으로 동성애자의 낙인이 찍힐 위험을 무릅쓴다. 바이런 번치(Byron Bunch)가 하이타워에게 크리스마스가 "흑인의 피가 섞인 검둥이"라는 사실을 얘기했을 때 하이타워가 보인 반응은 보통의 백인들이 보인 반응과 사뭇 다르다.[8] 그는 크리스마스가 당할 일에 자신의 일인 양 반응한다. 남자 흑인 하인과의 관계를 의심받아 한밤중에 폭도들에 의해 끌려 나가 흑인처럼 나무에 묶여 막대기로 매질을 당해본 하이타워에게서는 갑자기 "눈물처럼 땀이 흘러내린다"(100). 하이타워는 크리스마스에게 일어날 백인들의 가혹 행위를 내다보며 "생각해보게 바이런. 사람들이 […] 만일 그들이 그를 붙잡는다면 그것이 무엇을 의미하겠는지 […] 불쌍한 사람. 불쌍한 인류"(100)라고 말한다. 바이런 외는 아무도 찾지 않는 어두운 집 창가에 앉아 저녁마다 할아버지의 '영광스런 죽음의 환영만을 기다리며 정지된 시간을 사는 하이타워가 크리스마스가 흑인이라는 소리를 듣는 순간부터 갑자기 변화한다. 움직임 없이 늘어진 그의 몸에서 체액이 다시 흐르기 시작하고 하이타워는 크리스마스와 인류에 대한 무한한 동정심에 몸을 떤다.

그러나 하이타워는 크리스마스를 위해 알리바이를 제공해달라는 바이런의 부탁을 단호히 거절한다. 하이타워는 그가 겪은 린칭 때문에 크리스마스가 겪을 고통을 마치 자신의 것처럼 느끼면서 그 끔찍함에 진저리를 치지만 크리스마스를

---

8) 현재의 독자들에게는 하이타워의 이러한 반응이 특별해 보이지 않을 수도 있다. 그러나 이 소설에서 보통의 백인들이 보인 반응─ 그가 흑인이라는 얘기를 듣자마자 "어쩐지 그 녀석 뭔가 이상하다고 생각했었어"(I always thought there was something funny about that fellow, 99)라며 크리스마스가 조애나를 강간하고 살인했으리라고 단번에 결론짓는 것, 크리스마스가 백인과 거의 구별 불가능하다는 사실에 대한 분노(350), 린칭이라는 "감정적 바비큐, 로마의 경축일"(emotional barbecue, a Roman holiday, 289)에 대한 기대 등─ 이 일반적이고 어쩌면 너무도 당연한 반응이었던 시대 상황을 고려할 때, 하이타워의 이와 같은 반응은 무척 예외적인 것이다.

위해 자신을 내던지길 거부한다. 하이타워는 숲에서 폭도들이 그에게 저지른 폭행에 대해 끝까지 함구함으로써 가까스로 얻은 평화를 포기할 수는 없기 때문에 "[크리스마스를 위한 거짓 증언을] 절대로 안하겠어. 안 하고말고 나는 조용히 살 권리를 샀다고 난 값을 치렀어. 치렀단 말이야"(I won't! I won't! I have bought immunity. I have paid. I have paid, 309)라고 외친다. 그러나 크리스마스가 마치 "원한과 분노로 세상에 종말을 고하는 신처럼"(he resembled a vengeful and furious god pronouncing a doom, 463) 하이타워의 머리를 치는 순간 하이타워는 자신을 가두어 온 모둔 봉쇄로부터(containment) 풀려나 변화하기 시작한다 (Gable 437). 하이타워는 "파시스트가 되지 않기 위해서는 흑인이 되어야"만 하는 바로 그 순간 크리스마스를 위해 퍼시 그림(Percy Grimm)에게 거짓 증언함으로써 그가 평생을 의심받았고 그 때문에 고통 받았던 "자연에 거스르는"(not a natural husband, a natural man, 71) 성정체성을 공공연히 인정하는 위험을 기꺼이 무릅쓴다. 할아버지의 죽음 뒤로 멈춘 하이타워의 시간이, 그리고 그가 애써 멈추어 둔 의식의 바퀴가, 다시 구르기 시작하고 마침내 하이타워가 대면한 마지막 이미지는 그의 둘뿐인 선택을 반영이라도 하듯 바로 크리스마스와 퍼시 그림이다.9)

　　『모세여 내려가라』의 아이크도 자신의 정신적 아버지인 샘 파더스(Sam Fathers)를 "보내 달라!"(let him go, 161)고 사촌 맥캐즐린 에드먼즈(McCaslin Edmonds)에게 외치는 순간 흑인-되기를 경험한다. 듀발(John N. Duvall)이 적절히 주장한 것처럼 프로이트의 『모세와 일신교』(*Moses and Monotheism*) 에서 모

---

9) 포크너는 퍼시를 자신이 히틀러보다도 먼저 만들어낸 파시스트라고 부른다. 1957년 포크너는 버지니아 대학의 한 강의에서 학생이 퍼시 그림과 같은 사람이 남부에 많다고 생각하느냐는 질문에 다음과 같이 말한다. "나는 히틀러의 돌격대에 대해선 전혀 들어본 적도 없던 1932년에 그 책을 썼다. 퍼시 그림이 어떤 존재였냐면 바로 나치의 돌격대원 같은 사람이었다"(I wrote that book in 1932 before I'd ever heard of Hitler's Storm Troopers, what he [Percy Grimm] was was a Nazi Storm Trooper, *Faulkner in the University* 41)

세는 이집트인이며 이집트인을 살해하고 귀족으로서의 모든 특권을 버린 채 유태인을 이끌고 이집트를 탈출함으로써 유태인이 '되었을' 가능성을 보여준다. 이렇듯, 샘을 보내달라는 아이크의 외침은 자신의 민족이 아닌 민족을 '내 민족'이라 부르며 그들을 보내달라는 모세의 요구와도 같이 아이크의 인종변화(racechange)를 드러낸다(45). 그러나 듀발처럼 아이크의 인종변화를 최종적인 것으로, 즉 아이크가 영원히 사회적으로 흑인이 되어버렸다고 주장하는 것은 문제가 있다. 첫째 "그를 보내줘요"라고 외치던 순간의 아이크는 듀발이 주장하듯 사회적으로 흑인이 '되어'버린 것이 아니다. 그 변화는 샘 파더스를 따라 사냥을 다니며 자연에 대한 경외감을 배워온 아이크가 샘 파더스의 절망을 — 평생 갇혀 자랐기 때문에 자유의 향기가 그를 가둔 우리 너머에서 날아올 때에도 결국은 우리의 냄새밖에 맡지 못하는 늙은 짐승의 절망을(161) — 그 순간 강렬하게 느꼈기 때문에 일어난 것일 뿐 아이크의 백인으로서의 자기 정체성에는 영향을 미치지 않았다.

노년의 아이크는 인종문제와 흑인의 해방에 대해 어린 시절 샘 파더스를 "보내달라"고 외치던 때보다 보수적이고 수동적이며 심지어 패배주의적이기까지 하다. 그가 백인으로서의 정체성을 유지했다는 사실은 타자-되기의 경험이 윤리적 가능성을 가지기 위해서는 하이타워의 경우에서처럼 한 개인이 지속적으로 타자-되기를 경험할 수 있어야 한다는 점을 시사한다. 아이크는 「델타의 가을」("Delta Autumn")에서 커라더즈 에드먼즈의 아이를 가져 그를 찾아온 여인이 흑인이라는 사실을 알았을 때 "천 년 이천 년 뒤면 혹 몰라도 지금은 아니야 지금은 아니야!"(344)라며 부정한다. 게다가 그녀가 오래전 사라진 제임스 비첨의 손녀라는 사실을 알았을 때 그는 슬픈 목소리로 "여길 어서 떠나라! 난 네게 해줄 수 있는 게 없다!"(344)라고 말하며 그녀에게 북쪽으로 가서 그녀와 같은 흑인을 만나 결혼하고 에드먼즈에 대한 일은 다 잊으라고 충고한다(346). 외모만으로는 백인과 전혀 구별이 전혀 되지 않는 그녀에게 인종의 차이 때문에 사랑하는 사람을 떠나 같은 흑인과 결혼하라는 그의 충고는 아이크가 인종간의 결혼을 반대하는 차별주의자라는 점에서 다른 백인과 다를 바가 없으며 그녀가 지적한 것처럼 사랑이 무엇인지조차 모르는 사람이 되어버렸다는 점을 보여준다(346). 듀발은 남부의 백인 남성에 대한 호칭, 즉 "미스터+이름"이라는 존칭이 아이크에게 사용되지 않는다는 점과 그가 나이 들어 "카운티 절반의 사람에게 아저씨가 되고 아무의 아비도 아닌"(uncle to half a county and still father to none, 286) 사람이 된다는 점을 예로 들어 아이크가 조상의 죄로부터 자유로워지긴 했지만 결국은 "검은"아이크 아저씨("black" Uncle Ike)가 되어 정작 다른 "진짜 백인들"에게는 아무런 영향을 끼칠 수 없게 되었다는 점을 지적한다(46).[10] 그러나 노년의 아이크가 당면한 문제는 그가 다른 백인들에게 아무 영향력도 가지지 못하게 되었다는 점이 아니라 흑인-되기를 지속적으로 경험하는데 실패했다는 점이다. 그가 물려받은 샘 파더스의 정신적 유산은 역사와 사회로부터 도망쳐 자연으로 도피하는데 사용된 자기 기만적 변명으로 전락했을 뿐이다. 그는 흑인들의 모세가 되어 그들을 인종적 굴레로부터 구해내야 할 자신의 사명을 다 할 수가 없었을 뿐만 아니라 그에게는 그럴 의지가 없었다. 그가 구한 것이 있다면 단 하나, "[저주받은 유산으로부터] 자유롭게 하기 위해 잃은," 존재한 적도 존재할 수도 없었던 그의 아들뿐이다 (335). 그리고 이제 그에게는 사랑을 해본 적도, 사랑에 대한 그 어떤 기억도 없이 늙어가야 할 시간만이 남아있을 뿐이다.

「검은 옷을 입은 판탈룬」은 이제 막 아내를 잃은 젊은 흑인 라이더(Rider)가 슬픔에 잠겨 헤매다 백인 감독관을 살해하고 백인들에게 린칭을 당하는 과정에 대한 이야기로 독자로 하여금 흑인-되기를 경험하게 하고 라이더의 행동에 대한 보안관보의 잘못된 이해를 비판적으로 바라보게 한다. 퍼킨스(Hoke Perkins)는 "이 소설의 내레이터가 매니(Mannie)의 무덤가에서 백인들로 하여금 그들이 볼

---

10) 듀발은 어린이나 흑인들이 성인이 된 백인을 '미스터 아이잭'과 같이 이름에 존칭을 붙여 부르는 습관이 아이잭 맥캐슬린에게는 적용되지 않음을 지적하고 있다. 백인들이 아이잭을 Uncle Ike 라고 부를 때 그것은 백인 아이가 다른 백인 아저씨를 부르는 호칭이라기보다는 백인이 너무 늙어서 "boy"라 부르기 어색해진 흑인을 "Uncle"이라고 부르는 것에 더 가깝다(Duvall 44).

수 없으나 흑인들은 볼 수 있는 것들을 보게 하려고 시도한다"며 이 소설이 백인 독자로 하여금 그들의 백인으로서의 경험과 지식을 넘어서 흑인을 이해하게 하는 기능을 가지고 있음을 지적한다(232). 소설은 흑인묘지에서 시작되고 묘지는 백인들은 이해할 수 없는 깊은 의미들로 차있다. 흑인들의 무덤은 "그릇 조각, 깨진 유리병, 오래 된 벽돌 같은 보기에는 사소한 물체들이지만 실제로 깊은 의미가 있어 건드리면 치명적인 그런 물체들로 표시"되어 있으나 "백인은 절대로 그것을 읽을 수 없었다"(132). 이후 내레이터는 라이더의 행방을 좇아 독자로 하여금 흑인이 아니고서는 읽을 수 없는 것들을 읽고 볼 수 없는 것들을 보게 한다. 묘지에서 집으로 돌아가는 그를 친구들이 만류하며 자신들과 같이 술을 마실 것을 권유한다. 망자의 혼이 이 세상을 떠나지 않으려 하거나 떠날 수 없는 경우 몸은 땅으로 돌아갔어도 아직 세상을 떠돌고 있다는 것을 "모두"가 알고 있기 때문이다(132). 내레이터는 이 문장에서 두 개의 목적을 이루고 있다. 첫째 그는 흑인의 민간신앙에 익숙하지 않은 독자들에게 그것에 대한 정보를 준다. 둘째 굳이 "모두"라는 단어를 사용함으로써 흑인이 아닌 독자까지도 흑인의 범주에 포함시키고 있다.

이후로 독자는 라이더를 따라 그가 보는 것을 보고 듣는 것을 들으며 그의 감각에 자신의 감각을 일치시키고 라이더의 깊은 슬픔을 같이 느낀다. 집으로 돌아가는 길, 라이더는 아주 천천히 걸으며 길에 희미하게 남은 죽은 아내의 발자국을 찾고 그녀가 내쉬었을 그 공기를 다시 들이마시며 그녀가 바라보았던 말뚝이며 나무와 들판과 집 그리고 언덕 같은 사물들을 눈으로 어루만지듯 바라본다(133). 육 개월 전 매니와 결혼한 첫 날 화덕에 불을 지피며 루카스 비첨이 사십오 년간 그 불을 꺼뜨리지 않고 지켜온 것처럼 자신의 불도 계속 지킬 수 있기를 소원했고 두 사람의 마지막 날까지 지속되리라 믿었던 라이더는 빈 집에 돌아와 차갑게 식은 화덕을 보고 그 앞에 쪼그리고 앉아 일을 하던 매니의 좁은 어깨를 떠올리고 곧 그의 마음 속 마지막 불씨가 꺼지는 것을 목도한다. 그 순간 매니의 혼이 나타나 라이더가 그녀에게 다가가려하자 그녀는 사라진다. 사라지는 그녀의 혼백에게 라이더는 자신도 같이 데려가라고 외친다.

이제껏 이러한 라이더의 아내 잃은 슬픔을 목격한 독자는 백인의 관점에서 라이더의 행동과 죽음을 진술한 「검은 옷을 입은 판탈룬」의 두 번째 부분에서 심리적 괴리감을 경험한다. 린칭이 일어난 다음날 라이더는 흑인 학교 앞 나무에 목이 매달린 채로 발견되고 보안관보는 라이더가, 나아가 흑인들이 "인간도 아님"을 토로한다(149). 보안관보는 "우리는 흑인들이 사람같이 보이고 인간처럼 뒷다리로 걷고 게다가 말도 해서 때때로 그들을 이해한다고 생각하지만, 보통 인간의 정상적인 감정 문제에 대해서 보면 그들은 망할 놈의 야생 들소 떼와 다를 바가 없다"며 라이더가 매니의 장례식장에서 제일 잽싸게 그녀의 시신을 묻고, 일터에도 가장 일찍 나와 일을 했으며, 갑자기 일을 그만두고서는 바로 도박장으로 가 도박을 했다고 말함으로써 그를 인간 이하의 존재로 규명하고자 애쓴다(150-51). 이야기의 전반부와 후반부에서 나타난 라이더에 대한 인식의 극적인 차이는 독자로 하여금 폭도에 의한 라이더의 죽음을 백인의 관점에서보다는 흑인의 관점에서 보게 하고, 라이더가 어쩌면 자초했을지도 모른 그의 잔혹한 죽음을 비극적인 것으로 받아들이게 한다.

IV. 맺음말

이처럼 포크너는 흑인에 대한 집단적 폭력이 대중적 '정의'의 이름으로 정당화되는 남부에서 린칭이 정의를 구현하는 수단이 아니라 그것에 어긋나는 부당하고 잔혹한 처벌 행위로서 그 피해자의 목숨뿐만이 아니라 가해자의 인간성까지도 파괴하고 있음을 보여준다. 린칭에 대한 일련의 소설을 통해 흑인도 백인과 같은 범주에 속한 사람이며 흑인과 백인을 가르는 경계가 인위적인 것이고 따라서 백인도 흑인-되기를 경험할 수 있다는 점을 보여줌으로써 백인들이 더 이상 군중심리에 의한 폭력적 정의"를 정당화할 수 없다는 점을 분명히 하였다. 그는 남부에서의 정의의 실현이 법이라는 제도적 장치 하나에 의해서 이루어질 수 없다는 점을 말하고 싶었던 듯하다. 스티븐즈의 주장대로 이미 1863년에 흑인은 법적으로 해방되었으나 수십 년이 흐른 뒤에도 여전히 자유롭지 못했고 정의도 실현되지 않았다. 린칭이라는 불의의 관행이 사라지기 위해서는 이름뿐인 제도적 정의를 보완하고 대중적 '정의'에 제제를 가할 윤리적 변화가 필요한 시기였으며 이를 포크너는 작품을 통해 천명하고 있는지도 모른다. 1950년 포크너는 노벨상 수상 연설에서 작가는 인류에게 용기와 명예, 희망과 긍지, 이해심과 동정심, 희생과 같은 가치관을 상기시킴으로써 인류가 시간을 견뎌낼 뿐만 아니라 번성할 수 있도록 도와야 한다고 말하였다. 앞서 논의한 『팔월의 빛』, 『모세여 내려가라』, 『무덤 속의 침입자』는 린칭을 정당화하고 흑인에 대한 백인의 폭력을 조장, 방조했던 남부인의 정서구조를 분석, 비판하는 동시에 그 정서구조에 맞설 윤리적 대안으로서 타자-되기를 제시함으로써 개인의 정체성을 넘어선 인종간의 이해의 필요를 상기시키는 작품이다. 완고한 남부의 정서구조를 바꾸고 인류가 인종주의적 가치관에 기반을 둔 차별과 폭력을 극복하고 번성하도록 돕는 것, 그것이 바로 포크너가, 그리고 그의 문학이 걸머진 임무였다.

인용 문헌

Cowley, Malcolm. *The Faulkner-Cowley File: Letters and Memories 1944-1962*. New York: Penguin, 1966.

Deleuze, Gilles, and Félix Guattari. *A Thousand Plateaus: Capitalism and Schizophrenia*. Trans. Brian Massumi. Minneapolis: U of Minnesota P, 1987.

Doyle, Don H. *Faulkner's County: The Historical Roots of Yoknapatawpha*. Chapel Hill: U of North Carolina P, 2001.

Duvall, John N. "Was Ike Black? Avuncular Racechange in *Go Down, Moses*." *Etudes Faulkneriennes* 4 (2004): 39-51.

Faulkner, William. "Dry September." *Collected Stories of William Faulkner*. 1950. New York: Vintage International, 1977. 169-83.

_____. *Faulkner in the University*. Eds. Frederick L. Gwynn and Joseph L. Blotner. Charlottesville: UP of Virginia, 1959.

_____. *Go Down, Moses*. 1942. *The Corrected Text*. New York: Vintage International, 1990.

_____. *Intruder in the Dust*. 1948. New York: Vintage, 1972.

_____. "A Letter to the Leaders in the Negro Race." *William Faulkner: Essays, Speeches, and Public Letters*. Ed. James B. Meriwether. New York: The Modern Library, 2004.

_____. *Light in August*. 1932. *The Corrected Text*. New York: Vintage International, 1990.

_____. *Sanctuary*. 1931. *The Corrected Text*. New York: Vintage International, 1993.

McMillen, Neil R., and Noel Polk. "Faulkner on Lynching." *The Faulkner Journal* 8 (1992): 3-14.

Perkins, Hoke. "'Ah Just Cant Quit Thinking': Faulkner's Black Razor Murderers." *Faulkner and Race: Faulkner and Yoknapatawpha 1986*. Eds. Doreen Fowler and Ann J. Abadie. Jackson: UP of Mississippi, 1988. 222-35.

Polk, Noel. "Man in the Middle: Faulkner and the Southern White Moderate." *Faulkner and Race: Faulkner and Yoknapatawpha 1986*. Eds. Doreen Fowler and Ann J. Abadie. Jackson: UP of Mississippi, 1988. 130-51.

Raphael, D. D. *Concepts of Justice*. Oxford: Clarendon, 2001.

Smith, Daniel W. "A Life of Pure Immanence." *Essays, Critical and Clinical*. Gilles Deleuze. Trans. Daniel W. Smith and Michael A. Greco. Minneapolis: U of Minnesota P, 1997.

xi-liii.

Tolnay, Steward E., and E. M. Beck. *A Festival of Violence: An Analysis of Southern Lynchings, 1882-1930.* Chicago: U of Illinois P, 1995.

Williams, Raymond. *Marxism and Literature.* Oxford: Oxford UP, 1977.

■ 이 글은 『영어영문학』 54권 2호(2008)에 실렸던 글을 수정, 보완한 것이다.

제5장
포크너와 토니 모리슨

12.

월리엄 포크너의 『내 죽으며 누워 있을 때』와

토니 모리슨의 『빌러비드』에 나타난

모성과 자크 데리다의 "책임"

김미현

I

윌리엄 포크너(William Faulkner)의 소설 『내 죽으며 누워 있을 때』(As I Lay Dying 1930)는 미국 남부의 가난한 농부 가족이 어머니 장례를 치루기 위해 집에서 40마일 떨어진 도시, 제퍼슨(Jefferson)까지 시신을 옮기는 9일 동안의 여행을 다룬 작품이다. 토니 모리슨(Toni Morrison)의 소설 『빌러비드』(Beloved 1987)는 노예의 삶이 너무나 끔찍해서 자기 자식들은 그것을 겪지 말아야 한다는 생각으로 딸을 죽인 어머니, 세스(Sethe)의 이야기이다. 두 작품의 공통점은 죽음이라는 가장 극명한 단절과 이별을 겪는 어머니와 자녀의 이야기라는 점이다. 두 작품은 또한 죽음을 넘어선 어머니와 자녀의 관계를 조명한다고 볼 수 있다. 『내 죽으며 누워 있을 때』에서 어머니 애디(Addie)는 작품 도입부에 죽지만 작품 전체에서 마치 살아 있는 듯 가족들의 여행을 지속시키는 동인으로 작용한다. 친정 식구가 묻혀 있는 제퍼슨에 묻어 달라는 애디의 유지를 따르기 위해 가족들은 강에 물이 불어 다리가 쓸려 내려간 상황에도 불구하고 여행을 감행한다. 그들은 강물에 떠내려가는 관을 건져내고 불이 난 헛간에서 위험을 무릅쓰고 관을 꺼내 가면서 미국 남부 미시시피(Mississippi)주의 더운 7월 날씨 속에 냄새나는 시신을 제퍼슨까지 운반하는 힘겨운 여정을 강행한다. 이 소설의 서술 형식을 살펴보면 전체 59장이 등장인물들의 서술로 이루어져 있고 그 중 43장이 번드런(Bundren) 가족, 주로 애디의 다섯 자녀의 서술이다. 애디는 작품 도입부 이후 내내 관 속의 시체로 존재하지만 이웃들뿐만 아니라 자녀들의 서술이 그에 대한 기억과 시신을 운반하는 일을 중심으로 전개된다. 또한 애디는 이미 죽은 시점인 작품 후반부에 서술자로 등장하여 결혼 전과 후의 자신의 생활과 생각을 서술한다. "내 죽으며 누워 있을 때"라는 제목도 애디를 살아 있는 의식으로 제시한다. 『빌러비드』는 정체를 알 수 없는 젊은 여성이 오하이오(Ohio) 주 신시내티(Cincinnati) 시에 있는 세스 집에 나타나는 것으로 이야기가 시작된다. 세스는 이 여성이 18년 전 자신이 죽인 딸이라고 믿는다. 빌러비드는 세스의 죽은 딸일 수도 있고 노예선 혹은 노예 생활의 잔혹한 경험 때문에 정신이 이상해진 생존자일 수도 있다. 빌러비드의 출현으로 세스를 비롯한 등장인물들은 잊을 수 없지만 묻어 두고 싶은 과거 노예 생활의 기억과 잃어버린 가족에 대한 기억을 떠올린다. 빌러비드는 세스의 딸의 유령, 과거의 유령, 현재 삶에 살아 움직이는 과거라고 할 수 있다, 세스는 빌러비드와 지내면서, 과거 임신부의 몸으로 켄터키(Kentucky)주의 농장에서 오하이오주 시어머니 집에 있는 자녀들을 찾아 탈출을 감행하고 그 곳까지 쫓아온 노예 사냥꾼 앞에서 자식을 죽인 강렬한 사랑을 다시 쏟아 붓는다.

죽은 어머니와 딸을 죽인 어머니, 그러면서 죽음을 넘어서 자식과 관계를 맺는 어머니, 이 두 어머니는 각각 가난한 농부의 아내와 노예라는 사회적 약자이지만 자녀와의 관계에서 강력한 의지와 영향력을 보인다. 『내 죽으며 누워 있을 때』에서 애디의 임종이 임박했다는 전갈을 받고 힘들게 산 위 애디 집에 도착한 의사, 피바디(Peabody)는 애디가 죽음을 기다리며 침대에 마른 나뭇가지처럼 누워있으면서도 눈으로 자신을 밀어내고 자녀와의 끈을 놓지 않는 것을 "자부심"(pride)이라고 표현한다:

> 그녀가 나를 본다. 나는 그 눈을 느낄 수 있다. 그 눈길로 나를 밀어내는 것 같다. 나는 그런 눈길을 여자들에게서 본 적이 있다. 연민, 동정, 혹은 실질적 도움을 주러 온 사람을 방 밖으로 밀어내고 자기를 고작해야 짐 끄는 말 정도 밖에 여기지 않았던, 한낱 짐승 같은 인간들에게 매달리는 것을 본 적이 있다. 그것이 그들이 이해를 넘어서는 사랑이라고 하는 것이다. 그 자부심, 우리가 여기로, 수술실로, 고집스럽고 야단스럽게 이 세상으로 다시 끌고 온 비천한 알몸을 감추려는 강렬한 욕망. 나는 그 방에서 나온다.
>
> She watches me: I can feel her eyes. It's like she was shoving at me with them. I have seen it before in women. See them drive from the room them coming with

sympathy and pity, with actual help, and clinging to some trifling animal to whom they never were more than pack-horse. That's what they mean by the love that passeth understanding: that pride, that furious desire to hide that abject nakedness which we bring here with us, carry with us into operating rooms, carry stubbornly and furiously with us into the earth again. I leave the room. (45-46)

『빌러비드』에서 세스의 이웃들도 세스가 딸을 죽이고 이웃들과 담을 쌓고 살아온 것이 "자부심"(pride) 때문이라고 느낀다(171, 232, 249, 254). 이 두 어머니가 보이는, 다른 사람들은 개입할 수 없는 자식에 대한 사랑을 한 마디로 설명하기 어렵다.

　『내 죽으며 누워 있을 때』에서 피바디와 『빌러비드』에서 이웃들이 "자부심"이라고 말하는 이 두 어머니의 자녀에 대한 사랑을 몇몇 비평가들은 프로이트(Sigmund Freud)의 이론을 따라 어머니와 아이가 강한 유대를 유지하는 전-오이디푸스(pre-Oedipal) 관계로 설명한다. 『내 죽으며 누워 있을 때』에서 애디가 첫 아이 캐쉬(Cash)를 낳은 경험에 대해 "삶은 끔찍하고 이것이 그에 대한 대답이다"(I knew that living was terrible and that this was the answer to it, 171)라고 한 것을 들어 비평가들은 애디가 모성으로 끔찍한 삶을 견뎌냈으며 출산과 양육의 육체적 경험으로 타자와 합일되는 경험을 했다고 본다. 다이아나 블레인(Diana York Blaine)은 애디가 이 작품에서 강력한 상징적 힘을 행사하고 있다는 점을 지적하면서(84) 포크너가 전 오이디푸스 단계의 중요성을 인정했다고 본다(97). 『빌러비드』 비평에서 많이 논의되는 문제는 세스가 딸을 죽인 행위를 어떻게 이해하고 해석할 것인가, 세스와 빌러비드가 모녀관계를 형성하는 과정에서 사회와 격리되어 둘만의 세계를 만들어 가는 것이 과연 바람직한가라는 점이다. 에밀리 버딕(Emily Miller Budick)은 세스와 빌러비드, 세스의 둘째 딸, 덴버(Denver)와 빌러비드의 관계는 각자의 정체성이 겹쳐지고 합일되는 과정으로 서로 소유하고 소유되는 관계라고 본다(132). 제니퍼 핏제럴드(Jennifer FitzGerald)도 노예 생활에서 어머니를 잃은 세스가 딸과의 관계에서도 분리된 주체로서의 의식을 갖지 못하고 어머니와 자식은 분리될 수 없는 존재로 여기기에 자식을 죽이게 되었다고 본다(678). 애디와 세스가 자식에 대해 강한 애정을 보이고 영향력을 행사하는 어머니임에 분명하다. 하지만 애디와 세스의 모성을 전 오이디푸스적 연대로만 설명할 수 없다고 본다.

주체와 타자의 관계가 정신 분석학의 틀로 이해될 때 타자는 주체의 욕망의 대상으로 설명된다. 프로이트 이론을[1] 받아들인 학자들과 대상관계이론가들이[2] 공통적으로 비판받는 점은 어머니와 자녀의 관계를 자녀 중심 시각에서 이해한다는 것이다.[3] 또한 가족관계 논의의 많은 부분 프로이트 이론에 의존하고 있던 미국의 경우, 20세기 후반 들어와 애드리언 리치(Adrienne Rich)가 그의 저서(*Of Woman Born: Motherhood as Experience and Institution*, 1976)에서 제도로서의 모성과 경험으로서의 모성을 구별하고, 모성이 가부장제의 이데올로기 안에서 규정되고 여성에게 억압적으로 제도화 되는 것을 지적한다. 이와 함께 어머니와 자녀의 관계 논의에 큰 영향을 미친 프로이트 이론의 가부장적 전제에 대한 비판도

---

1) 오이디푸스 콤플렉스를 개인이 남성 또는 여성이라는 주체로 성장하는데 주요한 계기로 보는 프로이트는 어머니에 대한 애착에서 아버지에 대한 동일시, 애정으로 옮아가는 것을 개인이 성장하는 과정으로 보았다. 여성성에 대한 논의에서 프로이트는 한 개인이 '여성'으로 성장하는 데 있어서 남근 선망이 주요하게 작용한다고 본다. 남자아이나 여자아이나 태어나서 어머니와 우선적으로 애착 관계를 형성하고 여자 아이의 경우는 자신이 남근을 소유하지 못했다는 의식, 거세되었다는 의식을 갖게 되면서 남근에 대한 상징적 등가물로서 아이를 갖고 싶어 하고 그 욕망을 아버지에게로 옮기고 오이디푸스 콤플렉스 상황으로 들어선다고 설명한다("Femininity" 128-29).

2) 1940년대와 50년대 영국 심리학자들(Ronald Fairbairn, Melanie Klein, Donald Winnicott 등)을 중심으로 이어지는 정신분석학 이론으로 주체가 실제 다른 사람과 맺는 관계, 특히 어머니, 초기 양육자와 아이가 맺는 관계에 집중한다.

3) 여러 학자들이 이 점을 지적하는데 모성에 대한 새로운 논의가 필요하다는 논지로 기존의 모성에 대한 논의를 정리하고 있는 조지오(Adalgisa Giorgio)의 저서(*Writing Mothers and Daughters: Renegotiating the Mother in Western European Narratives by Women*, 2002)와 허쉬(Marianne Hirsch)의 저서(*The Mother/Daughter Plot*, 1989)를 예로 들 수 있다.

이루어진다.4) 줄리아 크리스테바(Julia Kristeva)는 프로이트의 여성성에 대한 이해가 어머니 되기, 어머니의 역할로 여성성을 규정하는 이데올로기를 반영했다고 지적하면서 모성이 많은 부분 초기 나르시시즘(primary narcissism)의 이상화와 환상에 근거해 이해되는 점을 문제시 한다("Stabat Mater" 161). 프로이트 이론에서 주장하는 어머니와 자녀의 전 오이디푸스적 연대(pre-Oedipal mother-child symbiosis)가 어머니와 자녀 양자의 주체로서의 성장과 성립에 반하지 않는다는 주장도 있어 왔다.5) 하지만 정신 분석학이 근거를 두고 있는 주체와 욕망의 대상으로서의 타자 모델은 주체와 타자 관계의 윤리적 측면을 설명하기 어렵다고 본다.

흔히 주체-타자 관계의 원형으로 이해되는 모성은, 자크 데리다(Jacques Derrida)가 지적하듯이 루소(Jean-Jacques Rousseau)를 비롯한 서양 철학 전통에서 "자연" 혹은 본능의 영역이라고 여겨진 인간의 사랑을 도덕, 문화의 영역의 것으로 전환하는 과정에서 주된 예로 사용된다. 가정이라는 테두리 안에서 남성 지배라는 정치적 요구를 따라 모성이 규정되고 그렇게 규정된 모성을 행하는 여성을 통해 자연적, 본능적 욕망이 통제되고 도덕적 사랑의 개념이 형성된다는 것이다(Of Grammatology 176-81). 서양적 사고에서 모성이 자연과 문화, 본능적 사랑과 도덕적 사랑의 이분법 중간에 자리한다는 데리다의 지적은 사회적 이데올로기를 따르지 않는 모성을 쉽게 비도덕적, 본능적 욕망이라고 치부하는 경향과 모성

---

4) 줄리엣 미첼(Juliet Mitchell)도 인정하듯이 프로이트가 오이디푸스 서사를 주체 형성과 성장의 기저가 되는 구조로 삼아 여성성을 결여의 상태로 남성과의 관계에서만 설명했다고 볼 수 있다 (*Psychoanalysis and Feminism*). 여성이 남근에 대한 상징적 등가물로서 아이를 원하고 주체가 분리와 독립을 지향하는 성장을 하면서 어머니와 자녀의 관계는 아버지와의 동일시 관계로 나아갈 때 극복되는 관계라는 이론이 가부장제 이데올로기에 근거한 해석이라는 비판이 가능하다.

5) 예를 들어 제시카 벤야민(Jessica Benjamin)은 어머니와 자녀가 형성하는 초기 연대 관계에서 이미 상호주체성(intersubjectivity) 인식이 이루어진다고 보고 이 상호성이 타자의 주체성을 인식하는 공감(empathy)의 능력을 기른다고 한다(*Bonds of Love* 29). 벤야민의 논의는 모성에 대한 논의에 강력한 영향력을 행사해온 정신분석학의 능동적 주체-수동적 객체로서의 타자 모델, 그 상보적 이원 구조, 그 지배 구조에 대한 재검토, 반론이라고 볼 수 있다.

의 윤리적 측면이 다양한 맥락에서 탐구되지 않은 점을 설명해준다.

『내 죽으며 누워 있을 때』에서 애디는 삶은 죽음을 준비하는 것일 뿐이라고 하던 아버지가 과연 맞는지, 자신의 삶도 죽음의 준비일 뿐인지 알고자 한다. 애디의 독백에서 아버지의 이 말은 세 번이나 반복되고 애디가 주제를 바꿀 때 마다 반복된다. 애디의 독백은 자신의 삶, 경험을 통해서 이 질문에 대한 답을 하는 것이라고 볼 수 있다. 교사로서 학생들을 때리면서 그가 원했던 것은 때리고 맞는 접촉으로라도 학생들이 자신의 존재를 알아주는 것이었다. 애디에게 모성 경험도 타자와의 관계에서 자신의 존재와 삶의 의미를 찾는 과정의 일부이다. 애디가 내린 결론은, 모성을 경험하지 않은 아버지의 말은 자신에게 해당되지 않는다는 것이고 또한 말과 이름은 행동, 존재와 분리 되어 있으며 사랑, 죄, 모성이라는 "말"에 자신이 속았다는 것이다(172). 애디는 "모성"(motherhood)은 그것을 경험하지 못한 사람들이 만든 말이라고 결론을 내리고 그는 아이들이 무슨 이름으로 불리건, 사람들이 모성이라는 말로 무엇을 의미, 요구하건 자기에게 해당이 되지 않는다고 한다(171). 애디에게 삶, 존재, 타인과 관계는 온전히 자신이 경험하고 느끼고 책임지는 것이다. 그러므로 그는 "아이들은 나만의 것이었다"(My children were of me alone, 175)라고 하는 동시에 남편 앤스(Anse)의 의지로 또는 그에게 빚 갚는 마음으로 낳은 아이들 세 명은 "나의 것이 아니라 앤스의 것"(And now he has three children that are his not mine, 176)이라고 한다.

애디가 자신이 경험에 근거해 자신의 삶, 존재, 관계의 의미를 이해하려는 태도는 그의 모성을 이해하는 데 중요하다. 애디에게 자신의 존재도 자녀의 존재도 일반적으로 규정될 수 없는 것이다. 애디의 이러한 생각과 그가 처한 현실, 즉 미국 남부의 가난한 농부의 아내, 더 나아가 자식을 생계를 위한 노동력으로 생각하는 앤스의 아내라는 점을 생각할 때 애디의 모성을 심리적 미분리 상태, 초기 애착, 또는 언어와 아버지의 법의 단계로 가기 전 단계의 관계로 이해할 수 없다. 작품 도입부에 노동과 출산에 지친 몸으로 죽어가는 애디는 말이 없지만 후반부의 독백에서 애디가 서술하는 존재와 관계에 대한 생각은 비관습적이고 급진적이다. 김용수(Yongsoo Kim)는 "발화존재의 영역으로서의 죽음의 발견, 즉 금지된 것을 말하고 고통스러운 삶을 저주하고 여성적인 자유 공간을 세워 나갈 수 있는 곳으로서의 죽음의 발견"에 애디의 급진성이 있다고 보는데(22) 애디의 서술은 자신의 삶의 의미를 피력하는 것으로, 자신의 경험과 상황에서 어머니로서의 존재와 관계를 일반적 이해를 따르지 않고 새롭게 세웠다는 점으로도 그 급진성을 살필 수 있다.

『빌러비드』에서 세스도 급진성을 보인다. 노예로 끌려가는 것보다 죽는 게 낫다고 생각하여 자식을 죽이는 어머니의 행동을 정신분석학에서 말하는 합일을 향한 욕망으로만 설명할 수 없다고 본다. 모성이 욕망의 문제이기도 하지만 윤리적, 정치적 문제이기도 하다. 사랑하기 때문에 자식을 죽인 세스의 경우는 살인을 저지른 것이고 세스가 이 행동을 자식을 죽음보다 못한 삶에서 구한 옳은 선택이었다고 이해한다는 점을 볼 때 세스의 모성은 정의에 대한 질문을 던지는 것이라고 할 수 있다. 이명호는 『빌러비드』에서 세스의 선택을 윤리의 측면에서 살핀다. 그가 지적하듯이, 세스가 딸이 죽음보다 못한 노예제에 끌려가는 것을 막기 위해 "윤리적으로 행동할 수 있는 유일한 길은 '비윤리적' 방식인데, 이것이 그녀의 선택을 공포로 몰아넣는다. 하지만 세스는 공포의 상황에서 물러서지 않고 결정을 내린다. 이 결정의 순간 세스는 인간의 법 바깥으로 튕겨 나가는 급진적인 사랑의 윤리를 실천한다"(215). 『빌러비드』에서 세스의 모성은 선택, 실천을 수반한다. 그리고 세스는 세월이 지난 후에도 그 선택이 옳았다고 생각한다. 이러한 모성적 결단을 생각할 때 노예제라는 모순, 불합리, 죄의 맥락도 고려되어야 한다. 이 맥락을 고려할 때 세스의 결단은 또한 정치적 저항의 양상을 띤다. 폴 디(Paul D)는 사랑하기 때문에 아이를 죽였다는 세스의 말에 네 다리를 가진 동물이 아닌 두 다리를 가진 인간이기에 그럴 수 없다고 하지만 세스의 행동은, 자신을 고문하고, 추행하고, 실험대상으로 삼으며, 자신과 자식들을 인간이면서 동물로 보고 그들의 인간적 특성과 동물적 특성을 분류하고 기록하는 주인, 학교선생(Schoolteacher)의 야만성에 대항한 선택이기도 하다. 모성이라는 말의 사회적 의미를 거부하고 죽음을 넘어서 자녀들에게 강력한 존재감을 보이는 애디와 사랑하기 때문에 딸을 죽이고 그 딸의 유령을 부르는 세스의 모성을 간단하게 설명하기 어렵다. 이들의 모성은 관습적이지 않고 죽음을 불사하고 또 죽음을 넘어선다. 어머니로서 세스와 애디의 생각, 행동, 선택, 의지는 급진성을 띠고 또한 정의의 문제를 포함하기 때문에 이들의 모성은 윤리적, 정치적 의미를 띤다.

본 논문은『내 죽으며 누워 있을 때』와『빌러비드』에 나타난 모성을 데리다의 타자에 대한 책임의 개념을 통해 살펴보고자 한다. 데리다는 책임(responsibility)을 타자의 부름에 대한 응답(response)으로 설명한다(*The Gift of Death* 25). 데리다의 책임은 타자의 부름에 응하는 개인, 타자에 대한 책임을 느끼는 개인을 설명한다는 점에서 윤리의 문제와 연결된다.『내 죽으며 누워 있을 때』와『빌러비드』는 위에서 밝힌 대로 두 어머니의 경험에 근거한 문제제기와 선택의 행위를 다루기에 이들의 모성을 책임과 선택의 맥락에서 읽을 필요가 있다. 타자와의 관계가 그의 응시, 부름에 답하는 것이고 책임의 관계가 된다는 데리다의 책임론은 엠마뉴엘 레비나스(Emmanuel Levinas)의 책임론과 궤를 같이 한다고 볼 수 있다. 레비나스는 타자의 부름에 응하고 타자에 대한 책임을 느끼면서 존재가 진정한 존재로 태어난다고 주장한다(114). 존재를 형성해내는 타자는 존재 이전에 이미 무한의 과거(an infinite past)로, 빚으로 자리하고 있다고 한다(Levinas 12). 즉 타자와 타자에 대한 책임 없이는 내가 없고 의미가 없다고 본다. 데리다도 타자의 부름에 대한 답을 하는 것으로 책임을 설명하지만 주체나 타자가 다 죽음을 생각해야하는 유한한 존재라는 인식, 자신보다 더 지속적인 것이 있다는 인식 때문에 주체가 책임을 느낀다고 본다(Derrida and Roudinesco 5).『내 죽으며 누워 있을 때』와『빌러비드』에 나타난 두 어머니와 자녀의 관계는 죽음을 경험한 어머니와 자녀의 이야기다. 아들 캐쉬가 정성스럽게 자신의 관을 짜는 것을 바라보는 것부터 가족들이 제퍼슨으로 장례 여행을 하게 하는 것까지 애디는 죽음을 통해 자신의 의지를 관철시킨다. 사랑하기 때문에 딸을 죽이고 18년이 지나서도 자신의 결정이 옳았다고 생각하는 세스도 강한 모성적 의지를 보인다. 죽음을 통해 표현되는 이 어머니들의 선택과 의지는 충격적이다. 이것이 또한 자녀와의 관계에서 이루어지는 선택과 뜻이기에 개인적 결정이지만 개인적 범위를 벗어난다. 또한 이들의 책임의 요구와 행위는 자신과 자녀의 유한성에 직면해 그것을 넘어서는 관계를 상정한다. 죽음을 끝으로 생각하지 않고 유령으로 말하는 어머니, 딸을 살해하고 딸의 유령을 부르는 어머니, 그 딸의 부름에 응하는 어머니, 이들 어머니의 자식에 대한 모성은 단호하고 윤리적인 면에서 급진적이다.

데리다에 따르면 책임은 단순한 양심과 이론적 이해를 넘어서는 행위, 실행, 결정을 포함한다. 그리고 책임은 경험적인 것으로, 경험하지 않고 논리적으로 부여된 것, 이론적으로 결정된 것을 넘어서는 것이다(*The Gift* 25-26). 그렇게 행하는 것 외에 선택이 없다고 느끼고 결정하고 행동하는 것이 책임이다. 이러한 책임에 요구되는 것이 그 누구도 대신할 수 없는 개인의 단독성(singularity)이다. 데리다는 개인의 단독성, 그 어떤 것으로도 대체될 수 없는 지점, 죽음의 지점에서 책임의 부름을 받는다고 본다("It is from the site of death as the place of my irreplaceability, that is, of my singularity, that I feel called to responsibility," *The Gift* 41). 다른 사람을 위해 내가 죽는다고 해도 그에게 조금 더 살 수 있는 기회를 주는 것이지 실제로 그의 죽음을 대신해서 내가 죽을 수 없다. 데리다는 대신할 수 없는 것, 주고받을 수 없는 것으로서의 죽음이 개인의 단독성, 정체성(identity)을 준다고 본다. 주체가 환원될 수 없을 정도의 단독성을 가질 때 타자의 죽음, 타자를 위한 죽음이 의미가 있다는 것이다(*The Gift* 45). 모리슨이 "이것은 전할 이야기가 아니다"(This is not a story to pass on 275)라고 『빌러비드』 끝에 쓰고 있지만 이 말은 또한 그냥 지나칠 수 없다는 뜻을 포함하고 반복되거나 대체될 수 없다는 뜻도 포함한다. 『내 죽으며 누워 있을 때』에서 애디를 묻으러 가는 장례 여행은 돌아오는 길에 새 번드런 부인을 데려오는 여행이 되지만 장례 후에도 애디는 쉽게 잊히거나 대체되는 어머니가 아니다.

데리다는 책임이 내포하는 단독성 때문에 책임은 누군가 또는 무엇의 "희생"(sacrifice)을 내포하고 있고 집단의 윤리나 정치적 일반성도 희생한다고 한다. 한 타자와 책임으로 관계되는 순간, 다른 타자들에 대한 책임은 희생하게 된다는 것이다(The Gift 68). 성경에서 아브라함이 아들, 이삭을 희생하기로 선택하는 예에서 보듯이 신의 부름에 응하기로 한 선택, 아브라함이 신에 대해 느낀 책임은 아들에 대한 사랑에 앞서는 것이다. 이렇듯 데리다가 말하는 책임은 그 단독성 때문에 흔히 공적인 것, 많은 사람들을 납득시켜야 하는 필요성과 연결되는 개념의 책임과 다르다(The Gift 60). 아브라함은 신의 요구를 충실히 따랐기 때문에 그리고 아들을 죽이기로 결정했기 때문에 가장 책임 있고 가장 무책임한, 가장 도덕적이고 가장 비도덕적인 사람이 된다(72). 데리다에게 있어 책임은 이러한 선택이고 그 선택의 상황에서 개인의 단독성이 상정된다. 본 논문은 애디와 세스의 행동이 급진적인 이유가 그들이 모성을 실천하는데 있어서 데리다가 말하는 단독성을 보이기 때문이라고 본다. 이들의 모성은 타자인 자녀에 대한 책임을 성실하게 실행하고 책임을 단호하게 요구하는 윤리성을 보이지만 이들은 또한 자녀들과의 관계에서 집단적 도덕 근거, 이데올로기에 기대지 않는 단독적인 선택을 한다.

본 논문은 데리다의 책임의 개념을 통해 애디와 세스의 단독성, 책임의 요구, 책임의 행위를 살피는 데서 더 나아가 데리다의 책임론이 설명하지 않는 부분, 행위의 결과에 대한 짐과 용서의 문제와 이들 어머니의 행위의 윤리적 급진성이 또한 정치적 맥락에서도 의미가 있음을 밝히면서 책임의 사회적, 정치적 의미에 대한 논의도 하고자 한다. 이 두 작품에서 어머니들의 경험의 많은 부분이 ― 이들에게 모성의 경험은 고통스러운 삶을 견뎌내는 희망을 주기도 하지만 ― 폭력, 고통, 절망이다. 이 어머니들이 모성을 실행하는 데 있어서 그들 단독의 의지와 선택, 그에 따른 책임이 크게 작용한다. 애디나 세스에게 남편은 '부재'한다. 애디의 남편 앤스는 스스로 일하려 하지 않고 애디를 끊임없이 임신시켜 일손을 생산하고 자식들과 애디의 노동을 이용해 생계를 유지한다. 애디는 행동이 없고 명분을 이용해서 다른 사람들을 자신의 의도대로 움직이는 앤스와 살면서 아이들의 생존과 성장을 책임졌다. 애디는 두 아이로는 아직 아이를 다 낳았다고 볼 수 없다는 앤스의 말을 듣고 앤스가 죽었다고 생각한다(173). 앤스가 죽었다는 애디의 말은 그녀의 삶에 또 아이들과의 관계에 앤스는 더 이상 상관이 없다는 것을 의미한다. 세스의 남편 할(Halle)은 학교선생과 그의 조카들이 세스를 고문하고 강간하는 것을 보고 미쳐버린 후 생사를 알 길이 없다. 세스의 말대로 탈출부터의 삶은 세스 혼자 이루어낸 일이다.

세스가 학교선생의 폭력과 힘에 대항해야 한 것처럼 애디도 앤스의 삶의 방식, 아이들을 노동력으로 보고 다른 사람들의 체념, 인내, 동정을 이용해 살아가는 것에 대항해야 했다. 이들에게 모성의 경험은 폭력, 고통, 절망과 대항해서 끝없이 싸워야 하는 긴 여정이다. 이들이 처한 사회는 애디가 끊임없이 아이를 낳고 노동하면서 소진되고 세스가 노예로 죽음보다 더 끔찍한 경험을 한 곳이다. 가족의 노동에 의존해서 생계를 꾸려 가야하는 가정에서 본인 자신이 노동력을 제공하는 사람으로 또 노동을 할 수 있는 자녀들을 생산하고 기르는 어머니의 역할을 하지만 죄, 사랑, 모성이라는 말의 허구성을 지적하면서 살아간 애디라는 어머니의 이야기, 그의 결정과 실천을 그가 처한 사회와의 관계에서 살펴볼 필요가 있다. 세스는 노예이기에 자식들을 소유하고 어머니로서 그들을 사랑하고 보호할 수 없는 정치적, 현실적 상황에 처해서 아이를 죽인다. 이러한 맥락에서 세스가 개인으로서 내린 결정과 행동의 정치적 의미도 살펴 볼 필요가 있다.

II

『내 죽으며 누워 있을 때』의 주된 사건, 즉 애디의 장례를 치르기 위해 제퍼슨에 가는 여행은 30여 년 전, 애디가 두 번째 아이, 다알(Darl)을 낳고 자신이 죽으면 제퍼슨의 가족 묘지에 묻어 달라고 한 부탁을 따르는 것이다. 애디는 그것이 앤스에 대한 복수라고 한다(173). 애디는 비평가들이 지적하는 대로 이들의 여행의 주된 동인이자 이 이야기의 중심이라고 할 수 있다(Hewson 552). 말 그대로 몸을 움직이는 것과 변화를 거부하는 앤스를 움직이게 하여 그에게 복수를 하려는 애디를 그저 미국 남부의 가부장제와 가난에 희생된 여성으로만 보기 어렵다. 블레인이 지적하는 대로 애디는 번드런 가족에게 가장이고 이 텍스트 전체에서 강력한 존재감을 보여준다(84-85). "내 죽으며 누워 있을 때"라는 제목과 죽은 애디의 독백에 나타나듯이 애디는 죽었지만 살아 있는 의식이다. 의사, 피바디는 "죽음은 죽은 자의 몸에 일어난 현상이라기보다 그 죽음, 이별을 겪어야 하는 이들의 정신의 기능"이라고 하는데(44) 프로이트가 주장하듯이 애도가 죽은 자를 향한 애정을 다른 대상으로 옮기는 과정이라면("Mourning and Melancholia") 죽은 시점에서 말을 하고 있는 애디는 다른 대상으로 대체되는 것을 거부하고 있다고 볼 수 있다.

말과 행동, 이름과 존재가 분리되었다고 생각하는 애디는 무심하고 실용성을 추구하는 앤스나 자녀들과 대조가 된다. 다알에 따르면 가족들은 애디를 묻으러 가는 것 외에 각자 제퍼슨에 가는 또 다른 이유가 있다. 앤스는 틀니를, 캐쉬는 레코드 기계를, 듀이델(Dewey Dell)은 낙태약을, 바더만(Vardaman)은 모형기차를 염두에 두고 제퍼슨으로 향한다. 애디 장례를 치르기 위해 떠난 여행은 돌아오는 길에 앤스가 새 번드런 부인을 데려오는 여행이 된다. 이 점을 볼 때 앤스에게 애디는 쉽게 대체되는 존재임을 알 수 있다. 나머지 가족들도 그들 특유의 무심함으로 여행에 임하고 여행 후에도 이제까지의 일상을 반복할 것이다. 피임 지식이 없어 원하지 않은 임신을 한 듀이델은 어머니가 겪은 삶을 그대로 반복하며 또 다른 어머니가 될 것이다. 어머니 장례 여행 동안 이들이 보이는 물건에 대한 집착, 실용적인 성향, 덤덤함은 존재, 인식, 관계에 대해 철학적인 성찰을 하는 애디의 의식과 기괴한 불일치를 보여준다. 여행이 진행될수록 애디의 시체는 냄새가 심해지고 관을 향해 날아오는 독수리의 숫자는 늘어난다. 이 여행은 애디가 어머니에서 물질이 되어가는 과정이고 결국 새 부인, 새 어머니와 대체되는 과정이다. 그러나 애디의 목소리는 관속에서 썩어가는 시체와 대조되고 또한 욕망, 애착의 대상, 매개로서의 상징적 의미를 거부한다.

애디와 앤스의 차이는 자녀들에 대한 태도에도 나타난다. 앤스는 사랑이라는 말을 사용하고 아버지라는 호칭을 쓰지만 그것은 자신의 요구를 관철시킬 때 쓰는 명분일 뿐이고 가족들을 위한 행동은 없다. 그러면서 앤스는 철저히 경제적 효율성에 의거하여 행동한다. 그에게 애디와 아이들은 물질적, 경제적 자원이고 그런 의미에서 소유물이다. 앤스는 애디의 임종에도 비용이 아까워 마지막 순간까지 의사 부르는 것을 미룬다. 어머니의 임종이 가까운 상황에서 이 가족은 다알과 쥬얼(Jewel)이 애디의 임종을 지키기 위해 기다려야 하는지 약속한 돈벌이를 하러 가야 하는지를 고민한다. 결국 이 두 아들은 앤스가 원하는 대로 돈벌이를 하러 가서 어머니의 임종을 보지 못한다. 앤스는 쥬얼이 밤에 몰래 노동을 해 말을 샀을 때 그 말의 사료 값까지 대겠다고 하는데도 못마땅해 하고, 결국 마차를 끄는 노새가 물에 떠내려가자 쥬얼의 말을 주고 새 노새를 받는 거래를 성사시킨다. 이웃들은 앤스의 상상을 초월하는 게으름과 아무 노력도 하지 않고 다른 사람의 도움을 얻어내고 다른 사람의 노력으로 자신의 이익을 챙기는 능력에 매번 감탄한다. 애디의 장례 여행 동안 쥬얼은 말을 잃고 캐쉬는 레코드 기계를 사기위해 모아둔 8달러를 잃지만 앤스는 잃는 게 없다. 그는 오히려 새 부인을 데려오고 듀이델이 낙태약 값으로 가져온 10달러를 뺏어 자신의 틀니를 산다. 그는 또한 다알이 장례 여행의 무의함을 느끼고 애디의 관을 태우기 위해 질레스피(Gillespie)의 헛간에 불을 낸 것에 대한 소송, 손해 배상을 피하기 위해 아들 다알을 정신 병원에 보낸다. 최소한의 움직임과 노력으로 최대한의 경제적 이익을 얻어내는 앤스에게 자녀들은 정서적, 심리적 상징물도 아니다. 경제적 가치를 가진 자원이다.

앤스와 애디의 삶의 방식은 극명하게 괴리되어 있다. 애디는 앤스가 말하는 "사랑"은 다른 말과 마찬가지로 "없는 것을 채우는 형태일 뿐"(just a shape to fill a lack, 172)이라고 한다. 앤스는 신이 사람을 말이나 마차, 길처럼 가로로 만들지 않고 나무처럼 수직으로 서 있게 만든 것은 그 자리에 움직이지 말고 서 있으라는 뜻이라고 하면서 조금도 움직이지 않는다. 다른 가족들이 집안일을 하고 돈을 벌어 올 때 가만히 앉아 날씨, 환경, 운에 대한 불평만 한다(36). 그는 젊었을 때 햇볕 아래에서 일하다 심하게 아팠던 적이 있기 때문에 자신은 땀을 흘리게 되면 죽을 것이라고 한다(17). 애디는 이러한 궤변으로 움직임, 노동, 노력을 거부하는 앤스가 죽었다고 생각하고 앤스의 존재에 대해 의미를 부여하지 않는다. 애디는 앤스가 "그저 형태로, 말의 울림으로 존재할 뿐이라고 생각하고 앤스에게 어떤 바람도 갖지 않고, 앤스가 아닌 앤스를 요구하지" 않는다. 앤스는 앤스이고 자신은 자신일 뿐이라는 것이다(174). 애디는 앤스가 장례 여행도 최대한 자기에게 유리하게 이용할 것이라는 것을 예상했다고 본다. 앤스가 철저히 경제적 교환과 이익의 면에서 가족과의 관계를 형성한다면 애디는 존재와 이름의 상징적 연결조차 거부한다. 장례 여행을 통해 나타나는 애디의 죽은 자로서의 요구는 앤스 모르게 그에게 복수를 하고 자녀들에게 부재하지만 동시에 현존하는 존재로, 대체될 수도 완전히 무로 사라질 수도 없는 그의 단독성을 표현하는 것이라고 볼 수 있다.

애디는 관습적인 의미의 모성을 거부한다. 그렇다고 애디가 자녀를 사랑하지 않거나 모성을 실행하지 않는 것은 아니다. 그것을 직접적으로 경험하고 행동으로 실행하는 사람들에게 그 단어가 필요 없다는 것이다. 아이를 가진 사람들은 모성이라는 말이 있건 없건 상관없고, 아들 캐쉬는 자신과의 관계에서 사랑이라는 말을 할 필요가 없다고 한다(172). 이웃인 코라(Cora)가 애디에게 진정한 어머니가 아니라고 한 데에 대해 애디는 말(words)은 수직으로 끝없이 올라갈 뿐이고, 행동 (doing)은 땅에 머무르기에 그 둘을 한데 묶으려는 시도가 불가능하다고 한다(173). 코라가 말하는 모성이란 아이들, 앤스, 신에게 애디가 의무가 있고 그들에게 해줘야 하는 것이 있다는 것이지만(174) 애디는 모성의 개념에서 빚과 의무의 개념을 거부한다. 애디는 사랑, 모성, 관계의 사회적 요구를 거부하고 자신의 행동으로 자녀와 관계를 설정한다. 캐쉬가 태어남으로써 자신의 혼자임(aloneness)이 침범되었지만 "그 침범으로 다시 전체가 되었다"(made whole again by the violation, 172)고 한다.

애디가 독백에서 밝히는 말과 행동, 이름과 존재의 분리를 고려할 때 캐쉬를 포함한 자녀와의 유대를 육체적 합일이나 심리적 동일시로 볼 수 없다. 질 버그만(Jill Bergman)은 많은 비평가들이 애디가 말하는 "유대"가 무엇이었는지 대한 탐구 없이 애디가 고립의 문제를 성적욕망이나 아이를 낳음으로써 해결했다고 보는 것은 성행위, 임신, 출산의 경험이 "자연적으로" 유대감, 성취감을 준다고 전제하는 것이라고 주장한다(395). 애디는 그녀의 아버지가 한 말, 삶은 죽음의 준비일 뿐이라는 말에 의문을 제기하면서 자신이 직접 경험하는, 자신 만의 존재와 삶의 의미를 찾는다. 그에게 모성은 끔찍한 삶에 대한 답이 될 수 있다(171). 위트필드(Whitfield) 목사와의 성관계를 경험하고 "살아있는 것, 끔찍한 피, 끓으면서 땅을 지나가는 붉고 쓴 흐름에 대한 의무"(the duty to the alive, to the terrible blood, the red bitter flood boiling through the land, 174)가 삶의 이유였다는 것을 알게 되었다고 한다. 이러한 애디의 말은 자신이 살아가는 의미, 이유를 자신이 느끼는 것, 하고 싶은 것, 행하는 것에서 찾는다는 것이다. 애디는 말뿐인 앤스와 살면서 행위에서 의미를 찾고 캐쉬를 낳아서 자식에 대한 사랑을 경험하고 위트필드와의 성관계에서 성적 만족을 느낀다. 그러면서 남편뿐만 아니라 신, 남편, 자녀에 대한 의무감으로 모성을 이해하는 코라나, 불륜을 저지르고 죄의식으로 괴로워하는 위트필드와 자신은 다르다고 느낀다. 애디는 사랑, 모성, 죄의 사회적 의미를 거부하면서 앤스와 위트필드와 관계에서 낳은 아이들을 자신 만의 것으로 생각한다. 애디에게 아이들은 자신의 선택과 행위의 결과물이다. 자신이 원해서, 불륜을 포함한 자신의 행위의 결과로 낳았기에 아이들을 온전히 자기만의 것이라고 생각한다. 그러면서 그는 앤스가 원해서 낳은 아이들, 위트필드와의 불륜으로 낳은 쥬얼을 대신하고 보상하는 아이들을 자신의 아이들이 아니라 앤스의 아이들이라고 한다(176). 소유와 이익의 면에서 자식을 생각하는 앤스의 논리를 따르면 맞는 계산이다.

자신의 실재성과 행위를 벗어난 어떤 것도 의미가 없는 애디에게 아이들은 심리적, 상징적 소유물이나 대체물이 아니다. 애디는 자신의 연장으로 아이들을 여기지도 않는다. 그렇다고 애디가 아이들을 사랑하지 않는 것은 아니다. 다알이 쥬얼을 질투하는 것에서 볼 수 있듯이 애디는 아이들에게 애정을 표현하고 그들을 염려하고 돌본다. 마크 휴슨(Marc Hewson)이 주장하는 대로 어머니로서 애디에 대한 이해는 자녀들의 행동을 살핌으로서도 이루어져야 할 것이다(551). 또한 애디의 언어에 대한 불신, 자녀에 대한 사랑을 육체적 연대를 향한 욕망과 연결 짓는 비평가들은 애디가 독백에서 구체적으로 밝히지 않은 부분, 게으르고 자기 합리화에 능한 남편 앤스와의 갈등과 그런 남편과 살면서 생계를 꾸려간 노력과 깨달음을 간과한 듯 보인다. 애디는 독백에서 결혼, 임신, 위트필드와의 불륜만을 언급했지만 작품 나머지 부분은 자신의 목적, 뻔뻔한 이기심을 달성하고야 마는 앤스의 고집스러움과 묵묵히 자신들의 역할을 하는 자녀들의 모습을 보여주고 있다. 이러한 일상에서의 애디의 역할이 무엇이었는지 그가 어떻게 살았는지가 그녀의 부재에도 불구하고 극명하게 그려진다.

쉽게 공감하기 어렵지만 애디가 볼 수 있도록 창문 앞에서 "보석 세공하는 사람처럼" 정성스럽게 관을 짜는 목수 캐쉬, 어머니의 죽음을 기다리는 사람들 위로 언덕에서 돌을 굴려 어머니를 구하는 상상을 하고, 물에 떠내려 갈 뻔하고 불 속에서 탈 뻔한 애디의 관을 혼자서 구해내는 쥬얼, 일하러 나가서도 애디가 임종했다는 것을 느끼고, 여행 중에 냄새나는 시신을 태우려고 남의 헛간에 불을 내는 다알, 어머니의 죽음을 이해 못해 관에 숨구멍을 뚫는 바더만, 어머니 옆을 떠나지 않는 듀이델. 이들은 무뚝뚝하고 고지식한 그들만의 방법으로 어머니에게 집중한다. 다알이 여행 내내 자신의 존재 의미와 어머니 애디의 의미에 대해 생각하는 것처럼(80) 이들은 애디의 시체가 썩어가는 동안 시신 처리 문제로 싸우면서 각자 애디와의 관계를 이어간다.

말보다 행동을 통해 자신의 의지를 표현하는 캐쉬와 쥬얼, 결혼하기 전의 자신을 언어나 모양이 아닌 빈 칸("The shape of my body where I used to be a virgin is in the shape of a and I couldn't think Anse," 173)이라고 결론을 내린 어머니와 마찬가지로 존재 의미의 불확정성에 대한 이해에 도달한 다알, 모두 결국 죽은 자 애디의 요구를 이해하고 실행하고 있다고 볼 수 있다. 여행 동안 애디는 끊임없이 물건, 동물과 병치되고 더 나아가 자녀들은 애디의 관을, 그 안에서 썩어 없어지고 있는 애디의 육체를 대신하는 존재처럼 느낀다. 어머니의 죽음을 이해하지 못하는 어린 바더만은 엄마가 물고기가 되었다고 생각하려 한다. 하지만 어머니의 관에 숨구멍을 뚫고 어머니의 목소리가 들린다고 하는 바더만의 생각대로 애디는 시체와 목소리로 동시에 존재한다. 물과 불 속에서 초인적인 힘으로 관을 꺼내오는 쥬얼과 그 관을 태워 없애려는 다알은 시체와 목소리로 존재하는 애디를 각자의 해석대로 '구하고' 그의 요구에 '응하고' 있는 것이다.

다알은 자기가 존재하지 않는다고 생각하고 자신에게는 어머니도 없다고 보지만 자신과 달리 쥬얼은 존재의 의미에 대해 의심하지 않기에 명백히 존재하고, 애착을 가진 말이 있기에 그의 엄마는 말이라고 한다(95). 다알은 물이 불은 강에 도착해서 동행한 이웃 툴(Tull)이 물위로 나와 있는 나무의 위치로 물이 차지 않았을 때 이용했던 길을 찾는 모습을 보면서, 마치 그 길이 유령적 흔적으로(spectral tracing) 기념비를 남긴 듯 찾고 있다고 묘사한다(143). 다알이 물에서 애디의 관을 건지려 하지 않고 관이 건져진 뒤에도 불에 태우려고 하는 행동은 이 생각과 닿아 있다. 그에게 애디의 육체나 관은 한 때 확실했던 존재의 유령적 흔적일 뿐이다.

애디의 관을 두고 벌어지는 쥬얼과 다알의 갈등에 누구의 편도 들 수 없다. 애디는 무로 사라질 수도, 사물이나 물질이나 이름으로 대체될 수도 없다고 하고 있다. 애디는 죽음을 통해 자신의 의지를 행사하고 존재를 확인시키고 있다고 볼 수 있다. 데리다가 말하듯이 죽음의 면에서 생각할 때, 다른 어떤 것으로 환원될 수 없는 개인의 단독성을 생각할 수 있다(*The Gift* 41). 애디가 단독자로서 자녀와의 관계를 짓듯이 자녀들도 어머니의 죽음을 당하여 죽은 자의 요구에 응한다. 타자로서 애디는 그 불확정성과 단독성을 동시에 요구한다. 그는 애디로, 어머니로, 번드런 부인으로 이해되기를 거부한다.

장례 후 번드런 자녀들은, 애디와 다알이 떠나고 새 어머니가 들어 온 새로운 가정에서 이전처럼 가난 속에서 묵묵히 자신들의 삶을 살아갈 것이다. 하지만 캐쉬가 다알을 정신 병원에 보내기로 결정한 후 독백에서 밝히듯이, 애디와 다알이 없어진 후 다시 찾은 안정, 일상은 그들이 세운 기준에 의해 만들어진 것일 뿐이다. 그들은 이전의 삶을 계속 유지하기 위해 행동의 기준, 옳음과 옳지 않음의 기준, 미친 것과 미치지 않은 것의 기준을 세워 적용했을 뿐이다. 그것은 목수 캐쉬가 이해하는 대로 균형(balance)을 맞추기 위한 것이고 다수의 결정에 의거한 결과일 뿐이다(233). 애디는 죽은 어머니로 땅에 묻히고 다알은 하나의 존재, 주체로 말하는 것을 포기한 채 자신을 "그"라고 지칭하며 기차에 실려 정신 병원으로 끌려간다. 다알과 애디는 이들 삶의 안정성에 끊임없이 질문을 던지는 타자성을 의미한다. 다알이 없는 상태에서 이들은 장례 여행을 통해 표현된 애디의 복수, 질문, 의지에 눈을 감은 채 기존의 생활을 계속할 수 있겠지만 이들 일상의 평온과 안정은 다알과 애디의 부재 때문에 언제든지 문제시 될 수 있다.

데리다에게 개인이 책임을 느끼는 타자는 무한의 타자, 결코 종결되지 않는, 끊임없이 나타나 현재의 상태에 질문을 던지는 타자이다. 그러므로 책임은 미래를 향한 열린 구조로 작용한다(*The Gift* 32, 68). 개인이 타자에 대해 책임을 느껴 어떤 특정한 결정, 선택, 행위를 할 때 얼마나 독립적으로, 얼마나 단독적인 결정, 선택, 행위를 할 수 있는가에 대해 니체(Friedrich Nietzsche)는 주체의 책임 의식은 많은 경우, 그 사회가 물려받은 도덕률에 영향을 받는다고 본다. 자기를 돌아보는 능력(reflexivity)과 기존의 가치를 재평가할 수 있는 능력을 가진 특별한 개인만이 물려받은 도덕률을 변형시키는 책임의 행동을 할 수 있다는 것이다(57-63). 이와 달리 레비나스는 타자에 대한 책임 없이는 내가 없고 의미도 없으며 타자에 대한 책임을 느끼면서 존재가 진정한 존재로 태어난다고 주장한다. 그는 또한 타자에 대한 책임 의식으로 주체가 자신을 비판하고, 자신을 비판할 수 있는 능력으로 주체가 될 수 있고 물려받은 가치에 대한 비판을 할 수 있다고 본다. 레비나스는 타자에 대한 책임을 통해 주체가 과거와 미래와 연결된다고 보는데 기존의 윤리와 도덕에 끊임없는 질문을 던지게 하는 것이 곧 타자의 부름에 응하는 것, 책임이다. 책임이 기존의 규범을 깨고 미래를 지향한다고 보는 면에서 레비나스와 데리다는 입장을 같이 한다. 데리다는 타자는 무한한 것이고 책임은 미래를 늘 염두에 두는 것이기에 단독적인 행동과 결정을 하는 책임과 일반성에 근거한 윤리를 구별한다. 그러므로 데리다에게 책임은 기존의 윤리를 거스르는 것이다(*The Gift* 68). 기존의 윤리에 질문을 던지는 책임의 행위가 윤리적인 것이다.

애디와 다알이 사라지면서 작품이 끝나 번드런 가족 개개인이 애디와 다알이 없는 상태에서 어떤 선택을 하는지 알 수 없지만 전체 59장 중 19장의 서술자, 이 작품의 주된 서술자였던 다알이 더 이상 주체로서 말하지 않게 된 상태에서 비교적 말이 없던 캐쉬가 작품 마지막에 다수의 결정에 의해서 가치와 균형이 유지된다고 피력하는 것을 볼 때 그가 가족 내에서 애디와 다알의 역할을 이을 가능성도 볼 수 있다, 애디의 죽음 때문에 일상이 파괴되고 어머니를 묻으러 가는 상황에서 앤스의 뻔뻔한 이기심, 자식들의 무심함이 첨예하게 드러나고 예민한 다알의 기이한 행동으로 가족의 갈등이 극한으로 치달았지만 이들은 자신들이 이제까지 살아온 방식과 어머니의 희생으로 유지되었던 가정의 평화에 대한 회의 없이 예전으로 돌아간다. 그러나 캐쉬의 인식은 제목이 제시하는 죽은 자의 목소리 처럼 여운을 남긴다. 애디에서 시작한 책임의 요구는 데리다가 말하는, 미래를 향해 있는 윤리적 행위다.

또한 애디의 삶과 요구를 살펴 볼 때 그 정치적 맥락을 배제할 수 없다. 애디가 사회적 의미의 모성을 거부하고 자녀와의 관계를 새롭게 규정하지만 애초에 앤스와 결혼을 하고, 그가 원하는 대로 많은 아이를 낳고, 그와 가정을 꾸려나가면서 앤스나 사회의 요구에서 자유로웠다고 볼 수 없다. 버그만은 앤스가 농장과 집을 가지고 있었다는 것도 애디가 앤스와 결혼을 하게 된 이유라고 지적한다(396). 블레인도 애디나 새 번드런 부인이 앤스와 결혼을 하는 데는 경제적 이유도 있고 앤스가 가부장제의 덕을 보는 것은 사실이라고 한다(96). 피바디는 구두쇠 앤스가 직접 의사를 부를 정도면 이미 애디는 가망이 없다고 하면서 "앤스가 애디를 드디어 다 써먹었다"(He has wore her out at last)고 한다(41-42). 다이안 로버츠 (Diane Roberts)는 포크너가 미국 남부의 문화를 따르면서 또 거부한다고 하는데 (xi), 이 작품의 경우 미국 남부의 가부장제에서 희생되는 애디의 이미지와 강력하게 나타나는 애디의 존재감, 이 양면성이 그 예라고 볼 수 있다.

애디의 선택과 단독성을 지극히 개인적인 선택과 책임으로만 읽을 수 없다. 데리다가 타자는 구체적으로 명명할 수 없는 것이고 또 다른 타자들, 수많은 타자의 가능성을 고려하여 타자를 절대적으로 항상 열려 있는 가능성으로 상정하지만 (*The Gift* 68) 선택과 책임을 개인적인 것이라고 할 수 없다. 애디의 복수는 남부 가부장제의 수혜자인 앤스에 대한 저항이다. 데리다가 지적하듯이 "자연"의 영역이라고 여겨진 인간의 사랑을 도덕, 문화의 영역의 것으로 이해하는데 "모성"이 그 예가 되고 모성이 전통적으로 가정이라는 테두리 안에서 남성 지배의 정치적 요구를 따라 규정된다면(*Of Grammatology* 176-77), 가부장제에 봉사하는 모성에 대한 애디의 거부는 정치적 저항이다. 애디의 모성은 선택이고 실천이며 또한 "자연적인" 사랑으로 볼 수 없다. 애디가 처한 역사, 사회의 맥락에서 정치적 저항이다.

III

『빌러비드』에서 세스는 노예는 어머니로서 권리가 없다는 노예제의 논리에 저항한다. 올란도 페터슨(Orlando Patterson)이 "태어날 때부터의 소외"(natal alienation)라고 하는, "태어나면서 갖게 되는 모든 권리가 거부되어 어떤 법률적 사회 질서에 속하지 못하는 것, 부모나 어떤 혈육에 대한 권리나 의무가 거부되는 것"(5)에 직면해 세스는 아이를 사랑할 권리를 주장한다. 세스는 노예제도 안에서 아이들은 자기가 사랑할 수 있는, 자기 것이 아니었기에 "제대로"(proper) 사랑할 수 없었다고 한다(162). 또한 아이들을 노예 상태에서 빼내온 것은 자신이 혼자 해낸 일이라고 한다.

> 내가 해냈어. 우리를 다 빼냈어. 할도 없이. [⋯] 내가 그들을 낳았고 거기서 내왔어. 우연히 된 게 아니야. 내가 해냈어. [⋯] 하지만 그것 이상이야. 그건 내가 이전에 전혀 알지 못했던 이기심 같은 것이었어. 정말 좋은 기분이었어. 좋았고 옳았어.

> I did it. I got us all out. Without Halle too. . . . I birth them and I got em out and it wasn't no accident. I did that. . . . But it was more than that. It was a kind of selfishness I never knew nothing about before. It felt good. Good and right. (162)

위에서 보듯이 세스는 자신이 낳은 아이들을 사랑할 수 있어서 기분이 좋았다고 하고 그 기분은 이전에 느끼지 못했던 이기심 같은 것이었다고 하면서 아이들을 사랑할 수 있는 것이 "옳은" 것이라고 한다. 아이를 사랑할 수 있는 것이 옳은 것이라는 논리는 켄터키 농장의 주인이었던 학교선생이 세스와 그의 아이들을 잡으러 온 상황에 직면해 세스가 아이를 죽이기로 결정하는 순간에도 적용된다. 그는 "진정한 사랑에서 나온 것이기에 그가 한 일은 옳았다"(what she had done was right because it came from true love, 251)고 한다. 그는 폴 디에게 자신이 아이를 죽였다는 것을 설명하면서 그 상황에 대한 그의 생각은 단순했다고 한다.

진실은 단순했기 때문에, 꽃무늬 드레스, 나무 바구니, 이기심, 발목 밧줄, 그리고 우물이 줄줄 이어져 나오는 긴 기록이 아니었다. 단순했다. 그녀는 마당에 쭈그리고 앉아 있었다. 그들이 오는 것을 보고 학교선생의 모자를 알아보는 순간 그녀는 날개소리를 들었다. 작은 벌새가 머리 수건 사이로 그녀의 머리카락 속으로 침 같은 부리를 쑤셔 넣으며 날개를 퍼덕였다. 그 순간 그녀의 생각은 안돼였다. 안돼. 안돼. 안돼안돼. 안돼안돼안돼. 단순했다. 그녀는 날아갔다.

Because the truth was simple, not a long drawn-out record of flowered shifts, tree cages, selfishness, ankle ropes and wells. Simple: she was squatting in the garden and when she saw them coming and recognized schoolteacher's hat, she heard wings. Little hummingbirds stuck their needle beaks right through her headcloth into her hair and beat their wings,. And if she thought anything, it was No. No. Nono. Nonono. Simple. She just flew. (163)

폴 디가 아이를 죽인 것은 옳지 않다고 하고 다른 방법이 있었을 수 있다고 하자 세스는 무슨 방법이 있냐고 반문한다(165). 18년이 지난 상황에도 세스는 단호하다. 세스와 폴 디의 대화를 살펴볼 때 세스의 모성적 결단을 본능적 소유욕에 기인한 것으로 이해할 수 없다. 선택의 문제로 이해로 해야 한다고 본다. 두 사람의 대화는 선택의 문제에 집중된다. 세스는 데리다의 예시, 아들에 대한 사랑과 신의 명령 사이에, 양자택일에 처한 아브라함처럼 두 가지 중요한 가치, 딸의 생명과 "안전"(safety, 164), 둘 중 하나의 선택에 직면해서 딸의 안전을 택했다. 세스는 자신의 행동을 "아이들을 안전한 곳에 두는 것"(I took and put my babies where they'd be safe, 164)으로 이해한다. 세스가 "진한" 사랑이라고 표현하고 폴 디가 "톱에 의한 안전"(safety with a handsaw, 164)이라고 표현하는 세스의 살인은 세스의 입장에서는 재고의 여지가 없는 결정이었다. 그 결정이 잘 된 것이냐고 질문하는 폴 디에게 세스는 그렇다고 한다("It worked," 164). 학교선생을 막은 것보다 딸을 죽인 것이 더 나쁘지 않은가라는 폴 디의 말에 세스는 "내가 할 일은 무엇이 더 나쁜가를 아는 것이 아니라 내가 아는 것, 끔찍하다고 알고 있는 것으로부터 자식들을 구하는 것이 내 할 일이고 그것을 행했다"(It ain't my job to know what's worse. It's my job to know what is and to keep them away from what I know is terrible. I did that, 165)고 한다. 이 점에서 세스는 데리다가 말하는 단독성, 선택, 행위로서의 책임을 실행했다고 볼 수 있다.

세스의 선택의 상황, 그 절박한 상황에서 사랑 때문에 죽음을 주기로 한 선택을 비난하기 어렵다. 마사 달링(Marsha Darling)과의 인터뷰에서 모리슨은 세스를 재판할 수 있는 사람은 세스가 죽인 딸뿐이라고 한다(248). 세스는 빌러비드만이 자신이 사랑해서 한 일, 그 사랑의 행위에 대한 설명을 해야 하는 사람이고 납득을 시켜야 할 사람이라고 생각한다(251). 사랑이 이유였지만 그 결과는 딸의 죽음이다. 빌러비드, 돌아온 딸과의 관계가 돌파구 없이 세스의 쇠락으로 치닫는 것은 그 관계가 두 사람의 주체성을 상실하는 관계이어서가 아니라 세스가 아무리 딸에게 용서를 구해도 딸에게 주었던 죽음을 다시 가져올 수 없기 때문이다. 데리다가 말하듯이 죽음을 생각할 때 환원될 수 없는 개인의 단독성을 생각할 수 있다(The Gift 41). 데리다가 지적하듯이 타자를 위해서 죽을 수는 있지만 타자의 죽음을 대신 할 수는 없다. 내가 죽음으로써 타자의 삶을 더 연장할 수는 있지만 죽음에 있어서는 '대신'이 없다. 세스는 딸에게 죽음을 주었고 세스는 딸 대신 죽을 수 없다. 자신의 죽음으로 딸에게 생명을 줄 수도 없다. 또한 이명호가 지적하듯이 "자신의 희생을 통해 딸의 목숨을 구할 수 있다면 그렇게 했을 것이지만 자신이 죽음을 선택한다 해도 딸이 노예제로 끌려가는 것을 막을 수는 없다"(215).

하지만 세스의 선택을 쉽게 비난할 수 없다는 점과 세스가 딸의 죽음을 돌이킬 수 없고 죽은 딸에게 끝없이 용서를 빌어야 한다는 점에서 모리슨은 데리다의 책임론이 설명하지 않는 책임의 문제를 제기한다. 데리다는 책임을 부름에 응하는 것으로 이해하지만 그 행위의 결과, 선택으로 인한 결과에 대한 짐과 용서의 문제가 남는다. 데리다는 절대적 타자를 무한성, 다수, 미래성으로 설명한다. 무한한 타자에 대해 단독성으로 응하는 책임은 그가 지적하듯이 아포리아를 남긴다 (*The Gift* 68). 세스의 선택은 딸의 안전과 생명 중의 선택이었고 이 선택으로 딸의 생명이 희생된다. 세스의 경우에 비추어 볼 때 데리다의 책임론은 타자의 불확정성과 무한성 논의로 선택의 행위에 대한 판단, 책임을 묻는 것을 끝없이 연기 혹은 회피하는 것이다. 세스는 딸의 생명과 안전 중 안전을 택하고 생명을 희생한 행위 때문에, 그 행위에 대한 용서의 문제와 짐 때문에 미래로 나아가지 못한다.

세스는 딸을 죽인 결정에 대해 단호하지만 또한 죽은 딸에게 용서를 구해야 하고 그에 대한 책임을 져야 한다는 것을 알고 있다. 그가 과거의 기억에서 벗어나지 못하는 것은 과거의 외상적 경험으로 그에 대한 기억을 통제할 수 없기 때문이기도 하지만 과거를 잊는 것에 대한 죄책감 때문이기도 하다. 그는 빌러비드가 나타나기 전에 이미 아기 유령과 함께 살고 있었고 그것을 당연시하고(37) 노예 농장, 스윗홈(Sweet Home)을 기억할 때 나무에 매달려 있는 남자 노예들의 시체보다 그 나무의 아름다움을 기억하는 자신을 용서하지 못한다고 말한다(6). 세스는 "괴로움을 끝내려고" 유령을 직접 부르기까지 했다(4). 한 농장에서 같이 노예로 지냈던 폴 디가 찾아온 것에 정신이 팔려서 빌러비드가 자기 딸임을 빨리 알아보지 못했다고 자책한다. 그러나 정작 죽은 딸이 돌아와서 그와 대면했을 때 "그 애가 다 이해하기에 굳이 설명할 필요가 없다"고 하지만(183) 그는 유령을 만족시키지 못한다. 빌러비드와의 생활이 보여 주듯이 세스의 선택은 유령의 만남으로도 해결되지 않는 책임의 문제이다. 빌러비드가 누구인가의 문제를 떠나서 세스가 빌러비드에게 용서를 받아내지 못하는 것은 딸의 죽음은 돌이킬 수 없는 것이고 그에 대한 세스의 책임은 바로 그 사람의 용서가 아니면 영원히 남기 때문이다.

데리다는 아브라함이 아들을 죽이기로 한 선택, 결정을 예를 들어 절대적 책임은 비밀(secrecy)과 침묵(silence)을 동반한다고 한다(*The Gift* 60). 그러나 세스의 사랑과 책임의 행위, 감행된 살인은 비밀이 될 수 없고 그것에 대해 침묵할 수 없다. 모리슨이 "이것은 전할 이야기가 아니다"(This is not a story to pass on, 275)라고 작품 끝에 쓰고 있지만 이 말은 또한 그냥 지나칠 수 없다는 뜻을 포함하고 옮겨지거나 대체될 수 없다는 뜻도 포함한다. 이 반복되어서는 안 되고 대체될 수 없는 윤리적 상황은 세스의 행위를, 데리다가 말하는 책임의 모순(paradox), 아포리아(aporia)가 아닌 판단, 용서, 저항의 문제로 만든다. 데리다의 책임 개념은 선택의 행위를 개인적인 것으로 이해하고, 책임과 선택의 상황의 사회적 맥락을 고려하지 않는다. 하지만 애디와 세스의 선택은 개인적인 것이면서 그 개인적 선택의 결과에 대한 판단, 짐의 문제는 개인적인 것만으로 남지 않는다. 세스의 선택이 또한 윤리적이라고 이해할 수 있듯이 이 두 어머니의 사랑은 사회적인 맥락에서도 이해되어야 한다. 어머니의 사랑은 행위이고 행위는 책임의 문제를 포함하고 그 행위에 대한 책임은 사회적 맥락에서 공유될 수 있다. 용서의 주체는 되지 못하지만 사회의 구성원들은 이러한 선택의 상황에 대한 책임이 있다는 것을 깨달을 수 있다. 포크너와 모리슨이 애디와 세스가 처한 미국의 역사에 대한 책임을 묻고 그 짐을 짊었다고 볼 수 있다.

노예제에 대한 미국의 "국가적 기억상실"(national amnesia, Taylor-Guthrie 257), 국가적 침묵에 대해 질문을 던지는 모리슨은 단순히 노예제도가 흑인 노예들에게 가한 폭력을 예를 들어 노예제의 잔인함을 지적하지 않는다. 이 작품에서 모리슨은 노예 어머니가 사랑하는 딸에게 가한 무서운 폭력, 살인을 제시한다. 인간으로서 상상할 수 없는 선택을 하는 이 어머니의 단독성은 노예 주인이 사랑하는 자식들을 잡으러 그의 집 울타리 안으로 들어오는 순간에 주어진 양자택일의 상황에서 나온 것이다. 세스는 사랑했기 때문에 딸을 죽였다고 설명하면서 예전에 울타리가 있던 곳을 응시한다. 그는 그 울타리 안으로 들어오는 학교선생을 막아야 했다(164). 세스가 응시하는 울타리는 곧 그가 처한 상황의 한계를 보여 준다. 그가 학교선생을 막을 유일한 방법, 그 상황에서 자식들을 구할 수 있는 유일한 방법이 죽음이다. 세스는 사랑하는 자녀들을 학교선생에게서 구해내 안전하게 지킬 수 있는 길이 죽음이라는 논리를 따른다. 이것이 노예제가 세스에게 준 선택의 상황이고 여기에 그 잔인함이 있다.

세스의 선택의 상황과 선택의 행위는 또한 결과를 가져 왔고 그 결과에 대한 짐이 문제로 남는다. 모리슨은 이웃들의 개입을 통해 그 짐을 공유하는 점을 고려한다. 18년 동안 세스를 비난해온 세스의 이웃들은 세스가 빌러비드와 살면서 돌파구 없이 생기를 잃어가는 것을 알고 세스를 도우러 온다. 세스의 딸 덴버가 이웃에게 도움을 구하며 집 밖으로 발을 내딛고 빌러비드의 존재를 알렸을 때 엘라(Ella)를 포함한 마을의 여자들은 빌러비드를 보내기 위해 세스의 집 앞으로 모인다. 엘라는 18년 전 세스의 분노를 이해했지만 세스가 감옥에서 나와서 이웃과 접촉하려는 어떠한 시도도 하지 않은 것이 불만이었다. 엘라가 세스를 구하러 온 행동에는 "개인적 분노"가 있다(256). 사춘기에 어느 집에 갇혀 지속적으로 아버지와 아들에게 강간을 당한 경험이 있는 엘라는 노예로서의 삶의 잔혹성을 이해한다. 세스가 딸을 죽인 것을 용서할 수 있는 입장은 아니지만 이웃 여자들은 세스를 돕고자 한다. 노예제의 경험을 공유한 여자들의 이해는 세스의 분노와 모성의 선택을 개인적인 것만이 아닌 것으로 만든다.

테레사 워싱튼(Teresa N. Washington)은 이 여자들이 빌러비드가 '악'이어서 그를 퇴치하러 온 것이 아니라 빌러비드가 세스의 집에 있다는 사실, 빌러비드가 현재에 세스와 같이 존재한다는 사실이 견디기 어려운 일이기 때문에 그를 보내러 왔다고 본다(185). 이웃의 개입 때문에 빌러비드가 사라졌다고 볼 수는 없다. 빌러비드가 사라진 날 집 앞의 상황을 빌러비드의 시각에서 서술한 것을 보면 세스가 빌러비드와 잡았던 손을 놓고, 집으로 다가오는 백인을 향해 달려 나간 것이 빌러비드가 떠난 이유라고 볼 수 있다(262). 이웃들은 세스를 이해하기에 또 뒤늦은 속죄를 하기 위해 움직였다고 볼 수 있다. 18년 전 세스와 베이비 석스(Baby

Suggs)의 행운과 행복에 질투심을 느껴 학교선생이 오는 사실을 미리 알려 주지 않은 것에 대한 속죄의 마음이 있었다. 이러한 이웃의 움직임은 책임의 짐에 대한 공유라고 볼 수 있다. 세스는 노예제와 죽음에 직면해 홀로 결정을 내렸지만 그의 행위의 결과는 그 이웃들과 미국인에게 또 다른 부름을 낳았다.

세스의 행위에 대한 책임이 집단의 문제가 되는 것처럼 빌러비드는 덴버가 말하는 대로 세스의 죽은 딸 이상의 의미를 갖는다. 세스 집으로 온 여인이 실제로 누구인지 알 길이 없다. 그는 세스의 죽은 딸일 수도 있고 스탬프 페이드(Stamp Paid)가 추측하듯이 근방에서 백인의 집에 갇혀 지내다가 도망 나온 여자일 수 있다. 빌러비드 본인의 말을 통해 미루어 짐작하면 그는 노예선에서 탈출한 사람일 수도 있다. 이 불확실성 때문에 그는 동시에 여러 사람으로 이해될 수 있다. 세스가 죽은 딸의 묘비를 세워주기 위해 석공에게 몸을 주고 새기게 된 글자 빌러비드도 사실 그 딸의 이름은 아니었다. 그 딸은 이름이 없었다. 빌러비드라는 말은 세스가 죽은 딸의 묘비에 새기고 싶었던 문구의 일부분이기 때문에 세스의 딸을 기리는 말이 되기도 부족하다. 세스의 죽은 딸, 빌러비드라는 이름, 세스 집에 나타난 여인 사이에는 불일치가 있다. 이름, 존재가 서로 빗나가는 상황이다. 빌러비드라는 명칭이 내포하는 불일치, 빗나감, 차이가 부재, 명명되지 않은 타자의 공간을 만들어 낸다. 모리슨이 작품 마지막에

> 모두 그가 뭐라 불렸는지 알았지만 아무도 그의 이름을 몰랐다. 기억에서 지워지고 그에 대한 이야기가 없었기에, 그를 잃었다고 할 수 없다, 아무도 그를 찾지 않았기 때문에, 그리고 사람들이 찾는다 해도 어떻게 그를 부를 수 있는가, 아무도 그를 이름을 모르는데. 그는 요구가 있었지만 아무도 그를 요구하지 않았다.

> Everybody knew what she was called, but nobody anywhere knew her name. Disremembered and unaccounted for, she cannot be lost because no one is looking for her, and even if they were, how can they call her if they don't know

her name? Although she has claim, she is not claimed. (274)

라고 쓰고 있는데 사랑받은 사람이라는 뜻의 빌러비드(Beloved)가 사실은 사랑을 구하지만 사랑받지 못한 존재라는 모순적인 상황도 역사에서 지워진 존재, 존재하지 않는 타자, 우리가 보지 못하는 타자와 그 타자의 요구를 생각하게 한다. 윌리엄 핸들리(William Handley)가 지적하는 대로 "빌러비드"라는 말은 이름 없는, 이름 지을 수 없는 존재에 대한 책임을 묻는 것이라고 볼 수 있다 (681). 모리슨이 말할 수 없는 것(unspeakable)을 언어, 글쓰기를 통해 불러내기 때문에 이 글쓰기와 읽기는 윤리적 참여를 내포하고 있다(688). 핸들리는 빌러비드가 흔적 없이, 존재하지 않은 상태로 사라졌다는 작품 마지막의 서술은 이 소설이 이루어 낸 것, 모리슨이 이름 없고 알지 못한 존재를 구체적 인물로 형상화한 작업과 대치된다고 지적한다(683). 사실 사랑받지 못한 존재를 빌러비드라고 부르고 존재가 지워진 사람을 유령으로 불러낸 모리슨의 작업은 타자의 부름을 형상화하고 책임을 요구한 것이다. 그리고 그 책임의 요구는 다수를 향해 있다. 데리다가 말하는 타자는 그 불확정성, 복수성 때문에, 개인의 유한성, 단독성 때문에 한 개인이 모두 응답할 수 없는 것이다. 하지만 모리슨이 구현한 타자의 부름, 타자의 공간은 책임의 공동체를 만들어낸다. 한 어머니의 선택, 결정, 행동의 짐을 나누는 공동체는 흔적도 목소리도 없는 타자, 죽은 딸에게 책임을 느낀다.

IV

개인의 행위에서 출발하여 책임의 문제를 풀어낸 데리다의 책임론은 『내 죽으며 누워 있을 때』와 『빌러비드』에 나타난 모성을 경험과 선택의 면에서 읽는 데 도움을 준다. 또한 타자와의 관계를 책임으로 풀어내는 데리다의 책임론은 그

동안 모성에 대한 이해에 많은 영향을 끼친 정신 분석학의 주체와 욕망의 대상으로서 타자 모델이 설명하지 못한, 모성이 포함하는 타자에 대한 책임과 윤리의 문제를 제시한다. 그의 책임은 개인이 단독성, 유한성, 죽음에 직면했을 때 내리는 선택이기 때문에 그 때의 주체와 타자 관계는 일반화될 수 없다. 그래서 그는 책임은 일반성에 근거한 윤리와 다르다고 한다. 하지만 그는 복수로서의 타자, 무한한 가능성으로서의 타자를 제시해 주체와 타자 관계의 윤리적 측면을 짚어 낸다. 그에게 타자는 끊임없는 가능성이기에 윤리는 미래적인 것이다. 개인은 유한하고, 선택은 단독적이기 때문에 복수의 타자 모두에게 대답할 수 없다. 하지만 포크너와 모리슨은 두 어머니의 책임과 행위를 개인적 선택, 미래에 도래할 윤리적 선택만으로 보지 않는다. 모성적 경험은 일반화 될 수 없지만 죽은 애디와 자녀의 관계, 빌러비드와 세스의 관계는 그 사회적 요구, 정치적 의미가 있다. 포크너가 구현한 죽은 자의 목소리와 모리슨이 구현한 죽은 자의 요구는 애디와 세스라는 어머니가 살아낸 삶과 직면했던 선택의 상황을 살아있는 자들이 책임을 느껴야할 짐이라는 것을 제시한다. 포크너와 모리슨이 작품에서 제시하는 책임은 역사를 돌아보게 하고 이 두 작품은 책임이 개인의 것만이 아니라는 것을 지적한다.

이명호. 「사자의 요구: 토니 모리슨의 『빌러비드』 읽기」. 『토니 모리슨』. 서울: 동인, 2009.
199-235.

Bakker, Jan. "*As I Lay Dying* Reconsidered." *Modern Critical Views: William Faulkner*. Ed.
Harold Bloom. NY: Chelsea House Publishers, 1986. 220-35.

Benjamin, Jessica. *Bonds of Love: Psychoanalysis, Feminism, and the Problem of Domination*.
NY: Pantheon, 1988.

Bergman, Jill. "'this was the answer to it': Sexuality and Maternity in *As I Lay Dying*." *Mississippi
Quarterly* 49.3 (1996): 393-406.

Blaine, Diana York. "The Abjection of Addie and Other Myths of the Maternal in *As I Lay
Dying*." *William Faulkner: Six Decades of Criticism*. Ed. Linda Wagner-Martin. East
Lansing: Michigan State UP, 2002. 83-103.

Budick, Emily Miller. "Absence, Loss, and the Space of History in Toni Morrison's *Beloved*."
Arizona Quarterly 48.2 (1992): 117-38.

Darling, Marsha. "In the Realm of Responsibility: A Conversation with Toni Morrison." Ed.
Danille Taylor-Guthrie. *Conversations with Toni Morrison*. Jackson: UP of Mississippi,
1994. 246-54.

Derrida, J. *The Gift of Death*. Trans. David Willis. Chicago: Chicago UP, 1995.

_____. *Of Grammatology*. Trans. Gayatri Chakravorty Spivak. Baltimore: The Johns Hopkins
UP, 1974.

Derrida, J. and E. Roundinesco. "Choosing One's Heritage." *For What Tomorrow: A Dialogue*.
Trans. J. Fort. Stanford: Stanford UP, 2004.

Giorgio, Adalgisa. *Writing Mothers and Daughters: Renegotiating the Mother in Western
European Narratives by Women*. NY: Berghahn, 2002.

Faulkner, William. *As I Lay Dying*. 1930. NY: Vintage, 1985.

FitzGerald, Jennifer. "Selfhood and Community: Psychoanalysis and Discourse in *Beloved*."
Modern Fiction Studies 39. 3-4 (1993): 669-87.

Freud, Sigmund. "Femininity." 1933. In *The Standard Edition of the Complete Works of Sigmund
Freud, 22*. Trans. and Ed. James Strachey. London: Hogarth, 1961. 112-35.

_____. "Mourning and Melancholia." *A General Selection from the Works of Sigmund Freud*. Ed. John Richman. London: Hogarth, 1937. 142-61.

Handley, William R. "The House a Ghost Built: *Nommo,* Allegory, and the Ethics of Reading in Toni Morrison's *Beloved*." *Contemporary Literature* 36.4 (2001): 676-701.

Hewson, Marc. "'My children were of me alone': Maternal Influence in Faulkner's *As I Lay Dying*." *Mississippi Quarterly* 53.4 (2000): 551-67.

Hirsch, Marianne. *The Mother/Daughter Plot: Narrative, Psychoanalysis, Feminism*. Bloomington: Indiana UP, 1989.

Kim, Yongsoo. "The Ethics of the Feminine in William Faulkner's *As I Lay Dying*." *Studies in Modern Fiction* 9.2 (2002): 1-23.

Kristeva, Julia. "Stabat Mater." *The Kristeva Reader*. Ed. Toril Moi. NY: Columbia UP, 1986. 160-85.

Levinas, Emmanuel. *Otherwise Than Being or Beyond Essence*. Trans. Alphonso Lingis. The Hague: Martinus Nijhoff, 1981.

Mitchell, Juliet. *Psychoanalysis and Feminism*. NY: Pantheon, 1974.

Morrison, Toni. *Beloved*. 1987. NY: Plume, 1988.

Nietzsche, F. *On the Genealogy of Morals and Ecce Homo*. Trans. W. Kaufmann and R. J. Hollingdale. NY: Radom House. 1967.

Patterson, Orlando. *Slavery and Social Death*. Cambridge: Harvard UP, 1982.

Rich, Adrienne. 1976. *Of Woman Born: Motherhood as Experience and Institution*. NY: Norton, 1986.

Roberts, Diane. *Faulkner and Southern Womanhood*, Athens: University of Georgia Press, 1994.

Taylor-Guthrie. Ed. *Conversations with Toni Morrison*. Jackson: UP of Mississippi, 1994.

Washington, Teresa N. "The Mother-Daughter *Aje* Relationship in Toni Morrison's *Beloved*." *African American Review* 39. 1-2 (2005): 171-88.

■ 이 논문은 『미국소설』 16권 2호(2009)에 실린 논문을 저자가 수정, 보완한 것임.

13.

윌리엄 포크너와 토니 모리슨의 탈정전적 역사쓰기

이영철

I. 머리말

윌리엄 포크너(William Faulkner)와 토니 모리슨(Toni Morrison)이 작중 배경, 사건, 또는 인물을 통해 환기시키는 역사는 기존의 정전적 역사를 문학의 전복적 자유와 작가적 상상력을 통해 재창조 또는 재형태화 한 역사이다. 즉 포크너와 모리슨의 역사는 역사의 정전적 사실을 통해 어느 정도 추적해 볼 수 있지만, 연대기성, 객관성, 진실성을 강조하는 정전적 역사와 맥을 달리한다. 티 비 리드(T.V. Reed)에 따르면, 문학적 또는 역사적 정전(cannon)은 "전통을 대표하기에 충분한 작품"(100)이다. 그리고 마단 새럽(Madan Sarup)에 따르면, 정전적 역사는 전통적으로 인물, 사건, 시공간의 기록에서 흔히 나타나는 연속성, 체계성, 전체성, 단일성, 과학성, 그리고 헤겔식 변증법에 바탕을 둔다(63). 리드와 새럽의 이 같은 견해들은 정전적 역사가 지배 권력과 이념에 의해 확정된 전통의 권위와 관습에 의해 고착화된 연대기적·객관적·체계적 역사임을 말해준다. 따라서 정전적 역사의 이 같은 특징과 기준은 포크너와 모리슨의 역사와 맥을 달리한다. 즉 모리슨과 포크너의 역사는 문학의 전복성, 자의성, 그리고 독창성에 바탕을 둔 역사이다. 이런 까닭에 그들의 역사쓰기에 대한 논의 역시 문학의 탈정전적 시각과 함께 행할 때 가능하다.

포크너와 모리슨의 역사쓰기는 그들의 서술적 감수성(narrative sensibility)을 동일한 시각으로 접근한 해럴드 블룸(Harold Bloom)의 견해를 통해 보다 구체적으로 살필 수 있다. 블룸은 모리슨의 코넬 대학교 석사논문『소외된 사람들에 대한 버지니아 울프와 윌리엄 포크너의 처리방식』(*Virginia Woolf's and William Faulkner's Treatment of the Alienated*)을 주목하며, 모리슨의 문학에 나타난 역사쓰기를 두 연구대상 작가들의 탈정전적 역사쓰기에 비추어 추적한다. 이와 관련 블룸은 모리슨의 서술적 감수성을 울프와 함께 포크너의 문학적 전통과 맥을 같이 한다고 평한다(2-3). 그의 이 같은 평은 모리슨이 노예제도와 인종불평등의 역사를 기술하는 데 있어서 포크너의 상상적 매체와 서술양식을 수용했다는 것에 착안한 평이다. 즉 블룸은 포크너가 인종우월주의의 반인륜적 모순과 폐단을 지닌 미국 남부의 역사를 기억을 통해 역류시킨 것처럼 모리슨도 기억을 통해 아프리카계 미국역사를 역류시키고, 서술방식에 있어서도 포크너처럼 '의식의 흐름'을 활용한다고 밝힌다(3).

모리슨과 포크너의 기억은 논리적 인과율과 연대기적 질서에 바탕을 둔 역사의 지적 담론형식과 맥을 달리한다. 그들의 기억은 문학적 자의성과 창조성으로부터 흘러나오는 것이므로, 이로부터 재생되는 역사는 역사의 지적 담론형식이 지향하는 논리성과 객관성을 용인하지 않는다. 포크너는 『압살롬, 압살롬!』(*Absalom, Absalom!*)에서 기억을 통해 전개되는 과거의 재생과정을 "아마 지난날에 일어났던 어떤 일은 그냥 끝나는 게 아니고, 조약돌이 물웅덩이에 가라앉은 뒤 파문이 물위로 일어 배꼽의 탯줄 같은 흐름으로 다음 물웅덩이로 이어지는 것처럼, 일은 추이되어 가는 거야"(261)라고 말한다. 그리고 모리슨은 『빌러비드』(*Beloved*)에서 포크너와 같은 취지로 "내가 기억하는 것은 내 머리 밖에서 그곳을 떠다니는 하나의 그림이야. 내 말은, 내가 그곳을 생각하지 않는다고 해도, 아니 비록 내가 죽는다고 해도, 내가 그려놓고, 알고 있으며, 또한 보았던 것에 대한 그림은 여전히 그곳에 있다는 거야. 그 일이 일어났던 바로 그 자리에 말이야"(35-6)라고 말한다. 즉 포크너와 모리슨의 기억은 기억의 주체가 시간과 함께 사라진다 해도 영원히 지속되는 것으로, 광대무변한 의식세계를 떠다니는 그림과 같다. 그것은 현실의 물리적 힘 또는 형이상학적 존재의 의도에 따라 작용하는 것이 아닐 뿐 아니라 의식의 안과 밖이라고도 말할 수 없는 초연대기적·초객관적·초논리적 의식이다. 따라서 이 같은 기억을 바탕으로 기술되는 모리슨과 포크너의 역사쓰기는 과거의 역사적 정보를 연대기성·논리성·객관성에 준거한 정전적 역사쓰기의 기준과 규범에 구속받지 않는다. 바꾸어 말하면, 기억을 모태로 한 포크너와 모리슨의 역사쓰기는 과거의 역사를 전달할 때 정보제공자들의 주관적·

자의적 경험 또는 이를 초월한 의식적 경험을 강조하며, 이로 인해 정보제공자들의 증언들은 상호간의 재생, 중복, 삭제 또는 유보의 과정을 되풀이한다. 이와 관련 본 연구는 포크너의 『압살롬, 압살롬!』과 모리슨의 『낙원』(*Paradise*)을 통해 그들의 탈정전적 역사쓰기를 살피고자 한다.

II. 기억을 통한 전복적 자유와 창조적 역사쓰기

포크너의 『압살롬, 압살롬!』과 모리슨의 『낙원』은 탈정전적 역사쓰기를 추적하기에 아주 적절한 소설들이다. 포크너와 모리슨은 이 두 소설에서 배타적 순수혈통주의, 그리고 자본주의의 황금만능주의, 계급의식, 이기주의를 미국사회의 인종적·사회적 문제들로 고발한다. 하지만 문제를 포착하는 모리슨과 포크너의 직관적 시각, 그리고 문제를 제시하는 그들의 서술방식은 문학의 전복적 자유와 상상력에 뿌리를 두고 있다. 즉 포크너와 모리슨은 이 같은 문제들을 정전적 역사쓰기의 지적 담론에서 빈번히 나타나는 객관적·논리적·연대기적 서술양식에서 벗어나 문학의 창조적 양식을 통해 포착하고 제시한다.

남부의 전설적인 인물 토머스 섯펜(Thomas Sutpen)과 그의 가족의 비극을 다룬 『압살롬, 압살롬!』은 인종문제가 작가의 역사의식 속에 깊이 내재된 소설이다(Karl 550). 물론 노엘 폴크(Noel Polk)는 섯펜의 비극을 인종문제에 앞서 젠더 문제로부터 시작되었다는 입장을 취한다(20-22). 이와 관련 폴크의 견해는 섯펜의 실패한 첫 결혼을 염두에 둔 평이라는 점에서 충분한 설득력이 있다. 하지만 섯펜의 결혼실패 원인이 인종의 경계를 넘지 못한 그의 순수혈통주의적 야망 또는 아집에 있는 만큼, 이 소설은 또한 인종문제에 대한 포크너의 문제의식을 읽어낼 수 있는 소설이다.

이 소설의 배경인 남부는 남북전쟁의 패배 이후 과거의 영광이 사라지고, 비극의 신음소리가 가득 찬 곳이다. 즉 이곳은 인디언의 피와 흑인노예의 신음소리가 뒤엉킨 곳이며, 전쟁패배의 상실감을 만회하려는 순수백인혈통주의와 그것을 지키려는 근친상간이 되풀이되는 저주 받은 곳이다.

복수 화자들에 의해 이야기되는 소설의 중심인물인 섯펜은 작중 배경이 말해주듯 이야기의 현재 시점인 1910년으로부터 43년 전 살해된 인물로, 자본주의와 인종우월주의가 결합된 혈통적 오만과 배타성으로 인해 자신은 물론 가족을 모두 비극의 구렁텅이에 빠뜨린 인물이다. 섯펜의 이 같은 비극은 유년시절의 경험으로부터 비롯되었다. 그는 유년시절 아버지의 심부름으로 부유한 백인의 집을 방문했다가 흑인하인으로부터 "누더기 옷을 입은"(190) 가난한 백인의 아들이라는 이유로 멸시를 당하며 흑인에 대한 적개심을 품게 되었고, 술주정뱅이인 아버지가 가난하다는 이유로 선술집을 앞문으로 들어가지 못하고 뒷문으로 들어가다가 쫓겨난 일, 그리고 누나가 보상도 별로 없 고된 일을 하는 것을 목격하며 자본주의적 부의 가치를 깨달았다. 그리고 섯펜의 이 같은 경험은 후일 그 자신만의 자본주의 신화와 인종우월주의 신화를 창조하려는 야망으로 나타난다. 그는 아이티(Haiti)로 건너가 이곳의 대농장에서 일을 하다가 노예들의 반란을 진압하고, 이에 대한 대가로 농장주인의 딸과 결혼을 하고, 자본주의적 신화를 이룰 수 있는 발판을 마련한다. 하지만 그가 욕망하는 자본주의 신화는 백인의 인종우월주의와 결합된 신화이다. 즉 그는 아내 유랄리아 본(Euralia Bon)이 흑백혼혈이라는 것을 알았을 때 그가 부분적으로 이룬 자본주의적 야망이 순수혈통주의적 야망과 충돌하는 것을 경험하고, 아내는 물론 아들 찰스 본(Charles Bon)까지 버리고 미국으로 돌아온 뒤, 남부의 작은 도시 요크나파토파(Yoknapatawpha)에 섯펜즈 헌드레드(Sutpen's Hundred)라는 그의 자본주의적·순수혈통주의적 제국을 건설한다. 그는 요크나파토파에서 그의 야망을 실현하기 위해 이곳의 사람들이 그에 대해 첫 인상으로 가지고 있었던 공포와 냉혹한 이미지로부터 벗어나기 위해 마을 사람들로부터 청교도적 고결함을 지닌 사람으로 존경받는 콜드필드(Coldfield)와 친분을 쌓고, 콜드필드의 딸 엘런(Ellen)과 결혼한다. 하지만 엘런은 헨리(Henry)와 주디스(Judith)를 남기고 일찍 사망하고, 그의 야망은 지난 날 버린 아들의 귀환과 함께 비극의 국면으로 접어든다. 즉 헨리는 본이 그의 이복형이라는 것을 알지 못한 채 그를 섯펜즈 헌드레드에 초대했고, 이를 계기로 본은 이복여동생인 주디스와의 이성 관계를 통해 섯펜의 순수혈통주의를 위협한다. 이와 관련 섯펜은 지난 날의 아들이 위협하는 순수혈통주의적 야망을 방어하려다가 아들이 이복형을 살해하게 만든다. 그리고 그는 범죄를 저지른 아들이 사회적으로 매장되자, 아들의 빈자리를 채우기 위해 또 다른 아들을 얻으려 하다가 자신도 살해되는 비극을 맞이한다.

섯펜의 이 같은 비극적 이야기는 하버드대학 기숙사에서 시작된다. 하버드 대학 신입생인 퀜틴 콤슨(Quentin Compson)은 아버지 콤슨(Mr. Compson)으로부터 로자 콜드필드(Miss Rosa Coldfield)가 사망했다는 편지를 받고, 그녀와 관련된 몇 가지 사건들과 아버지로부터 들은 섯펜에 대한 이야기를 회상하고, 룸메이트인 슈리브 매캐넌(Shreve McCannon)이 방에 들어오자 자신이 로자와 아버지로부터 들은 이야기와 섯펜즈 헌드레드에 방문했던 이야기를 그와 함께 주고받는다. 그러나 이 같은 구성상의 단순성에도 불구 화자와 청자의 역할이 흔적조차도 없이 서로 뒤바뀌어 사실상 화자 퀜틴과 청자 슈리브는 물론, 그 전의 화자 로자와 청자 퀜틴, 그리고 화자 콤슨과 청자 퀜틴이라는 이분법적 구조도 모두 사라지고, 그들 모두가 화자가 되어 이 소설을 복수화자들의 다양한 목소리로 채워 나간다(Porter 59). 다시 말하면, 복수 화자들은 섯펜의 설화 속에 담긴 인물들과 사건들을 전달할 때, 특정 정보출처에 의존하지 않고, 각자의 기억 또는 의식에 바탕을 둔 자의적 판단과 해석에 따라 각자의 다양한 목소리로 전달한다. 따라서 복수 화자들의 이 같은 이야기 전달방식은 단일한 인물의 단일한 인생사를 통일된 시각으로 고착화하기보다 각자의 심리적 동기와 취향을 통해 재구성하는 방법으로 정전적 사실을 해체하고, 설화의 구조를 다층적 또는 다중적 구조로 만들어간다(Vogel 141).

　이 소설에서 첫째 장으로부터 마지막 장에 이르기까지 화자들이 공개하는 섯펜에 대한 설화는 반복적인 재생·중복·삭제 또는 유보의 형식으로 진행된다. 첫째 장에서 화자인 로자는 남부와 미시시피의 요크나파토파에 살고 있는 64세의 독신녀이다. 섯펜의 처제인 그녀는 섯펜이 25세 때인 1833년에 이 마을에 들어와 대저택을 짓고 언니 엘런과 결혼을 한 것과 남북전쟁 중 언니가 죽자 섯펜의 청혼에 따라 그와 결혼하기로 한 내용까지를 진술한다. 로자가 이 이야기를 퀜틴에게 들려준 까닭은 18세인 퀜틴이 후에 작가가 되어 그녀의 이야기를 기록으로 남겨주기를 바라기 때문이다. 하지만 로자의 이야기는 섯펜에 대한 반감이 깊이 담겨져 있어 객관적 신뢰성을 결여했다는 인상을 강하게 한다. 로자는 이야기가 진행되는 동안 시종일관 섯펜을 악마라고 부르며, 섯펜 일가를 저주받은 가문이라고 말하는데, 그녀의 이 같은 저주는 섯펜에 대한 깊은 감정의 골을 말해주며, 주관적 감정에 치우쳐 이야기의 객관성과 신뢰성을 반감시키는 요인으로 작용한다.

　로자의 이야기에 이어, 콤슨의 이야기도 이 같은 상황은 마찬가지이다. 둘째 장부터 넷째 장까지로 이어지는 콤슨의 이야기는 로자의 주관적 감정을 여과시켰다는 점을 고려할 때 어느 정도 객관성과 신뢰성을 보여주는 듯하다. 하지만 콤슨의 이야기 역시 섯펜을 숙명적으로 영웅시한 점을 고려할 때 섯펜을 지나치게 긍정적인 시각으로 보았을 여지를 남긴다.

　둘째 장에서 콤슨의 이야기의 주요 내용은 섯펜의 유년시절, 요크나파토파에 갑자기 나타나 2년간에 걸쳐 섯펜즈 헌드레드를 건설한 일, 그리고 엘런과 결혼한 일 등이다. 이때 콤슨의 이야기는 로자의 이야기와 중복되거나 다르게 하기의 과정으로 진행되는데, 포크너는 이를 통해 독자적 해석의 다양성을 이끌어냄과 동시에 정전적 사실을 끊임없이 해체해 나간다.

　한편, 콤슨은 셋째 장에서 로자와 본의 신상에 대하여 이야기한다. 먼저 로자에 대한 이야기는 그녀의 아버지가 남북전쟁 당시 사망하고, 이어 엘런마저 사망하자, 섯펜즈 헌드레드로 거처를 옮기고 섯펜의 청혼에 응했다는 이야기로, 앞서 로자가 직접 들려준 이야기와 중복된다. 하지만 찰스 본에 대한 이야기는 새롭게 추가된 이야기로, 콤슨은 섯펜의 아들인 헨리가 대학친구인 찰스 본을 이복형인지도 모르고 섯펜즈 헌드레드로 초청한 사실과 본 역시 이복누이동생인지도 모르고 주디스에게 청혼한 일에 대하여 이야기한다. 이어지는 넷째 장에서 콤슨이 이야기 도중 퀜틴의 할머니가 보관해 왔던 편지 한 통을 공개하는데, 이것은 퀜틴으로 하여금 헨리와 본, 본과 주디스, 헨리와 주디스의 관계, 그리고 헨리가 본과 주디스의 결혼을 막기 위해 본을 살해한 일에 대해 생각해보게 한다. 이 편지는 본이 주디스에게 보낸 것으로, 헨리가 살해한 본을 매장한 뒤 퀜틴의 할머니에게 전해준 것이다. 여기에서 헨리가 본과 주디스의 결혼을 막으려한 이유가 밝혀지는데, 그 이유는 본에게 흑인 처와 아들이 숨겨져 있다는 것 때문이다. 하지만 이어지는 다섯째 장, 여섯째 장, 그리고 일곱째 장을 건너뛰고 여덟째 장에서 퀜틴과 슈리브의 상상과 추측으로 전개되는 이야기는 이 같은 사실을 삭제 또는 유보하고 새로운 사실을 추가한다.

이 장에서 퀜틴과 슈리브는 헨리가 본과 주디스의 결혼을 막으려한 까닭을 바로 앞장인 일곱째 장에서 그들이 밝힌 섯펜의 자본주의적 야망과 배타적 혈통주의에 비추어 해석한다. 퀜틴과 슈리브는 일곱째 장에서 섯펜이 유년시절 흑인 하인으로부터 멸시를 받은 일, 도시로 이주하면서 자본주의적 야망을 갖게 된 동기, 자신의 혈통적 야망에 반대된다는 이유로 대농장주의 딸이자 흑인 피가 섞인 아내와 아들 본을 버린 일, 버린 아들이 성장 후 아버지를 찾아와 그의 계획이 수포로 돌아간 일, 야망을 꺾을 수 없어 가난한 백인 워시 존스(Wash Jones)의 손녀를 유혹하여 딸을 얻자 그녀를 암말에 비유한 일, 그리고 손녀에 대한 멸시에 격분한 워시 존스에 의해 살해당한 일 등을 밝히는데, 그들의 이 같은 이야기 내용은 사건들의 내면에 섯펜의 자본주의적 야망과 배타적 혈통주의가 자리하고 있음을 밝혀준다. 바꾸어 말하면, 파노라마와도 같은 섯펜의 이 같은 인생은 섯펜이 유년시절에 소유와 권력의 등식관계를 깨달았다는 것과 부인과 자식을 순수혈통주의의 배타적 논리로 거부했다는 것이며, 이를 고려할 때, 그의 야망이 남부의 순수혈통주의에 따른 자본주의적 부와 권력의 성취라는 것이다. 그리고 그의 이같은 야망은 다시 아들에게로 대물림되어 헨리가 본을 살해하게 된 동기를 중혼이나 근친상간을 막기 위한 것이라기보다 순수혈통의 혼종화(miscegenation)를 막기 위한 것이라는 해석을 가능하게 한다. 즉 헨리와 본은 동성애적 관계로 여겨질 만큼 깊은 사이이다. 본이 이복형이라는 것을 알았을 때, 헨리가 섯펜을 거역하고 본과 남북전쟁에 참여한 것도 그들의 이 같은 관계와 무관하지 않다. 하지만 전쟁의 말미에 섯펜이 헨리를 찾아가 흑인의 피로 오염된 본의 혈통비밀을 알려준 것(441)을 기점으로 두 사람의 사이는 극적 변화를 맞이하고, 결국 섯펜처럼 본과 주디스의 결혼을 용인할 수 없는 헨리는 근친상간이 아닌 흑백혼혈의 결혼은 안 되는 거냐고 질문하는(356) 본을 그가 건 내준 권총으로 살해한다.

이 소설은 결국 섯펜이 꿈꾸었던 순수혈통주의와 자본주의가 부작용과 함께 역기능으로 작용하면서 섯펜과 그의 가족이 비극적 종말에 이르는 것을 보여주는 것으로 끝을 맺는다. 즉 이 소설의 다섯째 장에서 밝혀진 섯펜즈 헌드레드가 폐허로 변했다는 것, 헨리가 이복형을 살인한 죄로 도망자의 신세가 되었다는 것, 여섯째 장에서 섯펜의 흑인 딸 클라이티(Clytie)와 본의 손자인 백치 짐 본드(Jim Bond)만 폐허가 된 섯펜즈 헌드레드에 남아 있다는 것 등은 섯펜의 자본주의적·순수혈통주의적 야망이 가져온 역기능의 결과이다. 따라서 포크너의 이 소설은 미국문학사에서 모리슨의 『낙원』에 앞서 순수혈통주의와 자본주의의 역기능을 문제 삼은 작품이며, 이 같은 문제의식을 역사의 지적 담론이 아닌 자기창조와 해석의 다양성을 통해 제시하고 있다는 점에서 역시 모리슨에 앞선 탈정전적 역사쓰기의 예임이 분명하다.

『낙원』에서 모리슨과 포크너의 공통점은 무엇보다도 먼저 모리슨이 포크너처럼 자본주의와 결합된 배타적 순수혈통주의를 거부했다는 데에서 찾을 수 있다.

이 소설에서 모리슨은 자본주의와 결합된 배타적 순수혈통주의로 인해 희생적 삶을 경험한 아프리카계 미국인들의 모방적·환원적 인종차별을 비판한다. 모리슨의 이 같은 문제의식은 흑인사회 내부의 배타적 민족주의에 비판적 초점을 두고 있다는 점에서 앞서의 소설들과 맥을 달리한다. 모리슨은 『가장 푸른 눈』(*The Bluest Eye*)에서 흑인 소녀를 멸시하는 엷은 피부색의 중산층들인 모린 필(Maureen Peal)과 제럴딘 부인(Mrs. Gerald), 『솔로몬의 노래』(*Song of Solomon*)에서 역시 엷은 피부색의 중산층인 메이콘 데드(Macon Dead), 『타르 베이비』(*Tar Baby*)에서 백인 자본가와 그의 부인 발레리언(Valerian)과 마가렛(Margaret), 『빌러비드』에서 백인 주인인 스쿨티처(Schoolteacher)를 인종차별주의자들로 비판했다. 하지만 모리슨의 이 같은 비판은 특정 피부색을 초월한 비판이다. 모리슨은 「미국문학에서 아프리카-미국인의 실존」("The Afro-American Presence in American Literature")에서 서구사회의 인종의식을 말하면서 "인종은 아직도 가상적 현실로 말하여질 수 없는 것이며, [⋯] '특별한 용도의 어조'와 제한된 정의가 그것에 포함되어 있다"(201)고 밝힌다. 모리슨의 이 같은 언급은 인종에 대한 차별화된 논의의 장이 지배적인 인종의 이해관계에 의해 제약을 받고 있는 서구사회의 배타적 인종의식을 질타하는 것으로, 뒤집어보면 인종간의 고유성을 인식하고, 이에 토대를 둔 다자간의 공존을 강조하고자 한 그녀의 다원주의적 인종관을 말해준다. 따라서 모리슨이 이 소설에서 앞서의 소설에서와 달리 짙은 피부색(dark skin)의 아프리카계 미국인들을 인종적 공존을 훼손하는 또 다른 비판대상으로 지목한 것은 인종차별에 대한 그녀의 문제의식이 특정 피부색에 한정되지 않았음을 말해주는 것이다.

한편, 모리슨의 이 같은 문제의식은 아프리카계 미국문학의 변화를 보여주는 사례이기도하다. 글렌다 카르피오(Glenda Carpio)에 따르면, 모리슨의 이 같은 내부 비판적 문제의식은 인종적 불평등에 대한 아프리카계 미국문학의 변화된 시각에 근거하고 있다. 즉 카르피오는 인종적 불평등에 대한 아프리카계 미국인들의 문제의식에 대하여 "아프리카계 미국인들이 인종차별의 제도적·공개적 형태들이 끝나지 않았다고 의식하는 동안, 또한 인종적 결속과 정치적 힘을 획득하는 데 유용한데 반하여, 흑인공동체 내부에 다양성을 없애는 경향이 있는 경직된 흑인성(blackness)에 대한 관념에 의문을 제기할 필요성을 알았다"(352)고 밝힌다. 카르피오의 이 같은 견해는 2008년 버락 오바마(Barack Obama) 대통령의 등장과 함께 정점에 이른 아프리카계 미국사회의 정치적·사회적 지위에 힘입어 아프리카계 미국작가들이 기존의 인종차별주의 집단에 집착하기보다 그들 사회 내부의 배타적 인종주의에 대하여도 경계의 눈길을 늦추지 않았다는 것을 말해준다.

이 소설에서 모리슨은 기억을 통해 아프리카계 미국인들에게 모방적·환원적 민족주의와 인종차별주의가 싹트게 된 동기를 추적한다. 이때 모리슨은 포크너가 섯펜의 설화를 다중적·다층적 구조로 제시한 것과 달리 먼저 삼인칭 객관적 화자를 통해 아프리카계 미국인 조상들이 인종적으로 겪은 희생의 역사를 제시한 뒤, 작중인물의 역사쓰기를 통해 이 같은 역사를 해체해 나간다.

이 소설에서 객관적 화자에 의해 공개된 작중 공간 루비(Ruby)는 순수흑인혈통을 긍지로 여기는 아프리카계 미국인들의 인종적 폐쇄성과 획일성(Syri 147-8) 그리고 자본주의적 헤게모니가 지배하는 곳으로 섯펜즈 헌드레드를 상기시킨다. 즉 섯펜의 야망과 신화적 카리스마를 연상케 하는 제커라이어 모건(Zechariah Morgan: 원래 이름은 커피(Coffee)이지만 최초의 정착지 헤이븐(Haven)에 정착한 뒤 성경 속의 영웅의 이름을 따 개명한 것임)과 이곳의 흑인조상들은 포크너의 소설에서 자본주의와 인종우월주의가 결합된 남부제국을 이 지역의 오지인 요크나파토파에 건설하려한 섯펜의 야망처럼 그들만의 흑인제국을 건설하기 위해 오클라호마 주의 오지인 이곳에 정착한 것이다. 그들의 야망은 과거 그들이 겪은 인종차별과 경제적 빈곤으로부터 자유로워지기 위한 것으로, 비록 부유한 농장 집 흑인하인의 자본주의적 오만이 싹틔운 섯펜의 야망과 뉘앙스를 달리하지만, 역차별로 이어지는 순수혈통주의와 자본주의적 폐단을 공유하고 있다는 점에서 별 차이가 없다. 이곳에 정착하여 배타적 순수흑인혈통주의와 자본주의에 바탕을 둔 흑인제국을 건설한 조상들은 그들의 신화적 역사에 따르면 이곳에 정착하기 전에 공직에 세 명이나 선출되었지만 피부색 외에는 아무런 이유 없이 공직을 박탈당했다. 이로 인해, 그들은 15년 동안 굶주림을 견디다가 오클라호마로 이주를 결심했고, 이 여정에서 흑인자영농을 구하는 마을이 있다는 소식을 듣고 찾아가지만 가난하고 남루한 옷차림 때문에 발을 들여놓지 못하고 돌아서야하는 치욕을 당하기도 했다. 즉 옅은 피부색의 흑인마을 페어리(Fairy)에서의 치욕은 섯펜이 유년시절 대농장주의 흑인하인으로부터 당한 경험처럼 그들에게 이 사회에 소유의 개념에 따른 인종과 빈부의 차이가 있다는 것을 일깨워 준 사건이며, 동시에 그들과 조금이라도 다른 피부색을 가진 사람이면 누구나에게 배타적 민족의식을 작동하게 만든 사건이다.

순수흑인혈통주의가 지배하는 루비의 상징은 화덕(oven)이다. 이 화덕이 만들어진 당초의 이유는 '제8암층'(8-rock)의 조상들이 루이지애나(Louisiana)를 떠나 대장정 끝에 헤이븐을 첫 정착지로 정했을 때 '제8암층' 여성들 중 누구도 백인의 부엌에서 일한 적이 없기에 혈통의 오염 가능성이 없었음을 보여주기 위해서이며, 부엌의 역할과 함께 금속명판 위에 새겨진 "그의 이마의 주름을 조심하라"(87)라는 문구가 말해주듯, 대장정에서 겪은 수치와 분노를 후손들에게 기억하게 하고 내부적 결속을 다지기 위해서이다. 하지만 헤이븐으로부터 루비로 옮겨진 이 화덕은 당초의 목적과 달리 자의적이고 배타적인 혈통법칙을 강요하는 민족주의의 성소 또는 상징물로 바뀐다. 즉 패트리샤가 화덕의 문구를 "신봉자들에게는 명령이 아니었지만 그들을 허락하지 않았던 사람들에게는 협박이었다"(195)고 회고한 것처럼, 화덕은 '제8암층'의 혈통법칙을 강요하는 절대주의적인 학습의 성소이자 혈통법칙을 수성하기 위해 폭력도 불사하는 명분축적의 장이다. 따라서 루비의 이 같은 순수혈통에 대한 자부심은 변화된 화덕의 상징성과 함께 민족적 잠정성을 상실한 채 오만으로 퇴색되고, 민족의식의 차원에서 조상에 대한 신격화와 함께 배타적 민족주의와 그것을 지속시키기 위해 조작된 우상숭배의 동력으로 타락하는 결과를 맞이한다.

　이 소설에서 루비의 타락한 순수흑인혈통주의 대한 모리슨의 역사쓰기는 작중인물인 패트리샤 베스트(Patricia Best)의 작중 역사쓰기를 통해 나타난다. 패트리샤가 석탄처럼 검다는 이유로 '제8암층'이란 이름을 붙인 이 마을의 순수 흑인들에 대한 역사를 쓰겠다고 마음먹은 것은 표면적으로 이곳 사람들에게 그들의 역사를 선물로 바치기 위해서이다. 하지만 그녀의 역사쓰기에서 은연중 드러난 주요 사항은 역사의 지적 담론형식을 해체하려는 작가의 전복적 전략이다. 마니 고시어(Marni Gauthier)의 지적처럼, 그녀의 역사쓰기는 성문화된 역사와 구전적 설화를 통해 마을의 신화적 역사를 뒤집으려는 전복적 설화로, 성문화된 설화와 구전적 설화, 역사와 신화, 흑인과 백인, 그리고 주체와 대상 등과 같은 대립적 요소들을 상호 문맥적으로 해석하고자 한 모리슨의 사료편찬을 의미한다(398). 즉 그녀가 이 역사쓰기에서 기록하려는 것은 열다섯 가구의 가계도를 역방향의 나무모양으로 그린 뒤, 해당 가계도에 누가 누구를 낳았는지, 누가 무엇을 했는지, 어디에 살았는지, 그리고 어느 교회에 다녔는지를 각각의 주석을 통해 기록하는 하는 것이다. 이때 마을의 전체적 계보를 환기시키는 '거꾸로 뒤집어 놓은 나무'와 계보마다에 붙여진 단편적인 주석들은 어린 아이들의 가족소개서나 아마추어 역사가의 글쓰기를 연상하게 하지만 지적 담론의 논리적 형식에 방해를 받지 않는 작가의 자유연상과 비연속적 담론의 공간을 만들어 내는 것들이다.

　패트리샤의 역사쓰기는 보다 구체적으로 '제8암층'의 중심 가문들인 모건(Morgan) 가문, 플러드(Flood) 가문, 블랙호스(Blackhorse) 가문, 풀(Poole) 가문, 그리고 플릿우드(Fleetwood) 가문 조상들의 정체성, 백인의 차별과 역차별, 페어리의 '불허'(the Disallowing), 그리고 화덕의 문구에 대한 전복적 재해석이다. 먼저 모건 가문과 제커라이어의 정체성은 마을의 정설로 전해져온 것과 달리 신화 만들기의 자의적이고 불확실한 근거를 바탕으로 조작되었다는 인상을 강하게 풍긴다. 패트리샤에 따르면, 모건 가문의 원래 명칭은 스튜어드(Steward)가 할아버지의 성을 묻는 패트리샤에게 '모인'(Moyne) 아니면 '르 모인'(Le Moyne)이라고 얼버무렸듯이 자의적이고 불확실하다. 루비의 정설에 따르면, 모건 가문이 이 같은 명칭을 갖게 된 이유는 헤이븐 사람들 중 누구도 '모건'이라는 이름의 백인에게 종살이를 한 적이 없기 때문이다(192). 하지만 패트리샤는 이 같은 정설에 의존하지 않고, 루비의 신화적 권위를 대표하는 모건 가문의 정체성을 재발굴·재해석하려 한다.

모건 가문의 창시자 또는 '제8암층'의 신화적 절대성으로 자리매김해온 '제커라이어'란 이름의 유래와 그것이 사용된 경위에 대한 패트리샤의 추적과 해석은 그녀의 역사쓰기가 의도하는 바를 보다 구체적으로 살필 수 있게 해준다. '제커라이어'란 이름은 구약성서에서 세례 요한의 아버지로, 여호수아의 더러운 옷이 비단 옷으로 변하는 것을 지켜보고, 불복종의 비참한 결과를 미리 내다 본 예지자이다. 패트리샤에 따르면, 출생 당시 '코피'(Kofi)였지만 철자를 잘못 써 '커피'(Coffee)가 되었을 제커라이어 모건이 이 이름으로 개명을 한 것은 성경 속의 제커라이어와 그의 처지가 그럴싸하게 맞아떨어진다는 사실 때문이다(192). 그는 성경에서 사랑과 자비를 잃은 이스라엘 민족이 뿔뿔이 흩어져 살기 좋은 땅을 황폐하게 만든 것을 교훈삼아 자신의 가문과 루비의 다른 순수 흑인 가문들이 자손만대 불복종의 비참한 결과를 되풀이 하지 않기를 바라는 뜻에서 이 이름을 자신의 이름으로 선택한 것이다. 하지만 이보다 중요한 또 다른 이유는 커피가 제커라이어란 이름이 가지고 있는 예언자의 전지적 능력을 기반으로 종족의 순수흑인혈통에 대한 자부심을 복종이란 수단을 통해 자기 중심화하고 사유화하려한 것이라고 말할 수 있다. 즉 패트리샤가 마을의 성소가 되어 '제8암층'의 순수흑인혈통에 대한 자부심을 지키는 최후의 보루로 인식되고 있는 화덕과 그곳에 새겨진 "그의 이마의 주름을 조심하라"(195)라는 글귀는 제커라이어의 이 같은 의도를 보다 구체적으로 제시하는 증거이다. 패트리샤에 따르면, 화덕에 새겨진 제커라이어가 만든 이 다중적 의미의 구절은 엄격한 인상을 풍기는 하나님에게 복종을 역설하면서 대명사 "그의"가 누구를 지칭하는지? 그리고 "미간의 주름"이 누구에게 어떠한 결과를 줄지를 교묘하게 숨기고 있는 말씀이다. 즉 루비의 신화적 정설처럼 여겨온 화덕의 문구에 대한 그녀의 이 같은 재해석은 제커라이어의 신화가 사실상 그의 자기중심적 또는 사유적 욕구의 반영에 불과하다는 것을 폭로하는 데 그치지 않고, '제8암층'의 신화적 정통성과 권위를 전복적으로 해체하여 자의적으로 재기술하려는 의지를 보여준 것이나 다름없다.

한편, 모리슨은 루비의 역사를 기술하는 데 있어서 패트리샤의 작중 역사쓰기에만 전적으로 의존하지 않는다. 모리슨은 이 소설의 전체적인 이야기를 이끌어가는 객관적 삼인칭 화자를 통해 패트리샤가 누락한 정보를 독자들에게 전달하는 방식을 활용하여 포크너의 역사쓰기처럼 루비의 역사를 복수 화자의 다중적 이야기로 만들어간다. 첫 사례는 모리슨이 모건 가문의 성경에서 패트리샤가 발견한 '제커라이어'란 이름 옆에 표시된 잉크얼룩의 비밀에 대해 패트리샤에게 간단하게 밝히게 하고, 나머지 자세한 내용을 객관적 화자에게 위임한 것이다. 패트리샤는 이에 대해 "형제간에 불화가 좀 있었던 것 같아"(188)란 소앤(Soane)의 간단한 증언만을 소개한다. 이와 관련 모리슨은 잉크얼룩의 비밀에 대하여 패트리샤가 누락시킨 정보를 보충하는 역할을 객관적 화자에게 넘긴다. 객관적 화자가 이 같은 작가적 요구를 이행하는 장은 이 소설의 마지막 장이다. 객관적 화자에 따르면, 잉크얼룩 속에 숨겨진 비밀은 커피의 쌍둥이 형제의 이름인 티(Tea)이고, 이 같은 비밀을 만들어낸 배경은 티와 형제관계의 단절까지도 불사한 커피의 인종적 자존심이다. 커피는 제커라이어로 개명하기 전에 티와 다정하게 지냈으며, 공직에서 쫓겨난 뒤에도 티와 함께 백인들의 수모와 멸시의 고통을 함께했다. 하지만 커피와 티의 이 같은 형제관계를 단절시킨 이유는 그들이 댄스홀 근처를 지날 때 그들의 똑같은 얼굴을 재미있다고 생각한 백인들이 그들에게 춤을 추라고 강요하자 백인들이 쏜 총알을 발에 맞으면서도 이를 거절한 커피와 달리 티가 자신보다 어린 백인들의 요구에 응했기 때문이다. 즉 이 사건은 커피에게 흑인의 자존심을 실추시킨 티와의 결별은 물론, 이 같은 흑인을 마음속에서 영원히 지워버리겠다는 분노와 배타적 민족의식을 만들게 했다.

둘째 사례는 '제8암층' 조상들의 대장정과 페어리에서의 경험을 첫 사례와 같은 방식으로 패트리샤와 객관적 화자에게 위임한 것이다. 모리슨은 이 사건들을 패트리샤의 역사쓰기에서 개인적으로 언급하게 하고, 객관적 화자가 상세한 내용을 보충해가게 한다. 모리슨의 이 같은 작가적 전략은 패트리샤의 역사쓰기와 단서를 작가적 관점에서 공유하고 있음을 말해 주는 것이다. 먼저 객관적 화자에 따르면, '제8암층' 조상들인 제커라이어 모건, 주브널 뒤프레(Juvenal DuPres), 미시시피의 블랙호스는 1875년 숙청 이후 공직에서 쫓겨나거나 권고 사직당한 미시시피 주, 루이지애나 주, 조지아 주의 다른 흑인들이 영향력은 줄어들었지만 화이트컬러 신분을 유지했던 것과 달리 유독 일용노동자와 들판의 노동자로 전락한 흑인들이다. 이와 관련 객관적 화자는 그들이 5년간 국토재건의 일선에서 일하고, 15년 동안 일용직 노동자로 전락한 이유가 단순히 백인들의 차별과 억압 때문만이 아니라는 사실을 밝힌다. 객관적 화자에 따르면, 제커라이어의 공직퇴출은 백인의 차별과 폭력으로만 단정 지을 수 없다. 객관적 화자의 이 같은 증언처럼, 그가 공직으로부터 퇴출된 것은 공권력 남용으로, 백인의 조작에 의해서 그렇게 되었다는 직접적인 언급이나 암시가 없는 만큼 인종차별이 작용했다고 말할 수 없다. 즉 이 사건에 대한 신문기사에 대하여 흑인들은 치욕감을, 그리고 백인들은 가소롭고 위협적으로 느꼈다(302)는 객관적 화자의 증언이 말해주듯, 백인의 차별과 소외를 대장정의 명분으로 부각시킨 마을의 역사를 뒤집는 이 증언은 패트리샤의 단서를 객관적 화자가 보충해 가도록 하는 작가의 전략을 말해준다.

셋째 사례는 모리슨이 첫째와 둘째 사례와 반대로 패트리샤에게 객관적 화자의 이야기를 수정하고 보충하게 한다. 먼저 객관적 화자는 페어리의 굴욕에 대하여 백인들의 경우 그들을 철저히 소외시킴으로써 모독했고, 소외된 상태로 생필품을 제공하여 모욕을 주었지만(188), 페어리 마을 사람들은 그들에게 하루 밤 이상 머무는 것만 불허했을 뿐 음식과 담요를 제공하고, 십시일반 돈을 모아주었다고 밝힌다(189). 객관적 화자의 이 같은 증언은 제커라이어 모건과 드럼 블랙호스(Drum Blackhorse)가 여자들에게 음식에 손도 대지 못하게 했고, 주프 케이토(Jupe Cato)가 페어리를 떠나기 전 담요와 기부금 3달러 9센트를 그곳에 두고 왔다(189)는 '제8암층'의 주장과 맥을 달리 한다. 하지만 객관적 화자의 증언에서 보다 주목해야 할 사항은 '제8암층' 조상들이 옅은 피부색의 페어리 사람들로부터 무시를 당했다는 생각으로 인해 자존심에 깊은 상처를 입었다는 것과 그들의 주장과 달리 셀레스트 블랙호스(Celeste Blackhorse) 할머니가 페어리 사람들이 준 음식물을 아이들에게 먹였다는 것이다(195). 객관적 화자의 이 같은 증언은 표면적으로 '제8암층'의 순수흑인혈통주의가 상대방에 대한 복수심과 적대감으로부터 시작되었음을 밝혀준다. 그리고 '제8암층'의 구성원인 셀레스트 할머니가 페어리 사람들의 호의를 부분적으로 수용했다고 밝힌 객관적 화자의 증언은 페어리의 호의를 모두 거절했다는 '제8암층'의 정설을 삭제 또는 유보하는 것이나 다름없다.

객관적 화자의 이 같은 전복적 서술과 정보에도 불구, 모리슨은 이를 보완해 주는 역할을 다시 패트리샤에게 맡긴다. 패트리샤가 객관적 화자의 이야기를 보완해주는 주요 사례는 페어리에서 만들어진 '제8암층'의 혈통법칙이 어떻게 앙갚음 되었나이다. 이와 관련 객관적 화자가 먼저 패트리샤의 증언을 통해 '제8암층'의 일원인 메누스(Menus)에 대한 이야기를 전달하고, 객관적 화자에 이어, 패트리샤가 직접 '제8암층'의 혈통법칙을 최초로 위반한 그녀의 아버지 로저 베스트(Rodger Best)에 대한 이야기를 전달한다.

메누스는 작중 현재시점에서 주말마다 술독에 빠져 사는 폐인이나 다름이 없는 사람이다. 이와 관련 루비 사람들은 그가 베트남전에서 겪은 전쟁의 상흔 때문에 이렇게 되었다고 믿는다. 하지만 패트리샤는 루비 사람들 사이에 정설처럼 굳어져온 이 같은 믿음을 삭제 또는 유보한다. 패트리샤에 따르면, 그가 이렇게 된 이유는 비참한 사랑 때문이다. 사연인즉 메누스는 버지니아 출신의 모래 빛 머리를 가진 여자를 고향에 데리고 와 결혼을 하려했지만, '제8암층'의 혈통법칙에 부딪혀 그녀를 돌려보내고, 결혼을 위해 장만한 집까지 '제8암층'에게 강제로 빼앗긴다(195). 객관적 화자가 "그녀는 메누스의 눈빛에 깃들은 비참한 사랑을 황당한 사업계획들로 어설프게 감춘 아버지의 눈빛에서도 읽을 수 있었다고 믿었다"(195)고 밝힌 것처럼, 패트리샤가 메누스의 눈빛에서 본 것은 최초로 혈통법칙을 어긴 그녀의 아버지 로저 베스트의 눈빛에서 늘 보아왔던 것과 똑같은 '제8암층'의 배타적 혈통주의와 그로 인한 비참한 사랑이다.

한편, 패트리샤는 정전적 역사처럼 굳어져온 '제8암층'의 혈통보존 역사를 해체한다. '제8암층' 사람들은 그들의 여성들이 백인 주인집의 부엌에서 일을 하지 않은 까닭에 혈통의 순수성을 유지할 수 있었다는 것에 대해 긍지를 가졌고, 이를 그들의 혈통보존 역사로 정전화 했다. 하지만 패트리샤는 그들의 이 같은 역사의 내면에 자리한 부끄러운 비밀, 즉 근친결혼의 내막을 공개함으로써 '제8암층'이 고착화해온 정전적 역사의 권위를 해체한다. 패트리샤에 따르면, 남편인 빌리 케이토(Billy Cato)의 어머니 폰(Fawn)은 같은 혈통인 비티 케이토(Bitty Cato)와 피터 블랙호스(Peter Blackhorse) 사이에서 태어나, 또 같은 혈통인 빌리의 할머니의 삼촌이자 빌리의 증종조부 오거스트 케이토(August Cato)의 아내가 되었다. 패트리샤가 "이쯤 되면 혈통법칙의 문제점을 알겠지요."(196)라고 말하듯, 남편의 가문과 관련된 개인적 정보를 제시한 후 '제8암층'의 혈통법칙을 비판하는 그녀의 이 언급은 그녀의 역사쓰기가 정전적 역사에 의해 은닉된 사실들을 발굴해내고, 이를 통해 기존의 정설에 얽매이지 않고 창조적 논의의 공간으로 이끌어내는 작업임을 보여주는 것이다.

하지만 모리슨은 패트리샤가 재발굴 또는 재창조한 역사 역시 '제8암층'의 정전적 역사를 대신하는 또 다른 정전적 역사로 자리 매김하는 것을 용인하지 않는다. 모리슨은 이를 위해 『압살롬, 압살롬!』의 로자가 편견과 반감을 가지고 섯펜의 신화를 비판한 것처럼, 패트리샤 역시 이 같은 시각과 감정을 가지고 '제8암층'의 신화를 비판할 수 있는 인물임을 공개한다. 패트리샤는 '제8암층'의 일원인 아버지 로저 베스트와 엷은 피부색인 어머니 델리아(Delia) 사이에서 태어났으며, 이런 까닭에 '제8암층'인 빌리 케이토와 결혼했음에도 딸 빌리 델리아(Billie Delia)와 함께 '제8암층'의 거부대상이 되고 있다. 패트리샤가 회고하듯, 그녀의 피부색은 '제8암층'에게 불량품이나 다름없다. 그리고 그녀의 이 같은 회고는 그 동안 있었던 '제8암층'의 멸시와 그로인한 상처를 짙게 반영함과 동시에, '제8암층'에 대한 그녀의 곱지 않은 정서를 반영하기에 충분하다.

모리슨의 이 같은 역사쓰기는 '제8암층' 남성들의 수녀원 기습사건을 다룰 때보다 구체적으로 드러난다. 모리슨은 이 소설을 기습사건의 초기 극적상황과 함께 시작한 뒤, 그 원인, 추이, 그리고 결과를 결말부분에 이르러 복수 목격자들의 다양한 증언을 통해 밝히는 형식을 취한다. 즉 모리슨의 이 같은 결말처리 방식은 포크너의 다중적 목소리를 상기시킨다. 이와 관련 수녀원 기습사건에 대한 복수 증언자들의 다중적 목소리가 포크너의 소설 전체를 반향하는 다중적 목소리에 비해 규모면에서 차이가 있는 것은 사실이지만, 둘 다 화자와 청자의 경계는 물론 지적 담론의 객관성과 논리성을 해체하고 있다는 점에서 맥을 같이 한다.

수녀원이 기습을 받은 시점은 기습이 있기 전날 비속의 춤을 끝낸 여성들이 이곳의 현실적·영적 지도자 또는 안내자인 콘솔래타(Consolata)로부터 파이데이드(Piedade)에 대한 이야기를 전해들은 뒤 그 전설 같은 여인의 이미지를 품고 잠이 들어 다음 날 새벽 4시에 하루를 준비하기 위해 활기차게 아침식사를 준비하던 중이다. '제8암층' 사내들이 이곳에 들이닥치자마자 총성이 울렸고, 이곳의 여자들은 급한 대로 그들의 공격에 격렬하게 저항했다. 이와 관련 모리슨은 사건의 발생, 추이, 결과를 기술하는 데 있어서 현장 목격자들과 현장 부재자들의 각기 다른 증언들을 반복적으로 재생, 중복, 삭제 또는 보류시키는 방식을 취한다.

이 소설의 마지막 장에서 수녀원 기습사건의 전말을 전달하는 화자는 패트리샤이고, 이를 듣는 청자는 미즈너(Misner) 목사이다. 패트리샤가 기습사건의 현장에 없었던 미즈너 목사를 만난 곳은 플랫우드 가문의 장애 아이들 중 막내딸 세이브-마리(Save-Marie)의 장례식에서이다. 미즈너 목사는 기습사건이 있은 지 2일 만에 마을로 돌아와 4일째 되는 날 장례식 설교를 끝내고 패트리샤로부터 사건의 전말을 듣는다. 하지만 패트리샤의 대답은 마을에 떠도는 다양한 증언들을 논평 없이 전달하는 형식을 취하기 때문에 기정사실화할 수 있는 내용들이 아무 것도 없다. 패트리샤가 미즈너 목사에게 전달한 첫째 이야기는 아홉 명의 남성들이 수녀원에 찾아가 이곳의 여성들에게 행실을 바꿔달라고 설득하다가 우발적으로 싸움이 벌어져 여성들은 희미한 연기처럼 허공으로 사라졌다는 것이다. 둘째 이야기는 남성의 수가 다섯 명이라고 전하고, 이들이 수녀원에 간 이유를 이곳의 여성들을 쫓아내기 위해서라고 수정한다. 이에 대해 패트리샤는 남성들의 수를 여덟 명으로 수정하고, 수녀원을 찾은 목적에 대해서도 이들 중 네 명을 앞서 떠난 네 명이 수녀원의 여성들과 싸움을 벌이는 것을 막기 위해서라고 수정한다. 그리고 그녀는 또한 수녀원 여성들이 캐딜락을 타고 어딘가로 떠났으며, 수녀원 여성들과의 싸움에서 다섯 명의 남성들 중 한 명이 냉정을 잃고 불행히도 노파 한 명을 살해했다는 사실을 추가한다. 이와 관련 화자들의 증언들 모두 소설의 시작과 함께 독자들이 접했던 생생한 기습장면과 공격자들의 강한 적개심을 찾아볼 수 없게 만드는 내용들로, 정보제공자와 전달자가 사건의 내용을 각기 나름대로 해석하고 첨삭하여 꾸며낸 것이 아닌가라는 의심을 갖게 만든다. 이 같은 증거로 패트리샤가 이 내용들 중 일부가 꾸며낸 이야기라는 것이라고 증언한 것, 그리고 그녀가 이야기를 마친 뒤 "미즈너 목사 취향에 맞는 이야기를 고르도록 내버려두었다"(469)라는 것 등은 정보의 사실성, 밀도, 문맥적 연관성은 물론 그에 바탕을 둔 선택성 대신 자의성과 창조성을 강조하고 있음을 보여주는 대표적 사례다.

한편, 모리슨은 사건의 내용을 청취하려는 미즈너 목사에게 패트리샤의 개인적 증언을 청취하게 한 뒤, 추가로 다른 증언자들의 증언을 청취하게 하여 각자의 정보들이 중복, 유보, 첨삭되도록 한다. 패트리샤는 개인적 증언에서 "아홉 명의 '제8암층'의 남성들이 다섯 명의 여성들을 살해했다"(469)라고 말함으로써 마을에서 떠도는 이야기와 다른 증언을 한다. 그녀의 이 증언은 마을에 떠도는 이야기 중 그녀가 꾸며낸 이야기라고 지적한 내용(다섯 명의 남성들이 공격하러 갔고 네 명은 이를 막기 위해 갔다)을 삭제하고, 희생자의 수 역시 한 명에서 다섯 명으로 수정하는 것으로, 마을 사람들의 이야기는 물론 백인 여성 한 명이 살해된 것으로 증언한 객관적 화자의 증언(471)까지도 뒤집는 것이다. 하지만 사실 여부를 확인할 수 없는 미즈너 목사는 사이먼 캐리(Simon Cary)와 풀리엄(Pulliam) 목사로부터 정보의 일부를 부분적으로 보충하고 론의 증언을 듣기로 한다. 론은 기습에 대한 사전정보를 제공한 사람으로 미즈너 목사에게 자초지종을 자세히 설명해준다. 하지만 론의 증언과 미즈너 목사의 신뢰를 삭제하려는 시도는 앞서와 달리 론에 대한 신뢰성에 의문을 제기하는 공동체의 엇갈린 견해에 의해 이루어진다. 공동체의 구성원들에 따르면, 그들이 론의 증언을 신뢰하지 않는 이유는 첫째 론이 기습사건에 대한 정보를 홀로 들었으므로 객관성이 결여되었다는 것, 목격자로서 론은 발포 후 현장에 도착함으로써 이전의 상황을 알 수 없다는 것, 그리고 론이 사건 이후 행적을 본 사람이 없다는 것 때문이다 그리고 이러한 이유 때문에 론의 증언이 공동체에 의해 삭제되고, 론이 자신만의 비밀 속에서 더 이상의 증언을 유보하자 이를 대신하여 공동체의 자기 미화된 증언들이 첨가되고, 다시 보첨프(Beauchamp), 파이어스(Pious), 디드 샌즈(Deed Sands), 그리고 애런(Aaron)의 증언이 공동체의 증언을 삭제하고 그에 덧씌워진다. 이들의 증언은 공동체의 증언에 의해 삭제되거나 덧씌워진 론의 견해와 대부분 중복되는 것으로, 사건의 전체 줄거리를 이어주는 것이다. 그러나 모리슨이 패트리샤와 론에 이어 최종적으로 미즈너 목사가 청취한 내용들을 그의 입안의 비밀로 다시 유보한 것은 그녀의 역사쓰기가 문학의 역사쓰기에 대한 푸코의 지적처럼 지적 담론의 연대기적·객관적·논리적 형식을 뒤집는 것임을 말해준다.

모리슨의 이 같은 탈정전적 역사쓰기는 소설의 결말부분에서 수녀원 기습사건 이후 '제8암층' 사람들과 수녀원 여성들의 근황과 행적을 밝힐 때 '표류'라는 이미지를 통해 모든 결론을 유보하고 개방한다. 패트리샤에 따르면, '제8암층' 사람들 중 아놀드(Arnold)는 아넷(Arnet)의 출가 이후 폭삭 늙어 눈만 멀뚱거리고 있고, 하퍼(Harper)는 상처를 훈장처럼 달고 다니며, 메누스는 이 중 가장 심각해 알콜중독자로 전락했다. 그리고 케이 디(K. D)는 재산증식에 열을 올리고 있고, 스튜어드는 아직 오만하고 디컨(Deacon)은 스튜어드와 소원해지는 대신 마을사 람들과 접촉을 빈번히 하고 있으며, 소앤은 콘솔레타의 살해와 관련 이를 남편인 스튜어드의 행위로 인정하지 않으려는 도비(Dovey)와 논쟁만 거듭하고 있다. 이 와 관련 패트리샤의 증언은 루비 사람들이 수녀원 기습사건 이후 그들의 신화적 권위는 물론 일상적 삶으로부터 표류하고 있음을 말해준다. 즉 그들은 지난 날 백 인의 폭력을 모방한 당사자들로, 폭력으로 인해 스스로의 신화를 무너트리고 그 파편들처럼 흐트러진 모습이다. '제8암층' 사람들의 이 같은 모습처럼, 수녀원 여 성들의 행적 역시 '표류'의 모습이다. 일상의 표류로부터 잠시 안식처가 되어주었 던 수녀원을 떠난 뒤, 그들은 다시 표류의 신화를 만들어 가는 모습이다. 즉 지지 (Gigi)는 사형수인 아버지에게 적어 줄 변변한 주소지도 없이 떠나고, 팰러스 (Pallas)는 어머니에게 눈길 한번 안주고 어머니가 정부와 놀아났던 손님방 침대 밑에서 샌들을 찾아들고 떠났으며, 메이비스(Mavis)는 딸 샐리 올브라이트(Sally Albright)를 만나 두 아들 프랭키(Franki)와 빌리 제임스(Billie James)의 근황과 남편이 새로운 아내에게 혹독히 당하고 있다는 이야기를 듣고 다시 떠나고, 세네 카(Seneca) 역시 사촌언니의 추적으로부터 벗어나 어디론가 떠난다. 마지막으로 콘솔래타의 부재는 수녀원이 습격당하기 전날 밤 그녀가 수녀원 여성들의 가슴 속에 심어준 파이데이드의 신화가 재생되는 것으로 메워진다. 따라서 모리슨이 '제8암층' 사람들과 수녀원 여성들의 현재와 미래를 이처럼 표류의 메타포로 투 영시킨 것은 탈정전적 역사쓰기의 일환으로 그들의 삶에 대한 모든 정보는 물론, 작중결론을 표류의 이미지 속에 반복적으로 재생, 삭제, 그리고 유보하려 한 그녀의 탈정전적 역사쓰기를 말해준다.

III. 맺음말

본 연구는 포크너의『압살롬, 압살롬!』과 모리슨의『낙원』을 통해 그들의 탈정전적 역사쓰기를 살폈다. 이 과정에서 밝힌 주요 사항은 그들의 역사쓰기가 초시공간적·초연대기적·초객관적 기억의 산물이라는 점이다. 즉, 그들의 기억을 통해 전개되는 역사쓰기는 과거나 기존의 사실을 그대로 보여주거나 재구성하는 것이 아닌, 작가의 자의적·독창적 상상력을 통해 재창조된 것이다. 바꾸어 말하면, 그들의 이 같은 역사쓰기는 고착화된 정전적 사실을 전복적 또는 저항적 의미로 되살리고 재구성한다는 점에서 역사의 정전적 사실에 구속됨이 없이 상상력을 통해 역류되는 문학의 자의적이고 창조적인 사실을 기술하는 행위임을 말해준다.

포크너와 모리슨의 탈정전적 역사쓰기는『압살롬, 압살롬!』과『낙원』에서 인종문제에 대하여 그들이 제기한 문제의식을 통해 나타난다. 여기서 포크너와 모리슨의 문제의식 속에 자리한 가장 핵심적인 주제적 요소는 인류사회의 의식을 왜곡하거나 실종시킨 인종적·문화적 모순이다. 즉 그들은 인종우월주의를 인종간의 고립, 배타적 의식, 그리고 계급의식 등을 조장해온 주된 요인으로 보았으며, 이 같이 획일화된 인종적·문화적 의식이 환원적으로 되풀이되며 다민족·다문화적 환경을 파괴해오고 있다고 여기고 있다. 포크너는『압살롬, 압살롬!』에서 순수혈통주의와 그로인한 폐단을 인종편견의 근원적 문제로 제시한 작가이다. 그는 이 소설에서 백인의 순수 혈통주의와 자본주의의 성공신화에 대한 꿈이 결합된 섯펜의 야망과 그 역기능에 의한 비극적 종말을 남부 또는 미국사회 전체의 모순으로 제시하고 있다. 이때 섯펜의 야망과 좌절을 통해 포크너가 문제 삼은 것은 자본주의와 결합된 배타적 순수혈통주의의 모순이다. 이와 관련 모리슨은『낙원』

에서 포크너의 이 같은 문제의식을 백인의 인종우월주의를 모방한 흑인사회에 비추어 제기한다.

　모리슨은 앞서의 소설들에서 인종차별의 희생자들이었던 순수 흑인들을 이 소설에서 역으로 가해자들이 되게 함으로써 그녀의 인종에 대한 문제의식이 피부색의 차이에 따른 것이 아님을 밝히고, 한 걸음 더 나아가 그녀의 비판적 초점이 미국은 물론 인류사회의 역기능으로 작용하는 반인본주의적 요소들에 맞추어져 있음을 보여주고 있다. 하지만 이 같은 논지는 모리슨이 앞서의 주제를 피부색만 바꾸어 재생했다는 취지가 아니다. 즉 동시대의 문학비평에서 빈번히 회자되어 왔듯이, 작가의 창조행위는 무에서 유의 창조가 아닌 이미 있는 것을 변용시키고 재구성하는 것이다. 따라서 주제가 동일하다고 할지라도 그것의 관념성을 허구적 현실로 재생하는 것은 작가의 창조성에 해당하는 것이라고 말할 수 있다.

　포크너와 모리슨의 역사쓰기는 역사의 지적 담론이 아닌 문학의 상상 또는 허구이다. 이와 관련 두 사람의 역사쓰기에서 정전적 사실과 권위는 작가적 전복성, 자의성, 독창성에 의해 해체되어가는 양상을 띤다. 즉 모리슨은 『낙원』을 시작할 때 '제8암층'의 수녀원 기습사건을 극적인 장면으로 제시한 뒤 그와 관련된 원인과 결과를 유보한 채 그 배경에 자리한 많은 역사적 사실들을 이야기의 장으로 만들며 이 소설의 결말부분에서 사건에 대한 독자의 궁금증을 해결하는 방식을 취한다. 하지만 모리슨의 마무리 방식은 포크너처럼 복수 화자들의 다양한 증언들을 통해 사건의 시작, 추이, 결과를 반복적으로 재생, 중복, 삭제 또는 유보하며 독자를 다양한 증언들의 행간으로 이끈다.

　모리슨의 역사쓰기는 포크너와의 이 같은 공통점에도 불구하고 주제의 재구성에서 그랬던 것처럼 흑인역사에 대한 그녀의 상상적 또는 허구적 담론을 독창적으로 여과해 낸다. 발레리 스미스(Valerie Smith)에 따르면, 모리슨과 같은 '네오'노예서사(neo-slave narrative) 작가들은 노예서사들에 대한 연구, 노예제도에 대한 역사사료들, 20세기 동안 미국과 세계전역에서 발생한 인종과 권력의 복잡한 역사,

그리고 심리분석과 다른 이론체계들의 발전에 힘입어, 동시대의 문화적·역사적·비평적 담론들의 내부와 사이에서 공유되었던 일련의 이슈들, 즉 트라우마와 트라우마적 기억들, 노예제도의 폭력과 후유증, 인종과 성(gender) 구조들의 상호연관성, 기억과 육체의 관계, 노예화의 매개체, 구두성(orality)과 식자 능력의 힘, 종교의 모호한 역할, 흑인육체들과 경험들의 상품화, 그리고 자유의 도피적 본질 등에 대하여 가시적 비전을 제시했다(Smith 168-69). 다시 말하면, 스미스의 이 같은 견해는 모리슨과 같은 '네오' 노예서사 작가들이 백인 작가인 포크너와 달리 노예제도로부터 초래된 역사적·인종적 배경과 문제의식을 바탕으로 역사쓰기를 했음을 말해준다.

모리슨은 또한 이 소설의 결말처리 과정에서 소설의 핵심적 사건인 수녀원 기습 사건의 전말과 관련 복수 목격자들의 증언들을 통해 객관적 화자가 현장에서 포착한 사건의 전말을 첨삭하게 하고, 목격자들 간의 증언들 역시 반복적으로 이 과정을 되풀이 하게 하여 독자의 여백을 재생, 반복, 삭제 또는 유보의 형식으로 채워갈 것을 요구하고 있다는 점에서 포크너의 복수 이야기 전략 속에 담긴 작가적 취지와 같은 맥락을 보인다. 그럼에도, 모리슨의 경우 소설의 전체 구조를 전지적 화자의 시각에 포착된 작중인물과 사건을 중심으로 편성하고 있다는 점과 화자와 청취자의 윤곽이 분명하고 독자로 하여금 일인 청취자의 행보를 따라 많은 복수 목격자들의 다양한 증언들을 추적하게 한다는 점에서 객관적 화자의 입지를 미미할 정도로 축소시킨 대신 소설의 전체 구조를 복수화자의 다양한 증언들로 편성하고 화자와 청취자의 윤곽을 중복되거나 차별화하여 이들의 목소리에 독자가 귀를 기울이게 하는 포크너의 경우와 차이를 보인다. 따라서 모리슨과 포크너의 이 같은 차이점들은 비록 모리슨의 소설이 포크너의 이야기 전략과 취지를 반영하고 있다할지라도 그녀의 다양한 이야기 형식의 뿌리와 독창성을 말해주는 것이라고 정리할 수 있다.

Bloom, Harold. "Introduction." *Toni Morriso*n. Ed. Harold Bloom. New York: Chelsea House. 1990. 1-6.

Carpio R. Glenda. "Humor in African American Literature." *A Companion to African American Literature*. Ed. Gene Andrew Jarrett. West Sussex: Willy-Blackwell, 2010. 315-331.

Faulkner, William. *Absalom, Absalom!* New York: The Modern Library, 1964.

Gauthier, Marni. "The Other Side of Paradise: Toni Morrison's (Un)Making of Mythic History." *African American Review* 39. 3(2005): 395-414.

Karl, Frederick. *William Faulkner, American Writer*. Boston: Farber, 1989.

Morrison, Toni. *Beloved.* London: Picador, 1988.

_____. *Paradise*. New York: A Plume Book. 1999.

_____. "Unspeakable Things Unspoken: The Afro-American Presence in American Literature." *Toni Morrison*. Ed. Harold Bloom. New York: Chelsea, 1990. 201-30.

Polk, Noel. "Faulkner: the Artist as Cuckold." *Faulkner and Gender*. Eds. Donald Kartiganer & Ann Abadie. Jackson: U of Mississippi P, 1996.

Porter, Carolyn. "Innocence Historized." *William Faulkner's Absalom, Absalom!* Ed. Harold Bloom. New York: Chelsea House, 2001. 57-74.

Reed, T. V. "Re-Historicism Literature." *A Companion to American Literature and Culture*. Ed. Paul Lauter. West Sussex: Wiley-Blackwell, 2010. 96-109.

Sarup, Madan. *An Introductory Guide to Post-Structuralism and Postmodernism*. New York: Harvester Wheatsheaf, 1988.

Smith, Valeri. "Neo-slave narrative." *The Cambridge Companion to The African American Slave Narrative*. Ed. Audrey A. Fish. New York: Cambridge UP, 2007. 168-88.

Syri, Elina. "Gender Roles and Trauma in Toni Morrison's *Paradise*." *Moderna Sprak* 99. 2(2005): 143-54.

Vogel, Don. *The Three Masks of American Tragedy*. Louisiana: Louisiana State UP, 1974.

■ 이 글은 『현대영미소설』13권 2호(2006)에 실렸던 글을 수정, 보완한 것이다.

포크너 연보

1897	9월 25일 William Cuthbert Falkner 출생.
1902	Oxford로 이사. 아버지 Murry Faulkner는 이 직업 저 직업을 전전함.
1914	수년간의 반항 끝에 고등학교 중퇴. 평생의 친구인 Phil Stone 과 사귐.
1915	11학년을 다시 시작하나 곧 또 다시 중퇴.
1916	할아버지가 운영하는 은행에서 잠시 근무.
1918	Estelle Oldham이 Cornell Franklin과 약혼 발표. 미군에 입대 하려 하지만 거절당함. 6월: 이름을 Falkner에서 Faulkner로 변경. R.A.F. (Canada) 입소. 훈련 중에 제 1차 세계대전 종료. Oxford로 돌아옴.
1919	*The Marble Faun*에 실리게 될 시를 쓰기 시작. 8월: New Republic에 시 "L'Apres-Midi d'un Faune"가 처음으로 출판됨. 미시시피 대학교에 입학, 학생 출판물에 시, 그림 등의 작품 발표.
1920	대학을 그만두지만 학생 드라마 클럽에서 활동 지속. 클럽을 위해 *The Marionettes* 집필.
1921	"Vision in Spring" 집필. 가을: New York으로 이사하고 서점 에서 근무. 12월: Oxford로 돌아와 대학교 우체국장으로 부임.
1924	스카우트 단장직 해임, 우체국장 사임. Four Seas에서 *The Marble Faun* 출판.

1925	New Orleans로 이사하여 *Double Dealer*와 New Orleans 소재 *Times-Picayune*에 글 기고. 여러 작가, 화가들과 사귐. *Soldiers' Pay* 집필. Helen Baird와 사랑에 빠짐. 이탈리아, 프랑스, 스위스 그리고 영국을 여행한 후 파리에 살며 "Elmer" 집필. 12월: Oxford로 귀환.
1926	Oxford, New Orleans, Pascagoula를 오가며 Helen Baird와 교제. *Soldiers' Pay* 출판. *Mosquitoes* 집필. *Sherwood Anderson & Other Famous Creoles* 공동으로 작업하고 발표.
1927	4월: *Mosquitoes* 출판. Faulkner는 "Father Abraham"과 *Flags in the Dust* 작업. 11월: Horace Liveright가 *Flags in the Dust* 출판 거절.
1928	*The Sound and the Fury* 집필.
1929	1월: *Flags in the Dust*을 과감히 편집하고 *Sartoris*라는 제목으로 출판. 4월: Estelle Franklin 이혼. 5월: *Sanctuary* 완성. 6월: Estelle과 결혼. 10월: *The Sound and the Fury* 출판, *As I Lay Dying* 집필 시작.
1930	*As I Lay Dying* 출판.
1931	Alabama Faulkner 태어나지만 곧 죽음. *Sanctuary* 출판. *Light in August* 집필 시작. *These 13* 출판.
1932	5월: Hollywood에서의 첫 작업. *Light in August* 출간.
1933	*A Green Bough* 출판. Jill Faulkner 출생.
1934	*Absalom, Absalom!*의 기반이 될 원고를 작업하기 시작. *The Unvanquished*로 출판될 여러 단편소설 작업. *Doctor Martino and Other Stories* 출판. *Pylon* 집필.
1935	*Absalom, Absalom!* 작업. *Pylon* 출판.
1936	*Absalom, Absalom!* 완성. 2-5월: Hollywood에서 작업. 1935년에 시작된 Meta Doherty와의 관계가 깊어짐. 6월: Oxford로 귀환. 7월 말: Estelle, 딸 Jill과 함께 Hollywood로 감. *Absalom, Absalom!* 출판.
1938	*The Unvanquished* 출판. *The Wild Palms* 집필, Snopes 3부작 작업 시작.

1939	*The Wild Palms* 출판.
1940	Mammy Caroline Barr 사망. *The Hamlet* 출판. 이후 *Go Down, Moses*가 되는 소설 작업하기 시작.
1942	*Go Down, Moses* 출판. Meta Doherty와의 관계 지속.
1946	*The Portable Faulkner* 출판.
1948	*Intruder in the Dust* 출판. 미국예술원 회원으로 선출.
1949	Joan Williams와의 만남. *Knight's Gambit* 출판.
1950	*Requiem for a Nun*에 대해 Joan Williams와 공동작업 시작. *Collected Stories* 출판. 노벨상 수상.
1951	*Notes on a Horsethief* 출판. *Requiem for a Nun* 출판.
1954	*A Fable* 출판.
1956	New York과 Oxford를 오가며 *The Town* 집필.
1957	Charlottesville에 있는 University of Virginia에 상주작가로 감. *The Town* 출판.
1958	Oxford와 Charlottesville 오가며 *The Mansion* 집필.
1959	*The Mansion* 출판.
1962	*The Reivers* 출판. 7월 6일: 사망.

포크너 저서 목록

Absalom, Absalom! New York: Random House, 1936.

As I Lay Dying. New York: Jonathan Cape and Harrison Smith, 1930.

Battle Cry. Eds. Louis Daniel Brodsky and Robert W. Hamblin. Jackson: University Press of Mississippi, 1985.

Big Woods. New York: Random House, 1955.

Collected Stories. New York: Random House, 1950.

Country Lawyer and Other Stories for the Screen. Eds. Louis Daniel Brodsky and Robert W. Hamblin. Jackson: University Press of Mississippi, 1987.

The De Gaulle Story. Eds. Louis Daniel Brodsky and Robert W. Hamblin. Jackson: University Press of Mississippi, 1984.

Doctor Martino and Other Stories. New York: Harrison Smith and Robert Haas, 1934.

Essays, Speeches & Public Letters by William Faulkner. Ed. James B. Meriwether. New York: Random House, 1966.

A Fable. New York: Random House, 1954.

Flags in the Dust. Ed. Douglas Day. New York: Random House, 1973.

Go Down, Moses. New York: Random House, 1942.

A Green Bough. New York: Harrison Smith and Robert Haas, 1933.

The Hamlet. New York: Random House, 1940.

Helen: A Courtship. New Orleans, La., and Oxford, Miss.: Tulane University and Yoknapatawpha Press, 1981.

Idyll in the Desert. New York: Random House, 1931.

Intruder in the Dust. New York: Random House, 1948.

Knight's Gambit. New York: Random House, 1949.

Light in August. New York: Harrison Smith and Robert Haas, 1932.

The Mansion. New York: Random House, 1959.

The Marble Faun. Boston: Four Seas Company, 1924.

The Marionettes: A Play in One Act. Ed. Noel Polk. [Charlottesville]: Bibliographical Society
    of the University of Virginia and the University Press of Virginia, 1975.

Mayday. [Notre Dame, Ind.]: University of Notre Dame Press, 1977.

Mississippi Poems. Oxford, Miss.: Yoknapatawpha Press, 1979.

Miss Zilphia Gant. [Dallas]: Book Club of Texas, 1932.

Mosquitoes. New York: Boni and Liveright, 1927.

New Orleans Sketches. Ed. Carvel Collins. New York: Random House, 1968.

Notes on a Horsethief. Greenville, Miss: Levee Press, 1951.

The Portable Faulkner. Ed. Malcolm Cowley. New York: Viking Press, 1946.

Pylon. New York: Harrison Smith and Robert Haas, 1935.

The Reivers. New York: Random House, 1962.

Requiem for a Nun. New York: Random House, 1951.

Sanctuary. New York: Jonathan Cape and Harrison Smith, 1931.

Sanctuary: The Original Text. Ed. Noel Polk. New York: Random House, 1981.

Sartoris. New York: Harcourt, Brace and Company, 1929.

Soldier's Pay. New York: Boni and Liveright, 1926.

The Sound and the Fury. New York: Jonathan Cape and Harrison Smith, 1929.

Stallion Road. Eds. Louis Daniel Brodsky and Robert W. Hamblin. Jackson: University Press
    of Mississippi, 1989.

These 13. New York: Jonathan Cape and Harrison Smith, 1931.

The Town. New York: Random House, 1957.

Uncollected Stories. Ed. Joseph L Blotner. New York: Random House, 1979.

The Unvanquished. New York: Random House, 1938.

The Wild Palms. New York: Random House, 1939.

William Faulkner: Early Prose and Poetry. Ed. Carvel Collins. Boston: Little, Brown, 1962.

The Wishing Tree. New York: Random House, 1967.

찾아보기

[ㅂ]

[ㅅ]

필자 소개

강지현 ... 한성대학교 언어교육원 조교수. 한국외국어대학교에서 윌리엄 포크너 연구로 박사학위를 취득했다. 대표논문으로 「소수자 문학으로 읽는『소리와 분노』」, 「미국 남부 사회와 백인성 만들기 —『압살롬, 압살롬!』을 중심으로」, 「미국 남부와 백인성 만들기: 윌리엄 포크너의『내려가라, 모세야』와『팔월의 빛』을 중심으로」, 「퀜튼 컴슨과 남부의 정신」 등이 있으며, 역서(공역)로는『아프리카 탈식민주의 문화론과 근대성』(동인)이 있다. 현재 인종, 젠더, 타자성, 미국 남부문학 관련 주제를 중심으로 연구를 진행하고 있다.

김미현 ... 아주대학교 인문학부 영어영문학과 부교수. 미국 뉴욕주립대학교(Albany)에서 토니 모리슨 연구로 박사학위를 취득했다. 포크너 관련 논문으로 「윌리엄 포크너 다시 읽기」, "'Designing' America: Class and Color Lines in William Faulkner's *Absalom, Absalom!*" 등이 있으며 공동 편저『토니 모리슨』이 있다. 「"혐오의 매혹" — 코맥 메카시의『피의 자오선』」, 「타자의 지평과 사랑의 윤리 — 이창래의『제스처 인생』에 나타난 "어려운 사랑"」 등 현대 미국소설 관련 다수의 논문이 있다. 주로 공동체와 윤리, 감정과 문화, 비교 문화 분야를 연구하고 있다.

김용수 ... 한림대학교 영어영문학과 교수. 뉴욕주립대학교(Buffalo)에서 *Faulkner with Lacan: Desire, Ethics, and the Feminine*으로 박사학위를 받았다. 주로 미국 소설과 영화, 라캉의 정신분석 이론을 연구하고 있다. 저서로는『자크 라캉』(2008), 역서로는『정치, 사회적 개념의 역사』(공역 2010),『역사를 읽는 방법』(공역 2012), 최근 논문으로는 「라캉의 대학담론과 자본주의:『세미나 17』을 중심으로」(2012) 등이 있다.

김욱동 ... 서강대학교 문과대학 명예교수. 미국 미시시피대학교에서 영문학 석사학위, 뉴욕주립대학교(Stony Brook)에서 영문학 박사학위를 받았다. 포크너 관련 저서로 『윌리엄 포크너』(1999)가 있으며, 최근 『포크너를 위하여』(2013), 『헤밍웨이를 위하여』(2013)를 출간하였다.

김종갑 ... 동국대학교 출강. 동국대학교에서 『윌리엄 포크너 연구: 사건의 미학』으로 영문학 박사학위를 취득하였다. 주요 논문으로 「들뢰즈의 사건과 야크나파타우파」, 「사건이란 무엇인가」 등이 있고, 공저로 『미국문화의 마이너리티 담론 읽기』가 있다. 현재 포크너의 주요 작품들을 들뢰즈의 관점에서 분석하는 작업을 지속적으로 하고 있으며, 또한 '포스트 디아스포라'의 문제에 관심을 가지고 연구 계획을 세우고 있다.

박정오 ... 명지대 방목기초교육대학 교수. 프랑스 파리 7대학교에서 「포크너 초기 소설에 나타난 신화적 기법 연구」라는 논문으로 박사학위를 받았다. 주요 논문으로 「포크너의 희생제의 ─폭력과 희생양의 메커니즘」, 「여성 SF 작가가 꿈꾸는 가상세계 속의 신화와 젠더」, 「비너스의 계보 ─가부장제의 확립과 여신숭배의 변화」 등, 역서로 뤼스 이리가라이의 『나, 너, 우리』, 『근원적 열정』, 필리프 들레름의 『Fragiles ─고독하지 않은 홀로되기』, 그리고 엘리스 워커의 『사랑의 힘』 등이 있다.

박현호 ... 공군사관학교 조교수. 윌리엄 포크너 대한 논문으로 「Survival Instinct: Temple Drake and Stockholm Syndrome」를 발표하였고, 최근에는 개인의 특성에 맞춘 소설몰입을 통한 영어교육과 이를 기반으로 하는 교육정책 연구에도 관심을 가지고 있다. 주요 공저서로 『항공군사영어』가 있다.

송은주 ... 이화여대 출강. 이화여대에서 『생태비평과 포크너의 자연관』으로 박사학위를 받았으며 주요 논문으로 「『압살롬, 압살롬!』의 생태비평적 읽기: 환경과 인종의 문제」(2010), 「탈식민적 텍스트의 혼종성을 어떻게 번역할 것인가: 토니 모리슨의 『자비』를 중심으로」(2013) 등이 있다. 미국소설 연구와 함께 번역작업을 병행하여 역서로 『순수의 시대』, 『광대 샬리마르』 등이 있으며, 번역학 연구에도 관심을 가지고 있다.

신영헌 ... 한성대학교 언어교육원 부교수. 『윌리엄 포크너의 후기 성장소설 연구』라는 제목으로 서울대학교 대학원에서 영문학 박사 학위를 취득하였다. 주요 논문으로는 「'도둑맞은 편지'를 둘러싼 주체와 권력의 상관관계: 포우, 라캉, 포크너 비교연구」(2010), 「버비나 향기: 성차와 주체형성의 관련성을 중심으로」(2009), 「Reappraisal of Sarty's Growth in "Barn Burning"」(2012) 등이 있으며, 저서로는 『윌리엄 포크너 연구: 성장을 통한 희망찾기』(2006)가 있다. 프로이트와 라캉의 정신분석이론을 통해서 포크너의 텍스트가 지닌 심층적 의미를 드러내는 작업에 많은 관심이 있으며, 최근에는 탈식민주의를 위시한 여러 이론들로 그 관심의 지평을 넓혀 가고 있다.

이명호 ... 경희대학교 영미문화 전공 교수. 뉴욕주립대(Buffalo)에서 『아메리카와 애도의 과제: 윌리엄 포크너와 토니 모리슨의 애도작업』으로 박사학위를 받았다. 귀국 후 『여성과 사회』 편집장을 역임했고, 현대 미국문학과 비평이론에 대해 다수의 논문을 썼다. 최근에는 기억과 증언의 문제, 감정의 문화정치학, 문화번역학 관련 논의에 관심을 기울이고 있다. 저서로는 『페미니즘: 차이와 사이』(공저), 『토니 모리슨』(공저), 『여성의 몸: 시각, 쟁점, 역사』(공저), 논문으로는 「외상의 기억과 과제: 프리모 레비의 증언집이 던지는 질문들」, 「공감의 한계와 혐오의 미학: 허먼 멜빌의 「서기 바틀비」를 중심으로」, 「문화번역의 정치성: 이국성의 해방과 이웃되기」, 「주체의 복권과 실재의 글쓰기: 슬라보예 지젝의 정신분석적 맑스주의」 등이 있다.

이영철 ... 전주대학교 영어영문학과 교수. 한양대학교 대학원에서 현대 영미소설을 전공하여 박사학위를 받았다. 필자의 주요 연구대상 작가들은 D. H. 로렌스(D. H. Lawrence), 토니 모리슨(Toni Morrison), 그리고 데릭 월콧(Derek Walcott)이며, 현재까지 이들의 작품에 대해 다수의 논문을 발표했다. 현재는 기존의 연구영역을 확장하여 아프리카계 미국문학에 대한 포괄적 연구를 진행하고 있다.

정현숙 ... 계명대학교 교양교육대학 교수. 저서로 『영미소설의 현대적 접근』(공저)이 있고, 역서 『슬라보예 지젝』 외에 윌리엄 포크너 작품에 관한 다수의 논문을 발표하였다. 프로이트와 라캉의 정신분석학 이론을 바탕으로 영미문학 작품을 분석한 논문을 발표하고 있으며 최근 관심영역을 슬라보예 지젝, 르네 지라르, 알랭 바디우와 제3세계 아프리카 작가로 넓혀가고 있다.

황은주 ... 서강대학교 영어영문학과 부교수. 퍼듀대학교에서 윌리엄 포크너 연구로 박사학위를 받았다. 윌리엄 포크너에 대한 논문으로 "Language and Schizophrenia in Faulkner's As I Lay Dying," "Hybridity That Matters: William Faulkner and His Hermaphrodites"를 발표하였고, 최근에는 도시/교외 연구에 관심을 가지고 미국의 문학·문화를 지리비평적 관점에서 연구하고 있다. 최근 발표 논문으로 「실제와 상상 사이: 뉴욕의 지하공간과 제니퍼 토스의 『두더지 인간들』」이 있다.